Doris Lessing

Canopus im Argos: Archive III

Die sirianischen Versuche

Der Bericht von Ambien II,
Einer der Fünf

Roman

Aus dem Englischen von
Manfred Ohl und Hans Sartorius

W0418116

Fischer
Taschenbuch
Verlag

Ungekürzte Ausgabe
Veröffentlicht im Fischer Taschenbuch Verlag GmbH,
Frankfurt am Main, Oktober 1987

Die englische Originalausgabe erschien 1981 unter dem Titel
›Canopus in Argos: Archives. The Sirian Experiments.
The Report by Ambien II, of the Five‹
im Verlag Jonathan Cape Ltd., London.
© 1980 Doris Lessing
Für die deutsche Ausgabe:
© 1985 S. Fischer Verlag GmbH, Frankfurt am Main
Umschlaggestaltung: Jan Buchholz/Reni Hinsch
Illustration von Wolfgang Rudelius
Gesamtherstellung: Clausen & Bosse, Leck
Printed in Germany
1280-ISBN-3-596-29148-8

Vorwort

Die Aufnahme von *Shikasta* und in geringerem Maße auch der *Ehen zwischen den Zonen Drei, Vier und Fünf* veranlaßt mich zu einigen klärenden Bemerkungen... Wenn ich eine Kosmologie geschaffen habe, dann steht dahinter nur eine literarische Absicht! Früher, in meiner Jugend, war ich in religiösen und politischen Dingen leichtgläubig: Heute glaube ich weniger und weniger, doch ich denke über mehr nach... Ich halte es für wahrscheinlich, daß wir eine falsche Vorstellung von uns als Spezies auf diesem Planeten haben. Und alle, die nach uns kommen, werden sagen, sie sei ebenso ungenau, wie es für uns etwa das Weltbild der Bewohner von Neuguinea ist. Ich glaube, unsere Sicht auf uns als Art ist falsch; wir wissen sehr wenig von dem, was geschieht. Die gewöhnlichen Menschen werden über einen großen Teil der tatsächlichen Vorgänge nicht informiert; dieses Wissen bleibt kleinen Kasten und Junten vorbehalten. Ich mache mir Gedanken über alle möglichen Ideen und stelle Spekulationen über Dinge an, die unsere Bildung für absurd erklärt – und die natürlich für die meisten Bewohner dieser Erde auch absurd sind. Als Physikerin hätte ich keinerlei Schwierigkeiten! Physiker können unbekümmert von schwarzen Löchern sprechen, die Sterne verschlucken. Vielleicht, so erklären sie, ermöglichen uns schwarze Löcher eines Tages Zeit- und Raumsprünge; vielleicht lernen wir mit Hilfe mathematischer Kunststücke, durch sie hindurchzugleiten, und gelangen in Welten, in denen die Gesetze unseres Universums keine Gültigkeit haben. *Sie* reden unbekümmert von parallelen Universen; Universen, die mit dem unseren verwoben, aber für uns nicht sichtbar sind; Universen, in denen die Zeit rückwärts läuft, oder die Spiegelbilder unseres Universums sind.

Es erstaunt mich nicht, daß in unserer Zeit J.B.S. Haldanes

Ausspruch: »Ich habe den Verdacht, daß das Universum nicht nur merkwürdiger ist, als wir vermuten, sondern merkwürdiger, als wir vermuten können«, überall und immer wieder zitiert zu werden scheint.
Wir alle wissen, die Leser sehnen sich danach, an Kosmologien und klare Gedankensysteme zu »glauben«, weil wir in schrecklichen und wunderbaren Zeiten leben, in denen die Gewißheiten von gestern sich noch im Laufe unseres Lebens in Nichts auflösen. Aber ich möchte nicht, daß man glaubt, ich wolle zur Verwirrung verteidigter Gewißheiten beitragen.
Woran liegt es, daß man Schriftstellern, die laut Definition mit ihrer Vorstellungskraft arbeiten, nur so widerwillig zugesteht, es tatsächlich zu tun? Wir »erfinden« Dinge; das ist unser Geschäft.
Ehe ich mich dem Genre Space-Fiction zuwandte, las ich einmal die hübsche Geschichte über eine Spezies hochentwickelter Giraffen. Sie reisten in einem Raumschiff von ihrem Sonnensystem in das unsere, um herauszufinden, ob unsere Sonne ebenso grausam zu uns sei, wie ihre Sonne es in letzter Zeit zu ihnen gewesen war. Ich weiß noch, daß ich dachte: Der Autor dieser Geschichte muß wahrscheinlich nicht mit Briefen eifriger Leser rechnen, die wissen wollen, wie man sich als Giraffe in einem Raumschiff fühlt...
Man hat einmal gesagt, alles, was die Menschen sich vorstellen können, habe irgendwo auf einer anderen Realitätsebene sein Gegenstück. Unsere Literatur, die heiligen Bücher, Mythen und Legenden – die Überlieferungen der menschlichen Rasse – berichten von den großen Kämpfen zwischen Gut und Böse. Dieser Kampf spiegelt sich überall wider, selbst noch auf der Ebene der Kriminalromane, der Western, der Liebesromane. Es läßt sich kaum eine Geschichte, ein Lied oder ein Theaterstück finden, bei dem es nicht um diesen Kampf geht.
Aber was ist das für ein Kampf? Wo, wann und zwischen welchen Kräften findet er statt?
Nein, nein, ich »glaube« nicht, daß es einen Planeten mit dem Namen Shammat gibt, auf dem niederträchtige Raumpiraten leben, und der unserer armen Erde die Kraft raubt. Ich glaube

auch nicht, daß wir der Schauplatz von Konflikten zwischen den großen Reichen Canopus und Sirius sind.
Aber könnte es nicht sein, daß Canopus und Sirius in uralten Kosmologien diese Rolle gespielt haben?
Was spiegelt sich in unseren Vorstellungen von »gut« und »böse«?
Es würde mich nicht überraschen zu erfahren, daß die Erde von höherentwickelten Wesen zu Versuchszwecken benutzt wurde... daß die Abmessungen von Gebäuden uns auf eine Weise beeinflussen, von der wir nichts ahnen, und daß es in der Vergangenheit vielleicht eine Wissenschaft gab, die wir vergessen haben... daß wir auf eine Art versklavt sind, von der wir nichts wissen, daß wir Freunde haben, von denen wir nichts ahnen... daß unsere persönlichen Gefühle im Hinblick auf unsere Situation in der Zeit, die selten mit den Fakten übereinstimmen – weshalb uns das »Altern« immer überrascht –, vielleicht ein Hinweis auf eine andere Lebensspanne in früheren Zeiten sind, daß diese Vergangenheit in biologischen Begriffen noch relativ jung ist, und wir uns deshalb psychologisch noch nicht damit abgefunden haben... daß alle möglichen Artefakte Funktionen hatten (vielleicht haben), die wir hinter ihnen nicht vermuten.. daß für die menschliche Rasse eine weit großartigere Zukunft geplant ist, als wir uns heute vorstellen können... daß...
Ich »glaube« nicht, daß es fremde Wesen auf unserem Mond gibt – aber warum nicht?
Was die UFOs angeht, so können wir uns kaum dem verschließen, was so viele vernünftige, verantwortungsbewußte und zuverlässige Wissenschaftler und Laien beteuern.
Ich »glaube«...
In diesem Buch habe ich eine Bürokratin geschaffen, die trokken, gerecht, pflichtbewußt, tüchtig – und sich über ihr eigenes Wesen nicht im klaren ist. Sie ist eine ausgezeichnete Verwaltungsbeamtin, eine Sozialwissenschaftlerin. Ich könnte Ambien II mehr mögen, als ich es tue. Natürlich sind einige ihrer Anliegen auch meine – an erster Stelle das Gruppenbewußtsein, das Kollektivbewußtsein, dessen Teil wir alle sind, obwohl wir es nur selten bereitwillig zugeben. Wir sehen uns als

autonome Wesen mit eigenem Bewußtsein, mit selbstgewählten Ansichten, mit individuellen und einmaligen Ideen. Obwohl Milliarden und Milliarden und Milliarden von uns auf diesem Planeten leben, sind wir immer noch bereit zu glauben, daß jeder von uns einmalig ist, oder daß all die anderen nur Punkte in der Menge sind; doch wenigstens wir... *ich*... bin dieses selbstbestimmte Wesen mit einem eigenen Bewußtsein. Das ist äußerst merkwürdig und kommt mir immer merkwürdiger vor. Wie gelangen wir zu dieser Vorstellung von uns?
Mir scheint, die Ideen strömen wie Wellen durch die Menschheit.
Woher kommen sie?
Ich würde mich sehr freuen, wenn Rezensenten und Leser den Zyklus *Canopus im Argos: Archive* als eine Art Rahmen sehen könnten, der mir erlaubt, die eine oder andere (wie ich hoffe) unterhaltsame Geschichte zu erzählen, mir und anderen Fragen zu stellen, Gedanken und soziologische Möglichkeiten zu erforschen.
Natürlich würde ich gerne die Geschichte der Roten und der Weißen Zwerge und ihres Denkenden Spiegels schreiben; die Geschichte ihres Raumschiffs (das die Antischwerkraft antreibt), ihrer dienstbaren Wesen Hadron, Gluon, Pion, Lepton Muon, und die Geschichte der verzauberten Quarks und der farbigen Quarks.
Aber wir können nicht alle Physiker sein.

Canopus im Argos: Archive III
Die sirianischen Versuche

Sirius – Canopus. Hintergrund

Ich bin Ambien II, eine der Fünf.

Ich habe einen Bericht über unsere Versuche auf Rohanda geschrieben; Canopus nennt den Planeten in dieser Epoche Shikasta.

Ich werde mich der allgemein üblichen Zeiteinteilung bedienen, auf die wir uns mit Canopus geeinigt haben. (1) Die Periode bis zum ersten Strahleneinfall von Andar. (2) Die Zeit zwischen dem ersten und zweiten Strahleneinfall – wiederum von Andar. (3) Der Abschnitt von der zweiten Strahlung bis zum Versagen der Canopus-Rohanda-Schleuse, bekannt als die Katastrophe. Diese dritte Periode wird manchmal auch als das Goldene Zeitalter bezeichnet. (4) Die Zeit des darauffolgenden Niedergangs. Mein Bericht beschäftigt sich hauptsächlich mit (4).

Die Versuche vor dem ersten Strahleneinfall werde ich nur streifen – sie sind unter dem Stichwort Niedere Zoologie umfassend dokumentiert. Während (1) war Rohanda feucht, sumpfig und warm; es gab seichte Seen, die sich kaum von Sümpfen unterschieden, tiefe Meere, die unablässig von Vulkanen aufgewühlt wurden, und nur wenig trockenes Land. Dort lebten ein paar Landtiere, doch es existierten zahlreiche Arten von Wasserechsen und Fischen. Manche waren auf anderen Kolonisierten Planeten und unserem Mutterplaneten unbekannt, und es gelang uns, mehrere Spezies erfolgreich zu übersiedeln. Wir brachten auch Arten nach Rohanda, um zu beobachten, was mit ihnen geschehen würde. Alle unsere Versuche während (1) hielten sich in bescheidenem Rahmen und unterschieden sich nicht von ähnlichen Experimenten in anderen Teilen unseres Reiches.

(2) Der erste Strahleneinfall von Andar kam unerwartet. Sowohl Canopus als auch wir wurden davon überrascht. Der Planet stand unter Beobachtung seit dem Krieg, der unseren

Feindseligkeiten ein Ende gesetzt hatte. Infolge der neuen Situation verstärkten wir unsere Überwachung. Die Strahlung vernichtete einige Arten über Nacht und beschleunigte die Evolution. Der Planet blieb weiterhin feucht, sumpfig, neblig, wolkig und behielt die für diesen Zustand typische träge, kaum bewegte Atmosphäre. Doch explosionsartig schienen neue Gattungen und Arten zu entstehen, und die bereits vorhandenen durchliefen rasche Veränderungen. Nach einer Million R-Jahre gab es nicht nur viele unterschiedliche Fische und Reptilien, sondern auch Arten, die flogen, und Insekten – beides bis dahin unbekannt. Auf dem Planeten wimmelte es von Leben! Bald wurde auch deutlich, daß wir eine Periode des Gigantismus zu erwarten hatten. Besonders die Echsen zeigten diese Tendenz: es gab viele Arten, und manche waren hundertmal (oder mehr) größer als zuvor. Die Vegetation wurde riesig und üppig. Auf dem Land und im Wasser lebten alle möglichen Tiergiganten.

In dieser Zeit kamen Canopus und wir zu Beratungen zusammen, wenn es einem oder beiden von uns notwendig erschien. Manchmal regten wir die Gespräche an, manchmal Canopus.

Wir übergaben Canopus immer Berichte über unser Vorgehen auf dem Planeten, aber *damals* zeigten sie kein großes Interesse daran. Auf diesen sehr wichtigen Punkt werde ich später zurückkommen. Canopus lieferte uns Berichte, doch wir verwendeten nicht viel Mühe darauf, sie zu studieren. Ich betone noch einmal, daß dies, wie später deutlich wird, ein wichtiger Punkt ist.

Canopus unterhielt während (2) eine Beobachtungsstation. Wir begannen an verschiedenen Stellen auf Rohanda einige Versuche, aber sie beschäftigten sich meist mit dem plötzlichen, um nicht zu sagen heftigen Wachstum. Und da der Planet eine solche Fülle von Beobachtungsmaterial lieferte, griffen wir kaum in das Geschehen ein. Unsere Wissenschaftler drängten sich nicht nach Rohanda. Auf unserem Planeten 13 herrschte früher einmal ein ähnlich sumpfiges, miasmatisches Klima, und wir besaßen bereits weitreichende Daten darüber.

Dieser Zustand dauerte etwa zweihundert Millionen R-Jahre. So wie die früheren Merkmale vor der Strahlung konstant, wenn nicht sogar permanent gewesen zu sein schienen, so deutete auch jetzt alles darauf hin, der feuchte, verseuchte Planet mit seinen vielen gigantischen und wilden Tieren würde bleiben, wie er war. Dann ereignete sich der zweite, wiederum unerwartete Strahlungseinfall.

Auch diesmal waren die Auswirkungen dramatisch.

Es kam zu einer Vielzahl von Überschwemmungen und Umwälzungen; Land versank im Wasser und wurde zum Meeresgrund, neues Land tauchte aus dem Meer auf, und zum ersten Mal gab es Erhebungen, ja sogar Berge. Die vulkanische Tätigkeit hatte nie aufgehört, denn den immer noch flüssigen Kern des Planeten umgab nur eine dünne feste Kruste. Doch jetzt wurden Land und Wasser ständig erschüttert. Die Wolkenhülle, die den Planeten in ein warmes Dämmerlicht hüllte, wurde von gewaltigen Orkanen und Stürmen aufgerissen.

Alle großen Tierarten verschwanden von der Bildfläche. Die Riesenechsen starben aus; heftige Winde und Regenfälle zerstörten die gigantischen Farnwälder.

Es kam zu einer plötzlichen Abkühlung. Als die Erschütterungen nachließen und schließlich aufhörten, blieb ein verwandelter Planet zurück. Innerhalb kürzester Zeit sammelte sich das Wasser in Form von Eis und Schnee um die Pole. Ein paar Sumpfgebiete blieben bestehen, doch nun waren Land und Wasser voneinander getrennt, und es gab trockene Zonen. Dies ereignete sich natürlich lange, ehe die Planetenachse sich aus der Vertikalen verschob, bevor es Jahreszeiten gab, die so viel zur Instabilität dort beitrugen. Die Pole waren kalt, die Zone um die Mitte war heiß. Dazwischen lagen Gebiete mit konstantem, gleichbleibend gemäßigtem Klima.

Dies war Periode (3), von der Canopus und wir uns so viel erhofften. Die Bedingungen waren so vollkommen, wie man sie sich auf einem Planeten nur wünschen kann. Doch diese Zeit sollte nicht einmal zwanzigtausend R-Jahre dauern.

Ganz am Anfang der neuen Periode (3) lud Canopus uns zu einer Konferenz ein.

Die Konferenz fand nicht auf unserem Mutterplaneten und auch nicht auf ihrem statt, sondern auf ihrer Kolonie 10, die für uns beide bequem erreichbar lag.
Vertrauen und Zuversicht beherrschten die Konferenz.
Ich glaube, an diesem Punkt sollte ich mehr über die Beziehungen zu unserem großen Freund und Rivalen sagen.
Ich beginne mit einer Feststellung: Canopus bahnte bestimmten Wissenschaften den Weg und ist uns, zumindest nach Ansicht mancher Leute, technologisch immer noch weit voraus.
Nach meiner Meinung ist es die Pflicht eines Historikers, soweit wie möglich die Wahrheit zu berichten... nein, diese Bemerkung ist nicht als Provokation gedacht, obwohl im herrschenden Klima der Meinungen viele im ganzen Reich es so empfinden werden.
Unsere Historiker haben sich allzulange geweigert, die schlichte Wahrheit zu akzeptieren, daß Canopus Kenntnisse und Methoden erforschte und entwickelte, die zu dem führten, was wir heute alle als *Beschleunigte Evolution* kennen. (Ich beabsichtige nicht, eine Diskussion mit jenen – wie ich fürchte, immer noch sehr vielen – zu führen, die glauben, man solle die Natur sich selbst überlassen.) Canopus begann, Arten – oder ganze Planeten – unter dem Gesichtspunkt einer Beschleunigung oder Beeinflussung ihrer Evolution zu betrachten. Wir haben es von Canopus gelernt, und das ist die Wahrheit. Wir sind als willige – und nicht unbegabte – Schüler in ihre Schule gegangen; sie waren unsere willigen und großzügigen Lehrer.
Deshalb erhielten wir bei der Aufteilung von Rohanda die weniger attraktiven Gebiete; das entsprach unserer Position in der Beziehung zu Canopus.
Der kritische Leser wird bereits fragen: Weshalb dieses Lob auf Canopus, obwohl wir alle wissen, die Geschichte Rohandas ist – kraß gesagt – eine Geschichte der Katastrophen?
Wenn Canopus sich irrte, dann irrten wir, Sirius, uns nicht weniger. Bei dieser Konferenz auf ihrem Planeten gingen wir alle davon aus, die neue Periode würde mit einiger Sicherheit Millionen Jahre dauern, da Rohanda bereits – wie wir wußten – sehr lange Epochen der Stabilität erlebt hatte, nämlich zwei von

jeweils vielen Millionen R-Jahren. Wir stimmten darin überein, daß es Faktoren gibt, die wir »kosmisch« nennen; wir haben über sie keine Kontrolle und können sie nicht voraussehen. Jedes Eingreifen in die Evolution ist solchen Veränderungen unterworfen. Wenn wir uns nicht zugestehen würden, die Entwicklung eines neuentdeckten Planeten, oder auf einem Planeten, der einen Zustand erreicht hat, durch den er sich zur Entwicklung und Nutzung eignet, in Gang zu setzen, weil möglicherweise kosmische Veränderungen oder Katastrophen drohen, dann würde nie etwas erreicht.
Canopus hat in seiner Besiedlungspolitik auf anderen Planeten Enttäuschungen erlebt wie wir – und Schlimmeres. Rohanda war keineswegs der einzige Fehlschlag. Ich spreche von einem Fehlschlag, obwohl ich weiß, daß *sie* es nicht tun. Aber es ist ein offenes Geheimnis, während meiner gesamten Dienstzeit habe ich Canopus für sentimental gehalten – so sehr, daß es manchmal schon an Torheit grenzt. Können wir eine Haltung, die oft unökonomisch, unproduktiv und eine Verschwendung administrativer Bemühungen ist, anders bezeichnen?
Inzwischen habe ich gelernt, daß man die Dinge auf unterschiedliche Weise sehen kann, obwohl ich ihren Standpunkt noch nicht teile. Das wird, wie ich hoffe, die Zukunft bringen... inzwischen sage ich, daß Rohanda, unter dem derzeitigen Gesichtspunkt betrachtet, nicht nur ein Fehlschlag, sondern vielleicht ihr größter Fehlschlag war. Doch sie trifft in keiner Weise eine Schuld daran. Und warum sollte jemand von uns Canopus etwas vorwerfen, nachdem wir – wie sie – bereit waren, Rohanda so lange als möglich zu nutzen? – für Millionen von R-Jahren, wie wir uns damals ausrechneten.
Die Verteilung von Land und Meer entsprach in groben, sehr groben Zügen dem heutigen Zustand. Es gibt eine zentrale Landmasse mit felsigen Ausläufern, Halbinseln und Inseln. Umgeben ist sie von einem riesigen Meer mit zahlreichen, mitunter sehr großen Inseln. Zwei von der Hauptmasse getrennte Kontinente werden durch einen Isthmus verbunden, der zu manchen Zeiten im Wasser versunken war. Wir bezeichnen sie als den Isolierten Nördlichen und den Isolierten Südlichen

Kontinent. Zwischen der zentralen Landmasse und dem Isolierten Nördlichen Kontinent entstanden und verschwanden im Laufe der Zeit im Westen mit dem Fallen und Steigen des Meeresspiegels viele Inseln. Zumindest eine dieser Inseln war sehr groß. Doch zu manchen Zeiten erstreckte sich hier nur ein beinahe inselloser Ozean.

An die zentrale Landmasse, deren nördliche Gebiete einen eigenen Kontinent bilden, schließt sich ebenfalls ein südlicher Kontinent an, der als Südlicher Kontinent I bezeichnet wird. (Der Isolierte Südliche Kontinent ist der Südliche Kontinent II.) Die Geographen haben den Südlichen Kontinent manchmal als Teil der zentralen Landmasse gesehen, da er in seinen nördlichen Gebieten stark von den ungehinderten Wanderungen und Bewegungen aus allen Teilen des zentralen Festlandes beeinflußt wurde. Doch die südlichen Gebiete haben insgesamt eine so andere Geschichte, daß man ihn üblicherweise als eigenständigen Kontinent klassifiziert. Bei der Aufteilung von Rohanda wurden uns, Sirius, die beiden Südlichen Kontinente zugesprochen – einschließlich der nördlichen Regionen des S.K. I – und alle großen und kleinen Inseln in den Meeren, von denen wir Gebrauch machen wollten.

Über die Konferenz muß noch mehr gesagt werden.

Man hielt sie für einen Erfolg, sogar für einen bemerkenswerten Erfolg. Zwar handelte es sich nur um eine von vielen Konferenzen und Gesprächen über die Situation zahlreicher kolonisierter Planeten, deren Probleme wir auf die eine oder andere Weise teilten. Trotzdem hatten alle Teilnehmer das Gefühl, sie markiere den Beginn einer neuen Art der Zusammenarbeit. Je weiter die Konferenz in die Vergangenheit entrückte, desto deutlicher sahen wir alle, wie außergewöhnlich sie gewesen war – nicht nur wegen der unerwarteten neuen Epoche auf Rohanda. Im Verlauf der Jahrtausende folgten noch viele Beratungen, Konferenzen, Diskussionen: Aber wir bezogen uns immer wieder auf diese eine Konferenz auf ihrer Kolonie 10, als sei sie von einer besonderen und einzigartigen Quelle des Lebens und der Kraft getragen worden, die wir nie wieder finden konnten.

Ich sage an dieser Stelle mit Nachdruck und Überzeugung: Diese Konferenz war ein Fehlschlag!
Sirius verstand die Resolutionen, Vereinbarungen, die *verbalen Formulierungen* anders als Canopus. Damals bemerkte das niemand. Es dauerte sehr lange, ehe es sich abzuzeichnen begann. Und auch heute sehen nur sehr wenige Sirianer es so.
Aber ich glaube, inzwischen ist deutlich geworden, daß ich mit meinem Bericht eine Neuinterpretation der Geschichte aus einem bestimmten Blickwinkel versuche.
Selbst jetzt noch ist es ein unpopulärer Standpunkt; bis vor kurzem wäre er unmöglich gewesen.
Bis vor kurzem zählte ich zu jenen, die ihn verhindert hätten. Ich muß hier klar und deutlich aussprechen: Ich behaupte nicht, infolge der erdrückenden Konformität der offiziellen Denkweise insgeheim ein individuelles (und aufrührerisches) Geschichtsbild gehabt zu haben. Weit davon entfernt! Wenn es eine Minorität von Individuen gibt oder gab, die einen anderen Standpunkt als den offiziellen einnahmen, dann muß sie in mir ein Bollwerk des orthodoxen Denkens gesehen haben. Ich entschuldige mich nicht. Wir alle erkennen Wahrheiten, wenn wir sie erkennen können. Und wenn es soweit ist, geraten wir stets in Versuchung, alle, die sie noch nicht erkennen, für dumm und unbelehrbar zu halten.
Indem ich mich dieser Minderheit zurechne – wenn sie existiert – weiß ich, daß ich mich heftiger Kritik aussetze – aber nichts Schlimmerem, wie ich hoffe.
Als nächstes werde ich über das sprechen, was ich für die Wurzel des Übels halte: den längst vergangenen Krieg zwischen Canopus und Sirius.

Der Krieg endete mit einem Waffenstillstand... dessen Jahrestag wir immer noch feiern. Seine Schrecken und Grausamkeiten sind in Geschichte und Heldentaten formalisiert worden, die wir zur Belehrung unserer Jugend erzählen. Tatsache ist, Canopus gewann diesen Krieg. In einem Augenblick, als man mit einiger Wahrscheinlichkeit erwarten konnte, Canopus werde uns demütigen, werde Tribut und Wiedergutmachung fordern, riefen sie unsere vernichtend geschlagenen Führer zu sich und gaben uns die Kolonisierten Planeten zurück, die Canopus sehr wohl hätte behalten können. Sie teilten uns mit, wir dürften unsere Grenzen künftig nicht mehr überschreiten und boten uns Zusammenarbeit und Freundschaft an. Dann erklärten sie, die Übereinkunft solle als Waffenstillstandsabkommen proklamiert werden, um uns jede Schmach in den Augen unserer verbündeten Staaten und Reiche zu ersparen.

Sehr viel später, vor nicht allzulanger Zeit, fragte ich meinen Freund Klorathy, den Leiter der Kolonialverwaltung von Canopus, wie er und andere seines Ranges dieses edle und hochherzige Verhalten inzwischen beurteilen, wenn man daran denkt, daß wir, Sirius, es nie entsprechend gewürdigt haben, sondern ganz im Gegenteil alles daransetzten, aus unseren Geschichtsbüchern und – scheinbar – sogar aus unserer Erinnerung jeden Hinweis darauf zu tilgen, daß Canopus den Krieg gewonnen und dann ein Verhalten gezeigt hat wie – meines Wissens – bisher keine andere Macht. Er antwortete: »Es ist zu früh, um Schlußfolgerungen zu ziehen. Ich möchte noch kein Urteil abgeben.«

Ich zitiere diese typisch canopäische Bemerkung. Ohne Kommentar. Ohne Kommentar an dieser Stelle.

Ich habe bereits erwähnt, daß Canopus kein großes Interesse an den Ergebnissen unserer Versuche auf Rohanda oder auf einem anderen Planeten zeigte.

So wenig wir ihre Haltung am Ende des großen Krieges verstanden, begriffen und begreifen wir ihre Gleichgültigkeit gegenüber unserer Arbeit.

Das liegt daran, daß sie uns in ihrer Arbeit so weit voraus sind. Sie konnten von uns nie etwas lernen. Aber wir haben ihre Haltung ständig als Vorspiegelung interpretiert; wir glaubten, sie täuschten aus Stolz Gleichgültigkeit vor, während sie insgeheim jeder erreichbaren Information nachjagten, ja sogar Spione in unsere Gebiete schickten, um sich unsere Arbeit zunutze zu machen, ohne sie anerkennen zu müssen.

Unsere Haltung hat uns ständig zu Fehlurteilen geführt.

Nehmen wir ein Beispiel: Es war nur ein Zufall, daß jene Konferenz auf Kolonie 10 stattfand, unter deren Bewohnern Canopus die Kolonisten für Rohanda auswählte. Und doch sprachen wir alle davon, wie »geschickt« Canopus die Sache eingefädelt habe: Wir sollten dieses vitale, kraftvolle Volk kennenlernen, um nicht in Versuchung zu geraten, auf Rohanda unsere Grenzen zu überschreiten. Und dieser Glaube, der sich auf der Konferenz herausbildete – ich war mit dafür verantwortlich und bin in der Lage, den Schaden zu erkennen, der dadurch entstand –, lebte während unseres Aufenthalts auf dem Planeten weiter und beeinflußte uns in vielerlei Hinsicht. Aber das Ganze war Unsinn: Wir selbst hatten Planet 10 vorgeschlagen. Dies ist eine Art Irrtum, in den uns der Argwohn alle verstrickt.

Ich könnte noch viele Beispiele anführen, doch ich möchte mich mit den zwei entscheidenden Gesichtspunkten oder Themen der Konferenz beschäftigen – das heißt, mit dem, was uns betraf. Wir trugen Canopus in groben Zügen die von uns geplanten Versuche vor, sahen aber damals nicht – waren nicht bereit zu sehen! –, in welchem Ausmaß sie durch das bestimmt wurden, was Canopus vorhatte.

Das alles stand am Anfang der zwanzigtausend Jahre, in denen wir von Rohandas großer Zeit unter dem Einfluß von Canopus profitieren sollten. Erst später entschied Canopus, die Durchführung seines Plans zu beschleunigen, weil seinen Planeten 8 wegen unvorhersehbarer kosmischer Veränderungen ein vorzeitiges Ende ereilen würde. Canopus dachte damals in Zeiträumen von fünfzigtausend und nicht zwanzigtausend Jahren, um die Individuen von Kolonie 10 auf einen bestimmten Entwicklungsstand zu bringen. Canopus setzte uns davon in Kenntnis, daß zwei Phasen geplant seien. Zunächst eine allgemeine Höherentwicklung und Konsolidierung der Freiwilligen von Kolonie 10 bis zu einem bestimmten Punkt. (Uns kam es damals lächerlich vor, daß es sich um Freiwillige handelte, obwohl es nicht lange dauerte, bis wir ebenfalls zu dieser Politik übergingen und die Leute nicht mehr zwangsverpflichteten.) Dieser Punkt – man bot uns darüber volle Informationen und Einzelheiten an – sollte gekennzeichnet sein von der Errichtung einer »Schleuse«, wie sie es nannten – das heißt, eine Synchronisation von Canopus und Rohanda, die den Planeten in Harmonie mit dem übrigen canopäischen Reich bringen sollte. Und zwar in eine Harmonie besonderer Art.

Dies war also das erste, uns damals unvertraute Thema. Ich wage zu behaupten, daß es uns selbst heute noch unvertraut ist: Wenn wir Worte wie Harmonie, Freundschaft und Zusammenarbeit benutzen – und das tun wir im Zusammenhang mit unserem Reich häufig und ständig –, dann verstehen wir darunter etwas anderes als Canopus. Als man uns auf der Konferenz davon in Kenntnis setzte, Canopus plane, die Freiwilligen der Kolonie 10 *höher zu entwickeln*, sie zu *stabilisieren*, ihre *Evolution* und *Förderung* dem canopäischen Reiche *zunutze zu machen*, sahen wir darin nichts anderes als die Art von Entwicklung, Festigung, Evolution und Fortschritt, die wir mit unseren Territorien in Verbindung brachten.

Das zweite Thema kreiste um die Methode, mit der Canopus diese bewundernswerten Ergebnisse erreichen wollte. Man gab uns alle gewünschten Informationen – bot sie uns vielmehr an, und wir machten von diesem Angebot keinen Gebrauch.

Wir taten es nicht, denn unsere ablehnende Haltung stand uns im Weg, obwohl die allgemeine Hochstimmung während der Konferenz diese unglückseligen Gefühle verschleierte. In den nördlichen Gebieten lebten viele Primaten einer bestimmten Art. Sie gingen zum Teil bereits aufrecht, benutzten Werkzeuge und Waffen, und man hatte sogar die Anfänge halb permanenter Siedlungen beobachtet. Auf diesem Stand der Evolution sind solche Tierarten immer sehr wertvoll, sowohl für Experimente, als auch zum Erlernen einfacher Aufgaben. Auf dem Isolierten Südlichen Kontinent II gab es diese Primaten nicht. Auf dem Südlichen Kontinent I lebten zwar einige Affen, doch auf einer niedrigen Stufe der Evolution. Sie eigneten sich für Versuche, aber nicht zu irgendwelchen Arbeiten.

»Wie üblich« mußten wir erleben, daß Canopus sich das Beste von allem nahm; wir erinnerten uns kein einziges Mal daran, daß es eigentlich keinen Grund für unsere Präsenz auf Rohanda gab, denn schließlich hatten wir diesen Planeten nicht entdeckt.

Canopus erklärte uns, gewisse schnelle und wünschenswerte Entwicklungen der Kolonisten von Planet 10 würden als Folge einer »Symbiose« zwischen ihnen und den Affen in Gang gesetzt werden. Auch die Affen würden davon Vorteile haben. Wir sahen in dieser »Symbiose« einen nützlichen kulturellen Austausch; genauer gesagt, wir glaubten, die höherstehenden Einwanderer würden die Affen als Diener benutzen, um frei für wichtigere Aufgaben zu sein.

Kurzum, die beiden wesentlichen Aspekte der Information, das Fundament, auf dem der canopäische Plan ruhte, wurden von uns überhaupt nicht begriffen, obwohl man uns alles erklärte! Ich möchte es noch deutlicher hervorheben: Wenn ich jetzt auf die Konferenz zurückblicke, dann sehe ich, daß *nichts* ungesagt, *nichts* unklar, *nichts* unerklärt blieb. Aber wir deuteten alles falsch, was wir hörten. Und wieder ist es unmöglich, heute zu fragen, *weshalb* Canopus die Konferenz in dieser Weise stattfinden ließ. Um dem Vorwurf böser Absichten zu entgehen? Nein! Wenn man Canopus kennt, weiß man, daß dies nicht der Grund ist. Aber sie müssen erkannt haben, daß wir nicht begriffen, was gesagt wurde, daß wir alles in unserem Sinne interpretierten.

Weshalb also taten sie es? Erst seit kurzem habe ich eine Antwort auf diese Frage, die *Anfänge* einer Antwort...

Das Ende der Konferenz wurde mit allen möglichen Festlichkeiten und Unterhaltungen gefeiert. Wir unternahmen Reisen zu anderen canopäischen Kolonien; man lud uns ein, sie zu besuchen, solange es uns gefiel, »wenn wir uns in diesem Teil der Galaxis befanden« – die üblichen Höflichkeiten.

Auf unseren Mutterplaneten zurückgekehrt, verloren wir Sirianer keine Zeit. Planeten in dem gesunden und vitalen Zustand von Rohanda waren und sind selten. Wir im Kolonialdienst waren alle hocherfreut und voller Optimismus. Übrigens erhielt Rohanda auf dieser Konferenz seinen Namen. Vielleicht ist hier nicht der Platz – es ist zu früh –, um anzumerken, daß Canopus den Namen Rohanda verwarf und durch einen anderen – Shikasta, »der Zerbrochene oder Zerrissene« – ersetzte, was wir als unnötig und negativ empfanden, als der Planet den kosmischen Umschwung erlebte und nicht länger so angenehm war, obwohl er dadurch nichts von seiner Fruchtbarkeit einbüßte. Diese Mischung aus Pedanterie und Poetisiererei ist für Canopus charakteristisch; mich hat das immer irritiert.

Unabhängig von Canopus hatten unsere Raumfahrzeuge die beiden Südlichen Kontinente eingehend in Augenschein genommen; Wissenschaftler hatten ausgewählte Gebiete bereits besucht und Empfehlungen ausgesprochen. Man beschloß, den Südlichen Kontinent I hauptsächlich landwirtschaftlich zu nutzen. Wir hatten vor kurzem unseren Kolonisierten Planeten 23 (K.P. 23) erworben und festgestellt, daß dort Siedlungen in großem Maßstab unterhalten werden konnten, falls sie mit Nahrungsmitteln versorgt wurden. Da er zum selben Sonnensystem wie Rohanda gehört und in der Nähe liegt, hatten wir von Anfang an daran gedacht, einen der beiden Südlichen Kontinente als landwirtschaftliche Versorgungsbasis zu nutzen. Im Hinblick auf Bodenbeschaffenheit und Klima eignete sich S.K. I bestens dafür. Er ließ sich grob in drei Zonen einteilen: Die mittlere, oder äquatoriale, war zu heiß. Doch die beiden anderen, die südliche und die nördliche, konnten für eine Vielzahl von Pflanzenarten genutzt werden. Wir führten mehrere Getreidearten von unseren kolonisierten Planeten und von Canopus ein und veränderten einheimische Grassorten durch Züchtung soweit, daß sie Getreide lieferten. Außerdem verbesserten wir vorgefundene Knollen- und Blattpflanzen, wodurch sie ebenfalls nutzbar wurden. Ich hatte mit diesem Unternehmen nicht direkt zu tun. Wer sich dafür interessiert, wird in den entsprechenden Dokumentationen Berichte über die zwanzigtausendjährige Funktion von S.K. I als Nahrungslieferant für K.P. 23 finden. Während dieser Zeit arbeiteten außerdem mehrere Laboratorien auf dem Kontinent, die sehr viele nützliche Forschungsergebnisse erbrachten. Sie beschäftigten sich beinahe alle mit Landwirtschaft und dem Nutzen einheimischer und eingeführter Tierarten. In dieser Periode erreichte unser K.P. 23 seine Blüte. Seine Bewohner stammten alle von unserem Mutterplaneten – nur erstklassiges, sorgfältig ausgewähltes Material. Sie mußten nichts von ihrer Energie

darauf verwenden, sich zu ernähren oder sich Sorgen um ihr leibliches Wohl zu machen. Ihre ganze Aufmerksamkeit konnte sich ungehindert auf geistige und intellektuelle Aktivitäten richten. Diese zwanzigtausend Jahre dauernde Periode gilt als das Goldene Zeitalter von K.P. 23, der in dieser Zeit eine Position als Planungszentrum unseres gesamten Reiches einnahm. Die Kurzlebigkeit mindert diese Leistung nicht.
Ich beabsichtige nicht, weiter auf die Versuche auf S.K. I einzugehen. Ich werde auch keine ausführlichen oder auch nur auszugsweisen Berichte über unsere Versuche auf dem Isolierten S.K. II geben. Einzelheiten finden sich unter den entsprechenden Stichworten.
Ich möchte noch einmal wiederholen: Dieser Bericht will unsere Beziehungen zu Canopus aus einer bestimmten Sicht darstellen. Es hat tausend offizielle und inoffizielle Schilderungen unserer Versuche auf Rohanda gegeben. Aber nicht *eine einzige* stellt sie in den canopäischen Kontext. Diese Tatsache allein rechtfertigt meinen Ansatz. Deshalb ist alles, was ich über unsere Forschungen sage, unter diesem Gesichtspunkt ausgewählt. Man darf deshalb nicht glauben, daß die dadurch gesetzten Akzente dem Standpunkt von jemandem gerecht würden, der, sagen wir, die Rohanda-Versuche unter dem Aspekt ihres langfristigen evolutionären Nutzens betrachtet. Wie kurz diese besondere Epoche auf Rohanda auch gewesen sein mag, so erwies sie sich doch damals und in der Folge als entscheidend für unsere Beziehungen zu Canopus – nicht nur auf diesem Planeten, sondern im allgemeinen. Dies bringt uns vielleicht dazu, nutzbringend über die Implikationen der Tatsache nachzudenken, daß eine kurze Zeitspanne von zwanzigtausend Jahren sich unter Umständen als bedeutungsvoller erweist als Epochen, die Millionen Jahre dauern. Und darüber hinaus: Der kleine Planet einer kleinen unbedeutenden Sonne hat unter Umständen einen stärkeren Einfluß als große und scheinbar eindrucksvolle Konstellationen. Ich glaube, daß solche Spekulationen vielleicht ein Licht auf die canopäische Überlegenheit in bestimmten Bereichen der Zielsetzung werfen.
Um zu verstehen, was man in unserem Kolonialdienst dachte,

ist es notwendig, die Situation im sirianischen Reich zu dieser Zeit zu skizzieren.

Unsere technologische Entwicklung hatte einen Höhepunkt erreicht und sich lange genug ausgewirkt, um die Probleme zu begreifen, die sie mit sich bringen mußte. Das wichtigste: Es gab für Milliarden und Abermilliarden Individuen nichts zu tun. Sie hatten keinen anderen Zweck, als zu leben und zu sterben. Daß dies zum Problem werden würde, hatte man nicht vorausgesehen. Ich möchte an diesem Punkt die Aussage wagen, daß man im allgemeinen die zentralen, die wichtigsten Folgen einer Entwicklung nicht voraussieht. Wir hatten das Ende von Mühsal, von unnötiger schwerer körperlicher Arbeit und der Angst um die Befriedigung der täglichen Bedürfnisse des Lebens erreicht. Alle unsere Anstrengungen, die Energie von Generationen, hatten nur dem einen Ziel, dem doppelten oder zweigleisigen Fortschritt gegolten: der Eroberung des Weltraums und der Entwicklung technischer Hilfsmittel, die uns alle von der Arbeit befreien sollten.

Wir sahen nicht voraus, daß diese Billionen – nicht nur auf unserem Heimatplaneten, sondern auch auf den Kolonisierten Planeten – der Depression und Verzweiflung zum Opfer fallen würden! Wir begriffen nicht, daß in jedem Geschöpf dieser Galaxis ein angeborenes Bedürfnis, eine kategorische Forderung nach ununterbrochenem Streben, nach Überwindung der eigenen Grenzen, nach einem sinnerfüllten Leben steckte. Jeder fühlt sich zum Tode verurteilt, wenn er erfährt, daß es nichts zu tun gibt, außer zu konsumieren, daß von ihm keine Arbeit und keine Leistung verlangt werden. Die erfolgreichen und triumphierenden Führer schenkten den Massen Überfluß, Muße, Befreiung von Not, von Angst, *von Anstrengungen*; und die unglücklichen Millionen zeigten alle Symptome einer Massenpsychose, die von zufälliger und sinnloser Gewalt bis zu scheinbar grundlosen Epidemien und weitverbreiteten Neurosen reichten. Diese Periode ist als das sirianische Mittelalter bekannt und hat ihre Historiker gefunden; deshalb konzentriere ich mich auf die Gesichtspunkte, die unser Thema betreffen. Dazu zählt ein Phänomen, das als »Aufgabenbeschaffung« bekannt ist. Nachdem man den Grund für die allgemeine Misere kannte, wurden die unterschiedlichsten Lösungen vorgeschlagen. Der erste Versuch bestand darin, Bereiche, die man Maschinen und technischen Hilfsmitteln überlassen hatte, bewußt zu entautomatisieren. Ich will ein Beispiel nennen. Alles, was mit Nahrungsbeschaffung und -lieferung und Haushaltsgütern zusammenhing, war automatisiert worden. Deshalb gab es fast überall im Reich riesige Depots, die jeweils den Bedarf von einer Million Bewohner deckten, und in denen keinerlei Personal benötigt wurde. Diese Einheiten löste man zugunsten kleinerer, manchmal sogar spezialisierter Versorgungsstellen auf. Die Millionen, die in dieser künstlichen Industrie Beschäftigung fanden, waren deutlich glücklicher als die nichtstuende Masse. Eine Zeitlang! Wir mußten uns mit einem Phänomen abfinden, das – wie wir jetzt wissen – ein Gesetz ist: Sobald eine Technologie Dienstleistungen, Aufgaben oder Bedürfnisse erfüllen kann, aus humanitären oder anderen sozialen Gründen aber nicht zum Einsatz kommt, finden die in diesem Sektor Beschäftigten keine wirkliche oder dauernde Befriedigung. Am Ende *wissen* sie alle – selbst wenn diese Erkenntnis hinausgezögert wird, mitunter bewußt und von den Betroffenen selbst, im Bemühen um Selbsttäuschung –, daß ihrer Arbeit, *ihrem* Leben der wirkliche Sinn fehlt. Und schließlich – wenn auch mit Verzögerung – werden sie das Opfer des allgemeinen Leidens und der allgemeinen Krankheiten. Das soll nicht heißen, »die Aufgabenbeschaffung« sei nicht umfassend genutzt worden; in bestimmten kontrollierten Bereichen wendet man sie immer noch an, zum Beispiel als Therapie. Ich will kurz einen Versuch in dieser Richtung beschreiben.

Im Mittelalter gab es ein Phänomen, das man geringschätzig und mit unverhüllter Abneigung »Zeitvertreib der Reichen« nannte. Nur wenige unserer bessergestellten Bürger erwarben nicht ein Stück Land, auf dem sie Farmen im alten Stil betrieben: Die Reichen »vertrieben sich die Zeit« hauptsächlich mit der Landwirtschaft. Unzählige Menschen überall auf den kolonisierten Planeten gaben das Nichtstun, die kontrollierten und geplanten Vergnügungen, auf und zogen sich in eine längst vergangene Zeit zurück: Familien bearbeiteten manchmal ein relativ kleines Stück Land mit dem Ziel, sich selbst zu versorgen. Dabei benutzten sie natürlich alle technischen Errungenschaften, wenn sie es für richtig hielten. Ein besonders beliebtes Modell war uralt: Land, Tiere und Arbeiter bilden eine Einheit, die in einer Wechselbeziehung steht und deren Teile voneinander abhängig sind. Solche »Farmen« trieben unter Umständen keinen Handel, sondern verbrauchten, was sie produzierten. Andere trieben Handel, nicht nur untereinander, sondern nahmen manchmal sogar Verbindung zu den Städten auf, wo ihre Produkte sehr gefragt waren – wiederum bei den Reichen. Ich muß nicht hervorheben, daß hinter der Abneigung gegen die »Aussteiger« Neid stand. Es gab eine Zeit, in der es schien, als sei jeder Mann, jede Frau, jedes Neutrum, jedes Kind im ganzen Reich nur von einer Idee besessen: sich Land anzueignen – sei es auch durch kriminelle Methoden –, um zu primitiven Produktionsformen zurückzukehren. Die Periode brachte ihre eigene reiche Literatur hervor. Und sie ist keineswegs das merkwürdigste unserer literarischen Nebenprodukte. Dieses Phänomen beschränkte sich auf seinem Höhepunkt nicht auf *Teile* oder *Gebiete* von Planeten; ganze Planeten wurden mit dieser Absicht besetzt, manchmal sogar erobert. Unsere Kolonisierten Planeten 19 und 22 waren mehrere Jahrtausende lang ländliche Paradiese, in denen keine Stadt zu sehen war. Auf beiden Planeten gingen die Planungen dahin, das Entstehen von Dörfern, die mehr als Marktplätze zum Austausch von Gütern waren, bewußt zu verhindern. Es gab Massenbewegungen hauptsächlich junger Leute, die nur das eine Ziel im Auge hatten, entweder einen der beiden Planeten zu erreichen oder einen neuen zu übernehmen. Diese Bewegungen hatten alle Merkmale der »Religionen« an sich, unter denen Rohanda in seiner Zeit des Niedergangs zu leiden hatte. Das »einfache Leben«, »zurück zur Natur«, schien für beinahe jeden die Lösung aller unserer neuen Probleme zu sein. Aber auch diese Phase ging vorüber, als deutlich wurde, daß es den künstlichen Programmen, der scheinbaren Sinngebung nicht gelang, den inneren Drang nach sozialer und persönlicher Transzendierung zu stil-

len. Solche Farmen und solche Ideen gibt es noch. Aber jeder hat seit langem begriffen, daß sie klägliche Rückschritte sind.
Inzwischen wußten wir alle, daß wir eine drastische Verringerung der Bevölkerung erreichen mußten. Diese Feststellung genügt, um die Fragen aufzuwerfen, die uns alle in Aufruhr versetzten. Gestanden wir damit ein, daß die Daseinsberechtigung in unserem Reich ausschließlich von ökonomischen Bedingungen bestimmt wurde? Sollte das Leben unserer Bevölkerung nur vom Stand unserer technischen Errungenschaften abhängen? Wurde die Frage so gestellt, dann lautete die Antwort selbstverständlich: Die Dichte der Bevölkerung und ihre Lebensweise waren schon immer von ökonomischen Faktoren bestimmt worden; allerdings war inzwischen an die Stelle von Hungersnöten, Überschwemmungen und Krankheiten der technische Fortschritt mit seinen Folgen getreten. Nichts hatte sich geändert... So wurde argumentiert. Es gab keinen Grund, sich nun mit Fragen über den Sinn des Lebens, den Wert des Individuums usw. zu quälen. Hatten wir über die Auswirkungen von Naturkatastrophen nachgegrübelt und uns damit gemartert? Ja? Hatte es zu etwas geführt? Nein? Weshalb waren wir dann jetzt bereit, uns wegen gleichermaßen unkontrollierbarer Faktoren zu martern und zu quälen?
Doch das war der springende Punkt. Nachdem unsere technische Entwicklung solche Höhen erreicht hatte, glaubten wir, alles unter Kontrolle und eine freie Wahl zu haben. Und nur die eine Idee beherrschte unser Denken: Wir hatten das Chaos und die zufällige Dezimierung hinter uns gelassen. Wir hatten den Punkt bewußter und gezielter Kontrollen erreicht!
Es ist einfach nicht wahr zu behaupten, wir hätten uns bewußt dazu entschlossen, die Bevölkerung zu reduzieren, *wir hätten eine Wahl gehabt,* gleichgültig, wie überlegt und vorsichtig wir dabei vorgingen. Unser ökonomisches Wachstum, das ganz natürlich, Schritt für Schritt, nach oben führte – zumindest hatten wir es so gesehen –, brachte uns in diese Lage.
Die Debatte beherrschte unser ganzes Mittelalter, während wir zugleich überall den Bevölkerungsstand reduzierten; und in der einen oder anderen Form wird sie immer noch geführt.

So zeigte der technische Fortschritt uns, anderen Imperien und jedem, der es wissen wollte, daß Arbeit oder das Fehlen von Arbeit darüber entschied, ob ein Individuum ins Leben kommen durfte oder nicht. Und wo sollte das enden? Sollten wir nur so vielen Menschen Lebensrecht gewähren, als wir Arbeit hatten? Ganz sicher war das lächerlich und absurd. Wir brauchten Landwirte – man konnte und kann nie auf sie verzichten. Wir brauchten alle möglichen Techniker für die Produktion von Kunststoffen, Nahrungsmitteln und Haushaltsgütern. Wir brauchten Handwerker; auch eine kleine Klasse für Regierungs- und Verwaltungsaufgaben war notwendig. Man schätzte, daß wir auf unserem Heimatplaneten mit einer halben Million Menschen gut auskommen würden. Auf dem höchsten Stand der Bevölkerung lebten dort zwei Billionen Menschen.

Wieder einmal mußte man erkennen und eingestehen, daß das, was wir taten, nicht unserer Kontrolle unterlag. Wir wurden dazu gezwungen! Unsere soziale Programmierung war immer eine Sache von Kompromissen, der Anpassung und des Ausgleichs der Kräfte. Unserer freien Entscheidung, wenn man dieses Wort überhaupt ehrlich und sinngemäß anwenden kann, waren enge Grenzen gesetzt.

Diese Erkenntnis wirkte sich bei einigen in unserer Verwaltung schlimm aus. Sie führte zu Depressionen und allen möglichen psychologischen Störungen.

Überall, auf jedem Planeten, wurde die Bevölkerung drastisch aber vorsichtig reduziert, während die philosophischen Aspekte der Angelegenheit vorübergehend den Intellektuellen überlassen blieben.

Es gab eine sehr lange Periode (in dieser Zeit), in denen ganze Bevölkerungsschichten keine Arbeit hatten; und für sie wurden Beschäftigungsmöglichkeiten geschaffen. Auch diese Tatsache ist für das Folgende bedeutsam.

Inzwischen konnte man überall außergewöhnliche und geradezu bizarre Widersprüche bemerken.

Unser Selbstbild – nicht nur auf dem Heimatplaneten, sondern überall – als Menschen, die bestimmte Entwicklungsstufen hinter sich gelassen hatten, machte es unmöglich, diese Menschen zu bestimmten Arbeiten heranzuziehen.

In meiner Aufzählung von Arbeitsgebieten, die immer noch von Menschen, nicht von Maschinen geprägt wurden, habe ich einige Arten schwerer manueller Arbeit, für die es keine Maschinen gab, nicht erwähnt. Es war unmöglich, ohne Zwang jemand von unseren Leuten mit diesen Arbeiten zu beauftragen. In den frühen berauschenden Tagen der Euphorie, als wir so mühelos und erfolgreich – scheinbar – jedes technische Hindernis überwanden und die unangenehmen, degradierenden Arbeiten – so nannten wir sie – eine nach der anderen abschafften, wurde mit Hilfe intensiver Propaganda die Einstellung der Bevölkerung geändert und entsprechend ausgerichtet. Als unser Denken sich wandelte, oder wir bereit waren, uns umzustellen, war es zu spät. Es fällt einer geschickten administrativen Klasse nicht schwer, die Denkweise der Bevölkerung zu verändern, aber es ist nicht leicht, das schnell zu tun – nicht ohne alle möglichen sozialen Erschütterungen. Wir fanden uns in der lächerlichen Situation, nicht zu wissen, wo wir genügend gewöhnliche Arbeiter finden sollten, trotz der vielen Millionen »überflüssiger« Menschen.

Wir hatten uns über den Punkt der Gewaltanwendung hinaus entwickelt. Canopus hatte uns diesen Weg vor langer Zeit gezeigt. (Damit meine ich den Zwangseinsatz von vielen Menschen für Aufgaben, die sie verabscheuen und erniedrigend finden. Das heißt nicht, wir hätten nicht Personal für Arbeiten rekrutiert, die nach allgemeiner Auffassung interessant waren – etwa für den Kolonialdienst.) Wir konnten nicht einfach Arbeitskräfte zwangsverpflichten, die für den Bergbau, in den Steinbrüchen, im Bauwesen benötigt wurden, und sie zu Gefangenen machen, die die schmutzige Arbeit der Gesellschaft übernehmen.

In den vorausgegangenen Bemerkungen zu unserer Lage in dieser Zeit habe ich den Drang in den Weltraum bisher nur gestreift; doch darauf lag das Schwergewicht unserer Entwicklung – tatsächlich war er der Motor, der unsere gesamte technische Entwicklung vorantrieb.

Unsere Krise hatte von Anfang an ihre immanente Lösung. Sie verlangte, unsere Raumflotte, unser Raumpersonal zu vergrößern und das Programm zur Eroberung des Raums zu erweitern. Wir befanden uns nicht in einer statischen Situation mit selbstgesetzten Grenzen, obwohl sie natürlich ihre Grenzen hatte. Der Krieg mit Canopus war ein Ergebnis dieses unvermittelten, ruhelosen Drangs nach außen. Die Zerstörung und die ungeheure Zahl von Toten löste oder verzögerte zumindest manche Probleme. Ich sage das ganz nüchtern, und ohne sentimentale Erwägungen anzustellen: Es hatte nicht in unserer Absicht gelegen, die Bevölkerung auf diese Weise zu verringern – aber das war das Ergebnis. Wir hatten keineswegs geplant, ganze Planeten zu zerstören, damit viel Arbeit in den Wiederaufbau fließen würde – aber genau das geschah. Das waren die *Fakten*. Aber dank der für unser Reich bezeichnenden Produktivität und seiner Ressourcen gelang es, all diese Schäden ohne Schwierigkeiten und schnell zu beheben – auf lange Sicht gesehen. Die wirkliche Lehre dieses Krieges bestand darin, daß uns nicht erlaubt wurde, auf canopäisches Territorium vorzudringen. Bestimmte Teile der Galaxis blieben uns verschlossen. Das bedeutete, die Planeten, die uns entsprechend dem damaligen technischen Stand zur Verfügung standen, waren zahlenmäßig begrenzt. Wir hatten sie bereits alle erobert oder zumindest erkundet. Deshalb wurde eine Weiterentwicklung der Raumtechnologie notwendig, damit uns größere Gebiete der Galaxis offenstünden. Das geschah. Doch mit dieser Geschichte beschäftigen wir uns an dieser Stelle nicht, oder nur mit einzelnen Aspekten, soweit sie zur Verdeutlichung der damaligen allgemeinen Situation beitragen, die sich folgendermaßen zusammenfassen läßt: Wir befanden uns in einer tiefen, permanenten und unheilbaren Krise infolge unserer technischen Errungenschaften, die sich nur durch eine kontinuierliche Expansion in den Raum abschwächen ließ.

Ich habe jetzt genug gesagt, um den Hintergrund unserer Versuche auf Rohanda zu skizzieren. Natürlich war Rohanda nur einer der Planeten, die wir auf diese Weise benutzten.

Es gibt nur sehr wenige biosoziologische Versuche, die nicht

das Ergebnis einer natürlichen Entwicklung sind; gleichgültig ob sie bewußt in Gang gesetzt oder nur in ihrem Verlauf beobachtet werden. Unser erstes Experiment auf Rohanda wurde uns ausschließlich von der Notwendigkeit diktiert und fällt eindeutig in die Kategorie von Entwicklungen, die durch äußeren Druck in Gang gesetzt werden.
Ich beginne mit den Lombis, und zwar nicht weil es unser erster Versuch war, sondern weil er sich langfristig auf den Planeten auswirkte.

Das Lombiexperiment und einige andere Versuche

Der kolonisierte Planet 23 mußte für die Denker vorbereitet werden... der Leser entdeckt vielleicht eine Spur Spott in diesem Satz. Aber ich habe nicht die Absicht, auf gesellschaftliche Kontroversen einer weit zurückliegenden Vergangenheit einzugehen. Es gab viel Kritik an der Institutionalisierung eines Planeten, der nur eine Funktion erfüllen sollte. Aber sie blieb ohne jede Auswirkung. Es handelte sich um einen kahlen, wasserlosen Planeten, eine Wüste aus Sand, Felsen und erloschenen Vulkanen. Man kann unsere Aktivitäten dort nicht als Versuche bezeichnen, denn wir besaßen seit langem Techniken, die uns erlaubten, auf solchen Planeten zu leben. Es mußten voneinander unabhängige Einheiten mit eigenem Klima und eigener Atmosphäre errichtet werden. Einmal etabliert, brauchen solche Gesellschaften nur wenig für ihren Unterhalt. Es war relativ leicht, durch Hydrokulturen und andere Techniken Nahrungsmittel zu produzieren; doch es hatte sich herausgestellt, daß man dabei an gewisse Grenzen stieß – unter anderem bei *Getreide*. Auch andere Nutzpflanzen gediehen unter diesen Bedingungen nicht sehr gut. Man hatte schon lange entdeckt, daß in Wasser gewachsene Pflanzen zwar zur Erhaltung des Lebens ausreichten, doch es fehlte ihnen ein Element, das wir erst später isolierten. Einzelheiten zu diesem Thema finden sich unter dem entsprechenden Stichwort. Da K.P. 23 sich in der Nähe des fruchtbaren Rohanda befand, hielt man es für nutzlos, die Selbstversorgung von K.P. 23 zu planen. Deshalb waren die Anlagen auf K.P. 23 weniger umfassend und riesig, als es manchmal auf solchen Planeten der Fall ist, doch groß genug, um beim Überfliegen den Eindruck zu erwecken, die Oberfläche des Planeten sei von glänzenden silbernen Blasen bedeckt – den Kuppeln der künstlichen Lebensräume.

Sie mußten errichtet werden. Dazu brauchte man eine große Zahl gewöhnlicher Arbeiter – nicht nur für den Aufbau der Kuppelsegmente, die natürlich woanders hergestellt wurden – auf K.P. 3, der zu der Zeit auf diese Art Fabrikation spezialisiert war – sondern auch für die Vorbereitung des Geländes. Es handelte sich um ein gewaltiges Unternehmen auf unebenem Terrain, das den Einsatz zahlloser Maschinen- und Gerätetypen verschiedenster Art erforderte. Ich habe bereits festgestellt, daß unsere vielen und unterschiedlichen Völker inzwischen alle glaubten, sie seien über solche Arbeiten hinausgewachsen; deshalb fanden sie sich auch nicht dazu bereit.

Wir standen also vor einem Problem von zentraler Bedeutung für die Entwicklung unseres Reiches. Das Lombiexperiment hing eng damit zusammen. Es ging um folgendes: Sobald wir einen neuen Planeten mit der dort vorgefundenen Bevölkerung kolonialisiert hatten, entwickelte sie augenblicklich die Vorstellung, man wolle ihr Fortschritte und Privilegien vorenthalten, auf die sie *ein Anrecht habe* – selbst wenn solche Gesellschaften zu Beginn kaum höher entwickelt waren als Affen oder andere Tierarten. Diesen Vorgang hatten wir immer und immer wieder erlebt. Unsere Administratoren mußten nur ihren Fuß auf einen Planeten setzen, der sich vielleicht noch in einem völlig unzivilisierten Zustand befand, und im Handumdrehen wurde deutlich, daß ein Prozeß schneller sozialer Evolution eingesetzt hatte. Das kam auf die unterschiedlichste Weise zum Ausdruck, unter anderem in Aufständen und Revolten, die mit Gewalt niedergeschlagen werden mußten, noch ehe wir die Gründe dafür richtig kannten. Damals führte man diesen Drang nach Verbesserung der eigenen Lage ausschließlich auf Neid und primitive Eifersucht zurück; und beidem brachten

wir wenig Verständnis entgegen. Erst später begriffen wir, daß wir uns einer vitalen Kraft gegenübersahen, die alle Völker unseres Reiches stetig höher trug und Fortschritte machen ließ. Es handelte sich *keineswegs* nur um den Drang, jene guten Dinge besitzen zu wollen, die *wir* hatten, sondern um eine unaufhaltsame Entwicklung. In unserer Funktion als Statthalter des Reiches lernten wir sehr schnell, daß wir uns selbst auf dem barbarischsten Planeten mit der Absicht niederlassen konnten, seine Bewohner auf unterschiedliche notwendige Weise zum Wohl des gesamten Reiches einzusetzen und doch damit rechnen mußten, daß diese Wilden in sehr kurzer Zeit alle uns zur Verfügung stehenden Vorteile fordern würden – und zu diesem Zeitpunkt auch uneingeschränkt erhielten. Man konnte unser Reich als eine Art Vehikel betrachten, das eine beinahe unbegrenzte Zahl von Planeten mit unterschiedlichem Entwicklungsstand zu einer zivilisierten Norm führte. Zu Uniformität? Zu einer ungewollten und ungewünschten Uniformität? Das ist eine andere Frage; ganz bestimmt eine wichtige Frage, die uns aber hier nicht beschäftigt.
Damals, am Beginn von Rohandas neuer Phase überlegten wir, weshalb es zu diesem Mechanismus kam und wie er arbeitete. Was führte dazu, daß bei unserem Auftauchen auf einem Planeten dieser Vorgang einsetzte? Wir empfanden ihn als höchst befremdlich und unerwünscht. Wir brauchten Völker auf unterschiedlichem Entwicklungsstand. Es gab bereits Billionen Privilegierter mit dem Anrecht auf alle technischen Errungenschaften. Wir wollten nicht Planet um Planet mit Wilden oder Halbwilden entdecken und kolonialisieren, aus denen, wie es schien, in kürzester Zeit privilegierte Bürger unseres Reiches wurden. Kurz gesagt, wir benötigten ein Reservoir oder eine Gruppe von Menschen, die wir für gewöhnliche und schwere körperliche Arbeiten einsetzen konnten.
Wir hatten vor kurzem den Planeten 24 entdeckt und erforscht. Er befand sich in einem Sonnensystem, das fern von Rohanda und uns lag – zu weit entfernt, um in unser Reich problemlos durch engen Kontakt integriert zu werden. Wir mußten uns auf unregelmäßige und zweckgebundene Besuche beschränken.

Aber es war ein produktiver, fruchtbarer Planet mit einer Atmosphäre und bevölkert von einer weitverbreiteten – nützlichen – Tierart, die zu den höheren Affen gehörte. Die Lombis bewegten sich je nach Bedarf auf vier oder zwei Beinen; sie ernährten sich vegetarisch und von Fleisch. Sie waren äußerst stark und vital. Sie besaßen lange, aber nicht übermäßig dichte Haare auf Kopf, Schultern und Rücken, auf der Vorderseite jedoch nur wenige. Sie hatten sehr muskulöse, kraftvolle Schultern und Arme. Sie waren gedrungen und von kleinerer Statur als jede andere Spezies, die wir bisher entdeckt hatten. Im Vergleich zu den Bewohnern unseres Mutterplaneten erreichten sie nur ein Drittel unserer Größe. Sie lebten in unterschiedlichen sozialen Formen, in Stämmen, Horden, Familien, selbst als Einzelgänger. Sie kannten das Feuer; sie jagten, und ihre Landwirtschaft stand in den Anfängen. Wie man sehen wird, bestand ihre herausragende Eigenschaft in der Anpassungsfähigkeit.

Man entschied, unsere Techniker sollten sich bereits beim ersten Kontakt auf ihren Entwicklungsstand und ihre Lebensweise einstellen. Wir gaben unsere übliche Praxis auf, eine scharfe Trennung zu ziehen und einen eindeutig sirianischen Lebensstil beizubehalten. Das taten wir normalerweise aus Gründen der Selbstdisziplin und um ein Beispiel zu geben. Das Problem lag in der unterschiedlichen Körperstatur. Wir wählten Kolonialbeamte von K.P. 22. Denn auf Grund ihrer Erfahrung mit primitiver, autarker Landwirtschaft konnte man erwarten, daß die Bedingungen auf Planet 24 ihnen zumindest nicht fremd sein würden. Zufällig gehörten sie ebenfalls einer kleinen Rasse mit kräftigem Körperbau an. Sie erhielten den Auftrag, sich den Lombis so zu nähern, daß nichts in ihrem Denken und Handeln auf Überlegenheit schließen ließ. Von ihnen stammt unser Wissen über die Lombis.

An diesem Punkt kam es zu einer anderen Kontroverse. Bislang entsprach es unserer Praxis, die benötigte Anzahl von Männern oder Frauen ohne Nachkommen an ihren Bestimmungsort zu fliegen, aber niemals beide Geschlechter zusammen. Dieses Verfahren hatte in letzter Zeit wegen seiner

Unmenschlichkeit Unwillen hervorgerufen. Ich beteiligte mich an dieser weitverbreiteten Selbstkritik: Es war uns nicht länger möglich, eroberte Stämme oder Völker für unsere Zwecke zu benutzen, ohne neben ihrem körperlichen Wohlergehen auch ihr emotionales und geistiges Wohl zu berücksichtigen. Familien auf Planet 23 und später auf Rohanda zu bringen, würde unsere Lage nur erschweren, den Wert des Versuches aber auch steigern und ihn erweitern. Unsere Fraktion im Kolonialdienst setzte sich durch. Wir verhinderten einen Kompromiß, der vorsah, sterilisierte Frauen einzusetzen, und griffen zu einem anderen Kompromiß: Wir nahmen nicht die gleiche Zahl von Männern und Frauen, sondern zwei Drittel Männer und ein Drittel Frauen. Das hatte Vorteile, unter anderem auch deshalb, weil wir etwas Ähnliches noch nie versucht hatten.

Man brachte fünfzigtausend der Tiere auf den Planeten 23, wo die Bedingungen sich in jeder Hinsicht von dem unterschieden, was sie gewohnt waren. Sowohl Männer als auch Frauen wurden mit dem Aufbau der Raumkuppeln beauftragt. Dies bedeutete zunächst, daß sie sich in schweren Raumanzügen bewegen mußten – die Standardversion in solchen Verhältnissen. Erst nachdem die Kuppeln in Funktion waren, konnten sie darauf verzichten. Ein nicht uninteressantes Experiment: Wir verlangten von Tieren, die gelernt hatten, Fleisch über dem offenen Feuer zu braten, die aber noch keine Kochtöpfe kannten, Raumanzüge zu tragen und Maschinen zu bedienen. Nach entsprechender Anleitung gelang ihnen beides!

Unsere Techniker lebten mit ihnen zusammen, und zwar unter genau gleichen Bedingungen. Sie aßen, was die Lombis aßen und vermieden es bewußt, Überlegenheit oder Unterschiede zur Schau zu stellen.

Wir rekrutierten diese Techniker auch weiterhin von K.P. 22. Dies führte im ganzen Kolonialdienst zu beträchtlicher Unruhe, obwohl man die Notwendigkeit einsah: Nur die Eingeborenen von 22 ähnelten in ihrer Statur den Lombis. Man drängte sich immer danach, an solchen Versuchen teilzunehmen, denn es gab nicht genug Möglichkeiten, unsere unzufriedenen und idealistischen jungen Leute zu beschäftigen. Die Dienstzeit der

Techniker wurde aus zwei Gründen auf sechs Monate (Rohandazeit) begrenzt. Einmal wollte man soviel Jugendlichen wie möglich eine Chance geben; außerdem hätte es niemand dort länger ausgehalten. Das Zusammenleben mit den Lombis im Alltag bedeutete den Rückschritt in eine Vergangenheit, von der die Bevölkerung unserer Planeten gerne glaubte, sie habe sie für immer hinter sich gelassen.
Während ihres Aufenthalts auf K.P. 23 wurden die Lombis in keiner Hinsicht indoktriniert oder unter Druck gesetzt.
Früher entsprach es unserer Praxis, die Glaubensstrukturen auf einem Planeten kennenzulernen und diese »Götter« – in welcher Manifestation sie auch verehrt wurden – auf entsprechende Weise einzusetzen. So hätten wir den Lombis zum Beispiel gesagt, ihre »Götter« brauchten sie, um bestimmte Pflichten in einem fernen Himmel zu erfüllen. Doch soweit wir sehen konnten, hatten sie das Stadium noch nicht erreicht, in dem es Götter oder Gottheiten gab.
Wir sagten ihnen nichts. Unsere Techniker lebten ohne Erklärung eine Zeitlang auf 24 mit ihnen zusammen – auf Grund ihrer primitiven Sprachstruktur wäre es auch nicht leicht gewesen, ihnen Erklärungen zu geben. Unsere Raumschiffe landeten auf dem Planeten und nahmen fünfzigtausend Lombis aus unterschiedlichen Gebieten mit. Dadurch wollten wir eine zu schwere Erschütterung des Sozialgefüges vermeiden. Auf 23 erklärte man ihnen einfach, was sie zu tun hatten, steckte sie in Raumanzüge, wie unsere Techniker sie bereits trugen, und zeigte ihnen, wo sie essen und schlafen sollten. Nachdem die ersten Kuppeln standen, überließ man sie ihnen zur freien Benutzung – alles ohne jede Information, die über das Notwendige hinausging. Die künstliche Atmosphäre in den Kuppeln entsprach in etwa der ihres Heimatplaneten. In dieser Hinsicht konnte es also zu keinerlei organischen oder physischen Schocks kommen. Auch die Ernährung wurde unter diesem Gesichtspunkt zusammengestellt.
Es war viel zu früh, um erste Anzeichen der Forderung nach »höheren Dingen« zu erwarten. Die neuen Lebensgewohnheiten, die sie erlernten, füllten sie völlig aus und ließen keinen

Raum für solche Impulse. Ein heftiges und rivalisierendes Werben um die Frauen und eine gewisse Widerspenstigkeit hatten wir erwartet, und beides setzte auch sofort ein.
Die Lombis blieben fünf Rohandajahre auf K.P. 23 und wurden während dieser Zeit von den Technikern von Planet 22 überwacht und unterwiesen. Ihre Lehrer wechselten ständig, lebten genau wie sie und gaben keinerlei Erklärung darüber ab, weshalb das alles mit ihnen geschah.
Dann wurden die Lombis vollzählig in Raumschiffen auf den Südlichen Kontinent I gebracht – wiederum ohne Erklärung. Ihre Aufgabe hatte sich nicht geändert: Sie mußten die Lebensbedingungen für andere schaffen; allerdings ging es diesmal nicht darum, Kuppeln und künstliche Lebensräume zu errichten, denn sie befanden sich auf Rohanda. Unsere Beobachter erwarteten sie bei ihrer Ankunft auf dem Planeten und beim Verlassen der Raumschiffe – allerdings für sie verborgen.
Die Atmosphäre von Rohanda ähnelt der des K.P. 24, enthält jedoch fünf Prozent mehr Sauerstoff.
Ich muß hier festhalten, daß die Beobachter – zu denen auch ich gehörte – mehr als eine gewisse Unruhe verspürten, als die armen Geschöpfe auf dem feuchten Grasland abgesetzt wurden. In all der Zeit auf 23 – ihnen mußte es wie eine Unendlichkeit vorgekommen sein – hatten sie sich entweder innerhalb der Kuppeln aufgehalten oder bei der Arbeit im Freien schwere, lästige Raumanzüge getragen. In den Kuppeln gab es Himmel – künstliche Himmel, wie sie wußten, denn sie hatten sie selbst dort angebracht. Es gab Vegetation, aber nichts, was sie nicht selbst gepflanzt hätten, und es gab Wasser, das sie zum Fließen gebracht hatten. Hier standen sie auf Erde, die nicht nur aus Sand, Felsen und Steinen bestand, sondern grün und fruchtbar war, und über der sich ein wirklicher Himmel wölbte... Während sie die Stufen der Raumschiffe hinunterliefen, entrangen sich ihnen heisere Schreie des Staunens und der Dankbarkeit. Dann warfen sie sich ins Gras, wälzten sich, umarmten sich und lachten – so klang es zumindest. Als wir unsere starken Ferngläser auf ihre breiten, behaarten Gesichter richteten, sahen wir, daß sie weinten, sahen ihre Tränen fließen. Tränen

gehören auf unserem Mutterplaneten nicht zu den üblichen Verhaltensäußerungen. Nur bei einigen Arten unserer Gattung ist das der Fall. Wir hatten nicht gewußt, daß diese Tiere weinen; es war nicht erwähnt worden. Und dann tanzten sie langsam und feierlich. Tausende und Abertausende hoben die Arme, richteten ihre Affengesichter gen Himmel und feierten ihre Freude über die Rückkehr zur – Normalität? Was dachten sie? fragten wir uns. Glaubten sie, wieder zu Hause zu sein?
So war es. Sie glaubten, in ihrer Heimat zu sein, denn Bäume, blauer Himmel und ein Leben ohne beschwerliche Maschinen und Raumanzüge *war* ihnen Heimat; und es dauerte einige Zeit, bis sie begriffen, daß dies nicht ein Teil ihres Planeten, sondern ein fremder Planet war.
Wir ließen ihnen keine Zeit, negative Reaktionen zu entwickeln.
Man erlaubte ihnen zunächst herumzulaufen, zu tanzen und ihre merkwürdigen – aber eindeutig rhythmischen – Grunzlaute und Schreie auszustoßen; sie durften sich ihrer Freiheit erfreuen, ehe sie nach einiger Zeit wieder zusammengetrieben, in Trupps eingeteilt und an die Arbeit geschickt wurden. Als erstes mußten Wälder gerodet werden, um Platz für die Unterkünfte unserer Siedler zu schaffen; danach waren größere Flächen für das Anlegen von Feldern und den Bau der Laboratorien vorzubereiten. Nach Fertigstellung der Station mit ihren Gebäuden, Laboratorien und gerodeten Feldern flog man alle Lombis an einen anderen Platz weiter im Süden. Erst nachdem sie fort waren – nicht früher, denn diese Tiere sollten keine höherentwickelten Wesen sehen –, traf das erste Kontingent Agronomen von unserem Mutterplaneten ein. Man hatte sie durch das Los bestimmt; der Ansturm der Freiwilligen war so groß, daß nur diese Methode Vorwürfe und Ungerechtigkeiten ausschloß.
Auf dem Südlichen Kontinent I wurden insgesamt zehn landwirtschaftliche Stationen errichtet. Dies genügte nicht nur, um den gesamten Nahrungsbedarf von K.P. 23 zu decken, sondern später kamen von dort auch Luxusprodukte zu Luxuspreisen auf unseren Mutterplaneten. Der Aufbau der Stationen nahm mehr als hundert R-Jahre in Anspruch.

Die Lombis lebten durchschnittlich zweihundert R-Jahre. Wie immer bei der Ansiedlung einer Art auf einem anderen Planeten, gehörte zu unseren wichtigsten Überlegungen die mögliche Auswirkung auf die Lebenserwartung. Wir hatten uns daran gewöhnt, daß es in der Anfangszeit zu sprunghaften und unberechenbaren Schwankungen kam; danach folgten unvorhersehbare Abweichungen in der Lebensdauer. Die Lombis bildeten keine Ausnahme. Im Laufe der ersten R-Jahre starben einige ohne ersichtlichen Grund (manche Rassenpsychologen ordneten diese Todesfälle unter »Anpassungsschwierigkeiten infolge von Lebensenttäuschung« ein). Die Nachkommen schienen eine höhere Lebenserwartung zu haben. Es kam auch zu einer überraschenden Zunahme an Größe und Leibesumfang.
Nachdem die Lombis ihre Arbeit auf dem Südlichen Kontinent I verrichtet hatten, brachte man sie nicht auf ihren Planeten zurück.
Aus folgendem Grund: Während sie auf K.P. 23 arbeiteten, hatte man einen anderen Planeten entdeckt, der sehr viel näher an Sirius lag, und sich nicht sehr von 23 unterschied, wenn man davon absah, daß dort nur sehr begrenzte Lebensformen existierten, die sich nur langsam entwickelten. Wir beabsichtigten, die Lombis auf diesen Planeten – Kolonisierter Planet 25 – zu bringen, um die Gattung dort anzusiedeln. Wir hofften, sie würden uns auch weiterhin für allgemeine schwere körperliche Arbeiten, die keine besonderen Vorkenntnisse erforderten, zur Verfügung stehen.
In anderen Worten, sie sollten nie mehr in ihre Heimat zurückkehren.
Doch es war nicht möglich, sie sofort auf 25 zu bringen, denn dort wurden bestimmte begrenzte und befristete Versuche durchgeführt; ihre Anwesenheit hätte störend gewirkt. Nach meiner Anordnung verfrachtete man sie deshalb zunächst auf den Isolierten Südlichen Kontinent II.
Während der hundert Jahre auf S.K. I lebten sie – man kann es nicht anders bezeichnen – in einem sozialen Vakuum. Ihnen wurde keinerlei Einblick in die verschiedenen Formen siriani-

scher Kultur gestattet. Die Techniker von K.P. 22 hatten sie weiterhin unterwiesen (weniger und weniger, denn sie zeigten sich als gelehrige Schüler), gaben sich jedoch nie den Anschein, ihnen überlegen zu sein. Man sagte den Lombis nicht, weshalb sie die landwirtschaftlichen Stationen errichteten. Sie wußten auch nicht, was auf 23 geschehen war, nachdem sie den Planeten verlassen hatten, und ebensowenig wußten sie etwas über ihr künftiges Schicksal. Einige Aufseher glaubten, sie seien weder in der Lage, Fragen zu stellen, noch Antworten zu verstehen. Andere widersprachen dem. Wir nahmen diese Äußerungen zur Kenntnis, hielten jedoch an unserer Politik fest, auch als Kritik laut wurde, der ganze Versuch sei brutal.

Die ganze Zeit über hielten wir aufmerksam nach Zeichen der vertrauten Forderung nach mehr, nach Höherem, nach Besserem Ausschau. Denn dieser Aspekt interessierte uns bei dem Versuch auf 23 und auf Rohanda ebensosehr wie die Arbeit, die sie verrichteten. Mittlerweile hatten wir sie in einer bestimmten günstigen Gegend des S.K. II freigelassen. Natürlich lag dies alles vor den »Ereignissen«, der Verschiebung der Planetachse, durch die Rohanda auch in eine etwas größere Entfernung zur Sonne geriet. Damals war es auf dem ganzen Planeten entsprechend wärmer. Der südliche Teil des Kontinents war ideal, ein Paradies – um einen emotionalen Ausdruck zu verwenden, der in diesem Bericht natürlich unangebracht ist –, und ich habe nie wieder etwas gesehen, was ihm gleichgekommen wäre. Die Bedingungen ähnelten dem, was die Lombis von K.P. 24 kannten, waren jedoch etwas besser: trockener, ausgeglichener, ohne irgendwelche Extreme. Man brachte sie auf eine große, dichtbewaldete fruchtbare Ebene mit einem breiten Fluß und zahlreichen Nebenflüssen, wies sie an, bestimmte Grenzen nicht zu überschreiten und überließ sie sich selbst. Unsere Beobachter von 22 wurden abberufen.

Ich bezog mit meinem Stab in einiger Entfernung einen unzugänglichen Stützpunkt in den Bergen, dem sie sich sicher nie nähern würden. Wir setzten die Lombis nicht davon in Kenntnis, daß ihr Aufenthalt an diesem wunderschönen Ort begrenzt und wahrscheinlich nur von kurzer Dauer sein würde.

Zu dieser Zeit war ich sehr von anderen Unternehmungen in Anspruch genommen.
Ein Beispiel: Das gesunde belebende Klima des Kontinents brachte uns auf die Idee, Menschen mit geistigen Störungen, meist Depressionen und Melancholie, wie sie für unser Mittelalter bezeichnend waren, vorübergehend hierherzubringen. Wir benutzten S.K. II tatsächlich als eine Art psychiatrische Anstalt, als Sanatorium. Die Bedingungen waren so günstig, das Leben war so wenig anstrengend; wir mußten nur alle, die es wünschten, auf den Kontinent bringen – natürlich weit genug von den Lombis entfernt. Dann überließen wir es ihnen, sich Unterkünfte aus Zweigen und Gras zu errichten. Versorgt wurden sie mit Nahrungsmitteln vom S.K. I. Man erlaubte ihnen nicht, zu jagen oder den Tieren etwas zuleide zu tun, doch in gewissen Grenzen durften sie fischen. Beabsichtigt wurde damit die freiwillige Rückkehr in eine urzeitliche Unschuld, eine Unschuld, die nicht einmal erfunden oder eingeübt werden mußte, denn auch diese Idee hatte wie das Landleben im alten Stil ihre Literatur und Regeln. Wir praktizierten in Wirklichkeit eine Art Tourismus, allerdings unter idealen Bedingungen. Wir ermöglichten hochzivilisierten und kultivierten Bevölkerungsgruppen eine Erfahrung anstelle von Beobachtung. Natürlich konnten sie auch beobachten – es gab alle möglichen ihnen unbekannte Tiere und Vögel und faszinierende Wälder und Flüsse. Diese Einrichtung wurde unglaublich populär. Überall im Reich drängte man sich nach einem Aufenthalt auf Rohanda. Unsere Mediziner äußerten sich begeistert. Auf dem Höhepunkt dieser Phase lebte eine halbe Million für eine längere oder kürzere Zeit auf den Ebenen im Süden. Doch ich muß von einem Fehlschlag berichten: An der eigentlichen Ursache ihres Leidens änderte sich nichts. Ärzte, die diese bedauernswerten Menschen versorgten, kamen zu dem Schluß, Melancholie und Teilnahmslosigkeit würden manchmal nur überdeckt von Ruhelosigkeit, hektischer Unzufriedenheit und Überreiztheit. Das Projekt wurde als Fehlschlag eingestuft und abgebrochen. Niemand sollte zurückbleiben, nachdem das letzte Raumschiff abhob; und offiziell wurde das auch bestä-

tigt. Aber die Erfahrung mit vielen ähnlichen Projekten sagt mir, daß es ein paar Exzentrikern und Einzelgängern immer gelingt, sich der Überwachung zu entziehen, sich davonzustehlen und ein eigenes Leben zu führen. Deshalb hatte auch dieser Versuch vielleicht geringfügige Auswirkungen auf Rohanda.

Es gab noch eine ganze Reihe anderer befristeter Versuche, denen wir viel Aufmerksamkeit widmen mußten; wir achteten deshalb nur darauf, daß die Lombis das ihnen zugewiesene Gebiet nicht verließen.

Als man uns davon in Kenntnis setzte, Planet 25 würde in Kürze freiwerden, kam diese Nachricht früher als erwartet. Wir forderten auf der Stelle ein Kontingent von zweitausend Technikern von K.P. 22 an. Unser erstes Problem lag auf der Hand. Es mußte den Technikern unter allen Umständen gelingen, sich auf scheinbar gleicher Entwicklungsstufe unter die Lombis zu mischen. Aber nach beinahe tausend R-Jahren wußten wir nicht, auf welcher Stufe sie sich befanden. Ehe die 22er eintrafen, wußten wir durch Beobachtungen mit dem Fernglas und aus gutgewählten Verstecken, daß die Lombis sich zumindest äußerlich nur wenig verändert hatten. Wir brachten die Techniker in der Nähe unseres Hauptquartiers unter. Sie waren beinahe alle daran beteiligt gewesen, die Lombis von K.P. 24 nach 23, und von dort nach Rohanda zu bringen. Es würde also keine unerwarteten Anpassungsschwierigkeiten geben. Aber als der erste Suchtrupp von fünfhundert Mann aufbrach, völlig nackt, ohne etwas bei sich zu haben, selbst keine Nahrungsmittel oder Waffen, konnten sie ihr Unbehagen nicht verbergen. Die Angehörigen der Rasse von K.P. 22 sind am Körper unbehaart und können sich nicht mehr daran erinnern, sich auf allen vieren vorwärtsbewegt zu haben. Meiner Ansicht nach ist es der Augenblick, in dem eine Spezies anfängt, Kleidung zu tragen, und sei es auch nur andeutungsweise – etwa ein Lendenschurz aus Blättern oder Rinde –, der den Übergang vom Tier zum höheren Wesen markiert. Insofern ist Kleidung bedeutsamer als der aufrechte Gang, denn durch sie entsteht eine bestimmte Art von Selbstbewußtsein. Es fiel den Leuten vom

Planeten 22 schwer, alle Kleidungsstücke abzulegen; und es bereitete ihnen Unbehagen, dabei beobachtet zu werden. Wir achteten ihre Gefühle, und sie verließen ohne Begleitung unser Felsplateau. Normalerweise hätten einige von uns ihnen ein Stück das Geleit gegeben. Allerdings ließen wir sie eine Zeitlang nicht aus den Augen, denn diese Art Beobachtung gehört zu unserer Aufgabe. Die Bewohner von Planet 22 sind eher von gelblicher Hautfarbe; sie sind nicht so dunkel wie die Lombis. Man hatte sie zwar zuvor unter die Sonnenapparate gesetzt; trotzdem wirkten sie immer noch mehr dunkelgelb als braun. Der Trupp drahtiger kleiner Menschen verschwand bald in den niedrigen Hügeln, und wir hörten einige Tage nichts von ihnen.

Dann kamen Boten zurück und berichteten von ersten Begegnungen mit den Lombis. Sie erklärten, wir könnten die restlichen eintausendfünfhundert Techniker unbedenklich losschicken, und diese machten sich daraufhin ebenfalls nackt (und voll Unbehagen) auf den Weg.

Die zweitausend Techniker sollten bei den Lombis leben, sie beobachten und feststellen, wieweit sie sich verändert hatten.

Ich werde die verschiedenen Berichte zusammenfassen.

Den ersten fünfhundert fiel es nicht leicht, die Lombis aufzuspüren. Schließlich entdeckten sie einige bei der Suche nach Pflanzen in der Ebene; doch die Lombis rannten sofort davon und versteckten sich, als sie bemerkten, daß sie beobachtet wurden. Bis zur ersten Begegnung vergingen ein paar Tage. Als Individuum erinnerte sich keiner der Lombis an die Entführung vom Heimatplaneten und die nachfolgenden Ereignisse. Doch als Rasse erinnerten sie sich. Und das führte zur bedeutsamsten Veränderung: Sie hatten eine Sprache entwickelt. Nicht für das Alltagsleben, sondern nur für einen Zweck: Es waren Lieder und Geschichten entstanden, die ihnen alles über ihre Vergangenheit erzählten.

Die zweite Veränderung zeigte sich darin, daß sie bei Vollmond Feierlichkeiten und Feste veranstalteten, bei denen diese Geschichten und Lieder im Mittelpunkt standen. Das hatte die

Tiere geeint. Auf ihrem Heimatplaneten hatten sie in allen möglichen sozialen Verbänden zusammengelebt; mitunter in kleinen Gruppen und ohne Kontakt zu ihren Artgenossen. Jetzt wurde ausnahmslos von allen Lombis erwartet, sich einmal in jedem R-Monat auf dem allgemeinen Festplatz einzufinden. Es handelte sich nicht immer um denselben Ort; doch meist lagen die Plätze in einer geeigneten waldreichen Gegend und in der Nähe eines Flusses, der ihre Bedürfnisse nach Reinlichkeit und Wasser erfüllte. Nicht nur die eigentlichen Festlichkeiten, die »feierliche Erinnerung« – wie man ihr Wort dafür übersetzen könnte –, das Singen und Geschichtenerzählen, sondern auch die An- und Abreise waren ritualisiert worden. All das schuf ein Band, das diese *neue* Nation – denn nach unseren Klassifikationen stellten sie nun eine Nation dar – zusammenhielt.
Ansonsten befanden sie sich ständig auf der Wanderschaft; sie wechselten immer wieder ihre Wohnstellen, die Sammelplätze für Pflanzen und die Wasserstellen. Ruhelosigkeit und überschäumende Energie waren ihre neuen Eigenschaften. Das hing mit ihrem größeren Sauerstoffverbrauch zusammen; und es war Ausdruck ihrer wichtigsten *physischen* Veränderung.
Darin lag ein Paradox, ein Widerspruch. Obwohl sie nicht zur Ruhe kommen konnten und ständig in Bewegung waren, wirkten sie ängstlich und verstohlen. Die monatlichen Rituale, die in unterschiedlicher Form die Entführung aus ihrer Heimat zum Inhalt hatten, verstärkten dieses Verhalten.
Große, sogar heftige Widersprüche kennzeichneten jetzt das Leben der Lombis. Als sie unseren Erkundungstrupp sichteten, verbargen sie sich – denn ihre Geschichten berichteten von solchen »Fremden vom Himmel«, die freundlich bei ihnen auftauchten und sie dann brutal entführten. Doch sie erwarteten auch »Fremde vom Himmel«, die wiederkommen und sie aus ihrer Lage befreien würden... denn sie hofften, in ihre »wahre Heimat im Himmel« zurückgebracht zu werden.
Auf ihrem Planeten hatten sie manchmal Blätter oder Tierhäute als Schmuck oder Schutz vor der Kälte benutzt; jetzt war ihnen jede Art von Bekleidung verboten und rief Entsetzen hervor,

denn die Raumanzüge von K.P. 23 zählten zu ihren schrecklichsten Erinnerungen. Selbst wenn eine junge Frau sich spielerisch ein paar Beeren auf die Nase legte oder an die Ohren hängte, sich vielleicht auch ein paar Blätter um die Hüfte band oder ihr Kind schützend in ein Fell hüllte, rief das lautes Geschrei und eine Flut von Vorwürfen bei allen hervor, die sie beobachteten – als empfänden sie das als ersten Schritt zu der ach so gefürchteten Bekleidung, zur Klaustrophobie der »kleinen Gefängnisse«.

Auf Planet 23 und beim Bau der Siedlungen auf S.K. I hatte man die Lombis mit einfachen Nahrungsmitteln versorgt, meist mit Getreide und Gemüse, aber immer handelte es sich um gekochte oder zubereitete Mahlzeiten; und so lernten die Lombis, daß zubereitete Nahrung ein Zeichen von Gefangenschaft war.

In diesen beiden wesentlichen Punkten hatte ihre Entwicklung stagniert; sie waren nach wie vor nackt wie gewöhnliche Tiere, und sie verzehrten ihre Nahrung, wie sie sie fanden oder fingen. In ihrer Heimat hatten sie Fleisch gebraten; nun geschah das nur noch bei den Festlichkeiten, als sei es zu gefährlich für den einzelnen und eine Versuchung des Schicksals, eine Versuchung des Himmels...

Einst hatten sie auf die unterschiedlichste Weise gelebt, ohne Furcht vor Angreifern, relativ ungezwungen und offen. Schutz gewährten ihnen die jeweiligen sozialen Verbände. Jetzt errichteten sie mit großer Sorgfalt Unterkünfte aus Steinen oder Blättern – nicht zu ihrer Bequemlichkeit oder als Schutz gegen Kälte, sondern nur mit dem einen Ziel: Man sollte sie nicht so leicht finden. Deshalb waren unsere ersten Versuche, sie aufzuspüren, so mühsam gewesen.

Ständiges Umherziehen und Aktivitäten – große Festlichkeiten mit Tausenden von tanzenden und singenden Lombis – und gleichzeitig die Angst, beobachtet und entdeckt zu werden, das waren die neuen Merkmale der Lombis. Kurz gesagt, die freundliche, unbeschwerte arglose Rasse von Planet 24 war nervös und paranoid geworden.

Eine Veränderung hatten wir erwartet:

Auf Grund der anfänglichen zahlenmäßigen Ungleichheit zwischen männlichen und weiblichen Lombis – ein Zustand, der beinahe fünfhundert Jahre anhielt – diktierten die Frauen die Gesetze – wenn nicht in der Praxis, so doch in ihrem Selbstverständnis. Die Männer dominierten, weil sie auf die Jagd gingen, Späher und Wachposten stellten und sich als Beschützer der Nation betrachteten. Doch da man die Frauen von Anfang an umworben hatte, zeigten sie alle möglichen Allüren und benahmen sich, als sei die Paarung ein »Geschenk«, das sie den Männern machten. Es gab Werbungsrituale, in denen der Anschein erweckt werden mußte, als kämpften die Männer um eine Frau, die schließlich nach langem Zaudern einen der Kämpfer »wählte«. Und diese Praktiken hielten sich selbst dann noch, als das zahlenmäßige Gleichgewicht zwischen den Geschlechtern längst wiederhergestellt war und es keinen wirklichen Wettstreit um Frauen mehr gab. Alle Frauen benahmen sich so herrisch wie ältere Schwestern (das lernten sie von ihren Müttern), und mitunter wirkte ihr Gehabe beinahe wie huldvolle majestätische Herablassung. Natürlich sind das alles unvermeidliche Folgen bestimmter statistischer Fakten, doch ihre Unvermeidlichkeit macht sie keineswegs weniger lächerlich...

Die bedauernswerten Tiere erweckten bei unseren Technikern weniger Belustigung als Mitleid. Nachdem sie ein paar Monate unter den Lombis gelebt hatten, schickten sie eine Delegation zu uns. Ihnen allen war bei ihrer Aufgabe nicht wohl, denn sie sollten einen Plan durchführen, zu dem Lügen und Täuschungen gehörten. Wir hatten die Delegation erwartet; die zweitausend Techniker von Planet 22 standen ebenso unter Beobachtung wie die Lombis. Denn schließlich mußten wir herausfinden, ob wir ihnen die Aussiedlung der Lombis auf Planet 25 anvertrauen konnten, wo die Techniker sie einweisen sollten, während die Lombis erwarteten, nach Hause zurückgebracht zu werden.

Unsere Erfahrungen haben gezeigt: Bringt man zwei Arten zusammen, beginnen sie nach einer anfänglichen Phase der Feindseligkeit die jeweils andere Lebensweise zu übernehmen.

Befindet sich die eine Art der anderen gegenüber, der es schlechtergeht, in einer übergeordneten Stellung, steht zu erwarten, daß ein bestimmter Prozentsatz mit den Untergeordneten sympathisiert und versuchen wird, ihre Bedingungen zu erleichtern – dies wird oft von uns begrüßt und ermutigt – oder sie bei Fluchtversuchen unterstützt. Unter bestimmten Bestimmmungen wird selbst das von uns nicht mißbilligt.

Während wir den Einsatz von Truppen von anderen Planeten erwogen, die noch keinen Kontakt mit den Lombis gehabt hatten, um die Techniker bei der Übersiedlung und späteren Überwachung zu unterstützen, wählten wir eine Reihe von 22ern für eine Ausbildung in Langzeitbeurteilung aus und gaben ihnen folgende Gesichtspunkte zu bedenken:

Die Bedingungen auf Rohanda waren besser als auf Planet 24.

Die Bedingungen auf Planet 25 waren zwar nicht ideal, ließen sich aber auch nicht als schlecht bezeichnen.

Es bedeutete keinerlei Härte, eine Rasse von Dienern zu sein – zugegebenermaßen war das unser Plan für die Lombis –, es sei denn, die Rasse empfand und wehrte sich gegen ihre Stellung. In diesem Falle zwangen uns die Gesetze unseres Reiches, sie soweit zu fördern, daß sie einen Entwicklungsstand erreichten, den sie anstrebten.

Es stimmte, das ganze Experiment war ein Versuch, wenigstens einmal eine Rasse auf einem untergeordneten Stand zu belassen; aber allein die Tatsache, daß wir zu einem solchen Mittel greifen mußten, bewies unser sauberes Vorgehen in der Vergangenheit.

War es nicht möglich, daß sie, die Techniker von Planet 22, sich sentimental und in Wirklichkeit keineswegs wohlwollend verhielten – denn dazu gehörte immer der Gesamtüberblick...

Auf all das erwiderten sie respektvoll, aber selbstbewußt, unsere Argumentation sei sophistisch.

Sie mußten nur auf einen Umstand hinweisen, um vieles klarzustellen: Die Lombis hatten auf ihrem Heimatplaneten in Freiheit gelebt und alle Eigenschaften solcher Rassen gezeigt. Jetzt wirkten sie wie Sklaven.

Wir wollten wissen, was wir ihrer Ansicht nach tun sollten. Die Antwort: Die Lombis auf ihren eigenen Planeten zurückbringen.

Zurückbringen, obwohl das mit größter Wahrscheinlichkeit das Leben der dortigen Lombis empfindlich stören würde, die sich in ihrem eigenen Rhythmus entwickelten und ihre Artgenossen längst vergessen hatten? (Sie erinnerten sich nicht mehr an die Entführung einer relativ kleinen Gruppe.) Es bestand kein Zweifel daran, daß ein plötzliches Auftauchen dieser eigenständigen Nation mit ihrem starken Zusammengehörigkeitsgefühl zu einem erbitterten Krieg führen würde.

Wollten die Techniker das wirklich? Wenn wir Fehlentscheidungen getroffen hatten, dann war es jetzt zu spät, um sie zu korrigieren. Das konnten sie doch sicher einsehen.

Sie sahen es ein.

Natürlich wußten wir, was geschehen konnte. Unter diesen Umständen war es nicht anders zu erwarten. Es lag an unserer falschen Einstellung zu Canopus, daß wir nichts unternahmen, um es zu verhindern. Und damals sahen wir nichts Falsches in unserer Einstellung. Rückblickend aber sage ich, wenn ich etwas gelernt habe, dann das: Es nützt nichts zu sagen: Hätte ich damals gewußt, was ich heute weiß...

Ich werde gleich auf die Techniker zu sprechen kommen, die sich von uns lossagten.

Unsere Raumschiffe zum Abtransport der Lombis landeten auf Rohanda, während sie gerade eines ihrer großen Feste feierten.

Es fand auf einem schönen Platz zwischen zwei Flüssen statt. Er lag relativ hoch, und dichte Bäume umstanden die kleine Ebene. Die Lombis sammelten sich schon einige Tage vor dem Fest und ließen sich gruppenweise zwischen den Bäumen nieder. Unsere Techniker befanden sich unter ihnen. Solche Feste boten gute Gelegenheiten zur Paarung. Die Techniker hielten sich keineswegs zurück. Wir hatten dies auch nicht erwartet; eine Mischung dieser beiden vitalen und vielversprechenden Rassen gehörte zu unserem Plan.

Die Jäger brachten erlegte Tiere; Feuerplätze wurden ausgeho-

ben, Spieße darüber gelegt, und Männer und Frauen wechselten sich beim Braten des Fleisches ab.
Gesänge und Tänze begannen, als die Sonne sank und der Mond aufging.
Zuerst tanzten die Lombis in Gruppen um die einzelnen Feuer und dann in immer größer werdenden Kreisen; dabei sangen sie von ihrer fernen Heimat und ihrer Sehnsucht nach dieser Heimat, von der Entführung durch die glänzenden Maschinen, von ihrer Gefangenschaft, wo man sie in »kleine Gefängnisse« oder in glänzende Gefängnisse gesperrt hatte, in denen alles künstlich war. Sie sangen von ihrer zweiten Gefangennahme und der Rückkehr zum »richtigen Atem und Atmen, zur grünen Erde, zu den grünen Hügeln«; von ihrer Arbeit unter fremder Sonne, wo sie »Gefängnisse« für unsichtbare Völker bauten, deren Anwesenheit sie spürten, die sie aber nie zu Gesicht bekamen; von ihrer dritten Gefangenschaft durch die glänzenden Maschinen und davon, wie man sie hierhergebracht hatte, an »diesen Ort, wo uns alles an unsere Heimat erinnert, der aber nicht unsere Heimat ist«. Und sie sangen davon, daß eines Tages, irgendwann, die glänzenden Maschinen wiederkommen und sie in die Heimat zurückbringen würden, an »den Ort, den wir kennen«.
Unsere Techniker tanzten, sangen und feierten die ganze Nacht mit ihnen. Sie hatten sich so geschickt unter die Lombis verteilt, daß sie stets als Individuen von einer Gruppe oder Familie aufgenommen worden waren; sie traten nie zu zweit auf und schon gar nicht in Gruppen, damit sie auf keinen Fall herausfordernd wirkten. Obwohl diese kleinen gelben Menschen unbehaart waren, schienen sie sich nicht allzusehr von der riesigen Ansammlung kleiner, gedrungener, brauner, sehr starker, affenähnlicher Wesen zu unterscheiden, die im Schein des vollen Mondes hüpften, sprangen und klagten.
Ich beobachtete sie aus der »glänzenden Maschine«, die mich in unserem Hauptquartier abgeholt hatte und zu einem Urlaub auf unserem Heimatplaneten zurückbringen würde.
Ich blickte hinunter auf die vielen tausend Gesichter, die sich anbetend dem Himmel zuwandten, auf viele tausend erhobene

Arme mit nach oben gerichteten Handflächen, wie ich sie von so vielen Planeten kannte. Ich erlebte eine Manifestation des Drangs »nach dem Höheren« und dachte: Wir haben *nicht* vorausgesehen, daß dieses angeborene und ununterdrückbare Bedürfnis sich bei den Lombis in den sicheren Bahnen der Sehnsucht nach »der Heimat«, nach »Besuchern vom Himmel« und ähnlichem entwickeln würde...

Sie sangen von den glänzenden Maschinen, während die Raumschiffe landeten. Betäubt und im Bann einer Nacht des Singens und Tanzens in der Masse, strömten sie bereitwillig in die Raumfähren und wurden zum K.P. 24 geflogen. Ihre weitere Entwicklung ist für diesen Bericht nicht von Bedeutung; doch ich werde später über einen Besuch sprechen, den ich ihnen dort abstattete.

In dieser Nacht befanden sich nicht alle Lombis auf dem Festplatz.

Wir hatten etwa zehntausend Lombis auf dem Isolierten S.K. II abgesetzt, und etwa ebenso viele wurden auch wieder ausgeflogen. Doch ihre Zahl hatte sich in der Zwischenzeit trotz der unvermeidlichen Todesfälle infolge von Anpassungsschwierigkeiten in dem schönen, jedoch fremden Land leicht erhöht. Die Techniker wußten natürlich, daß die Raumschiffe landen würden. Einige von ihnen, die unsere Pläne entschieden mißbilligten, überredeten einzelne Lombis, nicht an dem Fest teilzunehmen. Sie erklärten ihnen, die »glänzenden Maschinen« würden zwar landen, aber nur, um die Lombis an einen schlimmen Ort zu bringen. So verloren wir neun Techniker und etwa fünfhundert Lombis. Wir hatten nichts dagegen. Allerdings sorgten wir dafür, daß niemand in diesem Gebiet zurückblieb, das für andere kontrollierte Versuche – soweit man solche Versuche kontrollieren kann – genutzt werden sollte. Wir erklärten den Technikern, die ganze Gegend werde zum Versuchsgebiet für bestimmte Krankheiten. Niemand, weder Techniker noch Lombi, würde daher wagen, sich künftig dort aufzuhalten. Wir taten noch etwas anderes: Nach sorgfältiger Beobachtung der rebellischen Techniker wählten wir zwei aus und sagten ihnen auf den Kopf zu, was sie planten. Wir versicherten ihnen,

wir hätten keine Einwände gegen ihre Flucht und wollten sie auch nicht daran hindern. Dann baten wir sie, eine Aufgabe für uns zu übernehmen – schließlich seien wir ihre Herren, ihre Freunde und würden es auch bleiben... Wir, Sirius, die wir sie aus dem Zustand von Tieren befreit hatten, die in keiner Hinsicht besser oder höher entwickelt gewesen waren als die Lombis. Wir forderten keine Versprechen, und wir versprachen auch nichts. Wir bedrohten sie nicht – ließen aber erkennen, daß wir dankbar sein, und daß sie in unseren Plänen eine wichtige Rolle spielen würden, wenn es ihnen gelang, eine bestimmte Aufgabe durchzuführen.
Die beiden Techniker hießen Navah und Hoppe.

Die Lage in den canopäischen Gebieten. Andere sirianische Versuche

Als der Planet unter uns aufgeteilt wurde, blieben viele Dinge ungesagt und galten als selbstverständlich. Dazu gehörte, daß wir uns gegenseitig über unser Vorgehen informieren würden. Das war bisher immer geschehen – infolge des Mißtrauens unsererseits in Grenzen; ihrerseits ebenfalls in Grenzen, weil wir Canopus nicht verstanden. Ebenso selbstverständlich war, daß gegenseitige Einmischungen unterblieben. Canopus hat sich aus unseren Angelegenheiten herausgehalten. Ich bin in der Position, das kategorisch festzustellen und zu beweisen. Canopus hat sich immer *ehrenhaft* verhalten. Ich verwende das Wort an dieser Stelle ganz bewußt.
Wenn sie »ihr Wort geben«, halten sie es. Eine solche Haltung ist uns fremd – auch das muß ich betonen, denn es gehört zu dieser Geschichte, die ich so tatsachengetreu wie möglich schreibe – und sie gehört zu anderen, ähnlichen Vorstellungen, ist Teil eines allgemeinen Standpunktes. Wenn sie etwas sagen, dann ist es die Wahrheit. Wenn Canopus »sein Wort gibt«, wird es immer gehalten, und zwar gleichgültig, welche Unannehmlichkeiten (und mitunter auch Schlimmeres) für sie daraus auch

entstehen mögen. Wenn Canopus »etwas verspricht«, kann man sich darauf verlassen. Wenn sie anbieten zu helfen, dann gibt es unter diesen Umständen und zu diesem Zeitpunkt keine bessere Hilfe. *Auf Canopus kann man sich immer und völlig verlassen.* Ich stelle das fest, weil es die Wahrheit ist; und ich weiß sehr wohl, wie gewisse Historiker aus unseren Reihen darauf reagieren werden.

Wir, das heißt viele von uns, verstehen das noch nicht; und mit Sicherheit ahnten wir damals nichts davon.

Kurz gesagt, wir alle glaubten, Canopus würde versuchen, uns zu täuschen, wie wir beabsichtigten, Canopus zu täuschen – nicht in wichtigen Punkten oder so, daß ihnen Schaden daraus entstehen würde. Es erwuchs mehr der Einstellung von Kindern, die noch Spaß daran haben und sich für klug halten, wenn sie andere überlisten.

Ich wollte wissen, was im canopäischen Teil von Rohanda vor sich ging. Und ich hatte Hoppe und Navah gebeten, das herauszufinden. Es würde gefährlich für sie sein. Sie waren von kleiner Statur. Die Siedler, die Canopus von seiner Kolonie 10 hierhergebracht hatte, waren dreimal so groß wie die beiden. Hoppe und Navah waren gelb. Die Canopussiedler waren schwarz oder braun. Die beiden Spione konnten sich unmöglich unter diesen Siedlern verbergen. Wir wußten, daß auch die Affenart der nördlichen Region groß und behaart war und in Stammesverbänden lebte. Sicherlich würden sie den kleinen, unbehaarten, gelben Männern feindselig begegnen. Doch ich glaubte, Navah und Hoppe würden an dieser schwierigen Aufgabe Gefallen finden. Außerdem übten wir keinerlei Zwang auf sie aus.

Ich greife vor. Hoppe kehrte zwanzig R-Jahre später allein zurück. Navah hatte sich mit einigen Lombis im Süden des Isolierten Nördlichen Kontinents niedergelassen. Doch Hoppe war immer weiter nach Norden vorgedrungen. Die Reise nahm fünf Jahre in Anspruch. Unterwegs trennten sich immer wieder Lombis in Paaren oder Gruppen, um sich an günstig gelegenen Orten niederzulassen.

Sie entdeckten keine Siedlungen von Canopus. Später fanden

wir heraus, daß es zu dieser Zeit auch keine gab. Der Kontinent war damals kein Paradies wie S.K. II, sondern sehr heiß und teilweise immer noch sumpfig. Hoppe erreichte den Norden und stellte an der Ostküste fest, daß das einheimische Affenvolk unterschiedliche Bootstypen benutzte und damit Reisen zur zentralen Landmasse unternahm. Ihr Weg führte sie dabei von Insel zu Insel. Damals gab es in diesem Meer eine große Zahl von Inseln jeder Größe.

Hoppe ließ sich von ihnen gefangennehmen. Er wurde nicht schlecht behandelt, sondern eher wie ein Haustier und galt als ein Kuriosum.

Im Westen der zentralen Landmasse beobachtete er folgendes:

Unter den Siedlern der Kolonie 10 und unter den Einheimischen nahm die Körpergröße zu. Es fiel mir nicht schwer, das zu glauben, denn im Verlauf der tausend Jahre auf Rohanda waren die Lombis um eine R-Spanne größer geworden.

Kolonisten und Einheimische lebten länger. Obwohl die Lebenserwartung der Siedler sich in der Anfangsphase dramatisch verringert hatte. Auch daran zweifelte ich nicht, denn bei den Lombis gab es Anzeichen für eine längere Lebenszeit.

Doch folgendes glaubte niemand von uns, obwohl Hoppe sich nicht davon abbringen ließ:

Die Kolonisten lebten in eigenen Siedlungen, von den Einheimischen völlig getrennt, in Anlagen, die nichts Zufälliges, Behelfsmäßiges oder Willkürliches an sich hatten. Sie waren mit großer Sorgfalt geplant und errichtet worden. Allerdings befanden sie sich auf einer niedrigeren Stufe als die Städte der Kolonie 10. Die Einheimischen, die sich in einem Entwicklungsstadium befunden hatten, wie wir und Canopus es so oft und auf vielen Planeten antreffen – kaum über dem Stand von Tieren (sie kennen bereits das Feuer, suchen Schutz in Höhlen oder bauen sich Unterkünfte aus Zweigen und Gras und bekleiden sich manchmal mit Blättern oder Fellen) –, lebten jetzt in richtigen, festen Siedlungen an gut gelegten Stellen. Die Siedler unterwiesen sie in allen möglichen Dingen. Die Kolonisten wohnten nicht bei den Einheimischen, sondern blieben bei ihnen für kurze Zeit, vermittelten ihnen ihre Kenntnisse und zogen sich wieder zurück. Erst nach einiger Zeit kamen sie wieder, um sich davon zu überzeugen, ob ihre Instruktionen verstanden und in die Tat umgesetzt worden waren. Sie unternahmen keinen Versuch, die Einheimischen als Diener zu benutzen. So zumindest erzählte Hoppe. Er beschwor es sogar.

Nachdem er soviel wie möglich herausgefunden hatte, bat er die Einheimischen, ihn von Insel zu Insel zum Isolierten Nördlichen Kontinent zurückkehren zu lassen. Sie willigten ein. Es handelte sich um eine gutmütige Spezies, die niemandem etwas zuleide tat. Nach der Rückkehr ließ er sich auf keine Diskussionen mit ihnen ein, denn er wußte, sie würden ihn nicht auf immer verlieren wollen. Also schlich er sich eines Nachts davon und machte sich allein auf den Weg in den Süden. Dort fand er die Lombis wieder, die sich über seine Rückkehr sehr freuten. Ich hörte mit Erleichterung, daß Canopus auf dem Nördlichen Kontinent, der zweifellos ihr Territorium war, keine Siedlungen angelegt hatte. Obwohl ich mir natürlich vorgenommen hatte zu erklären, die Lombis seien uns entlaufen (was schließlich der Wahrheit entsprach), wenn Canopus mich zur Rede stellen würde.

Ich glaubte nicht, was Hoppe über die Beziehungen zwischen Siedlern und Einheimischen erzählte, denn ich konnte mit meiner Erfahrung nicht in Einklang bringen, was Canopus uns von seinen Plänen für eine behutsame, kontrollierte und wissenschaftliche Entwicklung – über die »Symbiose« – mitgeteilt hatte.

Hoppe glaubte, seine Verpflichtungen mir gegenüber eingelöst zu haben. Und das hatte er wirklich getan. Er kehrte in den Norden zurück und ließ sich in einer der Siedlungen nieder. Ich hörte nichts mehr von ihm. Die Menschen von Kolonie 22 leben nicht sehr lange, und man konnte nicht erwarten, daß er im Laufe seines Lebens noch einmal auftauchen würde.

Doch die Vorgänge im Norden faszinierten mich und weckten meine Neugier. In all dieser Zeit fanden Konferenzen zwischen Canopus und uns auf unterschiedlichen Planeten statt – mehr als einmal sogar auf Kolonie 10. Doch ich empfand die

Informationen, die wir erhielten, niemals als ausreichend. Canopus berichtete, die Verwirklichung ihres Plans mache so schnelle Fortschritte, daß ich es nicht glaubte. *Wir* übertrieben im allgemeinen Erfolge und verschwiegen Fehlschläge. Deshalb nahmen wir an, Canopus handele ebenso.
Aber dabei konnte ich es auch nicht belassen. Als das nächste Mal unsere Raumfähre mit Lebensmittellieferungen von S.K. I eintraf, bestellte ich den Kapitän zu einer Unterredung. Ich brauchte ein kleineres Fahrzeug des Typs, mit dem die Verbindung zwischen den einzelnen landwirtschaftlichen Stationen auf S.K. I aufrechterhalten wurde. Ich wollte mir über einen Punkt Gewißheit verschaffen und mußte deshalb einen entsprechend kleinen Teil der zentralen Landmasse besuchen. Lebten die Kolonisten wirklich von den Einheimischen getrennt? Das war riskant. Von Canopus waren nur Vorwürfe zu erwarten, keinesfalls Vergeltungsmaßnahmen, doch ein solcher Erkundungsflug bedeutete zweifellos einen Bruch unserer Verabredung. Ich sagte mir jedoch, es sei unwahrscheinlich, daß man in Siedlungen am Rand der Landmasse schon einmal Flugkörper gesichtet hatte, denn wir kannten die canopäische Politik, die Kolonien auf Rohanda so selten wie möglich zu besuchen. Außerdem gelang es wahrscheinlich nur einem geübten und erfahrenen Auge, unsere modernen Raumfahrzeuge am Himmel auszumachen. Sie bewegten sich so schnell und waren aus Materialien, die sie bei bestimmten Lichtverhältnissen beinahe unsichtbar machten.
Die Erkundung fand statt; das Raumschiff überflog nicht nur die Siedlungen, um sie zu inspizieren, sondern landete, und wir beobachteten aus der Ferne mehrere Siedler und Kolonisten. Es gab keinen Zweifel: Hoppe hatte die Wahrheit berichtet. Die Kolonisten benutzten die Einheimischen nicht als Arbeitskräfte. Ich neigte zu der Annahme, die Einheimischen seien zu rückständig und daher nicht einsatzfähig. Aber unser Erkundungsflug bestätigte das nicht. Im Gegenteil. Die Einheimischen schienen selbst in den hundert Jahren seit Hoppes Besuch Fortschritte gemacht zu haben und wendeten bereits Fertigkeiten an, die man sie gelehrt hatte.

Ich dachte darüber sehr viel nach. Rückblickend muß ich mir zumindest das zugute halten. Doch ich kam zu dem Schluß, daß etwas in der Atmosphäre von Rohanda für die schnelle Evolution der Einheimischen verantwortlich sein mußte. Wir hatten wahrscheinlich mit den Technikern von Kolonie 22 und den Lombis eine unglückliche Wahl getroffen. Aber nur in einem Aspekt und in keinem anderen: Vielleicht waren diese beiden Rassen gegen die besonderen und auf Rohanda begrenzten Einflüsse immun. Wenn Transportraumschiffe von den landwirtschaftlichen Stationen auf dem anderen Südlichen Kontinent eintrafen, befragte ich die Mannschaft eindringlich über die Menschen auf den Stationen, die von verschiedenen kolonisierten Planeten kamen. Aber nirgends beobachtete man evolutionäre Veränderungen – weder zum Guten noch zum Schlechten.

Ich kam zu dem Schluß, daß dieser günstige Einfluß sich auf die nördlichen Regionen beschränkte und glaubte verbittert, Canopus habe uns Informationen darüber vorenthalten, damit wir ihnen den Anspruch darauf nicht verübelten.

Dieser Zorn führte zu meiner nächsten Entscheidung.

Man wird sich erinnern, daß es auf dem Isolierten Südlichen Kontinent II ursprünglich keine Affen gab. Die Spezies auf S.K. I waren alle sehr klein und nicht einmal so weit entwickelt, daß sie aufrecht gingen. Für den begrenzten Einsatz hatten sich die Lombis und die Techniker von Kolonie 22 als geeignet erwiesen. Doch sie gehörten beide sehr kleinen Rassen an, die nach unserer Klassifizierung als Zwerge gelten. Ich verschaffte mir einen Überblick über alle Rassen in unserem Reich, aber schließlich fragte ich mich, weshalb ich mir so viel Mühe gab, wenn ich mir nur zu holen brauchte, was ich wollte... Ich gab Anweisung zu einem Erkundungsflug. Eines unserer schnellen Aufklärungsschiffe sollte die nordwestlichen Ränder der zentralen Landmasse überfliegen und danach eine große Transportfähre einweisen. Ich plante, ein ganzes Eingeborenendorf entführen zu lassen, jedoch ohne die Aufmerksamkeit der Kolonisten zu erregen, die sonst mit Sicherheit Canopus informieren würden. Wenn unser Raumschiff nicht beobachtet wurde, konnten die Siedler nur berichten, die Eingeborenen seien verschwunden – vermutlich hatten sie beschlossen, sich einer unerwünschten Kontrolle und Bevormundung zu entziehen. So geschah es; man brachte mir ein Dorf von siebzig Einheimischen – Männer, Frauen und Kinder. Wir behandelten sie freundlich. Wir überließen ihnen nicht die von den Lombis geräumte Ebene, denn sie war zu groß, und wir benutzten sie zu anderen Zwecken, sondern brachten sie in ein hochgelegenes, bewaldetes Gebiet ganz in der Nähe unseres Hauptquartiers. Es bestand kein Grund, ihnen unsere Anwesenheit zu verheimlichen. Dieser Versuch glich in nichts unseren Experimenten mit den Lombis. Sie machten sich sofort an den Bau von Unterkünften, die einen relativ hohen Entwicklungsstand verrieten. Sie bauten Hütten mit luftgetrockneten Tonziegeln und gut gearbeiteten Grasdächern. Der willkürliche Eingriff in ihr Leben schien sie nicht zu beunruhigen. Im Gegenteil, sie waren freundlich und – infolge der Beziehung zu den canopäischen Kolonisten – bereit, sich unterweisen zu lassen. Ich verbot ausdrücklich, sie als Diener oder Arbeiter einzusetzen – und hielt mich damit an das, was ich von dem canopäischen Versuch verstanden hatte –, doch ich untersagte auch, sie zu Spielzeugen zu machen, sie in unsere Häuser zu lassen oder ihnen Kenntnisse und Fertigkeiten beizubringen, denn mir schien, man habe ihnen bereits mehr gezeigt, als sie umsetzen konnten. So besaßen sie zum Beispiel theoretische Kenntnisse über die Aussaat von Getreidearten, über die Anpflanzung von Knollengewächsen zu Nahrungszwecken und über das Halten von Tieren, die Fleisch und Milch lieferten. Doch sie erwiesen sich als nachlässig und vergeßlich. Es gab Anzeichen dafür, daß sie erlernte Fähigkeiten wieder völlig vergaßen. Wenn ich mir vor Augen hielt, daß die Siedlungen der Kolonisten im Norden in einiger Entfernung von denen ihrer Schützlinge lagen und sie nur selten die Verbindung zu ihnen aufnahmen, glaubte ich, ihrem Beispiel zu folgen, indem ich keinen Druck ausübte oder sie bevormundete. In diesem Entwicklungsstadium waren die Eingeborenen etwas kleiner als wir und erreichten eine Größe von etwa sieben oder acht R-Fuß.

Sie gingen aufrecht, nie auf allen vieren, hielten ihre Behausungen sauber, aßen Fleisch, Gemüse und Früchte, tranken die Milch einer Hirschart; aber hinter alldem lag keine feste Ordnung.
Diese kleine Kolonie Affen aus dem Norden erwies sich als höchst wichtiger Faktor in unseren Beziehungen zu Canopus und den nachfolgenden Entwicklungen auf Rohanda. Aber damals ahnten wir nichts davon. Ganz bestimmt nicht. Doch wir konnten diese Geschöpfe auch nicht vergessen, denn sie lebten in unserer Nähe, quasi vor unseren Augen. Ihr Verhalten beschäftigte uns und unsere Besucher. Sie vermehrten sich jedoch nicht sehr stark. Ihre Siedlungen wuchsen, doch sie breiteten sich nicht über die Hügel aus, die wir ihnen zugewiesen hatten. Ihre Entwicklung wurde ständig von uns überwacht, denn um sie kreiste unser Interesse an Canopus und seiner Arbeit. Es vergingen mehrere tausend Jahre; uns beschäftigten viele andere Versuche auf diesem wundervollen und reichen Kontinent, die unsere ganze Aufmerksamkeit in Anspruch nahmen.
Ich will von einem Versuch berichten, der indirekt eine Langzeitwirkung auf die Entwicklung Rohandas hatte.
In unserem ganzen Reich sehnten sich Millionen von Frauen, die im Rahmen unseres Programms zur Reduzierung der Bevölkerung kinderlos bleiben mußten, nach Mutterschaft. Doch sie beugten sich einem Gebot, dessen Notwendigkeit sie einsahen. Für unsere unterschiedlichen eugenischen Experimente standen uns deshalb mehr als genug Freiwillige zur Verfügung.
Vorgefertigte, komfortable Gebäude wurden mit Raumschiffen von ihrer Produktionsstelle auf Planet 3 nach Rohanda gebracht und auf der Ebene errichtet, die vorher die Lombis beherbergte. Bereits schwangere Frauen von verschiedenen Planeten zogen dort ein. Die Väter waren sorgfältig ausgewählt worden. Wir standen vor der Notwendigkeit, eine Rasse hervorzubringen, die sich mühelos den unterschiedlichsten Bedingungen auf verschiedenen Planeten anpassen konnte. Die Lebensbedingungen auf unserem Mutterplaneten setzten uns in

Hinblick auf die atmosphärischen Bedingungen auf anderen Planeten gewisse Grenzen. Und diese Grenzen erwiesen sich als weit enger, als wir in der Frühzeit unseres Reiches vorausgesehen hatten. Die Arten konnten durchaus lernen, sich anzupassen. Manchen fiel es sehr viel leichter als anderen. Aber unsere Erfahrungen zeigten, ausgewählten Individuen einer Art gelang es vielleicht, sich auf bestimmte Bedingungen einzustellen; das bedeutete aber nicht, daß sie zu einer weiteren Anpassung fähig waren. Wir wollten Techniker für die Arbeit auf unterschiedlichen Planeten mit ihren unterschiedlichen atmosphärischen Bedingungen züchten, die wenig oder keine Zeit für eine Anpassung oder zur Akklimatisation brauchten. In bestimmten äußeren Gebieten unseres Reichs waren solche vielseitigen, unempfindlichen Allzwecktechniker absolut vonnöten.

Auf der Lombiebene, wie wir sie jetzt nannten, lebten fünfzigtausend Frauen. Unsere Überwachung beschränkte sich darauf, möglichen Fluchtversuchen vorzubeugen. Wir sorgten für eine erstklassige medizinische Versorgung und beobachteten die Entwicklung der Kinder mit den entsprechenden Tests und Untersuchungen.

Diese Frauen hielten sich für begünstigt und privilegiert, und das waren sie auch: Sie wußten, sie besaßen alle ideale gesundheitliche und körperliche Voraussetzungen. Die Führung des Kolonialdienstes, der seinerseits die höchste Funktion unseres Reiches ausübt, hatte ihnen gesagt, wie hoch man ihre Aufgabe bewertete. Trotzdem wußten wir, daß ein gewisses Maß an Wachsamkeit aufrechterhalten werden mußte: Der Fortpflanzungstrieb, der stärkste Trieb überhaupt, konnte viele überraschende Formen annehmen – und *hatte* es in der Vergangenheit auch getan. Keine der Frauen sollte mit ihren Kindern fliehen, wenn sie sich von ihnen trennen mußten. Alle wußten, dieser Zeitpunkt würde kommen, sobald die Kleinen fünf R-Jahre alt waren.

Dies war einer der Gründe, weshalb sich diese Zuchtstation auf Rohanda befand. Die große Entfernung von unserem Mutterplaneten stellte sicher, daß nur unsere und die Raumschiffe von

Canopus dort landeten (zumindest glaubten wir das damals – doch davon später). Die Frauen konnten weder in Raumfahrzeugen entfliehen noch die Lombiebene verlassen, denn unsere Wachen (außer Sichtweite und im großen Umkreis verteilt) waren besonders im Hinblick auf jede Manifestation des verzweifelten Mutterinstinkts ausgebildet.
Der andere Grund, die Station hier in der Abgeschiedenheit zu errichten, lag darin, daß solche Versuche immer eine Opposition hervorrufen. Dieses Phänomen ist so bekannt, daß ich es nur erwähnen will. Selbst wenn Frauen sich freiwillig zu diesem Dienst gemeldet haben, selbst wenn die Versuche erfolgreich verlaufen und die Ergebnisse sich in neuen Arten und Rassen beweisen, die alle Erwartungen erfüllen, und die Versuchspersonen mit Ehren überhäuft werden und ihr Tun im ganzen Reich Zustimmung und Bewunderung findet – selbst dann gibt es Kritik, und zwar Kritik einer bestimmten Art; und ich habe gelernt, sie zu erkennen. Immer gehört zu dieser Kritik ein heftiger und bitterer Ton, etwas, das ein Gefühl von *Verlust* signalisiert – nicht nur eines persönlichen Verlustes, keineswegs! Deshalb habe ich immer auf diesen Aufschrei oder Protest geachtet, der weit über das Persönliche hinausgeht. Ich kann es nur so erklären: Offensichtlich entsteht im Zusammenhang mit gezielten, kontrollierten Experimenten, deren Ziel es ist, neue Arten und Rassen mit vorgegebenen Eigenschaften hervorzubringen – ich sehe nicht, wie wir zu einer anderen Schlußfolgerung gelangen können –, bei den verantwortungsbewußtesten und am höchsten entwickelten Menschen im Volk aufrichtig und ehrlich das Gefühl, daß dadurch vielleicht eine andere Möglichkeit ausgeschaltet worden ist...
Als seien Zufall und Willkür an sich etwas Gutes, ein Segen und selbst Wege, um etwas noch nicht Festgelegtes zu erreichen... ich vertrete hier meine persönliche Meinung, zu der ich nach langem Nachdenken gekommen bin.
Es handelte sich um den größten eugenischen Versuch, den wir je unternommen hatten. Sein Erfolg war nicht zuletzt auf die Atmosphäre von Rohanda zurückzuführen, auf die Isolation des Planeten von anderen Einflüssen, unsere Entfernung vom

Zentrum. Als das Experiment nach fünfzig R-Jahren abgeschlossen war, und die Zuchtstation endgültig abgebaut wurde, beglückwünschten wir uns, daß während der ganzen Zeit, in der immer wieder neue Frauen hier lebten, keine einzige entflohen war, und wir die Arten auf Rohanda nicht noch einmal vermehrt hatten.

Fünftausend R-Jahre lang untersuchten wir die Bedingungen in den nördlichen canopäischen Gebieten nicht. Man wird sich daran erinnern, daß wir glaubten, vor uns lägen Millionen Jahre stabiler Lebensbedingungen. Canopus informierte uns über einen geplanten Sondereinsatz. Sie hatten Grund zu der Annahme, daß ihre Pläne erfolgreicher als vorgesehen verliefen. Der Bericht dieser Kommission wurde uns zugeschickt: Man empfahl darin die sofortige Einrichtung der, wie sie es nannten, »Schleuse«.

Wieder muß hier betont werden, daß wir die Grundlagen nicht verstanden, auf denen das canopäische Vorgehen beruhte. Wir wußten nicht, worum es sich bei dieser »Schleuse« handelte, was nicht hieß, daß uns der regelmäßige Kontakt zwischen Canopus und Rohanda entgangen wäre. Doch wir nahmen an, die »Schleuse« sei mit den unterschiedlichen Arten elektrischer Kommunikation vergleichbar, die wir auf unseren Planeten einsetzten, welche für solche Methoden nahe genug lagen. Canopus sprach auch von einer »degenerativen Krankheit«, jedoch ohne die Symptome zu präzisieren. Diese beiden Begriffe sagten uns bis vor kurzem gar nichts. Und auch jetzt werden sie im allgemeinen noch nicht verstanden. Wir hätten Fragen stellen können... Canopus war bereit, sie zu beantworten. Wir hätten *uns selbst* Fragen stellen können, da wir unsere Technologie für ebenso fortgeschritten hielten wie die von Canopus. Doch wir unterließen es! Auch dafür war unser Stolz in seinen verschiedenen Formen verantwortlich. Die Aussagen des Berichts erweckten in uns nur Unglauben und Argwohn.

Die Einheimischen, die immer noch ihr bequemes und gut überwachtes Leben in unserer Nähe führten, hatten nicht im entferntesten den Entwicklungsstand erreicht, den der Bericht für die nördliche Hemisphäre auswies.

Wir hatten uns dafür entschieden, Canopus keinen Glauben zu schenken – aber nicht völlig, denn ich beschloß wieder, auf eigene Faust Nachforschungen anzustellen.
Zufälligerweise besuchte mich damals Ambien I.
In unserer längst vergangenen frühen Jugend hatte man uns zu dem Zweck zusammengebracht, den uns bewilligten vier Nachkommen das Leben zu schenken – vor der allgemeinen Verringerung der Bevölkerung. Nachdem unsere Nachkommen erwachsen waren, hatte Ambien I beschlossen, eine andere Verbindung mit einer Frau einzugehen, die in der Folge im Rahmen verschiedener Projekte mit mir zusammenarbeitete, nachdem wir das dienstfähige Alter erreicht hatten. Die acht Nachkommen aus diesen zwei Verbindungen hatten untereinander verschiedene Bande geknüpft und, kurz gesagt, die persönlichen Aspekte unserer Leben waren zufriedenstellend.
Ambien I war Mitglied der Kommission gewesen, die über die Art unserer Arbeit auf Rohanda beriet, und auch seither an unseren Projekten beteiligt gewesen. Sein Besuch beruhte teilweise auf alter Freundschaft, doch er wollte sich auch ein Bild von der Lage verschaffen. Ich war seit Jahrtausenden nicht mehr auf unserem Heimatplaneten gewesen. Das lag daran, daß ich mich auf Rohanda sehr wohl fühlte, meine Arbeit mir Freude machte und ich diesen Planeten zu angenehm fand, um ihn wegen eines Diensturlaubs zu verlassen. Angehörige des Kolonialdienstes, selbst Mitglieder der Fünf, die uns besuchten, fanden stets Gründe, um länger zu bleiben. Kurz gesagt, ich fühlte mich auf Rohanda zu Hause.
Da wir uns lange nicht gesehen hatten, tauschten wir in aller Ruhe Neuigkeiten aus; dann fragte ich ihn, ob er bereit sei, als Kundschafter in die nördlichen Gebiete zu gehen. Er stimmte sofort zu. Mehr als einmal hatte er den Trupps angehört, die neue Planeten »erschlossen«. Diese Art harter, gefährlicher Arbeit hatte ihm schon immer gefallen. Wir rechneten bei diesem besonderen Unternehmen nicht mit Gefahren, aber zumindest würde es eine Abwechslung von der Routine sein. Er flog mit einem Aufklärungsschiff in den äußersten Süden der

zentralen Landmasse und schickte es von dort zurück. Insgesamt war er zehn R-Jahre unterwegs.
Er unternahm ausgedehnte Reisen durch die zentrale Landmasse und stieß dort überall auf Ansiedlungen von Kolonisten und Einheimischen, zwischen denen immer ein gewisser Abstand lag. Er ging zu Fuß, fuhr mit Booten und benutzte manchmal auch geeignete Tiere. Ambien I und ich gehören natürlich derselben Art an. Doch er entstammt einer Unterart mit kräftigem Körperbau, brauner Haut und glatten schwarzen Haaren. Ich habe eine helle Haut, blonde Haare und einen sehr zarten Körper und hätte mich in den nördlichen Gebieten nirgendwo unauffällig bewegen können. Ambien I war zwar kleiner als die Kolonisten – die inzwischen sehr schnell an Größe zunahmen und bereits doppelt so groß waren wie die ursprüngliche Spezies auf Kolonie 10 –, überragte jedoch die Eingeborenen und konnte nicht damit rechnen, für einen von ihnen gehalten zu werden. Anfänglich vermied er engen Kontakt mit ihnen; doch als er erkannte, daß er auf diese Weise die gewünschten Informationen nicht erhielt, besuchte er eine Siedlung nach der anderen. Man begegnete ihm nicht feindlich, sondern höchstens neugierig. Zuerst schrieb er das einer angeborenen Gutmütigkeit infolge der günstigen Lebensbedingungen zu und dem Fehlen jeder Bedrohung. Doch allmählich mußte er sich, wenn auch zögernd, eingestehen, daß sie noch andere Besucher hatten. Keine Kolonisten, die man wegen ihrer Größen nicht verwechseln konnte! (Canopus bezeichnet sie seit dieser Zeit als Riesen, und ich folge diesem Beispiel.) Wer sonst, wenn nicht Kolonisten? War es möglich, daß die Zwergrassen des Isolierten Nördlichen Kontinents gewachsen waren und von Insel zu Insel über das Meer reisten? Wir sollten es bald besser wissen, aber diese Überlegung führte zu seinem Entschluß, auf dem Rückweg den Nördlichen Kontinent zu besuchen.
Alles, was er auf der zentralen Landmasse beobachtete, bestätigte den Bericht von Canopus. Das Eingeborenenmaterial hatte sich weit über den Stand von vor sieben- oder achttausend Jahren hinaus entwickelt; man konnte kaum glauben, daß es

sich um dieselbe Spezies handelte. Sie betrieben Landwirtschaft, verstanden es, sich Tiere nutzbar zu machen, lebten in Siedlungen und errichteten feste Behausungen, die mit hübschen Ornamenten in geschmackvollen Farben geschmückt wurden. Inzwischen trugen sie auch gutgearbeitete und nicht selten sogar gefärbte Kleider.
Doch für die Siedlungen der Riesen fanden wir keine Erklärung. Ihr Lebensstandard unterschied sich nicht mehr von dem der Eingeborenen. Und doch kannte man auf Kolonie 10 bereits hochentwickelte Städte.
Nachdem Ambien I seine Erkundungen abgeschlossen hatte, wies er das Erkundungsschiff an, den Isolierten Nördlichen Kontinent zu überfliegen. Er wollte herausfinden, was mit den Lombis und den Technikern von K.P. 22 geschehen war. Doch er entdeckte kein Zeichen von ihnen. Dank Hoppes Bericht besaßen wir eine ungefähre Vorstellung davon, wo sie hätten leben müssen – aber er fand nichts. Wir kamen zu dem Schluß, daß sie einer Epidemie zum Opfer gefallen sein mußten, denn es fanden sich auch keine Hinweise auf Siedlungen von Eingeborenen oder Riesen.
Wir sahen uns gezwungen, die Fakten der Arbeit von Canopus im Norden zu akzeptieren. Der entführte Eingeborenenstamm, der zufrieden auf seinen Hügeln lebte und ständig von uns beobachtet wurde, hatte sich keineswegs zurückentwikkelt; das konnte man nicht behaupten. Sie hatten sich *nicht* entwickelt. Sie unternahmen seit langem keine Versuche mehr, Tiere zu halten und zu benutzen; doch sie jagten geschickt und umsichtig. Sie bauten ein paar eßbare Wurzelpflanzen an, jedoch keinerlei Getreide. Sie sammelten die Blätter wilder Pflanzen, gaben sich jedoch keine Mühe, sie zu züchten. Sie trugen Tierhäute, jedoch ohne sie vorher ordentlich als Kleidungsstücke herzurichten. Entsprechend sorglos bauten sie auch ihre Behausungen und Hütten.
Wir begriffen nicht, was geschehen war, um diesen Unterschied zu bewirken.
Wieder neigte ich zu der Annahme, der canopäische Norden biete bessere Voraussetzungen. Aber Ambien I erinnerte mich

daran, daß die Riesen bei ihren Besuchen die Eingeborenen gezielt unterrichteten, wohingegen wir eine Politik der Nichteinmischung betrieben hatten.
Wir beschlossen, unsere Eingeborenen zu halbieren und in einiger Entfernung eine neue Siedlung zu errichten, damit es zwischen beiden Gruppen nicht zu Kontakten kommen konnte. Diese neue Kolonie wollten wir intensiv beaufsichtigen und den Eingeborenen praktische Kenntnisse vermitteln. Ambien I übernahm diese Aufgabe – er eignete sich besonders gut dazu.
Er baute sich im neuen Dorf eine Hütte und lebte dort als ihr Lehrer.
Der Versuch wurde ein Fehlschlag. Es gelang Ambien I nicht, ihnen etwas auf Dauer beizubringen. Das heißt, er lehrte sie eine Vielzahl handwerklicher Fertigkeiten, die sie zu begreifen schienen – aber nach kurzer Zeit war alles wieder vergessen. Nach einer Phase intensiver Arbeit mußte er eingestehen, daß die neue Kolonie sich nicht sehr von der anderen unterschied.
Angespornt von den erstaunlichen Ergebnissen von Canopus, unternahm er im Laufe der nächsten zehntausend Jahre immer wieder neue Versuche, doch sie blieben alle erfolglos. In dieser Zeit bereiste er oft den Norden, um herauszufinden, was dort geschah. Nicht nur er übernahm solche Aufgaben, sondern auch andere, die wir von unserem Heimatplaneten dazu anforderten. Wir suchten Wesen, die den Eingeborenen im Norden so ähnlich wie möglich sein sollten – in unserem ganzen Reich gab es keine Rasse, die annähernd so groß gewesen wäre wie die Riesen. Ambien I und die angereisten Sachverständigen erkundeten immer und immer wieder den Norden. Ohne entdeckt zu werden, wie wir glaubten. Und sie stießen nie auf Widerstand.
Da wir so viele Spione in die nördlichen Gebiete entsandten, glauben wir, Canopus verhalte sich uns gegenüber ebenso. Deshalb sorgten wir dafür, daß die südliche Hemisphäre in den Ruf geriet, gewalttätig und kriegerisch zu sein.
Unsere Aktivitäten in dieser Zeit lassen mich heute ungläubig

staunen – so erinnert man sich an frühe Phasen der eigenen Entwicklung. Nichts von alldem wäre notwendig gewesen! Wir hätten nur das Material, mit dem Canopus uns ständig versorgte, aufgeschlossen und ohne Mißtrauen lesen und dann Fragen stellen müssen. Aber es ist immer sinnlos, vergangene Fehler zu beklagen.

In diesen zehntausend Jahren berichteten Ambien I und die anderen von immer erstaunlicheren Dingen. Überall entstanden Städte einer Art, die Sirius nicht kannte. Die Schönheit der Städte auf Canopus war berühmt; wir hatten uns immer bemüht, es ihnen gleichzutun – eine *Tatsache*, die wir selbst heute nur zögernd eingestehen. Doch diese Städte wurden in einer Art bemerkenswerter mathematischer Formen errichtet. Keine glich der anderen. Riesen und Eingeborene lebten mittlerweile zusammen. Die Städte unterschieden sich nicht nur in Form und Größe, sondern auch in ihren Eigenschaften. Ambien I betonte immer, es sei nicht leicht zu beschreiben, was er dort empfand. Auf den großen und kleinen Inseln im Meer, das den Nördlichen Kontinent und die zentrale Landmasse trennte, lagen viele Städte, und das Leben dort hatte einen höheren Entwicklungsstand erreicht als irgendwo sonst in unserem Reich. Das beschränkte sich nicht auf die Riesen – ihre Entwicklung hatten wir mehr oder weniger erwartet –, es galt auch für die einheimische Rasse, deren unverändert niederen Entwicklungsstand wir vor Augen hatten, sobald wir an die Fenster unserer Festung traten und hinuntersahen. Dort lebten sie, eine faule, liebenswürdige Kolonie von – Affen, denn mehr waren sie im Grunde nicht.

Weshalb? Es ist nicht übertrieben zu sagen, daß Ambien I, ich und alle anderen in unserem Hauptquartier sich wie besessen mit Canopus und seinen Erfolgen beschäftigten. Ich ganz besonders. Ich hatte nichts von dem gesehen, was die anderen mir beschrieben. Doch ich ließ es mir nicht nehmen, in einem unserer schnellsten Raumschiffe über das Meer und die vielen Inseln zwischen dem Nördlichen Kontinent und der zentralen Landmasse zu fliegen. Dabei sah ich eine riesige Insel mit einer strahlenden, weißen runden Stadt, die eine Vielzahl von Kanälen

und Dämmen umgab. Und in den Häfen lagen ebenso hervorragende Schiffe, wie wir sie besaßen. Und dies alles nach nur fünftausend Jahren der »Schleuse«, der Canopus so große Bedeutung beimaß!
Wegen der ursprünglichen Absicht dieses Berichts – die sirianischen Beziehungen zu Canopus zu beschreiben – und meinem Nachdruck auf Aspekte unserer Forschungen, die Einfluß auf diese Beziehungen hatten, besteht die Gefahr, daß manche Leser glauben könnten, das hier Dargelegte umfasse mehr oder weniger *alle* unsere Forschungen. Ich kann nur wiederholen, in den ungefähr achtzehntausend Jahren dieser idealen Zeit auf Rohanda hatte nur ein sehr kleiner Teil unserer Arbeit überhaupt Langzeitwirkungen auf Rohanda oder Canopus. In den zehntausend Jahren, in denen wir uns so intensiv mit dem Geschehen im Norden beschäftigten, nutzten wir aber auch alle unsere Möglichkeiten. Ich möchte deshalb ein Projekt erwähnen, das sich über mehr als zehntausend Jahren erstreckte, und beinahe den gesamten Südlichen Kontinent II einbezog. Wir beschäftigten dabei Millionen Techniker aus allen Teilen unseres Reiches. Das Programm stand in keinem Zusammenhang mit unseren Erkundungsmissionen im Norden oder Ambiens I Versuchen mit den entführten Eingeborenen und beeinflußte beides nicht.
Die bereits erwähnte paradoxe Situation im sirianischen Reich hatte sich nicht gebessert. Auf allen älteren und seit langem kolonisierten Planeten lebten Millionen ohne Arbeit und ohne Hoffnung auf Arbeit. Sie alle wußten, ihr Tod (den wir natürlich in keiner Hinsicht beschleunigten) würde für uns eine Erleichterung und Entlastung sein. Das Wohlleben hatte diese Millionen so sehr verweichlicht und verwöhnt, daß ihnen nur leichteste Arbeit zugemutet werden konnte; sie sehnten sich inzwischen sogar nach körperlicher Arbeit, die sie unter ihrer Würde hielten – doch wenn man sie ihnen anbot, waren sie dazu nicht in der Lage. Denn es gab eine Zeit, in der wir vom Kolonialdienst alles daransetzten, diese lärmenden und unzufriedenen Horden in großangelegten Entwicklungsprojekten einzusetzen. Die Bemühungen erwiesen sich jedoch als Fehl-

schlag. Zwar forderten sie lautstark und penetrant »irgendeine Arbeit, ganz gleich, wie schwer«, doch wenn wir ihnen solche Arbeit gaben, führten der eingewurzelte Glaube an ihre Überlegenheit, ihre Willensschwäche und mangelnde Selbstdisziplin dazu, daß sie sehr bald wieder aufgaben oder eine Vielzahl unterschiedlichster psychosomatischer Probleme entwikkelten.

Etwa achttausend Jahre lang unterhielten wir auf dem gesamten Südlichen Kontinent II riesige Lager, in denen für diese Menschen körperliche Arbeit in leichtester Form geschaffen wurde, um sie auf die wirkliche Arbeit auf neuentdeckten und unentwickelten Planeten vorzubereiten, die wir »erschlossen« (um diesen Begriff aus der frühen Phase unserer Kolonisationspolitik zu benutzen). Wir standen vor dem Problem, das ökologische Gleichgewicht so wenig wie möglich zu stören. Wir wollten weder Vegetation zerstören noch Tiere ausrotten oder Dinge unternehmen, die das Land verunstalten und Wunden in die Erde reißen würden. Wir besaßen genügend andere Planeten, deren natürlicher Zustand günstige Voraussetzungen dazu bot, aber nur Rohanda war so üppig, fruchtbar und schön. S.K. I – dessen landwirtschaftliche Stationen sich als weit erfolgreicher erwiesen, als wir je zu hoffen gewagt hatten – konnte problemlos die Versorgung der angehenden Kolonisten mit Nahrung sicherstellen. Aber *Arbeit* für sie zu schaffen, ohne die Umgebung zu beeinträchtigen, war eine andere Sache. Wir mußten Arbeit... erfinden. Jedem neuen Kontingent – manchmal handelte es sich um Hunderttausende, die mit unseren riesigen Raumschiffen von dem einen oder anderen Planeten gebracht wurden – stellten wir die Aufgabe, mit Hilfe vorgefertigter Bauteile selbst ihre Unterkünfte und Gemeinschaftsgebäude zu errichten. Doch diese Arbeit nahm nicht allzuviel Zeit in Anspruch. Schon bei dieser leichten Aufgabe, die sehr wenig wirkliche Arbeit forderte, beklagten sie sich, man entwürdige und »degradiere« sie. Und das geschah, obwohl es sich ausschließlich um Freiwillige handelte, denen man erklärt hatte, der Aufenthalt auf Rohanda sei zeitlich begrenzt und diene nur dazu, sie auszubilden.

An dieser Stelle möchte ich eine Ansicht formulieren, zu der ich damals gekommen bin, und die zu ändern ich auch heute keinen Grund sehe: Eine Rasse, ein Volk oder eine Art, die das Leben im Überfluß verweichlicht hat, und die den Glauben hegt, ein *Anrecht* auf dieses bequeme Leben zu haben, ist vielleicht in der Lage, sich später wieder an körperliche Anstrengungen zu gewöhnen, aber mit Ausnahme einiger weniger Individuen, die flexibel genug geblieben sind, ist eine Umstellung den meisten Menschen psychisch unmöglich. Sie leiden an Selbstmitleid – eine Krankheit des *Willens*, nicht des Körpers!

Nachdem Siedlungen und Lager errichtet und funktionstüchtig waren, begann das wahre Problem.

Wir hatten zwei Arten von Ausbildungsprogrammen geschaffen. Bei dem einen ging es um einheimische Tiere. Wir züchteten neue Formen verschiedener einheimischer Hirscharten, um unseren Freiwilligen die Methoden der Eugenik nahezubringen, die wir überall im Reich praktizierten. Dabei lernten sie, Tiere zum Zweck der Ernährung und für schwere Arbeiten auszuwählen und zu benutzen. Da die Freiwilligen von so vielen unterschiedlichen Planeten kamen, waren ihnen die Tiere auf Rohanda natürlich fremd; der Reiz des Neuen erleichterte es uns, ihr Interesse und ihre Begeisterung wachzuhalten; aber bei allen breiteten sich sehr schnell Langeweile und Gleichgültigkeit aus. Man mußte ihnen die Arbeit ständig schmackhaft machen. Wir stellten ihnen die Aufgabe, die Pflanzenarten zu klassifizieren und aufzuzeichnen – das bedeutete, sie Tag für Tag im Freien auf den Beinen zu halten. Wir schickten sie unter Aufsicht auf lange botanische Exkursionen, um zu verhindern, daß sie irgendwelchen Schaden anrichteten. Dies war zwar alles andere als harte Arbeit, doch den meisten war selbst das schon zuviel. Zu diesem Schluß kamen wir damals, und natürlich irrten wir uns nicht. Doch ich fragte mich damals (und tue es heute noch), ob die fehlende Begeisterungsfähigkeit nicht einfach darauf zurückzuführen war, daß die Leute wußten, sie waren nicht die ersten, die diese Arbeit durchführten – natürlich konnte man ihnen das nicht verheimlichen. Obwohl man ihnen versicherte, es gehöre zu ihrem Vorbereitungsprogramm und diene künftigen Aufgaben auf anderen Planeten, weckte das keineswegs ihren Enthusiasmus. Sie forderten immer wieder, sofort »mit wirklicher Arbeit« beginnen zu können; sie beklagten sich, wir würden sie mit solch »leichter und alberner« Beschäftigung unterschätzen, doch sie nutzten die echte Chance nicht, die man ihnen bot, sich auf schwierige Aufgaben vorzubereiten. Sie waren unzuverlässig, ungeschickt und am Ende auch unproduktiv.

Jeder erhielt ausreichend Gelegenheit, unter Beweis zu stellen, daß seine Leistungen mit seinen Ansprüchen übereinstimmten, und wurde danach auf seinen Planeten zurückgeschickt. Aber wir wollten die gefährliche Unzufriedenheit der Leute nicht noch vergrößern und versuchten deshalb, unsere negative Entscheidung auf jede erdenkliche Art und Weise zu verschleiern und erklärten, später würde man richtige Arbeit für sie finden, etc. Alles in allem kamen wir zu der Ansicht, unsere Bemühungen seien nicht nur fehlgeschlagen, sie hatten auch noch schlimme Folgen: Als diese Millionen auf ihre Heimatplaneten zurückkehrten, führten ihre Klagen und ihre Unzufriedenheit zu allen möglichen Aufständen und Revolten, die eine echte Bedrohung darstellten. Wir mußten unsere Streitkräfte zu einem Zeitpunkt verstärken, an dem wir hofften, der allgemeine Wohlstand würde schneller steigen, wenn wir unser Militär abbauen könnten. Einige der unzufriedenen Planeten waren bald riesige Gefangenenlager. Und doch kann ich sagen, daß wir jeden erdenklichen Versuch unternahmen, die tragische Situation dieser Unglücklichen, der Opfer unseres technischen Fortschritts, zu erleichtern.

Doch leider änderte sich an der inzwischen nur allzu vertrauten Situation nichts. Während die nutzlosen Millionen degenerierten, brauchten wir immer noch vitale und intelligente Rassen für die schwere Arbeit auf Planeten, die unsere überragende Technologie erschloß.

Wir mußten von diesen Planeten erst vor kurzem dort angesiedelte Arten, die noch ihre ursprüngliche Lebenskraft besaßen und die das bequeme Leben noch nicht verdorben hatte – wie

man sich vorstellen kann, verhielten wir uns sehr vorsichtig, wenn es darum ging, solche Neulinge in unserem Reich mit den Annehmlichkeiten und dem komfortablen Leben vertraut zu machen –, nach entsprechender Ausbildung einsetzen, um die neuen Planeten zu erschließen. Wir wählten auf diesen Planeten Arten und Rassen, die uns geeignet erschienen, und bildeten sie nicht in ihrer Heimat aus, sondern an anderen Orten. Eine Zeitlang zogen wir auch Rohanda dazu heran und benutzten dazu die leerstehenden Siedlungen und Lager der vorausgegangenen gescheiterten Versuche. Diese kräftigeren, vitaleren Rassen erhielten sehr viel härtere Aufgaben als unsere schwächeren. Es war notwendig, ein Gleichgewicht zwischen der Fähigkeit zu körperlicher Arbeit zu bewahren und gleichzeitig Fähigkeiten zu Eigeninitiative und Unternehmungsgeist zu fördern. Wir erklärten ihnen, sie sollten die Möglichkeiten der Entwicklung von Fauna und Flora erforschen, ohne dabei den jeweiligen Lebensraum zu zerstören. Wir kamen zu höchst befriedigenden und nützlichen Ergebnissen.
Ich erinnere mich an eine Reise, die ich in dieser Zeit mit einigen Angehörigen meines Stabes unternahm. Mit einer kleinen Flotte unserer Aufklärungsschiffe überflogen wir den Südlichen Kontinent II von einem Ende zum anderen, von Norden nach Süden, entlang der Küsten und immer wieder quer über den ganzen Kontinent. Wir überflogen herrliche Waldgebiete, durch die sich friedliche, majestätische Flüsse zogen. Tag um Tag, Woche um Woche landeten wir bei den Repräsentanten von Arten aus unseren zahlreichen Kolonien, die sich alle so sehr voneinander unterschieden. Aber natürlich befanden sie sich im wesentlichen auf demselben Entwicklungsstand – denn erst wenn eine Gattung aufrecht geht und die Hände benutzt, gelingt es ihr, die Fortschritte zu machen, die uns interessieren und die wir fördern. Wir besuchten behaarte und unbehaarte Wesen, Geschöpfe mit langem oder kurzem Fell, mit Mähnen oder Haarbüscheln auf Rücken und Schultern, unbehaart an Brust und Bauch, mit schwarzer und brauner Haut, mit breiten, flächigen Gesichtern, mit Schnauzen, mit Stirnwülsten und fliehender Stirn, mit vorspringendem Kinn und ohne

Kinn, haarlos und nackt, nackt bis auf Blätter oder Tierhäuten um die Lenden, mit langsamen und mit schnellen Bewegungen, fähig zu lernen und unfähig, etwas anderes als die Arbeit von Lasttieren zu verrichten... Diese Reise von einem Ort zum anderen war in der Tat eine Bestandsaufnahme, eine Zusammenfassung der neuesten Entwicklungen in unserem Reich. Es war angenehm und half uns, die Enttäuschung über das neuerliche Versagen bei unseren Gefangenen aus dem Norden zu überwinden.

Alle diese Arten – von denen einige auch mir neu waren –, all diese Tiere, die Entwicklungsfähigkeiten zeigten, waren, wenn wir sie in Gedanken mit dem verglichen, was man uns von den canopäischen Versuchen im Norden und der erstaunlichen und unfaßbaren Evolution der einheimischen Arten berichtete, auf einem so niedrigen Stand der Evolution, daß man die beiden Leistungen nicht miteinander vergleichen konnte. Das wußten wir. Wir sprachen darüber und dachten darüber nach. Damals verschleierten wir die Situation nicht, obwohl unser Stolz sie später beschönigte und wir die Wahrheit vergaßen.

Das ganze erfolgreiche Experiment auf Rohanda – die Ausbildung so vieler unterschiedlicher Arten zu guten und anpassungsfähigen Kolonisten, die unser Vertrauen in den Kolonialdienst stärkte und belohnte – war trotzdem eine Niederlage. Wir wußten sehr wohl, daß sich keine Tiere, die wir ausbildeten, weit über den derzeitigen Stand hinausentwickeln würden – zumindest nicht so bald. Ihre Fähigkeiten würden sich erweitern, sie würden neue Fertigkeiten und Kenntnisse erwerben, und sie würden von den gebotenen Möglichkeiten Gebrauch machen. Aber wir konnten nicht hoffen, sie würden innerhalb weniger tausend Jahre den Sprung vollziehen, der sie von Tieren zu Wesen machte, die in Städten lebten, wie sie schöner und besser auch nicht auf Sirius zu finden waren; zu Wesen, die solche Städte nicht zerfallen ließen und die das Leben dort soweit veränderten, daß man sie kaum als die Spezies wiedererkannte, der unsere liebenswerten und reizenden Nachbarn, die Menschenaffen, angehörten, die ganz in der Nähe unseres Hauptquartiers auf den Hügeln lebten, und die für

uns und unsere Besucher eine ständige und erfreuliche Quelle der Unterhaltung boten.
Canopus hatte mit seinem Experiment die Eingeborenen verändert. Und zwar von Grund auf.
Das war der springende Punkt.
Wir waren in der Lage, all diese unterschiedlichen Tierarten gleichzeitig zu beobachten, ihre Möglichkeiten und Grenzen nüchtern einzuschätzen; das führte zu einer Verstärkung unserer bereits intensiven Spionagetätigkeit im Norden. Inzwischen saßen unsere Spione überall; sie arbeiteten einzeln oder in Gruppen. Mehr und mehr verzichteten wir auf jede Tarnung. Das lag zum Teil an der Offenheit, mit der man uns begegnete; zum Teil aber auch daran, daß der Himmel der südlichen Hemisphäre zwischen den Südlichen Kontinenten I und II von den Raumschiffen unserer Versorgungsflotte nur so wimmelte. Und deshalb konnten wir unsere Anwesenheit immer mit Notlandungen entschuldigen. Zum Teil war aber auch ein neuer Faktor dafür verantwortlich.

Shammat. Das Ende des alten Rohanda

Eine Gesandtschaft von Shammat besuchte uns. Heute kann man sich nur schwer vorstellen, daß Shammat damals nicht viel mehr als ein Name war. Natürlich ignorierten wir Puttiora, dieses schändliche Reich, nicht, wenn auch nur aus dem Grund, daß wir ständig seine Übergriffe auf unser Territorium abwehren mußten. Shammat galt als eine schreckliche, sonnenverbrannte Felsenwüste, die Puttiora als Straflager benutzte. Auf jeden Fall handelte es sich bei seinen Bewohnern um Piraten, Abenteurer und Desperados. Wir hatten uns nicht vorgestellt, daß sie einen nennenswerten technologischen Entwicklungsstand erreicht hätten, und darin irrten wir uns nicht. Sie landeten auf der Ebene unterhalb unseres Hauptquartiers in einer Raumfähre, die sie Canopus gestohlen hatten. Vier Shammataner kamen selbstbewußt wie geladene oder zumindest erwarte-

te Gäste den felsigen Weg zu uns herauf. Diese Anmaßung war typisch für alles, was sie taten. Ihrem Äußeren nach gehörten sie dem Modifizierten Typus Zwei an: Kopfhaare; Körperbehaarung auf bestimmte Stellen beschränkt; Zähne primär animalisch; entwickelte Hände; Füße dienen nur zur Fortbewegung. Deshalb standen sie über den meisten – wenn auch nicht allen – Arten, die wir in letzter Zeit für den Kolonialdienst ausgebildet hatten. Doch sie blieben weit hinter den eingeborenen Arten von Rohanda zurück, die unter dem Einfluß von Canopus standen. Während des Aufenthalts dieser äußerst lebhaften und vitalen Gäste, die alle Zeichen von Barbaren oder Wilden an sich hatten, fragten wir uns jedoch, ob diese gewöhnliche Spezies (um nicht zu sagen, dieser Grundtyp), die überall in den drei uns bekannten Imperien anzutreffen war – Canopus, unser Reich und Puttiora –, sich nicht ebenfalls soweit entwickeln würde wie die Eingeborenen im Norden, wenn sie unter den Einfluß der Riesen gerieten. Seit neuestem vertraten wir die Theorie, daß die Riesen der Kolonie 10 das Geheimnis der beschleunigten Evolution niederer Arten besaßen.
Ich werde keine Zeit damit verschwenden, unsere Begegnungen mit den Shammatanern zu schildern. Es gab deren viele, denn sie wollten sich mit unserem »Nein« einfach nicht abfinden. Ihnen fehlte die Fähigkeit, die Absichten anderer zu erkennen. Sie wollten folgendes: Sie hatten von unseren Versuchen gehört, hochqualifizierte Kolonialisten zu züchten. Sie wußten alles darüber, und wir mußten erst einmal »verdauen«, daß sie bei uns ebenso intensiv spioniert hatten wie wir in den Gebieten von Canopus. Shammat wollte uns einige der überzähligen Frauen »abnehmen«. Auf ihrem schrecklichen Planeten gab es nicht genug Frauen. Die wenigen, die sie hatten, »konnten die Nachfrage nicht befriedigen«. (Die Roheit ihrer Gedanken und Rede läßt sich unmöglich übertreiben!)
Wir lehnten ihre Forderungen beharrlich ab, denn natürlich stand außer Frage, uns anvertraute Menschen diesen kriminellen Wilden zu überlassen. Trotzdem erschienen sie Tag für Tag vor unserer Tür, als sei nicht alles ausführlich besprochen. Und

so gewannen wir ein ziemlich deutliches Bild von ihren wenig begrüßenswerten Aktivitäten.
Shammat befand sich seit einiger Zeit auf Rohanda. Sie schickten Raumschiffe (allerdings selten) und unterhielten eine Kolonie, von der aus ständig Spione in die Siedlungen von Canopus vordrangen. Das erklärte die problemlose Aufnahme unserer ersten Kundschafter. Wir waren keineswegs die ersten Besucher der Riesen und der Eingeborenen gewesen. Was Shammat auch immer von ihnen wollte, man hatte es ihnen nicht gegeben. Unsere Besucher waren verschlagen und unehrlich; doch sie konnten ihre Gefühle und Gedanken nicht verbergen. Sie waren wütend, nein außer sich, weil Canopus sie in ihre Grenzen verwiesen und ihnen Riegel vorgeschoben hatte. Und von Canopus wollten sie keine Frauen, sondern etwas anderes. *Worum* es sich dabei handelte, wußten und erkannten wir jahrtausendelang nicht! Wir erkannten es nicht, weil wir das Wesen von Canopus ebensowenig verstanden wie Shammat. Aber Shammat hatte es geahnt, hatte es gewollt und versucht, es zu bekommen – wie Sirius. *Und Shammat erreichte, was uns versagt blieb.* Ich stelle das hier und jetzt ohne jede Beschönigung fest – wenn auch nicht ohne Besorgnis, nicht, ohne Kritik vorauszusehen – Shammat, der barbarische, der verbrecherische, der entsetzliche Planet, der schon so lange ein Synonym für alles Verachtungswürdige und Schmachvolle ist, daß wir uns gar nichts anderes darunter vorstellen können, Shammat enträtselte immerhin etwas von den canopäischen Geheimnissen... genug, um etwas zu stehlen. Und wir, Sirius, der zivilisierte, der hochentwickelte Planet, entdeckten *nichts*.
Wenden wir uns wieder kleineren Fragen zu. Natürlich wollten wir wissen, weshalb die Piraten nicht einfach ein paar Frauen von Canopus geraubt hatten, nachdem sie schließlich ein, wenn nicht sogar mehrere Raumschiffe gestohlen hatten. Wir konnten daraus nur schließen, daß Shammat Canopus – und uns fürchtete: Sie glaubten, Menschenraub würde mit größerer Wahrscheinlichkeit bestraft als der Diebstahl von Dingen. Und damit hatten sie recht. Aber hinter ihrem Tun verbarg sich noch eine andere Absicht. Die Shammataner, die Tag für Tag den

steilen Weg zu unserem befestigten Hauptquartier hinaufstiegen, hörten uns aus demselben Grund so bereitwillig zu, wie wir ihnen: Sie wollten etwas über unsere Absichten erfahren!
An einem gewissen Punkt stellten wir ihnen die Frage, weshalb sie nicht einfach einige der Eingeborenen raubten, die hier lebten – dabei mußten wir das Augenzwinkern und die Grimassen von Komplizen über uns ergehen lassen –, aber wir begriffen, daß ihnen nichts an den unentwickelten Einheimischen lag; sie wollten die neue, hochentwickelte Art; sie fürchteten sich, Menschen zu rauben, denn sie lebten in den prächtigen, neuen Städten, wo auch die Riesen wohnten. In diesem Punkt waren sie bemerkenswert schamhaft und ausweichend, während sie sich gleichzeitig vor Gier verzehrten. Aber warum hatten sie nicht Angehörige unserer anderen Arten geraubt – degenerierte oder erfolgreiche –, die zu verschiedenen Zeiten den Südlichen Kontinent bevölkerten? Aber wieder kreiste alles um den einen Punkt: Diese vielen Rassen, Arten, Typen und Gruppierungen *waren nicht gut genug*. Nicht gut genug für diese widerlichen Diebe von Shammat, die in ihren roten Jacken vor uns saßen – seit Jahrhunderten veraltete Uniformen des canopäischen Kolonialdienstes – in ihren grünen Pluderhosen – eine längst überholte puttiorianische Mode – mit ihren Lederschuhen aus den Häuten unglücklicher Tiere. Jawohl, sie wollten nur das Beste! Mit glühenden Augen sprachen sie von den schönen, gesunden Frauen in den prächtigen Städten hoch oben im Norden. Und sie leckten sich die Lippen, als sie von »diesen Frauen auf Canopus« erzählten – »wir wir hören, haben sie gelbe Haare und blaue Augen…« (Darin irrten sie sich.) Und die ganze Zeit über verschlangen sie mich mit ihren gierigen Blicken. Ich konnte sehen, wie es ihnen in den Fingern juckte, mein Haar zu betasten und mir in die blassen Wangen zu kneifen.
Bald nachdem sich die unangenehmen Besucher entfernt hatten – sie kehrten in die nördlichen Gebiete zurück, nicht nach Shammat – stellten wir fest, daß die Frauen, die sich für unsere eugenischen Versuche gemeldet hatten, ebenfalls von den Shammatianern besucht worden waren. Sie hatten sogar ein paar Nachkommen hinterlassen! Mit Hilfe der Männer waren

sogar Fluchtversuche geplant worden, die allerdings mißlangen. Doch jetzt mußten wir nach shammatianischen Eigenschaften unter der neuen Siedlerrasse Ausschau halten, auf die wir so stolz waren. Noch später sahen wir uns zu weiteren Schlußfolgerungen gezwungen. Es war einigen Frauen tatsächlich gelungen zu entfliehen. »Ersatz« aus Shammat hatte ihren Platz eingenommen. Die Entflohenen verschwanden mit den besten sirianischen Genen nach Shammat. Einige dieser Frauen stammten von unserem K.P. 7 und gehörten einer blonden blauäugigen Rasse an – meine Mutter kam von Planet 7. Solche Frauen standen auf Shammat hoch im Kurs, und man verlangte Nachschub...

Ich komme nun zum Ende dieser Phase auf Rohanda.

Ungefähr zehntausend Jahre nach der Einrichtung der »Schleuse« zwischen Canopus und Rohanda wurden wir zu einer dringenden Konferenz gerufen. Canopus mußte eine Katastrophe ankündigen. Unerwartete kosmische Veränderungen... das Versagen der »Schleuse«... völlige Aufgabe des bedauernswerten Planeten, um dessentwillen die Entwicklung auf Rohanda so beschleunigt worden war... Degeneration und eine Achsenverschiebung standen Rohanda bevor.

Man informierte uns, wir müßten mit sprunghaften, willkürlichen Mutationen und Veränderungen aller Art bei unseren Versuchsrassen rechnen. Man riet uns, die Experimente so lange einzuschränken, bis diese Veränderungen überblickbar und analysierbar seien.

Ich muß gestehen, daß wir das zuerst für ein Täuschungsmanöver, für eine List hielten, denn unsere Berichte sprachen nicht von einer Zunahme der Aktivitäten im Norden – zum Beispiel nicht von mehr Landungen ihrer Raumschiffe. Aber schließlich waren ihre Besuche immer selten gewesen. Und das hatte uns in unserem Glauben bestärkt, daß die Kontakte, die sie immer erwähnten, etwas mit Nachrichtenübermittlung zu tun hatten.

Wir erfuhren von der Ankunft eines Abgesandten. Er hielt sich in einer kreisrunden Stadt in einer Gegend mit vielen Binnenseen auf. Es handelte sich um Johor, der damals noch einen untergeordneten Rang bekleidete. Bald darauf berichteten unsere Spione, daß Raumschiffe praktisch alle Riesen aus dem Norden abgeholt hatten. Allerdings waren einige geflohen. Danach erhielten wir von unseren Spionen scheinbar widersprüchliche, vage und sogar alberne Berichte – wir begriffen, daß Canopus die zu erwartenden ungünstigen Wirkungen keineswegs übertrieben hatte. Wir zogen unsere Spione zurück – doch ein paar sahen wir nicht wieder – und transportierten alle verbliebenen Versuchspersonen ab. Bereits nach wenigen Jahren zeigten sich bei ihnen Anzeichen einer verkürzten Lebensdauer und die Tendenz, sehr schnell in die Barbarei zurückzufallen. Doch diese Phase auf Rohanda ist unter dem Stichwort *Sozialpathologie* so ausführlich dokumentiert, daß ich mich nicht damit aufhalten will. Schließlich ist sie zum klassischen Fall plötzlicher evolutionärer Umkehrung geworden.

K.P. 23 wurde zu unserem brennendsten Problem. Es war der *Denk-Planet* – ich hoffe, man wird mir diesen saloppen Ausdruck an einem so ernsten Punkt meines Berichts nachsehen. Er hing völlig von den Lieferungen vom Südlichen Kontinent I ab. Wir beschlossen, unsere landwirtschaftlichen Stationen unverändert beizubehalten. Es erwies sich als notwendig, unsere Polizeitruppe praktisch sofort zu verstärken, denn es stellte sich heraus, daß ehemals recht zuverlässige Arbeitskräfte zunächst kleinere Diebstähle begingen und dann allmählich alle möglichen kriminellen Dinge taten. Doch wir gaben unsere Landwirtschaft nicht auf. Dann geschah etwas Unerwartetes: Horden von Eindringlingen aus dem Gebiet der Inlandseen tauchten auf. Sie zerstörten zunächst die landwirtschaftlichen Stationen im Norden und drangen dann immer weiter nach Süden vor. Um wen handelte es sich bei diesen räuberischen Banden? Um niemand anderen als die Eingeborenen, die Canopus zu solchen Höhen sozialen und persönlichen Verantwortungsbewußtseins geführt hatte. Es lief alles darauf hinaus, daß wir im Norden des Südlichen Kontinents I über die ganze Breite eine Verteidigungslinie hätten aufbauen müssen. Krisenkonferenzen auf höchster Ebene wurden auf dem sirianischen Mutterplaneten einberufen. Durch die Unruhen auf vielen der kolonisierten Planeten waren unsere militärischen Möglichkeiten bereits völlig ausgeschöpft. Es blieb keine Alternative: Wir mußten uns aus Rohanda zurückziehen. Für K.P. 23 mußte ein anderes Konzept gefunden werden. Die kurze, aber ruhmreiche Zeit ging zu Ende. Die Denker wurden an einen anderen Ort gebracht.

Kurz vor unserem Abzug unternahm ich noch einen letzten Erkundungsflug über den S.K. I. Unsere landwirtschaftlichen Gebiete verteilten sich über diesen großartigen Kontinent, der S.K. II ähnelte, aber doch größer und vielfältiger war. Jede kleine Gruppe von Gebäuden lag inmitten riesiger Felder, über denen unsere Arbeits- und Überwachungsmaschinen schwebten und in der Sonne schimmerten: grüne, gelbe und braune Felder und leuchtend bunte Maschinen... glänzende Flüsse... unzählige, immer neue Grüntöne der Plantagen... die Bewässerungskanäle... riesige, transparente Bauten für Hydrokulturen und für wissenschaftliche Forschungen... ich kann nicht behaupten, diese letzte Reise genossen zu haben. Denn man zerlegte bereits die Stationen; die riesigen Raumschiffe unserer Interkolonialen Schwertransportflotte landeten und hoben beladen mit diesen Bauten und der letzten Ernte ab. Ich überflog einige bereits aufgegebene Stationen. Unsere Politik, die Landschaft sowenig wie möglich zu verändern, erwies sich als ein Erfolg. Nichts war zu sehen außer hastig abgeernteten Feldern, die Dschungel und Wälder schon in kurzer Zeit wieder in Besitz genommen haben würden, und ein paar Schonungen eingeführter Bäume, die bereits in Rohanda heimisch geworden waren. Die Spuren unserer jahrtausendelangen Anwesenheit würden bald alle verwischt sein.

Es ging mir nicht gut, und Ambien I fühlte sich auch nicht wohl. Wir führten das auf die Enttäuschung über die durchkreuzten Pläne zurück. Dann gestand unsere Mannschaft, sie seien alle niedergeschlagen und fühlten sich ganz allgemein angegriffen. Es wurde deutlich, unsere Psyche war beeinträchtigt. Es ließ sich nicht ändern: Ich gab Anweisung, Rohanda zu verlassen!

Kurz darauf rief Canopus wieder eine Konferenz auf Kolonie 10

ein. Rohanda war nur einer von vielen Punkten auf der Tagesordnung. Damals schien er nicht wichtiger als die anderen zu sein.
Mir kommt es immer vor, als ließe sich das Problem der zu späten Einsicht nicht lösen! Was ich jetzt im Rückblick sehe, ist keineswegs, was ich damals erlebte. Sollen wir unsere früheren, unreiferen Standpunkte als nie dagewesen abtun? Als seien sie unwichtig und *ohne Wirkung*? Natürlich nicht.
Ein Punkt unter den vielen Interessen, die Canopus und Sirius damals teilten, lag uns allen besonders am Herzen. Die Riesen waren auf ihren Planeten, die Kolonie 10, zurückgekehrt und warteten darauf, daß ihnen neue Aufgaben zugewiesen wurden. Sie litten! Inzwischen waren sie zweimal so groß wie ihre Artgenossen und hatten sich weit über sie hinaus entwickelt. Deshalb konnten sie nicht in ihr altes Leben zurückfinden, und es fiel den Bewohnern des Planten 10 nicht leicht, sie wieder aufzunehmen. Überlegenheit wird selten ohne Schwierigkeiten akzeptiert.
Unter den canopäischen Kolonien gab es keine Planeten, auf denen man die Riesen hätte nutzbringend einsetzen können. Nicht sofort. Wir hatten von den Fähigkeiten der Riesen gehört und glaubten, sie könnten – entwicklungsgeschichtlich gesehen beinahe über Nacht – aus Affen zivilisierte Rassen machen. Deshalb baten wir Canopus, uns die Riesen »zu leihen«, damit sie unseren ausgebildeten Siedlern »ihre Tricks« beibringen könnten. Jawohl, so redeten wir damals! (Es ist sinnlos, jetzt darüber zu erröten.) Canopus weigerte sich beharrlich, freundlich und sanft. Es sei unmöglich, sagten sie. Wir hielten ihre Ablehnung für kleinlich und dachten, Canopus zögere, uns zu helfen, damit wir sie nicht überflügelten – wir sahen darin alles, nur nicht das, worum es wirklich ging. Wir hatten Canopus offiziell um »diese Leihgabe« gebeten, und sie war der wichtigste Punkt auf der Tagesordnung, das Hauptthema aller inoffiziellen Gespräche im Verlauf der Konferenz. Auf unserer Seite entwickelten sich ungute Gefühle und Groll – wie üblich.
Die Konferenz verlief in einer gedrückten und niedergeschla-

genen Atmosphäre. Der Fehlschlag auf Rohanda hatte Canopus erschüttert, und sie gaben offen zu, das Schicksal des unglücklichen Planeten 8 mache sie traurig. Er wurde, noch während die Konferenz stattfand, unter Verlusten von Leben und Möglichkeiten geräumt. Auch wir Sirianer waren wegen Rohanda bedrückt. Ich kann mich an keine Konferenz erinnern, auf der so wenig von der Energie zu spüren war, die aus Erfolg entsteht. Aber natürlich mangelte es nicht an Absichten und Beschlüssen für die Zukunft.

Für mich persönlich erwies sich die Konferenz als wichtig, denn dort sah ich zum ersten Mal Klorathy, den Leiter ihrer Delegation. Von ihm ging die Vitalität aus, nach der sich alle sehnten. Ich mochte ihn sofort. Er war – und ist – eine energische und sarkastische Persönlichkeit, an der man sich reibt. Man kann sicher sein, daß er die Lethargie und Trägheit durchbricht, die sich selbst auf den besten Konferenzen einstellen. Wir fühlten uns voneinander angezogen und sprachen auch darüber – natürlich auf eine Weise, die unserem Lebensabschnitt gemäß war. Unsere Fortpflanzungsbindungen lagen hinter uns. Auch Ambien I mochte ihn, und wir alle drei hofften auf viele angenehme und nützliche Begegnungen.

Klorathy hatte die undankbare Aufgabe, uns die Riesen zu verweigern; und ich erinnere mich an die Geduld, mit der er immer von neuem wiederholte: »Aber versteht ihr, es ist nicht möglich« ... und wir verstanden *nichts*.

Um die damaligen und heutigen Standpunkte zu veranschaulichen, kann ich nichts Besseres tun, als die Punkte der Tagesordnung in Zusammenhang mit Rohanda aufzuzählen:

1. Die Schleuse Canopus – Rohanda hatte versagt – die grundlegende Tatsache.
2. Man mußte mit allen möglichen Degenerationserscheinungen rechnen – einen Vorgeschmack hatten wir bereits erlebt.
3. Canopus beabsichtigte, durch eine Minimalpräsenz die Verbindung zu Rohanda aufrechtzuerhalten, um wenigstens einen minimalen, ständigen Fluß zu ermöglichen.

4. Soweit man sehen konnte, würde es für mehrere hunderttausend Jahre keine Korrektur der kosmischen Verschiebungen geben, die für dieses Unglück verantwortlich waren. Es bestand kein Grund, daß Rohanda danach nicht zu dem *gesunden* Zustand zurückkehren und von neuem blühen und gedeihen würde.
5. Shammat von Puttiora (und das war für Canopus der wichtigste Punkt dieser Zusammenfassung) hatte entdeckt, worum es sich bei dem Band zwischen Canopus und Rohanda handelte, sich angeschlossen und bezog Kraft daraus. Bereits jetzt wurden sie dadurch reich und wohlhabend.

Wenn ich diese Worte heute lese und daran denke, was ich damals in ihnen sah, kann ich mich über meine Blindheit nur wundern.

Und wieder war die Verärgerung teilweise daran schuld – und auch Furcht. Es wurde soviel über die »Spione« geredet; und Canopus behauptete, nichts davon gewußt zu haben. Wir glaubten es nicht, konnten dieses Thema, aus Angst, unsere Spionagetätigkeit würde ans Licht kommen, auch nicht weiter verfolgen...

Aus diesen kurzen Bemerkungen kann man entnehmen, daß dies eine unbefriedigende, unangenehme Konferenz war. Als wir uns trennten, konnte ich außer meinem Zusammentreffen mit Klorathy nichts Positives daran finden. Aber da er auf Kolonie 10 bleiben würde, um den Riesen in ihrer qualvollen Zeit des Wartens zur Seite zu stehen, und ich nach Sirius zurückkehrte, konnten wir zumindest im Augenblick nicht viel voneinander erhoffen.

Sirius hatte den Vorsatz nicht aufgegeben, Rohanda zu Versuchszwecken zu benutzen. Wir standen nun vor der Aufgabe, Wege zu finden, dort zu arbeiten, ohne Schaden zu nehmen. Zu diesem Zweck wurde ein gemeinsamer Ausschuß von Canopus und Sirius auf dieser Konferenz ins Leben gerufen. Auf meine Bitte hin wurde ich wieder nach Rohanda geschickt; diesmal mit Instruktionen von Canopus – wir und sie sprachen von *Ratschlägen* –, wie man in der neuen gestörten Atmosphäre von

Rohanda überlebte. Man erklärte uns, wenn wir Siedlungen so und so bauten – Maße und Proportionen waren bis auf den Bruchteil einer R-Einheit vorgeschrieben –, diese und jene Gegenstände trugen, und dieses und jenes aßen (man gab uns lange Listen mit solchen Vorschriften), konnten wir zumindest für eine begrenzte Zeit auf dem bedauernswerten Planeten arbeiten.

Zunächst befolgten wir ihren Rat nur teilweise oder halbherzig. Das hatte böse Folgen. Danach hielten wir uns gehorsam daran. Erfolg!

Dieser Gehorsam war bemerkenswerter, als es jetzt den Anschein haben mag. Damals wäre es schwierig gewesen, irgendwo in unserem Reich etwas Gutes über Canopus zu hören. Im günstigsten Fall sprachen wir gleichgültig, aber üblicherweise verächtlich von ihnen. Wir bespitzelten sie überall und auf jede erdenkliche Weise. Wir zögerten nicht, sie zu übertrumpfen, wann immer wir konnten, und zwar auf kindliche und oft illegale Weise. Wer daran zweifelt, findet eine Bestätigung dafür in jeder gewöhnlichen Chronik oder Abhandlung über diese Zeit. Wir schämten uns nicht. Im Gegenteil! Und doch unterstellten wir Canopus schlechte Absichten und Übergriffe im Umgang mit uns. Wir beschwerten uns darüber. Und während wir *scheinbar* ihre Vorschriften nicht ernst nahmen und darüber spotteten, wenn wir glaubten, damit Beifall zu ernten, befolgten wir sie trotzdem, und zwar bis zu dem Punkt, an dem sie uns zur zweiten Natur wurden und wir in Gefahr gerieten zu vergessen, woher sie stammten. Dann *vergaßen* wir es tatsächlich – zumindest die meisten von uns – und wir sprachen von der »Rohanda-Anpassungstechnik«, als sei sie unsere eigene Erfindung.

Lange Zeit – für mehr als hunderttausend Jahre – hielten wir Sirianer uns mehr auf Rohanda auf als Canopus. *So glaubten wir damals.* Das lag daran, daß wir unseren Spionen sagten, sie würden die Techniker von Canopus an den gleichen Zeichen erkennen, die für uns und unser Verhalten notwendig waren. Damals wußten wir nicht, daß Canopus keine Raumschiffe – keine üblichen Transportmittel – benötigte, um zu kommen

und zu gehen. Wir wußten nicht, daß die Techniker von Canopus auf Rohanda – und auf anderen Planeten – leben konnten und dabei das Erscheinungsbild der Bewohner eines Ortes und einer bestimmten Zeit annahmen.
Viele Zeitalter hindurch arbeiteten Canopäer auf Rohanda, ohne daß wir etwas davon wußten. Selbst heute gibt es Leute, die sich weigern, das zu glauben.
Aber einige wenige von uns, die auf Rohanda arbeiteten, verstanden allmählich. Ich werde an entsprechender Stelle ausführlicher darauf eingehen.
Ich beschäftigte mich auch weiterhin mit Canopus; und ich war keineswegs die einzige. Das geschah aus einem bestimmten und eindeutigen Grund.

Die Lage im sirianischen Reich

Ich muß jetzt etwas Allgemeines über die sirianische Entwicklung sagen – ein geschichtlicher Überblick vom Ende des Mittelalters bis zur Gegenwart. Man wird mir entgegenhalten, daß es unmöglich ist, mehrere hunderttausend Jahre der Geschichte eines Reiches in wenigen Worten zusammenzufassen. Doch das tun wir alle, wenn wir von anderen sprechen. Was sagen wir zum Beispiel – selbst unsere ehrenwertesten und geachtetsten Historiker – über Alikon, über die langlebige Kultur, die der unseren auf Sirius vorausging, ehe wir ein Reich wurden? »Alikon war eine starre militaristische Gesellschaft, die sich auf begrenzte natürliche Reichtümer gründete. Die herrschende Kaste blieb mit Hilfe einer repressiven Religion an der Macht, die neun Zehntel der Bevölkerung zu Arbeitern, Sklaven oder Dienern machte. Der Niedergang setzte ein, weil...« So beschreiben wir neunzigtausend S-Jahre einer Zeit, die wir als »Vorgeschichte« bezeichnen. Ein anderes Beispiel: Die canopäische Kolonie 10 war einst »Senjen, ein natürliches Paradies. Angenehmes Klima, ein Überfluß an eßbaren Pflanzen und Tierarten ließ eine friedfertige, unbeschwerte matriarchalische

Gesellschaft entstehen.« Senjen bestand zweihunderttausend Jahre, ehe Canopus entschied, der Planet sei entwicklungsbedürftig.
Nein: Wir sehen uns nicht so bereitwillig – in der Vergangenheit oder der Gegenwart – mit dem interesse- und leidenschaftslosen Blick, den wir auf andere Völker, auf die Geschichte anderer richten! Doch die meisten Gesellschaften – Kulturen –, Reiche – lassen sich leicht anhand einer grundsätzlichen Tatsache oder Wahrheit beschreiben – und sie bezieht sich beinahe immer auf etwas Geographisches oder Wahrnehmbares. Zögern wir vielleicht deshalb, uns so zu sehen, wie wir andere sehen, weil wir unser eigenes Dasein nur ungern als etwas Physisches ... *lediglich* Physisches akzeptieren wollen?
Das sirianische Reich beschäftigte sich in erster Linie mit einem physikalischen Faktor und den Fragen, den er von Anfang aufwarf: der Technologie, den technischen Leistungen, mit denen sich kein anderes Reich auch nur annähernd messen konnte ... ich treffe diese Feststellung, ohne mir eine »späte Einsicht« zunutze machen zu können. Bis vor sehr kurzer Zeit haben wir es so gesehen. Das liegt an unserer Definition von *Technologie*. (Ich weiß, für viele von uns hat sie immer noch Gültigkeit.) Die subtile, unendlich vielfältige, kaum sichtbare Technologie von Canopus blieb uns verborgen, und deshalb hielten wir uns all diese Jahrtausende lang, diese vielen Zeitalter hindurch für überlegen.
Für uns ist das Mittelalter an dem Punkt zu Ende gegangen, als »wir die überzähligen Massen loswaren«. Diese ungeschminkte Bemerkung entdeckte ich in einem eher populärwissenschaftlichen Geschichtswerk. Zu dem Zeitpunkt also, an dem »die Bevölkerungsdichte mit der Notwendigkeit im Einklang stand«. (Oh ja, es gibt hundert Möglichkeiten, unser grundlegendes Dilemma zu beschreiben! Und jede dieser Formulierungen, sei sie ausweichend oder offen, kann nur etwas verschleiern, was wir nie bewältigt haben!) Fassen wir also unsere Kultur zusammen, wie wir es so willkürlich und verallgemeinernd mit anderen tun: »Das sirianische Reich mit seinen dreiundfünfzig Kolonien besitzt einen beinahe unerschöpflichen

Reichtum. Dank seiner natürlichen Vielfalt und Fruchtbarkeit herrscht keinerlei Mangel. Es besitzt eine beispielhafte Technologie und ist doch nie in der Lage gewesen zu entscheiden, wie vielen Menschen das Leben dort gestattet sein soll.«

Da haben wir es. Ich habe diesen Punkt bereits angeschnitten. Wie hätte ich es nicht tun können? Man kann unmöglich über Sirius sprechen, ohne unser grundsätzliches, unser brennendes Problem aufzuwerfen...

Nachdem das Mittelalter vorüber war, achteten wir darauf, daß unsere Bevölkerung überall den minimalen Stand erreichte, der notwendig war... *wofür*? In unserer Begeisterung über das neue Konzept, über unsere neuen Kontrollfähigkeiten, setzten wir auf unseren dreiundfünfzig Kolonien ziemlich künstliche Einwohnerzahlen fest. Wir hielten die Zahlen sehr niedrig.

Was geschah mit diesem Gewimmel von Millionen, Millionen und Abermillionen? Sie wurden nicht ausgerottet. Sie wurden nicht schlecht behandelt. Im Gegenteil, wie ich schon andeutete – es würde den Rahmen meines Berichts sprengen, diese Entwicklungen mehr als zu skizzieren –, wurden alle möglichen Projekte und Konzepte erdacht, um ihr tragisches Schicksal zu mildern. Sie starben, wie man sich heute allgemein einig ist – nachdem soviel Zeit vergangen ist, können wir gelassen auf jene Phase zurückblicken –, an gebrochenem Herzen, an gebrochenem Willen. Sie starben, weil der Sinn ihres Lebens fehlte. Sie starben an Krankheiten, an Epidemien, die andere Ursachen zu haben schienen, und in Ausbrüchen von Massenwahn. Aber sie starben! Es dauerte fünfzigtausend Jahre, eine schlechte, eine *sehr* schlechte Zeit, doch am Ende hatten wir beinahe unbevölkerte Planeten und alles stand uns offen – alles war bereit für ein großartiges, neues Ziel, für einen neuen Plan.

Doch in Wirklichkeit hatte sich nichts geändert: *Wir waren immer noch unfähig, uns selbst zu sehen.* Der Stand unserer Technologie hätte es erlaubt, das ganze Reich mit etwa zehn Millionen Menschen funktionsfähig zu halten. Soviel wurden *gebraucht*. Wenn wir nur den einen Zweck verfolgten, unser Reich funktionsfähig zu halten und nichts anderes...

Ich lasse es dabei bewenden! Manche werden behaupten, daß

ich bereits genug darüber gesagt habe, andere sind der Ansicht, wenn ich unserem schrecklichen grundlegenden Problem wirklich gerecht werden wollte, sollte ich ihm nicht nur ein paar Abschnitte widmen, sondern mehrere Bücher.

Nun, Myriaden von Büchern und ganze Zeitalter sind diesem Thema gewidmet worden – als unsere Bühne leer und kahlgefegt war und auf angemessene Schauspiele wartete, entstanden plötzlich überall philosophische Schulen; man hörte nichts anderes mehr als ihre Debatten und Argumente... Was ist der Sinn unseres Lebens? fragten sie und vertieften sich in das »fundamentale, in das existentielle Problem von Sirius«.

Diese Debatten wurden so hitzig, so erniedrigend und unerfreulich, daß man gesetzlich verbot, das »existentielle Problem« auch nur zu erwähnen – diese Epoche dauerte Jahrtausende. Natürlich gab es alle Arten Untergrundbewegungen und subversive Sekten, die es sich zur Aufgabe machten, »die Wahrheit zu bewahren«.

Als sie schließlich so mächtig und einflußreich wurden, daß man sie nicht länger übersehen konnte, wurde die öffentliche Beschäftigung mit unserem inneren Anliegen wieder legalisiert. Es gab eine Zeit, in der mehrere unserer Planeten nur Universitäten und Colleges beherbergten, deren einzige Aufgabe darin bestand, unsere existentiellen Probleme zu erörtern. So entstanden »die Denker« von K.P. 23.

Im Laufe dieser Zeit nahm unsere Bevölkerung zu und verringerte sich; die Schwankungen standen in keiner Beziehung zur Zahl der für die Bedienung unserer Technologie erforderlichen Individuen, sondern entsprachen dem jeweiligen Stand der Meinung... Wenn wir wollten, konnten wir unsere Planeten mit Milliarden Arten, Gattungen und Rassen bevölkern – wie es schon einmal der Fall gewesen war. Wir konnten sie aber auch leer lassen. Wir konnten – und taten es auch – auf einigen Planeten für bestimmte Zwecke einen hohen Bevölkerungsstand halten und andere buchstäblich unbevölkert lassen.

Während all diese Varianten unseres grundsätzlichen Problems erprobt wurden, konsolidierte sich unsere Ausbreitung im Raum. Doch wir hatten entdeckt, daß wir, mit welchem Nachdruck wir auch in den Raum vorstießen, uns geeignete Planeten aneigneten, sie in unseren allgemeinen Plan eingliederten, unsere Probleme – vielmehr unser *Problem* – mit uns nahmen. Wozu brauchten wir all die neuen Kolonien? Worin bestand ihr Zweck? Wenn sie bestimmte klimatische Bedingungen aufwiesen, konnten wir uns sagen, sie seien nützlich – für dies oder jenes; wenn wir dort neue Minerale entdeckten oder große Vorkommen bereits bekannter Bodenschätze, konnten wir sie abbauen. Aber angenommen, wir erwarben weiterhin Kolonien, und es wurden hundert... tausend... was dann?

So fragten unsere Philosophen... und debattierten.

Wir, die Administratoren, hatten Canopus beobachtet. Sie nahmen nicht ständig neue Kolonien in Besitz. Sie gaben sich zufrieden mit dem, was sie hatten, und das war weit weniger als wir besaßen... Canopus entwickelte und förderte seine Kolonien... Doch so sahen wir es damals nicht: Ich muß hier festhalten, daß wir Canopus verachteten, unseren großen Nachbarn, unseren Konkurrenten und Rivalen, weil er sich mit einem so niedrigen Stand materieller Entwicklung und mit so wenig Besitz zufriedengab.

Ich wende mich wieder unserer Beschäftigung mit Canopus zu.

Canopus – Sirius. Klorathy

Am Ende unseres Mittelalters, nicht lange nach der Katastrophe auf Rohanda, besaß Canopus im Verhältnis zur geringeren Zahl seiner Planeten eine ebenso große Bevölkerung wie wir. Das war eine Tatsache, die sie in keiner Weise zu beunruhigen schien. Ihre Technologie, obwohl der unseren *scheinbar* unterlegen, mußte ihr aber doch wohl nahe genug kommen, um die gleichen Fragen aufzuwerfen? Als wir ihnen diese Frage stellten, über unser existentielles Problem sprachen, zeigten sie schlichtweg kein Interesse. Damals sahen wir darin – wie üblich – nur ein weiteres Beispiel ihrer Verschlagenheit. Wenn wir uns erkundigten, wie sie ihre Bevölkerungsdichte regulierten, antworteten sie immer: »nach Bedarf« oder »nach Notwendigkeit«. Und es dauerte sehr lange – bis vor kurzem –, ehe wir in der Lage waren zu *hören*: »Nach dem BEDARF. Nach der NOTWENDIGKEIT.«

Sirius wußte weit weniger über Canopus – auf einer rein materiellen Ebene – als Canopus über uns. Mir war schon lange aufgefallen, daß Canopus immer informiert zu sein schien, wenn ich einen unserer Planeten erwähnte. Entsprechende Bewunderung zollten wir ihrem Spionagesystem.

Wir warteten immer darauf, einmal einen ihrer Spione zu fangen, um sagen zu können: »Bitte, ihr habt eure Abmachung mit uns gebrochen! Im Gegenzug fordern wir Informationen.« Doch wir nahmen nie einen ihrer Spione gefangen. Aus dem einfachen Grund, weil sie keine hatten.

Und wenn wir sie um Informationen baten, erhielten wir sie; und wir trauten ihnen nicht... wir glaubten nicht, was man uns sagte.

Kurz nach der Konferenz auf Kolonie 10, bei der wir die Folgen der Katastrophe besprachen, wurde ich zu einer Konferenz der Fünf gerufen. Man forderte mich auf, meine Beziehung zu Klorathy zu intensivieren: Unsere gegenseitige Zuneigung war nicht unbemerkt geblieben.

Natürlich zögerte ich nicht. Weder damals noch heute halte ich es für falsch, persönliche Beziehungen in dieser Weise einzusetzen. Ich bin Sirianerin, in erster Linie und an erster Stelle. Ich bin stolz darauf, eine Beamtin von Sirius zu sein. Wenn es je zu einem Konflikt zwischen meiner Pflicht gegenüber Sirius, unserem Kolonialdienst und meinen persönlichen Gefühlen kommen sollte, gäbe es kein Zögern. Aber weshalb sollte es da einen Konflikt geben? Für mich steht immer das an erster Stelle, was ich als die *wahren* Interessen, die langfristigen Interessen von Sirius betrachte. Und natürlich hielt ich es für selbstverständlich, daß Klorathy von seinen Vorgesetzten meinetwegen angesprochen worden war – und auch wegen Ambien I.

Man forderte mich auf, nach Rohanda zurückzukehren, wo Klorathy in Kürze eintreffen würde: Davon hatte man uns in

Kenntnis gesetzt. Die Tatsache, *daß* man uns informierte, bewies, daß man Klorathy die gleiche Rolle zugedacht hatte wie mir. Wenn wir wollten, konnten wir uns als Spione betrachten.

Ich bereitete mich mit Leib und Seele auf dieses Zusammentreffen mit Klorathy vor. Ich kann in diesem Fall das »Persönliche« nicht so leicht von den öffentlichen Aspekten trennen. Es gibt Zeiten im Leben, in denen alles, was geschieht, zusammenzufließen scheint; jedes Ereignis, jeder Mensch, selbst eine zufällig gehörte Bemerkung wird zum Aspekt eines Ganzen – ein Strom, dessen Quellen in die Vergangenheit zurückgehen und in die Zukunft reichen. In meinem persönlichen Leben war vor kurzem durch den Tod eines guten Freundes eine Lücke entstanden. Wir von den oberen Kasten des sirianischen Mutterplaneten denken nicht oft an den Tod, denn wir rechnen nicht damit zu sterben, es sei denn, durch einen Unfall oder eine seltene Krankheit. Dieser alte Freund war auf einem interplanetarischen Flug von einem Meteoriten getroffen worden. Wir hatten uns zwar selten gesehen, denn er war auf K.P. 3 stationiert, doch bestand ein seltenes Band harmonischer Zuneigung. Und allein das Wissen, daß es den anderen *gab*, bedeutete uns beiden eine Stütze. Ich machte mir Hoffnungen, Klorathy würde den Platz dieses Freundes einnehmen. Nicht zuletzt deshalb, weil er von Canopus stammte. Es hatte Fälle echter Freundschaft zwischen Canopäern und Sirianern gegeben; sie sind heute legendär. Man hat aus ihnen schon vor langer Zeit Heldengeschichten gemacht und benutzt sie, bei unserer Jugend die relativ neue Vorstellung zu fördern, daß Canopus unser Verbündeter ist und nicht mehr der Feind von früher.

Aber es gab auch etwas an Canopus, das mich... *faszinierte*? Nein. Von dem ich besessen war? Nein, in meinem Leben gab es zuviel anderes, was mir eine einseitige Ausrichtung verwehrte. Canopus beschäftigte mich innerlich mit quälenden Fragen und Gedanken, die manchmal auch ein Mensch hervorrufen kann, dessen Handeln und Sein anderen, fremden Quellen zu entspringen scheinen – als könne das Verstehen dieses anderen

Wesens Türen in einem selbst öffnen, deren Vorhandensein man höchstens ahnt. Es gibt sie... man weiß es... doch man kann sie nicht – *darf* sie nicht – öffnen... aber andere *haben* ähnliche Türen in sich aufgestoßen... sie bewegen sich auf völlig anderen – *höheren* – Ebenen ihres Wesens... wenn man wüßte wie, könnte man nicht nur ihnen nahekommen, sondern diese Zone in sich selbst erreichen, die ihrem höheren Anderssein entspricht... so grübelt man, überlegt, fragt, manchmal lange Zeiten, im Zusammenhang mit einem Menschen, den – und davon ist man überzeugt – man nur teilweise wahrnimmt und ganz sicher nur teilweise versteht.
Es wird sich zeigen, daß Klorathy für mich sehr viel mehr war als nur er selbst.
Ambien I sollte mich begleiten, und ich freute mich darüber, denn er teilte etwas von meinen Gefühlen für Canopus.
Ehe wir uns dem Norden zuwandten, landeten wir in unserem alten Hauptquartier, um zu überprüfen, welche Möglichkeiten sich für künftige Versuche boten. Für diesen Bericht ist unsere Entdeckung wichtig, daß die in den Hügeln zurückgebliebenen Eingeborenen sich verändert hatten. Wir rechneten mit Degenerationserscheinungen, fanden jedoch etwas Unerwartetes vor, das wir uns zunächst nicht erklären konnten. Aus den Eingeborenen waren zwei deutlich unterscheidbare Arten geworden. Die eine war im äußeren Erscheinungsbild gleich geblieben, erwies sich allerdings als streitsüchtig und uneinig. Sie lebten nicht länger in einem großen friedlichen Stammesverband, sondern einzeln oder in kleinen Familiengruppen, die ihre Reviere, Jagdgründe, Höhlen oder primitiven Hütten verteidigten. Sie errichteten keine festen Unterkünfte, bauten kein Getreide oder Gemüse an und hielten auch keine Haustiere mehr. Die andere Art lebte nicht weit entfernt und machte sich ihre ehemaligen Artgenossen zunutze; sie lauerten ihnen ständig auf, raubten ihnen die Jagdbeute, Frauen und Kinder, die sie entweder aßen oder als Diener benutzten. Sie befanden sich jetzt in einem Stadium, das zwischen dem Modifizierten Typus Zwei und dem Modifizierten Typus Drei lag. Sie gingen aufrecht, stützten sich jedoch gelegentlich auf die Knöchel ihrer

langen Arme; sie waren schwanzlos, eine Art Fell bedeckte Kopf und Schultern, doch sonst waren sie praktisch unbehaart, wodurch sie widerlich lüstern und obszön wirkten. Gier und Verschlagenheit schien alles zu beherrschen, was sie taten. Diese beiden Eigenschaften führten dazu, daß Ambien I und ich im selben Augenblick riefen: »Shammat!« Tatsächlich hatten Shammats Spione sich mit den Eingeborenen gepaart, und dies war das Ergebnis. Es erschien uns unwahrscheinlich, daß wir von den anderen, armen Eingeborenen noch einmal etwas sehen würden, obwohl sie so kriegerisch und argwöhnisch geworden waren. Die neuentstandene Art lebte offensichtlich in einem großen schlagkräftigen Stammesverband und war ihnen an Intelligenz und Stärke überlegen. Die ursprünglichen Eingeborenen trugen Anzeichen zur Schau, die wir nur allzugut kannten: das unterdrückte, paranoide, beinahe verstohlene Wesen einer Rasse, die verschüchtert und entmutigt bald aussterben würde.

Wir vermerkten, daß wir die neue Art möglicherweise für unsere Versuche benutzen konnten, und flogen in Richtung Norden. Als wir den Isthmus passierten, der den Isolierten Nördlichen Kontinent mit dem Isolierten Südlichen Kontinent verband, stellten wir fest, daß die Landbrücke versunken war und eine Lücke von etwa fünfzig R-Meilen hinterlassen hatte. Diese Brücke bestand in manchen Epochen, in anderen nicht; und da die neuen Rassen des nördlichen Kontinents nicht in den Süden vorgedrungen waren, wußten wir, daß der Graben seit langem bestehen mußte.

Wie geplant trafen wir Klorathy auf einem hohen Plateau aus nackten roten Felsen und Sand, das durch kürzliche Erdbeben entstanden war. Es überragte niedrigere, fruchtbare Ebenen, die von dem Beben verschont geblieben waren. Unsere Raumschiffe landeten Seite an Seite in der glühendheißen Wüste: Wir verständigten uns über Funk und flogen dann gemeinsam in den Schutz eines hohen bewaldeten Bergrückens. Wir drei hielten unsere erste Konferenz bei einer Mahlzeit unter einem großen, schattigen Baum. Es war ein sehr angenehmes Ereignis. Wir musterten uns gegenseitig in aller Offenheit, um herauszufinden, ob unsere Eindrücke auf Kolonie 10 uns nicht getäuscht hatten. Ich war mehr als glücklich. Klorathy war so lebendig und einnehmend, wie ich ihn in Erinnerung hatte, doch hinzu kam das angenehme Gefühl, das sich bei der Begegnung mit den höherstehenden Menschen unserer Galaxis stets einstellt. Schließlich verbringen wir soviel Zeit mit niedrigstehenden Rassen, und so interessant diese Arbeit auch ist, so liebenswert die Rassen oft auch sein mögen, so freut man sich doch immer darauf, Gleichen zu begegnen.

Klorathy war ein charakteristischer Vertreter des canopäischen Mutterplaneten vom Typ I: sehr groß, feingliedrig, stark, von hellbronzener Hautfarbe und Augen in dunklerer Bronze. Er sah meinem Ambien I nicht unähnlich. Und ich spürte, daß meine eigene Erscheinung von beiden als angenehmer Gegensatz empfunden wurde.

Wir wußten immer noch nicht, weshalb man uns zu diesem Treffen gebeten hatte – die beiden Ambiens (wie wir uns oft humorvoll selbst nennen) hatten alle möglichen Vermutungen angestellt. Ich dachte vor allem über die mathematischen Städte der Phase vor der Katastrophe nach. Ich hatte sogar überlegt, ob wir uns das nicht sogar einbildeten – das ging soweit, daß ich Ambien I immer wieder aufforderte zu wiederholen, was er gesehen hatte. Aber er beharrte darauf, daß er noch nirgendwo und niemals etwas Ähnlichem begegnet war. *Doch auf dem canopäischen Mutterplaneten gab es keine so hochentwickelten Städte.* Ich hatte Klorathy während der letzten Konferenz danach gefragt, und seine Antwort war gewesen, es bestehe »auf Canopus kein Bedarf an solchen Gebäuden oder Städten«. Ich hatte ihm geglaubt. Wenn man mit Klorathy zusammen war, wußte man, daß er nicht log. Fern von ihm lag die Sache anders, und ich hatte überlegt, weshalb er gelogen hatte. Während wir nun wieder zusammen mit ihm im lichten, duftenden Schatten im weichen, würzigen Gras saßen, mußte ich ihn nur ansehen, um zu wissen, daß es stimmte, wenn er sagte, es gebe auf Canopus (dem Mutterplaneten) diese und jene Art Stadt. Er hatte sie mir beschrieben, und sie schienen sich nicht allzusehr von den Städten auf Sirius zu unterscheiden. Freundliche liebenswerte

Städte, wo alle Arten schöner und nützlicher Bäume und Sträucher wuchsen, Orte, an denen man sich wohl fühlte. Doch ihre Anlage entsprach *nicht* den runden, sternenförmigen oder sechseckigen Städten des alten Rohanda.

»Warum nicht? Warum nicht, Klorathy?«

»Es ist so, Ambien II, verstehst du: Städte, Gebäude, die Lage von Städten und Gebäuden auf jedem Planeten werden nach Bedarf entworfen.«

»Offensichtlich« – dachte ich.

Ich war enttäuscht und fühlte mich betrogen. Ich empfand Schlimmeres. Ehe ich Klorathy tatsächlich gegenüberstand, hatte ich mir nie wirklich die Mühe gemacht, darüber nachzudenken, welche Wirkung die Tatsache auf unser Zusammensein haben würde, daß ich nicht sagen konnte, was mich damals so intensiv beschäftigte – die schreckliche neue Rasse oder Art von Tiermenschen auf dem Isolierten S.K. II. Wir hatten Canopus nicht von den Besuchen Shammats bei uns berichtet oder gestanden, daß wir ohne ihr Wissen »ihre« Eingeborenen entführt hatten, oder daß Techniker von K.P. 22 mit einigen Lombis geflohen waren und sich nicht weit von hier niedergelassen hatten. Sie hatten von uns auch nicht erfahren, daß wir in ihrem Territorium so oft und ausgiebig spionierten, und daß Shammat es auch getan hatte... Als ich dort bei diesem schönen Picknick saß, schien mein Geist sich zu verschließen, anstatt sich zu öffnen und dem neuen Freund großzügig zur Verfügung zu stehen, wie es in einer Freundschaft sein muß: Distanz, Distanz... und es gab Momente, in denen ich es kaum ertragen konnte, in Klorathys offenes, argloses Gesicht zu blicken. Und doch muß ich auch erwähnen, daß ich etwas Ähnliches empfand wie: *Ihr glaubt, so klug zu sein, ihr Canopäer, aber trotzdem habt ihr keine Ahnung, was in meinem Kopf vorgeht!*

Nein, zwischen uns würde es keine zwanglose Kameradschaft geben – nicht wirklich... oder noch nicht.

Bald fanden wir heraus, weshalb man Sirius gebeten hatte, Repräsentanten zu schicken... als wir es erfuhren, konnten wir es kaum glauben. Doch es ließ sich auch nicht so leicht sagen, was wir eigentlich erwartet hatten.

Die Nachkommenschaft der degenerierenden Riesen hatte sich vermehrt und überall angesiedelt – auch auf diesem Kontinent. Sie waren inzwischen nur noch etwa halb so groß wie früher, etwa von unserer Größe – acht oder neun R-Fuß – und sie lebten nicht mehr so lange. Etwas von ihrer ruhmvollen Vergangenheit hatten sie in Erinnerung bewahrt – ihr Wissen ging nicht weit über die Benutzung des Feuers zum Kochen und als Wärmequelle und über elementarstes handwerkliches Können hinaus. Sie bauten keine Nutzpflanzen an, sondern sammelten Wildgemüse und gingen auf die Jagd. Auf dem Isolierten Nördlichen Kontinent lebten sie vom Norden bis in den Süden in großen straff organisierten Stämmen; sie bekriegten sich nicht, denn es gab genügend Lebensraum und einen offensichtlich unerschöpflichen Reichtum an Tieren. Die beiden Stämme in der Nähe, nahe dieses Ortes, nannten sich Hoppe und Navahi. Klorathy hatte den Auftrag, sie zu besuchen und... an dieser Stelle entging mir einiges von dem, was er sagte. Denn ich konnte ihm den Ursprung dieser beiden Namen nicht verraten, und ich fürchtete mich sogar, Ambien I anzusehen. Als ich wieder zuhören konnte, sprach er gerade von Zwergen, die in diesen Bergen und anderen Gebirgsketten über den ganzen Kontinent verteilt lebten. Auch ihnen sollte er einen Besuch abstatten, denn Canopus wollte mehr über die Zwerge erfahren und nahm an, auch Sirius würde sich hierfür interessieren. Ich erkannte darin eine Art Hinweis auf sehr viel mehr... wieviel mehr, will ich an diesem Punkt nicht sagen. Es stellte sich als etwas ganz anderes heraus, als was ich mir damals vorstellte.
Klorathy bat uns, ihn in die Berge zu begleiten, wo die Zwerge wohnten. Der Ausflug würde nicht ungefährlich sein, denn die Hoppes und Navahis hatten die Zwerge verfolgt. Klorathy kannten sie zwar, aber wir würden ihr Vertrauen erst gewinnen müssen. Klorathy zweifelte keinen Augenblick lang daran, daß wir uns dazu bereit erklären würden; Ambien I stimmte auch sofort zu, denn er liebte solche Herausforderungen. Ich hatte keine Lust auf einen Kontakt mit armseligen kleinen Halbmenschen – denn viel mehr konnten sie eigentlich nicht sein –, aber ich willigte ein.

Die Zwege. Die Hoppes. Die Navahis

Wir verbargen die beiden Raumschiffe so gut wir konnten in einer Felsschlucht und gingen geradewegs auf die Berge zu. Das Erdbeben hatte ihnen nichts anhaben können; allerdings wirkten die gestürzten Felsmassen der Berghänge roh und aufgerissen. Wir standen dicht vor einer steilen Felswand und hörten Gemurmel, Klopfen und Getrappel. Ich mußte an die Termitenhügel auf dem Isolierten Südlichen Kontinent II denken – wenn man sein Ohr an einen dieser Bauten legte, nachdem man dagegen geklopft oder ein Stück abgebrochen hatte, hörte man ein ähnliches raschelndes, knisterndes Raunen. Wir umrundeten den Felsvorsprung und entdeckten den niedrigen, dunklen Eingang einer Höhle. Klorathy schritt ohne Zögern darauf zu, hob dabei beide Hände und rief Worte einer mir unbekannten Sprache. Auch wir hoben die Hände, denn offensichtlich handelte es sich um eine Friedensgeste. Plötzlich breitete sich eine tiefe Stille aus, und daran konnten wir die Lautstärke der Geräusche ermessen, an die unsere Ohren sich bei der Annäherung an den Berg gewöhnt hatten. Schweigen – die Sonne brannte unangenehm am wolkenlosen Himmel von Rohanda – das rohe und aufgerissene Gestein strahlte die Wärme zurück – eine quälende Hitze stieg von der Erde auf. Plötzlich wurde es in der Höhle lebendig. Es ging alles so schnell, daß man keine Einzelheiten unterscheiden konnte. Im nächsten Augenblick umschwärmten uns kleine, gedrungene Leute, die uns in die Höhle drängten und schoben. Wir Großen – sie reichten uns nur bis zu den Knien – mußten auf allen vieren kriechen, um durch den Eingang zu kommen. Dahinter lag eine riesige Höhle, die unzählige kleine Flammen erhellten – später fanden wir heraus, daß es sich um ausströmendes, natürliches Gas handelte. Sie regulierten den Gasfluß und hielten die Flämmchen ständig am Leben. Doch sie reichten nur aus, um ein sanftes Zwielicht zu schaffen. Weißer, glänzender Sand bedeckte den Höhlenboden; in den Felswänden glitzerten Kristalle, und von einem Fluß, der am Rand der Höhle rauschte, stieg ein leuchtender Dunstschleier auf. Ich hatte diese Fülle sanften Lichts in dem dunklen Berg nicht erwartet, und meine Stimmung hob sich. Während die kleinen Menschen mich vorwärtsdrängten, konnte ich sie genauer betrachten. Eindeutig waren sie weniger tierisch als die entsetzlichen neuen Tiermenschen vom Südlichen Kontinent, sondern nette, angenehme Wesen. Sie trugen Hosen und Jacken aus gegerbten Tierhäuten. Sie waren sehr breit, beinahe ebenso breit wie groß, und es fiel mir nicht schwer, an dieser Rasse die mächtigen Arme und Schultern der Lombis und die gelbe Haut der Techniker von Kolonie 22 wiederzuerkennen. Auf ihren Köpfen wuchsen dichte, kurze, dunkle und gekräuselte Haare, doch ihre Gesichter waren unbehaart und wirkten wachsam, aufgeweckt und intelligent.

Man geleitete uns rasch durch mehrere Höhlen, durch die der Fluß rauschte, bis wir uns tief im Innern des Berges befanden – doch es wirkte keineswegs bedrückend, denn die Luft war frisch und angenehm. Wir befanden uns in einer Höhle, deren Decke sich hoch über uns im undurchdringlichen Dunkel verlor. Die Flämmchen entlang der Felswände wirkten nur noch wie zahllose Lichtpünktchen. In der Mitte der Höhle gab es einen freien Platz, groß genug, um einer ganzen Horde der kleinen Menschen und uns Platz zu bieten, doch im Verhältnis zu der Höhle wirkte er klein. Wir nahmen auf Stapeln von Tierhäuten Platz, und man brachte uns etwas zu essen – es entsprach kaum unserem Geschmack, obwohl es nicht ganz uninteressant war, daran erinnert zu werden, wovon die Bewohner der weniger hoch entwickelten Planeten unserer Galaxis sich ernährten – sich ernähren mußten: Fleisch, eine Art Käse, eine Art Bier. Die ganze Zeit über unterhielt Klorathy sich mit ihnen; er schien ihre Sprache zumindest gut genug zu beherrschen, um sich mit ihnen verständigen zu können. Ambien I und ich versetzten sie in Staunen, denn wir beide unterschieden uns deutlich von Klorathy; allerdings waren sie höflich genug, sich ihre Verwunderung nicht zu sehr anmerken zu lassen. Sie betrachteten uns, aber nicht unfreundlich, und eine Frau, in ihrer derben schweren Art recht hübsch, bat darum, meine Haare berühren zu dürfen. Im nächsten Moment drängten sich mehrere Frauen mit entschuldigendem Lächeln um mich, unfähig, der Versuchung zu widerstehen, meine blonden Locken zu betasten. Ich blickte in die vielen, vielen Gesichter in der Höhle tief im Berg und dachte an die Lombis – die weder mich noch jemanden wie mich je gesehen hatten – und an die Techniker von Kolonie 22, die uns kannten... das lag nach ihrer Zeitrechnung lange, lange zurück, in einer Zeit, die weit über jedes persönliche Erinnerungsvermögen hinausreichte – aber nach unserer Rechnung war es erst vor kurzem geschehen. Besaßen sie eine Art Rassen- oder Gengedächtnis? Wir musterten uns gegenseitig – eine Szene, die ich in meiner langen Dienstzeit schon so oft erlebt hatte: Angehörige verschiedener Rassen trafen sich nicht in feindseliger Haltung, sondern in freundlicher Neugier.

Wie war das möglich – uns so gut und deutlich zu sehen, fern von den flimmernden Höhlenwänden? Durch – Elektrizität. Jawohl! Überall standen starke, helle Lampen und Holzkisten mit Batterien: Man kann nie voraussagen, welche Reste der früheren Technologie eine abtrünnige Rasse beibehalten wird.

Und sie waren geschwächt – sie standen unter Druck, wurden verfolgt... das verrieten mir sofort hundert kleine Zeichen, die ich mit Bewußtsein vielleicht hätte gar nicht beschreiben können. Dieses Volk befand sich in Gefahr, es war gefährdet – *verzweifelt*. Es zeigte sich an den ernsten, wissenden Augen, die an Klorathy hingen, der sich, ganz auf seine Aufgabe konzentriert, angespannt vorbeugte...

Später brachte man uns in kleine, aber luftige Felskammern – Männer und Frauen schliefen getrennt. Am nächsten Tag wurden die Gespräche mit Klorathy fortgesetzt. Uns, Ambien I und mich, führte man auf unsere Bitte durch das unterirdische Reich, das ich hier kurz beschreiben möchte.

Um eins vorauszuschicken: Es war nicht das einzige. Klorathy sagte, die unterirdischen Rassen gebe es inzwischen nicht nur überall auf diesem Kontinent, sondern in den meisten Teilen von Rohanda. Sie lebten nicht freiwillig in den Höhlen und im Innern der Berge; die Not hatte sie dazu getrieben, denn sie wurden von Rassen gejagt und verfolgt, die sehr viel größer als sie selbst, aber weniger geschickt waren.

Die Höhlen waren keineswegs die Behausungen von Wilden. Die Zwerge hatten natürliche Höhlen und Schächte, in vielen Fällen Läufe und Becken ehemaliger unterirdischer Flüsse und Seen ausgebaut. Manche waren auch in den Fels gehauen worden. Viele hatte man geschickt und sorgfältig mit glatten Holzplanken ausgekleidet. Alle wurden entweder mit Hilfe von natürlichem Gas oder Elektrizität beleuchtet. Es gab Versammlungsplätze, Eß- und Schlafräume, Vorratskammern und Werkstätten. Man hatte Tiere gefangen und in das unterirdische Reich gebracht, damit sie sich hier vermehrten. Sie hielten auch Vögel – manche flogen frei herum wie auf der Erdoberfläche. Es handelte sich um unterirdische Städte und unterirdische Reiche. Und alle entsprangen den merkwürdigsten und traurigsten Widersprüchen oder Umständen.
Diese Rasse hatte sich zu geschickten Bergleuten und Metallurgen entwickelt. Zunächst bearbeiteten sie Eisen und stellten daraus alle möglichen Gegenstände her. Dann – weil sie verfolgt wurden – Waffen. An manchen Stellen wagten sie sich eine Zeitlang in die Welt hinaus und versuchten, Handel zu treiben, oft mit großem Erfolg. Sie tauschten ihre Erzeugnisse gegen eßbare Wurzeln und Knollen, Früchte und Tiere ein, um ihre chthonischen Herden zu vergrößern. Dann entdeckten sie Gold. Sie sahen, wie schön es war und stellten fest, daß es weder rostete noch zerfiel wie Eisen. Für Werkzeuge und Gefäße war es zu weich – aber es war so *schön*, und deshalb begann man überall, Schmuckstücke und Ziergegenstände daraus herzustellen. Die Zwerge brachten sie zu den Stämmen, die sich jetzt überall auf der Erde entwickelten – denn in ihnen sahen sie eher ihre Nachbarn als in den Bewohnern der hochentwickelten Städte. Zunächst galt das Gold als Kuriosität, und dann wurde es plötzlich zu etwas, für das man einen Mord beging und Sklaven machte – die Zwerge wurden in die Berge getrieben und ganze Dörfer fielen der Vernichtung anheim. Sie flohen tiefer in die Berge und zogen sich in entferntere Gebirge zurück, wichen immer weiter und machten sich unsichtbar. Nur noch selten machten sie Vorstöße in die Welt draußen, um zu sehen, ob sich Möglichkeiten zum Handeln boten. Manchmal gelang

es. Aber nicht selten gerieten sie in einen Hinterhalt und wurden getötet, wenn sie mit ihren großen dunklen Gefäßen, den Pfeilspitzen und Speeren und den glänzenden Schmuckstücken ans Tageslicht kamen.
Doch sie arbeiteten weiter in ihren Bergwerken; inzwischen lag es ihnen im Blut; sie besaßen das Können und das Wissen dazu.
Und doch bestand da dieser traurige Widerspruch, den sie nicht sahen, bis Klorathy sie darauf hinwies: Angenommen, sie hätten nie Erz geschürft. Hätte ihnen soviel gefehlt? Hingen ihre Ernährung, ihre Bekleidung, die Elektrizität davon ab? Ihre schönen und haltbaren Tongefäße standen denen aus Eisen in nichts nach.
Angenommen, sie hätten nie gelernt, Eisen und Gold aus den Steinen zu schmelzen – was dann?
Aber für solche Gedanken war es zu spät. Jetzt wurden sie verfolgt und gejagt. Und die armen Geschöpfe hatten Klorathy eine Botschaft geschickt – eine Botschaft »hinauf bis zu den Sternen«.
Wie?
Die Zwerge hatten eine große Versammlung einberufen. Aus allen Teilen des Kontinents kamen sie herbei, krochen durch tausend Tunnels und unterirdische Straßen und riefen: »Canopus wird uns helfen.«
Zwei hatten eine gefährliche Reise zum Mittleren Meer unternommen. Dort, so hatten sie gehört, gab es große Städte. Die Reise dauerte viele R-Jahre. Die beiden, ein Mann und eine Frau, suchten sich schleichend, kriechend, heimlich und auf verborgenen Pfaden ihren Weg über den ganzen Kontinent, fuhren von Insel zu Insel über das große Meer und zogen dann weiter über Land. Sie stellten fest, daß die großen Städte Katastrophen und Erdbeben zum Opfer gefallen waren und nur noch in der Erinnerung halbwilder Stämme lebten. Daraufhin wendeten die beiden sich nach Norden, denn man erzählte ihnen von »einem Ort, wo Frauen und Güte regieren«. Man wies ihnen den Weg nach Adalantaland, denn dort gab es eine gütige und weise Herrscherin, die ihnen sagte: »Canopus hat uns lan-

ge nicht besucht, nicht zu meinen Lebzeiten noch zu Zeiten meiner Mütter.« Sie ließen ihre Botschaft zurück, denn sie glaubten hartnäckig daran, daß »Canopus hält, was Canopus verspricht« – an solche Versprechen erinnerten sie sich! Sie starben, bald nachdem sie von ihrer langen und gefahrvollen Reise berichtet hatten, doch Canopus *hielt* sein Versprechen, und kurze Zeit später kam Klorathy.

Zunächst unternahm er eine Informationsreise von einem Ende dieses Kontinents zum anderen. Dabei erfuhr er von den »kleinen Menschen« auf den anderen Kontinenten, denn merkwürdigerweise – vielleicht war es aber auch gar nicht so merkwürdig – hatten die »kleinen Menschen«, die überall gejagt und verfolgt wurden, Boten ausgeschickt, die tapfer und vertrauensvoll an Orte reisten, wo sie glaubten, »Canopus« würde ihren Hilferuf hören.

Klorathy dachte über all diese Informationen nach und kam zu dem Schluß, daß dabei ein zusätzlicher Faktor ins Spiel kam: ein Element der Barbarei, der Grausamkeit, das über alles hinausging, was man den Umständen nach erwarten konnte. Natürlich war Shammat am Werk gewesen; und Canopus hatte geglaubt, Shammat sei immer noch auf der anderen Seite des Globus – der Einfluß war nicht überall zu spüren... doch zu dem Thema »Einfluß« wollte oder konnte Klorathy nicht sehr viel sagen.

»Was meinst du damit, wenn du von der *Shammatnatur* sprichst?« Als ich diese Frage stellte, dachte ich an die lüsternen, gierigen Gesichter, an die glitzernden, alles verschlingenden Augen. »Ein Wilder bleibt ein Wilder, und eine zivilisierte Rasse verhält sich zivilisiert.« Dabei lächelte er mich traurig und auf eine Weise an, die mich davon abhielt, ihn weiter zu bedrängen.

Durch den jetzigen Besuch bei den Zwergen hoffte Klorathy vor allem, ihnen Mut zu machen, indem er ihnen sagte, Canopus wolle alles tun, was in seinen Kräften stehe. Außerdem erklärte er ihnen, er würde auch zu den Hoppes und den Navahis gehen und ihnen darlegen, wie unklug es sei, die hervorragenden Handwerker in den Bergen zu verfolgen, anstatt sich mit ihnen zu verbünden, Handel zu treiben und sich zum beiderseitigen Vorteil gegen die bösartigen Abkommen Shammats zu wehren, die ihrer beider Feinde, die Feinde aller waren. Und deshalb forderte Klorathy die Zwerge auf – er saß wieder in der riesigen Höhle unter dem Baldachin blinkender Lichter im warmen weißen Sand, den die Zwerge von den Flüssen über der Erde herbeibrachten, um saubere, schimmernde Fußböden zu schaffen: »Habt Geduld!« Dabei beugte er sich vor und geriet in den schwachen Lichtkreis der elektrischen Lampen. »Wenn... *falls*... die Stämme zu euch kommen und Handel oder Verträge anbieten, dann überlegt euch, wie das geschehen kann, ohne daß man euch verrät oder in Fallen lockt.« Klorathy versicherte, er würde alles tun, was in seinen Kräften stand. Danach verließen wir das in der Tiefe verborgene phantastische Reich und seine Rasse erdhafter Handwerker. Die Zwerge gaben uns das Geleit bis ins Freie. Dort hoben sie sehnsüchtig die Gesichter zum blauen Himmel empor, ehe sie wieder in den Berg zurückflohen.

Nun mußten wir Verbindung mit den Stämmen aufnehmen.

Ihre Wachposten entdeckten uns bald, als wir über das felsige wilde Land schritten und dabei nur die Absicht verfolgten, gefangengenommen zu werden. Das geschah auch, und man brachte uns ins Lager. Es handelte sich um die übliche funktionale Einheit, wie Menschen vom Modifizierten Typus Zwei sie bilden. Sie besaßen weniger handwerkliches Geschick als die Zwerge, die bald verschwunden sein würden. Sie jagten und lebten von den erbeuteten Tieren; sie hatten ein enges und harmonisches Band zu der Umgebung entwickelt, in der sie lebten, in der ihr Wesen lebte – ihre Religion – wie sie es sahen.

Sie taten uns nichts zuleide, denn sie erkannten in uns etwas von Wesen, von denen gewisse Legenden sprachen, die alle von Canopus handelten. Nur von diesem Reich, niemals von unserem. Nach meiner Rückkehr machte ich meine Kollegen im Kolonialdienst darauf aufmerksam, daß selbst in jenen Gebieten, die an unseren Teil von Rohanda grenzten, Stämme, von denen man erwarten durfte, daß sie sich in irgendeiner Weise uns verpflichtet fühlten, auf einer höheren Ebene Canopus die

Treue hielten. Weshalb? Hier mußte es sich doch um einen Fehler in unserer Selbstdarstellung handeln?
Diese Hoppes sahen in uns allen dreien Wesen »von dort« und meinten damit von Canopus. So wurden wir als geehrte Canopäer in ihrem Lager begrüßt und nahmen dort an einem Fest teil, das dreißig Tage und Nächte dauerte. Klorathy fand offensichtlich großen Gefallen daran; von mir kann ich das nicht behaupten. Doch selbst damals erkannte ich, daß man die Fähigkeit, Teil (ich wollte eigentlich sagen »aufzugehen«, habe aber infolge des unsichtbaren moralischen Drucks von Canopus davon Abstand genommen) einer unvertrauten Szene, einer unbekannten Rasse (selbst einer, die man vielleicht aus Unkenntnis für niedrigstehend hält) zu werden, bewundern, loben, und wenn möglich sogar sich zu eigen machen muß. Ich *versuchte*, mich so zu verhalten wie Klorathy und Ambien I – soweit es ihm gelang. Klorathy feierte und tanzte sogar mit ihnen, erzählte Geschichten in ihrer Sprache – und war trotzdem in der Lage, nie weniger als ein Canopäer zu sein.
Nach dem Fest erwartete ich, Klorathy würde so in etwa erklären: »Ich habe Neuigkeiten für euch und möchte ein paar Vorschläge machen. Ich glaube, es ist richtig, daß wir uns zusammensetzen und ernsthaft und ausführlich miteinander reden. Also bereitet bitte eine offizielle Versammlung vor.«
Nichts dergleichen geschah! Klorathy blieb in dem Zelt, das man ihm zur Verfügung gestellt hatte, und wir beiden Ambiens blieben in unseren Zelten. Alles ging seinen gewohnten Gang; und wir nahmen am Leben des Stammes teil.
Jetzt muß ich etwas feststellen, was ich bitter bereue, denn es warf mich in meinem Verständnis lange Zeit zurück. Jahrtausende. Viele Zeitalter. Damals verpaßte ich eine Gelegenheit. Ich stelle das einfach fest und belasse es dabei.
Ich war ungeduldig und ruhelos. Ich fand diese Wilden, die Hoppes, zwar interessant und hätte auch alles ertragen – das Fehlen einer Privatsphäre, die Ernährung mit Fleisch, die Unbekümmertheit und Gleichgültigkeit Schmutz gegenüber, die tausendundein Tabus und Vorschriften ihrer Religion – wenn ich gewußt hätte, daß diese Mühsal ein absehbares Ende haben

würde. Ambien I riet zur Geduld. Ich hörte nicht auf ihn, sondern ging zu Klorathy und verlangte zu wissen, wie lange er vorhabe, seine »Zeit mit diesen Halbwilden zu verschwenden«. Er erwiderte: »So lange es notwendig ist.«
Ich beriet mich mit Ambien I, der erklärte, er wolle bei Klorathy bleiben, wenn »ich Klorathy nicht zu sehr zur Last falle« – diese Unterwürfigkeit ärgerte mich. Ich nahm unser Aufklärungsschiff (nun war Ambien I auf Klorathys Raumschiff angewiesen) und flog allein in Richtung Norden.
Damit reiste zum ersten Mal ein Sirianer in aller Offenheit durch canopäisches Territorium. Klorathy unternahm keinen Versuch, mich daran zu hindern oder mich in meinem Entschluß wankend zu machen. Doch kurz bevor ich ging, sagte er ganz ruhig: »Sei vorsichtig.« »Weshalb, Klorathy?« »Ich weiß nur, daß unsere Instrumente eine Art magnetischer Störung anzuzeigen scheinen, und meiner Ansicht nach wäre es klüger, sich in der Mitte eines Kontinents aufzuhalten und nicht in Meeresnähe.« Ich dankte ihm für die Warnung.

Adalantaland

Jahrtausende waren vergangen, seit ich diese Reise mit Ambien I gemacht hatte. Aus der Höhe schien sich das Land wenig verändert zu haben. Aber manchmal flog ich minutenlang (ich benutzte einen Raumaufklärer vom Typ III, inzwischen längst veraltet) über Gebiete, in denen ich nichts als wildzerklüftete, geborstene Felsen sah, Baumstümpfe, gestürzte oder von Erschütterungen heimgesuchte Berge. Ich erinnerte mich wieder daran, daß die Städte im Mittleren Meer, die ich damals gesehen hatte, von Erdbeben zerstört worden waren und überlegte, ob dieser gefährdete Planet vielleicht eine seismologisch besonders aktive Phase erlebte. Während ich über Gruppen von Inseln und Inseln dahinflog, die das Wasser schon einmal geschluckt hatte und wo sich bald wieder das große leere Meer erstrecken würde, das den Isolierten Nördlichen Kontinent von der zentralen Landmasse trennte, glaube ich, einige neue Inseln zu sehen. Sie wirkten, als seien sie erst vor kurzem vom Meeresgrund emporgeschleudert worden. Die Insel mit der wunderschönen Stadt und den prächtigen Schiffen war im Meer versunken und wieder aufgetaucht. Jetzt standen darauf nur ein paar ärmliche Dörfer. Doch ich wollte das Gebiet des großen Binnenmeeres wiedersehen. Ich überflog und umrundete es und sah dabei überall in der Nähe der felsigen, sonnenbeschienenen Ufer Ruinen und eingestürzte Gebäude; einige zeichneten sich auch im Wasser ab. Doch die Region um dieses Meer war reich und fruchtbar; bald würden dort wieder Städte entstehen, wie schon so oft zuvor. Es war jedoch entmutigend, vor Augen zu haben, wie vergänglich alles auf diesem Planeten war und sein mußte, und ich verfiel in einen für mich sehr ungewöhnlichen Gemütszustand, den wir Sirianer als »existentielle Melancholie« bezeichnen. Denn was ich empfand, war nichts anderes als der *emotionale* Ausdruck unseres weltanschaulichen Dilemmas. Worin lag der Sinn all unserer Planungen, unserer Manipulationen, unserer Beherrschung der Natur? Während ich in meiner kleinen Seifenblase von einem Raumschiff schwebte und auf diesen magischen schönen Planeten hinunterblickte (denn das war Rohanda immer) mit dem strahlendblauen Meer, das wie ein großer unregelmäßiger Edelstein in einer Fassung aus warmer rötlicher Erde wirkte, stand ich im Bann einer Vision der Unbeständigkeit. Dieser kurze Blick auf den winzigen Ausschnitt eines kleinen Planeten schien eine Verkörperung der ganzen Galaxis zu sein, die sich immer änderte, trotz der Illusion langer Zeitspannen, in denen nicht viel geschah; es war unmöglich, sie als etwas Dauerhaftes oder als einen bleibenden Wert zu erfassen... Ich blickte auf diese schöne, aber traurige Szene hinunter, solange ich es ertragen konnte, und lenkte dann mein Raumschiff wieder nach Norden, in Richtung Adalantaland. Denn ich wollte sehen, wie ein friedliches Reich, in dem Frauen herrschten, in einer Zeit rascher Degeneration auf Rohanda aussah. In unseren Bibliotheken gibt es genügend Untersuchungen über Adalantaland; deshalb beschränke ich mich auf die mir wichtigen Aspekte.

Adalantaland war eine große Insel inmitten einer Inselgruppe am Rand der zentralen Landmasse. In den mittleren Zonen von Rohanda war es damals zu heiß, um angenehm leben zu können, doch die nördlichen und südlichen Gebiete hatten ein ausgeglichenes, warmes Klima und waren sehr fruchtbar. Auf der Insel lebte ein friedliches Volk, vielleicht ein bißchen träge und hedonistisch, aber demokratisch. Das Geschlecht der Frauen, das dort herrschte, tat es »im Namen von Canopus«. Konkret bedeutete das, es gab in Stein gehauene Gebote, die überall auf der Insel standen. Im wesentlichen handelte es sich um drei Regeln. Erstens: Canopus ist der unsichtbare, aber mächtige Gesetzesgeber auf Rohanda und wird Übertretungen seiner Gesetze bestrafen. Zweitens: Niemand soll sich über einen anderen erheben, noch darf jemand von einem anderen Menschen versklavt oder auf andere entwürdigende Weise benutzt werden. Drittens: Niemand darf sich von den allgemeinen Vorräten an Nahrungsmitteln und Gütern mehr nehmen als unbedingt notwendig. Zu diesen Vorschriften gab es eine Reihe von Zusätzen. Ich konnte mich ungezwungen in diesem gut regierten, friedlichen Land bewegen und stellte fest, daß jeder die Gesetze kannte, daß sie im großen und ganzen eingehalten wurden, obwohl man das dritte vielleicht etwas frei auslegte. Man erzählte mir, die Mütter hätten noch andere, geheime Gesetze, die ihnen »die von den Sternen« gegeben hatten. Mich betrachtete man nicht als jemanden, der »von den Sternen« kam. Ich unterschied mich äußerlich nicht sehr vom durchschnittlichen Menschentyp in Adalantaland – meist waren es blonde Menschen mit heller Haut und in vielen Fällen blauen Augen. Insgesamt waren sie eher groß und kräftig. Da ich für meine Größe sehr schlank bin, machten sich viele um meine Gesundheit Gedanken. Ich verbrachte sehr viel Zeit mit der regierenden Königin oder Mutter, die keineswegs besser lebte als ihre Untertanen oder besondere Privilegien genoß. Mein besonderes Interesse konnte ich mit ihnen nicht teilen. Ich wollte wissen, wie es dem Reich gelang, in Ruhe und Ordnung zu leben, ohne Kriminalität und gesellschaftliche Verantwortungslosigkeit, obwohl man solche Eigenschaften in einer Zeit des allgemeinen Niedergangs in Rohanda nicht erwarten konnte. Die schöne, großzügige und freundliche Königin oder Mutter begriff natürlich nicht, daß ihr Paradies – und als solches sahen sie und ihre Untertanen ihr Land; sie wußten, daß sie von den barbarischen Rassen deshalb sehr beneidet wurden – nicht der Höhepunkt der langen Entwicklung von einer niederen Kultur zu einer höheren war, sondern nur ein Schatten früherer Größe vor der Katastrophe, vor dem Versagen der Schleuse. In alten Legenden gab es Hinweise auf irgendein Unglück, und viele Sagen berichteten von »Göttern«, die über sie wachten und »zurückkehren würden«. Zu Lebzeiten der Ur-Ur-Ur-Urgroßmutter der Königin waren sie bei ihnen gewesen. An der Beschreibung erkannte ich Klorathy. Er hatte ihnen neue Vorschriften gegeben, die von den früheren leicht abwichen; er hatte sie – auch – ermahnt und in ihrer Anstrengung ermutigt, das schöne heitere Land zu hüten und zu bewahren.

Und worum ging es bei den geheimen Gesetzen? Die Königin teilte sie mir ohne Zögern mit. Sie erklärte, diese Gesetze würden nur aus dem einen Grund nicht allgemein bekanntgegeben und in die Steine eingemeißelt, weil sie so peinlich genau befolgt werden mußten – ja, daran erkannte ich Canopus! – Die gewöhnlichen Menschen wurden von ihren Alltagsproblemen in Anspruch genommen, und man konnte nicht erwarten, daß sie diese Gesetze einhielten.

Es waren die Vorschriften, die Canopus auch uns Sirianern gegeben hatte, die wir benutzten und bereits als sirianisch betrachteten – zumindest erinnerten wir uns kaum noch an ihren canopäischen Ursprung. Ich weiß noch, daß ich mich ärgerte und leicht brüskiert fühlte, als die Königin erklärte, diese Gebote kämen von Canopus. Ich weiß auch noch, daß ich mich wegen meiner absurden Reaktion selbst tadelte.

Die Königin gab sich viel Zeit und Mühe, um mir die Vorschriften zu erklären, die sich alle darum drehten, welche Stoffe schützend und vorbeugend wirkten, wie und wann man sie benutzen sollte, die genaue Anordnung der Talismane, bei welcher Gelegenheit und wie sie zu benutzen waren, wann man bestimmte Plätze meiden und andere aufsuchen sollte... und so weiter. Es hat keinen Sinn, sie hier vollständig wiederzugeben, denn sie blieben nie gleich, sondern änderten sich. Und man hatte uns erklärt, wie und in welchem Zusammenhang mit den kosmischen und örtlichen Gegebenheiten wir sie ändern sollten.

Doch mir fielen im Bericht der Königin leichte Ungenauigkeiten auf, geringfügige Abweichungen von der Vorschrift. Es war mir unangenehm, dieser fähigen, freundlichen Frau ruhig zuzuhören, die mir Verhaltensmaßregeln erklärte, die man auf Adalantaland befolgen mußte, um geistige und körperliche Gesundheit und richtiges Denken zu bewahren, denn ich hielt mich an die gleichen Regeln ... handhabte sie aber etwas anders. Vermutlich wendete ich die Vorschriften richtig an, denn schließlich hatte ich gerade Klorathy verlassen, der sie mit mir durchgegangen war. Doch er hatte mir nicht aufgetragen, die Gewohnheiten der Königin zu ändern; hatte sie nicht einmal erwähnt. Deshalb schwieg ich.

Die Königin erkundigte sich, von welchem Teil Rohandas ich kam; ich erzählte ihr von den Südlichen Kontinenten, die sie vom Hörensagen kannte. Ihre Seeleute waren an den Küsten beider Kontinente gelandet – das interessierte mich natürlich; aus ihren Worten konnte ich schließen, daß ihre Leute die Küstengebiete erforscht hatten. Aber seit einiger Zeit untersagte sie solche weiten Reisen: Draußen herrschten Unruhe und Furcht – hatte ich nichts davon gemerkt? Hatten die Menschen mit mir nicht über ihre Ängste und Vorahnungen gesprochen? Wenn nicht, lag es bestimmt daran, daß ich eine Fremde war und man es für unhöflich hielt, solche bedrückenden Gedanken weiterzugeben. Aber sie, die Königin, und die anderen Mütter, die dieses Land regierten, spürten, daß es wirklich Grund zur Furcht gab. Hatte ich nicht von den großen Erdbeben gehört, die im Süden ganze Städte dem Erdboden gleichmachten? Von Stürmen und Unwettern an Orten mit sonst so ausgeglichenem Klima...? So fragte sie mich, und ihre großen blauen Augen, die mich an das Meer erinnerten, über dem ich noch vor wenigen R-Tagen schwebte, wanderten unruhig, besorgt und bekümmert umher... Und ich erhielt eine Lektion

über die *Relativität* der Dinge. Diese Frau sorgte sich um *ihre* Kultur, um *ihr* schönes Land, während ich erst vor kurzem über den Untergang von Planeten, Städten, Kulturen und Reichen nachgedacht hatte – während ich große Strecken einer vom Erdbeben zerstörten Landschaft überflog; und dabei befand ich mich in einer Gemütsverfassung, mit der man den Tod einer Termitenkönigin mit ihrem ganzen Volk oder das Aussterben einer bestimmten Tierart registriert.
Ich verließ Adalantaland voll Bedauern und machte mich langsam auf den Weg zur Küste, wo mein Raumschiff auf mich wartete. Ich wollte dieses Reich mit seinen üppigen fruchtbaren Feldern nicht verlassen, mit den Obsthainen und Gärten, mit den vielen gepflegten und friedlichen Städten – und ich trennte mich auch nur ungern von den schönen Menschen. Unterwegs dachte ich über das dritte Gesetz nach, das verbot, mehr zu nehmen, als sie *gebrauchen* konnten, denn es schien mir den Kern des sirianischen Problems zu treffen... *Wer* sollte *was* und *wieviel*, *wann* und *wozu* benutzen? Vor allem *wozu*!

Die »Ereignisse«

Mir steht das Bild sehr klar vor Augen, das sich mir bot, als ich aus meiner Raumkapsel hinunterblickte; und ich erinnere mich auch daran, was ich dabei dachte. Denn nach den »Ereignissen« – sobald ich wußte, daß alles, was ich gesehen hatte, in Chaos und Zerstörung versunken war – gab ich mir alle Mühe, die Szene in meinem Geist wieder heraufzubeschwören, damit sie mir klar und deutlich und jederzeit abrufbar im Gedächtnis blieb.
Ich sah sehr viel: Unter mir lagen die lieblichen, heiteren Inseln der gesegneten Breiten... auf der einen Seite erstreckte sich der große Ozean mit der unbeständigen Gruppe von Inseln – jetzt alle sichtbar und belebt – bis zum Isolierten Nördlichen Kontinent... im Norden sah ich die kleine Kappe aus Eis und Schnee; allein ihr Vorhandensein verriet, in welch empfind-

samer und exakter Beziehung Rohanda zu seiner Sonne stand... im Süden verliefen die Küsten der zentralen Landmasse – zuerst sanft und freundlich, dann felsig und verbrannt – bis zu den glühendheißen Regionen der mittleren Breiten... und hinter diesen Küsten breitete sich das riesige, endlose Land aus. Ambien I war dort gewesen, aber ich nie. Ich sehnte mich danach, es einmal aus der Nähe zu sehen. Es gab dort gewaltige Wälder und Dschungel! – Ambien I hatte es erzählt. Er war in seinem Raumschiff kreuz und quer darüber hinweggeflogen. Und selbst aus der Höhe gelang es ihm nur mühsam, die Grenzen der Wälder zu bestimmen. Die Tiere in den Wäldern! Dort lebten zahllose Tiere und eine Vielzahl von Arten, von denen wir manche noch nicht kannten. Und hinter den Wäldern lagen auf weiten Hochebenen und dem blauen und kristallklaren Himmel die Städte, von denen Ambien I gesprochen hatte. Es handelte sich nicht mehr um die mathematischen Städte der Großen Zeit, sondern um bemerkenswerte und erstaunliche Orte. Die Menschen dort hatten Regierungsformen entwikkelt, die wir oft nicht einmal kannten. In einigen lebte man friedlich und angenehm, in anderen herrschten Bosheit und Tyrannei. In einem Tag konnte ich sie bequem in meiner kleinen Raumkapsel erreichen; Canopus schien keine Einwände gegen meine Reise in seinem Einflußbereich zu erheben. Also gab es nichts, was mich abhalten konnte, auf der Stelle dorthin zu fliegen... nichts außer meinem inneren Zustand. Er war höchst unangenehm und verschlimmerte sich mit jedem Moment.

Ich verstand nicht, was mit mir geschah. Wir alle kennen diese Schatten der Zukunft, die wir »Vorahnungen« nennen. Mir waren sie durchaus vertraut. Ich schien mich in einem dunklen, stickigen Raum oder einem unsichtbaren Gefängnis zu befinden. Mir fiel sogar das Atmen schwer. Von dort blickte ich auf diese strahlende Szenerie von Meer und Land hinunter, und mein Gemütszustand *bewirkte*, daß mich der Anblick verwirrte und abstieß. Ich mußte immer wieder an Klorathys Warnung denken... und gerade als der Gedanke in mir aufstieg, daß seine Warnungen mich mit einem Gefühl erfüllten, das ich erst in diesem Moment als nacktes Entsetzen erkannt hatte, geschah es...

Was geschah?

Das haben mich unsere Historiker oft genug gefragt, denn sie freuten sich darüber, daß es wenigstens einmal einen Augenzeugen für ein solches Ereignis gab. Mir fällt es immer besonders schwer, den ersten Moment zu beschreiben.

Es herrschte eine absolute Stille, in der die ganze Stadt unter mir zu erstarren schien. Die Luft wurde kalt – und das ganz plötzlich und unvermittelt. Meine Augen glitten verstört über den Himmel mit den Wolken und der unendlichen blauen Weite – und ich sah nichts. Doch ich war bis in mein innerstes Wesen erstarrt, angehalten, zum *Schweigen* gebracht.

Plötzlich – allerdings ist das nicht das richtige Wort für das blitzartige Geschehen – umgab mich völlige Dunkelheit, die Sterne umkreisten mich. Ich war in Sternenlicht getaucht. Und jetzt wich die Stille einem zischenden Brüllen. Ich blickte hinunter, um zu sehen, ob auch die Szene unter mir verschwunden war, und stellte fest, daß ich mich bewegte – meine Kapsel wurde herumgewirbelt, deshalb konnte ich nichts mehr klar sehen. Doch es gelang mir schließlich, die Küsten der zentralen Landmasse und die Inseln auszumachen, darunter auch Adalantaland. Mein Verstand arbeitete nur Bruchteile von Sekunden – wie ein Blitz eine Landschaft erhellt, die sofort wieder im Dunkel versinkt. Deshalb hatte ich *damals* keine zusammenhängende Vorstellung von dem, was geschah. Ich erlebte Momente äußerster Klarheit, in denen ich begriff, daß Rohanda sich um die eigene Achse gedreht hatte, wie eine Kugel, die sich immer langsamer dreht und dabei ins Schlingern gerät – ich erkannte, daß die winzigen Bewohner auf der Oberfläche des Planeten davon nicht mehr betroffen sein mußten wie die Mikroben auf dem Ball eines Kindes. Auch sie nehmen die Erschütterungen und heftigen Bewegungen nicht wahr, wenn der Ball von Hand zu Hand geworfen wird und hin und wieder hüpft und tanzt; ihr kleines Leben geht ungestört weiter – und ich überlegte, welche Auswirkungen das Umkippen auf den Planeten haben würde... all diese Gedanken schossen mir in

den Augenblicken der Klarheit durch den Kopf, während mein Verstand zwischen den Zeiten dunklen Verlöschens auf einer Höhe arbeitete, wie ich es seither nicht wieder erlebt habe.
Ich hatte keine Vorstellung, wie lange dieser Zustand anhielt. Ich kann erst heute sagen, daß es ein paar Stunden gewesen sein müssen – unsere Astronomen haben das errechnet. Plötzlich – und ich muß wieder betonen, daß dieses Wort in keiner Weise das Gefühl vermittelt, daß sich dies alles in einem Zeitablauf ereignete, der nichts mit der Rohandazeit zu tun hatte – umgab mich wieder Sonnenlicht. Die Szenerie unter mir *veränderte sich nicht* – das heißt für einen langen Moment nicht. Und dann, auf einmal, schnapp! Einfach so... verschwand Adalantaland im Meer und hinterließ einen Strudel. Meine Augen ruhten wie gebannt auf dieser Stelle. Sie verdunkelten sich vor Schmerz über den Verlust dieses Volkes. Doch trotzdem nahm ich am Rand meines Gesichtsfeldes wahr, daß überall Inseln verschwanden und sich Wasserstrudel bildeten oder sich Land aus dem Meer erhob – manchmal tauchten Inseln im Wasser unter, stiegen sofort wieder auf, schienen fest und dauerhaft zu sein und dann: Schnapp! verschwanden sie wieder. Als es mir gelang, meinen heftigen Kummer über Adalantaland beiseite zu schieben, um einen Überblick zu bekommen, sah ich, daß alle Inseln auf dem großen Ozean untergegangen waren und nicht wieder auftauchten... damals wurde der Isolierte Nördliche Kontinent auf Dauer abgeschnitten. Natürlich benutze ich das Wort »Dauer« nur relativ. Ich bin oft genug von einem Ende der riesigen Wasserfläche bis zum anderen geflogen, in der sich ein paar Inseln drängen, und dachte an die anderen Zeiten und daran, daß die alten Inseln jeden Moment wieder auftauchen konnten – kahl, vom Wasser ausgewaschen – und dann von neuem langsam zu Fruchtbarkeit und Üppigkeit erblühen. Aber nicht nur Inseln verschwanden und tauchten wieder auf – überall auf dem Festland bäumte und krümmte sich die Erde; das Wasser wogte, sprudelte und spritzte, wie wenn man sich in einen Teich fallen läßt. Ein unangenehmer mineralischer Geruch erfüllte die Luft. Vor meinen Augen wurde das Geschehen immer stürmischer und heftiger – da ich ständig

herumgewirbelt wurde, nahm ich das alles nur in kurzen Augenblicken bruchstückhaft wahr. Wasserfontänen erhoben sich meilenweit in die Luft und fielen wieder donnernd in sich zusammen, Land schoß wie Wasser in die Höhe, am Himmel ballten sich Wolken, aber in solch rasender Geschwindigkeit, daß ich es nicht glauben konnte – und ergossen sich als Regen. Plötzlich wurde alles dort unten weiß. Der Regen war als Schnee gefallen, und mich erfaßte ein heulender Schneesturm. Und doch verschwand im nächsten Moment das Weiß wieder. Warmer Regen wusch den Schnee von der brodelnden, kochenden Oberfläche des Planeten. Ich sah, daß das Eis am Pol verschwunden war. An seiner Stelle befand sich ein kreisender Strudel – dann kreiste das Wasser langsamer, bewegte sich kaum noch; eine Kruste legte sich darüber, und wieder schimmerte die weiße Eiskappe; sie dehnte sich aus und wuchs mit ungeheuerlicher Geschwindigkeit. Dichtes Schneetreiben setzte ein und schien meine kleine Raumkapsel niederzudrücken. Ich spürte, daß ich sank, hinuntergepreßt wurde, und dann – mit der gleichen unvorstellbaren Plötzlichkeit – erhob sich irgendwo ein neuer Wind und riß mich gewaltsam mit sich. Natürlich arbeitete keines meiner Instrumente mehr. Seit der gewaltsamen Neuorientierung von Rohanda hatten sie alle ausgesetzt. Ich wußte nicht, wohin ich gesaugt oder getrieben wurde, aber ich spürte, daß ich mich nicht mehr drehte oder herumgewirbelt wurde, sondern in einer geraden Linie flog. Die ganze Zeit umgab mich dichtes Schneetreiben. Der Schnee glich keinem Schnee, den ich auf anderen Planeten erlebt hatte. Ich wußte, daß er mich langsam aber sicher in die Tiefe drückte. Ich bereitete mich auf einen Aufprall vor. Inzwischen hatte ich mich während des langen gleichmäßigen Dahintreibens im Sturm wieder etwas beruhigt; und da ich nicht mehr ständig herumgewirbelt und geschüttelt wurde, konnte ich auch wieder etwas hören: Durch das schreckliche Schweigen des Schneefalls und das Heulen des Windes, der mich vorwärts trieb, vernahm ich die unzähligen Geräusche der Erde – Stöhnen und Kreischen, Seufzen und Knirschen... das ging einige Zeit so, und doch gab es auch Momente oder Abschnitte, in denen das Gegenteil passierte. Ich meine, ich befand mich *plötzlich* in Sonnenlicht und Nässe. Dann stiegen überall Dampfwolken auf, und unter mir war keine Spur mehr vom Schnee. Ich sah eine Wasserwelt mit Fontänen, die bis zu meiner Raumkapsel hinaufschossen, die jetzt sehr viel tiefer flog – viel zu dicht über der Erde. Und in dieser Spanne – ein paar Minuten? Sekunden? – gelang es mir, wieder Höhe zu gewinnen. Ich entfernte mich von dem brodelnden, sich hebenden und senkenden schlammigen Land unter mir. Dann fiel von neuem Schnee. Es wurde durchdringend und erschreckend kalt. Ich glaube, ich verlor das Bewußtsein. Wenn nicht, dann hat die entsetzliche Spannung, unter der ich stand, meine Erinnerung ausgelöscht. Denn als nächstes weiß ich nur, daß ich irgendwo gelandet war. Die durchsichtigen Wände meiner Raumkapsel waren warm und glitzerten in der Sonne. Ich befand mich jenseits vernünftiger Gedanken oder Entscheidungen. Ich öffnete die Luke und stieg aus – riskierte den Tod in einer möglicherweise veränderten Atmosphäre. Aber daran dachte ich mit Bestimmtheit nicht. Die Sonne fiel mir als erstes auf. Sie wirkte so anders. Sie schien kleiner zu sein... aber nicht viel. Sie schien kühler zu sein... aber war das möglich? Ich fragte mich, ob ich vielleicht aus der Atmosphäre von Rohanda herausgeschleudert und auf einem anderen Planeten gelandet war. Ich überlegte, ob die Umwälzungen und das tumultartige Geschehen mir die Sinne verwirrt... meine Urteilsfähigkeit... sogar meinen Verstand beeinträchtigt hatten. Doch ich klammerte mich an meinen ersten Eindruck, wie man in Zeiten des Umbruchs sich hartnäckig und, wie es manchmal scheint, willkürlich an einer Idee festhält. Ich klammerte mich beharrlich an die Tatsache, daß die Sonne von Rohanda sich verändert hatte... sie *war* tatsächlich kleiner. Ich ahnte undeutlich und unsicher sogar etwas von der Wahrheit: Rohanda war durch dieses kosmische Ereignis von der Mutter-Sonne abgetrieben, weggezogen oder weggesaugt worden. Ein Teil meines Bewußtseins beschäftigte sich mit den möglichen Auswirkungen. Ich stand immer noch neben meiner kleinen Kristallkugel auf einem hohen Berg, wo insofern noch normale

Zustände herrschten, als es hier noch Bäume und Pflanzen gab. Allerdings waren sie umgestürzt oder entwurzelt. Ich besaß keine genaue Vorstellung davon, wo dieser Berg lag. Ich blickte über eine Ebene, die ebenfalls von den Turbulenzen erfaßt worden war. Gewaltige Erdspalten durchzogen sie meilenweit in Länge oder Breite. Ich sah Vulkane und Flüsse; Ströme aus Lava und Wasser suchten sich ein neues Bett. Der durchdringende Schwefelgeruch nahm mir beinahe den Atem. Ich hatte eine gespenstische, traumähnliche Vision, die aber nur ein paar Augenblicke dauerte: Herden von Tieren, von denen ich manche noch nie gesehen hatte – sie waren so seltsam und für mich so neu, daß ich an ihre Existenz nicht glauben konnte –, stürmten brüllend und trompetend, in blinder Raserei zwischen den Erdspalten, Geysiren und Vulkanen über die Ebene; endlose Tierherden wälzten sich am Fuß des Berges entlang und verschwanden; ich überlegte, ob ich sie tatsächlich gesehen *hatte*. Ebenso fragte ich mich, ob ich in diesem Schneetreiben gewesen war. *Hatte* ich wirklich gesehen, wie ein ganzer Planet im Schnee versank... und während ich noch darüber nachdachte, fiel bereits wieder Schnee – im Bruchteil einer Sekunde legten sich dicke blaue, grüne und gelbe Eisschichten über das Land. Sie erreichten den Fuß des Berges, auf dem ich mich befand, und schoben und preßten sich die Hänge hinauf. Das Ächzen und schrille Kreischen des Eises wirkte wie ein Echo der brüllenden Herden, die vor wenigen Augenblicken auf ihrer Flucht hier vorbeigekommen waren. Und wieder verschluckte mich der dichte Schnee, der beinahe augenblicklich die Raumkapsel unter sich begrub. Mir blieb gerade noch Zeit, hineinzuklettern und die Luke zu schließen. Dort saß ich – nicht im Dunklen, denn die Lichter funktionierten, aber unter dem dunklen Gewicht eines Schneesturms und des Schweigens. Nun herrschte Stille, und ich begriff, welch grauenerregendem Lärm meine Ohren ausgesetzt gewesen waren. Und wieder – was tat ich? Schlief ich ein? Verlor ich das Bewußtsein? Packte mich der Wahnsinn? Ich kann mich nicht mehr daran erinnern. Ich habe auch keine Vorstellung davon, wie lange ich dort in der Raumkapsel saß... im Schneesturm... in – nicht Entsetzen, denn das hatte sich gelegt; die ungeheuerlichen Vorgänge hatten es verdrängt – einem losgelösten Zustand, in dem jedes normale und verläßliche Begriffsvermögen außer Kraft gesetzt war.

Als ich wieder zu mir kam und glaubte, das Schneetreiben habe aufgehört, verließ ich die Kapsel, grub mir einen Weg nach draußen. Ich lehnte mich dagegen, hielt mich daran fest. Ich klammerte mich daran, wie an einen festen Punkt im Wasser, denn ich versank in lockerem, wattigem Schnee. Vor mir lag eine völlig weiße Landschaft unter einem hellblauen, frischen, klaren Himmel, an dem die neue, fernere, intensivere gelbe Sonne hing. Ich schien bei klarem Verstand und funktionsfähig zu sein... ich befreite die Raumkapsel, so gut es ging, vom Schnee, überprüfte die Instrumente, fand alles intakt und stieg auf. Die neue Luft war wieder scharf und rein, doch sie besaß einen metallischen Geschmack. Ich flog über endloses Weiß, über blendendes, makelloses, gleichförmiges Weiß. Es hatte Täler und Mulden ausgelöscht, nur nackte zerklüftete Felsspitzen ragten daraus auf. Einer dieser Gipfel wirkte klumpig und mit Pelz besetzt, als hätten sich riesige Insekten darauf niedergelassen. Ich sah genauer hin und entdeckte unzählige Tiere, alle nur erdenklichen großen und kleinen Tierarten, die der Tod mitten in der Bewegung ereilt hatte. Sie waren in einem einzigen Augenblick erfroren, nachdem sie vor den Fluten, dem vordringenden Packeis oder Meer aus Schnee hierher geflohen waren. Aber auf anderen Berggipfeln, an denen ich in Augenhöhe vorbeiflog, standen immer noch Bäume, deren Äste von erfrorenen Vögeln bedeckt waren. Und einmal sah ich eine glitzernde Fontäne, die sich vor mir in die Luft erhob. Beim Näherkommen stellte ich fest, daß es sich um eine Wassersäule handelte. Sie war so schnell gefroren, daß ich in ihr noch Fische und Meerestiere sah. Ein hoher, durchdringender Ton ging von ihr aus, dann brach sie entzwei, barst und fiel in den weißen Schnee.

Der große Ozean – nun ohne die Inseln – war nicht zugefroren. Ich sah ihn damals, wie ich ihn seither kenne. Ich flog über den nördlichen Abschnitt. Wo Adalantaland gewesen war, gab es nur noch Wasser, als habe dieses Reich nie existiert. Ich entdeckte noch Inseln in diesem Meer. Aber jetzt drängten sie sich um die Küsten des Isolierten Nördlichen Kontinents auf der einen Seite und säumten die zentrale Landmasse auf der anderen – an ihren nordwestlichen Rändern, die später eine wichtige Rolle in der neueren Geschichte von Rohanda spielen sollten.

Ich wunderte mich, daß der Ozean nicht zugefroren war. Noch ehe ich das Festland erreicht hatte, sah ich, daß der Schnee dort schmolz – an manchen Stellen schon geschmolzen war und überall Überschwemmungen, Seen und Schlammwüsten hinterließ. Als ich das Land überflog, hatte sich der Schnee bereits in Wasser verwandelt... unter mir lag eine Landschaft aus Schlamm, Wasser und neuen Flüssen. Ich konnte nirgends landen und flog deshalb über den ganzen Kontinent hinweg. Ich betrachtete die aufgeweichte und vom Wasser beherrschte Szenerie, deren Veränderungen ich nicht abschätzen konnte, da ich noch nie hier gewesen war. Als ich die gegenüberliegende Küste an einem anderen riesigen Meer erreichte, sah ich, daß ein gewaltiger Druck die Bergkette emporgeschoben hatte, die sich vom äußersten Norden bis zum äußersten Süden der beiden Isolierten Kontinente erstreckt. Man stelle sich vor, diese Kontinente seien aus einem weichen Material gemacht – etwa Ton oder Sand – natürlich winzig wie ein Kinderspielzeug – und würden dann auf der ganzen Länge auf einer Seite einem Druck ausgesetzt, wodurch sie sich zusammenschieben; es entstehen hohe Kämme und lange Bergketten, die von engen Schluchten und Hochebenen durchzogen werden. Das war diesen beiden großen Kontinenten widerfahren, und ich mußte daraus schließen, daß es tief im Innern von Rohanda unter dem Meer gewaltige Kräfte gab, die einen gewaltigen Druck ausgeübt hatten. Die sichtbaren Zeichen dafür waren die endlosen Schlammeere voller Pflanzen, die gezackten, dichtgedrängten Eisberge und ein metallischer, schwefliger Geruch. Ich wendete mich nach Süden und flog über die entstellten Berge. Ich sah überall, wie Wälder, Felsen und Flüsse aufgeworfen, eingesunken, umgestürzt waren und ein großes Chaos herrschte.

Schließlich erreichte ich den Süden des Nördlichen Kontinents und steuerte geradewegs ins Landesinnere, um Klorathy und Ambien I zu suchen. Auch hier war mir das Land nicht mehr vertraut; ich bemerkte, daß alles unter Wasser gestanden haben mußte, denn überall gab es Seen und breite Flüsse mit schlammig-braunem Wasser. Wohin ich auch blickte, sah ich Schlamm, erdbraunes Wasser, Sümpfe, Moore und Marschland. Doch es gab auch Wälder, die nicht entwurzelt und verwüstet waren, und Berge, die durch das Erdbeben nicht gelitten hatten. Es stellte sich tatsächlich heraus, daß die südlichen Gebiete sehr viel besser davongekommen waren als die nördlichen. Sie waren nicht völlig verwüstet, obwohl auch sie hier und da unter einer Eisdecke erstarrt, überschwemmt, von Erdbeben heimgesucht und verändert worden waren. Ich flog durch Dampfwolken, die an meiner Raumkapsel vorbeijagten und solche Turbulenzen hervorriefen, daß ich hin- und hergeworfen und herumgewirbelt wurde. Mir wurde übel; ich fühlte mich so benommen wie während der Stürme der großen Katastrophe. Überall am blauen Himmel von Rohanda bildeten sich wogende Wolkenfelder. Dies war einmal trockenes, hochgelegenes Land mit reiner Luft gewesen und würde es in kurzer Zeit auch wieder sein. Beim Landen glitt ich durch dichte, warme Dampfschwaden. Ich fand die anderen, wo ich sie zurückgelassen hatte. Die Zelte und Hütten der Stämme standen auf einer morastigen Ebene am Fuß der Berge der Zwerge. Die Wilden tanzten im flachen Wasser und im Schlamm. Sie huldigten und besänftigten ihre Gottheit, die Erde, ihre Mutter, ihre Lebensquelle, ihren Ursprung, ihre Beschützerin, die unerwartet zürnte und ihrem Zorn Ausdruck verliehen hatte. Und deshalb tanzten und tanzten sie – sie tanzten Tage und Nächte hindurch. Ich traf Klorathy genau dort, wo ich ihn verlassen hatte. Er saß scheinbar müßig im offenen Zelteingang und beobachtete den Tanz seiner Schützlinge. Ambien war bei ihm.

Wir tauschten unsere Erlebnisse aus. Meine waren etwas dramatischer als die ihren. Schneestürme hatten sie vorübergehend heimgesucht; auf sie folgten Regenfluten. Die Erde hatte gegrollt und gebebt, sie war geborsten; ganze Berghänge waren abgerutscht, und neue Flüsse würden sich ihr Bett vom Hochland zum Meer graben.

Wir drei machten uns daran, die Ereignisse in einen Zusammenhang zu bringen. Der Planet war aus dem Gleichgewicht geraten und hatte ein paar Stunden auf dem Kopf gestanden, sich dann wieder aufgerichtet – aber nicht mehr die alte Position eingenommen. Klorathy besaß empfindlichere Instrumente als wir. Sie verrieten ihm, daß die Erdachse sich verschoben hatte. Das bedeutete, wenn dieser Planet in der jetzigen Schräglage um seine Sonne kreiste, würde es keine Ausgeglichenheit und Gleichmäßigkeit der Temperaturen (Hitze und Kälte) mehr geben. Das zog Veränderungen und Jahreszeiten nach sich, über die wir zu diesem Zeitpunkt nur Spekulationen anstellen konnten. Rohanda befand sich jetzt auch weiter von seiner Sonne entfernt – das R-Jahr würde geringfügig länger sein. Viele Tierarten waren ausgerottet worden. Der Meeresspiegel war beträchtlich gefallen, denn die Eismassen an beiden Polen hatten sich erheblich vergrößert, und man konnte erwarten, daß sie weiter wachsen würden. Städte, die bei früheren plötzlichen Veränderungen vom Wasser verschlungen worden waren, würden wieder auftauchen... versunkene Inseln würde man vielleicht im flacheren Wasser sehen können... vielleicht würden die unzähligen Glocken von Adalantaland – das verschwundene, glückliche Reich – dicht genug unter der Wasseroberfläche läuten, daß die Seefahrer sie an ruhigen Tagen und Nächten hörten... darüber sprachen wir, während uns noch Schlamm und Morast umgaben, die dicken Wolken über den Himmel zogen und die Katastrophe bereits zur Vergangenheit wurde, zu einer weiteren plötzlichen Veränderung des Planeten. Aber als ich das Wort »Katastrophe« für das Geschehene benutzte – sicher war es nicht etwas Belangloses gewesen –, korrigierte mich Klorathy. Er sagte, das Wort »Katastrophe« – oder um den absolut genauen und richtigen Begriff zu gebrauchen, ein Unglück – bezeichne eine ungünstige Konstellation der Sterne und ihrer Kräfte und könne eigentlich nur auf ein *wahres* Unheil angewendet werden, auf einen echten evolutionären Rückschlag, wie zum Beispiel das Versagen der Schleuse. Ich habe bereits angedeutet, wie ungeduldig mich die Pedanterie von Canopus machte. So zumindest kam mir vieles vor, und manchmal ergeht es mir sogar heute noch nicht anders.

Ich erinnere mich noch an meinen freundlichen Einwand, der, wie ich fürchte, sehr unverschämt war. Ich sagte, *manche Leute* könnten die Ereignisse der letzten Zeit vielleicht für katastrophal genug halten, um ihnen dieses Wort beizumessen. Und ich weiß noch, daß Klorathy lächelnd, aber entschieden antwortete: »Wenn man nicht die genauen und richtigen Worte benutzt, wird das Denken sehr bald unklar und wirr. Die Ereignisse der letzten Zeit...« – ich erinnere mich, bei diesem belanglosen Wort »Ereignisse« sarkastisch gelächelt zu haben – »... haben das Wesen Rohandas nicht wesentlich verändert. Während das Versagen der Schleuse und die Verbrechen von Shammat den Planeten beeinträchtigt haben und auch in Zukunft beeinträchtigen werden. Dabei handelt es sich um eine Katastrophe, um ein Unglück. Das war verhängnisvoll.« Und er wendete seinen bronzenen oder bernsteinfarbenen Blick nicht von mir, bis ich ihm zustimmte.

Das tat ich. Aber ich glühte innerlich vor Zorn. Ich hielt ihn für kalt und gefühllos. Ich dachte, jemand, der die Zerstörung eines ganzen Planeten so nüchtern, sachlich und gelassen mitansehen konnte, würde in einer engen persönlichen Beziehung wahrscheinlich auch nicht mitfühlend und aufgeschlossen reagieren. Damals empfand ich es nicht als ungehörig, daß ich meine persönlichen Angelegenheiten ins Spiel brachte. Aber heute schäme ich mich deshalb. Ich habe bereits festgestellt, eine zu späte Einsicht ist nicht gerade erfreulich bei der Beurteilung von Ereignissen oder eigenen Handlungen. Die Erwähnung von Shammat traf mich sehr – natürlich wußte ich, daß es nur Schuldgefühle waren. Mein *Verstand* sagte mir klar, die sirianischen Täuschungsmanöver und Übertretungen, die ich nicht gestehen konnte, richteten Barrieren zwischen mir und Klorathy auf, doch meine *Gefühle* gaben dem in Zorn, zunehmender Gereiztheit, sogar Abneigung Ausdruck...

Ich verließ Klorathy und ging zu meinem eigenen Zelt, das auf einem hochgelegenen Felsen stand. Es war feucht, aber wenigstens nicht naß. Dort saß ich ganz allein und betrachtete die gespenstische Szene – die Wilden sangen und tanzten unermüdlich im aufspritzenden braunen Wasser und Schlamm. Hin und wieder zeigte sich der Mond zwischen den dicken, dahinjagenden Wolken und verschwand dann wieder im Nebel und Dunst. Ambien I kam und sprach mit mir. Er tröstete mich sanft, denn er wußte, wie ich innerlich tobte und litt.

Er wäre sehr gerne vor den *Ereignissen*, die wir nicht Katastrophe nennen durften, abgereist. Die Untätigkeit hatte ihn gelangweilt. Das Leben der Wilden war unverändert weiter gegangen. Sie jagten, gerbten Felle, aßen ihre Eintöpfe, das getrocknete Fleisch, fertigten Kleider an und schmückten sie. Klorathy rührte sich nicht von der Stelle. Er belehrte oder ermahnte sie nicht. Aber eines Abends kam der Anführer zu Klorathy, setzte sich zu ihm und fragte, ob Klorathy auch den Zwergen einen Besuch abgestattet habe, und ob er ihnen – den Wilden – etwas darüber sagen könne. Klorathy antwortete, er habe das kleine Volk tatsächlich besucht, und seiner Ansicht nach... dann erklärte er, wie er die Lage beurteilte. Der Anführer verabschiedete sich und beriet mit seinen Leuten. Tage vergingen; dann kam er zurück und stellte neue Fragen. Er setzte sich in aller Form Klorathy gegenüber auf den Boden, die beiden tauschten die üblichen Höflichkeiten aus, und schließlich erkundigte er sich, ob Klorathy glaube, man könne den Zwergen so weit trauen, daß sie sich an Vereinbarungen hielten – denn in der Vergangenheit, so erklärte er, hätten sich die Zwerge als Verräter erwiesen. Sie seien aus ihren unterirdischen Festungen hervorgebrochen und hätten die Stämme erschlagen, Mensch und Tier – und auch darauf antwortete Klorathy geduldig.

Ambien I sagte, Klorathy unternehme nie einen Versuch, seine Gedanken mitzuteilen, *bis man ihm eine direkte Frage stelle* – oder bis etwas gesagt wurde, das eigentlich eine Frage sei, obwohl sie in Form einer Bemerkung hervorgebracht wird. Ambien I war zu Klorathy gegangen und hatte ihn gefragt,

ob Canopus sich tatsächlich so verhalte. Wollte Klorathy hierbleiben und bei diesen Wilden leben, *bis sie ihm die richtigen Fragen stellten* …? Und wenn, *weshalb* erwarte er, die Wilden würden die richtigen Fragen stellen?
Darauf hatte Klorathy erwidert, sie würden die notwendigen Fragen stellen, wenn sie dazu bereit seien.
Und *warum*?
»Weil ich hier bin…« antwortete Klorathy, und Ambien I ärgerte sich. Verständlicherweise. Ich wurde sogar zornig, als ich nur seinem Bericht zuhörte.
Ambien I wäre gern abgereist, konnte es aber nicht, weil ich mit unserer Raumkapsel unterwegs war. Er machte auf eigene Faust einen zweiten Besuch bei den Zwergen, diesmal in einer anderen Gegend – ein leichtsinniges Unterfangen, das ihn beinahe das Leben kostete. Nur Klorathys Eingreifen hatte ihn gerettet, der das Ganze jedoch nur mit den Worten kommentierte: »Den Sirianern fehlt immer noch der Sinn für das Angemessene.«
Dann setzten die »Ereignisse« ein, die wir nicht als Katastrophe bezeichnen sollten.
Schließlich war ich zurückgekommen, und er, Ambien I, konnte gar nicht sagen, mit welchen Gefühlen er beobachtet hatte, wie die schimmernde Kugel langsam durch die grauen Dampfwolken auf die Erde sank. Er hatte geglaubt, ich sei umgekommen. Natürlich grenzte es an ein »Wunder«, um einen Begriff aus unseren früheren Epochen zu gebrauchen, daß ich überlebt hatte.
Wir verbrachten die ganze Nacht in emotionaler und intellektueller Verbundenheit; wir wollten uns nach einer solchen Gefahr, die beinahe dazu geführt hätte, daß wir uns nie wiedersahen, nicht gleich wieder trennen.
Wir beschlossen, Klorathy zu verlassen.
Zunächst dachte ich darüber nach, was Ambien I über Fragen gesagt hatte, und wie man sie stellen mußte. Dann ging ich zu Klorathy und fragte ihn unverblümt und direkt nach den Kolonisten der Kolonie 10. Ich wollte wissen, weshalb wir, Sirius, sie nicht haben konnten.

Klorathy saß wie ich auf einem Stapel feuchter Felle vor seinem Zelteingang mir gegenüber; die dicken Wolken nahmen ab, die Erde trocknete, das rauschende, strömende, rinnende Wasser hatte sich bereits beruhigt. Man konnte sich vorstellen, daß dieses Land bald wieder eine trockene, gesunde Hochebene sein würde.

»Ich habe dir bereits gesagt«, erwiderte Klorathy, »diese Kolonisten wären euch nicht angemessen. Verstehst du? Sie wären den Sirianern, den sirianischen Gegebenheiten nicht angemessen.«

»Weshalb nicht?«

Er schwieg eine Weile, als denke er darüber nach. Dann sagte er: »Du stellst mir immer und immer wieder dieselbe Frage.«

»Und weshalb beantwortest du sie nicht?«

Dann tat er etwas, das mich ungeduldig machte. Er ging ins Zelt und kam mit ein paar Gegenständen heraus – es waren die gleichen Dinge, die man Ambien I und mir gegeben hatte, damit wir unser inneres Gleichgewicht auf diesem schwierigen Planeten bewahren konnten.

Zunächst glaubte ich, die »Ereignisse« machten bestimmte Änderungen in der Handhabung notwendig, und ich bereitete mich auf Anweisungen vor. Ich wußte, Genauigkeit war dabei notwendig; ich durfte auch nicht die kleinste Einzelheit übersehen. (Ich hatte Klorathy erzählt, daß man in Adalantaland in diesem Punkt nachlässig und nicht sorgfältig genug mit diesen Dingen umgegangen war, um die Wirkung zu garantieren. Er hatte enttäuscht, aber ergeben geseufzt.)

Ich beobachtete ihn. Er legte bestimmte Arten von Steinen, natürliche Substanzen, Farben und Formen vor sich hin und ordnete sie. Ich beobachtete ihn sehr aufmerksam und sah, daß er an dem Ritual, das ich nachvollzog, nichts änderte.

»Also muß nichts geändert werden?« fragte ich mit belegter und feindseliger Stimme. »Nicht einmal die *Ereignisse*, die größere Entfernung der Erde von ihrer Sonne und all die anderen Veränderungen machen es notwendig, daß wir an dem, was wir tun, etwas ändern?«

»Nein«, erwiderte er. »Noch nicht. Vielleicht später, wenn wir die genauen Abweichungen kennen. Zum Beispiel im Klima. Und natürlich sind auch die magnetischen Kräfte betroffen...«

»Natürlich«, sagte ich so sarkastisch wie zuvor.

Er beschäftigte sich weiterhin sorgfältig und präzise mit den Gegenständen. Ich betrachtete das lange, bernsteinfarbene oder bronzene Gesicht mit den ausgeprägten Zügen und den durchdringenden Augen, die so aufmerksam die Bewegungen seiner Hände verfolgten.

Ich hatte die Arme um die Knie geschlungen und beobachtete ihn mit einem trockenen, verkniffenen Lächeln, aus dem nur Kritik sprach, während er geduldig und bescheiden sich mit seinen Talismanen beschäftigte.

Ich verstand ihn nicht. Ich hielt sein Verhalten für eine Methode, mich abzuweisen, mir ohne Worte zu sagen, er würde mir nicht antworten.

Während dieser Gedanke in mir aufstieg, sagte er: »Nein, das ist es nicht. Aber wenn du es verstehen willst, dann schlage ich vor, daß du eine Weile hierbleibst.«

»Wie lange?« Ich gab mir selbst die Antwort: »Vermutlich, solange es notwendig ist!«

»So ist es.«

»Und wie bist du vorangekommen? Haben sich die Wilden mit den Zwergen verbündet? Sind sie jetzt bereit, gemeinsam gegen Shammat zu kämpfen?«

»Ich halte es für wahrscheinlich, daß die Zwerge in ihren Höhlen eingeschlossen sind. Vermutlich werden wir sie nie wieder sehen.«

Die Art, in der er das sagte, löste in mir einen Sturm der Entrüstung aus. Es ging um das Ende einer Art – einer Rasse – das Ende der Kreuzung von Lombis und Technikern der Kolonie 22 auf Rohanda.

Klorathy erklärte: »Wir müssen solche Rückschläge hinnehmen.«

»Warum bleibst du dann? Der Grund für dein Hiersein ist verschwunden... von den *Ereignissen* verschluckt worden.«

»Es gibt immer noch die Stämme!«

»Also bist du nicht wegen der alten Feindschaft zwischen ihnen und den Zwergen bei ihnen?«
»Ich bin hier, wie ich so oft bei allen möglichen Völkern... Rassen... Arten in einem bestimmten Stadium ihrer Entwicklung bin.«
Ich begriff, dies war ein wichtiger Punkt. Wenn ich jetzt nicht aufgab, würde ich etwas lernen.
»Möchtest du, daß ich bleibe?« Dies war eine bewußte, plumpe und feindselige Herausforderung.
»Ja, ich glaube, du solltest bleiben.«
Er hatte nicht gesagt: »Ja, ich möchte, daß du bleibst.«
Ich stand auf und ging. Ich sagte Ambien I, ich beabsichtige abzureisen. Am nächsten Morgen verabschiedeten wir uns von Klorathy und flogen in unserer Raumkapsel davon. Wir verschafften uns noch schnell einen Überblick über die Verwüstungen, die die »Ereignisse« auf den beiden südlichen Kontinenten hinterlassen hatten, und flogen zurück zu unserem Mutterplaneten.

Die Lombis. Meine dritte Begegnung mit Klorathy

Eine Zeitlang hatte ich wenig mit Rohanda zu tun; unsere Experten hielten es für ein großes Risiko, dort zu arbeiten, und man wies mir eine andere Aufgabe zu. In diese Zeit fiel auch die schlimmste Krise des sirianischen Selbstverständnisses: Überall fanden unsere soziologischen und biologischen Versuche nur noch in minimalem Umfang statt.
Auch der Bevölkerungsstand auf unseren Kolonisierten Planeten erreichte einen Tiefstand.
Mich beschäftigten eigene Gedanken; ich konnte die alten Erfolge von Canopus mit beschleunigter Evolution nicht vergessen. Während sich ganze Abteilungen unseres Kolonialdienstes und beinahe die gesamte herrschende Klasse öffentlich fragten: *Wozu?*, überlegte ich, ob sie sich solche Emotionen gestatten

würden (aber man sprach von *Ideen*, wie man das bei solchen Aufschreien oft tut, und zwar um so nachdrücklicher, je mehr sie von Emotionen und Gefühlen beherrscht werden), wenn sie wie ich hätten Geschöpfe beobachten können, die nicht viel mehr als Affen waren, und die sich in so kurzer Zeit zu zivilisierten und verantwortungsbewußten Wesen verwandelt hatten. Ich teilte diese Gedanken mit Ambien I, mit dem ich wieder einmal zusammenarbeitete. Doch unser Reich war damals weniger tolerant als heute – zumindest glaube und hoffe ich das –, und diese Art sozialer Optimismus, der mich inspirierte, galt in manchen Kreisen als »oberflächlich und verantwortungslos« und als »soziologischer Egoismus«. Hier ist vielleicht die richtige Stelle, um anzumerken, daß ich bereits seit langem gelernt hatte, daß man, wenn man unpopuläre Ideen vertritt, nur ruhig bleiben und warten muß, bis die unsichtbaren Räder sich drehen, und diese Ideen als der letzte Stand intelligenten und fortschrittlichen Denkens gelten...

Ich widmete mich meiner Arbeit. Zufällig befand ich mich in dem Teil der Galaxis, wo man die Lombis auf dem Kolonisierten Planeten 25 angesiedelt hatte. Ich hatte seit damals nicht mehr an sie gedacht und entschloß mich aus Neugier zu einem Abstecher. Man konnte sagen, daß sich der Lombiversuch als nutzlos erwiesen hatte. Man achtete sorgfältig darauf, sie vor jedem Kontakt mit höheren Rassen zu bewahren – abgesehen von den seltenen Besuchen der Techniker von Kolonie 22, die feststellen wollten, ob es möglich war, die Lombis in einer Art sozialer Unschuld zu halten, die sich bei der »Erschließung« neuer Planeten vielleicht als nützlich erweisen würde. Trotzdem hatten wir es aufgegeben, neue Planeten in der alten, totalen – darf ich sagen, *unbekümmerten* – Art zu kolonisieren, die unsere Politik bis zu diesem Punkt kennzeichnete: Wir erwarben neuen Besitz nur noch nach langer und sorgfältiger Prüfung. Unser Interesse an den Lombis erstreckte sich nur noch darauf, daß wir herausfinden wollten, wie sich ein Sehnen nach »höheren Dingen« möglicherweise weiterentwickelte. Vom Raumschiff aus bat ich meine Dienststelle um Genehmigung für ein kleines, persönliches Experiment. Man hätte sie mir ver-

weigert, wenn die Lombis als brauchbares Material nicht praktisch abgeschrieben gewesen wären.
Seit mehr als tausend S-Jahren hatten wir keine Techniker mehr zu ihnen geschickt. Die Lebenserwartung der Lombis lag immer noch bei ungefähr zweihundert R-Jahren. Dies bedeutete, keiner von ihnen konnte noch persönliche Erinnerungen an Besuche »vom Himmel« haben.
Ich befahl eine schnelle Erkundung der Tag- und Nachtseite des Planeten 25 bei Höchstgeschwindigkeit, denn so konnte man uns bestenfalls als Meteoriten wahrnehmen. Auf der Tagseite waren wir völlig unsichtbar. Dann wählte ich eine dichtbevölkerte Gegend, und wir schwebten dort deutlich sichtbar einige Stunden lang, während sich die Lombis unten versammelten.
Ich verließ das Raumschiff so eindrucksvoll wie möglich. Da ich mich auf einer Dienstreise befand, hatte ich keine offizielle Robe bei mir, doch ich benutzte weißes Isolationsmaterial als langen Mantel und machte das Beste aus meinem nicht gerade üppigen gelben Haar – das heißt nicht, ich hätte mir je mehr Haare oder *Behaarung* gewünscht. Aber die Arten mit gelben oder goldenen Haaren erwecken wegen ihrer Seltenheit immer Ehrfurcht. Ich schwebte vom Raumschiff zur Erde und sah, wie eine riesige Menge dieser armen Geschöpfe vor mir auf den Boden fiel und dabei tief und kummervoll stöhnte. Ich muß gestehen, es berührte mich, obwohl ich an die Ehrfurcht gewöhnt bin, die man bei unzivilisierten Rassen so leicht erweckt.
Ich hatte mir alle möglichen passenden Antworten auf eventuelle Fragen zurechtgelegt. Aber es stellte sich heraus, daß sie sich damit zufriedengaben, als ich sagte: »Ich komme vom Himmel und bin eure Freundin.« Ehrfurcht ist ein großes Hindernis für intelligente Fragen.
Sie erinnerten sich an die »leuchtenden Wesen« – zumindest in ihren Zeremonien, Liedern und Geschichten –, und ich besänftigte jede Furcht, die sie aus alter Zeit auf anderen Planeten noch hegten, mit dem feierlichen Versprechen, ich würde niemanden mit mir nehmen, wenn ich sie wieder verließ.

Und weshalb fürchteten sie sich so sehr, von diesem Planeten weggebracht zu werden? Die Antwort darauf ist so ironisch... ist traurig... sie ist ein Kommentar, der mehr beschreibt, als es die Situation der Lombis selbst könnte... aus meiner langen, sehr langen Laufbahn im Kolonialdienst kenne ich ähnliche Situationen...

Doch zunächst ein paar grundsätzliche Bemerkungen zu ihren Sitten und Gebräuchen.

Sie hatten sich nicht sehr viel weiter entwickelt, kaum mehr, als die Artgenossen in ihrer Heimat, dem Planeten 24.

Das Verbot, sich zu bekleiden und gekochte und zubereitete Nahrung zu essen, war nicht aufgehoben, hatte sich jedoch in sein Gegenteil verkehrt. Inzwischen mußten sie bei ihren Zeremonien nackt sein und rohes Fleisch, Wurzeln und Früchte essen. Wie früher lebten sie in verschiedenen Arten primitiver Behausungen, Hütten oder Höhlen. Sie jagten Wild, bekleideten sich mit Fellen und kannten das Feuer. Sie lebten in Familien, nicht in Stämmen oder Sippen zusammen; das schien ihre Entwicklung zu hemmen. Während meiner Reise über den Planeten, auf dem es zwar genügend Pflanzen und Tiere gab (im Vergleich zu anderen Planeten – zum Beispiel Rohanda – gedieh dort alles nur kümmerlich), verglich ich die Lombis mit den Wilden auf der Hochebene, die Klorathy seines Unterrichts würdig betrachtet hatte. Der Gegensatz war so groß, daß ich zum ersten Mal überlegte, ob die Überlegenheit jener anderen auf etwas Angeborenes zurückzuführen sei, auf *Überlegenheit einer anderen Art und Ordnung*, als sie uns zur Verfügung stand, und die Klorathy und andere seines Ranges beurteilen konnten. Die Lombis besaßen einfach nicht die Fähigkeit zur Höherentwicklung; zumindest sah es so aus.

Ich betrachtete diese kleinen, gedrungenen, halbbehaarten Geschöpfe mit ihren ungeheuer kraftvollen Schultern und Armen, die in Gruppen von drei, vier – manchmal auch sieben oder acht, aber niemals mehr – zusammenlebten, wobei jede Gruppe eifersüchtig über das eigene Jagdrevier, über die wild wachsenden Obstbäume, ihr kleines Stück Land mit den Knollen und Gemüsen wachte. Nur bei rituellen Anlässen konnten sie

friedlich mit ihren Artgenossen zusammentreffen – und ich erinnerte mich voll Bewunderung an Dinge, die ich einmal verachtet hatte. Wo waren die Bräuche, die aus Hunderten von Einzelwesen eine sich gegenseitig unterstützende und kulturell wachsende Einheit machen können? Wo waren die höchst komplizierten zeremoniellen Tänze, die kunstvoll gearbeiteten Gewänder mit Fransen, Schmuck und prächtigen Federn, die Halsketten aus geschnitzten Knochen und Steinen? Die Unterweisung der Jungen durch Geschichten und Schulung? Die Förderung angeborener Begabungen jedes einzelnen, damit er zum Geschichtenerzähler, Handwerker, Jäger oder Sänger wurde? Wo waren ...? Hier sah ich nichts, was sich mit dem Wissen und Können der Navahis und Hoppes vergleichen ließ.
Jetzt komme ich zu den schmerzlichen und bedauernswerten Aspekten ihrer Lage. Jedesmal, wenn ich von einem unserer kolonisierten Planeten zum anderen reise, muß ich an die *natürlichen* Vorzüge von Rohanda denken, an den nahen leuchtenden Mond, an die Nacht mit den unzähligen funkelnden Sternen.
Dies war von seiner Lage und seiner Natur aus ein dunkler Planet. Hier gab es keinen Mond. Die Lombis mußten irgendwo in ihrem Gengedächtnis das Wissen bewahren, daß die Nächte immer wieder neu und anders von einem Stern erleuchtet werden konnten, der so nahe war, daß er ein Lebewesen, ein Geschöpf zu sein schien – und der unablässig seine Gestalt veränderte, so daß aus einer runden leuchtenden Scheibe ein hauchzarter gelber Streifen wurde, nach dem man Ausschau halten mußte... Die Lombis hatten einmal gewußt, was es bedeutete, auf den Moment zu warten, in dem die Sonne in der Dunkelheit zu versinken scheint – und plötzlich die Sterne aufleuchten und Licht verbreiten, wenn ein Mond *vorübergehend* fehlt.
Nicht nur der Mond fehlte hier, die Nachtseite des Planeten wendete sich einem beinahe leeren Himmel zu – Schwarz vor Schwarz. An ein oder zwei Stellen zeigte sich ein schwacher Lichtschimmer von Sternen weit jenseits unserer Galaxis, der

nicht viel mehr als ein leichtes Grau war. Im Vergleich zu der lodernden Sonne von Rohanda, vor der man sich selbst jetzt noch schützen mußte, nachdem der Planet sich von ihr entfernt hatte, war ihre Sonne klein und fern.

»Die Leuchtenden« der Lombis waren nun die unendlich schwachen, beinahe unsichtbaren Sterne. Ihr Vollmondfest fand jetzt einmal im Jahr statt. Dann kamen diese Tiere in Gruppen von weit her und versammelten sich auf einer großen, windigen Ebene – dann standen die Familien zusammen, hoben die traurigen, flachen Gesichter zum nächtlichen schwarzen Himmel empor und sangen von den »Leuchtenden«.

Auch die Sonne galt als ein leuchtendes Wesen, doch sie wurde nur halbherzig und widerwillig verehrt, als sei sie eine Betrügerin oder versuche, mehr von ihnen zu fordern, als ihr zustand.

Als unser Raumschiff landete, weckte die kristallklare und glitzernde Kugel Erinnerungen oder Bruchstücke von Erinnerungen in ihnen, die durch das Leben in dieser Umgebung verschüttet worden waren. Und das bedeutete ihnen schon soviel, als wäre das wahre, das ursprüngliche Licht wieder erschienen.

Oh, diese schwarzen, beklemmenden Nächte... diese endlosen, gleichförmigen Nächte, die sich beim Verschwinden der Sonne wie ein körperlich spürbarer Druck über die Nachtseite des Planeten legten. Sie waren völlig schwarz, von einer schweren Schwärze; ein Feuer vor der Höhle oder der Hütte mußte den empfundenen und spürbaren Druck der Dunkelheit zurückhalten. Ich habe nie etwas Ähnliches wie die Nächte auf Planet 25 erlebt. Ich kannte auch keinen anderen Planeten, auf dem man nach Sonnenuntergang nichts mehr tun konnte. Tagsüber waren die Lombis unterwegs, kümmerten sich um ihren Lebensunterhalt, doch beim ersten Anzeichen des Sonnenuntergangs versammelten sich die Gruppen, drängten sich um die kleinen Feuerstellen und warteten zusammengekauert auf den Augenblick, wenn ein Felsen oder ein Blatt sich allmählich wieder grau von dem undurchdringlichen Schwarz abhob und verkündete, daß sie wieder einmal das Verlöschen des Lichtes überlebt hatten.

Ich verließ sie so bald als möglich und sorgte für einen dramatischen Abgang, dem sie demütig auf der Erde liegend beiwohnten. Sie dankten mir für mein gütiges Erscheinen und meine Liebe zu ihnen. Ich hatte ihnen nichts versprochen, nichts gesagt, ihnen nichts gegeben: So einfach ist es, »ein hohes, leuchtendes Wesen« zu sein. Ich ließ diesen bedrückenden Ort voll Erleichterung hinter mir und erinnerte mich dabei an die Affen auf Rohanda unter der Obhut von Canopus. Wieder erwachte mein alter Traum oder mein *Ehrgeiz*, wenn man so will, zu neuem Leben, und ich überlegte, ob es nicht möglich sei, Canopus jetzt zu überreden, uns ein paar dieser fähigen Kolonisten, der Riesen, zu überlassen: Schließlich war inzwischen viel Zeit vergangen.

Welchen Sinn hatte es, die Lombis in diesem Zustand zu belassen, wenn es nicht gelang, sie höher zu entwickeln?

Nach meiner Rückkehr schrieb ich einen Bericht und erinnerte die Fünf an die bemerkenswerten Körperkräfte der Lombis: Etwas in dieser Richtung erwarteten sie wohl von mir. Ich entschloß mich zu einer List, aber dabei ging es um nichts, was ich damals und auch heute für illegitim gehalten hätte. Es war nur die Frage, meine Richtlinien großzügiger zu interpretieren, als man es von mir erwartete.

Infolge der Verlangsamung unserer kolonialen Entwicklung waren unsere Beziehungen zu Canopus seit einiger Zeit nicht sehr intensiv.

Ich berief eine Konferenz der Fünf ein und erinnerte sie daran, daß unsere Politik verlangte, die Verbindung zu Canopus nicht abreißen zu lassen. Ich erbat die Genehmigung, ein Treffen mit Klorathy zu beantragen. Schließlich war dies einmal ihre Idee gewesen, obwohl ich natürlich ebenfalls daran gedacht hatte, den Kontakt zu Klorathy aufrechtzuerhalten. Daß dies bisher zu nichts geführt hatte, zumindest dem Anschein nach, bedeutete nicht, daß wir daraus nicht doch einmal Nutzen ziehen konnten. Mein Vorschlag stieß nicht auf große Begeisterung, doch ich hatte mich daran gewöhnt, unter den Fünf die Außenseiterin zu sein, die mit den allgemeinen Denknormen nie ganz konform ging. Sie kritisierten mich deshalb nicht; man betrachtete es als meine Rolle, als meine Funktion. Auch jetzt rieten sie mir nicht ausgesprochen ab, gaben nur zu bedenken, wenn Canopus die eigenen Probleme nicht lösen könne, sei es unwahrscheinlich, daß es etwas zur Lösung unserer Probleme beitragen werde. Das entsprach damals der offiziellen Einstellung. Die aufblühenden Planeten von Canopus, die Geschäftigkeit auf seinen Handelsrouten, sein Unternehmungsgeist und sein Fleiß – in alldem sahen wir nur »Oberflächlichkeit und einen Mangel an empirischem und existentiellem Bewußtsein«. Ich zitiere eine wissenschaftliche Zeitschrift aus dieser Zeit.

Klorathy lud mich ein, ihn auf ihrem Planeten 11 zu treffen. Zunächst war ich dankbar, denn ich hatte diesen Planeten schon lange einmal besuchen wollen. Wir hatten gehört, er sei für Canopus »wichtig« und unterscheide sich von allen anderen Planeten ihres und auch unseres Reiches. Doch dann erwachte mein Mißtrauen: Warum Planet 11 und nicht Planet 10? Sicher weil Klorathy glaubte, ich bemühe mich immer noch um seine Riesen!

Ihre Planeten 10 und 11 waren Nachbarn, das heißt, Planeten derselben Sonne. Ich dachte sogar daran, auf Planet 10 mit der Entschuldigung technischer Schwierigkeiten zu landen, entschloß mich aber doch weiterzufliegen. Auf dem Planeten 11 sah ich bei meiner Ankunft eine Gruppe Riesen, die vom Flughafen zu einem Luftkissenfahrzeug gingen. Ich ermahnte mich, nicht bei jeder Gelegenheit mißtrauisch zu werden, überlegte aber trotzdem, ob Klorathy beabsichtigte, daß ich die Riesen hier bei der Arbeit und beschäftigt erlebte, und so seine Weigerung zu erkennen gab. Inzwischen saß ich ebenfalls in einem Luftkissenfahrzeug.

Durch die Fenster sah ich nur eine flache, eintönige graue Landschaft unter einem grauen Himmel, an dem eine große, blasse Sonne hing. Während ich sie noch betrachtete, verschwand sie, und eine rötliche Scheibe erschien am gegenüberliegenden Horizont. Einen Augenblick später tauchte ganz in ihrer Nähe eine kleinere, giftiggrüne Scheibe auf. Die beiden bewegten sich mit großer Geschwindigkeit über den gespensti-

schen Himmel und gaben mir das Gefühl, mich schnell im Kreis zu drehen. Bei ihrem Anblick wurde mir schwindlig; deshalb las ich die Informationstafel an der Kabinenwand.
Dort stand, dies sei ein heller Planet, habe zwei sich schnell bewegende Monde und auf der Nachtseite viele Sterne. Es gab keine Jahreszeiten, aber Zonen mit unterschiedlichen klimatischen Bedingungen. Das Wetter sei im allgemeinen warm und mild, nur an den Polen, die nicht besiedelt seien, herrsche extreme Kälte. Die Besucher wurden darauf aufmerksam gemacht, daß die meisten Langzeitbewohner wenig oder keine Kleidung trugen. Sie würden vermutlich mehr Schlaf als gewöhnlich brauchen; dies sei eine der üblichsten Reaktionen auf den schnellen Wechsel von Licht und Dunkelheit. Wahrscheinlich würde der Gast auch eine Weile keinen Appetit verspüren. Die Anpassung konnte einige Zeit in Anspruch nehmen; doch bei längerem Aufenthalt und besserer Kenntnis des Planeten würde...
Ich war geübt im Lesen solcher beruhigender Informationen und machte mich auf eine unangenehme Zeit gefaßt. Und ich schlief tatsächlich ein; als ich aufwachte, war es wieder Tag, und wir glitten immer noch durch eine graugrüne Landschaft unter einem grauen Himmel. Ich hielt nach etwas Ähnlichem wie den mathematischen Städten des alten Rohanda Ausschau: auf einem neuen Planeten rechnete ich immer damit, sie zu finden. Vielleicht waren sie für mich zu einer Art fixen Idee geworden. In meiner Vorstellung gehörten zum canopäischen Reich Planeten, auf denen es zahllose dieser märchenhaften, ungewöhnlichen Städte gab. Ich wußte, auf dem Mutterplaneten Canopus existierten sie nicht... *Aber warum nicht?* Eines Abends hatte ich Klorathy im Zeltlager der Wilden gefragt, wo ich solche Städte finden könnte, und er hatte geantwortet: »Zur Zeit nirgends.« Hier sah ich nichts als eintönige Gleichförmigkeit und in mehr oder weniger regelmäßigen Abständen schmucklose Gebäude, die wie Schuppen wirkten. Ich hielt sie für eine Art Vorratsspeicher. Dann entdeckte ich in ihrer Nähe ein paar Riesen und nahm flüchtig eine Art Wesen wahr, die ich keineswegs anziehend fand.

Ich hatte gerade begriffen, daß diese Unterkünfte alles waren, was ich auf diesem Planeten erwarten konnte, daß es vermutlich keine Städte gab, als das Luftkissenfahrzeug plötzlich vor einem solchen Gebäude anhielt; Klorathy kam heraus. Es handelte sich um ein einstöckiges Haus mit einem flachen Dach, inmitten von grobem, niedrigem graugrünen Gras. Eindeutig war das die charakteristische Vegetation des Planeten. Als ich das Haus betrat, wurde es bereits wieder dunkel.
Ich und Klorathy befanden uns allein in einem rechteckigen, weißgestrichenen Raum – eine Erleichterung nach den stumpfen Farben von Himmel und Landschaft. Lichtbänder an den Wänden sorgten automatisch für Beleuchtung, wenn es draußen dunkel wurde.
Da wir allein waren, stieg in mir sofort die Hoffnung auf, es würde sich ein echtes gegenseitiges Verständnis einstellen, wie ich es in einer wahren Partnerschaft erwarte. Meine geistige Verfassung verhinderte es: Ich blieb defensiv und kritisch; aber auch mein körperlicher Zustand erlaubte es nicht: Ich fühlte mich krank und leicht benommen.
In diesem Schuppen oder dieser Scheune standen ein paar niedrige Sitzgelegenheiten und ein Tisch. Tür und Fenster standen offen, aber es gab Rollos, die man zuziehen konnte. Klorathy sagte sofort: »Du schließt die Außenwelt besser nicht aus, sonst fällt dir die Umgewöhnung sehr schwer.«
Ich fand mich damit ab und setzte mich. Auf dem Tisch stand eine Mahlzeit. Klorathy erklärte, es würde mir bessergehen, sobald ich etwas gegessen hätte. Ich versuchte es, brachte aber keinen Bissen hinunter. Er aß, und ich sah ihm zu. Es war die übliche galaktische Kost.
Wir saßen uns gegenüber; nur der niedrige Tisch stand zwischen uns. Er lächelte und benahm sich ungezwungen, während ich mein bestes offizielles Verhalten an den Tag legte, denn das half mir, meine Fassung zu bewahren.
Ich erinnere mich noch, daß ich dachte, jemand, der es verstand, die Gegensätze zu genießen, die das Leben im Reich so häufig bot, hätte den Anblick von uns beiden pikant gefunden: Klorathy, der dunkelhäutige, starke, gutgebaute, kräftige

Mann und ich, die man üblicherweise – liebevoll und auch sonst – als »zartes kleines Ding« bezeichnet, mit gelben Locken und der je nachdem »schimmernden blassen« oder »ungesunden bleichen« Haut. Ein Großteil unserer Kunst (die mehr populären Formen) beschäftigt sich mit solchen Gegensätzen. Man findet sie immer wieder aufs neue unterhaltsam, besonders wenn sie die Phantasie erregen oder offen sexueller Natur sind. Ich nehme mich davon nicht aus! Aber in diesem Moment wollte ich nichts anderes, als mich hinlegen; und ich schlief auch tatsächlich plötzlich ein. Als ich aufwachte, sah ich durch die Fenster im vollen Licht des Planeten 11 Gegensätze, die weit größer waren als alles, was ich und Klorathy bieten konnten. Nicht weit entfernt gab es einen anderen Schuppen, und dort standen zwei Riesen. Sie waren doppelt so groß wie Klorathy und beinahe dreimal so groß wie ich. Der eine war völlig schwarz (seine Haut glänzte im blaßgelben Sonnenlicht), der andere schokoladenbraun, und beide waren praktisch nackt. Ich hatte die Riesen bisher nur bekleidet gesehen. (Bei den Konferenzen achtet jeder sehr darauf, unabhängig vom jeweiligen Klima, korrekt gekleidet zu sein, um bei solchen Anlässen so wenig wie möglich Anstoß zu erregen – denn sie bieten ohnedies genug Gelegenheiten, Kritik oder Verärgerung hervorzurufen.) Es waren prachtvolle Männer: Ich habe nie etwas Ähnliches gesehen. Sie standen inmitten einer Gruppe von Geschöpfen, die halb so groß waren wie sie und wie zarte, blasse Insekten wirkten – zumindest machten sie auf mich diesen Eindruck.

Noch während ich sie beobachtete, verschluckte die Dunkelheit alles. Beinahe gleichzeitig gingen die beiden Monde auf, der große und der kleine, und tauchten das Land in ein grelles gelbes Licht. Die Monde schienen jetzt andere Farben zu haben. Mit einem Gefühl der Erschöpfung schlief ich wieder ein. Als ich erwachte, war es hell. Klorathy stand draußen und sprach mit einer Gruppe »Insekten«. Im wesentlichen unterschieden sie sich körperlich nicht allzusehr von dem, was in unserer Galaxis üblich ist.

Eigentlich waren sie gar nicht so klein – sogar größer als ich. Sie wirkten nur so, daß sie extrem dünne und zarte silbriggraue Körper hatten, die den Anschein erweckten, sie seien durchsichtig. Auf ihren runden Köpfen wuchsen keine Haare. Jede Hand – und ihre Hände zogen sofort die Aufmerksamkeit auf sich – hatten zehn, sehr lange, nagellose Finger. Es entstand der Eindruck von Tentakeln, die immer in Bewegung waren. Sie besaßen drei ziemlich runde, leuchtendgrüne Augen mit senkrechten schwarzen Pupillen. Inmitten ihrer flachen Gesichter waren die Nasen angeordnet. Es waren einfach Löcher. Manchmal hatten sie drei, vier oder noch mehr, aber keinen Mund.

Ich war froh, sie aus einiger Entfernung beobachten zu können, und freute mich darüber, daß Klorathy nicht bei mir war. Ich kann bis heute meine instinktive Abneigung gegen diese Geschöpfe nicht überwinden, die sich von meiner Art unterscheiden. Das stand mir als Kolonialbeamtin immer am meisten im Weg. Meine Versuche, diese Schwäche zu überwinden, haben mich mehr Anstrengung gekostet als alles andere – etwa das Erlernen von Sprachen und Dialekten oder die Notwendigkeit, mich zu akklimatisieren. (Wie zum Beispiel hier in der Kolonie 11 an die schnelle Rotation, die man förmlich spüren konnte, und an den abrupten Lichtwechsel.)

Meine Aversion hinderte mich aber nicht daran zu beobachten, daß Klorathys Lippen sich bewegten und er sich offenbar angeregt mit ihnen unterhielt. Ich konnte nicht entdecken, wie *sie* ohne Mund sprachen. Nach einer Weile traten die beiden Riesen wieder zu der Gruppe, und Klorathy kam zu mir herein.

Ich konnte kein Anzeichen von Widerwillen an ihm entdecken.

Wortlos zog er die niedrigen Sitzpolster an ein Fenster. Dann saßen wir beide Seite an Seite und beobachteten die beiden Riesen und das »Insektenvolk«.

Während mir dieser wenig schmeichelhafte Name für diese Wesen durch den Kopf ging und ich die Tentakeln betrachtete, die Körper und Köpfe ständig zu umfließen schienen, sagte Klorathy: »Du irrst dich. Sie sind mit Ausnahme eines einzigen höher entwickelt als alle unsere Völker.«

»Höher als die Riesen?« Ich konnte nicht verhindern, daß es sarkastisch klang, denn der Gegensatz zwischen den edlen und schönen schwarzen Männern und den »Insekten« war so groß.
»Sie ergänzen einander«, erhielt ich als Antwort.
Er sah mich an. Dabei beugte er sich vor, und ich spürte die ganze Macht seiner bernsteinfarbenen Augen auf mir ruhen. Ich seufzte unwillkürlich – aus Ungeduld, aber auch aus Müdigkeit. Die Atmosphäre erschöpfte mich. Aber es lag nicht an der chemischen Zusammensetzung, obwohl ich an etwas mehr Sauerstoff gewöhnt war. Plötzlich war die Sonne verschwunden, und ein Mond erschien am Himmel – diesmal leuchtete er blutig-orange. Dann ging der kleine Mond in einer Art grünlichen Farbe auf, und die Szene vor uns, das niedrige graue Gras, die beiden mächtigen schwarzen Riesen und die Gruppe der anderen Wesen wurde in ein schreckliches rotes Licht getaucht. Die Riesen schienen aus Blut zu sein, und die Umrisse der »Insekten« verschwanden. Ich sah nur noch eine Masse wogender Tentakeln. Ich stand unvermittelt auf und drehte dem Fenster den Rücken zu.
»Ich glaube, die Kolonie 11 ist nichts für mich«, sagte ich. Es sollte belustigt klingen.
Klorathy schwieg, und ich fragte: »Und wie geht es dir?«
»Ich verbringe viel Zeit hier.«
»Weshalb?«
»Dieser Planet ist zur Zeit für unsere Bedürfnisse sehr wichtig.«
Ich begriff, diese Antwort war wesentlich und enthielt die Informationen, die ich wollte und um die ich mich bemüht hatte. Doch ich fühlte mich krank und entmutigt. Mich beherrschte der Gedanke, daß es an der Zeit sei, den Dienst zu quittieren, wenn es mir nach so vielen Zeitaltern immer noch nicht gelang, eine instinktive Reaktion auf physisch andersartige Geschöpfe zu kontrollieren!
»Es liegt nicht an dem physischen Unterschied«, sagte Klorathy.
»Nein? Ich vermute, sie sprechen mit ihren Tentakeln.«

»Nein. Ihre Tentakeln sind Sensoren. Damit registrieren sie die Veränderungen in der Atmosphäre.«

»Und vermutlich verständigen sie sich durch Telepathie.«

In unserem ganzen Reich gab es keine Rassen mit telepathischen Fähigkeiten. Doch wir hatten von solchen Wesen gehört und glaubten, daß es im Herrschaftsbereich von Canopus mehrere gab. Ich war wieder sarkastisch, doch Klorathy erwiderte: »Ja, sie verständigen sich durch Telepathie. Die Riesen sprechen wie du und ich, die anderen auf ihre Weise. Die beiden Arten kommen gut miteinander aus.«

»Sie haben keinen Mund.« Ich konnte ein Schaudern nicht unterdrücken.

»Ist dir hier nicht etwas ziemlich Einmaliges aufgefallen?«

»Nein, ich weiß nur, daß ich mich hier sehr krank fühle und abreisen werde.«

Ich sah wieder hinaus. Die Monde standen am Himmel, aber auch die Sonne. Im Sonnenlicht wirkten die Monde am grauen Himmel schwach grün und gelb. Ein Ring leuchtender Gase umgab sie.

»Warte noch eine Weile.«

»Hier gibt es keine Städte... weder kleine noch große.«

»Und hier wachsen keine eßbaren Pflanzen. Ist dir das nicht aufgefallen?«

»Aha! Die Riesen haben das Essen aufgegeben!«

»Nein, wir bringen genug Nahrung für sie hierher. Aber die Menschen hier essen nichts.«

»Sie leben von der Luft«, stellte ich sarkastisch fest.

»So ist es. Ihre Tentakeln untersuchen die Luft auf ihre Bestandteile, und sie atmen das ein, was im Moment zur Verfügung steht.«

Ich verarbeitete diese Information. Sie bestürzte mich und ließ mich frösteln. Ich lebe nicht, um zu essen, wie man bei uns sagt. Aber es ist nicht leicht, sich ein Leben ohne Mahlzeiten vorzustellen.

»Und die Riesen unterrichten sie wie die Affen auf Rohanda?«

»Nein, ich habe es dir schon gesagt«, erwiderte er freundlich,

»sie bringen einander ins Gleichgewicht. Zusammen sind sie ein Ganzes.«

»In Relation zu was?«

Noch während ich sprach, erkannte ich, daß ich eine echte Frage stellte. Auf diese Frage hatte Klorathy gewartet. Er antwortete, ohne zu zögern: »In Relation zum Notwendigen.«

In meiner Enttäuschung brauste ich auf. »Notwendigkeit, Notwendigkeit, Notwendigkeit! Du sprichst immer von Notwendigkeit. Um welche Notwendigkeit geht es?«

Er antwortete nicht. Während ich mit der Notwendigkeit kämpfte, die richtige Frage zu stellen, schlief ich wieder ein, und als ich aufwachte, waren die Monde der Kolonie 11 nicht mehr zu sehen. Es gab jedoch viele leuchtende Sterne. Ich stand am Fenster und blickte in die Nacht hinaus. Ich fühlte mich beruhigt und getröstet. Aber nicht lange, denn bald tauchte der größere Mond auf. Er verbreitete ein grünes, metallisches, äußerst unangenehmes Licht. Ich beschloß, auf der Stelle abzureisen. Klorathy konnte ich nirgends entdecken.

Auf dem Tisch lag ein großer weißer Notizblock. Klorathy hatte mir folgende Nachricht hinterlassen: »Die genaue Disposition der Zweckmäßigkeit dieses Planeten in Hinblick auf die Notwendigkeit wird sich in zwanzig Canopustagen ändern. Wenn du dich in der Lage fühlst, solange hierzubleiben, solltest du es meiner Ansicht nach tun. Wenn es dir lieber ist, kannst du mich auf Shikasta, bzw. Rohanda, wenn du darauf bestehst, treffen. Ich schlage die Stadt Koshi vor. Die Stadt liegt an der östlichen Seite der zentralen Landmasse. Ich habe angeordnet, daß dich das Luftkissenfahrzeug zum Raumflughafen bringt.«

Das Fahrzeug wartete. Ich stieg ein, schloß die Augen, um nichts mehr von diesem abscheulichen Planeten zu sehen, und verließ ihn glücklicherweise, ehe wieder eine dieser gespenstischen und immer unterschiedlichen Nächte anbrach.

Zwanzig Canopustage sind ein Siriusjahr. Ich erledigte einige andere Aufgaben und machte mich auf den Weg nach Rohanda.

Koshi

Rechtzeitig vor meiner Abreise kamen Instruktionen von Canopus – »wir erlauben uns vorzuschlagen« –; sie enthielten vieles, was mich nachdenklich machte. Erstens gab es eine Veränderung der Schutzpraktiken oder Rituale. Es handelte sich um eine drastische Veränderung. Sie war größer als irgendeine vorausgegangene. Inzwischen hielt ich es für selbstverständlich, daß sich gewisse grundsätzliche Dinge nicht änderten – sich auch gar nicht ändern konnten, wie ich dachte –, aber jetzt war alles anders. Ich erspare mir, diese Praktiken im einzelnen zu beschreiben, die sich später immer und immer wieder ändern sollten. Doch Canopus betonte, sie seien von Bedeutung; ihre genaue und richtige Ausführung ist lebenswichtig; ich soll nicht in Versuchung geraten, sie zu verändern, und zwar aus keinem Grund, auch nicht auf Geheiß irgendeiner Person, ganz gleichgültig, mit welchen scheinbaren Legitimationen er oder sie sich ausweisen. Ich unterstreiche, was unterstrichen war. Man übergab mir bestimmte Gegenstände. Zweitens: Ich durfte nicht vergessen, daß der Planet, *soweit es sich beurteilen ließ*, unter der Herrschaft von Shammat stand. Ich mußte sehr vorsichtig sein: Das galt ganz besonders für die Städte im östlichen Teil der zentralen Landmasse, und Koshi war nicht besser als die anderen. Drittens: Ich mußte daran denken, daß es auf dem Planeten Jahreszeiten gab, seit die Achse sich in einer Schräglage befand – Canopus glaubte, auch auf einem unserer Planeten gebe es Jahreszeiten –, dies hatte natürlich den allgemeinen Charakter von Rohanda sehr stark beeinflußt, der seit der Katastrophe – das Versagen der Schleuse – ohnehin bereits völlig pervertiert war. Viertens: Die Bevölkerung setzte sich im wesentlichen aus einer Kreuzung der Riesen und der Eingeborenen zusammen mit gewollten und ungewollten Beimischungen anderer Gene. (Ich fragte mich, ob dies eine Anspielung auf meine Fehler war.) Diese Mischlinge waren zwar körperlich sehr vital, doch psychologisch beeinflußte sie eine drastische Verkürzung der allgemeinen Lebensdauer und der daraus resultierenden Diskrepanz zwischen der tatsächlichen und der er-

warteten Lebensdauer. Fünftens: Ich sollte daran denken, ein Symptom des allgemeinen Niedergangs und der Entartung war, daß man den Frauen die Gleichberechtigung und ihre Würde absprach. Ich könne Koshi zwar als Reisende betreten, ohne allzugroße Aufmerksamkeit zu erregen, doch dort müsse ich mir mit größtmöglicher Sorgfalt meine Rolle überlegen...
Es gab noch sehr viel mehr Vorschriften. Ich machte einen Umweg über unseren Planeten 13, auf dem es klimatische Zyklen gab. Wie kam es, daß Canopus soviel über uns wußte? Wieder geriet ich in Versuchung, das einem perfekten Spionagesystem zuzuschreiben, das mit technischen Hilfsmitteln arbeitete, die über alles hinausgingen, was wir uns vorstellen konnten. Die Unzulänglichkeiten von Planet 13 waren das Ergebnis einer draufgängerischen und nach meiner Meinung nach verantwortungslosen Phase in der Frühzeit unseres Reiches. Den weitsichtigeren Kräften im Kolonialdienst gelang es damals nicht, den Entschluß zu verhindern, einen Planeten, der damals mit einigen anderen um einen riesigen gasförmigen Planeten kreiste, aus seiner Position zu schleudern und in eine neue Umlaufbahn um den Planeten 13, einem reichen und fruchtbaren Planeten, zu bringen. So konnte man sich die natürlichen Reichtümer – Wasser und Nahrungsmittel – zunutze machen, um die Unfruchtbarkeit des anderen Planeten auszugleichen. Auf dieser überaus trostlosen kleinen Welt gab es nämlich alle erdenklichen Bodenschätze. Es ging nicht darum, daß ich – und meine Fraktion – gegen eine Ausbeutung dieser reichen Mineralvorkommen gewesen wäre. Doch wir waren nicht bereit, soweit zu gehen und solche Risiken auf uns zu nehmen wie diese Hitzköpfe. Ich behaupte immer noch, daß *wir* recht hatten. Sie behaupten das gleiche von sich... Die Aktion verlief erfolgreich. Der Planet 14 gelangte in seine neue Umlaufbahn, wurde zum Satellitenplaneten eines anderen Planeten, doch seine »Anziehungskraft« löste auf dem Planeten 13 alle möglichen Katastrophen und verheerende Umwälzungen aus. Er geriet aus dem Gleichgewicht und seine Achse in eine Schräglage. Es lebten verschiedene Tierarten – keine von ihnen attraktiv – auf 13. Ich habe aber immer die Politik vertreten und mich

dafür eingesetzt, daß man eingeborenen Rassen so wenig wie möglich Schaden zufügen soll. Der Umbruch auf 13 löschte Millionen Lebewesen aus und veränderte die Wachstumsbedingungen und die Lebensabläufe – ich stelle fest, daß ich wie Klorathy rede, als er die grauenhaften Umwälzungen auf Rohanda als die »Ereignisse« abtat. Die verhängnisvollen Auswirkungen auf 13 lieferten uns genügend Beweise für die Richtigkeit *unserer* Politik. Doch es läßt sich nicht leugnen, daß 14 seit dieser Zeit genug Mineralien liefert, um das ganze Reich damit zu versorgen.

Während meines Aufenthaltes auf 13 wollte ich nur die Wirkungen ständiger, oft drastischer klimatischer Veränderungen – manchmal den Wechsel von extremer Hitze zu extremer Kälte – studieren. Der Bericht über meinen Aufenthalt, der anders und dramatischer verlief, als ich erwartete, ist in den Archiven zu finden. Er trägt den Titel »Unter einem strafenden Mond«.

Es genügt, an dieser Stelle festzustellen, daß ich alles Notwendige über diese ständigen Klimawechsel kennenlernte.

Als ich das vorgesehene Ziel auf Rohanda erreichte und auf das Land hinunterblickte, dachte ich daran, daß ich hier irgendwo während der »Ereignisse« in den Schneestürmen und Wolkenbrüchen herumgestoßen und durch die Luft gewirbelt worden war – unter mir mußte sich die Bergspitze befinden, auf der ich mich in meiner Raumkapsel ausgeruht, wo ich die fliehenden Tierherden gesehen und ihr verzweifeltes Brüllen gehört hatte. Nun lagen unter mir ein Dutzend großer Städte über eine gewaltige Ebene verstreut. Das Gras färbte sie grün; wo Wälder standen, war das Grün noch intensiver. Aber in den Grasflächen zeigten sich Braun- und Ockertöne – und ich erkannte mit einem Blick, daß das Land drohte, zu einer Wüste zu werden. Ich konnte sehen, die Städte waren dazu verurteilt, unter Sand begraben zu werden. Ich habe das oft genug auf einigen unserer Planeten erlebt, ehe wir die erfahrenen Administratoren wurden, die wir heute sind. Während ich dort in meinem Raumschiff schwebte, drängte es mich, einfach zu landen, die entsprechenden Anweisungen zu geben, zu sehen, wie sie ausgeführt wurden – und mich dann darüber freuen zu können, daß diese Städte, die aus der Höhe durchaus intakt zu sein schienen, weiterleben und sich entwickeln würden. Das Wissen, das ich nichts dergleichen tun konnte, vermittelte mir das höchst seltsame Gefühl der Hilflosigkeit und Frustration. Ich mußte mein Wissen für mich behalten und konnte meine langen Erfahrungen nicht anwenden. Es geschieht sehr selten, daß jemand, der in seinem Beruf und seinem Leben so gefestigt ist wie ich (mit Aufgabenbereichen, Freunden und Bekannten, mit Nachkommen und mit so vielfältiger Erfahrung, die nur darauf wartet, eingesetzt zu werden), plötzlich von einem Gefühl der Sinnlosigkeit, der Nutzlosigkeit heimgesucht wird... und solche Gefühle setzen einem augenblicklich und unvermeidlich mehr zu, denn sie gehen über das individuelle Gefühl der Nutzlosigkeit hinaus. Wieder quälten mich – wie schon einmal, als ich über Rohanda schwebte, allerdings über einer völlig anderen Szenerie – existentielle Zweifel. Es ist nicht möglich, sich gegen solche Gefühle zu wappnen.

Doch ich schob sie beiseite und wies die Besatzung an, über Koshi zu kreisen, aber so, daß wir durch die hohe Geschwindigkeit des Raumschiffs unsichtbar wurden.

Ich verschaffe mir immer gerne auf diese Weise einen Eindruck von einer Stadt, ehe ich sie betrete. Man erhält dabei oft mit einem Blick Aufschluß über ihren Zustand und ihre Zukunft.

Zuerst fiel mir auf, daß die Stadt in letzter Zeit gewachsen sein mußte. Weitläufige Vororte mit weißen, leuchtenden Villen und Gärten breiteten sich im Westen der Stadt aus. Sie nahmen mehr Platz ein als die alte Stadt; hier standen dichtgedrängt erdfarbige Gebäude, über die sich hohe kegelförmige Türme erhoben. In anderen Worten, es herrschte ein starkes Gefälle zwischen arm und reich – für mein Gefühl ein *sträfliches* Gefälle. Die westlichen Vororte lagen inmitten von Ziergärten. Die Marktgärten befanden sich im Süden der Stadt. Die schmutzfarbenen Behausungen der Armen endeten im Osten in einer trostlos wirkenden Halbwüste. Die große Stadt auf der Anhöhe besaß beinahe keine Vegetation mehr. Die weiten braunen und gelben Flächen, die sie umgaben, wurden nur manchmal von grünen Flecken unterbrochen. Aber über den vielen Straßen und Wegen, die aus allen Richtungen in die Stadt führten, hingen dichte Staubwolken. Mehr mußte ich nicht wissen. Ich gab Anweisung, mich am Rand einer, wie wir sehen konnten, kaum benutzten Straße abzusetzen.

Als ich dort stand, erlebte ich das übliche Hochgefühl, als das Raumschiff wie eine Seifenblase verschwand und ich, allein auf mich gestellt, zurückblieb. Außerdem befand ich mich auf Rohanda, einem Planeten, zu dem ich mich, ob ich wollte oder nicht, hingezogen fühlte. Ich bemerkte bereits Anzeichen für die »Jahreszeiten«, die jetzt zu Rohanda gehörten. Ein scharfer, kalter Wind blies mir in den Rücken. Er kam aus Norden von den Eis- und Schneefeldern am Pol, die jetzt soviel größer waren als früher. Die Kälte würde in Kürze zunehmen, denn vor mir lag die Zeit im R-Jahr, in dem die nördliche Hemisphäre sich auf ihrer Kreisbahn von der Sonne entfernte. Ich freute mich darauf, das Herannahen eines »Winters« zu erleben. Das war etwas Neues für mich.

Ich sah niemanden auf der Straße, die ich für meine Landung gewählt hatte. Es handelte sich um eine ungepflasterte Nebenstraße – kaum mehr als ein Weg. Doch sie verlief gerade und hatte einen festen Unterbau. Wenn ich auf Koshi blickte, sah ich von den reichen Vororten nur die zahllosen Bäume, zwischen denen, wie ich wußte, die Häuser lagen. Der arme Teil der Stadt zog sich in einem Gewirr von unterschiedlichen Formen die Anhöhe hinauf, wie ich es noch nie gesehen hatte. Auf engstem Raum drängten sich einundzwanzig sehr hohe, schmale, kegelförmige Gebäude. Es wirkte, als hätten diese stumpfen, rötlichbraunen Bauten nur ein einziges Fundament. Sie erinnerten mich an die Hügel einer gewissen Ameisenart, die ich früher einmal auf dem Isolierten Südlichen Kontinent I gesehen habe. Aber selbst von hier sah ich bereits niedrige Bauten, als füllten zerfallene Ameisenhügel den wenigen Raum, der zwischen den Kegeln blieb. Nach meiner Schätzung hatten die hohen Gebäude zehn oder elf Stockwerke; ich überlegte, welche Gründe es für solche Gebäude geben konnte, wenn so

viel Platz zur Verfügung stand, wie eine Regierung sich nur wünschen konnte – es sei denn ein Grund: Hohe Gebäude, in denen viele Menschen leben, lassen sich leicht überwachen und kontrollieren! Mit diesen Gedanken beschäftigte ich mich, als ich, ohne zu zögern, auf die Stadt zuging und dabei nach anderen Reisenden Ausschau hielt, denn ich trug noch meine übliche sirianische Kleidung. Am Arm hing ein großes Stück Tuch, in das ich mich als Frau hüllen mußte, wie man mir gesagt hatte. Eine Gruppe von Leuten näherte sich mir. Ich zog den schwarzen Mantel so über mich, daß nur die Augen frei blieben. Es waren nur Männer – das fiel mir als erstes auf. Ich hielt sie für Händler. Die unterschiedlichsten Erbmassen zeigten sich in ihnen. Ich glaubte, die hohen gewölbten Backenknochen und die weit auseinanderstehenden Augen der Riesen in ihnen ebenso zu sehen wie den kräftigen Körperbau der Eingeborenen. Aber diese Gruppe von etwa zwanzig Männern stellte eine recht ungewöhnliche Mischung unterschiedlicher Hautfarben, grauen und grünen Augen dar, auch die vertrauten braunen Augen fehlten nicht. Sie trugen weite Hosen unter lockeren, aber gegürteten kurzen Gewändern. Ich hatte Varianten dieser Bekleidung an so vielen Orten und so oft gesehen, daß ich erriet, sie gehörten nicht zur Oberklasse, die überall in der Galaxis mit bemerkenswerter Regelmäßigkeit Gewänder trägt, die sich nicht für körperliche Arbeit eignen und keine freien und ungezwungenen Bewegungen erlauben. Die galaktischen Eigenheiten weichen nirgends sehr voneinander ab. Doch noch während ich das dachte, fielen mir die Gewänder der Canopäer ein, die diese Regel durchbrachen.
Auf dieser Seite der Stadt gab es keine Gärten. Armselige Hütten und Behausungen säumten jetzt die Straße oder den Weg. Sie bestanden meist aus Brettern. Scharen von Leuten waren unterwegs. Niemand schien mich überhaupt zu bemerken; niemand begrüßte mich oder schien zu erwarten, daß ich grüßte. Doch wie die Gruppe reisender Männer unterzogen sie mich einer genauen und kritischen Prüfung. Offensichtlich waren ihre Augen darin geübt, mit einem einzigen, kurzen Blick sich sehr viele Informationen zu verschaffen. Ich wußte, die Be-

wohner dieser Stadt hatten Angst! Ich verglich das, was ich sah, mit Besuchen auf unseren kolonisierten Planeten, auf denen unsere Herrschaft zu streng geworden war, und man die örtlichen Dienststellen in ihre Grenzen verweisen mußte.
Das Gewirr armseliger Behausungen, die Menge ärmlich gekleideter Menschen, die – wie ich sehen konnte – unterernährten Kinder und die Ansammlung von Hunden (ich mußte mich gegen die Versuchung wehren, stehenzubleiben und sie mir zu betrachten, denn auf keinem unserer Planeten hatten wir eine ähnliche Art zu Haustieren gemacht) – all das endete unvermittelt, als ich das erste der sehr hohen, runden Gebäude erreichte. Es ragte über mir in den blauen Himmel mit den weißen Wolken, nach dem ich mich so lange gesehnt hatte. Aber das Gefühl der Vertrautheit stellte sich hier nicht ein. Alles hatte den unangenehmen, durchdringenden Beigeschmack des Fremden, des anderen. Das traf mich heftig und rief in mir Gefühle wach, mit denen ich gerechnet hatte: Gefühlsschwankungen sind Begleiterscheinungen der *Jahreszeiten* – so hatte Klorathy mich in seinem kurzen Bericht gewarnt. Als ich mich umdrehte, sah, wie die Sonne schnell unterging, und hörte, wie die kalten Winde durch die armseligen Hütten fegten, überkam mich eine Melancholie, die mir gar nicht gefiel. Ich schüttelte sie ab und stürzte mich in die Menge. Es waren beinahe alles Männer. Bei den Gestalten, die ebenso verhüllt waren wie ich, handelte es sich vermutlich um Frauen. Selbst die weiblichen Kinder wurden bereits im frühen Alter in diese häßlichen schwarzen Umhänge gesteckt. Mir war bewußt, daß ich *Empörung* empfand – mir schien das ein schlechtes Zeichen zu sein, ein höchst bedauerliches Zeichen von Unausgeglichenheit.
Ich ging jetzt durch gewundene Straßen und Gassen. Überall drängten sich die Menschen. Es gab offene Geschäfte und Verkaufsbuden, Eßlokale und soviel Lärm, daß ich mich ganz benommen fühlte. Der schweigende Raum, aus dem ich kam, hatte mich schlecht auf diesen lärmenden, manchmal schreienden und streitenden Mob vorbereitet. Nun sah ich auch *un*verhüllte Frauen. Sie waren alles andere als verhüllt, sondern beinahe nackt, geschminkt, mit Schmuck behängt, und boten sich

offen zum Sex an. Die Degeneration war schlimmer, als ich mir das vorgestellt hatte. Aber natürlich ist sie überall ein Ergebnis der Armut, wenn sie durch Gesetzgebung nicht sehr unter Kontrolle gehalten wird... Ich stellte fest, daß ich mich ziellos in der Menge bewegte, von ihrem Druck vorwärts geschoben wurde. Ich betrachtete alles, blieb stehen, wenn es mir gelang, meinen Platz in der Menge zu behaupten. Ich benahm mich in allem wie eine Fremde. Im nächsten Moment stellte ich fest, daß ein Mann mir den Weg versperrte. Er stand breitbeinig vor mir und beabsichtigte offensichtlich, mich nicht weitergehen zu lassen. Er starrte mir durch den schmalen Schlitz in dem schwarzen Gewand geradewegs in die Augen. Ich empfand den Mann als unangenehm. Genauer gesagt, ich spürte, daß er etwas an sich hatte, daß über das Fremde oder mir Unverständliche hinausging. Er war für die Verhältnisse von Rohanda durchschnittlich groß, ein paar Spannen größer als ich, breit und kräftig. Seine graue, beinahe grüne Haut wirkte glatt und kühl wie Stein. Er hatte unergründliche, längliche Augen und keine Augenbrauen. Soweit ich sehen konnte, hatte er auch keine Haare, denn er trug eine viereckige Mütze aus einem weichen, kostbar wirkenden Material, die mit vielen bunten Steinen besetzt war. Sein gerader Mund war nur ein schmaler Spalt und reichte ihm fast bis zu den Ohren. Er trug einen weiten, dicken Pelzmantel. Er stemmte die Arme in die Seiten; sie wirkten auf mich wie ein Gitter oder eine Barriere. Er starrte mich immer eindringlicher an, ohne mit den grünlichen Augen auch nur einmal zu zwinkern. Ich erkannte, daß er versuchte, mich zu hypnotisieren und wappnete mich dagegen. Aber ich stellte auch noch etwas anderes fest. Er trug schwere goldene Ohrringe einer bestimmten Form.

Unter den Gegenständen, die ich von Klorathy mit der Anweisung erhalten hatte, sie als Schutz zu benutzen, befanden sich genau solche Ohrringe – doch ich durfte sie nur zu bestimmten Zeiten tragen und nur in Verbindung mit bestimmten Übungen.

Zu den Gegenständen, die auf diese Weise benutzt wurden, hatten sie schon immer gehört – und das würde auch so bleiben.

Man kann kaum sagen, daß Ohrschmuck etwas Seltenes ist. Doch ich war schon lange zu dem Schluß gekommen, daß das Tragen von Ohrringen auf diese Weise entstanden war – und deshalb bestimmte Risiken in sich bergen mußte.

Unter meinem Umhang in einem Beutel hatte ich genau die gleichen Ohrringe zusammen mit anderen vorgeschriebenen Gegenständen. Ich überlegte bereits, wie ich sie vor diesem Bösewicht – denn inzwischen wußte ich, daß er das war – verbergen konnte, falls er mich gefangennehmen würde, oder sich in der Position befand, mich durchsuchen zu können. Aber plötzlich erklärte er: »Nun gut! Ich werde dich nicht vergessen!«, drehte sich um und verschwand in der Menge. Er hatte das in einfachem Canopäisch, nicht in Sirianisch gesagt... diese Begegnung gab mir sehr zu denken. Ich zog mich in einen Toreingang zurück und überlegte, wie ich weiter vorgehen sollte. Das Hochgefühl, das sich einstellt, wenn man in einer fremden Umgebung auf seinen Verstand angewiesen ist, hielt an. Doch ich wußte, ich mußte mich schnell in Sicherheit bringen. Meine Instruktionen lauteten, mich zur Spitze des dritten Turms zu begeben. Aber die Türme standen alle dicht beisammen! Unter keinen Umständen wollte ich mein schlechtes Canopäisch und schon gar nicht mein Sirianisch anwenden, um mich durchzufragen. Ich verließ den Toreingang und wanderte wieder durch die stinkende, lärmende Menge. Das Licht am Himmel schwand, und an den Straßenecken und vor den Eßlokalen flammten Fakkeln auf. Jetzt, nach Einbruch der Dunkelheit, als sie begannen, sich von der Tagesarbeit auszuruhen, sah ich noch deutlicher, wie unglücklich und bemitleidenswert diese Menschen waren. Überall sah ich betrunkene Männer, die miteinander kämpften; die Armut machte sie aggressiv; die entwürdigten Frauen, die sich offen verkauften, gaben hier den Ton an. Sie zogen sich mit ihren Kunden nicht weiter als bis zum nächsten Hauseingang oder unter einen Tisch zurück. So etwas hatte ich noch nie, noch nirgends erlebt. Und immer noch wußte ich nicht, wie ich den dritten Turm finden sollte. Ich versuchte mich an den Anblick der Stadt vom Raumschiff aus zu erinnern. Dabei war mir aufgefallen, daß die kegelförmigen Türme in einer gewissen Ordnung standen – sie bildeten in etwa zwei sich überschneidende Halbkreise. Das bedeutete, ich befand mich in der Nähe des dritten Turms am Ende des einen Halbkreises. Ich ging hinein; im Innern war es kühl und hell: Man benutzte hier für die Wände einen sehr feinen Putz, eine Art Keramik. Eine steile Wendeltreppe führte nach oben. Ich stieg hinauf und hinauf; dabei blickte ich immer wieder durch schmale, schlitzähnliche Wandöffnungen auf die Stadt unter mir. Die Hütten verschwanden, und die Vororte mit ihren Gärten kamen in Sicht. Zwischen den Bäumen schimmerten Lichter; im Halbdunkel wirkte alles sehr viel attraktiver. Es ging höher und höher; ich dachte, einen solchen Aufstieg würde ich an diesem Tag nicht noch einmal so mühelos bewältigen – als ich oben ankam, stand ich vor einer Türöffnung mit einem Vorhang aus dickem dunkelrotem Stoff. Daran hing ein Schreibtäfelchen aus Keramik, auf dem das eine sirianische Wort stand: Willkommen.

Ich schob den Vorhang beiseite und betrat einen großen, halbrunden Raum: Eine Wand aus dem feinen glänzenden Putz unterteilte die runde Turmspitze in zwei Räume. Niedrige Diwane, Tische und Sitzkissen gaben dem Zimmer eine angenehme, wohnliche Atmosphäre; nach einem ersten Blick sah ich – Klorathy. Doch es war nicht Klorathy.

Dieser Augenblick hat sich mir deutlich eingeprägt, und ich habe ihn bis heute nicht vergessen. Ich rufe mir die Szene zu einer nochmaligen Überprüfung oft ins Gedächtnis, weil ich daraus gelernt habe – und immer noch lerne.

Es ist nicht notwendig zu wiederholen, wie sehr mich Klorathy faszinierte und mit welcher Aufmerksamkeit ich alles verfolgte, was ihn betraf – was er sagte, wie er es sagte, und so weiter... Gleichgültig, wie oft ich mich über ihn geärgert hatte, mich zurückgewiesen und enttäuscht fühlte, ich wußte immer, wenn ich ihn und seine Art verstehen könnte, würde ich verstehen... nun ja, aber das war der springende Punkt! Diese Beschäftigung mit ihm war unvermeidlich mit seiner Person verbunden, mit seinem Aussehen, seiner Sprechweise, gewissen

Eigenarten. Unbewußt hielt ich das alles für *canopäisch*; ich brachte Klorathy mit einer höheren, für mich gegenwärtig nicht erreichbaren Lebensweise in Verbindung. Seine Persönlichkeit...

Doch der Mann vor mir war nicht Klorathy; er sah ihm sehr ähnlich, und das Lächeln und Nicken, mit dem er mich begrüßte, war mir vertraut.

»Ich bin Nasar«, erklärte er. »Klorathy hat mich von deinem Kommen unterrichtet und gebeten, dafür zu sorgen, daß es dir hier an nichts fehlt.«

Ich war sprachlos. Ich nahm an, er könne nicht wissen, weshalb, setzte mich bequem auf die niedrigen Kissen und trank von dem Wein, den er mir anbot.

Ich muß hier etwas unmißverständlich klarstellen: Ich empfand nicht nur die Verwirrung, die sich durch falsche und enttäuschte Erwartungen einstellt, sondern eine Art Enttäuschung. Etwas warnte mich sehr deutlich. Es hatte nichts mit Nasars *Aussehen* oder *Verhalten* zu tun – er behandelte mich höflich und zuvorkommend. Trotzdem durchzuckten mich Warnungen.

Ich unterdrückte sie!

Und zwar infolge meiner Ehrfurcht vor Canopus. Vor allem, was Canopus verkörperte.

Trotzdem bemerkten meine schließlich sehr geübten Augen alle möglichen Diskrepanzen – ich sah, was ich sehen sollte und schob alles andere beiseite.

Wenn ich die Szene wieder vor mir ablaufen lasse, um sie zu untersuchen, dann weiß ich, daß sie alles enthielt, was ich brauchte, um mich vor soviel Verwirrung und Bestürzung zu bewahren.

Auf dem Gesicht des Mannes erschien ganz kurz ein bestimmtes Lächeln – nur für den Bruchteil einer Sekunde – und daraus sprachen Leichtsinn... und Unbekümmertheit. Er lachte manchmal kurz auf – oft in keinem Zusammenhang mit dem, was er tat oder sagte. Es war ein kurzes Lachen, als sei er über sich selbst erstaunt, jedoch entschlossen, dazu zu stehen. In seiner Art Verhalten oder Benehmen lag etwas, das mir durch-

aus vertraut war, denn ich hatte mich oft damit auseinandersetzen müssen. Doch ich beschloß, es nicht zu benennen.
Soviel zu meinem Scharfblick – oder eher der Bereitschaft, entsprechende Schlußfolgerungen daraus zu ziehen.
Wir blieben nicht lange zusammen. Er erklärte, ich könne mir ein Stockwerk tiefer etwas Eßbares besorgen, denn dort befand sich das Lebensmittelgeschäft für das Gebäude. Dann öffnete er eine niedrige Tür, die in den zweiten Raum führte, der dem anderen glich. Hier konnte ich schlafen und wohnen. Er entschuldigte sich und wollte gehen.
Ich war zwar müde, aber trotzdem angeregt und hatte gehofft, mich länger mit ihm unterhalten zu können oder hinunter in die menschenerfüllten Straßen zu gehen. Nasar erklärte, ich müsse mich für eine Rolle entscheiden, die ich hier spielen wollte, ehe ich mich wieder hinauswagen durfte.
»An diesem bezaubernden Ort«, erklärte er, »gibt es für eine Frau drei Rollen. Entweder ist sie eine Hure. Oder die Ehefrau eines hohen Beamten, zumindest die eines Kaufmanns oder Händlers. Du kannst aber auch eine Dienerin oder Arbeiterfrau sein. Ich bin sicher, du entscheidest dich nicht für die erste Möglichkeit.« Er sagte das mit einem Lachen, das ich einfach nicht verstand. »Das zweite ist unmöglich, denn du bist hier ohne Paß und mußt dich verbergen. Deshalb kann ich nur vorschlagen, daß du dich als meine Dienerin ausgibst. Das steht völlig in Einklang mit den Sitten und Gebräuchen von Koshi. Hier kannst du tragen, was du willst; doch sobald jemand kommt, mußt du dich völlig verhüllen. Trotzdem solltest du die entsprechende Kleidung immer daruntertragen, für den Fall, daß man dich einmal durchsucht.« Mit einem Nicken wies er auf eine Truhe und ging. Ich fand darin einen einfachen blauen Rock, weite blaue Hosen und ein langes Obergewand. Nasar bekam ich mehrere Tage nicht mehr zu Gesicht.
Was hatte ich erwartet?
Mit Klorathy zusammenzusein. Ich hatte gehofft, er würde mich unterrichten, mir erklären... alles, was ich nicht selbst verstand, obwohl ich immer glaubte, kurz davor zu sein, es zu entdecken.

Ich ging nicht hinaus, sondern betrachtete die Stadt aus der Höhe und durch die Fenster in den vielen Stockwerken des Gebäudes. Im Lebensmittelladen unter mir erregte ich Aufmerksamkeit. Dort arbeiteten Frauen in der gleichen Kleidung, wie ich sie trug: ein kurzer Rock über der Hose und das weite Gewand. Um ihre Haare banden sie ein Tuch. Meine blonden Haare erweckten ihr Interesse: Ich müsse aus dem fernen Nordwesten kommen, sagten sie und äußerten die Vermutung, ich stamme von Überlebenden der »Ereignisse« ab, von denen sie als der »großen Strafe« sprachen. Einige Bewohner von Adalanta hatten irgendwie überlebt. Sie waren nach Osten gezogen und hatten an der Gründung dieser großen Städte in der fernöstlichen Ebene mitgewirkt. Sie standen im Ruf, schön und weise zu sein – sie wurden Priesterinnen und Schamaninnen. Und wenn irgendwo ein blondes oder blauäugiges Kind geboren wurde, sagte man: »Es ist ein Kind der versunkenen Inseln im großen Ozean im Westen.« Ich war keine echte Tochter von Adalantaland – ich war zu dünn, ich hatte keine üppigen Locken und keine meerblauen Augen. Aber meine Ohrringe, die ich an bestimmten Tagen zu bestimmten Stunden trug, verrieten meine wahre Herkunft; das wußten diese Frauen. Und sie erzählten jedermann, der Kaufmann im obersten Stockwerk habe als Dienerin eine Sklavin von der Nordwestküste. Ich wollte das nicht und verhüllte fortan auch meinen Kopf, damit man die »magischen« Ohrringe nicht sah. Ich versuchte, so wenig wie möglich aufzufallen und nahm jedesmal genug Lebensmittel mit in meine Wohnung, um nur selten dort unten auftauchen zu müssen, obwohl ich mich gerne mit diesen fröhlichen Sklavinnen unterhielt. Denn nichts anderes waren sie. Die Frauen dieser Kultur waren wirklich versklavt, denn sie waren sich dessen nicht einmal bewußt. Sie hatten nie in Frage gestellt, daß die Männer alle Macht besaßen, Gesetze erließen, entschieden, wer wen unter welchen Bedingungen heiratete, und über die Zukunft der Kinder bestimmten. Die Entmachtung der Frauen hatte vor so langer Zeit stattgefunden, daß die Frauen nicht einmal mehr etwas davon wußten.

Die Verehrung für das alte Adalantaland war ihre einzige Erinnerung daran, was Frauen tun und sein konnten. Aber das galt jetzt als »Magie« und »Zauberei«. Eine Frau konnte nicht mehr erreichen, als einen Mann in einer guten Position zu heiraten; darin bestand auch ihr größter Ehrgeiz. Oder sie konnte Söhne gebären, die es weit brachten. Ich hätte liebend gern die Verzerrungen und Entstellungen der weiblichen Sphäre untersucht, die diese Verdrängung aus ihrer wahren Funktion verursacht hatte. Ich wollte dies ausführlich tun, damit ich bei meiner Rückkehr einen Beitrag zu unseren Forschungen über Pervertierte Psychologie konnte. Aber es gab Wichtigeres.

Ich blieb für mich und zog mich an die Fenster zurück. Wenn ich nach Norden blickte, sah ich – so stellte ich mir jedenfalls vor – die Ausläufer der weißen Eiskappe; im Süden erhoben sich die hohen Berge, wo bereits Schnee lag. Es wurde von Tag zu Tag kälter. Um nicht zu frieren, hüllte ich mich in meinen schwarzen Mantel, saß dort viele Stunden lang und dachte über die Fragen nach, die ich stellen wollte... Klorathy? Also gut, dann eben Nasar.

Es gab gewisse, bestimmte Dinge, die ich wissen wollte. Mir schien es, als habe ich lange Zeitalter gebraucht, sie wissen zu wollen. Das Wollen hatte ein Bedürfnis genährt, das ich jetzt nicht länger beiseite schieben konnte.

Ich stellte mir vor, was geschehen würde, wie ich die Fragen formulieren, und wie sie beantwortet werden würden. Ich stellte mir auch vor, wie es wäre, wenn sie keine Antwort fänden, denn ich hatte mich darauf eingerichtet, mit Barrieren und Verzögerungen zu leben.

Eines Abends, nachdem ich lange an einem Fenster gesessen, über die reichen Vororte geblickt hatte und dabei überlegte, was für Menschen die Reichen und Mächtigen dieser Kultur wohl sein mochten... (ich konnte mir sogar ein – nicht ganz ungenaues – Bild von ihnen machen, denn ich hatte ihre Opfer und Untertanen in den Straßen gesehen; ich hatte sie von den Fenstern aus beobachtet und kannte die Frauen unten im Geschäft...), registrierte ich in mir die Melancholie und Traurigkeit, die diese Jahreszeit mit ihren kurzen Tagen mit sich brachte, in denen es so früh dunkel wurde, daß die Nacht länger dauerte als der Tag; ich wiederholte immer und immer wieder, was ich wissen wollte, damit ich vernünftige und gute Fragen stellen konnte – da kam Nasar ganz unerwartet herein. Er setzte sich auf eines der niedrigen Sitzpolster, öffnete eine Tüte mit Lebensmitteln, die er unten im Laden gekauft hatte, und begann schnell und auf eine Weise zu essen, wie ich es an Klorathy nicht kannte. Beiläufig warf er mir einen Brocken süßes Zeug zu und sagte: »Iß.« Dann wischte er sich rasch über den Mund, verschränkte die Hände hinter dem Kopf, lehnte sich zurück und starrte in den Himmel hinauf, den man durch die Fenster in der hohen Decke sehen konnte. Es war ein kühler Himmel, über den Wolken jagten. Ich war wieder völlig fassungslos, denn er ähnelte Klorathy so sehr.

Ich setzte mich langsam und begann mein Kreuzverhör mit der Frage: »Bist du mit Klorathy verwandt?«

Die Frage traf ihn unvorbereitet und rüttelte ihn auf. Er sah mir in die Augen und wandte mir seine Aufmerksamkeit zu.

»Nun, meine hübsche Dame«, sagte er und schwieg. Ich erinnere mich noch, daß er kurz die Augen schloß, seufzte und mit sich zu kämpfen schien. Dann sagte er mit veränderter, ruhiger Stimme, *zu* ruhig, denn es kostete ihn offensichtlich große Anstrengung, er sprach wie im Traum oder in Trance: »... Klorathy und ich... wir kommen vom selben Planeten. Wir sehen uns alle sehr ähnlich.« Wieder war da dieses kurze, nervöse Lachen, dann blickte er zur Seite, verzog das Gesicht zu einer schmerzlichen Grimasse und schüttelte den Kopf, wie um irgendwelche Gedanken zu verscheuchen. Dann sah er mich wieder an.

»Werde ich Klorathy diesmal sehen?«

»Ein Canopäer ist so gut wie der andere«, antwortete er, und es klang wie das Echo eines spöttischen Zitats.

»Du bist *nicht* wie Klorathy«, beharrte ich, und es überraschte mich selbst, daß ich das sagte. Und ich wußte, es klang keineswegs freundlich.

Er sah mich überrascht an und lachte – traurig, das hätte ich

schwören können. Dann erwiderte er freundlich: »Ja, du hast recht. In diesem Augenblick, in dieser Zeit bin ich in der Tat nicht im entferntesten wie Klorathy.«
Ich wußte nicht, was ich darauf sagen sollte.
»Ich möchte *jemandem* Fragen stellen...«, und das klang verzweifelt. Ich staunte über mich selbst – der Ton dieses Gesprächs oder Gedankenaustauschs unterschied sich von allem, was ich kannte. Ich, Ambien II, seit vielen Zeitaltern eine hohe Beamtin von Sirius mit den entsprechenden Funktionen und Pflichten, erkannte mich selbst nicht wieder.
Wie unbeholfen ich auch wirken mochte, so schien es doch, als ob ich ihn fesselte und von etwas anderem ablenkte. Ich konnte mir noch nicht eingestehen, daß er sich in einem schlechten, *eindeutig* falschen und schlimmen Zustand befand. Ich sagte mir, in diesem Moment sehe ich zumindest etwas von Klorathy in ihm.
»Frage, schöne Sirianerin.« Das gefiel mir nicht, doch es gelang mir, es zu übergehen – denn es klang irgendwie nur spöttisch.
»Also. Ich bin am ersten Abend einem Mann begegnet und mir mißfiel alles an ihm...« Ich beschrieb sein Aussehen und wartete.
»Du bist doch sicher in der Lage, dir diese Frage selbst zu beantworten. Wir leben hier unter der Herrschaft von Puttiora. Ich glaube, das hat man dir gesagt. Dieser Mann war einer von *ihnen*. Sie wissen alles, was hier geschieht... Wer in die Stadt kommt, und wer sie verläßt. Aber du hast ihre Prüfung bestanden.«
»Welche Prüfung?«
»Offensichtlich gehörst du zu Canopus und bist deshalb nicht belästigt worden.«
»Aber ich bin Sirianerin.«
»Sie sind sehr dumm.«
»Weshalb duldet ihr die Herrschaft von Puttiora?« fragte ich erregt, ungläubig und hitzig. »Warum?«
»Eine gute Frage, schöne Sirianerin. Warum? Das frage ich mich selbst jede Stunde und jeden Tag. Warum? Warum ertra-

gen wir diese widerlichen, stinkenden, verachtungswürdigen, schrecklichen...« Er stand auf. Ihm wurde buchstäblich übel, und er rang nach Luft. Er ging zum Fenster und beugte sich hinaus. Weit unten hörte ich den allabendlichen Lärm und sah die von Fackeln erleuchteten Straßen vor mir, die bedauernswerten Frauen, die sich feilboten, den Verkauf von Körpern, die Kämpfe, das Trinken.

Es entstand ein sehr langes Schweigen. An diesem Punkt hätte ich Dinge sagen können, die ich erst sehr viel später aussprach. Aber dies war *Canopus*, und deshalb... Als er sich umdrehte und mir sein gehetztes, gequältes Gesicht zuwandte, seufzte, lachte, den Kopf schüttelte, dann das Gesicht in den Händen vergrub, sich wieder auf die Polster warf und doch keinen Augenblick stilliegen konnte, sagte ich mir nur, er sei ein Mann, der Shammat verabscheue.

»Canopus hat einen sehr langen Atem, andere Perspektiven. Du mußt lernen, das zu verstehen«, sagte er schließlich.

»Auch Sirius hat einen langen Atem«, erwiderte ich mit Würde. Denn wenn ich etwas verstand, dann das... Reiche und Staatsgeschäfte... Doch er starrte mich nur an und lachte – er lachte, bis er auf den Rücken fiel und erschöpft zur Decke hinaufsah.

Mir kam der Gedanke, daß dieser Mann sich in den allergrößten Schwierigkeiten befand. Ich unterdrückte ihn.

»Also gut«, sagte ich, »aus Gründen der Langzeitentwicklung toleriert ihr Shammat, toleriert ihr Puttiora und laßt sie im Glauben, die Macht zu besitzen. Schön. Aber was tust *du* hier?«

»Auch das ist eine gute Frage, schöne Sirianerin.«

Ich entgegnete: »Du mußt mich nicht so anreden. Ich habe einen Namen. Aber das ist nicht weiter wichtig. Ich möchte wissen, *welche Funktion Canopus hat.* Welche Funktion hast du?«

Ich beugte mich vor, legte die Hände zusammen und verdrehte die Finger, bis sie knackten – ich habe sehr dünne und zarte Gliedmaßen und ziehe mir leicht Knochenbrüche zu. Ich preßte sie so fest, daß ich mir die Finger hätte brechen können. Ich lehnte mich zurück und entspannte mich.

Er beobachtete mich nachdenklich und respektvoll.
»Du hast recht, diese Frage zu stellen.«
»Aber du wirst sie nicht beantworten?«
Er richtete sich auf, beugte sich vor und sah mich ungläubig an.
»*Siehst* du nicht...« begann er, dann lehnte er sich wieder schweigend zurück.
»*Was* soll ich *sehen*?« Aber er gab keine Antwort. »Warum sprichst du nicht weiter? Weshalb gibst du mir nie eine Antwort? Warum erreiche ich jedesmal den entscheidenden Punkt, und du gibst mir keine Antwort?«
Er starrte mich von seinem Platz auf den Sitzpolstern an. Ich hätte schwören können, daß dieser kupfer- oder bronzefarbene Mann, dieser lächelnde, wachsame Mann mit den bronzenen Augen Klorathy war. *Aber er war es nicht.* Der Gegensatz war so klar und eindeutig, daß ich, ohne recht zu wissen, was ich tat, fragte. »Was ist los mit dir?«
Er lachte.
Selbst jetzt drang ich nicht weiter in ihn. Hätte ich es getan, er hätte mir geantwortet.
Er stand auf. Er gewann seine Fassung wieder und lächelte – oh, keineswegs wie Klorathy.
»Erstens... muß ich dir sagen...« Er brach ab und seufzte. Ich wußte, er würde es nicht sagen!
»Ich muß nun gehen«, erklärte er.
»Weshalb? Mußt du arbeiten? Man sagt, du bist ein Kaufmann.«
»Ich bin ein Kaufmann. Im Land von Shammat verhält man sich wie ein Shammat. Ich bin ebensowenig Kaufmann wie du meine Dienerin bist.« Er trat dicht vor mich, beugte sich vor, streckte die Hände aus und berührte meine Ohrringe. »Paß gut auf sie auf«, sagte er und fuhr zurück, als habe er sich bei der Berührung verbrannt.
»Wo sind deine Ohrringe?« fragte ich.
»Eine gute Frage. Sie hängen an den Ohrläppchen von Shammat. Sie wurden mir gestohlen, verstehst du. Genauer gesagt, ich war betrunken und gab sie Shammat... sehr schlecht«, sagte er, »nicht gut.«

Er lächelte auf eine Weise, daß ich es mit der Angst zu tun bekam und ging.

Jetzt wußte ich endlich, daß mit diesem Canopäer etwas ganz und gar nicht in Ordnung war. Mein Gedächtnis kam mir zu Hilfe und sagte mir: Dies ist ein korrumpierter oder unzufriedener oder rebellischer Beamter. Ich kannte das! Ich hatte damit schon hundertmal zu tun gehabt. Nasar war Canopus auf Abwegen.

Ich warf mir schnell den schwarzen Umhang über und stürzte die Treppe hinunter. Ich holte ihn auf halbem Weg ein und zwang ihn stehenzubleiben.

»Wohin gehst du?«

»Ich besuche meine Frau. Ich habe eine schöne Frau«, antwortete er. »Oh, sieh mich nicht so an! Nur jemand, der nichts versteht, kann so blicken...«, und er lief eilig die Stufen hinunter. Ich folgte ihm; die Alabasterwände im Treppenhaus warfen ihren schimmernden Glanz auf uns. Wir erreichten die dunkle Straße mit der gespenstischen Beleuchtung und den zahllosen schwitzenden, schreienden, verblendeten Menschen. Ich packte ihn und zwang ihn, sich umzudrehen. »Sei nicht albern«, sagte er, »glaubst du, wir werden nicht beobachtet?« Er riß sich los. Ich hörte nicht auf ihn und folgte. Er drehte sich noch einmal um und sagte leise und drängend: »Ich bin vielleicht verloren. Aber willst du das gleiche Schicksal erleben? Sei vorsichtig...« Und während wir dort standen, kamen zwei der grünlichgrauen Beamten mit den kalten Augen, die ich kannte, auf uns zu. Einer riß mir das Kopftuch ab und sah meine Ohrringe. Er streckte bereits die Hand aus, um sie mir abzureißen, während der andere Nasar den Arm auf den Rücken drehte. Plötzlich sagte Nasar: »Die Strafe von Canopus!«, und der Mann, der meine Ohrringe berührt hatte, fiel wie ein Stein zu Boden. Der andere rannte davon und verschwand in der Menge. Nasar sah mich mit seinen bernsteinfarbenen Augen gequält und gepeinigt an. »Das wird uns teuer zu stehen kommen, Sirius«, erklärte er, »teurer als du ahnst. Geh zurück in den Turm. Ich bin vielleicht verloren, aber warum du?« Ich ergriff ihn bei den Armen und sagte: »Also gut, ich habe verstanden... du bist auf Abwege geraten, du bist abtrünnig geworden... Ich kenne die Symptome. Ja, ich habe lange genug gebraucht, um es zu begreifen... aber komm zurück. Komm zurück, Nasar... bitte. Ich befehle es dir. Du mußt. Im Namen von Canopus!« Und er stieg tatsächlich die vielen Treppenstufen mit mir hinauf. Oben angekommen fühlte er sich krank und hatte Angst. Er hatte die innere Kraft verloren, die ihn zum Guten oder zum Schlechten bei den Begegnungen mit mir aufrechthielt. Er zitterte und war blaß unter der dunklen, kupferfarbenen Haut.

»Was ist geschehen?« fragte ich ihn immer wieder.

Ich fragte und ließ nicht locker. Es wurde sehr spät in dieser Nacht, der Schnee füllte mit seiner Helligkeit die Fenster, und schließlich sagte Nasar: »Ich bin seit fünfundzwanzigtausend Jahren auf diesem Planeten. Als ich kam, gab es Adalantaland noch nicht. Ich habe die Menschen auf dieser Insel und die Völker in ihrer Umgebung unterwiesen. Ich war hier, ehe die Achse der Erde sich verschob und es Jahreszeiten gab. Ich habe Städte und Kulturen unterwiesen, von denen du nichts weißt. Ich bin hier gewesen, *hier, hier, hier.* Mein Bruder Klorathy ist gekommen und gegangen... einige machen Besuche. Sie kommen, sie warnen, sie richten die Steine auf, sie legen die Richtlinien fest, sie befehlen, sie geben Anweisungen... und wenn sie abberufen werden, gehen sie wieder nach Hause. Aber ich... ich bin ein ständiger Vertreter von Canopus. Und in meinem Fall haben sie einen Irrtum begangen, verstehst du? Ich bin auf Abwege geraten, wie du sagst, Ambien II oder III oder 97. Ich nehme an, auch du kommst und gehst. Ein Aufenthalt auf diesem Planeten, ein kurzer Urlaub auf jenem? Aber ich bin in diesem Höllenloch seit unendlichen Zeiten, unendlich langen Zeiten...« Er murmelte nur noch, schüttelte den Kopf, runzelte die Stirn und seufzte. Dann sprang er auf und rannte so schnell aus der Tür, daß ich ihn nicht festhalten konnte.

Es geschah an einem Tag und zu einer Stunde, in der ich die vorgeschriebenen Übungen absolvieren mußte. Ich legte die Objekte auf die Teppiche am Boden, ordnete die Farben, kleidete mich auf eine bestimmte Weise, legte die Ohrringe an und

hielt die Stunde genau ein. Dabei stand ich ganz allein im obersten Stockwerk des hohen Turms, eingehüllt vom weißen Schweigen des Schnees … es war sehr schwer. Am Widerstand der Zeit und der mich umgebenden Materie erkannte ich, daß ich gegen vieles anzukämpfen hatte. Seit dem Versagen der Schleuse hatte ich diese Rituale schon oft durchgeführt, auf diesem oder jenem Kontinent und auf verschiedene Art und Weise. Doch noch nie hatte ich dabei das Gefühl gehabt, daß ich oder die Substanz, die durch mich empfand, auf einen Widerstand stieß, den ich als – *böse* empfand … als ein schweres, tödliches Gewicht. Aber ich hielt durch, dachte an Klorathy und daran, daß er mich gebeten hatte, hierherzukommen. *Weshalb?* Zu welchem Zweck?
Ich hatte gerade meine Übungen beendet, als die Türvorhänge heftig zurückgeschlagen wurden und der Mann, dem ich am ersten Abend begegnet war, ins Zimmer trat. »Canopus«, sagte er, »du bist hier nur geduldet, und das gibt dir nicht das Recht, unsere Beamten zu töten.«
Meine Gefühle, mit denen ich mich erhob, um mich ihm zu stellen, überraschten mich: Sie hatten genau den gleichen Beigeschmack, die gleiche Färbung wie bei Nasar. Ich spürte eine eindeutige Schwingung, eine unmißverständliche Resonanz. Ich hatte mir gesagt, daß Nasar auf Abwege geraten war. Aber ich war noch nicht soweit zu begreifen, was es bedeuten konnte, in Shammats Fänge geraten zu sein, zu wissen, *was* Shammat war.
Ich sagte nichts; ich stand in meinen leichten weißen Gewändern vor ihm, die schimmernden Metallreife um die Oberarme, das Band aus demselben sanft glänzenden silbrigen Gold um den Kopf, aus einem Metall, das man auf Sirius nicht kannte, das ich nicht kannte, und mit den schweren goldenen Ohrringen.
Er prägte sich ein, was ich trug; dabei starrte er mich mit seinen stumpfen, steinähnlichen Augen an und machte unwillkürlich ein paar Schritte auf mich zu. Er trug immer noch die goldenen Ohrringe.
Ich wahrte eine kühle, abweisende Haltung, während mich

gleichzeitig eine Vielzahl der unterschiedlichsten Gedanken und Gefühle beschäftigten. Meine Mutmaßungen über Nasar hörten nicht auf. Außerdem dachte ich, daß der Beamte mich niemals hätte in dieser Aufmachung sehen dürfen, denn mir entging nicht, daß er sich in diesem Moment mein Bild einprägte, um später soviel wie möglich zu kopieren. Und mir fiel auf, daß er weder die Farbmuster noch die Düfte, noch das Saiteninstrument bemerkte, auf dem ich die notwendigen Töne hervorgebracht hatte. Ich glaubte zu Recht, er würde diese Dinge als »weibliche Spielereien« betrachten, die für ihn keinen Nutzen besaßen. Ich dachte auch, daß der von Nasar bestrafte Beamte sicher nicht tot war; vermutlich lag er nur in einer langen Betäubung. Keine Macht mit einer Spur Vernunft greift zu härteren Methoden der Bestrafung oder Abschreckung als unbedingt notwendig. Außerdem kam ich zu dem Schluß, ich müsse mich nicht Shammats Kontrollen wegen als Nasars Dienerin ausgeben, sondern nur, um die Bevölkerung nicht zu beunruhigen. Aber vor allem suchte ich einen Weg zu finden, um ihn in Schach zu halten.

Ehe ich mich bewegen konnte, hatte er sich noch weiter genähert und stand nun direkt vor mir – mit gespreizten Beinen, die Arme in die Hüften gestemmt. Aus der Nähe hatte ich Gelegenheit, ihn genau zu betrachten, und konnte deshalb nach meiner Rückkehr viele Einzelheiten über diese Spezies berichten. Am auffallendsten war der Mund: ein breiter Schlitz, der, wie ich annahm, nicht der Ernährung, sondern der Lautbildung diente. Als er jetzt sprach, konnte ich sehen, was mir damals im Gedränge auf der Straße entgangen war. Der Schlitz schien zu vibrieren; die Töne kamen etwa aus der Mitte seines Oberkörpers. Er sprach resonant, und die Worte klangen verschwommen.

»Schmuck dieser Art ist hier in der Stadt nicht erlaubt!«

Seine Steinaugen schienen die Objekte zu verschlingen, und ich spürte förmlich das gierige Glitzern am ganzen Körper. Er versuchte, mich wieder mit einer eher plumpen Technik zu hypnotisieren. Aber dahinter lag mehr. Er stellte mich auf die Probe, versuchte mich soweit zu bringen, daß ich auf irgendeine Weise

Autorität zeigte – war es das? Ging es um etwas, daß er von Nasar kannte? Jedenfalls spürte ich seinen Triumph – und dann, infolge seines Triumphs in mir eine Schwäche oder Angst. Ich wußte, ich hatte eine Prüfung, der er mich unterzog, nicht bestanden.

Meine Gedanken überschlugen sich. Ich wendete mich gleichmütig von ihm ab, ging zum Fenster und drehte ihm den Rükken zu. Dort blieb ich eine Weile stehen und blickte hinaus, ehe ich mich auf einen niedrigen Stuhl setzte. Es gibt nur wenige Orte in der Galaxis, an der die Ranghöheren nicht sitzen, während die Untergebenen stehen. Dabei durchzuckte mich eine Idee, die mit der augenblicklichen Situation nichts zu tun hatte – meine Gedanken waren wegen der gerade erst beendeten Übungen und infolge der Gefahr sehr klar. »Wie lange ist es her«, fragte ich, »daß der Stadt erlaubt wurde, den ursprünglichen Plan zu mißachten?« Denn ich hatte begriffen, die Anlage der Stadt sah ursprünglich nur die Türme vor, die in einer bestimmten Anordnung – vermutlich sich überschneidenden Bögen – errichtet worden waren. Das Gewirr der ärmlichen Häuser an ihrem Fuß und die weitläufigen neuen Vororte verrieten die Preisgabe des ursprünglichen Zwecks. Erinnerungen an die Berichte über die alten, mathematischen Städte, Überlegungen, worin ihre Funktion bestand – die mich nie losließen –, beschäftigten mich; und meine Distanz zu der augenblicklichen Situation und diesem Klotz von einem Mann war nicht gespielt.

Er wurde augenblicklich verdrießlich – das sprach von echter Verärgerung – und verschlagen. Das brachte mich dazu zu sagen: »Eines Tages wird es mit eurer Habgier und Plünderei zu Ende sein.«

Er stand still. Sehr still. Die schweren Augen schienen zu glühen. Ich hatte etwas gesagt, nicht nur leichthin, aber auch nicht in der Absicht, ihn empfindlich zu treffen, das ihn an alte – Warnungen? Drohungen? denken ließ.

Ich blieb sitzen und beobachtete ihn. Ich dachte an zwei Verhaltensmodelle – das eine Nasar, und alles, was ich in dieser Situation brauchte, sprach gegen ihn. Das andere war Klora-

thy, und während ich an ihn dachte, wußte ich, er würde diesen kleinen Diener der schrecklichsten Macht höchstens mit gleichgültiger Abneigung behandeln. Deshalb sagte ich sanft, sogar leicht belustigt: »Dein Kollege ist natürlich nicht tot. Er wird sich wieder erholen, wenn das nicht schon geschehen ist...« Ich erhob mich, wie um ihn zu verabschieden, und ging ans Fenster zurück. Ich wollte mir die hohen Türme unter dem neugefundenen Aspekt betrachten und mir die Stadt in dem ursprünglichen Zustand vorstellen. *Zu welchem Zweck* war sie so angelegt worden?
Dicht hinter mir hörte ich ein Summen oder Vibrieren. Und als ich mich umdrehte, stand er vor mir. Er bewegte rhythmisch den Mundschlitz. Ich begriff jetzt, hinter diesem wortlosen Ton lag ein Sinn. Doch ich wußte auch, ich durfte nicht zu erkennen geben, daß ich ihn nicht verstand. Ich lehnte am Fenstersims und sah die dunklen Türme vor dem verblassenden Himmel.
»Du mußt mit mir kommen. Ich kann es befehlen. In dieser Stadt kann ich befehlen«, wiederholte er beharrlich, und ich glaubte ihm. Es war Teil einer Übereinkunft, der Canopus zugestimmt hatte.
»Ich werde mich umziehen«, sagte ich.
»Nein«, stieß er hervor und verschlang Stirnband, Armreifen und Ohrringe mit den Augen. »Es ist sehr kalt heute abend«, stellte ich fest.
»Du hast einen Mantel.«
»Dann vermute ich, wir werden bei einem glänzenden Fest erwartet«, sagte ich lächelnd. Das heftige Zucken seiner Lippen bestätigte meine Vermutung.
»Ich kann nur hoffen, daß du gute Gründe hast, mich heute abend dorthin zu bringen«, erklärte ich, als ich das große schwarze Tuch holte und mich darin einhüllte, »denn ich hatte andere Pläne. Auf Canopus wartet Arbeit.«
»Das verstehe ich sehr gut, sehr gut«, erwiderte er hastig und beruhigend. Ich begriff, er hatte zwar damit gerechnet, seinen Willen durchzusetzen, war aber doch froh, daß es ihm gelungen war. Nun fürchtete er, ich könne einen Grund finden, ihn

doch noch abzuweisen. Alles an dieser Kreatur verriet eine unersättliche Gier. Meine Gedanken wanderten wieder zurück zu dem Besuch der behaarten, gierigen Shammatrohlinge vor so langer Zeit. So sehr sie sich auch voneinander unterschieden, es war ein und dieselbe Brut. Ich würde mich nicht danach erkundigen, was ich seiner Ansicht nach wissen mußte: Gibt es viele unterschiedliche Gattungen auf deinem Planeten Shammat? Oder kommst du sogar von Puttiora? Später erfuhr ich, daß er Puttioraner war. In den Städten dieser Ebene lag die Polizeigewalt in Händen von Puttioranern. Hier gab es keine ihrer Vasallen von Shammat – aber das gehört zu einer anderen Geschichte.

Wir stiegen die lange gewundene Treppe hinunter. Er blieb mir dicht auf den Fersen, und ich spürte den Druck seiner brennenden Gier, Gier, Gier am ganzen Körper und seine Augen wie die Berührung von Händen.

Wir standen im weißen Schneesturm auf der Straße, und die schwachen Lichter an den Ecken von Gassen und Gäßchen waren kaum zu sehen. Wir beide standen allein auf der Straße. Ich erstarrte vor Kälte, und beim Heulen des Nordwinds fuhr mir quälende Angst in die Glieder. Winter bedeutete Angst auf diesem Planeten. Angst war die Erinnerung an plötzliche Schnee- und Eisstürme, die im Handumdrehen einen Kontinent unter sich begraben konnten, an tobende Winde, die Wassermassen und riesige Meerestiere in die Luft schleudern und wie Staub herumwirbeln konnten. Im Weiß tauchte ein viereckiges Gebilde auf. Eine Öffnung wurde sichtbar. Gedrängt von meinem Wächter stieg ich ein und befand mich in einem Kasten, in dem Sitzpolster lagen und eine Öllampe brannte. Mir war nicht sofort klar, auf welche Weise wir uns fortbewegten, aber bald war ich sicher, daß wir getragen wurden. Man beförderte mich nicht zum ersten Mal auf diese Weise – diese Methode ist immer das Zeichen für einen Sklavenstaat, für eine hochmütige und grausam herrschende Klasse.

Der Puttioraner roch schlecht – es war ein fettiger, ranziger Geruch. Natürlich unterdrückte ich diesen Gedanken, denn ich wußte, daß ich für ihn wahrscheinlich auch nicht angenehm

roch. Gerüche stellten immer das größte Hindernis dar vor guten Beziehungen zwischen den Arten. Daran hat sich nichts geändert! Als ich begann, den Bericht über meine Ankunft in der Stadt mit den erdfarbenen, kegelförmigen Türmen zu schreiben – von der ich leider im Innern der schwankenden Kiste nichts sehen konnte –, rief man mich zu einer Delegation, die von unserem bei weitem angenehmsten Planeten kam. Ich hielt es beim besten Willen in der Audienzhalle nicht aus. Denn von diesen eigentlich ganz normalen und durchschnittlichen Wesen, die wie üblich »zwei Beine, zwei Arme, einen Kopf, eine Nase, Augen und Mund« hatten, wie wir sagen (in diesem Fall auch einen Schwanz), ging ein so widerlicher Geruch aus, daß ich es nicht ertragen konnte, mich unter einem Vorwand entschuldigte und die Versammlung verließ.
Bis zu unserem Ziel war es nicht weit. Wir stiegen aus und traten in den hohen Schnee. Vor uns lag ein Gebäude mit Säulen und Fenstern, durch die Licht fiel – offensichtlich eine der Villen in den westlichen Vororten. Hier wurde ein Fest gefeiert, denn ich hörte Musik. Ich hielt sie für eine Art Unterhaltung, obwohl sie in meinen Ohren hoch und klagend klang wie das Pfeifen bei Sturm. Unser Kasten schien sich von selbst hochzuheben, dann verschwand er ruckend und schaukelnd im Weiß. Ich sah gerade noch hervorstehende Griffe und undeutlich vier schlecht gekleidete Tiere. Ich hoffte, das dichte Kopfhaar, das ihnen bis auf die Schultern fiel, würde sie warm halten. Sie schüttelten ständig die Köpfe, um sich vom Schnee zu befreien. Sie verschwanden mit dem Kasten im Schneegestöber.
Ich stieg neben dem Puttioraner die breiten Stufen zu einer großen Veranda mit vielen reich verzierten Säulen hinauf. Hier und da standen glühende Kohlebecken. Ich kannte die Vorliebe der herrschenden Klassen zu Bräuchen aus ihrer Vergangenheit. Ich wußte, daß Kohlebecken nicht der Gipfel ihrer neuesten Technologie waren, um zu heizen. Die Zimmer im Turm wurden mit Warmluft geheizt, die aus Rohrleitungen strömte. Infolge der Kälte hielt sich kaum jemand auf der Veranda auf, aber die wenigen sahen festlich gekleidet aus. Ich schloß es daraus, daß sie halbnackt waren.

Ich wußte nicht, ob ich mich Sirius oder Canopus zuliebe darum bemühen mußte, einen guten Eindruck zu machen. Ich legte den ärmlichen schwarzen Umhang ab und drapierte ihn in einer bestimmten Weise über den rechten Unterarm – so hatte ich es in einer Sittengeschichte über unser Frühes Mittelalter gesehen. Dieses Falten des Obergewandes war damals ein Zeichen von Rang gewesen.

Als ich zwischen den anmutigen, hohen Säulen entlangschritt, kam mir ein anderer historischer Vergleich zu Hilfe: Auf einem Planeten, den ich kürzlich besucht hatte, zeigte man als ein Dokument früherer Zeiten ein Villengebiet inmitten von parkähnlichen Anlagen, das diesem hier ähnelte – natürlich sah ich nichts von den Gärten, die – wie ich wußte – die Vororte umgaben.

Dicke vielfarbige Stoffvorhänge trennten den breiten und langen Raum – Räume? – von der Veranda. Ich blieb reglos im Eingang stehen, damit man mich betrachten konnte. Was ich vor mir sah, traf mich nicht unvorbereitet: etwa zwanzig Personen – alle spärlich bekleidet – mit dem unverwechselbaren Flair einer herrschenden oder privilegierten Klasse, die sich vergnügten. Sie saßen auf Sitzkissen oder zierlichen Stühlen. Niedrige Tische waren mit allen möglichen Gerichten und Früchten beladen. An den Wänden standen etwa ein Dutzend Dienstboten – beinahe nackte junge Frauen und Männer. Sie hielten Krüge und Kannen mit einem berauschenden Getränk. Das Licht kam nicht von Kohlepfannen. In durchsichtigen Glaskugeln, die an Säulen und Wänden hingen, brannte eine Art Gas. Auf dem Steinfußboden lagen hübsche Teppiche.

Aber sie waren nicht reglos, weil meine Ankunft sie überraschte – sie hatten mich erwartet, aber niemand wollte – schon jetzt – zeigen, welche Gründe dazu geführt hatten, mich hierherzurufen. Denn daß es so war, konnte ich sehen. Der Puttioraner an meiner Seite schien nicht erstaunt zu sein. Zwei weitere dieser höchst unattraktiven Spezies saßen bei den anderen. Aber sie gaben sich nicht so lässig – ich sah sofort, daß sie hier nur toleriert wurden – mehr nicht.

»Klorathy« – war hier: Nasar sah in dem gedämpften Licht Klorathy so ähnlich, daß ich mich einen Moment täuschen ließ.

Aber dann wendete er den Kopf, und ich wußte, er tat es nicht deshalb so spät, weil er erst jetzt meine Ankunft bemerkt hatte, sondern *weil er sich schämte*. Mit dem Rücken an eine Säule gelehnt, saß er auf einem niedrigen, eckigen Sitz; seine Lässigkeit wirkte gekünstelt. Immerhin war er nicht halbnackt.
Jede Szene hat einen Brennpunkt ... einen Mittelpunkt ... und Nasar war hier nicht das Zentrum ... auch die Puttioraner nicht. Auf Armeslänge von Nasar entfernt saß auf einem großen, etwas höheren Sitz, der ihr erlaubte, auf ihre Gäste hinunterzublicken, eine Frau, die alles beherrschte. Sie war unglaublich schön und noch mehr als das. Es geht hier nicht um den ästhetischen Aspekt, sondern um eine sexuelle Faszination, die auf den ersten Blick und sofort deutlich wurde. Seit vielen Zeitaltern hatte ich nichts Vergleichbares gesehen.
Jede geschlechtsreife Frau besitzt diese Eigenschaft – oft nur allzu kurz. Doch unter bestimmten Voraussetzungen läßt sich diese sexuelle Anziehungskraft durch individuelle Willensanstrengung verstärken und aufrechterhalten, wenn die sozialen Umstände es erlauben. Von mir kann ich sagen, ich bin blaß und blond, doch von ihr kann ich nur sagen: Sie schimmerte und strahlte. Ihr Haar war wie feines Gold und höchst kunstvoll frisiert: Zahllose kleine Wellen und Löckchen und sehr feine Zöpfe, die wie geflochtene Golddrähte wirkten, umgaben ihr breites, schimmerndes, lächelndes Gesicht. Unter glänzenden, blonden Brauen sah ich weit auseinanderstehende graublaue Augen. Die langen weißen Hände ruhten im Schoß. Sie waren ohne jeden Schmuck. An den weißen Füßen trug sie juwelenbesetzte Sandalen.
Um die nackten Arme lagen schwere goldene Reifen, die aus einer Folge ineinander verschlungener V bestanden. Sie preßten sich wohlberechnet leicht ins Fleisch. Diese Armreifen entsprachen genau jenen, die Canopus für die Übungen vorgeschrieben hatte, die inzwischen aber von den »Vorschlägen« abgelöst worden waren, die ich vor Antritt der Reise erhalten hatte. Ich warf einen schnellen Blick in die Runde und sah, daß beinahe alle – Männer und Frauen – Amreifen, Ohrringe, Fußspangen oder Farbzusammenstellungen trugen, die *beinahe*

richtig waren. Doch wo ich sie auch bemerkte, in der Borte an einem Saum oder dem Muster eines Rocks, verfehlten sie um eine Nuance das richtige Vorbild – und jetzt wußte ich, weshalb Nasar mir nicht frei in die Augen sehen konnte. Allerdings blickte er inzwischen eher mißmutig zu mir hinüber. Es wirkte nicht trotzig, sondern eher düster.

Ich begriff sehr viel, als ich ruhig lächelnd dort stand. Zum einen, was sie von mir wollten. Die drei Puttioraner trugen Ohrringe nach der augenblicklichen Vorschrift – sie und ich trugen sie, aber niemand von den anderen, auch Nasar nicht. Natürlich würde er sie bei einem solchen Anlaß nicht tragen, wenn er sich an die Vorschrift hielt, so wie ich sie nicht getragen hätte, wenn man mich nicht auf diese Weise unfreiwillig hierhergebracht hätte.

Ich sah, wie die Augen aller beim Anblick der Armbänder, des Stirnbands und der Ohrringe, die ich trug, glitzerten. Ich überlegte, weshalb der Puttioraner, mein Wächter, sie mir nicht schon längst abgenommen hatte. Doch dann begriff ich, er mußte natürlich Angst haben, sonst hätte er genau das getan.

Immer noch hatte sich niemand bewegt oder mich willkommen geheißen. Dann wagte ich viel – mir gefror das Blut, und einen Moment lang war ich innerlich völlig verwirrt. Mit den Worten »Canopus grüßt euch!« ging ich vorwärts und bedeutete einer Dienerin mit einem Zeichen, mir einen Stuhl zu bringen, der an der Wand stand. Dabei warf ich Nasar einen Blick zu, um zu sehen, wie er es aufnahm. Auf einem ähnlichen Stuhl saß die Schönheit, und ich kam zu dem Schluß, daß sie die Gastgeberin sein mußte. Ich setzte mich nicht weit von ihr und Nasar entfernt, auf gleicher Höhe mit ihr und klatschte in die Hände, ohne mich darum zu kümmern, ob meine Aufforderung befolgt wurde. Diese Sitte hatte ich beim Besuch eines anderen Planeten kürzlich kennengelernt. Man reichte mir einen Pokal aus einem kristallähnlichen Material, und ich achtete sorgsam darauf, daß kein Tropfen der Flüssigkeit meine Lippen berührte, während ich scheinbar trank.

»Ich dachte, du kommst von Sirius?« bemerkte die Schöne, klatschte ebenfalls in die Hände und nahm einen frischen Pokal

entgegen – sollte mich das beruhigen? Mich zum Trinken ermutigen?
Dies war der gefährlichste Augenblick meiner Begegnung mit diesen dekadenten Menschen. Ich konnte mir nicht leisten zu zögern; ich lächelte lediglich und erklärte mit einem amüsierten Seitenblick auf Nasar – als sei er der Mitverschworene bei einem harmlosen Spaß: »Wenn Nasar es lustig findet, das zu behaupten... warum nicht?« Ich lachte. Dabei sah ich ihn nicht an, sondern strich meinen Rock glatt.
Jetzt mußte er meine Herausforderung annehmen. Ich wußte, wenn er es tat, würde mich das möglicherweise das Leben kosten, von meinem Schmuck ganz zu schweigen, den sie alle so heiß begehrten. Ich blieb gelassen und gab vor, das berauschende Getränk zu trinken – ein ziemlich scharfes Zeug, das wenig verführerisch roch – und musterte unverhohlen und mit offensichtlichem Genuß meine Umgebung.
Ich kann unmöglich beschreiben, wie entsetzlich und abstoßend ich sie alle fand.
Die Attribute einer degenerierten Klasse sind überall und stets die gleichen. Ich will mich nicht mit Einzelheiten aufhalten. Doch ich habe sie zu oft und an zu vielen Orten gesehen, und ihr ständiges Wiederauftauchen *kann* einen nur anöden und entsetzen. Lächeln und Ungezwungenheit, die zynische Gutmütigkeit, die bei einer Herausforderung so schnell in eine gefährliche Drohung umschlägt; Sorglosigkeit, das unverkennbare Zeichen *mühelosen* Erfolgs; die weichen Körper; das Abhängigsein von Bequemlichkeit; die anmaßende Überlegenheit gegenüber Sklaven, Dienern oder Dienstboten, die natürlich – überall und immer – die wahren und oft unübersehbaren Herren sind... hier war es wieder, wieder, *wieder*...
Ich hatte mich oft genug gefragt, ob auf Canopus oder in seinem Reich diese Regel ebenfalls galt, und ich dachte in diesem Augenblick, daß Nasars Anwesenheit, unterworfen und *mißbraucht*, wie er war, eine Antwort sei. Aber er hob den Blick, sah mir mit seinen bronzenen Augen direkt ins Gesicht und schüttelte den Kopf: »Nein«, sagte er, »nein, schöne Canopäerin.«

Dann wandte er sich ab, so geschlagen, so zornig, daß ich nicht wußte, was ich tun sollte. Doch soviel wußte ich wenigstens, ich hatte einen sehr gefährlichen Moment überlebt. Es wäre sehr pikant gewesen (um das mindeste zu sagen), mein Leben hier auf diesem degenerierten Planeten unter demoralisierten Geschöpfen zu beenden.

»Soll ich den Namen meiner Gastgeberin nicht erfahren?« fragte ich.

»Nasar ist dein Gastgeber«, sagte sie lässig mit einer weichen, vollen und verführerischen Stimme, die ich erwartet hatte: Ihre Stimme ließ einen wie ihre ganze Erscheinung nur an das Eine denken, nur an das Eine, auch wenn man es selbst noch nie erlebt hatte. Denn ich hatte es noch nie erlebt! Gewiß, ich hatte darüber gelesen – ich hatte eine pathologische Studie darüber geschrieben. Doch ich begann meine Laufbahn im Kolonialdienst bereits in sehr jungen Jahren, und obwohl unser Reich Perioden durchmachte, in denen ich sehr wohl in Gefahr hätte geraten können, war ich ständig mit Aufgaben weit weg vom Mutterplaneten beschäftigt.

Aber inmitten dieser glänzenden, hübschen, genußsüchtigen Umgebung, über der ein silberner Tau lag, als sei sie in ätherischen Honig getaucht, angesichts der lächelnden, strahlenden Frau, mußte man es nicht unbedingt persönlich erlebt haben! Ich verstand es, und zwar nur allzugut – denn während ich dort saß und versuchte, eine korrekte, wenn schon nicht offizielle Haltung zu wahren, blieb ich davon nicht unberührt. Zum einen sollte ich diese Artefakte nicht tragen; sie besaßen zuviel Macht, selbst wenn sie ihrem eigentlichen Zweck entfremdet waren und dadurch nicht in Übereinstimmung mit den anderen Vorschriften der Übungen standen, bei denen der Puttioraner mich gestört hatte. Außerdem bedeutet es nicht, einen Lebensbereich aufzugeben, wenn man ihm den Rücken kehrt! Oft genug und selbst im Zusammensein mit Ambien I hatte ich sehr wohl begriffen, welch verlockender Bereich mir zugänglich war, wenn ich nur: *Ja!* sagte. Natürlich hatte ich dieses Tor, diesen Eingang gekannt, mich davor gehütet, ihn bewacht. Und diese Wachsamkeit an sich ist bezeichnend für eine Dispo-

sition, sich auf etwas einzulassen. So sah ich das und verstand es. O ja, diese Frau war bezaubernd! Und während mir dieses Wort in den Sinn kam, begriff ich, sie war eine Tochter des alten Adalantaland. Ich erinnerte mich an die üppigen Körper voll lächelnder Ungezwungenheit, an das Strahlen – aber damals, zu jener Zeit besaßen sie eine ganz andere *Funktion*. Die wundervollen Frauen der Insel hatten die richtige Ausrichtung gehabt – oder *beinahe*. Natürlich wußte ich noch, wie sie langsam abwichen; doch man konnte die Einheit mit ihrer Umgebung spüren. Ihre Nachfahrin besaß die ganze körperliche Schönheit, doch darüber hinaus eine Verführungskunst, die sich verselbständigt hatte und zum Selbstzweck geworden war. Wenn ich den unglücklichen gequälten Nasar auf seinem niedrigen Sitzpolster ansah und dann sie, mußte man mir nichts sagen: Ich spürte es. Und ich begann, mich zu fürchten. Diese Tür ließ sich sehr leicht öffnen; es bedurfte nur eines winzigen Schritts, einer kleinen Entscheidung – und plötzlich stellte ich fest, daß ich an Klorathy auf eine Weise dachte, wie ich es bisher noch nie getan hatte. Ich staunte und fühlte mich angewidert: Mir schien, als locke mich dort eine lächelnde, spielerische Liebelei, die ich ganz bestimmt nicht suchte – auf die ich wartete – wenn ich an die Freundschaft mit Klorathy... mit Canopus dachte. Und diese unbeschwerte Liebelei war ein Vorzimmer; und von dort konnte man sehr schnell zu etwas ganz anderem hinuntersteigen. Was ich hier vor mir sah, hatte nichts Unbeschwertes an sich! Nasar starrte düster auf den lässig ausgestreckten Arm der Frau, und auf seinem Gesicht lag ein solcher Ausdruck von Schmerz, daß... aber sie wiederholte noch einmal: »Nasar ist der Gastgeber.«
»Ich glaube nicht«, erwiderte ich lächelnd und so freundlich wie möglich... und ich *hörte* mehr als ich es sah, daß die Puttioraner sich etwas zuflüsterten – vielmehr gleichzeitig vibrierten. Es entstand ein durchdringender Ton, der zusammen mit der klagenden, sich endlos wiederholenden Musik ebenso an meinen Nerven zerrte, wie die allgemeine Atmosphäre.
»Sie heißt Elylé«, erklärte Nasar plötzlich. »Dies ist ihr Haus, und wir alle sind ihre Gäste... nicht wahr, das sind wir

doch?... Deine Gäste oder Gefangenen?« Er lachte, warf den Kopf zurück und trank noch mehr von dem starken, berauschenden Getränk.
»Ihre höchst ergebenen Gefangenen«, lispelte ein dunkler, lächelnder Jüngling, an dem alles den verwöhnten Reichen verriet. Er erhob sich von seinem Berg Kissen, setzte sich neben Elylé auf den Fußboden, griff mit einer heftigen, schmerzenden Bewegung nach ihrer Hand und bedeckte ihren Unterarm mit Küssen. Elylé bewegte sich kaum, sah ihn nicht einmal an – ihr Blick ruhte auf Nasar, der blaß geworden war.
»Nasar«, sagte sie mit ihrer weichen, verführerischen Stimme, »ist kein so ergebener Gefangener wie du«, und sie sah Nasar lachend und herausfordernd an – machte ihn sich ergeben. Ich sah einen wirklich schrecklichen Kampf, der in ihm tobte. Ihre verführerische Schönheit, die unverhüllte, offene Einladung zog ihn an; gleichzeitig kämpfte er darum, ihr zu widerstehen. Alle Anwesenden beobachteten den Kampf. Schließlich stöhnte er auf, beugte sich vor, hob ihren weißen Arm, und nachdem er ihn mit einem Schauder, der durch seinen ganzen Körper lief, betrachtet hatte, küßte er ihr die Hand – aber nachlässig, sogar ungeschickt. Daran zeigte sich der Konflikt, in dem er sich befand. Er sank auf den Sitz zurück, starrte vor sich hin und nahm einen weiteren großen Schluck aus seinem Pokal.
Barsch erklärte er dann: »Diese vertrocknete Bürokratin, diese Sirianerin ist über uns schockiert.«
Alles hielt den Atem an, und die Puttioraner stießen ein lautes Vibrieren hervor. Ich konnte nicht mit einem Lachen über diese Bemerkung hinweggehen.
Ich sagte: »Nasar ist offensichtlich nicht klar bei Verstand.«
Das war für alle deutlich, und es rettete mich.
Der Jüngling, der sich vor Elylés Knien wand und seinen Mund auf ihren Unterarm preßte, hob nun den Kopf und lispelte: »Wir möchten alle gern wissen, aus welchem Stoff dein Kleid gemacht ist, schöne Sirianerin!« Er erschrak vor seiner eigenen Kühnheit und blickte zu der Frau auf, um zu sehen, wie sie reagierte – sie runzelte die Stirn und entzog ihm den Arm.
»Mein Kleid ist aus canopäischem Crêpe«, antwortete ich.

»Das stimmt«, bestätigte Nasar. Er atmete heftig, schien wie gebannt von der schönen Frau und dem jungen Mann zu sein, der, zurückgewiesen, sich nun buchstäblich auf dem Boden wand und mit seinem Lockenkopf beinahe ihre nahezu nackten Füße berührte. Ich sah, daß es Nasar alle Mühe kostete, es ihm nicht gleichzutun.
»Darf ich es einmal anfassen?« fragte eine junge Frau, die in meiner Nähe saß. Sie trug einen blauen glitzernden Rock; ihre Brüste waren bis auf ein paar Juwelen über den Warzen nackt. Die langen schwarzen Haare fielen ihr bis zur Hüfte; sie hatte dunkle Haut, dunkle Augen und einen zerbrechlichen Körper. Im Raum gab es nicht zwei Personen, die sich glichen: so groß war die genetische Vielfalt.
Die Frau stand auf, beugte sich über mein Kleid und betastete den Stoff. Es war weit und ärmellos – und unterschied sich nicht allzusehr von ihrer Mode – war aber eher eine Variation – und bestand aus einem weichen, glatten Stoff, den ich selbst nicht kannte: Er war wie geschmeidiges Metall. Das glänzende weiße Material bildete keine Falten; es floß einem durch die Finger, wenn man versuchte, es zu halten oder zu drapieren. Wenn das Kleid nicht so weit gewesen wäre, hätte es mich verlegen gemacht, denn wo es den Körper berührte, zeigte es deutlich seine Konturen – in meinem Fall ganz sicher »vertrocknete« Konturen, wie Nasar festgestellt hatte. Mich erfüllte wildes Bedauern darüber, daß ich nicht so war wie Elylé, deren Anwesenheit mich faszinierte, anzog und schmerzte; und das war ein deutliches Zeichen dafür, wie sehr mich die Atmosphäre der reichen, perversen Villa und die gefühlsbetonte Musik berührte.
Während die junge Frau mein Kleid betastete, drängten sich im nächsten Moment ein halbes Dutzend anderer um mich, griffen zuerst nach dem Stoff, dann glitten ihre Finger über meine Armreifen und berührten meinen Kopf, dort wo das Stirnband glänzte. »Was für ein Material ist das?« murmelten sie und fragten sich gegenseitig, als gäbe es *mich* nicht, als wäre ich eine Art Puppe, die diese Dinge zur Schau trug... Dann spürte ich, wie mir das Stirnband vom Kopf genommen wurde; ich konnte ge-

rade noch rechtzeitig mit der Hand danach greifen und verhindern, daß der Dieb es mir wegnahm. Ich wurde vom Druck der diebischen Finger und Hände auf meinen Stuhl gedrückt.
Hinter dem Gewirr von Köpfen, die sich über mich beugten, sah ich Elylé in ihrem Sessel. Auch sie wünschte nichts sehnlicher, als aufzustehen und mich wie alle anderen zu anzufassen; doch ihr Stolz verbot es. Nasar hatte mit einer heftigen Bewegung den Kopf gewendet und blickte aufmerksam auf diese Szene. Ich sah, daß er sich große Sorgen um mich machte. Und ganz sicher befand ich mich in Gefahr.
Ich erhob mich und schob die gierigen Wesen so energisch beiseite, daß sie zu Boden fielen. Dort lagen sie albern lachend, betrunken und hilflos.
»Vielleicht nimmst du deine Armreifen und das Stirnband ab und zeigst sie uns«, sagte Elylé, »ich würde sie gern aus der Nähe sehen.« Der Klang dieser übersättigten Stimme ging mir so unter die Haut, daß meine Sinne sie wie einen schmerzenden Stich, wie ein Lied empfanden.
»Nein«, erklärte ich, »das werde ich nicht.«
Sie sah Nasar an – und ich spürte den Befehl in diesem Blick in mir selbst.
Er seufzte unter dem massiven Druck, den sie auf ihn ausübte; Schweißperlen zeigten sich auf seinem Gesicht – und er sagte hastig und wütend zu mir: »Ja, leg sie ab...« Dann fügte er hinzu: »Das ist ein Befehl.«
Selbst heute kann ich nicht beschreiben, wie mich das berührte. Es handelte sich trotz allem um einen Befehl von Canopus. Und er kam von einem Mann, der in Aussehen und sogar in seinem Benehmen – zumindest manchmal – Klorathy *war*. Und von ihm hatte ich erhofft, daß er mir Türen aufstoßen und mir sagen würde, was ich so sehnlichst zu hören wünschte... Und als er sagte: »Dies ist ein Befehl«, war ich sprachlos. Ich dachte daran, daß Klorathy mich vor diesem Augenblick gewarnt hatte! *Er hatte davon gewußt*... oder zumindest geahnt, daß mir etwas Ähnliches begegnen würde. Und während ich daran dachte, mich an Klorathy erinnerte, an seine Gegenwart, an sein Wesen, an das, *was er war*, wußte ich, daß ich standhaft

bleiben mußte, gleichgültig, wie sehr ich darunter zu leiden haben würde – und ich litt mit jeder Faser meines Wesens.
»Ich habe bereits gesagt, du bist nicht ganz bei Verstand«, entgegnete ich kalt. »Canopäer erteilen Canopäern keine Befehle.«
»Aber vielleicht geben sie Sirianern Befehle«, sagte Elylé und lachte ihr sattes, leises Lachen.
»Vielleicht«, erwiderte ich. »Aber davon weiß ich nichts. Ich weiß nur das eine. Die Gegenstände, die ich trage, sind keine Schmuckstücke. Und alle, die sie falsch benutzen, werden es büßen.«
Wieder hörte oder spürte ich, wie Nasar mit sich kämpfte. Der düstere, mißmutige Kampf in ihm ging weiter, und sein Atem legte sich über das leise aufgeregte Vibrieren der drei Puttioraner, die sich herangedrängt hatten und so dicht bei mir standen, daß sie alles, was ich trug, an sich reißen konnten – wenn sie es wagten. Und sie wagten es immer noch nicht; das gab mir den Mut, weiterzusprechen. Denn während ich dort stand, überlegte ich, während mein Verstand so schnell arbeitete, wie nie zuvor, daß Nasar selbst solche Warnungen ausgesprochen haben mußte, als er sich in seiner Schwäche von diesen Dingen trennte, die sie jetzt als Schmuck trugen.
»Habe ich nicht recht, Nasar?« fragte ich und zwang ihn durch meinen Willen, sich umzudrehen und mich anzusehen. Er saß aufrecht; seine Hände umschlossen locker den Pokal – der zitterte, weil Nasar zitterte. Er blickte zu Elylé auf, die ihn anlächelte – aber es lag auch Furcht in ihrem Lächeln.
»Ja«, murmelte er schließlich.
Es entstand eine lange Pause, die Szene schien wieder wie bei meiner Ankunft zu erstarren.
Ich blieb ruhig und teilnahmslos stehen; meine ganze Willenskraft richtete sich auf Nasar. Die drei Puttioraner, die graugrünen, steinartigen Männer mit stumpfen Augen und zitternden, summenden Lippen hatten sich umgedreht und blickten Nasar an. *Sie warteten auf ein Zeichen von ihm*... ein Zeichen, das verabredet worden war, ehe ich das Haus betreten hatte! In diesem Augenblick begriff ich vieles.

Wieder zog sich der Moment in die Länge... und ich blickte ganz ruhig einem nach dem anderen ins Gesicht... zuerst der schönen Elylé, Adalantas gefallener Tochter, und dem in sie vernarrten jungen Mann, der wieder sklavisch die Lippen auf ihre Hand drückte; auf die anderen, die dümmlich und haltlos auf dem Boden lagen, und auf die beinahe nackten Dienstboten, die mit den maskenhaften Gesichtern der Dienstboten aller Welten und aller Zeiten zusahen. Und was ich dort sah, ließ mich auf einen Schlag etwas erkennen. All diese Gesichter waren für den Moment leer, und das lag daran, daß sie eine innere Frage quälte: Sie wußten weder ein noch aus, waren unzufrieden und ruhelos. Sie preßten die Finger gegen die Handflächen oder bissen sich auf die Lippen; ihre Augen schweiften durch den Raum; sie seufzten, sie drehten und wanden sich, saßen da und starrten ins Leere.

Oh, ich wußte sehr gut, was ich vor mir sah: eine Variante der existentiellen Frage, des existentiellen Leids! Wie hätte ich etwas nicht erkennen sollen, das mir in all seinen Manifestationen so sehr vertraut war. Ihre Gier, ihr Trachten und ihre Sehnsucht nach dem, was ich trug – was Nasar einmal getragen hatte –, waren nichts anderes als Symptome dieses tiefen und elementaren Verlangens.

Meine Gedanken machten mich schutzlos. Ich hatte das Gefühl, mit ihnen auf einer Ebene zu stehen; ich empfand mich nicht als besser, und deshalb besaß ich nicht das Recht, ihnen etwas zu verweigern. Hätte Nasar in diesem Augenblick gesagt: »Canopus befiehlt«, ich hätte ihnen alles überlassen.

Aber Nasar rettete mich, rettete sich.

Langsam und schwerfällig erhob er sich – der Widerstreit seiner Gefühle zeigte sich an der Spannung und der Schwere seiner Gliedmaßen. Sein Verlangen, auf den Fußboden zu fallen und die Lippen auf die lächelnde Wärme von Elylés Körper zu pressen, schien ihn hinabzuziehen. Er richtete sich mühsam auf, rang nach Luft und wendete sich mir zu.

»Es ist für Canopus Zeit zu gehen«, erklärte er mit belegter Stimme wie im Traum. Ich begriff – ein Wort von *ihr*, und er würde sich ihr zu Füßen werfen, und das wäre das Ende.

»Ja. Und Canopus wird jetzt gehen«, sagte ich und legte ihm die Hand auf den Ellbogen. Ich fürchtete, er würde mich im letzten Moment einfach aus Widerwillen darüber abschütteln, daß die Berührung nicht von ihr kam.
»Nasar«, sagte sie sanft, und der Klang ihrer Stimme ging durch mich hindurch. Ich spürte, wie er zitterte.
»Komm«, sagte ich sanft. Er stieß eine Art Stöhnen aus und überließ sich mir. Ich führte ihn behutsam hinaus durch die Vorhänge mit den fröhlichen bunten Farben, hinter denen wir die Veranda mit ihren wunderschönen Säulen und den Kohlepfannen sahen.
Ich spürte die drei Puttioraner dicht hinter uns.
Wir gingen zur breiten Treppe. Auf einer langen Bank lag ein Betrunkener mit dem Gesicht in seinem Erbrochenen – der Anblick schien Nasar Kraft zu geben.
»Sei vorsichtig«, murmelte er, und wir drehten uns um. Vor uns standen die drei Bösewichter mit ausgestreckten Händen, die nach meinem Stirnband greifen wollten, das sie mir am leichtesten entreißen konnten.
»Es würde euch töten«, erklärte ich kalt und voll Verachtung.
Ich wagte es, ihnen den Rücken zuzudrehen und lief auf Nasars Drängen die Stufen hinunter in den Schnee, der noch immer alles unter sich begrub.
Ich hörte das Knirschen und Rutschen der Füße der Puttioraner auf den Stufen.
»Ich glaube, ihr habt nicht verstanden«, sagte Nasar in das Weiß, »die Dame gehört zum Oberkommando von Canopus. Ihr kennt die Vereinbarung.«
Ich sah ihre steinernen Gesichter sich undeutlich und drohend vor dem Weiß abheben – und dann verschwinden.
»Ruft eine Sänfte«, befahl ihnen Nasar.
Wieder sah ich die Träger, die sich den Schnee abschüttelten, während sie mühsam unter dem Kasten herbeieilten. Aber als Nasar und ich im Innern saßen, blieb mir keine Zeit für einen Gedanken an sie oder die Puttioraner, denn Nasar war neben mir zusammengesunken. Er hielt die Augen geschlossen, atme-

te, als sei er schwer krank, und zitterte am ganzen Leib. Dann öffnete er die Augen, starrte vor sich hin, und Tränen liefen ihm über das Gesicht. Canopäer weinen normalerweise nicht – das haben sie lange überwunden. Wenn Nasar jetzt weinte, war damit alles gesagt.

Ich verhielt mich still. Ich wappnete mich für das, was vermutlich kommen würde. Und so war es auch. Als man uns am Fuß des hohen Kegels absetzte, der hoch über uns in den wirbelnden Sturm ragte und den die Winde heulend umbrausten, warteten die drei steinernen Männer auf uns.

»Nasar«, sagte ich, »nimm dich noch einmal zusammen. Sie sind da.«

Wieder schien ein Beben durch seinen Körper zu laufen, als er wieder die Herrschaft über sich gewann.

Wir stiegen aus dem Kasten und gingen geradewegs auf die drei zu.

»Ihr seid Narren«, erklärte Nasar und benutzte seine Verachtung als Waffe.

»Du hast uns das gegeben«, erwiderten sie, und wir sahen, wie ihre Hände über die goldenen Ohrringe an den schmalen Rändern um ihre Ohren strichen. »Du hast sie uns gegeben...«

»Gebt sie zurück«, sagte ich, »Canopus befiehlt es...« Aber sie rannten in den weißen Schnee, denn sie wollten um keinen Preis die Macht abgeben – denn heute begreife ich, daß die Ohrringe das für sie bedeuteten. Das bißchen Gold, Metall, die Knöpfe und Armreifen hielten sie für die wahre und unveränderbare Substanz von Canopus und für Abzeichen von Macht, die sie sich damit selbst verliehen.

Ich sah, wie Nasar ihnen mit finsterem Zorn nachstarrte, und ich war bereit zu glauben, daß dies nicht nur charakteristisch für seine Unterwerfung hier, sondern charakteristisch für *ihn* und möglicherweise sogar für Canopus war.

Auch diesmal beantwortete er meine Gedanken: »O nein«, sagte er, »so ist es nicht. Glaube mir, schöne Sirianerin, schon um deinetwillen darfst du das nicht glauben...« Und ich sah, wie *er* auf meine Ohrringe und die anderen Gegenstände blickte – so, daß ich mich einen Augenblick lang wieder zurückver-

setzt fühlte in die Hände der gierigen Geschöpfe in Elylés Haus.
Ich wandte mich schnell von ihm ab und stieg die Stufen hinauf. So gingen wir nach oben, ich voraus und er hinter mir, hinauf und hinauf und hinauf und hinauf, bis wir das oberste Stockwerk erreichten.
Ich wußte, daß der Kampf keineswegs zu Ende war und daß mir noch mehr bevorstand. Ich war darauf gefaßt, mich ihm zu stellen, als wir den halbrunden Raum betraten, vor dessen Fenstern sich graues Tageslicht zeigte, das durch den wirbelnden Schnee fiel. Aber noch ehe ich richtig eingetreten war, sah ich, wie Nasar vorwärtsschwankte und sich auf einen Stapel Kissen fallen ließ. Ich deckte ihn zu und zog mich in das andere Zimmer zurück. Dort setzte ich mich ruhig in eine Fensternische und wartete auf den anbrechenden Tag, der sich als graugoldenes Licht hinter den weißen Wirbeln zeigte.
In diesem Moment dachte ich nicht an den Kampf, den ich mit ihm ausfechten mußte, sondern an die privilegierten Bewohner von Koshi in ihren luxuriösen, sanft erleuchteten Räumen.
Ich bin sicher, es wird keinen meiner Leser überraschen, daß ich an das Problem dachte, vor dem Sirius mit seiner privilegierten Klasse immer wieder steht, die ständig und überall von selbst zu entstehen scheint. Wahrscheinlich werden sich manche wundern, weshalb ich die Parallelen nicht bereits deutlicher gezogen habe – besonders, da ich dafür bekannt bin, schon immer zu der Fraktion in der Administration zu zählen, die versucht, die privilegierten Klassen in ihre Schranken zu verweisen, wenn es nicht möglich ist, ihr Entstehen zu verhindern. Ich habe mehr als einmal die Theorie vertreten, daß wir möglicherweise die Bedeutung dieses Phänomens überbewerten. Wenn man immer und unvermeidlich damit rechnen muß, daß eine korrupte Klasse entsteht, ist dies ein Ereignis und eine Begleiterscheinung des Erstarkens und des Wachsens einer breiteren und allgemein aktiven und vitalen Klasse, auf der die Verweichlichten schwimmen wie Schaum auf einer Welle. Hat es je eine Gesellschaft *ohne* ihre verwöhnte und verderbte Minderheit gegeben? Wäre es nicht besser, einfach nichts anderes

zu erwarten und das, was man nicht verhindern kann, gesetzlich in Schranken zu verweisen, anstatt zuzulassen, daß aus Angst vor diesem Phänomen keinerlei Reformversuche unternommen werden – denn genau das pflegte zu geschehen. Es gab eine Zeit – Studenten dieses besonderen soziologischen Problems wird es nicht unbekannt sein – in der eine sehr wortgewaltige Fraktion den Standpunkt vertrat, Revolutionen seien sinnlos (diese Ansicht wurde besonders lautstark nach den Aufständen auf unseren kolonisierten Planeten in der letzten Phase unseres Mittelalters geäußert), denn keine Revolution, gleichgültig, wie ehrlich und aufrichtig, könne garantieren, daß nicht innerhalb einer Generation eine privilegierte Klasse entsteht. Noch schlimmer: Man hielt es aus diesem Grund für nutzlos, eine Gesellschaft auch nur zu reformieren oder neu zu gestalten. Dieser Standpunkt bewirkte eindeutig einen Zerfall der Moral und allgemeinen Pessimismus und mußte aus diesem Grund eine Zeitlang bekämpft werden. Ja, wir (das heißt, die administrative Klasse) waren uns der Ironie der Situation durchaus bewußt. Wir bestraften die Verfechter dieses Standpunktes, daß die Herrschenden (und das sind wir unbestreitbar) wegen ihrer ständigen Neigung zur Korruption, mit der man nicht nur rechnen muß, sondern die man nicht verhindern kann, nicht angegriffen und kritisiert werden dürfen. Gleichzeitig ermutigten wir energisch Opposition und Kritik. Einmal gingen wir sogar soweit, selbst eine Partei ins Leben zu rufen – natürlich insgeheim –, weil uns der allgemein verbreitete Zynismus und die Gleichgültigkeit zutiefst alarmierten. Ich war zu bekannt, um mich zu diesen Leuten zu bekennen, doch drei meiner Nachkommen (nicht von Ambien I) traten der Partei bei, und so gelangte ich in den Genuß ihrer Berichte.

Ich vertrete heute die Ansicht, die auf einer, wie man sicher einräumen wird, langen und gründlichen Erfahrung basiert, daß man nichts tun kann, um das Entstehen einer verweichlichten Klasse zu verhindern. Bestenfalls läßt es sich eine Weile hinauszögern. Aber ganz bestimmt kann man sagen, und eine solche Definition ist immer zu schwierig, weil sie von einer zu heftigen oder emotionalen Beurteilung begleitet wird, es han-

delt sich um schwache – und letzten Endes – nichtssagende Leute. Es hat noch nie eine genußsüchtige und privilegierte Klasse gegeben, die sich nicht selbst zerstört oder gegen ihre Vernichtung etwas unternommen hätte, sobald sie entstanden war und eine vorübergehende Blüte erreicht hatte.
Aber während ich ins Schneetreiben blickte und diesen Gedanken nachhing, dachte ich wieder an Canopus. Wie löste das große Reich diese Probleme? Kannte man sie dort überhaupt? Canopus hatte uns gegenüber nie etwas Derartiges erwähnt. Und wenn sich ihnen dieses Problem nicht stellte... *weshalb nicht?*
Ich blieb nicht lange so sitzen. Ich lauschte auf Geräusche auf der anderen Seite der Wand, denn ich konnte mir gut vorstellen, daß Nasar sich in einem so beklagenswerten emotionalen Zustand befand, daß er nicht zur Ruhe kommen und ganz sicher nicht schlafen konnte. Ich hörte, wie er sich schwerfällig und ungeschickt bewegte. Eine Zeitlang herrschte Stille, doch dann hörte ich ihn von der Treppe hereinkommen. Er war unten im Lebensmittelladen gewesen. Er murmelte vor sich hin und stöhnte. Ich glaubte, ihn weinen zu hören.
Ich zog mich um. Aus einem Impuls heraus kleidete ich mich in mein offizielles sirianisches Dienstgewand. Ich war mir vollkommen im klaren darüber, daß ich Nasar auf korrekte und umißverständliche Weise gegenübertreten wollte. Dann erkundigte ich mich, ob ich eintreten dürfe, wiederholte meine Frage und hörte schließlich sein: »Also gut, komm herein!« Ich trat ein. Er lag ausgestreckt auf der Seite, den Kopf auf den Ellbogen gestützt. Er wirkte ungepflegt und hatte rote Augen. Er war so niedergeschlagen, daß ich mir gut vorstellen konnte, er sei von einer dichten schwarzen Wolke umgeben. Er wirkte regelrecht abstoßend, und ich hörte mich murmeln: »Wie häßlich er ist!« Soviel zur äußerlichen Form meiner Zuneigung. Unwillkürlich mußte ich an die Insektenwesen denken, die, wie Klorathy erklärt hatte, so hochstehend waren und die ich so abstoßend gefunden hatte.
Er wußte, was ich dachte, denn er lächelte kurz und bitter, ohne aufzublicken. »Nimm dir, wenn du hungrig bist«, sagte

er. Er hatte eine Art Tee und Brot besorgt. Ich goß mir eine Tasse ein und füllte seine nach, ohne daß er sich dafür bedankte. Er starrte, ohne mit den Wimpern zu zucken, geradeaus und schien nichts zu sehen. Ich überlegte kurz, ob ich mich auf gleiche Höhe mit ihm oder auf einen Stuhl setzen sollte, der mir Autorität verleihen würde – ich zweifelte nicht daran, daß es zu einer Konfrontation kommen würde. Doch ich ging schließlich mit meiner Tasse zu einer Fensternische und blickte hinaus. Das wollte ich ohnedies tun. Ich konnte nach Nordosten sehen, wo es inzwischen nicht mehr schneite, und nach Südosten, wohin der Schneesturm sich verzog. Die hohen schlanken braunen Kegel tauchten wieder aus der weißen Wolkendecke auf. Die kalten, flauschigen Schneemassen schienen sich bis in halbe Höhe aufzutürmen – aber das war natürlich eine Illusion. Jetzt, nachdem kein Schnee mehr fiel, waren am Fuß der Türme bereits Scharen kleiner dunkler Gestalten am Werk. Sie schufen sich Tunnel und Gänge. Das Gewirr der Unterstadt, das der Sturm verschluckt hatte, kam unter den Bemühungen der tatkräftigen Menschenschwärme wieder zum Vorschein.

Mir drängte sich immer wieder eine Vorstellung – nein, eine Erinnerung – auf: Ich kannte die dunklen Gefühle, die Nasar beherrschten. Vor nicht allzulanger Zeit hatte einer unserer Beamten auf Planet 9 seine moralischen Grundsätze verloren, nachdem man ihn – wie ich dachte und zu seinen Gunsten auch vorbrachte – zu lange dort stationiert hatte. Er war zum Werkzeug einer antisirianischen Partei geworden. Man beauftragte mich, die Situation zu überprüfen. An seiner Schuld gab es keinen Zweifel, und ich brachte ihn zurück auf unseren Heimatplaneten, wo er zu meinem Bedauern hingerichtet wurde. Ich hielt ihn für fähig, sich zu bessern. Bei ihm hatte ich den gleichen finsteren, schwelenden Zorn gespürt, und da er nicht zum Ausbruch kommen durfte, schien er den ganzen Körper des Mannes in eine starke dissonante Schwingung zu versetzen.

Ich sah, daß Nasar nicht ruhig bleiben konnte. Er veränderte dauernd seine Lage, zuckte und wand sich; seine Augen wanderten unruhig im Raum umher. Er seufzte, warf den Kopf zurück, keuchte und starrte dann wieder düster vor sich hin. Doch er beobachtete mich ebenfalls. Ich sah, daß er überlegte – er bereitete sich wachsam vor. Wollte er sich wieder in Elylés Sklaverei begeben? Da ich ihre Macht am eigenen Leib gespürt hatte, konnte ich ihn gut verstehen – ich verstand es, obwohl mir bei dem Gedanken schauderte.

»Ganz richtig«, erklärte er plötzlich, »aber nein, ich werde nicht zurückgehen. Es ist mir endlich gelungen, mich davon zu befreien. Und vermutlich habe ich das dir zu verdanken.«

Ich überlegte, wie und wann er wissen konnte, was ich dachte, während er weitersprach. »Aber das hat seinen Preis, Sirius. Sicherlich wird es dich nicht überraschen zu erfahren, welchen Preis.«

Bei diesen Worten wußte ich, er würde die Artefakte von mir verlangen. In dieser Bedrängnis befand ich mich also nach wie vor.

»Richtig«, sagte er, »wie du weißt, habe ich die Dinge nicht mehr, die ich brauche, um mich hier zu schützen...«

»Du hast sie weggegeben«, sagte ich ziemlich trocken.

Er sprang auf, ging mit großen Schritten im Zimmer auf und ab, hin und her, hielt manchmal inne, stand dann ganz still und starrte mit leicht geöffnetem Mund vor sich hin. Dann nahm er seine ruhelose, ziellose, gehetzte Wanderung im Raum wieder auf – es machte mich ganz krank, ihm zuzusehen. Deshalb drehte ich mich um und sah über die braunen Türme hinweg auf den davonziehenden Schneesturm. Ich hörte die Winde im grauen Himmel klagen und flüstern.

»Ich muß sie haben«, sagte er, »ich muß.«

»Ich auch. Man hat mich eingeladen. Deshalb bin ich hier. Man hat mir diese Dinge gegeben und mir gesagt, wie ich sie zu benutzen habe. Und ich fühle mich nicht berechtigt, sie wegzugeben.«

»Sie *zurück*...zu...geben, sie mir – Nasar von Canopus zurückzugeben.«

»Man hat mir ausdrücklich gesagt, sie niemandem zu geben«, erwiderte ich.

Ich spürte seinen Blick und drehte mich um. Da stand er und

starrte vor sich hin – er saß in der Falle. Genauso empfand er es.
Jetzt wußte ich, was er dachte, und ich sagte: »Nichts hindert dich daran, sie mir abzunehmen. Du bist stärker als ich. Aber schließlich befand sich Canopus immer in der Position, sich einfach alles zu *nehmen*.«
Ich sah, wie ihn ein Schauer durchlief, als habe ihn eine dunkle Macht losgelassen. Er konnte wieder gerade stehen und leichter atmen.
»Vielen Dank, daß du mich daran erinnert hast«, sagte er keineswegs ohne Humor – und ich hörte *diesen* Ton mit großer Erleichterung. Aber er hatte auch mit wiedererwachtem Verantwortungsbewußtsein gesprochen, und er sah mich jetzt anders an. »Ja, vielen Dank. Danke, Sirius.« Er blieb stehen, als warte er auf mehr.
Jetzt drehte ich mich um und wandte mich ihm ganz zu. Mir wurde die Ironie und der Jammer dieser Situation bewußt: Ich trug die Dienstkleidung der obersten Administration – natürlich von Sirius – und stand Canopus, unserer hochherzigen, uns überlegenen Macht, gegenüber, doch in Gestalt dieses verbrecherischen Beamten. Er reagierte auf dieses (unausgesprochene) Wort augenblicklich.
»*Ihr* habt Verbrecher«, sagte er lächelnd, »wir ... gehen einfach unter.« Und er lachte. Das Lachen klang echt. Dann veränderte es sich plötzlich, und er war wieder gehetzt und getrieben. Von neuem lief er wie gejagt mit großen Schritten im Zimmer hin und her.
»Was macht ihr mit euren Verbrechern, Sirius? Was würde mit mir geschehen, wenn ich einer von euch wäre?«
»Ich glaube, man würde dich hinrichten.«
»Ja, das dachte ich mir. Angenommen, ich stimme mit dir überein und nicht mit meinem geliebten Reich? Angenommen, ich glaube, man sollte mich hinrichten?«
»Du möchtest bestraft werden?« fragte ich so trocken wie möglich. Wieder sah ich, wie er sich aufrichtete und die dunkle Last sich von ihm hob. Er erwiderte ebenso trocken: »Ja, und vielleicht ist es das. Aber, Sirius, wenn ich sage, daß sie einen Feh-

ler gemacht haben, meine ich es wirklich. Ich war nicht stark genug für meine Arbeit.«

»Hast du niemals Urlaub?« fragte ich. »Sie stationieren dich doch sicher nicht auf ewige Zeiten hier – sicher nicht so lange, wie du es mir erzählst.«

Jetzt kam er zu mir, lehnte sich an die innere Wand der Fensternische und sah mich an.

»Ich nehme an«, sagte er, »du gehörst zu den Liberalen auf Sirius.«

»Ja.«

»Arme Sirianerin«, sagte er leise und sah mich mit diesen dunkelbronzenen, kupfernen oder bernsteinfarbenen Augen unverwandt und eindringlich an. »Arme, arme Sirianerin.«

Dies kam völlig unerwartet und brachte mich aus dem Gleichgewicht. Wir standen nahe beieinander und sahen uns in die Augen. Ich dachte jetzt nicht an Klorathy oder an meine Bemühungen um seine echte Freundschaft oder etwas Ähnliches. Nasars Worte gaben mir das Gefühl, dicht vor der Lösung irgendeines Rätsels oder vor einer Erkenntnis zu stehen.

Ich wartete, bis ich einigermaßen ruhig sprechen konnte und fragte dann: »Weshalb gehst du nicht einfach zurück nach Hause und sagst dort, was du mir sagst.«

»Weil ich das schon getan habe.«

»Also hattest du Urlaub?«

»Ja, aber das war schon vor langer Zeit – kurz nach der ›Strafe‹, wie diese Würmer hier es nennen. Aber, Sirius, weißt du, was es bedeutet, *dort* zu sein und dann wieder hierher zurückzukehren? Weißt du, wie man sich fühlt? Wie absolut *unerträglich* ...«, er drehte sich abrupt um und nahm seine verzweifelte Wanderung durch das Zimmer wieder auf.

»Kurz gesagt«, erklärte er, »es lohnt sich nicht, nach Hause zu gehen, wenn man wieder zurückkommen muß. Und ich muß zurückkommen... jedenfalls sagen sie das. Hier ist mein Platz. Hier, in diesem Höllenloch. Shikasta, der entehrte und schändliche Planet. *Hier.*«

»Rohanda ist sehr schön«, erwiderte ich und seufzte beim Gedanken an meinen langen Aufenthalt auf dem Südlichen Kontinent vor dem Versagen der Schleuse. »Kein Planet unseres Systems ist so schön, so reich und so...« Ich sah in das goldene Licht am grauen Himmel im Südosten, wo der Sturm sich inzwischen fast gelegt hatte. Den benachbarten braunen kegelförmigen Turm überzog vom Fuß bis zur Spitze ein höchst elegantes schwarzweißes Muster: Der Schnee konturierte jede Fensteröffnung. Die Symmetrie und Ausgewogenheit der Muster verschaffte mir eine große Befriedigung. Und genau das bot *Rohanda* – ich war schlichtweg nicht bereit, ihr armseliges Wort für den Planeten zu benutzen – in solcher Fülle. Reiche Nahrung für die Sinne – immer und freigebig.

»Ja, es ist schön hier«, sagte er mit erstickter Stimme. Er hatte sich hoch aufgerichtet, die Hand lag an der Kehle, und die Lider der festgeschlossenen Augen zitterten. Er dachte an Elylé.

»Ich verstehe«, sagte ich ruhig. Er riß die Augen auf und sah mich düster, aber mit klarem Blick an. Dann kam er mit großen Schritten herüber, beugte sich über mich und sah mir in die Augen. »Auch wenn ich eine vertrocknete Bürokratin bin, verstehe ich es sehr gut. Ich wünschte, es wäre nicht so.« Ich konnte einen Schauder nicht unterdrücken.

»Danke«, sagte er und entfernte sich wieder.

»Ich möchte gerne etwas über die Stadt wissen... vor dem Niedergang.«

Er lachte, aber voll Bitterkeit. »Und die anderen Städte... ehe ihr Niedergang einsetzte... denn ihr Niedergang setzt immer ein, immer.«

»Immer?«

»Ja.«

»Also müßt ihr damit rechnen?«

»Ja«, sagte er seufzend, der dunkle Schatten war wieder verschwunden und neben mir stand Nasar, war einfach *da*. »Ja, wir rechnen damit. Wir wissen, wenn wir eine Stadt bauen, ein Schmuckstück, ein Lied machen oder einen Gedanken denken, dann beginnt alles sofort abzugleiten, abzuweichen – ganz wie *ich* es getan habe, Sirius... und dann... pfft! Das war es dann, vorbei! Diese Stadt, die Stadt der einundzwanzig hohen Türme sagst du? Und was ist mit der Stadt dort drüben? Siehst du sie?« Und er deutete dorthin, wo der Sturm sich verzogen hatte. Ich konnte nur einen undeutlichen Fleck am weißen Horizont erkennen. »Das ist die Stadt der Gärten. Das *war* die Stadt der Gärten...«

»Und was ist sie jetzt?«

»Eine Stadt mit Gärten«, sagte er grimmig, wild, düster und bebend. »Eine Gartenstadt. Elylé liebt sie. Sie hat ein Haus dort mit Springbrunnen und Lustgärten... Elylé, Elylé«, er stöhnte plötzlich, wiegte sich hin und her und schlug die Hände vor das Gesicht.

»Nasar«, sagte ich scharf. Er seufzte und nahm sich zusammen.

»Du wirst mir deine Ohrringe geben müssen«, sagte er. Er kam herüber, packte mich bei den Schultern und sah mir mit zusammengekniffenen Augen ins Gesicht. Der Druck der großen Hände schmerzte. Er spürte, wie ich erstarrte, und er lockerte den Griff. »An dir ist nichts dran«, sagte er ungläubig, »ein trockenes Gestell von einer Frau mit einem klugen, kleinen Gesicht und einem...«

»Nein, ich bin nicht Elylé«, sagte ich ruhig, »möchtest du, daß ich deshalb traurig bin?«

»Nein«, erwiderte er knapp und kam wieder zu sich.

»Nasar, möchtest du die Ohrringe, weil du dann hierbleiben kannst, anstatt zurückzukehren... weil man dich zurückgerufen hat... und du nicht gehen möchtest?«

»Genauso ist es.«

»Aber werden sie... nicht kommen und dich bestrafen?«

»Nein«, erwiderte er mit seinem kurzen Auflachen – ich wußte jetzt, daß es mit dem Vergleich zusammenhing, den er innerlich mit Canopus anstellte und dem, was ich als Sirianerin aus Canopus machte. »Nein, wozu Strafen? Welche Strafe könnte schlimmer sein als *dies*...« Er schloß die Augen und warf den Kopf zurück, wobei er eine Art Heulen ausstieß. Ja, es klang wie das Heulen eines verzweifelten Tieres. »Ohhh«, heulte oder stöhnte er, »so zu *sein*, Teil geworden, Shikasta geworden zu sein... Shammat zu sein...«

»Du bist nicht Shammat«, sagte ich scharf und kalt... und erschrocken.
»Was, glaubst du, ist Shammat, Sirius?« Wieder marschierte er mit großen Schritten verzweifelt und ziellos durch das Zimmer, wobei er immer wieder stehenblieb.
Und ich hatte wieder ein Steinchen mehr – das spürte ich – für mein Puzzle.
»Shammat ist nicht nur eine äußerliche Tyrannei?«
»Das ist doch wohl klar?«
»Ich verstehe.«
Er erkundigte sich tatsächlich überrascht: »Wieso mußt du das fragen?«
»Ich frage... und frage... und frage... es gibt Fragen, die ich immer wieder zu stellen scheine. Aber ich erhalte nie eine Antwort darauf.«
»War das denn keine Antwort?«
Eine Art Halbwissen schien mich zu belasten, etwas, das zu viel, zu schmerzhaft und zu dunkel war... wie lange, dunkle, innere Klage. Und in Nasars Gesicht sah ich sie ebenfalls.
»Dies ist ein schrecklicher Ort«, sagte er traurig, als schien er plötzlich zum ersten Mal etwas zu sehen – er, der so lange damit gelebt hatte! Doch er erwog es von neuem. »Ein schrecklicher Ort.«
»Willst du mir nicht sagen, *weshalb*?« fragte ich, »bitte versuche, es mir zu sagen. Was *ist* Shammat? Das möchte ich wissen.« Und ich fügte hinzu: »Könnte ich Canopus verstehen, wenn ich das wüßte?«

Darauf lachte er – ein echtes Lachen. »Was Shammat ist, möchtest zu wissen? Shammat ist... wenn du eine Stadt baust – und zwar vollkommen und richtig, so daß jedes Gefühl und jeder Gedanke darin von Canopus kommt... dann beginnen die Töne allmählich falsch zu klingen – zunächst nur etwas, dann mehr und mehr... bis innerhalb von kurzer Zeit das Canopus-Wesen verschwunden ist. Es ist entglitten, es ist wirkungslos geworden... wie ich... und wenn man dann wieder anfängt, und sagen wir, zehn Menschen auswählt und sie zu Schülern von Canopus macht... wenn man es kann, wenn man es *kann*... mehr kann man nicht tun, denn Shammat erhebt sich und schlägt zurück. Und den Zehn, die das Wesen von Canopus in sich tragen, stehen zehn mal zehn von Shammat gegenüber. Diesen Zehn ist man zugetan, wenn sie standhaft bleiben, *wenn* sie standhaft bleiben, wenn sie nicht abfallen wie ich... und wenn man Liebe sagt, dann ist Liebe das richtige Wort. Es ist Liebe, jawohl. Aber dann...«, nun murmelte er in wahnsinniger, wilder Verzweiflung und Qual vor sich hin, »... aber dann ist es Liebe mit einem Sprung. Der Ton klingt falsch, immer falscher... und dann ist es nicht mehr Liebe, sondern Begehren. Oh, Elylé, Elylé, Elylé, die Schöne, meine Schöne...«

»Nasar!« Ich unterbrach ihn. Er seufzte und gewann seine Fassung wieder. »Ja«, sagte er, »Liebe, das goldene Wort, singt hier ihr Lied nicht lange, ehe ihr die Stimme bricht... Mit der Liebe geht es langsam wie auf einer Spirale abwärts, und dann verwandelt sie sich in Haß. Alles Vollkommene verkehrt sich in sein Gegenteil. Das ist Shammat! Du fragst, was Shammat ist... es bedeutet, wenn du Liebe sagst, dauert es nicht lange, bis Haß daraus wird. Und wenn du Harmonie aufbaust, dann verwandelt sie sich bald in Streit. Wenn du Frieden sagst, dauert es nicht lange, bis Krieg herrscht. Das ist Shammat, Sirius.«

»Und doch bleibt Canopus beharrlich hier. Canopus behält den Planeten. Canopus entledigt sich seiner nicht. Rohanda steht unter eurem Schutz.«

»Das entspricht unserer Politik.«

»Und du stimmst dem nicht zu?«

»Nein, ich stimme dem nicht zu... aber schließlich bin *ich* jetzt Shammat... zumindest einen Großteil der Zeit. Was bedeutet es also, ob ich zustimme oder nicht?«

»Sag mir, hat man dich zurückgerufen, und du willst nicht gehen?«

»Ja.«

»Weil du die Gefühle nicht ertragen kannst, die bei deiner Rückkehr hierher dich überfallen?«

»Ja.«

»Wenn ich dir die Ohrringe und die anderen Gegenstände geben würde...«

»Oh, die Ohrringe würden genügen. Sie würden schon genügen«, murmelte er verzweifelt, ausweichend und heftig.

»Wie könnten sie genügen? Es gibt bestimmte genaue und festgelegte Übungen, die sich immer ändern, wenn sich die Umstände ändern... Ist es nicht so?«

Er starrte mich mürrisch an – auf eine gewisse Art voll Bewunderung, aber auch voll Abneigung.

»Ganz richtig.«

»Wen du mich also um die Ohrringe bittest, können sie dir unmöglich dazu verhelfen, hier gesund zu bleiben. Das heißt also, du willst sie Elylé schenken. Habe ich recht? Oder gibt es noch einen anderen Grund?«

»Möglicherweise.«

»Kann es sein, daß die Puttioraner, in deren Besitz sich die Ohrringe befinden und die sie falsch benutzen, dich unter Druck setzen, damit du dich ihnen anschließt?« Ich hörte, daß meine Stimme spröde, empört... und ungläubig klang.

»Etwas in der Art.«

»Puttiora kann dich doch unmöglich reizen?«

»Weshalb nicht? Wenn Elylé mich reizen kann... und mehr als reizen... ist dir klar, daß ich so gut wie ihr Ehemann bin, seit... oh, ich will gar nicht daran denken, wie lange schon...«

»Nun, wie lange?« fragte ich, denn mir kam der Gedanke, daß diese Wesen nur sehr kurz lebten.

»Richtig, Sirius. Darin liegt die zusätzliche Qual: Diese vollkommene und unglaubliche Schönheit ist... etwas für den Augenblick. Sie ist wie Schnee auf der Hand. Es ist, als würde man sich an der Vollkommenheit eines Schmetterlings berauschen, verlieren und darüber trunken werden. Habt ihr Schmetterlinge auf Sirius?«

»Nein, aber ich habe sie schon gesehen.«

»In den Begriffen von Shikasta habe ich Elylé lange *geliebt* – verzeih dieses Wort. Nach unseren Begriffen, unserer Zeit, trinke, betrinke, berausche ich mich an etwas, verliere ich mich in etwas, das vor meinen Augen vergeht. Es ist, als wolle man eine Schneeflocke besitzen. Kannst du dir diese Faszination vorstellen, Sirius?«

»Nasar, du solltest nach Hause zurückgehen. Und du solltest das alles sagen... an der richtigen Stelle.«

»Und dann?« fragte er – amüsiert, das konnte ich sehen. Er fragte es, als sei ich ein kleines Kind.

»Nun gut«, sagte ich, »Sirius hat andere Gepflogenheiten als Canopus. Aber die Probleme der Disziplin sind doch wohl überall die gleichen? Du solltest deinen Befehlen gehorchen, deine Pflichtvergessenheit offen gestehen und deine Strafe entgegennehmen... aber du sagst, bei euch gibt es keine Strafen.«

Er seufzte und ging wieder ruhelos im Zimmer auf und ab.

»Und du solltest deinen Standpunkt vertreten... du solltest sagen, daß deiner Ansicht nach die Politik für diesen Planeten falsch ist.«

Er warf sich auf einen Stapel Kissen, streckte sich aus, verschränkte die Arme hinter dem Kopf und beobachtete mich lächelnd.

»Canopus sollte mit Canopus diskutieren«, sagte er, »nun, warum auch nicht? Das hat es noch nie gegeben. Aber...«, er lachte.

»Ich verstehe nicht, was so lustig daran ist«, sagte ich, »aber ich besitze sehr große Erfahrungen in der Verwaltung von Planeten und im Umgang mit den zuständigen Beamten. Ich habe immer eine Politik befürwortet, die nicht nur zuläßt, sondern darauf beharrt, daß die Ansichten aller Beschäftigten in der Behörde jederzeit gehört werden. Einer Administration, deren Hauptsitz sich auf dem Heimatplaneten befinden muß, ist es unmöglich, über die lokalen Probleme *immer* auf dem laufenden zu sein. So und nur so kann es geschehen, daß die administrative Politik kopflastig und unflexibel wird. Wenn zwischen der Zentrale und den Beamten vor Ort keine ständige und aktive Verbindung besteht, muß man nach meiner Erfahrung mit Fehlentwicklungen rechnen.«

Ich muß hier berichten, daß er lachte, bis ich sehr wütend wur-

de – allerdings in Sachen Sirius und nicht meinetwegen, denn damit wurde Sirius kritisiert.
»Also gut«, erklärte er, »ich werde wie befohlen zurückkehren. Ich werde aktive Rehabilitationsmaßnahmen verlangen... denn das brauche ich ganz bestimmt. Ich werde das Recht verlangen, zu der herrschenden Kritik eine Gegenansicht vorzutragen. Ich werde sagen, es geschehe auf den Rat von Sirius...« Er hätte beinahe wieder gelacht, doch dann sah er mein Gesicht und hielt sich zurück. »Es tut mir leid«, sagte er, »wirklich, es tut mir leid, aber du weißt einfach nicht...«
»Nein, ich weiß es nicht. Aber ich möchte, daß du weitersprichst. Wenn deine Überredungskünste versagen und die herrschende Politik nicht geändert wird, dann...«, ich zögerte. »Ich will nicht versuchen, vor dir zu verheimlichen, daß Sirius Rohanda gerne ganz hätte. Offensichtlich unterscheiden sich unsere Vorstellungen von euren... Sagen wir, sie sind nicht so hochfliegend! Wir könnten diesen Planeten für unsere Versuche benutzen. Die südliche Hemisphäre hat uns dabei gute Dienste geleistet...« Jetzt mußte ich mich bremsen. Ich hatte mich gezwungen gesehen, diesem canopäischen Beamten gegenüber die Funktion einer Ranghöheren oder sogar einer Vorgesetzten einzunehmen. Darüber hatte ich vergessen, daß wir auf diesem Planeten nicht immer ein ehrliches Spiel getrieben haben! Wieder einmal hoffte ich, ein Canopäer könne meine Gedanken nicht lesen, wußte aber, daß er es tat.
Ich überwand mich, soviel zu sagen: »Wußtet ihr, daß einige unserer Versuche im Süden nicht immer in Übereinstimmung mit unseren Verträgen standen?«
»Ja, natürlich wissen wir das!«
Er schien nicht geneigt, mehr zu sagen. Weil es unwichtig war?
»Es war vorauszusehen und einkalkuliert, daß ihr euch nicht immer an den Geist unserer Verträge halten würdet... von den Buchstaben ganz zu schweigen.«
Jetzt wurde ich zornig und ging in Verteidigungsstellung. »Ich kann nicht verstehen, daß Canopus diesem unterentwickelten kleinen Planeten einerseits eine weit wichtigere Rolle einräumt

als wir – ganz sicher bemüht ihr euch weit mehr um ihn als wir –, andererseits aber ungewöhnlich nachlässig zu sein scheint ...«
Noch während ich sprach, schossen mir Worte durch den Kopf, die ich mit einem Gefühl des Überdrusses wahrnahm.
»Ich nehme an, als nächstes wirst du sagen, daß alles, was ihr tut, in Einklang mit dem steht, was notwendig ist.«
»Was könnte ich sonst sagen?« fragte er aufrichtig überrascht.
Aus irgendeinem Grund fielen mir die insektenähnlichen Bewohner ihres Planeten 11 ein. Ich erinnerte mich an ein Kind, ein zartes rosa Würmchen, das in milchigen, halb durchsichtigen Armen lag und das wogende Tentakeln umgaben. Und diese widerlichen Kreaturen standen auf der evolutionären Leiter höher als ich oder wurden zumindest von Klorathy und deshalb auch von Nasar hoch geschätzt. Dem Verständnis des »Notwendigen« näherzukommen, schien von mir ein Potential von Toleranz zu verlangen, das ich – wie ich glaubte – nie besitzen würde. Und doch hatten wir – Canopus und ich – wieder einen Punkt erreicht, an dem die Erkenntnis dicht davor zu stehen schien, zaghaft ins Licht zu rücken. Und dann verschwand sie wieder. Sie ging unter im Zorn, in Schuldgefühlen und in mangelndem Vertrauen auf meine Fähigkeiten.
Ich wußte nicht, was ich *nicht* verstanden hatte.
Ich hörte mich immer wieder leise sagen: »Ich verstehe es nicht. Ich verstehe es nicht.«
»Arme Sirianerin«, sagte Nasar wie schon einmal.
»Was geschieht, wenn es dir nicht gelingt, sie zu überzeugen?« fragte ich.
Er stand auf. Er wirkte erschöpft, aschgrau und fahl. Alle Kraft war aus ihm gewichen.
»Ich werde jetzt nach Hause gehen. Ich will deinen Rat befolgen. Wenn es mir gelingt zu erreichen, daß mein Antrag auf Überprüfung der Kolonialpolitik angenommen wird, werde ich sagen, daß wir Shikasta meiner Ansicht nach aufgeben sollen. Ich werde erklären, daß Sirius offiziell sein Interesse daran bekundet, Shikasta zu übernehmen. Wenn ich keinen Erfolg habe und die bestehende Politik nicht geändert wird – und das

wird geschehen, Sirius, erwarte bitte nicht allzuviel –, habe ich vermutlich das Vergnügen, dich hier irgendwann wiederzusehen.«
»Ist dir nicht möglich, um Versetzung auf einen anderen Planeten zu bitten?«
»Ich glaube nicht... aber drücken wir es so aus: Sobald ich dort bin und meine normale geistige Verfassung wiedergewonnen habe, werde ich wahrscheinlich keine Versetzung beantragen.«
»Das verstehe ich nicht«, ich ließ nicht locker, »wenn du wieder hierher zurückkommst, wirst du doch hoffentlich darüber sprechen, daß man dich nicht zu lange ohne regelmäßige Beurlaubungen hier unten läßt.«
Er lächelte wieder. Es war ein freundliches, sogar anerkennendes und sogar – wieder – gewissermaßen bewunderndes Lächeln. »Ich werde dafür sorgen, daß deine Ansichten bekannt werden«, sagte er.
»Welche Arbeit wird man dir zuweisen, wenn du zurückkommst? Was glaubst du?«
»Welche? Ach, man wird mich wie immer an einen neuen Ort schicken... natürlich wird dir nicht entgangen sein, daß die Städte im östlichen Teil der zentralen Landmasse bald unter Sand begraben sein werden.«
»Nein, das ist mir nicht entgangen.«
»Genauso ist es... und entweder finde ich mich in einer schrecklichen Stadt wieder, die ich *zuerst* als eine Hölle und Folter empfinde und dann... vielleicht wird sich alles wiederholen? Wie auch immer, ich werde den Strom in Gang setzen, über den Fluß wachen und Shammat in seine Grenzen verweisen... das alles, das alles werde ich tun... wie ich es immer tue! Vielleicht gibt man mir auch den Auftrag, eine neue Stadt zu gründen oder viele Städte wie diese... alle vollkommen, vollkommen... bis...«
»Wie machst du das, Städte gründen?« fragte ich... und wieder kam mir das Wort in den Sinn: »Ach, wie es dem Bedürfnis entspricht«, sagte ich, »ja, ja, aber wie?«
»Ich glaube, ich gehe jetzt«, sagte er, »wer weiß, was geschieht,

wenn ich es nicht tue! Dann finde ich mich vielleicht sogar bei Elylé wieder... ich möchte es nicht ausschließen, das kann ich dir versichern.«

»Wie wirst du dein Raumschiff rufen?« fragte ich.

»Ich werde... auf andere Weise zurückkehren«, sagte er, »leb wohl, Sirius, und vielen Dank. Achte auf deine Dinge... die Ohrringe und das andere... sie werden danach suchen und sie werden nach dir suchen. Wenn sie feststellen, daß ich verschwunden bin, nehmen sie das vielleicht als Vorwand, um dich gefangenzunehmen... Ich rate dir, ruf dein Raumschiff und reise ab.«

Er lief aus dem Zimmer. Nach einiger Zeit sah ich, wie er als eine kleine dunkle Gestalt am Fuß des Turmes auftauchte. Er hatte keinen Mantel mitgenommen. Allmählich begriff ich. Er wollte in die große Schneewüste hinausgehen und dort sterben. Das gab mir Stoff zum Nachdenken. Damit setzte bei mir ein neues Verständnis ein. Ich begriff langsam etwas vom canopäischen Verhalten und daß sie etwas anderes unter »Gehen und Kommen« verstanden, unter »Reisen«, wenn man so will... Damals blieb mir nicht genug Zeit, das alles zu Ende zu denken, ebensowenig konnte ich in aller Ruhe über das lange Gespräch mit Canopus nachgrübeln, das so viele Wege zu neuen Erkenntnissen öffnete. Ich beobachtete, wie Nasar sich vorwärtskämpfte. Die niedrigen dicken Wolken im Nordosten verrieten mir, daß es bald wieder schneien würde. Aber Nasar war dann schon lange in den aufgetürmten Schneemassen verschwunden. Ich wußte, er würde sehr bald tot sein. Ich konnte mit einiger Sicherheit annehmen, daß man ihn nicht finden würde, bis der Schnee schmolz. Dann würde ich fürchten müssen, daß die Puttioraner kommen und mich abholen würden. Vermutlich würden sie mich beschuldigen, ich hätte das Verschwinden eines Menschen nicht gemeldet oder sogar, ich hätte ihn ermordet – wer wußte, womit man an einem solchen Ort rechnen mußte! Aber bis zur Schneeschmelze war es noch lange. Ich hatte gehofft, den Frühling abwarten zu können. Ich stand am Fenster und blickte auf die Landschaft, in der sich das Weiß ballte. Ich dachte daran, daß dies alles Wasser war. Wie

würde es beim Wechsel der Jahreszeit um diese Türme strömen und rauschen! Ich würde hier oben in der kleinen Turmspitze stehen und auf die braunen Fluten hinunterblicken – und dann, so glaubte ich, würde die Vegetation mit einem Schlag hervorbrechen. So etwas hatte ich noch nie gesehen.
Es gab keinen Grund, an einer Warnung von Canopus zu zweifeln oder sie zu überhören. Ich wollte mich diesen Puttioranern nicht stellen müssen, auch nicht diesem degenerierten, lächelnden, grausamen Haufen – die der Genußsucht verfallenen Klassen sind auf ihre träge, gleichgültige Art immer grausam... Weshalb sollte ich also hier warten? Warum? Natürlich, um Klorathy zu begegnen.
Ich war hierhergekommen, um Klorathy zu treffen.
Ich begriff, daß ich Klorathy getroffen hatte. Es gab da ein Geheimnis, und ich erwartete damals nicht, es zu enträtseln. Aber ich wußte, daß es ein Geheimnis gab.
Ich beschloß, mein wartendes Raumschiff zu rufen und abzureisen. Ich gab das Signal und packte meine Habe. In einer Truhe fand ich ein zusammengefaltetes Gewand mit einer Kapuze. Ich zog es an. Ich wollte nicht dunkelgekleidet im weißen Schnee auffallen und gefangengenommen werden.
Gerade als ich die Räume hoch oben in der Spitze des Turmes verlassen und hinunter auf die Straße gehen wollte, sah ich dort ein paar Papierbögen liegen, wo Nasar sich ausgestreckt hatte, ehe ich das Zimmer betrat.
Darauf standen seine Verzweiflung, sein Elend, sein Selbsthaß und seine Konflikte in abgerissenen, manchmal schmähenden oder obszönen Worten. Ich blätterte in den vielen Seiten und überflog sie: Es handelte sich um die Kommentare von vielen Monaten. Auf der Seite, die er offensichtlich geschrieben hatte, kurz ehe ich hereingekommen war, las ich folgendes:

Immer und immer wieder kommt mir ein Gedanke. Vielleicht bin ich jetzt nicht in der Lage, mich Canopus und meinem eigenen Wesen zu stellen und die Schande zu ertragen, unter der ich zusammenbrechen werde, wenn ich darüber nachdenke, was ich hier gewesen bin. Doch ich muß nur an

Sirius denken, um die bessere Seite in mir stärker werden zu lassen. Beim Gedanken an Sirius spüre ich, daß es mir vielleicht doch noch gelingen wird, mich zu meiner Pflicht zu zwingen. Wie kann ein Reich so groß, so stark, so aktiv, so erfinderisch sein, soviel Erfahrung besitzen und so lange bestehen, wie kann es in so vieler Hinsicht bewundernswert sein – und doch nie auch nur die geringste Ahnung von der wesentlichen Tatsache besitzen? Sie machen weiter, sie erblühen, sie erleben Perioden des Niedergangs, sie treffen Entscheidungen, machen wieder Fortschritte... sie lassen zu, daß sich ihre Bevölkerung unkontrolliert vermehrt und begrenzen sie dann praktisch auf nichts. Und all das geschieht in Übereinstimmung mit einem temporären Gleichgewicht sozialer Kräfte und Meinungen – *niemals* in Übereinstimmung mit dem Bedürfnis. Diese tüchtige, korrekte und fähige Beamtin, die nicht dazu in der Lage wäre, so beschämend zu versagen wie ich, ist unfähig zu begreifen, welche *Funktion* Canopus hat, und welche *Funktion* Sirius haben könnte. Liegt nicht allein in diesem Gedanken genug Kraft, um mich wieder zur Einheit zurückfinden zu lassen?

Genau das stand dort geschrieben. Ich steckte das Blatt aus einem spröden, gleichzeitig aber geschmeidigen Material, das ich nicht kannte, zu mir. Dann lief ich ebenfalls schnell die Treppe hinunter und in die weiße Landschaft hinaus. Es schneite wieder, aber nicht sehr heftig. Ich fürchtete nicht, das Raumschiff nicht wiederzufinden, sondern nur, daß man mich daran hindern würde, die Stadt zu verlassen. Ich sah ein paar puttioranische Wachen am Fuß des letzten Turms und lief schnell den Weg zurück, der mich bei meiner Ankunft in die Stadt geführt hatte. Es war schwierig, nicht von der Straße abzukommen. Nur schwache Einbuchtungen wiesen auf die Gräben zu beiden Seiten hin. Ich stolperte vorwärts und überlegte, ob Nasar immer noch aufrecht durch den Schnee wanderte, oder ob er bereits gestürzt war und starb. Es war merkwürdig, so etwas zu denken: Wir rechneten nicht damit zu sterben! Wir vom siriani-

schen Mutterplaneten können unsere Körper so gut wie unbegrenzt erneuern. Der Tod besitzt für uns kaum Realität. Und Canopus benutzte Körper wie Kleidungsstücke...
Ich mußte nicht lange laufen, bis ich das sanft glänzende Raumschiff entdeckte. Und im nächsten Moment war ich im Innern, aufgestiegen und hatte die weißen Massen hinter mir gelassen – bald ragten unter uns die braunen Kegel aus der weißen Decke auf, und über uns, am Nachthimmel von Rohanda, leuchteten unzählige Sterne. Ich hielt nach unserem eigenen geliebten Stern Ausschau, der ein so freundliches Glänzen über unserem Heimatplaneten verbreitete. Doch mein Ziel war die südliche Hemisphäre. Wir glitten über die endlose weiße Weite unter uns, dann über die ebenfalls weißen hohen Berge, und plötzlich lag unten das blaue Meer. Die Versuche, die ich dort organisieren wollte, stehen in keinem Zusammenhang mit diesem Bericht.
Und so schließe ich das Kapitel über meine Begegnung mit Canopus in Koshi, einer der Städte im Osten der zentralen Landmasse.

Der Planet 3 (1), die Tiere von Planet 9

Lange Zeit kam ich nicht in die Nähe von Rohanda, sondern befand mich am anderen Ende unseres Reichs. Ich beschäftigte mich mit Problemen, meist psychologischer Natur, die mit der Verringerung der Bevölkerungszahlen in Zusammenhang standen. Mir gefiel diese Arbeit nicht, und wenn diese Probleme nicht so belastend und für das Reich oft gefährlich gewesen wären, hätte ich Rohanda besucht, um mir persönlich ein Bild vom Verlauf der dort durchgeführten Versuche zu machen. Es handelte sich nicht um soziobiologische Experimente, sondern um Laboratoriumsarbeiten kleineren Umfangs im Bereich der Genforschung und Genmanipulation.
Erst als Planet 3 (1) und seine Zukunft zur Diskussion standen, konnte ich guten Gewissens nach Hause zurückkehren, um an

den Beratungen über unsere Politik teilzunehmen, und danach eine Dienstreise nach Rohanda ins Auge fassen.
Die Debatten über unsere Politik zogen sich in die Länge und verliefen sogar sehr stürmisch. Wir hatten uns an die Entscheidung, keine weiteren Planeten zu erwerben und zu entwickeln, gehalten. Planet 3 (1) war der Mond oder Satellit von Planet 3, der aktiv genutzt wurde. Den Mond hatte man nie erschlossen, und es gab dort beinahe keinen Sauerstoff. Doch er gehörte zur Klasse jener Planeten, die als potentiell außerordentlich nützlich und zukunftsträchtig galten, falls ihre Atmosphäre entsprechend verändert werden konnte. Auf dem Höhepunkt der Expansion unseres Reiches hatte man entsprechende Pläne ausgearbeitet, denn auf 3 (1) gab es alle Arten von Mineralien in großen Mengen. Doch solange wir eine Politik des Rückzugs und der Verringerung verfolgten, war die Suche nach neuen Mineralvorkommen überflüssig. Ich glaube, es ist nicht weit von der Wahrheit entfernt, wenn ich sage, daß wir 3 (1) übersahen, ihn sogar vergaßen. Auf Planet 3 gab es keine größeren Probleme, und sein Mond spielte keine wichtige Rolle, abgesehen von seiner Auswirkung auf die Schwerkraft.
Die Frage nach der Erschließung von 3 (1) tauchte auf, weil im Kolonialdienst immer eine latente Sehnsucht nach den alten Tagen der Expansion und des Fortschritts besteht. Ich sage das im Bewußtsein, daß ich damit Kritik provoziere und in den Ruf gerate, eine alte Imperialistin zu sein. Aber weshalb soll man der Wahrheit aus dem Weg gehen! Meiner Ansicht nach beruhen sehr viele Leiden und Probleme in unserer Behörde auf dieser Sehnsucht. Etwas im sirianischen Wesen verlangt nach Herausforderungen und entfaltet sich am besten, wenn es darum geht, einen neuen Planeten zu erschließen und die damit verbundenen Probleme zu lösen, Statuten für ihn zu erstellen und die allgemeine Entwicklung einzuleiten. Ich behaupte, zu *expandieren* ist, wenn nicht normal für uns (in dem Sinne, daß es *richtig* wäre), so doch zumindest der Zustand, in dem wir uns am wohlsten fühlen. Es ist *nicht* aufregend, inspiriert die Angehörigen des Kolonialdienstes nicht und gibt ihnen keine Möglichkeiten, sich zu entfalten, Planeten zu überwachen und

sie bei einem allgemein niedrigen Energiehaushalt in bewußt stabilem Zustand zu halten. Weshalb würden wir so viele sorgsam erarbeitete Aktionen durchführen, mit denen wir dem Kolonialdienst gezielt Herausforderungen stellen, wenn dies nicht der Wahrheit entspräche?
Nein, in Wahrheit wurden wir wieder auf Planet 3 (1) aufmerksam, weil viele unserer Leute, besonders die jüngeren, echte Schwierigkeiten und Probleme erleben, Risiken und sogar Gefahren auf sich nehmen wollten – denn es ist etwas ganz anderes, Gefahren zu überwinden, die beim Aufbau von etwas Neuem entstehen, oder sich solchen zu stellen, die etwa bei der routinemäßigen Überwachung eines Planeten auftauchen, auf dem allgemeine Unzufriedenheit und Mißmut angesichts eines offensichtlich stagnierenden Lebens zu Unruhen führen. Ich möchte hier die metaphysischen Fragen nicht noch einmal aufwerfen, denn es liegt keineswegs in meiner Absicht, mich in Bereiche zu begeben, die von unseren Sozialphilosophen nur allzu gründlich erforscht worden sind. Wenn ich erwähne, daß wir auf vielen unserer durchaus stabilen und ökonomisch intakten Planeten im Verlauf einiger Epochen bewußt zugelassen haben, daß die Bewohner an nicht vorhandene Gefahren glaubten, geschieht das nur, weil es in diesem Zusammenhang relevant ist. Wir haben Gefahren von Puttiora oder Shammat erfunden; wir haben für die Verbreitung von Gerüchten über mögliche kosmische Bedrohungen gesorgt, etwa das Auftauchen von Kometen oder das Auftreten unheilvoller Sternenkonstellationen; wir haben sogar kleinere Aufstände provoziert – und alles nur, um zu verhindern, daß die Planeten in diesen trostlosen Zustand versinken, in dem sie sich fragen: Welchen Sinn hat das alles? Bietet man dem keinen Einhalt, kann es sogar zu Massenselbstmord führen.
Jedenfalls war dies der Hauptgrund für unsere neuerlichen Überlegungen im Hinblick auf Planet 3 (1). Natürlich wurde er in dem offiziellen Kommuniqué der Konferenz nicht genannt. (Nach meiner Erfahrung ist es eine generelle Regel, die man überall und in allen möglichen Situationen erkennen kann: Der *wahre* Grund, die treibende Kraft einer Situation, einer Ent-

scheidung oder einer politischen Änderung wird niemals erwähnt. Man muß sie hinter den Nebensächlichkeiten suchen, unter denen sie begraben ist.)
Folgende Gründe wurden angeführt:

1. Planet 3 (1) ist der einzige unserer kolonisierten Planeten oder Planet eines Planeten, der nicht erschlossen oder in irgendeiner Form genutzt wird.
2. Wählen wir einen Vergleich aus ferner Vergangenheit, dann ist dies nicht anders, als läge auf einer gut geführten Farm ein einziges Feld brach. (Unsere jüngeren Leute lieben solche archaischen und romantischen Vergleiche besonders – man könnte beinahe sagen, es ist eine Art Kult bei ihnen.)
3. Der Planet liegt nicht weit von Sirius entfernt, und es wäre daher ökonomischer, seine Bodenschätze auszubeuten als die anderer, fernerer Planeten.
4. Auf Planet 3 zeigen sich Symptome der bekannten moralischen Stagnation, und die Bevölkerung wird Nutzen aus den Diskussionen und Meinungsverschiedenheiten ziehen, die eine Entscheidung für die Erschließung dieses Mondes mit sich bringt.
5. 3 (1) stellt uns vor neue Probleme; ihre Lösung wird unsere wissenschaftlichen Kenntnisse erweitern.
6. Unsere Mitarbeiter auf Rohanda haben daran erinnert, daß unsere Gebiete dort nicht ausreichend genutzt werden. Teile würden bereits von Völkern und Rassen besetzt, die ein Ergebnis früherer Versuche sind. Bei Schaffung einer Atmosphäre für 3 (1) ließen sich vielleicht bestimmte örtliche Bedingungen auf Rohanda in das Projekt einbeziehen, wie auf der Konferenz angesprochen. (Einzelheiten siehe Anlage.)

Ich veranlaßte, daß Canopus eine Anfrage zuging, ob es ihnen möglich sei, uns für eine bestimmte und begrenzte Zeit einen Teil ihres Territoriums zur Benutzung zu überlassen. Ich war mir einer gewissen Zweideutigkeit – man könnte es auch Diplomatie nennen – dabei durchaus bewußt. In Wirklichkeit konnten wir nicht genau sagen, wie lange wir das Gebiet benötigen würden. Wir brauchten die höchsten Berge für unser Experiment. Im südlichen Teil der zentralen Landmasse erstreckten sich extrem hohe Bergketten über ein großes Gebiet. Im Laufe der unseligen »Ereignisse« hatten sie sich infolge des Drucks und der Verschiebungen im Innern des Planeten noch höher aufgetürmt und weiter ausgebreitet. Den Berichten unseres Nachrichtendienstes konnten wir entnehmen, daß Canopus diese Bergregionen so gut wie nicht nutzte. (Später stellten wir unseren Irrtum fest.) Jedenfalls teilte Canopus mit, sie seien nicht in der Lage, uns das Gebirge oder auch nur Abschnitte zu überlassen. Sie »erlaubten sich, unsere Aufmerksamkeit« auf die sehr hohe Bergkette am westlichen Rand des Isolierten Südlichen Kontinents II »zu lenken«. Vielen Dank! dachte ich. Aber natürlich hatten wir diese Berge, und sie reichten für unsere Zwecke völlig aus. Ein Motiv für den Versuch, ihren großen Berg zu übernehmen, entsprang Berichten, wonach Klorathy dort stationiert gewesen war oder noch immer dort arbeitete. Ich hatte nichts mehr von ihm gehört.

Auch nicht von Nasar.

Die Begegnung mit Nasar war sehr bald nach ihrem Ende für mich in den Hintergrund gerückt. Und das trotz eines höchst faszinierenden Berichts über eine Konferenz auf Canopus, die »großes und noch nie dagewesenes Interesse« hervorgerufen hatte. Es ging um die Frage, ob Canopus Rohanda aufgeben sollte oder nicht. »Höchste und maßgebende Politik« war dabei zur Diskussion gestellt worden. »Die Debatte dauerte länger als alle vorausgegangenen, und man diskutierte die Grundlagen der canopäischen Kolonialpolitik. Sie endete mit dem Votum der Mehrheit, sich nicht aus Rohanda zurückzuziehen.« Die Kolonialpolitik wurde auf noch nie dagewesene Weise geändert. »Die unzufriedene Minderheit unterbreitete einen Vorschlag, der gebilligt wurde: Mit Ausnahme der Beamten, zu deren Aufgabenbereich Rohanda schon immer gehört hatte, sollten nur noch Freiwillige zum Dienst dort herangezogen werden: Niemand würde mehr zu einem Aufenthalt auf diesem unbotsamen und schwierigen Planeten verpflichtet werden.«

In Erinnerung an meine Gespräche mit Nasar und an alles, was ich über das Wesen von Canopus gelernt hatte, übersetzte ich diese sehr sirianischen Ideen in etwas, das dem canopäischen Gedanken näherkam. Doch eine *Tatsache* blieb bestehen: Es hatte auf Canopus eine Konferenz stattgefunden, um die Bedingungen des Kolonialdienstes auf Rohanda (ihrem Shikasta) zu diskutieren – das entsprach dem Vorschlag, den ich Nasar gemacht hatte. Bereits bei der Vorstellung mußte er damals lachen, und trotzdem hatte die Debatte stattgefunden. Leider besaß ich zuwenig Informationen, und sie stammten nicht einmal aus zweiter Hand: Einer unserer Beamten besuchte zu einem Routineaustausch von Informationen ihre Kolonie 10. In einem inoffiziellen Gespräch wurde die Konferenz erwähnt; er erkundigte sich danach, ohne etwas von ihrer Bedeutung oder ihrem historischen Stellenwert zu ahnen... Und wenn ich darüber nachdachte, mußte ich mir eingestehen, daß sie vielleicht wirklich nicht so wichtig war. Wie sollte ich wissen, welche Bedeutung Canopus gemäß seiner sogenannten »Notwendigkeit« den Ereignissen beimaß! Die Tatsache, daß ein unzufriedener und unzuverlässiger – vorübergehend, wie ich hoffte und glaubte – Beamter mit der Politik der höchsten Stellen nicht einverstanden war, bedeutete noch lange nicht, daß man alles so ernst nehmen mußte. Beamte meines Ranges hatten sich mit solchen Angelegenheiten ständig auseinanderzusetzen, und für mich war das reine Routine. Trotzdem, es *hatte* eine Konferenz stattgefunden, und Nasar hatte gelacht; er hatte bereits bei der Vorstellung einer möglichen Konferenz gelacht... Ich mußte mich mit dieser winzigen Tatsache begnügen und auf alle Spekulationen verzichten.
Ich setzte mich nicht allzu gründlich mit meinem Besuch in Koshi auseinander, weil ich ihn nicht verkraften konnte. Das ist die Wahrheit. Was ich gelernt hatte, stellte alles in Frage, was ich *als sirianische Beamtin* repräsentierte. Wie hätte es anders sein können? Jawohl, ich war mir nur allzu deutlich bewußt, es bedeutete vermutlich Verrat, in solchen Bahnen zu denken – ich, Ambien II, könnte Vorstellungen und Ahnungen haben, die über meine Rolle als Sirius (ich dachte oft daran, daß Nasar

mich einfach Sirius genannt hatte!) hinausgingen und sogar beginnen, mich in diese beiden Wesen oder Möglichkeiten, das Leben zu erfahren, aufzuspalten. In gewisser Weise war es Verrat. Verrat an der sirianischen Art, die Dinge zu sehen. Aber wer hatte je solche Tendenzen erkennen lassen und wann? Ich konnte mich an niemanden erinnern. Wenn wir (Sirius) uns mit Revolutionen auf unseren Kolonien oder mit politischen Meinungsverschiedenheiten auseinandersetzen mußten, bewegten sich diese immer in sirianischen Begriffen, Ideen und Konzepten. So sprengte unser berühmtes »existentielles Problem« ganz sicher nicht die sirianischen Grenzen. Doch wenn ich mit Canopus zusammentraf, mich in canopäisches Denken hineinbegab, wurde Sirius in all seinen Grundlagen, in seinen Fundamenten in Frage gestellt.

Nein, ich war bestimmt nicht in der Lage, mich Sirius gegenüber als eine Fremde zu sehen, und darauf lief es hinaus. Sollte ich bei einer der regelmäßigen Konferenzen über die Grundlagen unserer Politik aufstehen und sagen – was? Ich halte Canopus insgesamt für besser und höherstehend als uns, und meiner Meinung nach sollten wir in aller Bescheidenheit Canopus um Unterweisung bitten? Man mochte es verpacken, wie man wollte, aber genau darauf lief es hinaus.

Ich habe in diesem Bericht, dieser Schilderung bereits dargelegt, daß unsere Einstellung Canopus gegenüber so etwas undenkbar machte.

Sollte ich – mit diesem Wissen – unter meinen nächsten Kollegen, meinen persönlichen Verbündeten, etwa den anderen der Fünf oder bei Ambien I oder meinen Nachkommen Propaganda machen, mit dem Ziel, einen Kern zu verändern, der (aber wie?) allmählich ganz Sirius ändern würde? Die Bildung und Unterstützung solcher »Zellen« war eine immer wiederkehrende Erscheinung; natürlich rechneten wir alle damit, wenn wir es mit abtrünnigen Planeten und revolutionären Bewegungen zu tun hatten.

Ich mochte darüber vielleicht nachdenken, manchmal mit solchen Ideen spielen, doch ich konnte mir nicht vorstellen, tatsächlich etwas Derartiges zu tun. Es gibt so etwas wie die Kunst

des Möglichen, und damit kann man arbeiten. Aber für mich, in meiner Position in unserem Reich, mit meiner Erfahrung, meinem Temperament, ist es nicht möglich, eine Bewegung in Gang zu bringen, die auf die Bildung revolutionärer Zellen hinausläuft!
Welche Alternativen gab es in diesem Fall? Ich muß hier kategorisch feststellen, daß ich keine Alternativen sah. Das waren die Möglichkeiten... wie sie sich mir darstellten. Unklar und entfernt spürte ich, daß Canopus eigene Ideen haben mochte... Mitunter erlaubte ich mir solche eher visionären Vorstellungen. Und zwar jedesmal, wenn ich über meine verschiedenen Begegnungen mit Canopus nachgrübelte – wo hatte ich versagt, wo hatte ich trotz meines Versagens etwas gelernt? Die erfahrene und Erfahrung sammelnde Person Ambien II mußte Fakten zur Kenntnis nehmen, wenn sie ihr begegneten. Je erfahrener man wurde, je mehr bedeuteten *Fakten* etwas, das man immer verstehen, registrieren und in sich aufnehmen mußte – und zwar mit dem Teil des Wesens, der sich am intensivsten mit *Abläufen*, mit dem Verlauf des Lebens auseinandersetzte. Zu Fakten durfte man *nicht* einfach durch selbstverständliche Formeln oder Zusammenfassungen kommen, sondern durch innerliches Ertasten und *Erkennen*. Im Nachsinnen über meine Beziehung zu Canopus *erkannte* ich eine Art Sinn. Unmißverständlich. Es beiseite zu schieben, es zu leugnen, bedeutete, alles zu leugnen, was ich in meiner Zeit als Beteiligte an Ereignissen gelernt hatte. Ich konnte das nicht einfach als belanglos abtun. Doch ich konnte sagen, es sei mir alles zuviel. Ich verschob es. Und sehr lange Zeit widmete ich mich der Arbeit, die mir nicht gefiel, und die ich innerlich in Frage stellte. Ich fühlte mich ausgelaugt von einem ständig wachsenden Gefühl der Vergeblichkeit (o ja, ich weiß, Verrat und Treuebruch!), das mir das stetige und unaufhaltsame Wachstum der Person oder des Wesens in mir gab, das nicht »Sirius« war.
Wer war *das* – *wer*? Canopus?
Deshalb die Anfrage, ob wir ihr großes Gebirge leihen oder mieten könnten.
Deshalb meine Enttäuschung über die Ablehnung.

Also sollte ich Klorathy noch nicht wiedersehen... Auch gut. Ich ging an meine Aufgabe und schob diese Gedanken wieder beiseite.
Eine Karte des Isolierten Südlichen Kontinents II zeigt, daß etwa am Beginn des zweiten Drittels des Gebirges hoch oben, inmitten der Berggipfel, ein See liegt.
Wir beabsichtigten, eine ausreichende Zahl geeigneter Lebewesen daran zu gewöhnen, mit wenig Sauerstoff auszukommen. Auf unserem Kolonisierten Planeten 2 liegen hohe Berge, und dort lebt eine Rasse in verhältnismäßig sauerstoffarmer Luft. Doch sie hatte sich im Laufe vieler Generationen an diese Bedingungen gewöhnt. Wir suchten jedoch Anpassungsfähigkeit und Flexibilität. Nach einiger Überlegung entschieden wir uns für eine Rasse von K.P. 9 – ein kalter, feuchter trostloser Ort –, die ihrem Wesen nach entsprechend phlegmatisch und zäh war. Unsere Raumschiffe brachten dreitausend dieser Tiere nach Rohanda, jedoch nicht auf die höchsten Gipfel, sondern auf eine Ebene in halber Höhe. Dort gab es nur kärgliche, aber ausreichende Nahrung, und es herrschte ein feuchtes, veränderliches Klima. Wir ließen sie unter Bewachung frei, damit sie sich entsprechend anpassen konnten.
Inzwischen wurde 3 (1) erkundet und vorbereitet.
Ich stattete dem Planeten einen Besuch ab, man könnte sagen, aus reiner Neugier, denn es gab dort nicht viel zu sehen.
Es war ein trockener, kalter und staubiger Ort.
In halbgefrorenen Sümpfen lebten ein paar träge Echsen und Frösche.
Die Vegetation bestand aus Flechten und einer merkwürdigen Art Sumpfgras, das halb Pflanze, halb Tier zu sein schien. Es wurzelte im Schlamm oder eisigem Matsch, während seine Wedel, Äste, Fühler sich über den Erdboden wanden, dabei manchmal sogar Steine oder Felsbrocken umdrehten oder zur Seite schoben und sich in den Schlamm gruben, um nach den primitiven Insekten und Krustentieren zu suchen. Nicht selten wurden diese Äste eine halbe R-Meile lang, und eine einzige Pflanze konnte durchaus eine Quadratmeile bedecken. Diese Tierpflanzen stellten eine Gefahr für unsere Techniker dar.

Eine Frau ging durch das, wie sie glaubte, ganz gewöhnliche, wenn ihr auch unvertraute Gras, als die Kreatur mit »Händen« oder Fühlern nach ihr griff und sie zu Boden zog. Man konnte sie gerade noch rechtzeitig befreien, denn die »Pflanze« hatte bereits begonnen, die Schrauben und Verschlüsse ihres Raumanzugs auf der Suche nach der – offensichtlich köstlichen – Nahrung im Innern zu öffnen. Natürlich löste die »Pflanze« bei unseren Botanikern und Zoologen große Aufregung aus. Ich hatte dagegen ein eher beschränktes Interesse an diesem Ort. Das heißt, ich wollte wissen, ob es tatsächlich möglich war, die Atmosphäre des Planeten zu verändern, wie die Experten behaupteten. 3 (1) besaß in unseren Augen einen großen Vorteil: Im Erdreich war Sauerstoff gebunden.
Der Mond umkreist den Planeten 3 viermal im Jahr und dreht sich dabei einmal um die eigene Achse. Planet 3 ist weit von seiner Sonne entfernt und gehört selbst zur eher kalten und phlegmatischen Sorte.
Ich hinterließ Anweisungen, den Empfehlungen unserer Experten zu folgen und den Planeten mit Hilfe thermonuklearer Explosionen zu erwärmen. Dann kehrte ich zur Siedlung unserer Versuchsobjekte im Gebirge auf S.K. II zurück.
Inzwischen war genug Zeit vergangen, und die erste Generation befand sich nicht mehr am Leben. Nun mußten wir die Nachkommen auf Anzeichen möglichen Versagens untersuchen. Nichts dergleichen wurde festgestellt. Sie lebten inzwischen in einer Atmosphäre, die etwa zwei Drittel des Sauerstoffgehalts der Luft auf K.P. 9 besaß. Aber sie schienen sich gut dabei zu entwickeln. Deshalb traf ich eine Entscheidung: Ich ordnete an, sie sofort zum höchsten Punkt des Gebirges zu bringen, an dem Tiere gerade noch existieren konnten, anstatt ihnen eine weitere Zwischenstufe der Akklimatisation einzuräumen. Das bedeutete, sie mußten jetzt in einer Höhe von mehr als fünfzehntausend R-Fuß leben, das heißt mehr als doppelt so hoch wie zuvor. Der Sauerstoffgehalt lag dort erheblich niedriger, und das nicht nur im Vergleich zu ihrer ersten Station auf halber Höhe der Berge, sondern erst recht im Vergleich zu ihrem Heimatplaneten. Experten berichteten, daß sich ihre

Lungen bereits vergrößerten. Ich beobachtete sie bei der Ankunft in der neuen Umgebung. Es kostete sie jetzt solche Anstrengungen, das Erforderliche zu tun, daß ich – abweichend von unserer üblichen Politik – befahl, die Unterkünfte für sie zu errichten. Wie sich herausstellte, konnten wir Häuser einer Siedlung von Canopus auf dem Isolierten Nördlichen Kontinent bekommen – es hätte mich interessiert, mehr als interessiert zu erfahren, wie es dazu kam, daß Canopus uns dieses Angebot machte. Ich überlegte hin und her, wie wir diese Unterkünfte möglichst einfach beschaffen konnten. Wir besaßen zwar eigene Siedlungen auf der anderen Seite des Gebirges – relativ nahe meiner alten Station zu Zeiten der Lombis –, doch es standen uns im Augenblick nicht genügend geeignete Transportschiffe zur Verfügung. In dieser Situation erhielt ich eine Nachricht von Klorathy, in der er mir das benötigte Material anbot. Ich halte hier fest, daß ich lediglich zur Kenntnis nahm, daß es sich um Klorathy handelte und daß er in der Nähe arbeitete, wußte, wo ich mich aufhielt. Ich nahm es zur Kenntnis und ging wieder an die Arbeit.
Ich begrüßte das Geschwader ihrer Lastschiffe bei der Ankunft am See parallel zu dem Bergzug, auf dem wir uns befanden, nicht. Ich war überzeugt, Klorathy würde sie nicht begleiten. Unsere Fahrzeuge brachten das Material zum Hochplateau. Bald war die Siedlung errichtet. Sie bestand aus zweistöckigen Holzhäusern und entsprach in der Anlage einem Plan, der der Lieferung beigefügt war. Ich gab lediglich Anweisung, sich bei Aufstellung an den Plan zu halten.
Die Tiere vom Planeten 9 gehörten keineswegs zu den attraktivsten Wesen, die ich kannte! Auch sie waren klein – nicht mehr als drei oder vier R-Fuß groß –, kräftig und untersetzt. Infolge der Anpassung an die Kälte in dieser Höhe wurde die ursprüngliche Behaarung bereits dichter. Unter überhängendem rötlichem Pelz spähten sehr klare, glasblaue Augen hervor. Die Weibchen hatten bei einem Wurf früher drei, vier oder sogar fünf Junge bekommen. Doch jetzt gebaren sie bereits nur zwei oder höchstens drei. Sie besaßen große Körperkräfte, aber noch wichtiger war ihr unerschütterliches moralisches Wesen –

so glaubten wir zumindest. Unter schwierigen Situationen kam es bei ihnen nicht zu emotionalen Zusammenbrüchen.

Ich beobachtete diese Tiere in ihrem verschneiten Tal hoch oben zwischen den mächtigen Gipfeln. Sie zogen langsam in Rudeln und Gruppen durch das Gelände und stellten sich geschlossen jeder neuen Herausforderung – zum Beispiel meinem Auftauchen oder dem ihrer Aufseher. Sie hielten sich mit Hilfe langer, dicker Stöcke im Gleichgewicht und setzten beim Gehen die behaarten Beine weit auseinander... sie wendeten langsam und mühsam die Köpfe... ließen vorsichtig die kalten blauen Augen schweifen... ein verständnisloser glasiger Blick... wenn man sie so sah, glaubte man, Tiere vor sich zu haben, die unter Drogen standen oder sich in Trance befanden.

Ich hatte die Tiere auf ihrem Heimatplaneten 9 gesehen. Und selbst dort sind sie kaum munter und flink, doch zumindest besitzen sie dort eine angeborene Lebhaftigkeit. Ich gestehe, daß sie mir leid taten. Als man sie für diesen Versuch zusammengetrieben hatte, sagte man ihnen, sie sollten eine Aufgabe übernehmen, die für Sirius von größter Wichtigkeit sei. Nach einem erfolgreichen Abschluß würde das Reich sie ehren. Ihre Nachkommen bewahrten das Gefühl, *auserwählt* oder etwas Besonderes zu sein. Die Aufseher berichteten, daß sie das Augenmerk ihrer Nachkommen nachdrücklich auf ihr »besonderes Schicksal« und ihre »überragenden Fähigkeiten« richteten. All dies war zufriedenstellend für uns.

In ihrem hochgelegenen Tal mit seinem schönen See dauerte der Sommer drei Monate. Sie konnten dort eine niedrige Getreideart anbauen, die wir ihnen aus unserem Zentrallager lieferten, die in hohen, trockenen Gebieten gedieh und innerhalb von drei Monaten reifte. Daraus bestand ihre Grundnahrung. Aber sie bauten auch verschiedene Kürbisarten an. Eine Art Schaf lieferte ihnen Milch und Fleisch. Sie lebten unter so harten und schwierigen Bedingungen, und der Schnee schmolz immer nur für kurze Zeit, deshalb waren sie nicht in der Lage, sich aus eigener Kraft genügend Nahrungsmittel zu verschaffen. Deshalb versorgten wir sie Jahr für Jahr mit zusätzlichen Lieferungen und sagten ihnen, es seien Zeichen der Dankbarkeit des

Reiches. Schließlich lag es nicht in unserer Absicht, eine Art zu züchten, die unabhängig und aus eigener Kraft allen Schwierigkeiten trotzen konnte. Wir wollten eine Rasse, die in der Anfangsphase der Erschließung von Planet 3 (1) überleben würde.

Ich blieb nicht lange. Ich hatte erfahren, daß Kundschafter eines »Königreichs« weiter im Norden der Bergkette in den ersten Siedlungen an den Abhängen aufgetaucht waren. Sie hatten versucht, einige der Tiere zu entführen – vermutlich wollte man Sklaven aus ihnen machen. Es handelte sich nämlich um einen Sklavenstaat der besonders unangenehmen Sorte. Wahrscheinlich würde es nicht bei dem ersten Versuch bleiben.

Soweit informierten mich die Berichte. Ich beging einen Fehler. Ich glaubte, die extreme Höhenlage der neuen Siedlung würde abschreckend genug wirken, und deshalb gab ich keine Anweisungen, die Überwachung zu verstärken.

Ich befahl jedoch, daß Spione dieses »Königreich« erkundeten und bat darum, daß mir ihr Bericht an meinen Aufenthaltsort zugeschickt würde. Ich wollte mich auf der anderen Seite des Gebirges in den Hügeln über dem großen Dschungel erholen, der jetzt einen Großteil des Kontinents bedeckte.

Dort würde ich Ambien I besuchen, den ich lange Zeit nicht mehr gesehen hatte.

Seit den unglücklichen »Ereignissen« auf Rohanda, die eine Verschiebung der Planetenachse und Jahreszeiten zur Folge gehabt hatten, zu denen manchmal auch spektakuläre Veränderungen der Vegetation und des Wetters gehörten, war es in gewissen privilegierten Kreisen unserer Bürger Mode geworden, Ferien auf beiden südlichen Kontinenten zu verbringen, um die »Jahreszeiten« zu erleben. Das beschränkte sich nicht nur auf die Wohlhabenden. Es gab auch Touren für Beamte niedrigerer Ränge und sogar für gewöhnliche Bürger, besonders für ältere Menschen. In anderen Worten, es gab zwei verschiedene Arten von Besuchern auf Rohanda, für die entsprechende Unterkünfte geschaffen wurden. Mein alter Freund Ambien I erhielt den Auftrag, für die Unterbringung unserer Bürger und Kolonisten zweiter Klasse zu sorgen. Das bedeutete zwar nur, daß er die Arbeit seiner Untergebenen im Auge behalten mußte. Doch er hatte davon gesprochen, er würde sich über einen Aufenthalt in einem Ferienort der besseren Klasse freuen, und dort wollte ich ihn treffen.

Dieser höchst angenehme Besuch hat nichts mit meinem Bericht zu tun, und deshalb beschränke ich mich darauf zu sagen, daß ich in eine Feriensiedlung flog. Dort hatte man auf der einen Seite den Blick auf den endlosen Dschungel, aber vor und hinter uns ragten die hohen Berge auf. Wir beobachteten, wie der Winterschnee an den Hängen schmolz und sich überall in sprudelnden Wasserfällen und reißenden Strömen in die Tiefe ergoß. Ambien I und ich tauschten Nachrichten und Neuigkeiten aus – als wir zusammenzählten, stellten wir fest, daß wir uns fünfzigtausend R-Jahre nicht gesehen hatten. Zum letzten Mal trafen wir uns auf diesem Planeten bei einer gemeinsamen Mission im Zusammenhang mit der Inspektion unserer Laboratorien.

Das damalige Zusammentreffen war uns kurz genug vorgekommen. Doch das neue erwies sich als noch kürzer, denn die Berichte unserer Spione aus dem gefährlichen Königreich trafen ein. Es war klar, daß man sofort etwas unternehmen mußte. Sie hatten Expeditionsstreitkräfte in die Berge geschickt, und es war ihnen gelungen, über zweitausend der bedauerlichen Tiere zu verschleppen. Nach allem, was ich über Grakconkranpatl herausfand, stand ihnen eine düstere Zukunft bevor.

Ambien I und ich sprachen über die Angelegenheit, und ich machte meine Pläne. Ich trennte mich nur ungern von ihm und verließ diesen Ferienort – einen Treffpunkt für alle Rassen unseres Reiches, die dort die überschwenglichen neuen Gefühle genossen, die die Veränderung des Wetters mit sich brachte (berauschende Emotionen, die mit den »Jahreszeiten« einhergingen) – solche Genüsse lassen sich nur auf Rohanda finden, zumindest in diesem großen ungewöhnlichen und unerwarteten Ausmaß.

Unsere Begegnung und die Reaktionen, die wir in unserer Umgebung beobachteten, führten dazu, daß wir empfahlen, eine

Gruppe von Medizinern in die Südlichen Kontinente zu schikken. Sie sollten feststellen, ob der Aufenthalt an Orten, an denen der Wechsel der »Jahreszeiten« sich besonders deutlich bemerkbar machte, sich bei gewissen psychologischen Leiden günstig auswirkte, zum Beispiel bei Melancholie oder einem zu großen Schub des »Existentiellen« – unter der Jugend eine respektlose Bezeichnung für diese Art emotionaler Störung. Man folgte unseren Empfehlungen; ein Team von medizinischen Experten untersuchte die Möglichkeiten auf beiden Kontinenten. Sie stimmten unseren – vorsichtigen – Schlußfolgerungen zu. Man errichtete an geeigneten Stellen Kliniken, und es dauerte nicht lange, bis Rohanda zum begehrtesten Platz zur Behandlung solcher Leiden wurde.
So entstand – quasi als günstiger Nebeneffekt – ein neuer Zweig und eine neue Abteilung unserer Literatur. In unseren Bibliotheken findet man solche Werke unter dem Stichwort: Auswirkungen der Jahreszeiten. Ich frage mich, wie vielen klar ist, daß dieser geachtete, um nicht zu sagen, ehrwürdige Zweig unserer großen Literatur seinen Ursprung auf Rohanda nahm, in dieser – inzwischen längst vergangenen – Zeit? Damals benutzten wir den Planeten als Feriengebiet und als Erholungsort für psychische Leiden.

Grakconkranpatl

Wie üblich begann ich meine Erkundungen aus der Luft. Ich mußte mich entscheiden, ob ich dabei bemerkt werden wollte, und ob das für Sirius vorteilhaft sein konnte. Nach einigem Überlegen entschied ich mich für minimale Sichtbarkeit. Ich wählte ein Aufklärungsfahrzeug, das, wenn es gesehen wurde, ebenso als eine atmosphärische Störung gedeutet werden konnte. Wenn es mit Höchstgeschwindigkeit kreiste, nahm man es im ungünstigsten Fall als kristallklares Glitzern wahr. An einem Tag mit starken Winden und schnell dahinziehenden weißen Wolken schwebte ich im strahlenden Sonnenschein

lange genug über Grakconkranpatl, um mir ein genaues Bild von der Stadt machen zu können.
Was ich sah, gefiel mir ganz und gar nicht. So entdeckte ich, daß unsere bedauernswerten Tiere von Kolonie 9 auf das schlimmste mißhandelt wurden. Um die Eindrücke zu verarbeiten, zog ich mich in mein altes Quartier in den Ausläufern des Gebirges zurück, das zur Beobachtung der Lombis und anderer Versuche gedient hatte, und dachte in der Einsamkeit nach.
Ich hatte folgendes gesehen.
Während wir durch Einschnitte in der Gebirgskette tiefer glitten und das unendliche blaue Meer noch meine Augen füllte, tauchte unter mir etwas auf, das auf den ersten Blick wie eine Ansammlung riesiger Steinwürfel an einer hohen Stelle zwischen den Gipfeln wirkte. Kleine Lichtungen mit rötlicher Erde hielten die üppige Vegetation, ein undurchdringliches Grün, von den aufgetürmten Steinen zurück. Die gewaltigen Würfel waren alle von einem stumpfen Graublau – bestimmte Zecken, die ich an Tieren gesehen habe, besitzen die gleiche Farbe. Diese wuchtigen und aufeinandergetürmten Blöcke bildeten die Stadt. Eine nähere Betrachtung zeigte, daß die Würfel aus gleichgroßen behauenen Steinen zusammengefügt waren. Die düstere Farbe, die Wucht und die Anhäufung vermittelten den Eindruck von Feindseligkeit und Bedrohung, sogar von Größe. Und doch handelte es sich nicht um eine große Stadt. Es gab keine Gärten und kein Grün, keinen Platz in der Mitte, sondern nur eine sehr lange breite Straße oder ein schmales Rechteck zwischen zwei sehr großen Gebäuden, die sich gegenüberstanden. Die beiden einander zugewandten Fassaden hatten keine Öffnungen oder Fenster. Es gab überhaupt wenig Fenster. Und sobald man das registrierte, wußte man, weshalb dieser Ort so düster und bedrohend wirkte. Die flachen Dächer schufen eine gewisse Abwechslung, und dort drängten sich die Leute.
Eine solche Stadt hatte ich noch nie gesehen. Ohne die Berichte unserer Spione hätte ich mir ihre Bedeutung auch nicht erklären können. Man konnte die soziale Struktur nur schwer aus den Bauten ableiten. Ich wußte, es handelte sich um eine reiche

Kultur mit einer großen Herrenrasse, die über Sklaven und Diener besiegter Völker regierte.
Es gab keine Anzeichen für reiche oder ärmliche Gebäude oder reiche oder arme Stadtviertel. Jedes dieser riesigen blockähnlichen Gebäude war ein Mikrokosmos der Gesellschaft und beherbergte die Reichen mit ihrer Dienerschaft. Eindeutig lebten die Reichen in den oberen Stockwerken, wo es mehr Fenster gab, und auf den Dächern. Hier sah ich Sonnensegel und schattige, windgeschützte Plätze. Die Sklaven hausten in den unteren kerkerähnlichen Stockwerken, in die nur sehr wenig Licht drang. Es fehlte jedes gemeinschaftliche oder öffentliche Leben; es gab weder Feste noch allgemeine Belustigungen, keine Badehäuser, keine Geschäfte, keine Gasthäuser.
An den tieferliegenden Hängen um diese zentrale Stadt, das Herz von Grakconkranpatl, befanden sich landwirtschaftliche Betriebe und Minen. Sie zogen sich über weite Flächen in alle Richtungen. Auf den Farmen arbeiteten Kolonnen von Sklaven. Sie lebten in monotonen Lagern aus massiven Steingebäuden. Aus der Luft wirkten sie deprimierend einförmig – es waren Gefängnisse. Selbst aus der Höhe sah ich, daß hinter jeder Gruppe arbeitender Sklaven bewaffnete Aufseher standen. Ich dachte an unsere Siedlung, wo die Tiere von Kolonie 9 sich akklimatisierten, an die einförmigen Holzhütten, in denen sie gehalten wurden, und gegen meinen Willen versetzte mir der Gedanke einen Stich. Vielleicht fühlten sie sich nicht viel anders als die unglücklichen Sklaven dort unten bei ihrer Arbeit. Aber schließlich beaufsichtigten wir sie nur zu ihrem eigenen Wohl, um sie vor Krankheiten zu bewahren und natürlich auch, um sie an der Flucht zu hindern – denn damit würden sie sich nur schaden. Wie ich wußte, ließen sich unsere Strafen wohl kaum mit dem vergleichen, was hier praktiziert wurde.
Trotzdem muß ich festhalten, daß mir der Vergleich nicht gefiel, den ich gezwungenermaßen anstellte. Und ich litt länger als ein paar kurze Augenblicke unter dem Ansturm des existentiellen Problems.
Hinter dem Ackerland begannen unterschiedlich weit von der zentralen Stadt entfernt die Minen. Diese Kultur baute in gro-

ßem Umfang Bodenschätze ab. Die gleiche dunkle und abschreckende Anordnung von Baracken verriet, wo die Minen lagen. Eine gepflasterte Straße zog sich von der Stadt als dunkelgrauer Streifen schnurgerade durch die dunkelgrünen Wälder vom Gebirge hinunter in die Ebene. Man kann diese Straße nur als irrwitzig bezeichnen. Sie verlief ohne Rücksicht auf das Terrain, auf Steigungen und Gefälle, auf Berge und Schluchten. Wenn sie einen Berg erreichte, wand sie sich nicht darum, sondern führte geradewegs hindurch. Einen mehrere R-Meilen langen Hang hatte man mit Geröll aufgefüllt und die Straße darüber hinweggeführt. Es wirkte, als habe ein Tyrann in einem Anfall von Größenwahn befohlen: »Baut mir eine Straße, die schnurgerade zum Meer führt!«

Wie ich später erfuhr, war genau das geschehen. Beim Bau der Straße mußten Hunderttausende von Sklaven ihr Leben lassen.

Vom Raumschiff aus beobachtete ich lange Züge von Lasttieren, die Fische vom Meer in die hochgelegene Stadt brachten. Ich sah, daß auf der ganzen Strecke kleinere, ebenfalls schnurgerade Straßen einmündeten, die dem Transport landwirtschaftlicher Produkte und der Erze dienten.

Ich mußte entscheiden, wie ich auftreten wollte.

Leider fehlte mir jede Art Erfahrung mit einer solchen Gesellschaft. Natürlich findet man »Religionen« in der einen oder anderen Form überall. Doch Theokratien waren nur auf Rohanda üblich und, wie ich später erfuhr, auf den Einfluß von Shammat zurückzuführen. Es handelte sich um Gesellschaften, deren soziale Strukturen mit der religiösen Hierarchie identisch waren. Die unumschränkte, erbliche Macht lag in den Händen der Priesterkaste, der auch die Sklaven unterstanden.

Mein eigentliches Problem war der Zynismus der Priesterschaft – so zumindest sah ich es.

In anderen Worten: Konnte man ihnen durch ihre »Religion« Furcht einjagen oder nicht? Ich suchte in meinen Berichten nach Schilderungen von Zeremonien und Ritualen und kam zu folgendem Schluß: Diese »Religion« war eine feste, um nicht zu sagen uralte Einrichtung, denn sie bestand seit über tausend Jahren. Da die Priesterkaste sich schon seit so vielen Generationen hielt, mußte ich damit rechnen, daß sie tatsächlich an ihre abstoßenden Erfindungen glaubte.

Diese »Religion« gründete sich auf Mord – auf rituellen Mord. Das ist mir, abgesehen von der Grausamkeit, schon immer sehr unökonomisch erschienen. Es setzt eine Bevölkerung voraus, die so organisiert ist, daß sie sich weit über die Bedürfnisse an Arbeitskräften und der Arterhaltung hinaus vermehrt. Andernfalls muß sie ihre Opfer bei schwächeren benachbarten Kulturen rauben.

Ständig wurde eine große Zahl unglücklicher Kreaturen »geopfert«, und zwar auf eine höchst abscheuliche Weise. Man schnitt dem Opfer bei lebendigem Leib das Herz heraus. Das praktizierten sie, wie gesagt, bereits seit Jahrhunderten so. Diese Tatsache wirft Probleme und Fragen auf, die mich als Administratorin (ob ich nun will oder nicht) faszinieren: Zu welchem Glauben kann man untergebene Klassen und Rassen bringen, und was sind sie in der Lage zu ertragen?

Als ich von diesen Praktiken las, überlegte ich natürlich sofort, wie sie entstanden sein mochten. Erinnerungen an Begegnungen mit Canopus und Berichte unserer Agenten halfen mir weiter. Canopus versuchte auf Rohanda immer und überall, die Einflüsse von Shammat abzuschwächen und zu mildern, indem sie eine Mäßigung der natürlichen Triebe vorschrieben. Manchmal fiel in diesem Zusammenhang der Ausdruck »Opfer des Herzens«. Ich kam zu dem Schluß, daß infolge der zunehmenden Degeneration, die Nasar so beredt geschildert hatte, diese metaphorische und rhetorische Redewendung wörtlich genommen wurde. Wenn dies der Fall war, schien dies ein Hinweis darauf zu sein, daß Rohanda in der langen Zeit seit meinem letzten Aufenthalt einen weiteren und großen Schritt auf dem Weg zur Verrohung gemacht hatte.

Mir kam der Gedanke, daß ich in einer Kultur, die sich so sehr dem Mord verschrieben hatte, sehr wohl selbst zum Opfer werden könnte. Doch ich schob ihn beiseite, denn aus den Berichten unserer Agenten schloß ich, daß unbotmäßige Sklaven oder Gefangene anderer Völker geopfert wurden. In anderen Worten, ich fühlte mich nicht betroffen. Es lag daran, daß in unserem Leben gefährliche Situationen so selten sind. Ich hielt mich wie die anderen langlebigen Sirianer der administrativen Klasse für beinahe unsterblich. Der Gedanke an den Tod kam mir – kommt mir – nicht oft in den Sinn. So begab ich mich ruhig und furchtlos in die größte Gefahr, der ich je ausgesetzt war. Es war kein Mut, sondern das Ergebnis meines atrophierten Selbsterhaltungstriebs.

Ich erwog, mit einem großen Gefolge aufzutreten, und verwarf die Idee wieder. Die Bewohner von Grakconkranpatl – Herrscher und Sklaven – waren alle dunkelhäutig. Ein Plan sah vor, ein Raumschiff in die Feriensiedlung zu schicken und von dort Freiwillige hellhäutiger Rassen mit möglichst hellen Haaren hierherzubringen. Ich stellte mir die Wirkung einer großen Delegation silberweißer Abgesandter vor, die plötzlich bei diesen kupfer- und rötlichbraunen Menschen erschienen. Oder das Gegenteil: Ich hatte schon oft beobachtet, welch großen Eindruck die Bewohner von K.P. 2 machten – riesige schwarze Gestalten, tiefschwarz und glänzend, mit schmalen kegelförmigen Köpfen und langen, feingeschnittenen Gesichtern. Ich stellte mir einen Auftritt inmitten solcher Begleiter vor, entschied mich aber auch dagegen.

Ich spielte mit der Idee, unsere gläsernen Beobachtungsscheiben lange genug tief über der Stadt schweben zu lassen, daß der Eindruck einer permanenten Invasion entstand. Dann wollte ich laute, unheilverkündende Botschaften aussenden und ihnen mit völliger Vernichtung drohen, falls sie noch einmal unsere Siedlungen heimsuchten.

Aber ich habe schon immer gezögert, komplizierte oder gar unehrliche Mittel einzusetzen, wenn es auch einfacher geht. Welche einfache Methode stand mir zur Verfügung?

Ich würde selbst und allein gehen. Ich wollte ein Gespräch unter vier Augen mit dem Hohenpriester fordern. Ich würde ihm die Wahrheit sagen: Das Gebiet an den Gebirgshängen gehörte keineswegs ihnen, wie sie sich vorzustellen schienen. Es unterstand keineswegs ihrer Herrschaft, sondern der Herrschaft der

allmächtigen »Götter«. Ihre Astronomie war weit genug entwickelt. Sie wußten etwas über die Bewegungen der Sterne und ihre Auswirkungen auf Wetter und Ernten. Man konnte sie dazu bringen, einen Schritt weiterzugehen und anzuerkennen, daß ihre Herren auf den fernen Sternen wohnten: Götter! Ich würde mich ihnen als Gottheit präsentieren.
Aus der Sicht von Rohanda entsprach das durchaus der Wahrheit.
Ich beauftragte einen unserer Spione, unerkannt die Stadt zu besuchen und eine geschriebene Botschaft zu überbringen. Ich achtete darauf, Schreibmaterial zu verwenden, das man auf Rohanda nicht kannte. Ich kündigte ihnen in feierlichen Worten in Kürze den Besuch einer Botschafterin der Götter »aus dem Himmel« an.
Danach ließ ich genügend Zeit verstreichen, um sicher zu sein, daß sie sich vorbereiten konnten. Ich nutzte die Gelegenheit zu einem weiteren kurzen Besuch bei meinem lieben Ambien I.
Eine Militärmaschine, die ich zu diesem Zweck von unserem Heimatplaneten angefordert hatte, brachte mich nach Grakconkanpatl. Man hatte unsere Experten für Bevölkerungskontrolle beauftragt, ein Raumschiff zu entwickeln, dessen Aussehen bereits einschüchternd wirkte. Es war ungewöhnlich schnell, konnte auf der Stelle schweben, blitzschnell die Richtung wechseln und innerhalb kürzester Zeit starten und landen. Es bewegte sich völlig geräuschlos, war schwarz und hatte am Rumpf ein dunkelrotes Auge, von dem grünliche Strahlen ausgingen, die tatsächlich jedes Lebewesen in ihrem Umkreis zeitweilig betäubten. Doch der wahre Triumph der Konstrukteure war die Form, wodurch das Raumschiff drohende Stärke und Brutalität suggerierte. Wer diesen Flugkörper sah, konnte emotionale Reaktionen nicht unterdrücken. Man hatte den Eindruck, von einem grausamen, strafenden und unentrinnbaren Auge beobachtet zu werden. Die Waffe wurde nur selten eingesetzt, denn die Bevölkerung höherentwickelter Planeten ließ sich dadurch bestenfalls irritieren. Und auf Planeten, deren Entwicklung künstlich aufgehalten wurde, etwa auf K.P. 24, wo die Lombis inzwischen lebten, würde dieses Raumschiff zu

heftige Reaktionen auslösen. Solche Kulturen konnten dadurch völlig aus dem Gleichgewicht geraten und kollabieren. Aber für meine Zwecke eignete es sich sehr gut.
So glaubte ich. Ich hatte recht. Aber ich hätte eine ganze Flotte anfordern und diese Stadt damit bedrohen sollen, ohne selbst in Erscheinung zu treten...
Das Raumschiff setzte mich mit großer Geschwindigkeit ab, und mir blieb keine Zeit, richtig wahrzunehmen, daß das lange Rechteck oder die breite Straße gesäumt von Menschen war; sie standen dort in wohlüberlegter Absicht und sehr diszipliniert. Ich befand mich am Ende der Straße vor einer glatten, düsteren Fassade und blickte auf das Gebäude am anderen Ende. Die Straße erwies sich länger, als sie aus der Luft gewirkt hatte. Sie war auch schmaler, denn auf beiden Seiten standen fünf Reihen maschinenähnlicher Wesen – vielleicht waren es aber auch Statuen: Sie trugen glatte dunkelgraue Gewänder, die bis zum Boden reichten. Die Köpfe verschwanden unter Kapuzen der gleichen Farbe, in der sich schmale Schlitze für die Augen befanden. In den behandschuhten Händen hielten sie lange Eisenlanzen. Dickes Leder verhüllte die Füße.
Der Leser wird bereits erkannt haben, daß die Gestalten, durch ihre gesichtslose Gleichförmigkeit, die Wirkung der Gebäude unterstrichen, ja sogar noch verstärkten. Hinter diesen Wachen stand in straff geordneten Gruppen der »Inhalt« der einzelnen Gebäude – der lebende Inhalt in Gestalt der Mitglieder einer Familie oder einer Sippe. Alle trugen die gleichen schwarzen Gewänder, die sie mit Ausnahme des Gesichts völlig verhüllten. Mein erster Blick auf das Antlitz dieser Kultur verunsicherte mich eindeutig. Es war ein hartes autoritäres Gesicht, erstaunlich einförmig; auch zwischen den Sippen und Familien gab es bemerkenswert wenig Unterschiede. Auf den Köpfen trugen sie alle steife, spitze, kegelförmige Hüte aus scharzem Filz. Es fiel nicht schwer zu erraten, daß sie auf eines der alten und längst überholten Amulette zurückgingen, die Canopus für seine Beauftragten früher einmal vorgeschrieben hatte. Diese Privilegierten, die herrschende Klasse von Grakconkranpatl, trugen keine Waffen.

Weit vor mir, am Ende des schmalen grauen Korridors zwischen den dunkelgrauen Wächtern und ihren schwarzgekleideten Herren bemerkte ich eine große Gruppe von Priestern. Sie verliehen der Szene als einzige Farbe. In leuchtendroten und gelben, grellgrünen und strahlendblauen Gewändern warteten sie vor der nackten dunklen Mauer ihres Tempels. Denn bei diesen beiden Gebäuden, die sich »augenlos« anstarrten, handelte es sich um Tempel.

Ich begriff erst nach einiger Zeit, daß dieser Empfang mir galt, und daß der Zeitpunkt meiner Ankunft bekannt gewesen war. Das gab mir zu denken, denn ich hatte ihn erst vor zwei Tagen festgelegt. Ich wußte bereits, daß ich einen großen Fehler begangen hatte.

Ich hätte zum Beispiel kein leichtes weißes Gewand tragen dürfen, denn das grenzte an Mißachtung ihres Zeremoniells. (Natürlich trug ich die zur Zeit von Canopus vorgeschriebenen Artefakte – einige verborgen, andere in Form eines canopäischen Halsbandes und schwerer Armreifen.) Doch diesen Menschen, die nur das Großartige, Gigantische und Drohende beeindruckte, mußte ich wie ein Blatt erscheinen oder ein welker Grashalm – etwas jedenfalls, das man mühelos zertreten konnte.

Ich ging langsam in einer tödlichen, unheilvollen Stille auf die Priester zu. Hinter den schmalen rechteckigen Schlitzen in den dunklen Kapuzen, die mich umgaben, konnte ich das Glitzern von Augen sehen; sie gaben mir die Vorstellung von den derben, primitiven Gesichtern der Männer und Frauen dieses schrecklichen Landes.

Ich bemerkte, daß mein Mund trocken wurde, und ich hatte weiche Knie. Ich atmete flach. Natürlich faszinierte es mich, diese klassischen Symptome der Angst zu registrieren – ich konnte mich nicht daran erinnern, etwas Ähnliches schon einmal erlebt zu haben. Doch gleichzeitig analysierte ich meine Lage. Es stand wirklich sehr schlecht um mich, wenn sie Böses im Sinn hatten – und die ganze Atmosphäre überzeugte mich davon. Ich hatte das Raumschiff angewiesen, schnellstens abzudrehen, und es würde ohne mein Signal nicht wieder zu-

rückkommen. Es würde mir jedoch nur gelingen, das Signal zu geben, wenn ich die canopäischen Artefakte in der vorgeschriebenen Weise benutzen konnte.
Als etwa die Hälfte dieser von lebenden Bäumen gesäumten Straße hinter mir lag, lösten sich vier Gestalten aus der Gruppe der Priester. Sie trugen wie die Bürger schwarze Gewänder und näherten sich mir schnell. Zwei traten hinter mich und zwei gingen dicht vor mir her. Ihre Ausdünstung, ein schwerer, kalter toter Geruch, nahm mir den Atem.
Ich wußte, daß ich jetzt eine Gefangene war.
Als ich vor den Priestern in ihren bunten, mit schwerem Gold und Edelsteinen besetzten Gewändern stand, kehrten die vier Männer zu ihren Familien zurück – jeder an seinen vorgeschriebenen Platz. Ich dachte darüber nach, daß in der ganzen Menge niemand den ihm zugewiesenen Platz verließ, niemand zufällig hierhergekommen war, und daß auch nicht ein einziger vom Dach zusah. Die Sklaven befanden sich scheinbar alle in ihren Verliesen, zumindest sah ich keine. Doch später erfuhr ich, daß sie bei den Opfermorden alle herausgetrieben wurden und dichtgedrängt in dem schmalen Raum zwischen den Wachen standen.
An diesem Tag gab es keinen Menschen in der Stadt, über dessen Tun man nicht Bescheid wußte; diese schrecklichen und grausamen Männer und Frauen, deren Gesichter ich studierte, während ich zu ihnen aufblickte, wurden über alles informiert. Ich sagte nichts. Schweigen ist eine wirkungsvolle Waffe... kann es sein.
Und sie hatten beschlossen, das gleiche zu tun. Sie sprachen kein Wort. Sie starrten verächtlich auf mich herunter. Ich starrte zurück, übertraf sie noch, wendete manchmal sogar den Kopf, als sei ich völlig unbeeindruckt, und sah mich um.
Zu beiden Seiten der bunten, leuchtenden Priester saß ein großes Tier einer mir unbekannten Art – eine Raubkatze mit gelbem, schwarzgeflecktem Fell und großen, grünen Augen. Zunächst hielt ich die beiden Tiere für Statuen, so bewegungslos saßen sie. Dann, als Sonnenlicht auf das glänzende Fell fiel, sah ich am Heben und Senken der Rippen, daß sie atmeten. Sie

waren weder angekettet noch auf irgendeine Weise in ihrer Bewegungsfreiheit eingeschränkt. Neben jeder Katze stand eine große, starke Frau mit einem Rock, jedoch mit nacktem Oberkörper, den verschlungene Muster bedeckten, wobei Brüste, Brustwarzen und Nabel wie Augen wirkten. Die Tiere wendeten den Blick nicht von mir. Ich erkannte, daß ich in Gefahr stand, von diesen abgerichteten Bestien zerrissen zu werden. Deshalb griff ich zu gewissen Techniken, die ich gelernt hatte, obwohl sich mir nur selten eine Gelegenheit bot, sie anzuwenden. Ich brachte erst die eine und dann die andere Katze dazu, sich mit ausgestreckten Vorderpfoten hinzulegen. Ihre Augen richteten sich jetzt nicht mehr auf mich, sondern auf die Köpfe der schweigenden Menge.

Die Priester registrierten es mit einem kaum wahrnehmbaren Anhalten des Atems. Ich nutzte meine momentane Überlegenheit aus, lächelte sie an und sagte:

»Ich komme vom Stern Sirius, eurem Herrn und Herrscher.«

Ich sprach laut, damit wenigstens die Wachen in meiner Nähe mich hörten, unter denen jetzt eine Bewegung entstand. Die Priester mußten jetzt auf die eine oder andere Art handeln.

Die vier schwarzgekleideten Männer nahmen mich in ihre Mitte und drängten mich zwischen die Priester. Nun war ich den Blicken der Menge entzogen. Von allen Seiten beugten sich harte, finstere, rötlichbraune Gesichter mit undurchdringlichen schwarzen Augen über mich. Sie geleiteten mich durch den niedrigen Eingang in den Tempel. Es roch nach geronnenem Blut. Blut ist auf diesem Planeten eine dicke, instabile Substanz, und sein Geruch spricht von Animalität. Im Tempel war es dunkel. Nur hoch oben unter der unsichtbaren Decke brannten Lichter. Man führte mich eilig durch Gänge, durch immer mehr und dunklere Gänge, in denen es kalt und feucht war. Ich befand mich im unteren Teil eines der großen blockähnlichen Gebäude – wurde vielleicht von einem zum anderen und wieder in ein anderes gestoßen. Wir kamen an Sklaven vorüber, bedauernswerten, bleichen Geschöpfen, die entsetzt auf meine Wachen starrten und sofort in irgendeinem Seitengang verschwanden. An den Wänden der Korridore brannten in gro-

ßen Abständen schwache Lichter. Hier war die Unterwelt der Sklaven. Schließlich stieß man mich in einen kalten, spärlich beleuchteten Raum und ließ mich allein.
Allein... Mich umgab der kalte, blaugraue Stein. Es war kein kleines Zimmer, aber durch seine Abmessungen wirkte es beklemmend. Ich möchte hier feststellen, Sirius war selbst damals mit der Vorstellung vertraut, daß die Dimensionen eines Gebäudes und die psychische Verfassung seiner Bewohner in einem Zusammenhang stehen. Trotzdem hatten wir – wage ich zu sagen *haben*? – nicht die Erkenntnisse, die Canopus auf diesem Gebiet besitzt. Der Raum war dazu bestimmt, zu erdrücken, herabzusetzen und zu bedrücken. (Diese Abmessungen fanden sich auf allen Ebenen der Gebäude, selbst bei den Räumen der herrschenden Klasse. Als ich das feststellte, kam ich zu dem Schluß, daß Canopus diese Kultur inspiriert haben mußte, die dann unter dem Einfluß von Shammat degeneriert war.)
Wände und Fußboden bestanden aus großen, behauenen Steinquadern. Die Decke bot den gleichen Anblick. Die Tür war eine große Steinplatte, die sich mit Hilfe unsichtbarer Gewichte in einer Rille bewegen ließ. Es gab keine Fenster. Zwei kleine Öllampen standen auf einem Steinblock, der auch als Tisch diente. An einer Wand zog sich eine Steinbank oder ein Sims entlang. Der bläulichgraue Stein reflektierte das Licht nicht. Es roch nicht stickig; von irgendwo kam frische Luft.
In diesem Raum gab es nichts Weiches oder Angenehmes. Deshalb dachte ich mir, daß meine Häscher beabsichtigten, mich einzuschüchtern oder gar zu foltern. Man hatte mich hierhergebracht, um meinen Widerstand zu brechen.
Ich setzte mich so bequem wie möglich auf die Steinbank und überdachte meine Lage.
Erstens, und für die Situation von Sirius hier generell wichtig, meine genaue Ankunftszeit war bekannt gewesen, und man hatte mich erwartet. Das bedeutete, man war über unsere Aktivitäten auf dem Kontinent sehr viel besser informiert, als wir wußten. Man mußte immer mit einer Art Spionage rechnen oder zumindest mit der Neugier der Ansässigen, die groß

genug war, um Nachrichten weiterzugeben. Doch mein Empfang wies auf etwas hin, daß mit alldem nichts mehr zu tun hatte. Ich ging im Geist meine Mitarbeiter, das hier stationierte Personal, die Angehörigen der lokalen und überregionalen Luftstreitkräfte durch, fand aber keinen einzigen Verdächtigen. Eine andere Vermutung drängte sich mir immer wieder auf: Wer schien stets über unsere Bewegungen und Pläne informiert zu sein? Canopus! Sollte ich annehmen, daß Canopus diesem widerlichen kleinen Königreich Informationen über uns geliefert hatte? Undenkbar! Und doch gab es in diesem Bereich der Möglichkeiten etwas, was man nicht so einfach außer acht lassen konnte... Ich schob den Gedanken beiseite und überdachte meine eigene Lage.

Hätten die Priester geplant, mich einfach zu töten, mich als Gefahr zu beseitigen, dann wäre dies bei der Landung oder bald danach sehr gut möglich gewesen, ohne daß die gehorsame Bevölkerung irgend etwas davon erfuhr. Daß mich jedoch die gesamte Priesterschaft – die Oberklasse dieser Kultur – und ihre Wachen empfangen hatten, bedeutete, man wollte mich in aller Öffentlichkeit opfern – vermutlich als einzige Hauptfigur in einer imposanten Zeremonie.

Ich begann, in meinem Gefängnis zu frieren. Auch dieses Gefühl war mir neu – ich konnte mich nicht daran erinnern, es in diesem Ausmaß schon einmal erlebt zu haben. Ich stellte fest, daß meine Gedanken langsamer wurden; meine geistigen Reaktionen erstarrten wie meine Glieder. Unter der erdrükkenden Steinlast herrschte völlige Stille.

Wenn sie über unsere Aktionen und Intentionen so gut unterrichtet waren, weshalb mußten sie mich dann überhaupt verhören?... An diesem Punkt bemerkte ich, daß meine Gedanken begannen, im Kreis zu wandern, und deshalb schaltete ich sie ab. Bald darauf glitt die große Steinplatte zur Seite, und eine Frau trat ein, eine Sklavin. Durch den langen Aufenthalt in diesen steinernen Kerkern war ihre rötliche Gesichtshaut blaß geworden. Sie war kleiner und zierlicher als ihre großen, starken Artgenossen der herrschenden Klasse. Doch in ihrem Gesicht lag die gleiche Brutalität, und an ihren stumpfen, gefühllosen

Augen sah ich, daß sie mich ohne weiteres töten würde, wenn man es ihr befahl. Sie brachte Schüsseln und Krüge mit, die eine ausreichende Mahlzeit enthielten. Ich sagte ihr, mir sei sehr kalt. Sie starrte mich an, scheinbar ohne etwas zu hören. Schnell trat sie näher; dabei ruhten ihre schwarzen Augen nicht auf meinem Gesicht, sondern glitten wie neugierige Hände über meinen Körper. Und dann *betastete* sie mich überall. Ich glaubte, sie würde mir das schützende Halsband und die Armreifen nehmen. Ich sah, daß sie sich wegen ihrer anmaßenden Neugier fürchtete, aber der Versuchung doch nicht widerstehen konnte. Ihr Gesicht verriet Beunruhigung, beinahe Angst, und ihre Augen richteten sich immer wieder besorgt zur Türöffnung. Trotzdem betastete sie meine Haare, ihre dicken Finger glitten auf meinen Armen hin und her; dann beugte sie sich vor und sah mir ins Gesicht, in die Augen. Und das war das merkwürdigste: Die Farbe meiner Augen, die Form meines Gesichts faszinierten sie. Ich hätte ohne weiteres eine leblose Puppe sein können, so wenig interessierte sie sich für mich, für das, was meine Augen ihr vielleicht verraten konnten.
Dann richtete sie sich abrupt auf, drehte sich um und wollte gehen. Ich wiederholte noch einmal, mir sei kalt, aber sie reagierte auch jetzt nicht darauf.
Vielleicht war sie taub, oder sogar stumm. Ich vermutete, daß die Speisen Drogen enthielten, zögerte aber nicht, zu essen und zu trinken. Ich machte mir keine echten Sorgen um mögliche Folgen. Zum Teil lag das an der Erstarrung und Langsamkeit meiner geistigen Fähigkeiten, zum Teil aber auch an meiner unerschütterlichen inneren Überzeugung, ich sei *immun* und ganz bestimmt keine Anwärterin auf den Tod!
Doch ich konnte durchaus darüber nachdenken, daß ich vermutlich in dieser häßlichen kleinen Stadt auf diesem unwichtigen kleinen Planeten ermordet werden würde. Das sagte ich mir immer wieder vor, wie etwas, das ich begreifen mußte. Aber ich konnte es nicht begreifen.
Zwischen meinem funktionierenden Sein, den vertrauten Mechanismen von Ambien II, der hohen Beamtin von Sirius, Angehörige einer Rasse, die nicht erwartete zu sterben, es sei

denn durch einen höchst unglücklichen Zufall – etwa durch einen Meteoriten, der mit einem Raumschiff zusammenstieß – zwischen diesem Bewußtseinszustand und dem echten, dringend notwendigen Begreifen der Tatsache: *Du kannst sehr gut im nächsten Moment ermordet werden*, bestand keine Beziehung. Ich konnte es buchstäblich nicht »begreifen«. Ich überlegte, was es bedeuten würde, es zu »begreifen«, so daß mein ganzer Organismus es wußte, verstand und darauf vorbereitet war. Wie mochte es sein, wie diese unglückseligen Wesen hier, je nach den örtlichen Gegebenheiten, nicht länger als vierhundert bis achthundert Jahre zu leben – also kaum geboren, um schon bereits wieder zu sterben? Empfanden sie das? *Empfanden* sie ihre Vergänglichkeit wirklich? Oder lag etwas in den Lebensbedingungen auf diesem Planeten, das zwischen dieser Tatsache und ihrer Erkenntnis ein unüberwindliches Hindernis errichtete?

Ich hing diesen Gedanken nach oder, besser gesagt, sie gingen mir durch den Kopf – vielleicht noch genauer ausgedrückt: ich beobachtete, wie sie in mir aufstiegen und vorüberzogen, während ich eine Mahlzeit aß, von der ich hoffte, sie würde mich bald wärmen.

Es dauerte nicht lange, und eine andere Frau kam herein.

Wieder einmal stehe ich vor dem Problem der späten Einsicht. Bei dieser Frau handelte es sich um Rhodia. Es fällt mir nicht leicht, mich in die Verfassung zurückzuversetzen, in der ich mich befand, ehe ich wußte, wer sie war. Doch ich erinnere mich deutlich, daß ich mir sofort sagte: »Sie ist nicht wie die Sklavin, die mir die Mahlzeit gebracht hat!« Sie trug die gleiche Kleidung – eine lange, weite dunkelblaue Stoffhose, ein Obergewand aus dem gleichen Material und einen Ledergürtel, an dem Schlüssel hingen. Sie war eine Gefängnisaufseherin oder -wärterin. Rhodia hatte einen kräftigeren Körper als die andere Frau; auch ihre rötlichbraune Haut war durch das mangelnde Sonnenlicht blaß geworden. Aber in ihrer Gegenwart fühlte ich mich sofort wohl, so daß ich mich selbst ermahnte: »Vorsicht! Das kann eine Falle sein.« Ich bemerkte, daß sie nicht derselben Rasse oder Unterrasse angehörte wie die andere. Vom Typ her unterschied sie sich nicht grundsätzlich – gleiche Hautfarbe, ähnlicher Körperbau, langes schwarzes Haar –, trotzdem besaß sie eine Lebendigkeit, die sie auf Anhieb abhob. Diese gutaussehende, lebhafte Frau stand dicht vor mir, und ihre großen schwarzen Augen sahen mich offen an. Sie wendete den Blick nicht ab, als erwarte oder erhoffe sie ein Gespräch. Ich lächelte sie an, während ich mir gleichzeitig sagte, daß dies der älteste Trick der Welt war: die liebenswürdige Gefängniswärterin. Über ihrem Arm hing ein dunkelblaues Tuch, das sich als warmer Mantel herausstellte, in den ich mich dankbar einhüllte. Dann ergriff sie mich am Arm und half mir beim Aufstehen; sie wußte, daß ich inzwischen steif und unbeholfen geworden war. Ihr fester, sicherer Griff unterschied sich deutlich von den gierigen, tastenden Berührungen der anderen (ihr untergebenen Sklavin), die mich an die Zunge einer Schlange erinnert hatten. Dann führte sie mich behutsam zur Tür und in den Gang hinaus. Inzwischen waren meine Reaktionen blockiert, und ich geriet völlig durcheinander. Ich wehrte mich innerlich gegen alles, was mir sagte, ich könne dieser Frau vertrauen, und unterdrückte dieses Gefühl. Sie spürte es; ihre Hand ließ meinen Ellbogen los, und ich stolperte allein durch die dunklen, niedrigen geraden Gänge. Überall brannten in großen Abständen die gleichen winzigen gelben Lichter; überall bestanden die Wände aus den gleichen dunklen Steinquadern. Irgendwo über mir mußte die heiße Sonne dieses Kontinents scheinen, mußten die hohen, schneebedeckten Gipfel aufragen. Doch das war ebenso schwer zu begreifen, wirklich zu glauben, wie sich vorzustellen, die Frau könne mir jeden Moment ein Messer in den Rücken stoßen.

Wir gingen lange Zeit und wechselten mit monotoner Regelmäßigkeit im rechten Winkel von einem Korridor in den nächsten. Plötzlich nahm die Zahl der Lichter an den Wänden zu, ich spürte etwas Weiches unter meinen Füßen und sah bunte Teppiche, Läufer – und Wandbehänge. Wir blieben abrupt stehen – scheinbar vor einer nackten Wand. Rhodia drückte einen Hebel, der aus dem Stein ragte, und wieder glitt geräuschlos eine große Steinplatte zur Seite. Ich befand mich im Eingang eines hellerleuchteten Raumes, in dem es Fenster gab. Das allein hätte mich beinahe überwältigt: wieder normales Tageslicht zu sehen. Hinter einem langen Holztisch saßen sieben große Männer in schwarzen Mänteln, die ich bereits kannte. Ein achter stand halb abgewendet an einem Fenster und blickte hinaus. Wieder muß ich unterscheiden zwischen dem, was ich später über diesen achten Mann erfuhr, und dem, was ich damals empfand. Ich sah auf den ersten Blick, daß er nicht derselben Rasse angehörte wie die Bewohner von Grakconkranpatl und auch nicht der meiner Gefängniswärterin, die dicht hinter mir stand. Er erinnerte mich an die Piraten von Shammat, an die schamlosen Diebe, die mich vor sehr langer Zeit besucht hatten. Allerdings war er größer als sie und nicht so grobschlächtig. Er besaß die gleiche blaßbraune Haut wie sie und flinke braune Augen. Er hatte lange, üppige rötliche Locken und einen dichten, gepflegten Bart. Vor mir stand der alte Shammat-Typ, doch sehr verfeinert. Im Vergleich zu den sieben Männern in den schweren schwarzen Gewändern, den groben Gesichtszügen, den langgezogenen schwarzen Augen, aus denen ebensoviel Kälte und Leblosigkeit sprachen wie Gier und Machthunger, schien er unendlich viel besser, sogar vertrauenerweckend zu sein. Als ich dort stand und mein Blick voll Erleichterung auf dem achten Mann ruhte, flüsterte es kaum wahrnehmbar hinter mir: »Sei vorsichtig, Sirius.« Die Worte drangen in mich ein, als kämen sie nicht von hier und jetzt, sondern aus Koshi oder aus den Räumen zwischen den Sternen. Ich konnte nicht glauben, daß ich sie hörte und dachte sogar, ich hätte sie mir nur eingebildet... Ich wandte leicht den Kopf, doch die Frau stand einige Schritte hinter mir und trug ein unbewegliches, sogar gleichgültiges Gesicht zur Schau.

Ich wartete noch immer vor den Männern, die mich alle acht kalt musterten, denn inzwischen hatte sich auch der Mann am Fenster mir zugewendet. Kein Wort war bis jetzt gefallen.

Einer erhob sich, kam zu mir herüber, und seine kalten Augen glitten abschätzend über meine Haare, meine Haut, meinen zierlichen, zerbrechlichen Körper. Er riß mir den dunklen

Mantel ab, packte mich am Oberarm und zog mich dicht vor den Tisch, hinter dem die anderen saßen: eins, zwei, drei, vier, fünf, sechs – einer wie der andere eine Kopie seines Nachbarn, so wenig unterschieden sie sich. Der siebte stand hinter mir, griff mit seinen großen Händen in meine Haare und zeigte sie den anderen; dann hob er erst einen meiner Arme und dann den anderen – sie waren beide nackt, der Mantel lag auf dem Fußboden. Er schob die Armreifen hin und her, und ich ahnte, er wollte sie mir abnehmen, wartete damit aber noch. Statt dessen begann er, das Halsband aus canopäischem Silber aufzuhaken. Mich umgab sein kalter, unangenehmer Geruch; mir wurde davon übel. Aber ich sagte ruhig:

»Wenn du mir diese Dinge nimmst, wirst du es sehr bereuen.«

Ich sah, wie die Augen der sechs Herrscher – Priester und Tyrannen – sich auf den einen richteten, der immer noch am Fenster lehnte und seine Überlegenheit ihnen und der Situation gegenüber durch eine gewisse Gleichgültigkeit dokumentierte. Nur hin und wieder beobachtete er, was im Raum geschah, dann wendete er seine Aufmerksamkeit wieder dem Geschehen auf der breiten Straße zu, die ich nicht sehen konnte, und wo vermutlich jetzt keine Wachen mehr standen. Der Mann warf den sieben einen kurzen Blick zu und nickte dabei kaum merklich mit dem Kopf – es war eine so winzige Geste, daß ich beinahe glaubte, ich hätte mich getäuscht. Doch sie wirkte: Der Mann, der hinter mir stand, versuchte nicht länger, mein Halsband zu öffnen.

War dieser achte Mann also der Tyrann, der sich der Hohepriester nannte? Wie sollte er sich sonst in dieser herausragenden Position befinden?

Unter meinem Gewand spürte ich den Gürtel mit den Sternensteinen, den dritten Gegenstand, den Canopus mir zu meinem Schutz gegeben hatte. Er lag eng um meine Hüfte, in Reichweite der gierigen Hände des Mannes. Ich war mir auch der glatten Schnalle des Goldbandes um meinen linken Oberschenkel bewußt – der vierte Talisman.

Weshalb war ich eigentlich hier, wenn die Priester mich nicht herbefohlen hatten, um mir diese Dinge abzunehmen oder mich zu verhören? Am stärksten drängte sich mir der Gedanke auf, der achte Mann habe diese Konfrontation gefordert. Aber weshalb?

Wieder stand ich schweigend da, niemand sprach. Der achte Mann blickte scheinbar gleichgültig aus dem Fenster; die sechs Männer saßen mir gegenüber nebeneinander an dem langen schmalen Tisch; sechs schwarze Augenpaare starrten mich an. Ich kann mich an keine andere Spezies erinnern, die mich je so unangenehm berührt hätte wie sie. Wären es einfach Wilde gewesen, das heißt, eine Art, die noch in völliger Barbarei lebte, oder Wesen, die gerade im Begriff standen, ihre Animalität zu überwinden, hätte ich sie eher ertragen können. Aber sie liefen schon lange nicht mehr auf vier Beinen oder zerrissen ihre Beute mit Fangzähnen. Ich sah deutlich, sie standen am Ende einer Entwicklung, die zu Grausamkeit und engstirnigem Kastengeist geführt hatte und dann erstarrt war.

Ich spürte, daß hier zwei unterschiedliche Interessen am Werk waren. Der achte Mann verfolgte andere Absichten als die sieben, aber sie wußten es nicht.

Einer der Männer stand auf, drückte einen Hebel herunter, Steinplatten schoben sich vor die Fenster und schlossen das Tageslicht aus. Ich bemerkte, daß von oben strahlendes Licht auf mich fiel. Alles um mich herum war völlig schwarz; nur ich stand im Licht. Ich begriff, es handelte sich um die Probe für eine Zeremonie: Man wollte sich davon überzeugen, wie ich auf eine Menge wirkte – vermutlich Sklaven und Privilegierte, wenn ich in einem der Tempel in Licht getaucht vor ihnen erschien, ehe mir die Priester das Herz aus dem Leib schnitten.

Einen Augenblick später glitten die Steinplatten vor den Fenstern wieder beiseite, das Licht über mir verschwand, die Frau hüllte mich in den dicken Mantel und führte mich durch die langen Gänge in mein Gefängnis zurück.

Sie verließ mich ohne jede weitere Bemerkung.

Ich saß dort in diesem schrecklichen Schweigen, und mich erfüllte nur ein Gedanke: Nasar. Ich erinnerte mich noch einmal an das Gespräch mit ihm, ehe ich Koshi verlassen hatte. Ich vergegenwärtigte ihn mir so intensiv, daß ich immer noch an Nasar dachte, als die Tür zur Seite glitt und die Frau wieder vor mir stand. Nur mit Mühe konnte ich mich dazu bringen, sie wahrzunehmen. Wieder sagte ich mir vor, man dürfe Gefängniswärtern nicht trauen, während ich gleichzeitig den Gegensatz zwischen dieser direkten, schlichten Frau spürte und den Männern, zu denen man mich gebracht hatte. Die sieben Männer – ja, ich sah in dem einen am Fenster etwas anderes, etwas Besseres, auch wenn ich mich an das geflüsterte: »Sei vorsichtig, Sirius«, erinnerte. Ich blickte in die lebendigen dunklen Augen der Frau, und sie erwiderte meinen Blick.

Mein Geist schien zu versuchen, sich zu öffnen, etwas zu begreifen... aber nach einem langen Schweigen legte sie ein Bündel auf die Steinbank – Decken, wie ich sah – und sagte: »Versuche zu schlafen.« Ich glaubte, nach dieser Aufforderung das Wort »Sirius« zu hören, doch ehe ich etwas erwidern konnte, war ich wieder allein. Ich wickelte mich in die dicken gewebten Decken, legte mich auf den Stein und lag wach. An Schlaf war nicht zu denken.

Wenn ich jetzt zurückblicke, sehe ich sehr deutlich zwei Fäden oder Faktoren, die meine Situation bestimmten: der achte Mann, der mich an die Diebe von Shammat erinnerte, und Rhodia. Das Böse und das Gute. Die zwei Möglichkeiten in meiner Situation. Die beiden Strömungen, die es in jeder Situation gibt, wenn man lernt, sie zu erkennen! *Heute* ist mir das alles sehr klar.

Damals lag ich wach und dachte an Nasar, manchmal auch an Klorathy und nur selten an den achten Mann.

Vermutlich am Morgen des nächsten Tages kam die erste Sklavin wieder und brachte mir etwas zu essen.

Bis zum Kinn in alle Decken gehüllt, saß ich auf der Bank und legte die Hände um eine Schale mit heißer, fettiger Brühe, um mich zu wärmen. In meinem Kopf tönte es: Nasar! Nasar! und zwar so hartnäckig, daß ich beinahe glaubte, ich sei verrückt geworden. Als Rhodia eilig hereinkam und vor mir stand, stammelte ich unwillkürlich: »Nasar« und starrte sie an, als erwartete ich von ihr eine Erklärung.

Sie blickte mir wie zuvor lange in die Augen, ehe sie sagte: »Du mußt mir deine Talismane geben, Sirius.«
Ich bewegte mich nicht, und sie sprach weiter: »Wenn sie kommen und sie von dir verlangen, wirst du sagen, du hast sie vernichtet, damit sie nicht in falsche Hände geraten.«
»Ich kann sie nicht zerstören«, erwiderte ich, während wir uns immer noch anblickten. Ich hatte wieder das Gefühl, daß mein Verstand versuchte, seine Grenzen zu sprengen. Doch es gelang ihm nicht.
»Nein, aber andere können es.«
»Und diese... Verbrecher... wissen das?«
»Sie wissen es.«
Ich schälte mich aus den dicken Decken und hatte dabei das starke Gefühl der Identität mit dieser Frau. Der Gedanke, daß es nicht richtig sei, der Frau zu vertrauen, war nur noch nebensächlich. Ich streckte ihr die nackten Arme entgegen, damit sie mir die schweren Armreife abstreifen konnte; ich löste das goldene Band von meinem Schenkel und reichte es ihr. Dann erhob ich mich, um den Gürtel mit den Steinen von der Hüfte zu nehmen, und senkte den Kopf, damit sie das Halsband öffnen könnte. Die Gegenstände verschwanden alle in den weiten Falten ihres Gewandes.
»Du wirst jetzt eine Weile sehr schwach sein«, stellte sie fest. »Du kannst dich gegen Rohanda nicht mehr schützen. Du mußt dich in jeder Hinsicht in acht nehmen. Doch es wird nicht lange dauern.«
Ich wußte nicht, daß ich es aussprechen würde, als ich mich sagen hörte: »Wie merkwürdig, dich an einem solchen Ort wiederzusehen.«
Und *sie* erwiderte: »Wie töricht von *dir*, an einen solchen Ort zu kommen, Sirius.«
Sie ging zur Tür, und ich flüsterte noch einmal tonlos: »Nasar.«
Sie drehte sich um, sagte: »Ja«, und verschwand.
Ich spürte, wie schwach ich ohne den Schutz der Talismane wurde. Mein Verstand schien sich zu trüben und zu erschlaffen. Ich blieb ruhig sitzen und klammerte mich an das, was sie oder *er* versprochen hatte: Es würde nicht lange dauern.

Kurze Zeit später erschienen zwei der schwarzgekleideten, großen, mörderischen Männer und verlangten: »Gib uns die Gegenstände.«
Sie beugten sich über mich. Ihre unangenehmen schwarzen Augen schienen mich zu verschlingen, und der Geruch, der von ihnen ausging, vernebelte mir die Sinne.
Ich wiederholte, was Nasar mir gesagt hatte: »Ich habe sie nicht mehr. Ich habe sie zerstört, damit sie nicht in die falschen Hände geraten.«
Ihre Gesichter verzerrten sich vor Zorn; sie rissen mir die Dekken vom Leib und betasteten mich überall, fanden aber nichts. Dann richteten sie sich auf und sahen sich an – sie waren sich so ähnlich, so entsetzlich ähnlich. Jede Spur von Individualität schien ausgemerzt zu sein. Ohne mich eines weiteren Blickes zu würdigen, verließen sie mit großen Schritten den Raum, und die Steinplatte verschloß die Türöffnung.
Ich spürte, wie meine Geisteskräfte versiegten, doch ich nahm mich zusammen, nahm mich einfach zusammen.
Rhodia (oder Nasar) kam zurück und brachte mir in einem Becher etwas zu trinken. Das belebte mich wieder.
Dann setzte sie sich neben mich auf die Bank, massierte mir die Hände und sagte: »Du mußt genau tun, was ich dir sage. Man wird dich auf den Opferstein heben, und sobald dich ein grünes Licht beleuchtet, rufst du wie eine Beschwörung aus: ›Tod den Toten...‹, dann läßt du dich einfach rückwärts fallen. Man wird dich auffangen.« Und schon hatte sie sich erhoben und stand an der Tür.
Ich flüsterte: »Canopus, weshalb tust du das?«
Sie antwortete leise und hastig: »Du hast mich gerettet... ohne zu wissen, vor welchen Erniedrigungen. Jetzt bin ich an der Reihe, dich zu retten.« Und die Steinplatte glitt vor die Öffnung.
Ich spürte, wie das Gewicht des kalten dunklen Elends, das diese Stadt beherrschte, sich auf mich senkte und überlegte, welche Wirkungen es auf alle haben mußte, die nicht durch Talismane dagegen geschützt wurden. Mein Bewußtsein verdunkelte sich immer wieder, als würde es von dichtem Nebel

verhüllt, der sich jedoch wieder lichtete. Ich wiederholte mir immer und immer wieder, was ich tun mußte.
Dann geschah alles sehr schnell. Zahllose dunkle Priester drängten sich in meinen Kerker, und man führte mich inmitten dieser Schar durch die Gänge und schließlich ein paar Stufen hinauf. Ich befand mich in einem der Tempel. Am anderen Ende standen dichtgedrängt die Sklaven in Reih und Glied, umgeben von ihren Wachen. Mein Blick streifte die bedauernswerten Tiere unserer Kolonie 9; sie waren alle aneinandergekettet und hoben die behaarten Gesichter mit den staunenden blauen Augen dem Schauspiel entgegen, das sie am anderen Ende des Tempels sahen. Die schwarzgekleideten Männer und Frauen standen in Reihen zu beiden Seiten einer großen, liegenden steinernen Statue. Anstelle des Bauchs hatte sie ein großes Loch, und von daraus stieg der Geruch von geronnenem Blut auf. Oh, der Gestank in diesem Tempel! Er allein genügte, um mir den letzten klaren Gedanken zu rauben. Hinter dieser entsetzlichen Statue mit ihrem furchterregenden, bösen Gesicht und den dicken, unförmigen Gliedmaßen befand sich eine hohe Plattform. Dorthin stieß man mich, und ich stand da schwankend und halb ohnmächtig. Vor mir lag der bedrückende, dunkle Innenraum des Tempels mit seinen steinernen Göttern; ich sah die zusammengetriebenen Sklaven, die Priesterkaste, die sich ihrer bedienten und sie ausbeuteten – alles war in ein häßliches rötliches Licht getaucht. Die schwarzgekleideten Gestalten stimmten ein schauriges Klagelied an. Es war eine Hymne. Nur mit Mühe gelang es mir, bei Sinnen zu bleiben...
Ich konnte mir vorstellen, was *sie* sahen – einen weißen Geist, eine gespenstische Erscheinung mit glänzenden Haaren in einem hauchdünnen, weißen Gewand, auf dem das rote Licht tanzte. Dann färbte sich das Licht auf meinen Händen grün; anstelle des blutroten Glühens trat ein grüner Schein. Mein Verstand sagte mir, daß dies mein Signal war. Ich rang um die Worte, die ich hinausschreien mußte, und schließlich fielen sie mir wieder ein – als ich das Messer in der erhobenen Hand eines Priesters sah, das auf mein Herz zielte. »Tod den Toten...«, rief ich, »Tod den Toten...« Ich mußte noch etwas tun, und ich

konnte mich nicht mehr daran erinnern. Immer noch schwebte das Messer mit der blitzenden grünen Schneide vor mir in der Luft. Ich sprang rückwärts vom Sockel, fiel auf etwas Weiches... und dann gab der Boden unter mir nach. Über mir hörte ich das Knirschen von Stein auf Stein. Menschen umgaben mich, die mich hochhoben und davontrugen. Ich hatte meinen Teil bei dieser Flucht getan, schlief ein oder fiel in eine Trance.

Und doch war ich nicht völlig bewußtlos, denn ich registrierte Hasten und Eilen durch niedrige dunkle Gänge und den Klang von Rhodias Stimme. Ich redete mit ihr, stellte Fragen, die sie mir beantwortete, denn als sich der Nebel lichtete, der meinen Geist umhüllte, und ich sah, saß wir aus den tiefen unterirdischen Gemäuern hinauf ans Licht kamen, ergaben die Erklärungen, die ich erhalten hatte, allmählich einen Sinn, und ich konnte mir ein klares Bild machen.

Rhodia stammte nicht aus der von den Priestern beherrschten Stadt, sondern aus Lelanos, das nicht allzu weit entfernt war. Räumlich gesehen... Sie hatte sich gefangennehmen und zur Sklavin machen lassen. Ihre Fähigkeiten brachten sie schnell in die Position einer vertrauenswürdigen Gefangenenwärterin, die bei den Opferzeremonien eine wichtige Rolle spielte. Sie hatte erlebt, wie zahllose der Unglücklichen, die sie bewachen und für die sie sorgen mußte, auf den Sockel über der blutgefüllten steinernen Gottheit gehoben wurden. Nein, sie war nicht in der Lage gewesen, auch nur ein einziges der wichtigen Opfer zu retten, allerdings war es ihr gelungen, einige der unbedeutenden Sklaven – nicht viele – rechtzeitig verschwinden zu lassen. Ihre Aufgabe hatte darin bestanden, sich auf meine Festnahme vorzubereiten, um mich retten zu können. *Sie... Sie...* Ich zwang mich dazu, dieses Wort zu benutzen, während ich bemerkte, daß ein schwaches Licht in die Gänge drang, durch die wir flohen. Und dann sah ich *sie*, Rhodia, die starke, große, hübsche Frau. Sie lief neben mir her, während ich von einem Sklaven getragen wurde. Ich mußte *sie* sagen, *sie* denken – doch in meinem tranceähnlichen Zustand oder Schlaf, in der beinahe völligen Dunkelheit tief unter der Erde, war ich nur in

der Lage gewesen, Nasar zu *spüren*; seine Gegenwart hatte mich umgeben.
Worin besteht diese Eigenschaft eines Individuums, die so stark ist, so unabhängig von Aussehen, Geschlecht, Alter und Rasse – unabhängig von dem Planeten, von dem »er« oder »sie« stammt. Sie bewirkt, daß man einen völligen dunklen Raum betritt, in dem man niemanden erwartet, und man flüstert... einen Namen! Gleichgültig, welchen Namen! Nasar. Rhodia. Canopus.
Ja, das habe ich erlebt, und zwar mehr als einmal.
Aber man muß es nur einmal erleben, und dann wird man künftig das Aussehen, die Unterschiede von Rasse oder Geschlecht lediglich registrieren, während man die andere, die tieferliegende Wahrheit erkennt. Ich hatte dieses einmalige und individuelle Wesen als Nasar, den gequälten Mann in Koshi, kennengelernt. Und meine Assoziationen führten mich in Versuchung, sie »Nasar« zu nennen. Hätte ich diesen Menschen zuerst als Rhodia kennengelernt, wären mir andere Namen ebenso zögernd über die Lippen gekommen.
Die Helligkeit nahm zu, und meine Augen ruhten unverwandt auf Rhodia, als versuchte ich, durch diesen Anblick eine Wahrheit zu begreifen, die ich nicht fassen konnte. Sie war Nasar, und sie war es nicht. Er war Rhodia und war es nicht... was immer sich in dieser Frauengestalt verbarg, war mir sehr vertraut. Aber außer diesem Rätsel war da noch etwas anderes. Sie wirkte bleich; manchmal sah sie sogar regelrecht fahl und abstoßend aus, wenn in einer Biegung des Korridors das Licht sie stärker traf. Ich fragte mich, ob sie vielleicht vom Blitz getroffen worden war oder eine schwere Krankheit hinter sich hatte... In meinem Verlies und in dem Raum mit den acht Männern hatte ich sie nicht deutlich gesehen – entweder weil es zu dunkel war, oder die Angst mich zu sehr bedrückte.
Was ich jetzt an ihr entdeckte, beunruhigte mich so stark, daß ich versuchte, mich auf etwas anderes zu konzentrieren. Ich dachte über die letzten Ereignisse nach, um mir ein möglichst zusammenhängendes Bild zu machen.
Als die Priester mich gefangennahmen, war Rhodias wichtig-

stes Anliegen zu verhindern, daß ihnen die canopäischen Artefakte in die Hände fielen: Sie hätten sie nur auf das schlimmste mißbraucht. Denn trotz aller Bemühungen war es Grakconkranpatl bisher nicht gelungen, auch nur einen der Gegenstände zu rauben, die zur Zeit die canopäische Schutzwirkung besaßen.
Ihre zweite Sorge – und man erwartete von mir, die Reihenfolge der Prioritäten einzusehen – war, mir zur Flucht zu verhelfen. Sie hatte den Priestern suggeriert, ich besäße Kräfte, die sie klugerweise fürchten sollten. Die Priester glaubten, ich hätte die Artefakte mit Hilfe dieser Kräfte verschwinden lassen. Aber sie waren sich uneinig gewesen, diese Gruppe von Herrschern oder Oberpriestern, die ich gesehen hatte. Beinahe hätten sie beschlossen, mich aus der Stadt zu bringen, und es mir überlassen, ob ich zu meinesgleichen zurückfinden würde – wenn ich konnte. Aber alle hatten erlebt, daß ich »vom Himmel« gekommen war. Sie konnten die Erinnerung an dieses Ereignis bei ihrem versklavten Volk nicht auslöschen. Also hatte man verkündet, ich sei ein Feind, der durch Zauberkräfte der Priester in die Stadt gelockt worden und in ihre Hände gefallen sei. Feinde wurden immer öffentlich geopfert. Wäre ich einfach verschwunden und nie wieder aufgetaucht, hätte dies die Macht der Kaste, die durch Angst herrschte, nur schwächen können. Deshalb hatte man schließlich beschlossen, mir, wie es dem Gesetz entsprach, das Herz aus der Brust zu schneiden. Doch Rhodia hatte ihre Zweifel genährt.
Als man mich auf den Sockel stieß, standen sie alle unter großer Spannung. In ihrem Ritual gab es eine Stelle, an der die Priester den »Göttern« singend erklärten, sie seien die Toten; in diesem Moment identifizierten sie sich mit den Opfern, die in der Tat schon beinahe tot waren: Die Opfer waren in einer vieldeutigen und – für den rationalen Verstand – eher unbefriedigenden Weise eins mit ihren Mördern. Mein beschwörender Ruf: »Tod den Toten«, verurteilte die gesamte Priesterkaste. Hinter dem Götterbild gab es einen Stein, der sich mit Hilfe von Hebeln bewegen ließ, um bei den Zeremonien Illusionen und »Wunder« hervorrufen zu können. Bei meiner Drohung erstarrten die

Priester und flohen, während ich plötzlich in grünes Licht gebadet auf dem Sockel stand. Rhodia und ihre Gehilfen bewegten den Stein und zogen mich dann in die Gemächer unter dem eigentlichen Tempel. Dies war der gefährlichste Teil der Flucht, denn natürlich würden sich die Priester nicht lange täuschen lassen. In dieser Phase beruhte unser Erfolg auf Schnelligkeit. Unter den Gebäuden der Stadt erstreckten sich kreuz und quer Gänge unter den Tunneln, die von den Sklaven benutzt wurden. Keiner der Priester kannte dieses Labyrinth genau: Eine Tyrannei ist immer innerlich gespalten und muß immer widerstreitende Interessen im Gleichgewicht halten. Das eifersüchtig gehütete Wissen der sich gegenseitig mißtrauenden Sekten rettete uns. Rhodia hatte sich all diese Wege genau eingeprägt. Und als wir immer tiefer und weiter in dieses Labyrinth flohen, verfolgten die Wachen der Priester uns zuweilen in parallellaufenden Gängen oder in den Tunneln über uns. Der Zufall hätte sie sehr wohl den richtigen Weg führen können, und dann wären wir mit ihnen zusammengestoßen – doch Rhodia kannte ein uraltes, seit langem nicht mehr benutztes Tunnelsystem. Sklaven hatten es gegraben, um so in die Freiheit zu flüchten, aber man hatte sie entdeckt. Sobald wir uns erst dort befanden, waren wir in Sicherheit.

An der Flanke eines hohen Berges, in einer kleinen Schlucht zwischen Felsen und Büschen kamen wir ans Tageslicht. Tief unter uns lag die dunkle Stadt der Priester. Und ich sah, wie die bedauernswerten Sklaven, die uns begleitet hatten, sich auf die sonnenbeschienene Erde warfen, sie unter Tränen küßten. Als sie ihre blassen, ehemals rötlichbraunen Gesichter der Sonne entgegenhoben, glaubte ich sehen zu können, wie die Gesundheit in die lichthungrige Haut zurückkehrte. Rhodia stand neben mir, sah zu und wartete, bis sich die ersten Freudenausbrüche gelegt hatten.

Sie griff meine Gedanken auf und erklärte: »Mit diesen Sklaven konnte ich reden, und ihnen konnte ich vertrauen.«

Das war offensichtlich eine ganz einfache Feststellung. Sie hätte nichts anderes sagen können! Und doch traf mich die Macht und Unerbittlichkeit der Gesetze, denen wir alle unterstanden, sehr schmerzlich. Dort unten, in den kalten, dunklen Verliesen, unter der Stadt der Priester lebten Sklaven, und manche von ihnen kannten nichts anderes, denn sie waren dort geboren worden. Trotzdem waren sie für eine Eigenschaft empfänglich gewesen, die sie in einer Mitsklavin – erkannten? – *an die sie sich erinnerten?*, obwohl diese Sklavin nur insofern besser war als sie selbst, als es in ihrer Macht lag, sie – und oft mußte es sich ihnen so dargestellt haben – zu quälen und ihnen zu befehlen... Aber sie *hatten* in ihr etwas gesehen, gespürt, hatten ihr zugehört und infolge von Eigenschaften, die sie – zufällig? – besaßen, hatte man sie ausgewählt, ihnen vertraut. Nun küßten sie die Erde auf der freien Seite des Berges und hoben die bleichen Gesichter der Sonne entgegen – und für einige war es das erste Mal im Leben. Allein dieser Gedanke schnitt mir ins Herz – *mein* Herz, das ohne Rhodias Eingreifen inzwischen in einer Blutlache im ausgehöhlten Bauch der Statue gelegen hätte. Sie wußte, was ich dachte, und lächelte. Und zum ersten Mal entdeckte ich eine physische Ähnlichkeit mit Nasar und seinem spöttischen Zorn. In diesem Moment *war* es Nasar, der mit mir die Erkenntnis unserer bitteren Notwendigkeiten teilte... er befand sich so deutlich *hier*, daß ich mit ihm hätte wieder auf der Spitze des hohen kegelförmigen Turms stehen können, während es draußen schneite.

Dann sah ich, wie Rhodia die Gefühlsausbrüche ihrer Schützlinge beruhigte, und sie drängte aufzustehen. Sie deutete über die Berggipfel hinweg nach Norden. Als Vorsichtsmaßnahme sollten sie einen Weg durch die Wälder nehmen. Rhodia und ich würden eine andere Richtung einschlagen. Ehe die etwa fünfzig Menschen unseren Blicken entschwanden, drehten sie sich noch einmal um, lächelten Rhodia zu und hoben zum Abschied dankbar die Arme. Dann kam Rhodia zu mir, zog aus den Falten ihres Gewandes die Artefakte hervor und forderte mich auf, sie wieder anzulegen. Zuerst streifte ich mir das Goldband über den Schenkel, legte dann den Gürtel mit den kühlen Sternensteinen um, schob die Armreifen über die Handgelenke und legte schließlich das Halsband an. Plötzlich schien sich mein Verstand zu klären, meine Gedanken wurden

ruhiger, und schon kurz, nachdem durch die geheime Kraft der Talismane sich mein alter Bewußtseinszustand wiederhergestellt hatte, erschien mir mein voriger Zustand als so schrecklich und unerträglich wie die Kerker der Stadt. Ich sah Rhodia klar und ruhig an – und sah sie zum ersten Mal richtig. Wieder dachte ich, sie müsse an einer schrecklichen Krankheit, womöglich an Lepra leiden. Sie wirkte welk und erschöpft, wie mit Asche bestäubt. Etwas Vergleichbares hatte ich noch nie gesehen. Gesicht, Hände und alles, was von Armen und Beinen sichtbar war, wirkte so vertrocknet und runzelig wie bei manchen Leichen. In den Kopfhaaren – bei ihrer Rasse waren sie glänzend und schwarz – entdeckte ich weiße Strähnen.
Rhodia bemerkte meinen Blick und erklärte: »Sirius, vor dir siehst du die körperlichen Aspekte der degenerativen Shikastakrankheit.«
»Ist Rohanda soweit entartet?«
»Inzwischen treten in der Hälfte ihres Lebens, manchmal sogar noch früher, Zeichen des Verfalls auf. Dieser Prozeß beschleunigt sich von Generation zu Generation. Sie haben bereits vergessen, daß dies ein relativ neues Phänomen ist.«
Ich konnte mein Entsetzen bei diesem Gedanken nicht sofort abschütteln. Ich versuchte mir vorzustellen, wie sich diese unglückseligen Geschöpfe vorkommen mußten, die an ihre geschwächten, anfälligen Körper gekettet waren. Ich überlegte, ob es Canopus mit seinem Wissen, seiner Technik, einen Körper nach Belieben abzulegen, diesen armen Kreaturen nicht helfen konnte.
Rhodia seufzte und lachte dann das kurze, charakteristische Nasarlachen. »Glaube mir, die Prioritäten liegen anders. Wir haben andere und weit wichtigere Dinge zu tun.«
»Notwendigkeiten«, sagte ich scherzhaft.
Sie lächelte verständnisvoll, erwiderte jedoch: »Jawohl, Sirius... Notwendigkeiten.«
Und in diesem vertrauten Ton machten wir uns auf den Weg nach Osten; wir gingen über die Berge und durch die Täler der Gebirgskette an der Küste. Wir stiegen hinauf und wieder hinunter, doch ohne Eile. Rhodia erklärte, wir befänden uns nicht

in Gefahr, weil »in diesem Fall unsere größte Gefahr auch unser Schutz ist«. Und als ich sie drängte, mir das zu erklären, sah sie mich lange und eindringlich an, und ich entdeckte farblose Ränder um die schwarzen Pupillen ihrer Augen – der Tribut, den das Alter in Rohanda forderte. Dieser Blick erinnerte mich wieder an das geflüsterte: *»Sei vorsichtig, Sirius!«* Die Worte schienen seit damals irgendwo in meinem tiefsten Innern weiterzuklingen. Rhodia sagte nur: »*Deine* größte Gefahr. *Deine*, Sirius.« Mehr äußerte sie sich zu diesem Thema nicht, obwohl sie bereitwillig und ausführlich von der Stadt, unserem Ziel, erzählte.

Wir wanderten einige Tage durch dichte, angenehme Wälder. Wir beeilten uns nicht. Ich hatte den Eindruck, daß Rhodia das gemächliche Tempo mir zuliebe beibehielt, damit ich Unterweisungen in mich aufnehmen konnte... Von ihr. Von Nasar. Von Canopus. Ich hatte keine Einwände dagegen. Ich befand mich jetzt in ihrer Hand, in ihren Händen. Mich beherrschte nicht mehr dieser Zustand gereizter Überheblichkeit, die meine Begegnungen mit Canopus in der Person von Klorathy in jenen fernen Tagen der unglückseligen »Ereignisse« überschattet hatte. Diesmal versuchte ich zuzuhören und mich auf ihre Gedanken einzustimmen. Doch wenn ich nun zurückblicke, erkenne ich, daß ich immer und immer wieder auf jede erdenkliche Weise versuchte, etwas über Canopus zu erfahren, über seine Einrichtungen, über seine Verwaltung und die Verwaltung seiner Planeten – und während ich das tat, kehrte Rhodia geduldig immer wieder zum Thema Grakconkranpatl und Shammat zurück. Sie sprach mehrmals auch von dem achten Mann bei den Priestern. Heute weiß ich, sie wiederholte nicht nur seinen Namen – er hieß Tafta –, so daß er immer wieder in unseren Gesprächen auftauchte, sie erinnerte mich auch immer wieder an Orte und Zusammenhänge, bei denen ich an ihn denken mußte. Ich beschäftigte mich viel mit ihm. Ich konnte seine Gegenwart spüren. So wie ich an Nasar hatte denken müssen, als ich in Decken gehüllt in meinem steinernen Kerker saß, und mir der Name schließlich unwillkürlich über die Lippen kam, so deutlich spürte oder fühlte ich nun immer wieder diesen

Mann, während wir durch die großartigen Wälder gingen und die hohen schneebedeckten Berge hinter uns ließen. Ich mußte immer wieder an ihn denken, an das, was er war; und daran erkannte ich seine besonderen und unverkennbaren Schwingungen, die mich erreichten: beunruhigend, gefühllos, doch weit entfernt von der kalten Bösartigkeit der Priester.
Wenn Rhodia mich zu diesem Punkt brachte, zu Tafta, dem lächelnden, hübschen und geheimnisvollen Barbaren, warf sie mir immer diesen langen, dunklen, warnenden Blick zu, den ich so gut kannte.

Lelanos

Wir blickten von einer Anhöhe auf Lelanos hinunter – welch ein Unterschied zu der anderen Stadt! Man baute hier mit dem gleichen bläulichgrauen Stein, hellte die Gebäude aber mit glitzerndem weißen Quarz und schmalen roten Bändern auf; und dadurch erhielt alles eine lebendige Anmut. Wenn ich in den folgenden Tagen durch Lelanos ging, glaubte ich oft in der Anordnung der Gebäude ein Muster oder sogar mehrere ineinander verschlungene Muster zu erkennen, doch es gelang mir nie, es völlig zu verstehen. Dies gehörte zu den Dingen, nach denen Rhodia zu fragen ich leider unterließ. Und dann war es zu spät.
Aus der Höhe wirkte die Stadt abwechslungsreich und aufgelockert. Es gab keine düsteren, beherrschenden Gebäude, keine Tempel; hier drohten weder Steine, Felsen noch Erde die zarten – und so vergänglichen – Körper von Rohanda einzukerkern und zu erdrücken.
Und nach allem, was mir Rhodia von der Regierung erzählte, hatte niemand etwas zu fürchten.
Hier ist die Geschichte der Stadt: In dieser Gegend, einer kleinen Ebene, umgeben von niedrigen, freundlichen Bergen, lebten mehrere Stämme. Sie befanden sich auf einer Stufe der Entwicklung, auf der die physischen Bedürfnisse das Leben bestimmten; und damit verband sich kein Wissen um einen

religiösen oder »höheren Sinn« des Lebens. In anderen Worten, selbst die Lombis hatten auf einer weit höheren Stufe gelebt, ehe durch unser Eingreifen ihre Kultur gestört wurde. Sie fischten, jagten, aßen, paarten sich und schliefen.

Nasar sorgte dafür, daß er in eine Familie hineingeboren wurde, die noch genügend Reste »eines alten und erhabenen Wissens« besaß – wie sie es ausdrückten –, um in dem Mädchen etwas Höheres zu erkennen. Die Familie stand bei dem aussterbenden Volk in hohem Ansehen. Sie lebten weit im Norden auf der schmalen Halbinsel, die den Isolierten Nördlichen Kontinent vom Isolierten Südlichen Kontinent trennt – die Landbrücke oder dieser Damm war oft im Wasser versunken gewesen, und dann waren die beiden Kontinente völlig voneinander getrennt. Doch die »Ereignisse« hatte die Halbinsel hoch über das Meer gehoben, und nachfolgenden kleineren »Ereignissen« war es nicht gelungen, sie wieder zu überfluten. Dort erblühte eine von Canopus inspirierte Kultur, die aber wieder zerfiel. Übriggeblieben war nur dieses Volk, das bald ausgestorben sein würde. Alles, was sie von dem »alten Wissen« noch bewahrten, kreiste aus einer Reihe von Gründen, die für diesen Bericht unwesentlich sind, um weibliche Herrschaft. Man behandelte Rhodia gut, und als sie den Eltern ihren Wunsch vortrug, gab man ihr ein Gefolge der schönsten jungen Männer und Frauen, mit dem sie nach Süden reiste und nach einem Ort und einer Rasse Ausschau hielt, die ihre Unterweisungen aufgeschlossen annehmen würden.

Man konnte sich leicht vorstellen, welche Wirkung diese edlen Bewohner auf die Stämme gehabt haben mußten. Rhodias Volk war groß, kräftig, mit rotbrauner Haut, großen dunklen Augen und üppig wallenden schwarzen Haaren. Diese Menschen besaßen alle das ungezwungene Benehmen und das Selbstvertrauen ihrer vergangenen hohen Kultur. Die Angehörigen der Stämme waren zierlich, klein, hatten eine dunkelbraune Haut, schmale schwarze Augen und spärliche, struppige, schwarze, gelockte Haare. Die Neuankömmlinge trugen hübsche, bunte Baumwollgewänder, die Stämme kleideten sich in Felle. Die »Götter« unterwiesen sie in tausend Fertigkeiten, von denen sie sich nie hätten etwas träumen lassen. Kurz gesagt, in wenigen (ihrer) Generationen, während Rhodia und ihre Begleiter immer noch jugendlich waren, entstand eine große, ständig wachsende Stadt, die nach Rhodias Anweisungen errichtet, aber von den Stämmen regiert wurde. Mit Ausnahme von Rhodia kehrten die Besucher alle wieder zu ihrem Volk zurück. Man verehrte Rhodia immer noch als »Göttin«, aber sie lebte in der Stadt wie alle anderen. Sie heiratete einen Mann aus ihrem Gefolge. Und ihre Kinder galten in keiner Hinsicht als etwas Besonders.

Lelanos wurde folgendermaßen regiert:

Es war eine Demokratie. Es gab keine geschriebene oder formelle Verfassung. Rhodia hatte ihnen erklärt, daß einige der schlimmsten Tyranneien in der Geschichte von Rohanda »Verfassungen« und Gesetze nur zu dem Zweck erlassen hatten, um die unglücklichen Opfer und Besucher zu täuschen. Verfassungen und Gesetzesbücher brauchte man nicht. Wenn man jedes Kind mit seinem Erbe vertraut machte, es lehrte, welche Rechte es daraus ableiten durfte und welche Pflichten ihm daraus erwuchsen, es dazu erzog, sein eigenes Verhalten und das der anderen daran zu messen, wenn man ihm sagte, daß ein richtiges und gesundes Leben dieser wunderbaren Stadt nur von seiner eigenen Wachsamkeit abhing – dann würde das Gesetz lebendig sein und sich erneuern. Doch sobald man auch nur ein Kind von der vollen und verantwortungsbewußten Teilnahme an der Regierung seiner Stadt ausschloß, mußte es zu einer Gefahr werden, und bald würden Zerfall, Niedergang und schließlich die Zerstörung folgen.

Mich interessierte das sehr, denn ich, Sirius, hatte schon oft ein Phänomen beobachtet: Sobald wir einen Planeten übernahmen und eine Regierung einsetzten, gaben wir der Bevölkerung eine Verfassung, die uns richtig und angemessen schien. Wir sorgten dafür, daß ihre Einhaltung mit Drohungen und Strafen gesichert war. Aber keine von uns eingesetzte Regierungsform konnte sich lange halten, ohne daß Anarchie und Rebellion sie stürzte.

Drei Institutionen schützten Lelanos. Die erste war die Regierung, die Gesetze erließ. Sie wurde durch allgemeine Wahlen konstituiert. Und jeder Bewohner, der das sechzehnte Lebensjahr überschritten hatte, durfte wählen und gewählt werden. Jeder Amtsinhaber mußte sein Leben vor einem Bürgerausschuß offenlegen, den die Bürger ebenfalls wählten. Die Untersuchung sollte verhindern, daß sich jemand an seinem Amt bereicherte, und sie sollte sicherstellen, daß jeder aus dem Amt entlassen wurde, sobald er von dem korrekten Lebenswandel abwich. Unter anderem war es den Amtsträgern nicht erlaubt, Diener – es gab keine Sklaven – auch nur im geringsten anders zu behandeln als die Mitglieder der eigenen Familie. Weder Mann noch Frau durften ihre Geschlechtszugehörigkeit mißbrauchen – sei es, um zu dominieren oder andere zu degradieren; Verschwendungssucht und Habgier waren verpönt. Die gewählten Mitglieder der »Untersuchung« – so wurde dieser Ausschuß genannt – galten als die besten und ehrenwertesten Lelannianer, und sie waren die höchsten Würdenträger.

Die zweite Institution war eine unabhängige Justiz, die auf die Einhaltung der von der Regierung erlassenen Gesetze achtete. Auch die Mitglieder dieser staatlichen Einrichtung wurden von der »Untersuchung« ständig überwacht. Man verlangte, daß ihr Verhalten ebenso untadelig war wie das der Regierenden.

Eine fähige und geeignete Person konnte durchaus als Mitglied der Regierung und der Justiz wiedergewählt werden – sogar auf Lebenszeit. Doch die Bürger der »Untersuchung« durften dem Ausschuß nur eine Amtszeit von vier Jahren angehören. Allerdings konnten sie danach in die Regierung oder die Justizbehörde gewählt werden.

Die dritte Sicherung war ein streng befolgtes Gesetz. Es verbot, der Währung, die den Austausch von Gütern erleichterte, einen Eigenwert einzuräumen, mit dem man Gewinne erzielen konnte. Das heißt, die Münzen dienten ausschließlich dem Tausch und nichts anderem. Wenn eine Person oder eine Gruppe von Personen sich verschuldete, durften keine Zinsen erhoben werden, und nach Ablauf von sieben Jahren mußte der Schuldanspruch aufgegeben werden. Rhodia hatte ein Werk von belehrenden Geschichten und Liedern angeregt, das die

Botschaft untermauerte: Sobald man dem »Geld« einen Eigenwert einräumt, steht der Niedergang von Lelanos dicht bevor. Wer Zinsen berechnet, wird innerhalb kurzer Zeit die Verteilung von Waren und Arbeit kontrollieren. Unvermeidlich hat das eine herrschende Klasse zur Folge. Die Lieder und Erzählungen basierten auf der Geschichte zahlloser Städte und Kulturen auf Rohanda, in denen das Zahlungsmittel zum König geworden war. Rhodia erzählte, Canopus habe immer und immer wieder Gesetze und Vorschriften erlassen, die den Mißbrauch von Geld verboten. Und trotzdem hatte man dies nie lange verhindern können. Der Einfluß von Shammat war in diesen unglückseligen Wesen, die immer vom richtigen Weg abkamen, zu stark.

»Bedeutet das«, fragte ich Rhodia, »auch Lelanos wird abfallen?« Als wir uns der Stadt näherten und dann durch die äußeren Vororte gingen, fiel mir die äußere und innere Gesundheit sofort auf. Hier fehlten Armut und Entbehrung, denn hier herrschte eine wahre und tief verwurzelte Demokratie – das Gegenteil begegnet einem überall in Form von Unterwürfigkeit, Furcht und Falschheit.

Rhodia erwiderte nur: »Du wirst es selbst erleben.«

Sie besaß ein kleines Haus in der Nähe des Stadtzentrums, das zusammen mit ein paar anderen Häusern um einen kleinen Platz stand. Sie lebte dort allein, denn ihre Kinder waren erwachsen und ausgezogen. Das Haus hatte zwei kleine Zimmer im oberen Stockwerk und zwei im Erdgeschoß. Rhodia lebte dort schon seit Gründung der Stadt. Sie hatte dem Drängen ihrer Kinder widerstanden, in ein größeres Haus umzuziehen. Als sie mir dies erzählte, warf sie mir einen belustigt sarkastischen Blick zu, den ich von Koshi her kannte. O ja, ich erfuhr genug, um zu ahnen, daß das Geschick der Stadt sich bald nach meiner Ankunft wenden würde – zu Niedergang oder Zerfall. In den nächsten Tagen kam es mir vor, daß Rhodia alles tat, um mir nicht nur die Schönheit, die Gesundheit und die Vernunft vor Augen zu führen, die hier herrschten, sondern auch alles, was falsch war. Ich verstand nicht, warum sie das tat.

Rückblickend erkenne ich, daß alles zusammenwirkte, um

mich in ein Hochgefühl (oder in das Gegenteil!) zu versetzen, zumindest aber in einen irrationalen und gefühlsbetonten Zustand. Zuerst einmal gab es da den Gegensatz zwischen dieser wunderschönen Stadt und dem entsetzlichen Gegenstück jenseits der Berge. Innerhalb weniger Tage war ich von der einen in die andere gekommen. Diese beiden Städte veranschaulichten die Extreme, die auf diesem Planeten möglich waren. Ich hatte diese Extreme am eigenen Leib erlebt, spürte sie immer noch. Und dann war ich mit Rhodia oder Nasar ganz ohne Eile hierhergewandert. Ich hatte erlebt, wie dieses Wesen – die canopäische Realität – mein tiefstes Ich zu erforschen und herauszufordern schien. Es hatte noch etwas gegeben: Wir hatten ein Waldgebiet durchquert, das sich in keiner Hinsicht von anderen Wäldern unterschied, und doch lag es wie eine Barriere zwischen Lelanos und Grakconkranpatl. Rhodia hatte Gerüchte verbreitet und unermüdlich genährt und so die böse und raubgierige Stadt viele Jahrhunderte davon abgehalten, Lelanos anzugreifen, denn Lelanos stand in dem Ruf, schrecklichste Rache zu üben, wenn jemand in den Waldgürtel eindrang, der diese Stadt umgab. Lelanos war eine verbrecherische Stadt – so erzählten die Gerüchte –, die sich von Menschenfleisch ernährte; dort regierte eine unbezwingbare Oligarchie, die die Stadt jedes Angreifers in Schutt und Asche legen würde. Mit List und Geschick wurden alle möglichen Ereignisse und Vorfälle dazu benutzt, um den Geschichten Glaubwürdigkeit zu verleihen. Auf dem Weg nach Lelanos hörte ich einige mit eigenen Ohren. Ein völlig verängstigter Mann der Stämme berichtete, was er sein Leben lang über die Grausamkeiten von Lelanos gehört hatte. Ich war aufs tiefste beeindruckt. Der arme Kerl beschrieb unter Zittern und Zagen das schreckliche Lelanos; und das verriet, wie geschickt Rhodia und ihre Helfer zu Werk gegangen waren. Diese Propaganda und nichts anderes ermöglichte die Sicherheit von Lelanos. Die schlauen und gerissenen Priester der wirklich bösen Stadt, die selbst zu jedem Betrug bereit waren, vermochten nicht die Tarnung von Lelanos zu durchschauen… und darin lag etwas ebenso Beunruhigendes wie in dem Anblick der Gruppe von etwa dreißig befreiten

Sklaven, die als einzige der zahllosen Sklaven von Grakconkranpatl dank eines inneren Gespürs für die Wirklichkeit, für die Wahrheit der Tyrannei entrinnen konnten. Da stand ich auf einem schlanken Turm im zauberhaften, wunderschönen Lelanos und blickte hinaus auf die Wälder, durch die ich gewandert war, und wenn ich daran dachte, was sie waren und wie sie von allen jenseits der Grenzen von Lelanos gesehen wurden, dann durchlief mich ein Schauer, der fast an Ehrfurcht vor den merkwürdigen Fähigkeiten der Mentalität auf Rohanda zur Selbsttäuschung grenzte. Und Ehrfurcht ist kein Gefühl, das sich leicht bei mir einstellt!

Heute weiß ich, das mich das alles aus dem Gleichgewicht gebracht hatte. Aber damals war ich nicht objektiv genug, um es zu erkennen. Der Aufenthalt in dem kalten Kerker, die Schutzlosigkeit ohne meine Talismane und der enge Kontakt zu Canopus sorgten dafür. Und noch immer ging mir Shammat nicht aus dem Kopf, zog mich an – zog mich hin zu Tafta. Er beeinflußte mich ohne mein Wissen. Allmählich zog ich mich innerlich von Rhodia zurück. Ich stellte fest, wie ich diese starke, alternde Frau mit ihrer schlichten Direktheit und Ehrlichkeit beobachtete. Ich sah in diesen Zügen Gefühllosigkeit, Gleichgültigkeit gegenüber Leid, die Weigerung, Kräfte einzusetzen, die ihr als Canopus zur Verfügung stehen mußten, um das Los dieser Menschen auf Rohanda zu erleichtern.

Es ist sehr seltsam, daß ich, Ambien II, nach den vielen Zeitaltern meiner Tätigkeit im Kolonialdienst, in denen ich ständig und oft – wie wir uns eingestehen mußten – den schmerzlichen Prozeß der Anpassung zahlloser Rassen, Kulturen, sozialer Strukturen und über das Schicksal unendlich vieler Individuen wachen mußte, leiden konnte, wie ich jetzt wegen dieser einen Stadt litt. Noch nie war mir eine Kultur wertvoller erschienen als Lelanos. Und angesichts von soviel Barbarei, Zerfall und Niedergang war mir eine Leistung nie bemerkenswerter und einzigartiger erschienen. Ich stellte fest, wie mich ständig Mitleid quälte – dieses Gefühl war so stark, daß ich es zunächst im wahrsten Sinn des Wortes nicht erkannte.

Ich wanderte durch die Straßen und Alleen dieser Stadt.

Manchmal begleitete mich Rhodia, manchmal aber auch nicht. Und alles, was ich an diesen Menschen sah, schmerzte mich. Sich vorzustellen, daß sie in einer so kurzen Zeit dieses hohe ethische und gesellschaftliche Verantwortungsbewußtsein erreicht hatten... noch dazu aus so wenig erfolgversprechenden Anfängen – ein paar unzivilisierten Stämmen, die nur lebten, um am Leben zu bleiben... und jetzt herrschte unter ihnen eine so umsichtige, lebendige, ungezwungene Freundlichkeit... all dies war die Leistung bedauernswerter Geschöpfe, die so sehr unter der Degenerationskrankheit litten, daß man nur selten einen gesunden oder unbetroffenen Menschen sah... kaum hatten sie die Mitte ihres Lebens überschritten, da schien sie alle eine schleichende Seuche zu erfassen, die sie dahinwelken ließ. Das »Altern« machte sie schwach, runzlig und bleichte ihnen die Haare... und... und... und... es gab kein Ende der Bilder und Töne, die zorniges Mitleid in mir weckten, das Bedürfnis, sie zu schützen und sie in Sicherheit zu bringen.

Rhodia entgingen meine Gefühle nicht, und ich wußte das. Doch inzwischen wuchs in mir die Empörung über sie... und Canopus. Trotzdem wurde ich mir hin und wieder – wenn auch nur höchst verschwommen – über meinen Zustand klar. Es gelang mir, ihn mit dem Konflikt zu vergleichen, der Nasar in Koshi beherrscht hatte, und ihn in Zusammenhang mit dem Leid dieses Planeten, dieses unglückseligen Rohanda oder Shikasta zu stellen.

Sehr vieles, was ich später begriff, schob ich damals weit von mir. Zum Beispiel mein unvorsichtiges, beinahe leichtsinniges Auftauchen in der dunklen Stadt der Priester; die Tatsache, daß ich zuließ, mich so ohne Schwierigkeiten gefangenzunehmen. Wie sollte ich dieses Verhalten rechtfertigen? Noch nie zuvor, noch auf keinem Planeten hatte ich mich ähnlich verhalten. Nachdem alles vorüber war und ich mich aus der Abhängigkeit von Shammat wieder befreit hatte, erkannte ich, daß lange vor meinem Besuch auf Rohanda mich ein allgemeines Erschlaffen und Nachlassen der Kräfte erfaßt hatte, und das war auf meine Niedergeschlagenheit zurückzuführen und auf meine inneren Zweifel an der Arbeit, die ich so lange tun mußte.

Und da gab es noch etwas: Wir konnten uns noch so sehr zu der Ordnung und der Ruhe der Planeten beglückwünschen, die wir regierten – die minimalen Bevölkerungen waren gut ernährt, es wurde gut für sie gesorgt, und sie unterwarfen sich willig unserer Herrschaft –, doch es war schon viel Zeit vergangen – ganze Zeitalter – seit ich zum letzten Mal eine so lebendige Kultur gesehen hatte wie diese Stadt Lelanos. Ja, unserem inneren Kern, unserem Reich war etwas verlorengegangen. Ich hatte es gewußt und gespürt! Aber erst als Rhodia mich hierherbrachte, sah ich, was wir verloren hatten. Diese Stadt besaß eine gewisse Vitalität, die uns fehlte. Wir, Sirius, litten unter Leblosigkeit und einem Mangel an Inspiration...
Weshalb hatte Rhodia mich überhaupt hierhergebracht? Sie hätte mich ebensogut mit Führer zurück zu den sirianischen Stationen im Süden schicken können. Und doch befand ich mich hier mit Canopus in dieser Stadt. Diese Stadt hatte den Zustand der Vollkommenheit erreicht und stand im Begriff zu zerfallen... entfernte sich *bereits* von ihrem wahren Wesen.
Ich konnte diesen Gedanken nicht ertragen! Ich konnte es nicht! Ich wollte die Stimme erheben und in Protest aufschreien, meinen Protest hinausschreien. Ich wollte mich beschweren... aber bei wem? Bei Rhodia, einer willigen und pflichtbewußten Dienerin von Canopus?
Es kam ein Morgen, an dem sie und ich uns in einem der kleinen Zimmer im oberen Stockwerk ihres Hauses gegenübersaßen. Unser einfaches Mahl hatte aus Früchten und Brot bestanden. Wir sprachen nicht. Es fiel uns inzwischen schwer, miteinander zu sprechen.
Das Sonnenlicht fiel durch die Fensteröffnungen in der Ziegelmauer und warf Muster auf die bunten, gewebten Teppiche. Es war eigentlich eine schlichte, heitere und freundliche Szene.
Ich sah Rhodia feindselig an und wußte, daß es ihr nicht entging. Ich konnte aber meine Kritik nicht unterdrücken. Sie kam mir so eigensinnig vor. Sie saß ruhig auf ihrem Kissen, hatte die Hände im Schoß gefaltet und blickte zum blauen Himmel von Rohanda hinauf. Und ich sah in ihr eine störri-

sche, schwierige Frau, die mir etwas verweigerte, die irgend etwas oder eine Forderung zurückwies. In diesem Moment empfand ich ihr gegenüber das gleiche wie damals, als Nasar in Koshi sich auflehnte, sich halb auflehnte oder gegen seine innere Auflehnung kämpfte. Ich war nicht in der Lage, mir zu sagen, daß der Fall diesmal umgekehrt lag.
Sie sah mich offen an. Ich kannte diesen langen und eindringlichen Blick. Sie sagte: »Sirius, ich werde dich verlassen.«
»Also gut, du wirst mich verlassen! Und diese arme Stadt wirst du auch verlassen. Du wirst sie ihrem Schicksal überlassen.«
»Man kann nichts tun, um die Gesetze von Rohanda aufzuhalten«, erwiderte sie, »oder die Gesetze des Universums. Sie wirken sich hier schlimmer aus... das ist alles. Hier auf Rohanda sehen wir sie in übergroßer Klarheit und unverhältnismäßig kraß. Aber nichts kann je so bleiben, wie es ist. Das weißt du von deinem eigenen Reich! Hat es eine einzige Kultur gegeben, die ihr ins Leben gerufen habt, und die sich nicht verändert hätte und zerfallen wäre?«
Ich sah ihr in die Augen – ich mußte es tun – und stimmte ihr bei... aber unwillig und mißmutig.
»Wir können nicht mehr tun, als etwas schaffen, das dem Guten für kurze Zeit so nahe wie möglich kommt. Das habe ich in dieser Stadt getan, und jetzt ist es Zeit für mich zu gehen.«
»Deine Aufgabe ist für diesmal beendet?«
»Ja, für diesmal.«
»Ich muß dir danken, Nasar, daß du mich gerettet hast.«
»Wie du mich.«
Sie stand auf. Ich sah, daß sie müde war und sich nur mit Anstrengung aufrecht hielt.
»Du gehst gerne«, sagte ich verdrießlich.
»Ich gehe immer gern«, erwiderte sie mit dem alten bissigen Unterton, »ja, manchmal glaube ich, daß ich mich nie damit abfinden werde... man bemüht sich und bemüht sich, das Gute und Ehrliche zu schaffen, und dann... so schnell, so schrecklich schnell ist es damit vorbei und ist es zu Ende, und alles hat sich ins Gegenteil verkehrt.«
Ihr Gesicht verzerrte sich einen Moment vor Schmerz, dann

wurde es wieder ruhig und geduldig. Sie dachte an eine Zukunft, die ich zu erraten versuchte.
»Sei vorsichtig, Sirius«, sagte sie, »du befindest dich in sehr großer Gefahr.«
»Warum hast du mich in die Gefahr geführt?« fragte ich zornig... zornig und anklagend.
»Du mußt sie kennenlernen«, erwiderte sie, »du bist eigensinnig, Sirius. Du gehörst nicht zu jenen, denen man etwas sagen kann, und sie nehmen es auf.«
»Also«, fragte ich bitter, »bestehen Hoffnungen, daß ich diese Gefahr überlebe?«
Sie wendete mir das Gesicht zu und lächelte.
»Wenn nicht jetzt, dann ein andermal«, sagte sie. Und dies gab mir wieder den Eindruck, sie sei hartherzig und gefühllos.
Sie reagierte auf meine Gedanken mit den Worten: »Sirius, es nützt nichts, sich aufzulehnen. Du weißt es... Und das tust du jetzt... du bist nur noch Auflehnung. Du verkörperst mit Leib und Seele das *Nein, Nein, Nein!* Aber wogegen lehnst du dich auf? Hast du dich das einmal gefragt? Wenn du durch diese Stadt gehst und ihre Bewohner als Opfer und Verlassene siehst... *wer* hat sie verlassen? *Wer* herrscht bei ihnen über Gut und Böse? Rebellion gegen ein Reich... Sirius bestraft das schnell genug. Nicht wahr, Sirius?« Sie sah mir so lange und so beharrlich in die Augen, bis ich nickte. »O ja, sehr hart! Du hast wenig Mitleid, Sirius, mit allen, die sich gegen dich erheben. Aber wenn du oder ich uns auflehnen, wenn wir gegen das protestieren, was über uns alle herrscht und herrschen muß, wirft uns niemand ins Gefängnis oder tötet uns im Namen von Recht und Ordnung. Es gibt Recht und Ordnung. Wir müssen uns der Notwendigkeit beugen, Sirius, immer und überall. Glaubst du, wenn du schmollend hier sitzt und dich das, was du als Verschwendung ansiehst, zornig und bitter macht, könntest du die Notwendigkeit verändern? Mit deinem Jammern und Klagen? Na? Und was hast du zu mir gesagt, als ich in Koshi nicht mehr ein noch aus wußte und wie ein Tier heulte? Erkennst du einen ungehorsamen Diener nicht, wenn du einen siehst?«

Während sie sprach, drangen durch die Stille des Morgens von fern zorniges Schreien und Lärmen. Auf anderen Planeten hatte ich das oft genug gehört und auch viele Male auf Rohanda. Aber ich hatte es nicht für möglich gehalten, daß ich es auch hier in Lelanos hören würde.

»Ja«, sagte Rhodia, »wenn ein Ort oder Mensch beginnt, innerlich zu zerfallen, seine Würde verliert, degeneriert, dann geht das sehr schnell. Es liegt im Wesen dieses Planeten, in der geistigen Verfassung, die er hervorruft, daß wir dazu neigen, Dinge, Zusammenhänge und Zustände in einem Gleichgewicht von Kraft und Energie zu sehen, das bereits lange nicht mehr gilt und nicht mehr besteht. Die Hochblüte von Lelanos ist vorüber, Sirius. Und sei vorsichtig. Leb wohl. Wir werden uns bald wiedersehen. Wir werden wieder hier auf Shikasta, auf dem unglücklichen Planeten zusammentreffen... *unglücklicherweise* werden wir uns wiedersehen...« Das »unglücklicherweise« wurde von dem ironischen Nasar-Lächeln begleitet, das mich merkwürdigerweise tröstete und zum Lachen brachte.

Rhodia verließ ruhig das Zimmer und ging die schmale Treppe hinunter. Draußen rannte schreiend, grölend und tobend eine Menschenmenge mit allen möglichen Waffen vorüber. Ich hörte: »Tod den Tyrannen! Tod Rhodia! Tod der Oligarchie...«

Während ich am Fenster stand und hinuntersah, trat Rhodia aus der Haustür und stellte sich dem Mob. Die Leute beschimpften und verfluchten sie. Sie drängten sie weiter. Rhodia lag tot auf dem sonnigen Straßenpflaster.

In der Stadt herrschte ein solches Durcheinander, daß man sie zusammen mit anderen Opfern der Unruhen in einem Massengrab beerdigte. Sicher hätte sie genau das gewollt. Ich wünschte, ich wäre an einem anderen Ort gewesen. Hier war ich jetzt schutzlos. Man kannte mich als ihre Freundin, und bei meinem Aussehen fiel ich unvermeidlich auf. Doch Rhodias Tod versetzte mich in einen Zustand der Gleichgültigkeit. Und dadurch entfernte ich mich immer weiter von dem üblichen Verantwortungsbewußtsein und meinem klaren Verstand. Ich wanderte immer wieder kreuz und quer durch Lelanos. Für mich war das ein Trauerritual. Ich trauerte nicht um Rhodia, nicht um Nasar, sondern um etwas Vollkommenes. Ich konnte mich nicht satt sehen. Jede Stadt, ganz gleich, wo sie liegt, besitzt etwas Einzigartiges; und im Fall von Lelanos war es die Vielfalt und das Moment der Überraschung, das durch den einfallsreichen Gebrauch seiner Materialien entstand. Da war einmal die Lage der Stadt: eine weite Ebene, von Bergen umgeben, die aber nicht so nahe waren, daß sie bedrückend gewirkt hätten. Die Ebene war keineswegs flach, sondern abwechslungsreich, voller Erhebungen und Senken. Das Laub der Bäume zauberte die vielen Schattierungen eines satten Grüns. Oh, das Grün von Rohanda, die unendlichen Grüntöne, sein wundervolles Grün! Jedem, der einen solchen Planeten nicht kennt, muß es schwerfallen, sich den Reiz und die Anziehungskraft vorzustellen, die stets aufs neue von den Farben dieser Art Vegetation ausgehen. Die »Jahreszeiten«, eine Folge der »Ereignisse«, brachten einen noch größeren Reichtum an Farben und Aussehen hervor. Diese Ebene auf Rohanda gehörte – leider kann man nicht mehr sagen *gehört*, denn seit diesen fernen Tagen hat sie viele Veränderungen erlebt – zu den bezauberndsten Landschaften, die ich je gesehen habe. Und die Stadt schien aus ihrem Boden zu wachsen; sie war ihr Geist und ihre Verkörperung. Man konnte in Lelanos gehen, wo man wollte und nur das üppige, glänzende Grün von Bäumen und Gräsern sehen und dabei einen Blick auf Gebäude erhaschen, die Staunen erregten und einen zum Lächeln, ja sogar zum Lachen brachten. Überall in Lelanos entdeckte man eine Spur von Phantasie und sogar Selbstparodie. Man wollte sich beeilen, ein halb sichtbares Gebäude zu erreichen, unterließ es aber, weil man sich lieber den Genüssen des Wartens, des Verweilens überließ… und dann hatte man es erreicht, und man *lächelte* und *lachte*. In seiner guten Zeit trat in Lelanos immer schnell ein Lächeln auf die Gesichter der Menschen. Es war die Architektur des Lächelns. Das Gebäude, vor dem man stand, war nicht groß. Doch in seinem Innern stellte man vielleicht fest, daß es geräumiger war, als man das für möglich gehalten hätte. Es war nicht groß, aber schließlich sprach aus ihm auch nicht Größe. Bestand es vielleicht aus Wolken… aus bunten Seifenblasen? Es erinnerte an eine Gewitterwolke, die schnell an einem klaren, aber elektrisierenden Himmel auftaucht. Glitzernde weiße Tupfer, Bälle und Strahlen durchzogen den dunklen graublauen Stein der Region; er schwebte in scheinbar schwerelosen Kugeln und Würfeln darüber, als habe der schneeweiße Kristall diese dunkleren Formen hervorgebracht, die ihrerseits sich übereinandertürmten, nach oben strebten und sich auffächerten wie Sommerwolken. Der rote Stein wurde äußerst sparsam verwendet, zum Beispiel für den symbolisierten Blitz – alle diese Gebäude waren eine Mahnung, eine Verherrlichung der Naturkräfte, die ihnen das Leben auf diesem Planeten schenkten. Und neben diesen luftigen, phantasievollen Gebäuden, die trotz allem durch den Stein so deutlich vom *Notwendigen* sprachen (so daß ich glaubte, ich sei in der Lage zu ahnen, was »Notwendigkeit« im Denken von Canopus bedeutete), gab es andere. Sie standen jedoch nicht in Reihen oder einer sichtbaren Ordnung. Wenn man zwischen ihnen dahin ging, öffneten sie sich und zeigten sich oder wurden dem Blick entzogen, als wandere man durch den Himmel – als seien diese erdgebundenen Geschöpfe tatsächlich durch ihren Himmel geflogen. In Lelanos wurde ihnen Licht und Himmel nahe gebracht. Ich kann nicht beschreiben, welche geistige Leichtigkeit und Fröhlichkeit dieser Ort hervorrief. Ich mußte an die schreckliche Last von Drohungen und Strafen denken, die der gleiche dunkle graue Stein hinter den fernen Bergen zum Ausdruck brachte. In dieser glücklichen Stadt drängten sich diese großen, muskulösen, beinahe schwarzen Bewohner einer lächelnden, empfindsamen, intelligenten Rasse. Sie sahen schön aus, und ihre Kleidung zeigte die gleiche Klarheit der Farben wie ihre Stadt. Sie schmückten Haare und Gewänder mit den leuchtenden Federn der Waldvögel oder mit farbenprächtigen Blumen.

Auf meinen Wanderungen durch die Stadt stieß ich einmal auf eine Schulklasse, die im satten grünen Gras saß. Die dunkle, glänzende Haut und die bunten Kleider der Kinder verbreiteten Heiterkeit und Licht. Doch sie starrten mit mißmutigen Gesichtern auf eine Frau, eine Lehrerin aus der Zeit, als in der

Stadt noch Frieden herrschte. Sie forderte die Kinder auf, etwas zu den Unruhen und der Zerstörung zu sagen, die kein Ende nahmen. Sie sollten sie im Geist ihres Erbes kommentieren. Die Frau wirkte erschöpft und innerlich aufgewühlt – dies lag daran, daß sie die Vorgänge nicht verstand. Sie wußte nicht, was geschehen war oder weshalb es geschah. Und während sie vor der Klasse stand, an die Vernunft der Kinder appellierte, begann eines und dann ein anderes der Kinder zu rufen: »Tod der Oligarchie!« Und schon waren sie auf und davon, rannten in einen anderen Stadtteil, und bald hörten wir von dort Lärm und Geschrei. Dann stieg langsam und unaufhörlich Rauch in die Luft.

Die Lehrerin näherte sich mir langsam. Sie blieb stehen, und ich sah eine Reaktion, an die ich mich schon gewöhnt hatte. Mein Aussehen versetzte sie so in Erstaunen, daß ihr gutes Benehmen die Fassungslosigkeit, die Abscheu über meine weiße Haut, meine dünnen blonden Locken nicht verbergen konnten. »Wenn es dein Werk ist«, sagte sie leise und bitter, »dann kannst du stolz sein!« Und zu ihrer eigenen Überraschung spuckte sie mich an. Sie war entsetzt über sich selbst und rannte eilig davon. Ich sah, wie kristallene Tropfen aus ihren Augen auf die glänzend schwarzen Arme fielen.

Ich begriff, ich befand mich in Gefahr, wie Rhodia getötet zu werden. Doch es war mir gleichgültig. Ich ging in die Richtung der inzwischen dicken blauen Rauchwolke, die sich am Himmel auftürmte und beinahe wie ein Gebäude wirkte. Aus allen Teilen der Stadt eilten die Menschen herbei. Zum ersten Mal wurde etwas in Brand gesetzt.

Bald stand ich inmitten einer riesigen Menge, die schweigend und trotzig zusah, wie dunkler Rauch aus allen Öffnungen einer dieser anmutigen Phantasien aus Stein quoll. Das Gebäude schien sich zusammenzuziehen, dann löste es sich auf und stürzte schließlich in einer gewaltigen Rauchwolke zusammen. Überall erhob sich zorniges Schreien und Brüllen. Jetzt zog nichts mehr die Aufmerksamkeit der Menge auf sich; sie drängte und wogte hin und her auf der Suche nach einem anderen Ziel. Die Leute in meiner Nähe starrten mich an und stießen leise Verwünschungen aus. Immer mehr drohende Gesichter umringten mich. Und dann sah ich, als habe ich es erwartet, als könne es nicht anders sein – Tafta. Er bahnte sich einen Weg durch die Masse. Er trug die Tracht von Lelanos – weite blaue Hosen und eine gegürtete Tunika aus demselben Material – wie ich, obwohl mich das nicht tarnte. Auch ihn konnte man nicht für einen Einheimischen halten, denn er war kräftig, braun und besaß einen dichten Bart. Doch von ihm gingen Entschlossenheit und Autorität aus, und die Leute wichen vor ihm zurück – nur kurz, aber das genügte. Er ergriff mich am Arm und zog mich mit sich aus der Menge. Wir rannten nicht, gingen aber doch schnell. Bald hatten wir die aufgebrachte Masse hinter uns verlassen, und die Wölbung einer durchsichtigen Kugel mit einer niedrigen runden Öffnung verbarg uns. Es handelte sich um eine Art öffentliches Gebäude. Im Innern verbreitete es im Gegensatz zur funkelnden Fassade einen sanften Glanz. Man schien sich in einem ausgeblasenen Ei zu befinden; alles war ruhig und von gedämpftem Weiß. Wir begaben uns tiefer in das Gebäude hinein, um nicht sofort von Eintretenden gesehen zu werden. Durch Würfel und Kugeln stiegen wir nach oben, bis wir ein kleines flaches Dach erreichten. Von hier konnte man hinunter auf die Stadt blicken. Aus dem eingestürzten Gebäude stieg immer noch Rauch auf. Wir standen so hoch, daß die Menge klein und leicht lenkbar wirkte – dieser Eindruck war mir sehr vertraut, denn ich habe über so vielen Plätzen, Städten, Herden, Stämmen und Massen geschwebt. Der Ausschnitt unter dem Raumschiff, alles, was im Blickfeld liegt, scheint der eigenen Kontrolle unterworfen, wirkt so erbärmlich, zumindest aber unbedeutend. Ich hatte diese Reaktion oft genug festgestellt und sie energisch unterdrücken müssen. Trotzdem befanden wir uns nicht auf dem höchsten Punkt, denn uns umgaben immer noch höhere Fassaden aus weißem und bläulichem Stein, die uns den Blicken entzogen.

Dies war die Umgebung meiner Begegnung mit Tafta. Wir blieben sehr lange dort – den ganzen Tag und bis in die Nacht. Ich will hier kurz zusammenfassen, worüber wir sprachen, und was ich verstand.

Zuerst ist es notwendig, meinen emotionalen Zustand zu beschreiben – obwohl ich üblicherweise meinen Berichten kaum eine solche Aussage vorausstelle! Als »achter Mann« hatte Tafta im Vergleich zu den eindeutig bösen Priestern als akzeptabler Barbar gewirkt; jetzt schien er mir ein Wilder zu sein – im Vergleich zu Rhodia, an die ich nur widerwillig, aus einer Art Pflichtgefühl heraus dachte, kein unattraktiver. Ich wollte an Rhodia überhaupt nicht denken. In meiner Erinnerung verband sich mit der alternden Frau ein gewisser Eigensinn, eine Halsstarrigkeit und etwas Geiziges. Ich glaubte, sie habe mir etwas verweigert, was mir zustand und das ich verdient hatte. Ja, es war ein Wiederauftauchen meiner alten Reaktionen auf Klorathy, wenn auch in milderer Form. Sie schien entschlossen gewesen zu sein, sich meinem Zugriff zu entziehen und meiner – wie ich glaubte – vernünftigen Forderung auszuweichen. Ich fühlte mich von ihr gedemütigt und zurückgewiesen.

Und im Gegensatz dazu saß mir nun Tafta gegenüber, vor dem sie mich gewarnt hatte. Er war ihr Feind, ein Feind von Canopus und deshalb auch der Feind von Sirius. Doch hier kamen meine Gedanken ins Stocken. Rhodia hatte gesagt, unser Feind habe uns die Flucht aus der schrecklichen Stadt ermöglicht – das bedeutete, er hatte uns geholfen oder unsere Flucht zumindest geduldet. Das hatte sie angedeutet... aber sie hatte es *nicht* gesagt...

Tafta bemühte sich, mich zu gewinnen. Natürlich sah ich es, doch es mißfiel mir nicht, und ich verübelte es ihm auch nicht, solange er mir nicht zu nahe kam. Die körperliche Gegenwart dieser Kreatur, dieses großen, haarigen Barbaren, der vor roher Kraft strotzte, wirkte auf mich so bedrohlich wie der Geruch ihres Blutes – zumindest wie etwas zu Heißes, zu Starkes, zu Bedrängendes. Er saß in einer für ihn charakteristischen großspurigen Pose auf einem niedrigen Hocker – das kleine Dach diente als Terrasse – und wenn er sich lächelnd vorbeugte, entblößte er dabei die großen, glänzenden Zähne eines gesunden Tieres. Dabei verzog er in freundlicher Absicht das Gesicht, doch es wirkte wie ein Knurren. Trotzdem fühlte ich mich be-

ruhigt. Schließlich war es nur in meinen Augen ein »Knurren«, denn ich besaß große Erfahrungen mit diesen primitiven Rassen: Es handelte sich bei ihnen um eine freundliche Äußerung: Die glänzenden weißen Zähne signalisierten wie die entblößten Zähne niederer Tiere, daß ich keinen Angriff fürchten mußte. Die hellen, beinahe farblosen Augen, umgeben von buschigen gelben Haaren, waren mir nicht unvertraut. Solche Augen sah man selbst bei der privilegierten Klasse unseres Heimatplaneten. Wenn es mir gelang, meine starke Reaktion auf sein animalisches Wesen unter Kontrolle zu halten, konnte ich ihn ruhig betrachten und mich selbst beobachten. Der Gegensatz zwischen uns entging mir keineswegs, und ich konnte mir auch vorstellen, wie er mich, Sirius, im Licht unserer langen Geschichte der Vorherrschaft über Shammat sehen mußte. Am stärksten drängte sich mir der Gedanke auf, daß seine beinahe überwältigende Vitalität, die er wie eine Waffe einsetzte, zumindest kein Symptom des Niedergangs war, wie die inneren Zweifel und die Sterilität, unter denen unser Reich litt. Zumindest er würde sein großartiges Selbstvertrauen nicht von existentiellen Zweifeln erschüttern lassen. Und als er mir erklärte, was ich, Sirius, in dieser Stadt tun könne, um ihren Zerfall zu verhindern, sah ich mich nicht in der Lage, ihm etwas entgegenzusetzen. Das ist die Wahrheit.
Er sprach mit mir, als sei er, Tafta, der Feind von Sirius, irgendwie zur Stimme meiner innersten Gefühle geworden. Als habe er wie ich darum gerungen, diese Dienstreise auf einem unserer abgelegensten Planeten durchzusetzen, als habe er sich gefragt: *Warum? Wozu* und *was jetzt?* Er schien mit mir durch Lelanos gewandert zu sein, zutiefst bekümmert über den bevorstehenden Untergang.
Ich mußte kaum etwas sagen! Während der Tag verstrich und das Blau am Himmel von Rohanda verblaßte, bekam ich das Gefühl, daß ich der Feind war. Ein Teil meines Bewußtseins oder meines innersten Wesens schien sich die ganze Zeit über ohne mein Wissen mit diesem Tafta beschäftigt zu haben. Und schon lange, ehe am Himmel von Rohanda seine unzähligen Sterne erstrahlten und ich meine Heimat mit einem persön-

lichen Gruß bedachte, hatte ich in folgendes – zumindest schweigend – eingewilligt.
Ich würde mich an die Spitze der Regierung dieser Stadt stellen. Tafta würde mich solange wie nötig an der Macht halten, um in Lelanos das frühere Gleichgewicht und den Frieden wiederherzustellen. Mit seiner Hilfe würde ich eine Regierung bilden, der die besten Persönlichkeiten angehörten, die sich in Lelanos finden ließen. Nachdem dies geschehen war, würde ich entweder als Herrscherin, Königin – oder als was immer ich wollte – bleiben, oder die Stadt verlassen. In diesem Fall würde er mich sicher in unseren Teil des Kontinents begleiten.
Tafta erklärte dann, ich könne jetzt furchtlos in Rhodias Haus zurückkehren, denn nun stehe ich »unter seinem Schutz«. Er schlug vor, wir sollten uns am folgenden Tag zur weiteren Diskussion »unserer Pläne« wieder hier treffen.
Ich verbrachte die Nacht am Fenster sitzend; ich badete in den Sternen, als sei ich bereits wieder sicher zu Hause. Mich beschäftigten meine Pläne zur Wiederherstellung von Lelanos.
Am nächsten Tag ging ich offen und gelassen über die Grünflächen zu dem luftigen Gebäude zurück und stieg zu der kleinen Terrasse inmitten der steinernen Symmetrie hinauf. Mein Geist arbeitete an den Fragen der Organisation: der Ausübung und Anwendung von Organisation.
Tafta war nicht da, wie er versprochen hatte. Damals machte ich mir darüber keine Gedanken. Ich erwog die Gründe, die zum Niedergang von Lelanos geführt hatten. Rhodia hatte unter anderem angedeutet, dazu gehöre auch die Unfähigkeit, die Integrität und Unabhängigkeit des Geldes aufrechtzuerhalten. Nun, das ließ sich leicht wieder in Ordnung bringen! Eine Verschärfung des Gesetzes... wenn notwendig, würden Taftas Truppen die Einhaltung durchsetzen... die Stärkung der »Untersuchung« und die Erweiterung seiner Machtbefugnisse... vielleicht sollte Tafta ein Mitglied des Ausschusses werden...
Tafta erschien an diesem Tag überhaupt nicht. Mir kam es vor, als sei mir etwas entrissen worden: Wieder erfüllte mich die Trauer um Lelanos, um die beraubte Stadt – *meiner* beraubt,

meiner Erfahrungen und gütigen Führung. Doch während ich auf meiner kleinen Terrasse wartete und inmitten der schneeweißen und bläulichen Würfel und Kugeln unter dem tiefblauen Himmel von Rohanda, der sich über dieser wundervollen Szene wölbte, saß, und auf die kleinen Menschen hinunterblickte, schien es, als beschützte ich sie, als verspräche ich ihnen Sicherheit und Wohlergehen für alle Zeiten.

Ich muß betonen, daß ich darauf keineswegs stolz bin.

Am Ende des Tages befand ich mich in einer Stimmung, die mich unter normalen Umständen und in einer normalen Geistesverfassung dazu gebracht hätte, auf der Hut zu sein, um nicht jemanden ungerecht zu bestrafen. Tafta kam mir beinahe wie ein pflichtvergessener Dienstbote vor. Als ich in dieser Nacht unsere Sterne betrachtete, schien ein Dunstschleier über ihnen zu liegen, und es gelang mir nicht, ihre Schatten in mir zu finden. Und in den Tiefen meines Bewußtseins, an den Ufern der Töne, hörte ich das warnende Flüstern: *Sirius, Sirius, Sirius.* Ich schüttelte den Kopf wie ein Tier, dem Wasser in die Ohren gedrungen ist. *Sirius, Sirius* – und ich schüttelte den Kopf, um das Echo nicht zu hören: *Sei vorsichtig, sei vorsichtig, sei vorsichtig.*

Am nächsten Tag ging ich erst spät zu meinem hohen Aussichtsplatz, und das geschah ganz bewußt. Als ich dort ankam, erwartete mich Tafta und verbeugte sich in einer unterwürfigen Geste, die ich früher immer als sklavisch empfunden hatte. Er drückte die bärtigen Lippen auf meine Hand und blickte mich dann aus dieser demütigen Stellung gewinnend an und entblößte dabei seine weißen Zähne. »Ich bitte um Entschuldigung«, sagte er, »aber es geschah im Dienst unserer Sache.«

Das begann, mich aus meinen Illusionen zu reißen. Er stand erfüllt von körperlichem Selbstbewußtsein strahlend und glänzend vor mir. Die Sonne beschien seinen Bart und die weichen Locken auf seinem Kopf; unter der braunen Haut konnte man das ebenfalls glänzende rote Blut pulsieren sehen. Wenn diese Art Tier sehr erhitzt ist, produziert es eine Art öliges Sekret, um sich abzukühlen; an den sichtbaren Teilen seiner Haut an Wangen, Stirn, Nase, Armen, Händen, selbst an den Ohren

glänzten winzige Tröpfchen dieser Flüssigkeit, die einen salzigen Geruch verströmte. Und doch sagte selbst dann noch etwas in mir: »Das ist Gesundheit, das ist Vitalität. Das brauchst du!«
Er erklärte mir, er habe in seiner Abwesenheit Truppen in die Stadt gebracht, die uns bewachen würden. Und er habe für die Unterbringung und die Sicherheit seiner Leute sorgen müssen. Dann sagte er, am nächsten Morgen würde er mich in meiner Wohnung abholen, und wir – er, ich und die Wachen – würden in aller Öffentlichkeit durch Lelanos zum Regierungssitz ziehen, um dort als Herrscher eingesetzt zu werden. So hatte ich mir das ganz und gar nicht vorgestellt. Wir standen jetzt am Rand der kleinen schneeweißen Terrasse und blickten über die Ebene mit der Stadt im Mittelpunkt. Er streckte den Arm aus und verkündete: »Das alles gehört dir, ganz allein dir. Zusammen werden wir es wieder aufbauen und zu dem machen, was es einmal war.« Er hatte so etwas Prahlerisches, Überhebliches an sich! Dabei konnte er nicht verhindern, daß sich sein Gesicht zu einem triumphierenden Grinsen verzog, bei dem er wieder die Zähne zeigte; ebensowenig konnte er sich beherrschen und blickte auf mich herab, als habe er mich bereits verschlungen, empfinde mich aber zu unwichtig und stehe kurz davor, mich wieder auszuspucken.
Und doch erfaßte mich ein Hochgefühl, als ich auf Lelanos unter mir blickte, und ich gelobte in schweigender Inbrunst: »Ich werde dich beschützen. Ich werde über dir wachen. Ich werde deine Sicherheit erhalten.« Und das warnende Flüstern: *Sirius, Sirius*, drang nur noch wie ein leises Zischeln von ferne an mein inneres Ohr.
Er küßte mir noch einmal die Hand; ich stieg hinunter, er folgte mir, ich kehrte zum Haus, in mein Zimmer zurück und – aber inzwischen war ich wieder fähig zu denken. Gedanken, die ich weit zurückgedrängt hatte, bestürmten mich wieder.
Wer hatte den Priestern die Zeit meiner Ankunft verraten? Rhodia nicht – obwohl sie *wußte*, was geschehen würde.
Wieso war dieser Schurke erst *nach* Rhodias Tod in Lelanos erschienen?

Wie konnte ich mir erklären, daß Shammat jetzt bereit war, sich der Aufgabe zu widmen, die friedliche Zivilisation und die Ordnung wiederherzustellen, obwohl ich erst vor kurzem gesehen hatte, daß er, ein Werkzeug Shammats, mit den schwarzen Priestern Hand in Hand arbeitete, und zwar bei einem Unternehmen, das man von ihnen erwartete.
Wie konnte... aber in mir schienen zwei Kräfte zu kämpfen. Ich wollte die Warnungen nicht hören, die tief in mir erklangen, und ich wollte mich nicht an Canopus erinnern. Mit meinem ganzen *augenblicklichen* Ich – dem Ich, das Shammat ins Leben gerufen hatte – wollte ich diese Stadt regieren und meine innere Schwäche überwinden, indem *ich tat, was Canopus tat.* Meine Gedanken gingen bereits weiter: Wenn Lelanos wiederhergestellt war und unter der Obhut der »Untersuchung« das Gleichgewicht wiedergefunden hatte, würde ich die Stadt verlassen und mich auf die Suche nach anderen Stämmen machen, vielleicht den Nachfahren der Lombis oder anderen Rassen unserer Experimente, und wie Rhodia eine vollkommene und bewundernswerte Zivilisation aufbauen. Dabei würde ich meine große und lange Erfahrung einsetzen und alles, was ich hier von Rhodia gelernt hatte.
Am nächsten Morgen wartete ich ruhig auf Tafta. In Gedanken beschäftigte ich mich bereits nicht mehr mit den – wie ich glaubte – unwichtigen Formalitäten des Tages, sondern erwog künftige Schritte und Pläne, als Tafta eintrat. Er sah mich in meiner Alltagskleidung und warf mir, ohne mich zu fragen, einen Pelzumhang über, der noch nach den armen Tieren roch, die man getötet hatte, um ihn herzustellen. Er drängte mich zur Tür und faßte mich dabei am Rücken, um zu verhindern, daß ich ihm davonlief. Er lachte siegessicher... draußen warteten Kompanie um Kompanie von Shammat-Soldaten, die abstoßendsten und brutalsten Kerle, die man sich vorstellen kann. Tafta zog mich an ihre Spitze; schrille, hämmernde Musik setzte ein, und ich mußte als Gefangene von Shammat durch die baumbestandenen Straßen von Lelanos marschieren.
Ich konnte nicht fliehen. Ich suchte fieberhaft nach einer Möglichkeit zur Flucht. Der Schock hatte mich wieder völlig zur

Vernunft gebracht, und ich konnte wieder klar denken. Hinter mir marschierten singend – wenn man es so bezeichnen kann – Shammats Truppen. Neben mir stolzierte Tafta und strahlte. Wenn Leute aus ihren Häusern oder neben uns herliefen, um dieses unbegreifliche und unvorstellbare Schauspiel aus der Nähe zu sehen, wurden sie mit Schwertern, Keulen und Knüppeln zurückgetrieben – unseren Weg säumten die bedauernswerten Opfer, die in ihrem Blut lagen oder versuchten, sich kriechend in Sicherheit zu bringen.

So zog Ambien II von Sirius, eine der Fünf, in das heitere, farbenfrohe Gebäude ein, den Sitz der Regierung von Lelanos – an der Spitze eines Heeres von Shammat. So wurde ich zusammen mit Tafta zur Herrscherin von Lelanos gemacht.

Nach der kurzen und lächerlichen Zeremonie verkündete Tafta, er würde mich zu meinem »Palast« geleiten – so etwas gab es in Lelanos überhaupt nicht. Ich erwiderte, ich wolle in meine Unterkunft zurückkehren. In diesem Moment löste sich die Illusion, der Zauber, der mich in seinen Bann geschlagen hatte, in nichts auf. Und ich sah einen Abenteurer, halb Mensch, halb Tier vor mir, der keine Vorstellung von dem Ausmaß der Kräfte besaß, die er herausforderte. Er konnte mich nicht aufhalten, oder er mußte mich zu seiner Gefangenen machen; und dann verlor er auch *seine* Illusion. Er lebte in einem Traum von Ruhm und Größe; er träumte von der Herrschaft über eine eigene Stadt, Sirius sollte ihn dabei unterstützen, und er würde Sirius in seinem, in Shammats ewigem Kampf gegen Canopus benutzen. So hatte er die Lage gesehen... Und so sah er sie noch immer. Wenn ich in die nichtssagenden, beinahe farblosen Augen sah, konnte ich darin seine Gedanken lesen, seine Gedanken dort schwimmen sehen, denn meine sirianische Klarsicht hatte sich wieder eingestellt. An den prahlerischen, aber absurden Posen, in die er fiel, konnte ich ablesen, daß er von einem Reich träumte, das sich mit dem Größenwahn von Grakconkranpatl messen konnte. Plötzlich sah ich alle möglichen Dinge.

Vielleicht war es ihm gelungen, mit etwas Geschicklichkeit herauszufinden, wann ich in der anderen Stadt ankommen

würde. Doch er hatte *nicht* gewußt, daß hinter der verbotenen Zone ein friedliches Lelanos lag, über das kein Tyrann herrschte. Er hatte nicht gewagt, Canopus herauszufordern, indem er in Lelanos einzog, solange Rhodia noch lebte. Und er wußte nicht, daß unsere Streitkräfte jederzeit alles vernichten konnten, was er oder die böse Stadt hinter den Bergen schuf – daß wir ihnen nur deshalb erlaubten zu überleben, weil sie uns zu unbedeutend erschienen.
Natürlich auch, weil Canopus ihnen unerklärlicherweise erlaubte zu überleben. Doch hier verlor ich den Boden unter den Füßen, und ich war weit davon entfernt, etwas zu verstehen.
Ich erklärte diesem kleinen Emporkömmling, ich würde allein in das kleine Haus am Platz zurückkehren, und er hinderte mich nicht daran. Es war ihm gleichgültig. Er hatte sein Ziel erreicht – Herrscher von Lelanos zu sein.
Ich konnte mir sagen, ein Tyrann wie er würde die Stadt sehr schnell ins Verderben führen, und auf diesem Weg befand sich Lelanos ohnedies; nichts konnte das jetzt noch verhindern. Ich hatte eine unvermeidliche Entwicklung beschleunigt, mehr nicht.
Ich ließ den Herrscher von Lelanos in dem anmutigen Ratszimmer zurück. Dort lagerte er mit seinen Wilden, die er am Tag zuvor aus den Wäldern geholt hatte, wo sie sich die Zeit mit Essen und Trinken vertrieben, weil sie sich nicht in die Stadt wagten. Ich verließ sie und kehrte in Rhodias Haus zurück. Dort setzte ich mich ans Fenster und dachte und dachte ... die ganze Nacht hindurch.
Die leise eindringliche Mahnung *Sirius, Sirius, sei vorsichtig*, war wieder sehr laut und begrub andere Gedanken unter sich, bis ich sie zum Schweigen brachte, denn sie klang nach Abschied. Und sie blieb still, denn nun brauchte ich sie nicht mehr, nachdem ich mein wahres Ich wiedergefunden hatte. Zurück blieb nur meine Scham, meine unglaubliche Scham ... wie einfach war es doch Shammat gefallen, mich für sich zu gewinnen. Und dabei standen ihm nur so schwache Kräfte zur Verfügung! Durch ein Minimum an Intuition, wie im Fall meiner ersten Gefangennahme, durch das ständige Nachgrübeln

über Canopus, durch den Neid auf Canopus, durch den Haß auf Canopus hatte Shammat einige der unbedeutendsten und unwichtigsten canopäischen Fähigkeiten erreicht. Wie leicht konnte man mir schmeicheln, man mußte nur meine schwachen Stellen ansprechen, wie leicht mich gewinnen. Nachdem nun alles vorüber war, konnte ich kaum glauben, daß es sich ereignet und ich mich hatte einfangen lassen – doch ich mußte es glauben und mir nach einigem Überlegen auch eingestehen, daß sich etwas Ähnliches ohne weiteres wiederholen konnte, und daß ich diesmal sehr gut nicht rechtzeitig hätte zur Vernunft kommen können. Denn hätte Rhodia, Nasar, Canopus nicht die leise, eindringliche Warnung *Sirius, Sirius* wie ein Lied in mir weiterklingen lassen, um mich an das zu erinnern, was ich eigentlich war, hätte ich durchaus jetzt mit Shammat feiern und mich bereit finden können, das arme Lelanos zu tyrannisieren.

Als der Morgen anbrach, verließ ich das Haus und wanderte durch die leeren Straßen aus der Stadt hinaus. Ich sagte mir, daß Shammat an diesem Morgen sicher betrunken sein würde. Und vermutlich war ihm mein Verschwinden auch gleichgültig. Er konnte das Märchen von der weißen Göttin oder Priesterin aus der Ferne oder eine ähnliche Geschichte dazu benutzen, seinen Anspruch auf die Macht zu untermauern. Weshalb sollte er mich verfolgen? Mit Hilfe der erbärmlichen schwachen Kräfte, die er besaß, konnte er vielleicht herausfinden, wo ich mich in den Wäldern südlich der Stadt ungefähr befand. Aber wollte er eine widerspenstige Gefangene, mit der er seine Herrschaft nicht schmücken konnte, die durch Gewalt oder Drogen zur Unterwerfung gezwungen werden mußte? Sirius willfährig war eine Sache. Doch Sirius widerspenstig und aufrührerisch konnte ihm nichts nützen. Außerdem fürchtete er – nicht mich, aber Canopus. Shammat hatte diesen Planeten vielleicht unter seiner Kontrolle – Canopus ließ es zu. Aber Shammat kontrollierte ihn nur innerhalb der von Canopus gesetzten Grenzen. Wie trunken vor Macht und erfüllt von wenig ruhmreichem Selbstvertrauen Tafta auch sein mochte, er konnte sich nicht leisten, Vergeltungsmaßnahmen herauszufordern.

Er hatte bereits ein waghalsiges Spiel getrieben, als er den schwarzen Priestern erklärte, es sei ungefährlich, mich gefangenzunehmen. Er hatte damit zwei Ziele verfolgt: Einmal wollte er mir die Artefakte abnehmen, von denen er wußte, daß sie eine Art geheimnisvolle Schutzwirkung besaßen – Shammat versuchte jederzeit, mit oder ohne Puttiora, die mächtigen Talismane in die Hände zu bekommen. Aber Tafta hatte auch die Situation für sich nutzen wollen. Nachdem er teilweise das Vertrauen der Priesterkaste erworben hatte, wartete er nur darauf, Macht über sie zu gewinnen, um Grakconkranpatl selbst zu beherrschen. Er wußte, Canopus war irgendwo in der Nähe, denn er spürte die Kraft. Aber er ahnte nicht, daß Rhodia, die Gefängniswärterin, alles beobachtete und über alles Bescheid wußte, was er tat. Und als die Priester beschlossen, mich zu töten – teils aus Furcht vor mir, teils aus Furcht, eine ihrer Fraktionen könne mich benutzen, um ihre Position zu stärken und Macht über die anderen zu gewinnen, ahnte er, daß Rhodia – oder jemand – mich retten würde. Er schlug nicht Alarm, denn er war eine Spielernatur und immer bereit, sich eine neue Wendung der Dinge zunutze zu machen.
Er würde mich nicht verfolgen. Ich wußte es, nachdem ich in dieser langen Nacht sorgfältig alle Möglichkeiten erwogen hatte.
So wanderte ich allein geradewegs nach Süden. Ich verbrachte viele angenehme, einsame Tage und erlebte sogar ein paar Abenteuer. (Ich habe sie zur Unterhaltung unserer Jugend an anderer Stelle veröffentlicht.) Schließlich erreichte ich einen unserer Vorposten, und von dort konnte ich ein Raumschiff anfordern, das mich abholte.
So endete mein Abstieg in das Wesen von Shammat. Er endete zumindest äußerlich. Innerlich lagen die Dinge anders. Es ist unmöglich, auch nur vorübergehend in die Gewalt von Shammat zu geraten, ohne dadurch tiefgreifend, mit jeder Faser seines Wesens und für lange Zeit berührt zu werden.
Ich kehrte in das Hauptquartier zurück, von dem aus die Tiere von Kolonie 9 überwacht wurden, und blieb dort kurze Zeit, um mein inneres Gleichgewicht wiederzugewinnen. Mein

psychisches Versagen erfüllte mich jetzt mit Staunen und mit Furcht vor einer möglichen Wiederholung. Ich dachte voll Bewunderung und mit dem Gefühl an Rhodia, ihre – oder seine – Kraft könne mir jederzeit Zuflucht bieten! Jetzt empfand ich nur noch Abscheu für Tafta, den ich eine Weile sogar gemocht hatte.

Ich mußte entscheiden, was mit der Sklavenstadt Grakconkranpatl geschehen sollte. Ich dachte lange und angestrengt darüber nach. Es wäre nur allzuleicht gewesen, den Ort dem Erdboden gleichzumachen. Aber es gab keine Möglichkeit zu verhindern, daß eine ebenso böse Stadt entstand. Wenn ich die Angelegenheit von einem übergeordneten Standpunkt aus betrachtete (und das war schließlich meine Aufgabe), dann waren diese einheimischen Kulturen für uns von Nutzen – wenn es korrekt war, diese Kulturen als einheimisch zu bezeichnen, obwohl der Ursprung ihrer Gene auf so fernen Planeten, so weit von Rohanda entfernt lag –, denn sie lieferten ohne jedes Bemühen unsererseits Versuchsmaterial für unsere Soziallaboratorien. Ich beschloß deshalb, nur die zweitausend Gefangenen zu befreien und schickte fünf Transportschiffe und zehn bewaffnete Aufklärer zu ihrer Unterstützung nach Norden. Sie kreisten einige Zeit über Grakconkranpatl, dann landeten die Transportmaschinen auf den Sklavenfarmen, wo unsere in Ketten gelegten Tiere arbeiteten. Man brachte die zweitausend in ihre Siedlung hoch im Gebirge zurück. Wir vermuteten, der Aufenthalt in der Ebene und die Rückführung in die Bergwelt und die dort herrschenden harten Lebensbedingungen würde ihr Anpassungsvermögen fördern und steigern. Und das bestätigte sich auch.

Die Zukunft dieser Tiere ist für meinen Bericht nicht weiter von Bedeutung, und deshalb fasse ich zusammen: Die kontrollierten Explosionen auf Planet 3 (1) beeinflußten seine Atmosphäre nicht in dem Ausmaß, wie wir gehofft hatten. Die kriechenden Pflanzen-Tiere wurden dabei jedoch vernichtet. Auch das schien keine größeren Auswirkungen auf die Atmosphäre zu haben, doch einige unserer Biologen beklagten, daß wir eine einzigartige und unersetzliche Art ausgerottet hatten. Die

üblichen Argumente waren zu hören: »Man kann kein Omelett machen, ohne Eier zu zerschlagen«, etc., dem die »Schatzkammer der Natur…« entgegengehalten wurde. Eine gewisse Menge Sauerstoff war im Boden und im Gestein des Planeten gebunden, wir wußten jedoch nicht, wieviel. Anders konzipierte thermonukleare Explosionen fanden statt, und der Sauerstoffgehalt der Atmosphäre stieg beträchtlich. Wir brachten die Tiere von Planet 9 aus ihrer Siedlung im sauerstoffarmen Hochgebirge in die sauerstoffarme Luft des Planeten 3 (1). Etwa die Hälfte überlebte den Wechsel nicht; aber das Ergebnis war besser, als wir erwartet hatten. Gleichzeitig importierten wir eine Vielzahl unterschiedlicher Pflanzenarten wie Flechten, Sumpfpflanzen und Tang, um den Sauerstoffgehalt der Luft zu erhöhen. An entsprechender Stelle findet sich eine ausführlichere Beschreibung dieser Versuche. Der Planet erwachte in der Tat allmählich zum Leben, und nach fünfhundert S-Jahren herrschten dort Bedingungen, die den Abbau der Bodenschätze erlaubten. Aber er ist bis heute ein kalter, phlegmatischer Planet, dessen Lebensformen alle klein sind und sich langsam in ihrer feuchten Umgebung bewegen. Es ist interessant, das weitere Schicksal der Tiere von Planet 9 zu verfolgen. Sie wurden kleiner; das Fell nahm mehr den Charakter von Schuppen oder Flechten an. Sie legen jetzt Eier, die sie bis zum Schlüpfen der Jungen in einem Beutel unter dem Schwanz tragen, und sie leben inzwischen amphibisch. Körperliche Arbeit ist ihnen nicht mehr zuzumuten. Ihre einzige Funktion besteht darin, allmählich den Sauerstoffgehalt der Atmosphäre zu vergrößern. Der Abbau der Mineralien muß von Technikern und Arbeitern übernommen werden, die unter streng kontrollierten Bedingungen leben und nur für kurze Zeit dort bleiben.
Der Erfolg dieses Versuchs beeinflußte die Anlage unserer Stationen auf dem Mond von Rohanda.
Ein Wort zu meiner geistigen Verfassung. Ich blieb nach meiner vorübergehenden Gefangenschaft noch lange Zeit auf Rohanda. Ich erkannte, daß ich mich in einem ungesunden und gefährlichen emotionalen Zustand befunden hatte. Ich wußte, das war nichts Neues: Er wurzelte in der Situation von Sirius.

Ich fühlte, daß ich etwas dagegen unternehmen sollte, mich zumindest in irgendeiner Weise ändern mußte – ich konnte in diesem Zustand nicht bleiben, der mich zu einer solchen Torheit und beinahe zynischer Gleichgültigkeit getrieben hatte. Doch die Zeit schien keine Besserung zu bringen. Gespräche mit Ambien I führten nur zu Beteuerungen, sich gegenseitig zu unterstützen und zu Feststellungen, daß wir die metaphysische Situation des anderen verstanden. Denn ich befand mich nicht allein in diesem Zustand; auch kurze, tastende Gespräche mit anderen im Dienst enthüllten, wie weit das Unbehagen inzwischen verbreitet war.

Langsam verhärtete sich in mir das Gefühl eines Vorwurfs oder zumindest der Verwunderung angesichts des Verhaltens von Rhodia oder Nasar. *Warum* hatte man mich in diese Versuchung geführt? Zu welchem Zweck? Ich war ihr erlegen, hatte mich selbst befreit – vielmehr hatte ich die mir von Canopus eingepflanzten Ermahnungen gehört. Dadurch konnte ich meine Situation durchschauen und mich selbst befreien. Aber wozu das alles?

Dieser Gedanke oder dieses Gefühl stand in direktem Zusammenhang mit einem Staunen, wurde von ihm genährt: Der quälende zornige Unglaube, daß Shammat so erbärmlich sein sollte! *Wer, was* war diese Macht, die Rohanda versklavte? Tafta war nur ein unbedeutender, widerlicher Halbmensch; er hatte ein paar kleinere Fähigkeiten erworben, die ihm seine armseligen Tricks erlaubten. Er war nur gerissen und verschlagen. Das Böse hatte ich in der grausamen Priesterschaft entdeckt. In welcher Beziehung stand Tafta zu diesen Bösewichtern? Hatte er sie geschaffen oder sie lediglich toleriert und benutzt? Konnten die Abkömmlinge der unangenehmen, leicht widerwärtigen, bedeutungslosen und aufdringlichen Kerle soviel schlimmer werden als ihre Ahnen? In mir entstand – während sich meine Gedanken soweit klärten, daß ich sie fassen konnte – etwa folgendes Gefühl: Ich hätte vielleicht einen Sinn darin gesehen, wenn Nasar es eingerichtet hätte, daß mich etwas wirklich Böses wie die dunklen Priester, eine total und absolut bestialische Macht, in Versuchung geführt hätte! Aber es war demütigend,

Tafta erlegen zu sein. Ja – aus mir sprach nichts als mein Stolz, und ich war mir dessen sogar halb bewußt. Es führte dazu, daß ich mich über Canopus ärgerte, weil sie mir nicht einen ernstzunehmenden Vertreter des Bösen geschickt hatten. Sie mußten mich sehr niedrig einschätzen, wenn sie auf mich einen so unbedeutenden bösartigen Wicht angesetzt hatten. Ich fühlte mich beschimpft! Und doch sagte mir meine Vernunft, ich hatte bewiesen, daß ich keiner größeren Widerwärtigkeit als Tafta gewachsen war. Schließlich war ich ihm erlegen, wenn auch nur kurz. Ich war gegen kleinlichen Ehrgeiz und erbärmliche Widerwärtigkeit nicht immun. Und doch konnte ich mir nicht vorstellen, mir jemals etwas von dem zu wünschen, was die Priester von Grakconkranpatl zu bieten hatten: Ich würde immer nur Abscheu vor ihnen empfinden... Sollte ich also aus meinem Schwachwerden gegenüber Taftas Einflüsterungen folgern, daß die Anfänge des Bösen immer in etwas Einfachem, scheinbar Unwichtigem, Unbedeutendem liegen? Hatte mir Canopus diese Lehre erteilt?

Solche Gedanken und viele andere widersprüchliche Ideen dieser Art ließen mich nicht zur Ruhe kommen, und auf die Dauer wurde mir alles zuviel. Ich schloß einfach die Tür. Genug! Ich hatte mich als leichtgläubig und schwach erwiesen. Ich wußte es. Ich wollte es nicht leugnen. Ich reiste von Rohanda ab und nahm ein Gefühl der Unzufriedenheit mit, dem ich nicht zu begegnen wußte.

Es entwickelte sich zu einem schneidenden Schmerz, der nicht weit von dem »existentiellen Leiden« entfernt war – so stellte es sich mir dar, wenn ich meinen Zustand nüchtern beurteilte.

Eine Zeitlang kehrte ich nicht nach Rohanda zurück.

Die dort durchgeführten Versuche – es handelte sich weniger um biosoziologisch als strikt wissenschaftliche Laboratoriumsarbeiten – interessierten mich kaum. Ich verfolgte nur den Verlauf eines Experiments. Die Atmosphäre von Rohanda besteht zu achtzig Prozent aus Stickstoff, und trotz eines Sauerstoffgehalts von weniger als zwanzig Prozent überleben die Säugetiere. Es lag in unserer Absicht, eine Tierart zu züchten, die mit Stickstoff oder zumindest einer Mischung von Stickstoff und

Sauerstoff leben konnte. Viele interessante Versuche fanden statt. Sie mußten abgebrochen werden, weil der Isolierte Kontinent II von einem Reich überrannt wurde, in dem die Machthaber von Grakconkranpatl und Lelanos herrschten. Es war eine unsichere Allianz. Nach meiner Erfahrung sind Bündnisse zwischen zwei gleichstarken Partnern, die im wesentlichen die gleichen Ziele verfolgen, von Natur aus unbeständig. Sie sind nur dann von Dauer, wenn der eine Partner für den anderen die Rolle des großzügigen Beschützers übernimmt. Unsere Geschichte ist ein Beweis dafür. Lelanos war ebenso grausam und böse geworden wie sein Verbündeter. Die Lelannianer paarten sich ungehindert mit dem Volk der dunklen Priester, dessen hervorstechendstes Merkmal eine plumpe, gleichförmige Häßlichkeit gewesen war. Aus dieser Verbindung entstand ein körperlich sehr starkes, aber ein beweglicheres, andersartigeres Volk. Es übernahm die »religiösen« Praktiken ihrer früheren Feinde und terrorisierte den ganzen Kontinent. Die neue Mischrasse unterwarf Grakconkranpatl und machte die frühere Priesterkaste zu Sklaven. So kam es dazu, daß die beiden Städte eine Allianz des Bösen bildeten.

Doch ich war nicht geneigt, mich viel mit Rohanda zu beschäftigen. Angelegenheiten in anderen Teilen des Reiches schienen wichtiger zu sein. Ich erhielt eine Nachricht von Canopus. Man lud mich zu einem Gespräch »über die augenblickliche Situation auf Rohanda im allgemeinen und der Lage auf dem Isolierten Kontinent II im besonderen« ein. Ich ignorierte den Befehl zunächst – denn es handelte sich um einen Befehl. Daraufhin erhielt ich eine von Klorathy unterzeichnete Botschaft. Ich hatte nie aufgehört, an ihn zu denken. Ich mußte immer an ihn denken, auch wenn mich andere Dinge beschäftigten. Er erklärte: »Die gegenwärtige Situation auf den Kontinenten unter sirianischer Aufsicht hat unvorteilhafte Auswirkungen auf ganz Rohanda.«

Ich wußte durchaus, daß auf beiden Südlichen Kontinenten kriegerische, wilde und degenerierte Stämme ihr Unwesen trieben. Doch als wir Anspruch auf die beiden Südlichen Kontinente erhoben, um sie – in erster Linie – für Versuche zu

benutzen, gedachte ich dabei keineswegs altruistische Verpflichtungen einzugehen. Ich sah keinen Grund, weshalb Sirius Rohanda nicht einfach aufgeben sollte. Canopus mochte beide südlichen Kontinente übernehmen. Meine Berichte deuteten auch keineswegs darauf hin, daß die Zustände in der nördlichen Hemisphäre sehr zugunsten von Canopus sprachen. Wenn man nicht behaupten konnte, daß unsere Aktivitäten zu einer Verbesserung des Planeten beigetragen hatten, dann ließ sich das gleiche über Canopus sagen.
So sah ich die Dinge damals.
Ich zögerte, Klorathys Einladung anzunehmen, denn der Anlaß war ein verwahrloster und heruntergekommener Planet voller Wilder, von denen man nur eines erwarten konnte, daß sie sich bei der erstbesten Gelegenheit unter irgendeinem Vorwand erschlugen.
Hätte Klorathy mich eingeladen, ihn auf Canopus zu besuchen – ja, oder zu einem Gespräch über andere Planeten unserer Einflußsphäre – ja.
Ich war enttäuscht. Es kam mir vor, als hätte ich halb unbewußt auf die Weiterentwicklung einer unerfüllten Freundschaft gewartet, und statt dessen bot man mir die Mitarbeit an einer unerfreulichen Aufgabe an, die von vornherein keinen Erfolg haben konnte. Ich übermittelte eine Botschaft an Canopus, in der ich mitteilte, ich könne Klorathy nicht treffen, »finde aber vielleicht später Zeit dafür«. Aus dieser Geste zog ich keine Befriedigung. Ich spürte nur noch deutlicher meine innere Leere. Aber auf mich wartete am Ende der Galaxis eine, wie ich wußte, schwierige Aufgabe, die mich völlig in Anspruch nehmen würde. Während ich die Vorbereitungen zu meiner Abreise traf, wurde ich zu einer Konferenz auf höchster Ebene gebeten. Sie beschäftigte sich mit Rohanda – oder vielmehr mit seinem Mond. Natürlich wußten wir, daß Shammat sich auf diesem kleinen, unfreundlichen Planeten niedergelassen hatte. Nun hatten sich offensichtlich neue Entwicklungen ergeben. Ich ernannte einen Stellvertreter für diese Konferenz, schob meine Gedanken an Rohanda beiseite und nahm die unterbrochenen Vorbereitungen meiner Reise – von der ich möglicher-

weise lange Zeit nicht zurückkehren würde – wieder auf. Aber in meinen Ohren schien ein lockender, längst vergessener Ruf zu ertönen. *Sirius*, hörte ich, *Sirius, Sirius*... und ich konnte mich nicht davon befreien. Dieses heimtückische Flüstern überflutete mich in Wellen, so daß ich nichts anderes mehr hörte. Und wenn es verebbte, blieb eine Stille zurück, die, wie ich wußte, nur darauf wartete, gefüllt zu werden von *Sirius, Sirius*... mit Nasars Stimme, mit Rhodias Stimme und mit Klorathys Stimme... und auch mit Stimmen, die ich nie gehört hatte, doch, wie ich wußte, hören würde. Hartnäckig überhörte ich diesen Ruf... oder versuchte es. Ich zwang mich, über Probleme nachzudenken, die nichts mit Rohanda zu tun hatten. Aber gleichgültig, was ich tat, das Flüstern wurde eindringlicher, so daß ich manchmal vergaß, was ich gerade tat, stehenblieb und lauschte.

Die lelannianischen Versuche

Ich unterrichtete die Behörde davon, daß meine Mission verschoben werden mußte. Ich schickte Klorathy die Nachricht, daß ich nach Rohanda reisen würde, und befahl dem Raumschiff, mich in der Nähe unseres alten Stützpunktes abzusetzen. Wir hatten diese Niederlassung nicht aufgegeben, obwohl sie mehrmals lange Zeit unbenutzt stand und zweimal von Erdbeben zerstört worden war. Der Wiederaufbau geschah aus teils sentimentalen Gründen: Ich hatte dort eine so nützliche und glückliche Zeit verbracht. Jetzt versprach ich mir dort eine kurze Spanne der Freiheit und des Nachdenkens in Einsamkeit. Es würde einige Zeit dauern, bis Klorathy eintraf. Er mußte sich auf jeden Fall auf meinem Heimatplaneten erkundigen, wo ich mich auf Rohanda aufhielt... so sehr hatte ich vergessen, womit man bei den Fähigkeiten von Canopus rechnen muß!
Ich stieg allein zu der kleinen Gruppe von Gebäuden inmitten der niedrigen Hügel hinauf. Die mächtigen Berge im Westen lagen in meinem Rücken wie damals, als ich sehr viel weiter im

Norden auf Lelanos zuwanderte. Beim Näherkommen stellte ich fest, daß sie nicht unbewohnt wirkten. Hatten die Tyrannen von Lelanos diese sirianische Station in Besitz genommen? Das bedeutete, sie hatten jede Furcht vor Sirius verloren; dann begriffen sie überhaupt nichts mehr. Ich bereitete mich innerlich auf eine mögliche unangenehme Überraschung vor; ich konnte zum Beispiel das Raumschiff zurückrufen, das bereits als silbriges Glitzern über mir schwebte. Mit diesem Gedanken betrat ich das erste Gebäude mit den freundlichen, heiteren Zimmern, die denen so sehr glichen, in denen ich mich hier einmal so wohl gefühlt hatte.

Am anderen Ende des Raums saß jemand mit dem Rücken zum Licht. Ich wußte sofort: das ist Klorathy! Obwohl es natürlich technisch unmöglich war, daß er rechtzeitig hier angekommen sein konnte, nachdem er meine Nachricht erhalten hatte. Das bedeutete, er wußte, daß er mich hier, an diesem Ort treffen würde... und er hatte es gewußt, schon lange ehe ihn die Nachricht erreichte, noch ehe ich mich dazu entschlossen hatte... ich machte mir das klar, während ich mit den Worten: »Hier ist Sirius!« auf ihn zutrat.

»Ich weiß, ich bin ein ungebetener Gast«, erwiderte er. Ich ließ die Bemerkung unbeantwortet, denn er sollte spüren, ich hatte damit etwas zum Ausdruck bringen wollen. Ich setzte mich so, daß ich ihn deutlich sehen konnte. Wir hatten uns seit meinem Aufenthalt auf ihrer Kolonie 11 nicht mehr getroffen. Natürlich ist es nicht ungewöhnlich, auf diesem oder jenem Planeten, in ihrem Reich oder in unserem, jemanden zu treffen, den man kennt und mit den Worten auf ihn zugeht: »Sei gegrüßt, Klorathy«, oder Nasar oder um wen immer es sich auch handeln mag. Doch dann bemerkt man, daß man eigentlich einen *Typus* erkannt hat, eine Gattung, eine *Art* – und in der vertrauten Gestalt tritt einem ein völlig fremdes *Individuum* entgegen. Für mich war es immer verwirrend, mit dieser *Gestalt* zusammenzusein, der Gestalt eines Freundes oder Bekannten, an den man sich erinnert. Ich empfinde es als schwierig, Gesten, Blikke, Eigenheiten mit dem Fremden in Verbindung zu bringen, die in der Erinnerung zu diesem oder jenem Menschen gehö-

ren. Welches absolut individuelle und unvergleichbare Wesen ist *nicht* vorhanden? Und im Gegensatz dazu die andere Erfahrung: Man begegnet dem Typus, der Art, der Gestalt, die *in etwa* ein ähnliches Benehmen und Verhalten zeigt, und es *handelt sich* um die erinnerte Person. So war es bei Klorathy. Sobald ich ihn gesehen hatte – eine Gestalt im Gegenlicht, deren Züge alle unsichtbar blieben –, wußte ich, daß er es war. Und doch handelte es sich nicht um den identischen Klorathy. Er hatte diesmal einen Körper, der in etwa dem letzten entsprach. Vermutlich erwies er sich als nützlich; er gehörte einem starken, gesunden und, wie ich vermutete, vielseitigen Typus an, der ohne größeres Aufsehen sich mühelos auf jedem Planeten und bei jeder Art anpassen würde. Klorathy würde wahrscheinlich nie *mein* Aussehen wählen, das immer und überall – mit Ausnahme meines Heimatplaneten – Bemerkungen, oft Unbehagen, wenn nicht Schlimmeres hervorruft.
Ich hatte lange über die canopäischen Methoden der Verjüngung und Erneuerung nachgedacht. Und ich habe seither diesem Problem einen Großteil meiner Zeit gewidmet. An dieser Stelle und in diesem Zusammenhang möchte ich feststellen, daß wir, Sirius, meiner Meinung nach gut daran täten, uns diese anderen Techniken anzueignen.
Es gibt nichts über Ersatz und Prothesen, was wir nicht wissen. Wir ersetzen die Körperteile ebenso schnell, wie sie sich abnützen. Ich glaube nicht, daß es in mir ein Organ, ein Zellgewebe gibt, das Ambien II in der Vor-Katastrophenzeit gehörte, ganz zu schweigen von der, wie Canopus sie nennt, Ersten Zeit. Es ist nicht einmal etwas von dem übriggeblieben, was meinen Körper ausmachte, als ich während der »Ereignisse« durch die Luft gewirbelt wurde. Selbst das Ichor in meinen Adern ist viele Male ausgetauscht worden. Aber solche Transplantationen und Transfusionen kosten viel Zeit und Geduld. Ja, ich weiß, man wird mir wie üblich entgegenhalten, daß dadurch eine immense Zahl bewundernswürdiger Techniker arbeitslos würde. Viele Techniken und Fähigkeiten würden überflüssig. Aber solche Fragen berühren das existentielle Problem oder Dilemma. Wenn wir auf allen anderen Gebieten darauf geantwortet

haben, indem wir den Fortschritt im Wissen selbst auf Kosten sinkender Bevölkerungszahlen durch den Wegfall ganzer Arbeitsgebiete akzeptiert haben, dann ist es nur konsequent, in Erwägung zu ziehen, ob wir die canopäischen Methoden der Selbstverewigung übernehmen sollten. Wie einfach ist es »zu sterben« – und einen neuen Körper zu wählen. Schließlich ist es nicht einmal notwendig, das umständliche Stadium von Kindheit und Jugend zu durchlaufen – sie haben gelernt, das zu umgehen. Wie stümperhaft und sogar pedantisch unsere Techniken im Vergleich zur canopäischen Einstellung gegenüber verbrauchten Körpern wirken! Wir reparieren und ersetzen, transplantieren und bewahren – sie werfen eine unbrauchbare Hülle einfach beiseite und wählen ohne weitere Umstände, ohne sentimentale Gefühle oder Bedauern eine neue.

Klorathy hatte seit unserer letzten Begegnung drei verschiedene Körper benutzt. Und er berichtete mir, daß Nasar sich zur Zeit auf *unserem* Südlichen Kontinent I befand. Er lebte dort als ein sehr kleiner brauner Mann, als ein Jäger, und führte eine Rasse zu einer neuen Höhe des Wissens, die ihr Bewußtsein über die Stellung ihrer Beziehung zu »Dem Großen Geist« veränderte. So lautete die angemessene Formulierung dort.

Klorathy erzählte es auf eine Weise, daß sich ein Vorwurf dahinter verbarg – ein an uns gerichteter Vorwurf wegen unserer Nachlässigkeit. Zu dieser Zeit besaßen wir keine Stützpunkte auf diesem Kontinent.

Und so bestimmte unsere Begegnung vom ersten Augenblick an wenn nicht ein Konflikt so doch zumindest eine Meinungsverschiedenheit.

Ich verbrachte fünfzig R-Jahre mit Klorathy. Ich will das Wesentliche dieser Begegnung folgendermaßen zusammenfassen: Er war hier, um mir zu einem neuen Blick auf uns Sirianer zu verhelfen und zu einem neuen Blick auf die sirianische Benutzung des Planeten. Er war bereit, dafür große Mühen auf sich zu nehmen… Ich fragte mich von Anfang an, welche Bedeutung dem Canopus beimessen konnte, wenn sie Klorathy, einen ihrer hohen Kolonialbeamten, so lange Zeit als meinen Lehrer freistellten. Natürlich gab ich mich nicht der Illusion hin, es gehe dabei um mich persönlich. Nein, es ging wie immer um Canopus und Sirius. Doch ich erkannte, daß ich mich in einer vertrauten Position befand. Nasar... Klorathy... welche Namen sie auch immer wählten, welche Gestalt sie auch immer annahmen, waren, wenn ich mit ihnen zusammentraf – ich mußte es akzeptieren – meine Lehrer.

Klorathy saß geduldig mit mir in diesem freundlichen, heiteren Raum, von dem wir zusammen über Landschaften blickten, die beinahe meiner Erinnerung entsprachen – und redete.

In meiner besten Zeit hier, in den Tagen, als ich Rohanda beinahe wie eine Heimat empfand, breitete sich am Fuß der Hügel eine Savanne aus – ich sah ein freundliches Land, in dem verstreut Bäume wuchsen, in dem es Täler gab und grasbewachsene Ebenen. Nun war alles anders: Jetzt blickten wir über einen Regenwald. Dramatische klimatische Veränderungen hatten zu dem Entstehen riesiger Flüsse geführt, deren zahllose Nebenflüsse sich zwischen riesigen Bäumen dahinwanden, die ein undurchdringliches Blätterdach bildeten. So weit das Auge reichte, sahen wir nur Blätter, Blätter, Blätter und Baumwipfel, die in der unangenehm drückenden Sonne glänzten und wogten. Es war nicht mehr das belebende Land meiner Erinnerungen, aus dem ich Kraft geschöpft hatte.

Von diesem Kontinent gab es nichts Angenehmes mehr zu berichten. Klorathy sorgte dafür, *daß* ich alles anhörte. Wie gesagt, verfolgte er dabei die Absicht, daß ich mich dafür verantwortlich fühlte. Ich werde nie vergessen, wie er mich in dieser Zeit der Vorbereitung – und darum handelte es sich in seinen Augen eindeutig – dort festhielt. Er war entschlossen, mir nicht zu erlauben, der Wahrheit auch nur im geringsten auszuweichen. Manchmal entzog ich mich der Notwendigkeit, ihn anzusehen und ließ meinen Blick statt dessen über das heiße, dampfende, grüne Blättermeer schweifen, auf das so oft der heftige Regen niederprasselte. Aber ansonsten betrachtete ich ihn, Klorathy. Ich lauschte seinen Worten und wunderte mich über die Autorität dieser Persönlichkeit, die nie etwas verlangte, niemals etwas erzwang, die aber nur anwesend, hier und sie selbst zu sein brauchte, um alles, was sie sagte, zu einer

Forderung zu machen, zu etwas, dem man Gehör schenken mußte.

Auf dem Kontinent lag folgende Situation vor: Das tyrannische Reich der Lelannianer umfaßte jetzt die Gebiete des ehemaligen Lelanos und Grakconkranpatls. Infolge seiner Lage kontrollierte es auch den langen Isthmus, der den Südlichen Kontinent mit dem Isolierten Nördlichen Kontinent verband, und schränkte dadurch die Völker in ihrer Bewegungsfreiheit ein. In allen anderen Gebieten entwickelte sich eine relativ einheitliche Spezies aus den Flüchtlingen und Mutationen unserer – inzwischen – zahlreichen Versuche, die sich mit hochentwikkelten Menschenaffen gekreuzt hatten – ein Tier, das man auf gewissen Planeten antrifft, und zwar in einer dominanten Form. Diese Mischrasse ähnelte dem Lelanostypus vor der Degeneration – große, geschmeidige, schlanke Menschen mit langen, glatten, schwarzen Haaren, schwarzen Augen und den üblichen Hauttönungen, die von hellbraun bis beinahe schwarz reichten. Sie waren Jäger und sammelten in den Wäldern Pflanzen. Es überraschte nicht, daß die Erbanlagen, aus der Herkunft von anderen Orten, in denen Landwirtschaft getrieben wurde, ruhten und sich nicht durchgesetzt hatten: Das Land war nur dünn besiedelt, und es bestand kein Grund, Nutzpflanzen anzubauen. Sie lebten in völliger Harmonie mit ihrer Umgebung, und zwar auf einem Entwicklungsstand, auf dem keine Handlungen, keine Absichten oder Gedanken außerhalb der geistigen und emotionalen Wertvorstellung, auf der ihre »Religion« beruhte, liegen konnten. Wie Nasar es auf dem anderen Südlichen Kontinent lehrte, war auch hier der Große Geist in allem, was sie taten: Sie lebten in mystischer Einheit mit dem Großen Geist oder – ich versuchte, einen Scherz zu machen – in Übereinstimmung mit der Notwendigkeit. Unser Verhältnis war alles andere als einfach. (Jetzt erkenne ich, daß es so sein mußte, denn wir *repräsentieren* Reiche, die sich auf so unterschiedlichen Ebenen befinden.) Aber wir scherzten miteinander; wir waren zu solcher Ungezwungenheit zwischen uns in der Lage. Klorathy konnte offensichtlich meinen zugegebenermaßen kläglichen oder vielleicht plumpen Späßen nur den leisesten Anflug eines Lächelns abgewinnen. Ja, sagte er, diese Leute leben tatsächlich unter dem Gebot der Notwendigkeit. Vielmehr hatten sie es getan, ehe die Lelannianer sie überfielen. Jetzt waren sie vom äußersten Süden des Kontinents bis zum Isthmus nur noch Sklaven und Diener. Sie arbeiteten in den Minen und auf den Pflanzungen oder stellten die Opfer für die rituellen Morde der lelannianischen Religion. Außerdem benutzte man sie als Versuchsmaterial. Das überraschte mich, und ich mußte mir lange und ausführlich von der Entwicklung der Herrenrasse berichten lassen. Sie waren inzwischen Techniker und betrachteten die Tiere ihres Reichs als beherrschbare, formbare und für ihre Zwecke benutzbare Subjekte, und zwar nicht nur in einem *sozialen* Sinn, das heißt in den Grenzen soziologischer Formbarkeit, was schließlich ein Standpunkt gewesen wäre, den ich an und für sich kaum kritisieren konnte, da wir – Sirius – dies immer als Fundament unseres Reiches, als die Basis einer guten Herrschaft gesehen hatten. Doch die Lelannianer gingen weiter. Sie benutzten jedes Lebewesen in ihrem Herrschaftsbereich – gleichgültig auf welcher Entwicklungsstufe es sich befand – als Material für höchst brutale Versuche. Obwohl mir manchmal unbehaglich wurde, wenn Klorathy die Praktiken dieser Herrenrasse beschrieb, konnte ich mir sagen, daß wir – Sirius – niemals grausame oder unnötige Versuche durchgeführt hatten. Natürlich sind physiologische Versuche, die sich von biosoziologischen Experimenten deutlich unterscheiden, notwendig und deshalb erlaubt. Aber schließlich tun wir es immer in den Grenzen *unserer* Notwendigkeiten, selbst wenn es sich manchmal dabei nur um einen lokal beschränkten Bedarf handelt... so argumentierte ich einfältig mit mir selbst, während ich bei diesen Gesprächen, die ich bereits als Vorbereitung erkannte... eine bewußte, wohlüberlegte Vorbereitung auf das Kommende, Klorathy zuhörte. Oh, Canopus tat nie etwas, hat nie etwas getan, das nicht berechnet, vorausgesehen und bis in alle Einzelheiten durchdacht ist, selbst wenn der Plan so langfristig angelegt ist, daß... ich muß hier noch einmal feststellen, daß wir, und damit meine ich Sirius – ich sage das im Bewußtsein der zu erwartenden Kritik –,

nicht in der Lage sind zu begreifen, was Canopus unter langfristig oder lange vorausgesehen versteht. Jawohl, das sage ich. Ich stelle es fest. Ich gehe nicht davon ab ... wenn mir das nicht erlaubt ist, bleibt mein Versuch, diesen Bericht oder diese Aufzeichnungen niederzuschreiben, nutzlos.
Dieses kleine Beispiel, das ich hier beschreibe – Klorathy, der die damalige Situation auf diesem Kontinent dazu nutzte, mich, Sirius, zu unterweisen – veranschaulicht viele Aspekte canopäischer Planung, Voraussicht und Geduld. Schon während ich dort in dem alten sirianischen Stützpunkt Tag um Tag mit Klorathy verbrachte, wußte ich, er hatte einkalkuliert, daß ich diese Zeit *benötigen* würde, um mich auf das einzustimmen, es aufzunehmen, was er mir auseinandersetzte.
Als ich erfuhr, er wünsche, daß ich ihn auf einer langen und zweifellos gefährlichen Reise begleiten soll, um mit eigenen Augen zu sehen, was er mir beschrieb, weigerte ich mich. Aber nicht wegen der Gefahren. Ich entwickelte andere Einstellungen zu meinem Sterben! Früher hätte ich einen »Tod«, wie er bei uns inzwischen nicht mehr üblich ist, als ein Unglück bezeichnet und wegen meiner unerschöpflichen Erfahrung ganz sicher als einen Verlust für die Gemeinschaft. Nun glaubte ich, wenn ich es wert sei, den physischen Tod zu überleben, dann würde auch alles Lebenswerte in mir überleben – *mußte* überleben! Ich dachte auch daran, daß ich mich in Gesellschaft von Canopus, von Klorathy, befinden würde, der im »Tod« nur eine Veränderung der Umstände sah, falls uns diese wahrhaft schrecklichen Tiere, die Lelannianer, gefangennahmen und umbrachten. Nein, mein alter Fehler, mein Unvermögen brachten mich dazu, abzulehnen. Man gab mir nicht, was mir meiner Ansicht nach zustand! In der Vergangenheit hatte ich geschmollt oder hatte mich dem verschlossen, was ich hätte lernen können, weil Klorathy mir nicht seine ungeteilte Aufmerksamkeit widmete. Jetzt *schenkte* er sie mir – oder vielmehr mir als Sirius. Doch trotzdem fühlte ich mich vernachlässigt, ungenügend gewürdigt, denn er bot mir *nur* eine Reise zu den Wilden von Rohanda an. Ich wäre bereit gewesen, in dem kleinen Stützpunkt auf den Hügeln zu bleiben, auf das unendliche

Grün des dampfenden Regenwaldes zu blicken und allem zuzuhören, was Klorathy mir zu sagen hatte – selbst wenn er nur von Lelanos und den Lelannianern und ihren Bräuchen sprach und niemals von Canopus –, obwohl ich mich so sehr danach sehnte, etwas darüber zu hören – ich wäre bereit gewesen, all das in mich aufzunehmen, das – wie ich wußte – die Grenzen meines damaligen Erkenntnisvermögens weit überschritt. Wenn Klorathy sprach, kamen seine Worte von Canopus. Sie kamen aus dem Wesen von Canopus – soviel wußte ich. Doch er setzte unserem Dialog ein Ende, der auf der Ebene so unbeschwert, sogar beschaulich gewesen war und verlangte, daß wir aufbrächen, etwas anderes erlebten.
Es boten sich verschiedene Möglichkeiten zu reisen. Wir konnten mein Raumschiff herbeirufen und beide als Repräsentanten von Sirius landen – sie würden Canopus, die wirkliche und wahre Macht nicht kennen! – und verlangen, alles zu besichtigen, was wir sehen wollten. Wir konnten auch vorgeben, Botschafter aus einem anderen Teil von Rohanda zu sein – »von jenseits des Meeres«. Oder wir konnten behaupten, wir kämen vom Nördlichen Kontinent. Die Tatsache, daß der Isthmus unpassierbar war, würde unser – wie wir hofften – geheimnisvolles Erscheinen noch mysteriöser machen. Es war umöglich zu erzählen, wir seien Bewohner einer anderen Stadt des lelannianischen Reiches, denn Lelanos war eine monolithische und allgegenwärtige Tyrannei, in der nichts verborgen blieb.
Das Problem war mein Aussehen. Ich konnte nicht hoffen, unbemerkt zu bleiben.
Klorathy führte mir die Möglichkeiten vor Augen und überließ mir auf seine Weise die Wahl, damit ich sie überdenken und ihm meine Entscheidung zur Zustimmung unterbreiten konnte. Ich entschied mich für die Landung mit dem Raumschiff – den leichtesten Weg. Er widersprach nicht sofort, sondern zögerte und machte Vorschläge oder Andeutungen von Vorschlägen, während er darauf wartete, daß ich in dieser Richtung weiterdachte. Bald erkannte ich, daß ein plötzliches Auftauchen »vom Himmel« nach so langer Zeit, in der man die sirianische Überwachung völlig vergessen hatte, das gesellschaftliche Sy-

stem in seinen Grundfesten erschüttern würde. So etwas mußte man abwägen, planen und berechnen – auf canopäische Weise. Auch dann planen, wenn der Gegenstand solcher Rücksichtnahme eine höchst unangenehme Spezies war?

Jawohl... und ich mußte es akzeptierten. Ich erhielt eine Lektion in canopäischem Denken – das sich so sehr von unserem unterscheidet.

Nein, wir würden nicht den leichtesten Weg wählen. Am Ende enschieden wir uns dafür, Besucher »vom anderen Ufer des Meeres« zu sein. Unter seiner Anleitung formulierte ich selbst die Vorteile – sie lagen alle im Rahmen canopäischer Zeitbegriffe. Der wichtigste, aus dem sich die anderen ergaben, war, daß selbst diese widerlichen Typen für Informationen oder Instruktionen von »der anderen Seite des Meeres« offen sein würden, denn in ihren Legenden tauchten solche Wesen immer wieder auf – natürlich nicht zufällig, denn irgendein Canopäer hatte zweifellos dafür gesorgt, daß die Legenden solche Erinnerungen lebendig hielten.

Unsere Reise durch den Südlichen Kontinent dauerte lange, und viele ihrer Aspekte, die sich unterwegs ergaben, wurden mir erst später bewußt. Und wenn ich über diese Zeit nachdenke, enthüllen sie immer noch neue Facetten. Ich schrieb einen ausführlichen Bericht über diese Reise, der immer noch greifbar ist. Nichts daran ist unwahr oder sogar ungenau. Darauf muß ich bestehen. Aber ich muß auch betonen, daß es möglich und oft sogar unvermeidlich ist, daß man Ereignisse so vollständig und aufrichtig beschreibt, wie es einem nur möglich ist – und doch stößt man an ein Hindernis, das man nicht überwinden kann. Diese Barriere liegt im Charakter oder der Verfassung der Leser. Ihre Verfassung *zum entsprechenden Zeitpunkt*. Man schreibt diesen Bericht und denkt dabei an jene, für die er bestimmt ist – und die Worte werden einem diktiert, die Frequenzen begrenzt. Das Bewußtsein richtet sich auf jene, die man erreichen will. Man versucht, sie einzuschätzen und weiß, daß nur soundso viel aufgenommen werden *kann*. Später wird aber vielleicht sehr viel mehr darin entdeckt. Ich frage mich, ob Sirianer, die bis hierher gelesen haben – und wie ich bereits gesagt habe, kann ich mir nur allzugut ihre Gefühle bei der Lektüre vorstellen –, sich vielleicht die Mühe machen, den alten Bericht dieser Reise wieder hervorzuholen. Ich glaube, sowohl diejenigen, die ihn vor unendlich langer Zeit gelesen haben und jene, die es jetzt zum ersten Mal tun, werden dort vieles finden können, was den vorliegenden Bericht ergänzt und erhellt.

Wir wählten Kleidung, die sich so weit wie möglich von der augenblicklichen Mode in Lelanos unterschied. Die Hierarchie ihrer Gesellschaft drückte sich überdeutlich in den Kleidern aus. Sie waren aufwendig, starr und überladen. Wir trugen schlichte Gewänder und achteten darauf, daß unsere Talismane gut verborgen blieben. Obwohl wir annahmen, daß diese Dinge völlig in Vergessenheit geraten waren.

Klorathy führte mich geradewegs – nicht in die neue Hauptstadt, sondern in eines der Hauptforschungszentren. Es lag weitab von allen bewohnten Gebieten und wurde schwer bewacht. Auf den ersten Blick ähnelte es durchaus unseren Versuchsstationen, von denen wir in der Vergangenheit sehr viele auf diesem und dem anderen Südlichen Kontinent in Betrieb hatten. Das verschaffte mir ein paar Momente lang Unbehagen. Ich fragte mich, ob die Vorfahren dieser Rasse unsere Praktiken vielleicht gekannt und kopiert hatten. Ich äußerte diesen Verdacht Klorathy gegenüber nicht. Er griff meine Gedanken auf und sagte nur: »Darf ich vorschlagen, daß wir alle Kommentare und Vergleiche bis nach der Reise zurückstellen?«

In diesem Zentrum gab es verschiedene Abteilungen und daneben Unterkünfte und Lager für die Versuchsobjekte: ein in dem Gebiet ansässiger Stamm.

Bei unserer Ankunft dort erklärten wir: »Wir kommen aus weiter Ferne, vom anderen Ufer des großen blauen Meeres.« Diese Formulierung wurde in ihren Liedern überliefert. Sie trafen alle Anstalten, uns wie hohe Gäste zu ehren. Wir hielten sie davon ab und baten darum, Beispiele ihres technologischen Wissens sehen zu dürfen.

Ihre Ehrfurcht erwies sich als Nachteil, denn sie erschwerte

ihnen, einfache Fragen einfach zu beantworten. Aber wir sahen ohnedies genug.
Die herrschenden Tiere schienen die schlimmsten Eigenschaften der beiden ursprünglichen Rassen geerbt zu haben. Die schwerfällige, klotzige Gleichförmigkeit der Bewohner von Grakconkranpatl war geblieben: Wir beobachteten erstaunlich wenige Unterschiede in Körperbau und Aussehen. Alles Leichte und Schnelle entstammte der natürlichen Vitalität der alten Lelannianer, die jedoch zu geistiger Unehrlichkeit und der Fähigkeit zur Selbsttäuschung herabgesunken war. Dies zeigte sich in den Gesichern und Augen als Verschlagenheit und in ihrem ausweichendem Verhalten. Es ist wahrhaftig erstaunlich, wie gute Eigenschaften sich unter dem Druck der Degeneration in ihr Gegenteil verkehren.
Folgende Experimente, die in dem Zentrum durchgeführt wurden, gehörten zu dem »Forschungsprogramm«:
Um Ausdauer und Durchhaltevermögen ihrer Versuchsobjekte festzustellen, hatte man ein großes Becken mit steilen glatten Wänden gebaut, an denen man keinen Halt fand. Das Becken war mit Wasser gefüllt. Man wählte etwa hundert besonders gesunde und starke Versuchspersonen – alles Männer – und warf sie ins Wasser, wo sie so lange schwimmen mußten, bis sie ertranken. Die Forscher standen die ganze Zeit mit Stoppuhren in der Hand am Beckenrand. Andere saßen an den Instrumenten, die Pulsschlag und Atmung der Versuchsobjekte kontrollierten. Von Zeit zu Zeit zogen sie ein Tier aus dem Wasser, untersuchten es und warfen es dann trotz seiner flehentlichen Rufe und Bitten wieder in das Becken zurück. Wenn die Forscherteams ermüdeten, lösten andere sie ab. Erstaunliche Beispiele von Durchhaltevermögen wurden registriert. Es war alles andere als ein erfreulicher Anblick. Obwohl es interessant war, die Unterschiede zwischen den schwimmenden Tieren zu beobachten. Einige ahnten den Zweck des Versuchs, sobald man sie ins Wasser warf, ließen sich sofort sinken und ertranken. In diesem Verhalten sah man ein Zeichen für Intelligenz. Andere schrien und flehten, herausgeholt zu werden. Wieder andere gerieten in Panik und klammerten sich an ihre Leidens-

gefährten; so konnte es geschehen, daß zwei, drei oder noch mehr bei ihren verzweifelten Kämpfen gemeinsam untergingen. Andere blieben stumm, verausgabten sich nicht und schwammen Runde um Runde um Runde und musterten ihre Herren am Beckenrand mit einem Blick, den – ich muß es der Wahrheit zuliebe feststellen – ich in den Augen mancher unserer untergebenen Rassen ebenfalls gesehen hatte... bei den Lombis zum Beispiel. Andere, die feststellten, daß ihre Gefährten die Kräfte verließen, halfen ihnen, sich über Wasser zu halten, in vollem Bewußtsein, daß sie damit ihr eigenes Ende beschleunigten. Aber einige schwammen mehrere Tage in diesem Becken; und selbst als sie schon halb bewußtlos zu sein schienen, schwammen sie so lange, bis sie versanken. Wir standen am hohen Beckenrand, während die unglückseligen Tiere unter uns im Wasser paddelten und manche versuchten, sich an den glatten Wänden festzuhalten und um Hilfe riefen – ich konnte den Anblick bald nicht mehr ertragen und schlug Klorathy vor zu gehen.

Bei einem anderen Versuch wurden Stärke und Ausdauer gemessen. Es gab einen großen Kessel über einer Feuerstelle. Aus diesem Kessel konnte man nicht herausklettern, denn die Wände verjüngten sich nach oben. Er wurde mit Wasser gefüllt, und man warf nacheinander Männer, Frauen und Kinder hinein. Dann wurde das Feuer entzündet, und das Wasser erhitzte sich langsam. Man wollte feststellen, bei welcher Wassertemperatur die Versuchsobjekte starben. Auch dabei gab es bemerkenswerte Unterschiede. Einigen gelang es, am Leben zu bleiben, bis das Wasser beinahe kochte. (Der Leser wird diese Angaben besser einschätzen können, wenn er etwas über die chemischen Vorgänge auf Rohanda weiß.)

Bei einem dritten Experiment transplantierte man Gliedmaßen und Organe. Es war sehr unangenehm, sehen zu müssen, daß dabei Techniken angewendet wurden, die wir nicht nur seit langem selbst benutzten, sondern die bereits überholt waren – obwohl wir uns das nicht eingestanden (nicht eingestehen). Ja, ich stelle diesen Vergleich ganz nüchtern an.

Sich mit den Ungeheuern näher zu beschäftigen, die sie mit

ihren primitiven Techniken schufen, wäre vermutlich nicht ohne Interesse gewesen, wenn es mir gelungen wäre, meine wachsende Empörung zu zügeln. Einigen Frauen hatte man die Brustdrüsen auf den Rücken verpflanzt, anderen auf die Schenkel. Männern hatte man die Geschlechtsorgane in die Gesichter transplantiert, so daß die Organe für Nahrungsaufnahme und Fortpflanzung dicht nebeneinander lagen. Dies führte zu ernsten psychischen Störungen, die man erstaunlicherweise interessant fand. Ich sah ein Kind, dem man Beine an die Hüfte transplantiert hatte! Man erzählte uns, dieses unglückliche Wesen erwarte eine durchaus erträgliche Zukunft, denn es würde der Unterhaltung der herrschenden Klasse dienen: Das Kind konnte sich auf den vier Beinen wie ein Rad drehen. Die Techniker schienen sich sehr zu freuen, wenn es ihnen gelang, uns zu beruhigen – wie im Fall des radschlagenden Kindes. Sie betonten immer wieder, es bereite ihnen kein Vergnügen, Schmerz zu verursachen. Doch sie vertraten den Standpunkt, ihre Versuchsobjekte gehörten einer niedrigeren Art an und empfänden physischen oder psychischen Schmerz deshalb nicht so wie sie selbst. Mir war diese Art gedanklicher Täuschungsmanöver noch nie begegnet – zumindest nicht seit der Frühzeit unserer wissenschaftlichen Entwicklung, in der die Neigung bestand, uns mit der Versicherung zu beruhigen, die Versuchsobjekte seien gefühllos.

Sirius kann zumindest sagen, daß wir seit langen Zeitaltern keine Heuchler mehr sind... Ich äußerte dies damals Klorathy gegenüber, der jedoch lediglich wiederholte, wir sollten mit Kommentaren bis zum Ende der Reise warten.

Ehe wir das Forschungszentrum verließen, zeigte man uns die Unterkünfte. Dort lebten mehrere hundert Angehörige der Stämme – Männer, Frauen, Kinder. Sie waren in langen Schuppen mit Reihen übereinanderliegender Kojen aus Beton untergebracht. Man erklärte uns, so seien die Tiere leichter vor Ungeziefer zu schützen und sauberzuhalten. Schuppen und Tiere wurden täglich mit Wasser abgeduscht, das Chemikalien enthielt. Manche Tiere erkälteten sich und starben durch diese Behandlung; das heiße, feuchte Klima machte sie anfällig für Er-

krankungen der Atemwege. Zu den Mahlzeiten brachte man ihnen große Töpfe mit Brei aus einer Getreideart, die wir vor langer Zeit von unserem Planeten 17 hier eingeführt hatten. Zweimal täglich zwang man sie zu Leibesübungen, da sich ungesunde Tiere für die Forschungszwecke nicht eigneten. Es gab ein Gefängnis, einen Strafblock für Aufsässige und ein kleines Krankenhaus. Hohe Zäune umgaben das schwerbewachte Lager. Auf unserem Rundgang näherte sich uns ein Mann und hob uns die ausgestreckten Hände entgegen – eine bittende Geste. Die Wachen wollten ihn mit Gewalt in die Reihen der anderen zurücktreiben, doch ich bat sie, den Mann sprechen zu lassen. Er wollte eine Petition unterbreiten. Er erklärte, viele der Versuche, die man mit ihnen anstellte, seien unnötig, denn man könne die erforderlichen Informationen bekommen, indem man einfach Fragen stellte – zum Beispiel das individuelle Durchhaltevermögen. In ihrem natürlichen Lebensraum besaßen die Stämme vor ihrer Unterwerfung eine Tradition, die ihnen ein umfangreiches und vielseitiges Wissen über die körperlichen Zusammenhänge und ihre geistigen Prozesse schenkte. Sie kannten Arzneimittel, die sich auf Pflanzen und das Verständnis psychischer Vorgänge stützten. Außerdem verstanden sie es, in einer Umgebung zu leben, ohne sie zu zerstören.
Der arme Bursche stieß das alles hastig und überstürzt hervor, denn er fürchtete unterbrochen zu werden, und sah mich dabei die ganze Zeit flehend und schutzsuchend an. Er war nackt, sein Gesicht trug Spuren der langen Gefangenschaft, doch er besaß eine eindrucksvolle Würde. Diese »minderwertige« Rasse war offensichtlich – selbst bei flüchtiger Betrachtung – ihren Herren überlegen, besonders in der Ehrlichkeit und Direktheit ihres Geistes und im Ausdrucksvermögen.
Er berichtete, die Lelannianer hätten die Eingeborenen noch nie nach ihrem Wissen gefragt, um es zum Wohl der Allgemeinheit anzuwenden; die Lelannianer seien nie bereit zuzuhören, obwohl die Eingeborenen immer wieder versucht hätten, ihre Kenntnisse und ihre Erfahrung zur Verfügung zu stellen... doch die Lelannianer wollten selbst dann nichts davon wissen, wenn... Peitschenhiebe und Keulenschläge gingen auf ihn nie-

der, und bald lag der arme Bursche blutend und bewußtlos am Boden. Die Gruppe der Techniker, die uns begleitete, zeigte sich verärgert angesichts dieser »Unverschämtheit«. Sie erläuterten dann in der für sie charakteristischen selbstzufriedenen Dummheit, »die Tiere versuchten ständig, sie zu täuschen«. Ich kochte vor Empörung, nicht nur wegen der Ungerechtigkeit, die ich erlebt hatte, sondern auch wegen der sinnlosen Verschwendung von Leben. Ich dachte: Sirius hat niemals – zumindest nicht in seiner zivilisierten Zeit – von einem Planeten Besitz ergriffen und das kostbare, unersetzliche Wissen seiner Bewohner vernichtet. Denn nur die, die sich auf dem Boden, in der Luft und der Flüssigkeit eines Planeten entwickelt haben, können sein wahres, innerstes Wesen kennen.
Klorathy stand schweigend neben mir. Ich kannte ihn gut genug, um an seinen angespannten Zügen zu erkennen, wie er litt. Aber sonst ließ er sich nichts anmerken, drehte sich nur um und ging. Und wir folgten durch die dichtgedrängte Menge der nackten Stammesangehörigen, die uns schweigend mit ihren Blicken anflehten und uns die geöffneten Hände entgegenstreckten. Sie fürchteten sich zu sprechen, doch sie nutzten die Gelegenheit, uns ihre Lage deutlich zu machen, denn wir waren – wie sie sahen – keine Lelannianer.
Doch ehe wir das Zentrum verlassen konnten, mußten wir ein langes Festmahl über uns ergehen lassen, bei dem wir unsere Rolle als Gäste spielten. Die Mahlzeit war ekelerregend. Sie bestand hauptsächlich aus dem Fleisch der Eingeborenen und anderer Tiere. Die Techniker freuten sich über den Anlaß, ein Fest feiern zu können. Das konnten wir sehen: Sie betrachteten sich als Intellektuelle, die Dienst und Pflicht in der Provinz festhielten, und die sich danach sehnten, in die Hauptstadt zurückzukehren.
Sie hielten Reden, in denen sie sich zu ihren glänzenden Forschungen beglückwünschten. Es kam ihnen nicht in den Sinn, wir könnten sie vielleicht nicht so sehr bewundern, wie sie sich selbst bewunderten.
Am nächsten Morgen verabschiedeten wir uns erleichtert.
Die Neuigkeit vom Erscheinen »der Großen Wesen vom ande-

ren Ufer des Meeres« eilte uns in die Hauptstadt voraus. Man empfing uns mit großem Pomp und Zeremoniell. Auch in diesem Reich regierten die Priester, doch die herrschende Klasse setzte sich nicht nur, wie im Fall des alten Grakconkranpatl, aus den Priesterfamilien zusammen. Die Teilung wurde sofort sichtbar, als wir zwischen zwei Reihen hindurchschritten: Auf der einen Seite standen die Priester in ihren prächtigen, juwelengeschmückten Gewändern (von Militär flankiert und so in ihrer Bedeutung hervorgehoben) und auf der anderen Seite die privilegierten Familien in bunten Gewändern und Schmuck. Sie wirkten so liebenswürdig und infantil, wie solche dekadenten Kasten immer sind. Auf ihrer Seite standen keine Soldaten, nicht einmal Wachen! Es bestand keine Notwendigkeit, denn sie waren die willigen Gefangenen der herrschenden Priesterschaft. Ich werde den Besuch in der Hauptstadt nicht in aller Ausführlichkeit beschreiben, denn hier gab es keine Forschungszentren. Doch ich will etwas zur Architektur sagen. Als Lelanos und Grakconkranpatl sich verbündeten und die Lelannianer die Herrschaft an sich rissen und die Priesterkaste stellten, errichtete man alle administrativen Gebäude (wie Gefängnisse, Krankenhäuser, Strafanstalten) in dem dunklen, blockähnlichen, drohenden Stil von Grakconkranpatl. Die heitere, einfallsreiche Architektur von Lelanos behielten sie für Wohnhäuser und Vergnügungsstätten bei. Das Nebeneinander der beiden Extreme wirkte merkwürdig.
Wir verbrachten einige Monate in der Hauptstadt. Allmählich verstand ich, daß Klorathy diese Zeit benötigte, um herauszufinden, ob diese Barbaren einer geistigen Erneuerung fähig seien. Sein Vorgehen bestand meist darin zuzuhören, oder sie geschickt und unauffällig abzutasten. Manchmal stellte er eigene Versuche an – doch er ging dabei so umsichtig und behutsam vor, daß ich zunächst gar nicht bemerkte, was er tat: Ich mußte lernen zu beobachten, was geschah. Er prüfte ihre Reaktionen auf diese oder jene Idee, indem er Vorschläge machte, oder sie sogar behutsam provozierte. Er verbreitete in einer Gruppe eine neue Idee und wartete ab, wie sie sich ihrer Mentalität entsprechend entwickelte. Mir fehlte das Wissen, um zu verste-

hen, wie er auf das reagierte, was er bei ihnen entdeckte. Doch ich konnte sehen, daß er zunehmend düsterer wurde und sogar – es dauerte einige Zeit, bis ich mir eingestehen konnte, daß der große Canopus zu solchen Emotionen fähig war – entmutigt wirkte. Doch bald bestand daran kein Zweifel mehr: Ihn bedrückte ein großer und quälender Kummer. Ich konnte an ihm bemerken, was ich an mir selbst so gut kannte, da ich so lange Zeit darunter gelitten hatte.

In meinem alten Bericht beschreibe ich unseren Aufenthalt in der Hauptstadt ausführlich.

Als wir weiterreisten, waren wir, trotz aller Versuche Klorathys, es zu verhindern, zu Kultobjekten, zum Gegenstand sinnloser Ehrfurcht geworden. Wir mußten nachdrücklich Zeremonien verbieten, in denen ganze Scharen unglücklicher Eingeborenen als »Opfer der Götter« ermordet werden sollten. Wir betonten so beharrlich wie möglich, man halte solche Praktiken zumindest »am anderen Ufer des großen blauen Meeres« für unnötig – wir konnten den selbstherrlichen Despoten schließlich nicht zu erkennen geben, sie seien barbarisch und primitiv. Als wir die Stadt verließen, reisten in unserer Begleitung Priester, die bei jeder Gelegenheit ihre widerwärtigen Zeremonien abhielten. Außerdem schlossen sich uns Jugendliche an, die sich nicht schämten, sich als reiche Nichtstuer zu bezeichnen.

Das nächste Forschungszentrum glich in seinem Aussehen dem ersten. Auch hier benutzte man die Eingeborenen als Versuchsobjekte; daneben jedoch auch andere Arten, besonders Raubtiere. Die Techniker erklärten, die Eingeborenen seien ihnen lieber, weil sie ihnen physisch näherständen. Außerdem seien bereits so viele Versuche mit ihnen durchgeführt worden, daß man die Forschungsergebnisse vergleichen könne.

In diesem Zentrum bemühte Klorathy sich, die Forscher zu überreden, die Eingeborenen systematisch nach Informationen zu ihrer Heilkunde zu befragen. Er sprach von Orten »jenseits des großen Wassers«, wo man eine fortschrittliche Heilkunde praktiziere. Sie beruhe auf der Harmonisierung der örtlichen Bedingungen, den Erdkräften, den Bewegungen der Sterne, der genauen Berechnung des Standorts und der Bauweise der Gebäude und der Anwendung von Pflanzen. Diese Heilkunde sei aber mehr als nur vorbeugend und heilend: Gesundheit gelte dort als Ergebnis und Ausdruck exakter Wissenschaften, die eine ganze Gesellschaft anwendet und jeder einzelne erlernt. Gesundheit bedeute der harmonische Einklang mit den Naturkräften – mit der Galaxis. Jawohl, soweit ging er mit seinen Erklärungen. Und ich war ganz Ohr. Denn genau das hatte ich wissen wollen. Er sprach über die Notwendigkeit, wenn auch auf indirekte und vorsichtige Weise. Soviel begriff ich. Doch wie üblich behinderten mich meine emotionalen Reaktionen. Wie konnte es geschehen, daß diese wertvollen Informationen, die wahren Geheimnisse von Canopus – das Geheimnis canopäischer Überlegenheit –, diesen unwürdigen Lelannianern enthüllt wurden. Wie konnte es sein, daß Klorathy nicht mich ansprach, wenn er über etwas redete, was ich schon so lange hören wollte... Es dauerte lange Zeit – erst nachdem wir uns wieder getrennt hatten –, bis ich die einfache Tatsache begriff, daß er doch mit mir, mit Sirius gesprochen hatte, denn ich war anwesend... Und nicht zu den Lelannianern; denn wenn man die Ergebnisse betrachtete, wußte ich: Sie konnten mit dem Gehörten nichts anfangen. Sie hörten es nicht. Sie konnten es nicht hören. Nie zuvor habe ich jenes Gesetz der Evolution deutlicher und einfacher veranschaulicht gesehen, das einem Individuum, einem Volk, einem Planeten an einem gewissen Punkt die Weiterentwicklung unmöglich macht: Zuerst müssen sie hören. Sie müssen in der Lage sein zu verstehen, was man ihnen an Wissen anbietet!

Bei diesen wichtigen Treffen mit den Spitzen der Priester-Techniker hörten sie Klorathy scheinbar aufmerksam und respektvoll zu. Doch auf ihren Gesichtern lag immer Selbstüberheblichkeit: ihr Fluch und das Zeichen ihrer Unfähigkeit. Ihr ganzes Wesen entsprang dieser Überzeugung von der eigenen Überlegenheit, des angeborenen Wertes, der sie über andere erhob. Es gelang Klorathy nicht, ihren Glauben daran zu erschüttern.

Dies galt für beinahe alle. Ein paar wenige besaßen jedoch die Intuition, die ihnen verriet, daß sie hier etwas lernen konnten. Sie kamen insgeheim zu Klorathy, und er unterwies sie, soweit es ihm möglich war. Sie begleiteten uns, als wir das Forschungszentrum wieder verließen. Unser Gefolge bestand inzwischen aus einer ungewöhnlichen Mischung von Würdenträgern und Priestern, den neugierigen Müßiggängern und den ernsthaften Schülern, die etwas lernen wollten.

Die dritte Station erwies sich als besonders interessant. Die dort durchgeführten Arbeiten hätten Licht auf das Wesen der Mechanismen werfen können, die Rohanda beherrschten – wenn die Lelannianer in der Lage gewesen wären, sie zu begreifen. In diesem Forschungszentrum beschäftigte man sich mit der degenerativen Krankheit, die das »Altern« auslöste. In sehr milder Form hatte ich diese Symptome zum ersten Mal an Rhodia beobachtet. Seit dieser Zeit nahm die Krankheit einen immer schnelleren und bedrohlicheren Verlauf; sie war der äußere Ausdruck des Abweichens vom richtigen Weg. Die Lebenserwartung war inzwischen nur noch halb so lang wie früher; die Lelannianer lebten im Durchschnitt einhundertfünfzig R-Jahre. Und das Altern setzte bereits am Ende des Stadiums der Begattungs- und Fortpflanzungsfähigkeit ein. Die Haut trocknete aus, runzelte sich, und bald bildeten sich am ganzen Körper Falten. Das Haar verlor seine Farbe, wurde fahl und blaß. Auch die Augen wurden farblos. Hören, Sehen, Geschmackssinn, Tastsinn – alle Sinne wurden beeinträchtigt oder versagten völlig. Auch die geistigen Prozesse waren in Mitleidenschaft gezogen, manchmal führten sie sogar zum Schwachsinn. In den Unterkünften des Zentrums hielten sie zahllose Stammesangehörige, die ein gewisses Alter überschritten hatten. Man quälte und folterte sie, um ihnen die Geheimnisse des »Alterns« zu entlocken.

Interessanterweise blieben die Eingeborenen sehr viel länger im Besitz ihrer Kräfte und Sinne als die Herrenrasse. Sie bewahrten sich ihre körperliche Aktivität und Vitalität länger; die Haare behielten oft bis zum – bedauerlich frühen – Tod ihre Farbe, und die Zähne waren meist in einem ausgezeichneten

Zustand. Es kam auch seltener zum geistigen Zerfall. Klorathy erklärte es damit, daß die Eingeborenen in einer sehr viel engeren Beziehung mit den natürlichen Kräften und Rhythmen lebten als die Lelannianer, deren Leben mechanisch verlief und von willkürlichen Gesetzen oder Launen beherrscht wurde. Die Eingeborenen arbeiteten körperlich, während die »Herrenrasse« das für unter ihrer Würde empfand; außerdem gehörte zum genetischen Erbe der Eingeborenen nichts von Shammat oder Puttiora.

An diesem Punkt unserer Reise stellte Klorathy fest, für die Lelannianer könne nichts mehr getan werden. Sie waren zu einer Besserung nicht mehr fähig. In seiner charakteristischen Weise fragte er mich, was in dieser Situation getan werden solle, forderte mich aber auch auf, mir bei meinen Überlegungen Zeit und »meine Emotionen beiseite zu lassen«.

Wir kehrten zu dem sirianischen Stützpunkt in den Hügeln über den Regenwäldern zurück, saßen wieder zusammen wie vor unserer langen und schwierigen Reise und unterhielten uns. Ich wartete ungeduldig darauf, daß er zu einem Schluß kam, »zusammenfaßte« – ein beliebter lelannianischer Ausdruck. Aber er nahm sich Zeit, viele Tage und dann Monate lang, und unsere Erlebnisse erhielten Gelegenheit, sich abzusetzen. Wir konnten sie in aller Ruhe verarbeiten.

Er legte besonderen Wert darauf, daß ich über die lelannianischen Versuche nachdachte und über den Standpunkt, den die Lelannianer als Forscher und Wissenschaftler einnahmen. Inzwischen zögerte ich, das zu tun. Mich hatte das Erlebte so angewidert und abgestoßen, mich bedrückte die Unfähigkeit, etwas zu ändern so sehr, daß ich am liebsten alles verdrängt hätte.

Klorathy erklärte, die Lelannianer lebten auf einem reichen und fruchtbaren Kontinent mit einem gesegneten Klima und allen natürlichen Reichtümern. Deshalb bestand für sie keine Notwendigkeit, hart für ihren Lebensunterhalt zu arbeiten. Wenn das doch der Fall war, versorgten sie sich mit zahllosen Sklaven und Dienern, die ihnen alle unangenehmen Arbeiten abnahmen. Müßiggang war ihr Erbe. Und in den Augen der

Beobachter von Shammat war er das Mittel, um sie in Knechtschaft zu halten, denn er verdarb sie: Ein gehöriges Maß Faulheit und Trägheit hielt sie in den Fängen von Shammat! Ein Übermaß an Müßiggang würde sie nutzlos machen, und deshalb hatte Shammat zu den Versuchen angeregt. Abgesehen von der sehr kleinen administrativen Klasse, die ihre Arbeit mehr und mehr eigens dazu ausgebildeten Sklaven überließ – man konnte erwarten, daß sie innerhalb kurzer Zeit die Macht an sich reißen würden, aber das ist eine andere Geschichte –, beschäftigte sich die herrschende Klasse im allgemeinen mit immer verfeinerteren Forschungstechniken. Es gab nicht genug Wissenschaftsbereiche, um alle zu beschäftigen, und deshalb wurden die Versuche immer bizarrer, umfangreicher – und sinnlos. Mehr und mehr unglückliche Geschöpfe der anderen Rasse wurden geopfert.

Ihre Selbsteinschätzung, das Gefühl, alles, was sie umgab, gehöre ihnen, damit sie es nach Gutdünken benutzten, führte dazu, daß das empfindsame und unsichtbare Gleichgewicht von Kräften und Gegenkräften auf das empfindlichste gestört wurde. Die beiden südlichen Kontinente, die der sirianischen Verantwortung unterstanden, waren jeder Kontrolle entglitten und brachten die bereits sehr gefährdete kosmische Ökonomie Rohandas noch mehr aus dem Gleichgewicht. Er habe zu Beginn unserer Reise geglaubt, sagte Klorathy, es sei möglich, die zunehmende Verrohung der Lelannianer zu stoppen, und man könne ihnen die Augen für das natürliche Gleichgewicht von Boden, Felsen, Vegetation, Wasser, Feuer öffnen, ihnen zeigen, daß die unendliche Vielfalt der Tierarten, aller Geschöpfe der Erde, des Wassers und der Luft, unersetzbar und einmalig ist, denn sie alle spielten ihre Rolle im unsichtbaren kosmischen Tanz. Aber Klorathy hatte einsehen müssen, daß die tiefverwurzelte Überheblichkeit zu groß war.

Nun standen wir vor dem Höhepunkt unserer Begegnung: Klorathy und ich, Canopus und Sirius.

Er machte mir tatsächlich einen Vorwurf. Wenn man die lange gemeinsame Reise zum Zweck meiner Unterweisung und die langen Gespräche, bei denen er niemals auf etwas beharrte, nie-

mals etwas forderte, sondern immer nur veranschaulichte, als einen Vorwurf bezeichnen konnte. Die verschiedenen Rollen von Canopus und Sirius, unsere unterschiedliche Stellung und Wirkung auf kosmischer Ebene führten dazu, daß diese Gespräche sich als Kritik erwiesen und auf meiner Seite Widerspruch hervorriefen.
Weshalb hatten wir die südlichen Kontinente vernachlässigt?
Sie schienen uns nicht der Mühe wert zu sein.
Aber wir hatten darum gebeten, ja noch mehr, darauf bestanden, sie unserem Reich anzugliedern.
Damals brauchten wir sie. (Und natürlich wollten wir nicht zulassen, daß Canopus etwas allein für sich in Anspruch nahm – so lächerlich und kleinlich eine solche Einstellung auch war und ist.)
Was gedachten wir jetzt zu tun?
Es stand fest, Rohanda war für unser Reich nicht von großem Interesse. Nicht zur Zeit. Man hatte den Planeten zusammen mit anderen als »in Zukunft möglicherweise wieder nutzbar« eingestuft. Selbst wenn ich mich dafür entschied, mich dafür einzusetzen, würde all meine Überzeugungskraft nicht ausreichen, um Sirius soweit zu bringen, Rohanda wieder aktiv zu nutzen. Der Planet war zu dicht von minderwertigen, problematischen Rassen bevölkert. Und dann gab es Shammat, der überall herrschte... offensichtlich mit Erlaubnis von Canopus, und *das* war mehr, als wir verstanden.
Ich erklärte Klorathy, wir, Sirius, könnten nichts für Rohanda tun.
»Ich bin sicher, ihr werdet uns dann nicht anklagen, wenn *wir* in euren Gebieten aktiv werden.«
»Das seid ihr bereits! Seit einiger Zeit. Ich will nicht behaupten, daß euer Tun schädlich wäre, ganz im Gegenteil. Ich bin sicher, ohne eure Intervention wäre die Lage noch schlimmer. Aber es ist heuchlerisch, um Erlaubnis für etwas zu bitten, das man bereits getan hat.«
»Aber nie ohne euer Wissen.« Wir lächelten uns an. Klorathy spielte auf unser umfassendes und effizientes Spionagesystem an.

»Meiner Meinung nach ist jetzt im Südlichen Kontinent II sofortiges und entschiedenes Handeln erforderlich. Was auf dem Isolierten Südlichen Kontinent I durch deinen alten Freund Nasar und andere bereits geschieht.«

Ich gab ihm zu verstehen, daß es mir gleichgültig war und ich ihm die Verantwortung nur allzugern überließ.

»Sage mir, Sirius: Was sollte man deiner Meinung nach tun, nachdem du alles gesehen und dir darüber Gedanken gemacht hast?«

Der ganze Ärger und Widerwille, der sich im Laufe der Monate in mir aufgestaut hatte, brach aus mir heraus: »Ich würde eine ganze Flotte unserer Flammenwerfer rufen und diese erbärmlichen kleinen Tiere vernichten.«

Klorathy schwieg lange.

»Jetzt bist du natürlich schockiert«, sagte ich.

»Nein. Ich... wir... können es uns nicht leisten, schockiert zu sein. Wir haben entartete Kulturen zerstört.«

»Es überrascht mich, daß der große Canopus zu solchen Mitteln greifen sollte.«

»Oder überrascht es dich, daß wir es zugeben?«

»Ich glaube, so ist es.«

Denn unter solchen Umständen hätten *wir* es bestimmt nicht eingestanden.

»Aber wenn wir uns gezwungen sahen, unsere Zuflucht zu solchen Mitteln zu nehmen, handelte es sich stets um kleine, räumlich begrenzte Kulturen. Eine Stadt... eine Gruppe von zwei oder drei Städten... vielleicht auch nur um ein paar besonders zerstörerische Individuen. Aber diesmal, im Gebiet der großen Inlandseen...«, er wirkte traurig, betrübt, »...sind wir gezwungen, bestimmte Schritte zu unternehmen... der Dienst auf Shikasta gehört nicht immer zu den angenehmsten Aufgaben.«

»Nein, es ist ein entsetzlicher Planet.«

»Aber schlägst du tatsächlich vor, wir sollen alles Leben auf einem ganzen Kontinent vernichten?« fragte er vorwurfsvoll.

»Man sollte sie so behandeln, wie sie andere behandeln.«

»Ein hartes Wort, Sirius... sage mir, hast du je darüber nachgedacht, daß unser Verhalten auch das ihre beeinflußt?«
Dies ähnelte zu sehr gewissen Gedanken, die ich mir insgeheim machte, und ich erwiderte scharf: »Die eingeborenen Stämme mögen im Augenblick freundlich und harmlos sein. Aber du weißt so gut wie ich, wenn man ihnen die Möglichkeit gibt, werden sie genauso schlecht wie die Lelannianer. *Deshalb* ist dies ein so abscheulicher Planet.«
»Es ist nicht die Schuld des Planeten.«
»Solche Gedanken liegen außerhalb unseres Gesichtsfeldes, Canopus«, erwiderte ich und sah ihn dabei so eindringlich wie möglich an. Ich hoffte, er würde – endlich – (so sah ich es *damals*) beginnen, mir Wahrheiten, Geheimnisse und canopäisches Wissen zu enthüllen.
»Weshalb ist das so, Sirius?«
Das brachte mich zum Schweigen. Er sagte damit, daß ich unsere Unterlegenheit eingestanden hatte, und er stellte ihre Unvermeidlichkeit in Frage.
»Weshalb...? Da haben wir es«, fügte er leise und vorwurfsvoll hinzu.
»Also gut. Was sollte deiner Ansicht nach getan werden?«
»Ich schlage vor, wir bringen alle Lelannianer von hier weg.«
»Wohin?«
»Oh«, sagte er lächelnd, »natürlich zu Shammat... jeden dahin, wo er hingehört.«
Ich lachte. »Es handelt sich um eine Million.«
»Ihr seid reich, Sirius. Ihr habt große Flottenverbände. Für euch ist es nichts Neues, ganze Völker von einem Planeten zum anderen zu transportieren. Und ihr leidet unter Arbeitslosigkeit.«
»Es ist völlig unmöglich, daß ich die Administration zur Zustimmung bewegen könnte. Man würde niemals solche Mittel an eine minderwertige Rasse verschwenden.«
Er schwieg eine Weile. »Sirius, sehr oft werden viel Zeit, Mühe und Mittel für ›minderwertige‹ Rassen aufgewendet. Es ist alles eine Sache der Relativität, verstehst du?«
Ich beschloß, das nicht zu »hören«. Nicht jetzt.

»Ihr seid auch sehr reich, Canopus. Willst du behaupten, daß ihr nicht Völker von einem Planeten zum anderen transportiert?«
»Genau das sage ich. Zumindest tun wir es aus anderen Gründen als ihr... und nur sehr selten. Unsere Wirtschaft befindet sich in einem fein und genau berechneten Gleichgewicht, Sirius. Und wenn wir eine Million Tiere von hier nach Shammat transportieren wollten, würde dies eine große Belastung für uns darstellen.«
Diese Worte enthielten viele Informationen der Art, die ich so gerne von ihm hören wollte – über Canopus und sein Wesen. Aber in diesem entscheidenden Moment war ich zu aufgewühlt, um es zu begreifen.
»Ich sage dir, es ist mir nicht möglich, so etwas in die Wege zu leiten.«
»Einem der fünf höchsten Beamten des sirianischen Kolonialdienstes ist das nicht möglich?«
»Nein.«
»Ich bitte dich. Es wird dich vielleicht überraschen, aber du mußt wissen, eure Wirtschaft ist in gewisser Hinsicht flexibler als unsere.«
»Ich bedaure.«
»Dann werden wir es tun müssen.«
Angesichts seiner offenkundigen Enttäuschung und Besorgnis versuchte ich, einen Spaß zu machen. »Eine Million auf einmal sind auch eine Belastung für Shammat.«
»Zumindest wird es sie eine Weile beschäftigen. Obwohl es nicht gerade freundlich ist, muß ich gestehen, es bereitet mir eine gewisse Genugtuung zu wissen, daß die Lelannianer jetzt selbst Sklaven werden. Zur Zeit sind Arbeitskräfte auf Shammat Mangelware.«
»Ich teile deine Gefühle.«
»Werdet ihr uns bei der Aufgabe helfen, die Stämme wieder zu rehabilitieren?«
Ich zögerte lange. Ich fühlte mich im Unrecht wegen meiner Weigerung, Canopus bei der Massenaussiedlung zu unterstützen. Ich hatte das Gefühl, daß ich in meiner Beziehung zu

Canopus generell zu passiv blieb – keine allzu neue Einsicht! Aber ich konnte auch nicht verstehen, weshalb er oder Canopus sich mit diesen trivialen Widerwärtigkeiten abgeben sollte.

»Warum?« fragte ich, »warum sollte man sich soviel Mühe machen?«

»Es wird für uns – für alle – für die ganze Galaxis von Nutzen sein, wenn man den Stämmen ermöglicht, zum alten Zustand soweit wie möglich zurückzukehren. Man wird sie in ihre ehemaligen Gebiete zurückbringen und sie anhalten, ihr früheres Leben in Harmonie mit der Umwelt wiederaufzunehmen, das heißt, nicht mehr zu nehmen, als sie brauchen, nichts zu zerstören, die Stammesgrenzen nicht zu überschreiten und das Land nicht auszubeuten. Vor der Eroberung durch die Lelannianer befand sich der Kontinent im Gleichgewicht. Wir werden dafür sorgen, daß es wiederhergestellt wird.«

»Und für wie lange?« Ich zwang ihn, sich dieser Frage zu stellen.

»Nun, ganz sicher nicht für immer. Ja, das wissen wir.«

»Und warum... oh, komm mir jetzt nicht mit *Notwendigkeit*!«

»Es gibt nichts anderes und weniger Wichtigeres, von dem ich sprechen könnte.«

»Nur zu«, rief ich erregt und herrisch, »ich warte. Ich habe immer das Gefühl, im nächsten Moment etwas zu erfahren. Aber du kommst nie zur Sache.«

Er sah mich zunächst leicht überrascht, dann traurig und schließlich – als habe er sich entschlossen, zu diesem Hilfsmittel zu greifen – belustigt an.

»Sirius, es ist wirklich schwer, dich zufriedenzustellen.«

Ich war wütend. Ich war wütend, weil ich wußte, daß ich mich im Unrecht befand. Selbst *in diesem Moment* wußte ich, daß ich deshalb so verhängnisvoll wütend war. Ich konnte mich nicht zurückhalten, erhob mich und sagte: »Canopus, ich gehe jetzt.«

»Ich werde dich nicht daran hindern«, erwiderte er in einem Versuch, unser altes ironisches Verständnis der wahren Situation wiederherzustellen.

»O ja, du kannst mich davon abhalten, wenn du willst. Aber du wirst es nicht tun. Vielleicht wäre ich sogar froh darüber, wenn... du einfach und wenigstens ein einziges Mal etwas Eindeutiges tun würdest.«
Er lachte. Er lachte laut, schüttelte den Kopf mit dem Ausdruck komischen Unglaubens. Das weckte in mir rasenden Zorn. Ich stürzte ins Freie, befahl dem wartenden Raumschiff zu landen und drehte mich dann noch einmal um. Er stand in der offenen Tür und beobachtete mich.
»Kann ich dich vielleicht mitnehmen? Vielleicht willst du zu eurem Planeten 10? Er liegt auf meinem Weg.«
»Ich bleibe noch eine Weile hier.«
»Dann lebe wohl.« Und so endete diese Begegnung.
Wieder einmal empfand ich Erleichterung, während ich mich von Rohanda entfernte. Ich war alldem einfach nicht gewachsen. Es war zuviel! Als ich mich meiner Heimat näherte, murmelte ich vor mich hin: »Das war es also... es reicht!« Und: »Also gut, wie du willst!« Aber die eigentliche Trotzreaktion entdeckte ich bald. Ich meldete mich zurück und nahm meine unterbrochene Arbeit wieder auf, mußte dabei aber feststellen, daß meine Gedanken ganz andere Wege gingen.
Vor kurzem las ich im Zusammenhang mit einer anderen Sache ein Geschichtswerk dieser Zeit und stieß auf folgenden Satz: »Unsere Versuchs- und Forschungsprogramme wurden abgebrochen oder eingeschränkt. Infolgedessen sanken die Zahlen der dafür freigegebenen Tiere erheblich.«
Hinter diesem nüchternen Satz verbirgt sich das zweifellos schwierigste und mühsamste Unternehmen in meiner Laufbahn. Ich reiste nicht an die Grenzen unseres Reiches. Ich erbat keinen Urlaub, wozu ich berechtigt gewesen wäre. Ich unternahm nichts in Hinblick auf unsere Verantwortung für Rohanda, wie Klorathy es wünschte. Aber ich nahm den Kampf auf, um uns, Sirius, zu zwingen, eine andere Einstellung gegenüber unseren Völkern einzunehmen – besonders in Hinblick auf ihre Verwendung als Versuchsobjekte. Die Schlacht ist keineswegs geschlagen. Noch jetzt, während ich dies schreibe, gehen die Meinungen zu diesem Thema weit auseinander.

Großangelegte biosoziologische Versuche sind in Gang – und zwar von der Art, die eine unserer Koryphäen einmal so beschrieben hat: *»Was wäre, wenn wir...?«* In anderen Worten, Völker werden diesen oder jenen Zwängen ausgesetzt, oder die Planeten von Planeten werden in neue Bahnen gelenkt – diese Art Projekte. Ich bin weit davon entfernt zu behaupten, daß dies kein Leid nach sich zieht. Natürlich tut es das. Ich halte es nicht für nützlich – wie manche unserer Techniker es immer noch tun –, Dinge dieser Art zu sagen: »Solche Kreaturen befinden sich auf einer so niedrigen mentalen Entwicklungsstufe, daß sie nicht begreifen, was mit ihnen geschieht.« Ja, ich gehörte einmal zu ihnen – ich sage mir gern vor, daß dies lange her ist. Es wird der Beobachtung der aufmerksamen Leser nicht entgangen sein, daß mein – vielleicht unnötigerweise ausführlicher – Bericht über die Lombis einen bestimmten Zweck verfolgt. Aber es ist unmöglich, Störungen solcher Art auf einem Kolonisierten Planeten völlig zu vermeiden. Welchen Sinn hätte es sonst zu kolonisieren? Kein Planet wird ohne sorgfältige Überlegungen und Planungen in den sirianischen Verbund aufgenommen. Ich habe bereits darauf hingewiesen, daß wir zur Zeit keine Expansionspolitik betreiben.

Teil der sirianischen Einheit zu sein, bedeutet teilzuhaben an Fortschritt und Entwicklung der Einstellung: »Einer für alle und alle für einen!« Für ein solches Ideal muß jeder einzelne auch Opfer bringen. Ich möchte hier an diesem Punkt klarstellen, daß ich keineswegs den völligen Verzicht auf Störungen der sozialen Verhältnisse fordere – das würde bedeuten, das Ende von Sirius zu fordern – Sirius, der Mutterplanet, Tocher des großen Sterns Sirius und eine von drei Schwestern – Sirius, der ruhmreiche Planet, dessen wunderbare Kinder so vortrefflich über die ganze Galaxis verstreut sind. Natürlich kann ich das nicht wollen, kann ich das nicht im Ernst meinen... ich will nichts mit den sentimentalen Äußerungen zu tun haben, die verkünden: »Die Natur hat ihre Rechte!« »Jeder an seinem Platz!« Oder »Hände weg...« – ganz gleichgültig, um welchen Planeten es sich dabei handelt. Das sind nur ein paar der gegenwärtigen Parolen. Nein! Es ist die Pflicht der höherentwickel-

ten Planeten, zu denen die große Tochter des Sirius zählt, andere zu lenken und zu führen.
Aber das ist etwas ganz anderes als nicht Hunderte, nicht Tausende, noch nicht einmal Millionen, sondern Milliarden Tiere aller Arten, Typen, Gattungen und Gruppen für grausame und unnötige Versuche zu benutzen, wie wir es getan haben... sehr lange Zeit... nicht jahrtausendelang, aber doch viele Zeitalter hindurch. Ich sage *unnötig*. Ich verwende dieses Wort in dem Bewußtsein, daß es zum Kern der Auseinandersetzung, der Meinungsverschiedenheit vorstößt: *Notwendig wozu?*
Zur Zeit meiner Rückkehr von Rohanda waren zwei Drittel der Techniker im ganzen Reich mit Versuchen an verschiedenen Tierarten beschäftigt. Sie reichten von harmlosen bis zu grausamen und entsetzlichen Experimenten. Bei manchen achtete man darauf, daß die Schmerzen, die die Tiere erdulden mußten, so gering wie möglich blieben. Bei anderen machte man sich keinerlei Gedanken darüber. Aber wie es so oft geschieht, kreiste die Diskussion, die als Ergebnis meiner Bemühungen einsetzte und dann entbrannte – das einzige Wort dafür –, um den erlittenen oder nicht erlittenen Schmerz, wieviel erlaubt und nach welchen Kriterien das beurteilt und geregelt werden sollte. Man diskutierte damals nicht – und meiner Meinung nach ist das bis heute nicht ausreichend begriffen worden – die Frage: Darf man Tiere überhaupt benutzen? Welche Einstellung haben wir zu ihnen? Welches Recht besitzen wir, willkürlich in ihr Leben einzugreifen und sie nach unseren augenblicklichen Bedürfnissen zu benutzen? Meiner Meinung nach ist das die eigentliche Frage, und sie wurzelt in einer anderen, sehr viel tiefer gehenden Frage: Wofür ist eine Gattung da? Welche Funktion hat sie? Was tut sie? Welche Rolle spielt sie in der kosmischen Harmonie?
Man sieht, daß ich mich damit der canopäischen Formulierung, dem canopäischen Grundsatz und ihrer geistigen Ausrichtung anschließe: *Entsprechend der Notwendigkeit.*
Natürlich steht diese Frage auch im Zusammenhang mit unserem existentiellen Problem oder unserer Situation, und zwar geht es dabei um fundamentalere Dinge als damals, als wir uns

der Erkenntnis gegenübersahen, daß etwa fünfzehn Millionen hochspezialisierter Techniker beschäftigungslos wurden und keine Funktion mehr hatten. Damit sahen wir uns konfrontiert, während die Auseinandersetzung tobte und zu einer so tiefgreifenden Veränderung der öffentlichen Meinung führte, daß niemand mehr die Massenfolterungen – das richtige Wort dafür –, die unnötige Folterung Milliarden lebender Geschöpfe dulden konnte. Wenn wir, Sirius, endlich erkennen wollen, wozu wir da sind, worin unsere Funktion besteht, dann folgt daraus, daß wir zumindest überlegen müssen, wozu die niedrigeren Tiere da sind!

Ja, sehr viele denken in diesem Moment über die Frage nach...

Die fünfzehn Millionen arbeitslos gewordenen Techniker wurden in den Ruhestand versetzt und, wie es bei uns Sitte ist, auf die Planeten ihrer Wahl gebracht, um dort in Ehren und Frieden ihren Lebensabend zu verbringen. Natürlich vermehrten sie auch die Zahl derer, die Muße haben, sich ganz unserem grundlegenden, entscheidenden, unserem Kernproblem zu widmen. Die meisten von ihnen lebten nicht lange. Das geschieht immer, wenn eine Klasse von Arbeitern überflüssig wird.

All dies geschah nicht ohne Bitterkeit, ohne emotionale und mentale Konflikte; und auf manchen Planeten kam es sogar zu sozialen Unruhen und zu Aufständen. Die heutigen Studenten wird es mit Sicherheit unangenehm berühren und erstaunen zu erfahren, daß diese alten Kämpfe unter anderem auch mit folgenden Parolen ausgetragen wurden: *Wir behalten, was wir haben. Macht ist Recht. Sieg dem Stärksten. Der Zweck heiligt die Mittel. Der Niedrige muß dem Höheren dienen.*

Die administrative Klasse in ihrer Gesamtheit war bedroht. Ich in meiner Position mußte lange Zeit mit Verbannung rechnen. Es war noch das geringste, daß man mich für eine Quertreiberin hielt. Nur mit großer Mühe konnte ich vermeiden, daß man mich in eine Rehabilitationsklinik schickte. Ja, man behauptete, durch Aufenthalte in einem schädlichen Klima auf unangenehmen Planeten habe mein Verstand gelitten. Man gab hauptsächlich Rohanda die Schuld daran. Manchmal überkamen mich Stimmungen, in denen ich mit meinen Kritikern übereinstimmte. Es fiel mir nicht immer leicht, Klorathys Einfluß auf mein Leben – ja, das behaupte ich – als eindeutig gut zu sehen. Was ich hier dargelegt habe, kann nur andeuten, was hinter den Worten lag: »Unsere Versuchs- und Forschungsprogramme wurden abgebrochen...«, etc.

In all der Zeit hörte ich kein Wort von Canopus, obwohl man sich vorstellen kann, daß ich oft an canopäische Angelegenheiten und an meine Freunde dachte. Ja, ich betrachtete Klorathy und Nasar als meine Freunde, obwohl das auch immer einen Druck auf mich ausübte, und zwar den Druck, den der Geringere empfindet, wenn er mit dem Besseren in Berührung kommt. Ich hoffe, diese Aussage wird nicht wieder dazu führen, daß man mir mit einer Rehabilitationsklinik droht!

An dem Tag, an dem das Gesetz verabschiedet wurde, das die Benutzung von Tieren zu Forschungszwecken einschränkte, erreichte mich von Klorathy folgende Botschaft: »Und nun freue ich mich darauf, dich bald auf Shikastas Planeten wiederzusehen. In einer Zeit, in der sich die Krise auf Shikasta verschärft, ist unsere Zusammenarbeit wünschenswert.«

Rohandas Planet

Ich glaube, ich muß meine Reaktionen auf diese Nachricht nicht beschreiben.

Ich dachte ernsthaft darüber nach, ob ich Klorathy eine Nachricht mit dem Datum unseres möglichen Zusammentreffens schicken sollte. Aber es hatte sich nichts an der Tatsache geändert, daß Sirius sich nicht weiter mit Rohanda beschäftigen wollte. Deshalb unternahm ich nichts, führte mir aber vor Augen, daß, wenn Canopus etwas beschlossen hatte, es in der Regel auch verwirklicht wurde. Nach meinen Plänen wollte ich die unterbrochene Arbeit wiederaufnehmen, als ich die Anweisung erhielt, mich auf den Planeten von Rohanda zu begeben, weil dort eine Krisensituation herrschte. Das überraschte mich nicht, und ich reiste in der Hoffnung ab, Nasar oder Klorathy zu begegnen.

Die Situation auf dem Mond Rohandas zu dieser Zeit läßt sich folgendermaßen beschreiben:

Lange Zeit besaß Shammat dort einen kleinen Stützpunkt, der nur als Zwischenstation für das Personal und als Treibstofflager diente. Als sich die Zustände auf Rohanda in den Augen von Canopus ständig verschlechterten, vom Standpunkt Shammats aber verbesserten, nahmen die Schwingungen, die Shammat ausstrahlte und benutzte, immer mehr zu. Die früheren Übertragungswege reichten nicht mehr aus, und ein Akkumulator wurde installiert. Dies hatte eine permanente Stationierung von Technikern zur Folge. Sie gehörten zur herrschenden Klasse von Shammat und forderten einen hohen Lebensstandard. Die erforderlichen Einrichtungen wurden von ihren Arbeitern auf Rohanda für immer längere Freizeitaufenthalte genutzt. Es entstanden beachtliche unterirdische Siedlungen. Das Fehlen der Atmosphäre auf diesem Mond machte ihn anfällig für einen Beschuß aus dem All, und zwar in erster Linie durch Meteoriten eines Asteroidengürtels, den Überresten eines Planeten. An diesem Punkt der Entwicklung stationierten wir eigenes Personal zu einer permanenten und besseren Überwachung von Shammat, der inzwischen den Abbau von Bodenschätzen in großem Maßstab betrieb. Weder Canopus noch wir erhoben dagegen Einwände – wir hatten keinen Bedarf an Mineralien. Jetzt errichtete auch Canopus einen Beobachtungsposten. Es kam nicht zu offenen Feindseligkeiten zwischen Shammat und den beiden Großmächten – dazu fürchtete Shammat uns zu sehr. Zwischen Canopus und Sirius wurde ein ständiger, formeller Kontakt aufrechterhalten, aber Shammat mied uns; das war uns nur angenehm.

Von dieser Zeit an landeten auf Rohanda ständig Raumfahrzeuge aller Art – meistens handelte es sich um Raumschiffe von Shammat. Canopus wirkte indirekter. Ich habe bereits angedeutet, wie sie ihr Kommen und Gehen handhabten. Sie benutzten nur selten technische Hilfsmittel und wenn, dann

geschah es mit äußerster Umsicht und Diskretion oder in der bewußten Absicht, die jeweils herrschende Klasse auf notwendige Weise zu beeinflussen, das heißt zu unterweisen. Shammat dagegen setzte seine Raumflotte immer unbesorgter ein, ohne sich darum zu kümmern, daß diese Flugkörper von der Bevölkerung auf Rohanda gesichtet wurden. Sie besaßen seit langem auch auf Rohanda unterirdische Stützpunkte. Dort herrschte ein ständiges Kommen und Gehen, wobei sie alle möglichen Raumschiffe benutzten, und das ohne jede Tarnung. Unter anderem besaßen sie auch Unterwasserfahrzeuge. Von Rohanda aus versorgten sie den Mond mit Nahrungsmitteln, die man dort nicht produzieren und von Rohanda auch leichter herbeischaffen konnte als von Shammat. Sie ergänzten auch von Rohanda aus die Frischwasservorräte. Und sie entführten von Rohanda Lebewesen, die sie interessierten oder amüsierten. Man hielt sie auf dem Mond als Haustiere oder schickte sie zur Unterhaltung der herrschenden Klasse nach Shammat. Man entführte sie von Schiffen auf den Meeren oder einsamen Plätzen. Man kann sich vorstellen, welche Märchen und phantastischen Geschichten das unter den Einheimischen zur Folge hatte. Zwar wurden seit Tausenden von Jahren und ganz besonders in letzter Zeit Raumschiffe von Shammat »gesichtet«, doch die Völker auf Rohanda wußten nicht, was sie sahen. In den Legenden aller Rassen und Völker tauchten immer wieder Geschichten von »höheren Wesen« auf; man brachte sie mit »fliegenden Schlangen«, »fliegenden Drachen« in Verbindung – je nach den lokalen Umständen. Die technische Entwicklung war noch nicht so weit fortgeschritten, daß man die Raumschiffe als solche erkannte.
Ich muß hier erwähnen, daß auf dem Mond von Rohanda sich auch Repräsentanten von drei anderen Planeten dieses Sonnensystems befanden. Sie unterhielten kleine Beobachtungsposten, denn ihre Sorge über die zunehmend dissonanten Schwingungen, die von Rohanda ausgingen, wuchs, und sie befürchteten eine Bedrohung ihres eigenen Gleichgewichts. Dies war eine neue Entwicklung. Ich werde mich dazu nicht weiter äußern, denn es gehört nicht zum Thema meines Berichts. Auf höchster sirianischer Ebene befürchtete man, daß die drei

Planeten versucht sein könnten, sich mit Shammat zu verbünden; dadurch würden sie unser Kräfteverhältnis empfindlich stören; und deshalb schickte man mich auf den Mond. Nach eingehender Überprüfung der Lage meldete ich, die Lage auf dem Mond sei meiner Meinung nach stabil. Ich reiste jedoch nicht sofort ab, obwohl mir diese Art Leben unter der Erde nie behagt, gleichgültig wie perfekt und angenehm die Atmosphäre in diesen Unterkünften beschaffen ist. Es dauerte nicht lange, bis Klorathy eintraf – wieder in einem anderen, aber ähnlichen Körper. Er begrüßte mich mit den Worten: »Auch wenn ich kein besonders willkommener Gast bin, ist dieser Besuch, wie ich sehe, nicht überraschend.«
Damit schlug er einen Ton an, der unser Zusammensein auf eine gute kameradschaftliche Ebene hob, obwohl ich entschlossen war, seinen Forderungen nicht nachzugeben.
Und wieder gab es eine Zeit, in der wir einfach beisammensaßen und eine Art Gemeinsamkeit erreichten, deren Wesen er erkannte, auf das er sich genau einstimmte und das ich zumindest erkennen konnte.
Das folgende Gespräch vermittelt etwas von der Natur unserer vielen, langen Unterhaltungen im Verlauf dieser Begegnung auf Rohandas Mond.
»Sirius, du hast Dinge versprochen, die ihr nicht gehalten habt!«
»Ich kann mich nicht daran erinnern, daß wir uns jemals dazu verpflichtet hätten, uns für Rohanda für alle Ewigkeit zu engagieren.«
»Versprechen müssen nicht verbal geäußert werden. Die Tatsache, daß man sich in eine Situation hineinbegibt und von ihr ebenso beeinflußt wird, wie man sie selbst beeinflußt – ist bereits ein Versprechen.«
»Du verkündest mir diese Gesetze mit solcher Autorität!«
»Canopus hat die Gesetze nicht gemacht. Hast du nie selbst bemerkt, wenn man sich willkürlich aus einem Geschehen zurückzieht, dann zerbrechen alle möglichen Verbindungen, Beziehungen und Entwicklungen – und man leidet selbst darunter!«

»Also gut… ja, wenn du davon sprichst, scheine ich mich daran zu erinnern, es selbst beobachtet zu haben. Sehr oft widerspreche, leugne oder verschließe ich mich, wenn du solche Dinge sagst… und wenn ich später darüber nachdenke, erkenne ich die Wahrheit, die darin liegt. Aber ich kann nur wiederholen, daß ich die Kolonialpolitik nicht mache.« Dann fragte ich: »Wer steht eigentlich über *dir* und macht die Gesetze?«

Er lachte. »Gesetze werden nicht *gemacht*… sie liegen im Wesen der Galaxis, des Universums.«

»Du willst also sagen, daß wir lernen müssen, die geltenden Gesetze zu beachten?«

»Ja, Sirius, ja, ja.«

»Mir scheint, du kämpfst mit Vorliebe für aussichtslose Fälle!« Er lächelte trocken. »Wieviel Zeit hast du mit mir verbracht? Wie viele Zeitalter intensiver Mühen? Nehmen wir an, daß ich endlich anfange, etwas von dem zu begreifen, was du meinst. Aber ich bin nur ein kleines Individuum in einem riesigen Reich. Weißt du, daß ich bereits eine Art Einzelgängerin, als eine Exzentrikerin gelte, als jemand, den man oft nur tolerieren kann? Man hat mir alle Arten geistiger Umerziehung angedroht… das weißt du natürlich. Und es ist unwahrscheinlich, daß du das Schicksal eines…«, ich wollte sagen, »eines Individuums«, konnte es aber nicht, denn mir war die Verlogenheit meiner Worte zu Bewußtsein gekommen, »… für wichtig erachtest. Also gut… nehmen wir an, du hast mich verändert. Nehmen wir an, du hast mir etwas von deinem Wesen geschenkt… was erwartest du vom sirianischen Reich?« Noch während ich sprach, mußte ich daran denken, daß ich die Kontroverse über den Mißbrauch der Tiere in Gang gesetzt hatte, die sich damals auf ihrem Höhepunkt befand… und dieser Gedanke bestürzte mich und… später kam ich wieder zu mir, ohne zu wissen, wie lange ich in Gedanken und tief in mich selbst versunken gewesen war.

Ich fragte noch einmal: »Warum willst du meine Hilfe? Du, der allmächtige Canopus!«

»Wir sind zur Zeit auf Rohanda nur sehr schwach vertreten.«

»Weil eure Politik jetzt vorschreibt, daß der Dienst auf Rohanda freiwillig sein muß, und es nicht genug Freiwillige gibt?«
»Es gibt Freiwillige, aber die Fluktuation ist sehr groß. Es ist sehr schwierig, die Verbindung mit Shikasta aufrechtzuerhalten! Und es wird mit jedem Jahrtausend schwieriger.«
»Ich soll also nach meiner Rückkehr versuchen, Sirius zu überreden, die Verantwortung für den Südlichen Kontinent zu übernehmen?«
»Ja, das möchten wir.«
»Obwohl unsere Herrschaft soviel weniger bewirkt als eure? Obwohl wir, Sirius, nicht das in eine Situation einbringen können, was ihr einbringt?«
Er erwiderte freundlich und zurückhaltend, wie es seinem Wesen entsprach, und wie ich es selten in meiner Laufbahn erlebt habe: »Wenn ihr euch zu einem gemeinsamen Vorgehen bereit erklärt, so daß wir durch euch Einfluß nehmen können, dann gelingt es vielleicht, die Lage wenigstens zu verbessern... zu halten... zu verhindern, daß sie sich verschlechtert.«
»Warum, warum, *warum*? Was für ein Sinn liegt hinter eurer Anteilnahme?«
»Manchmal müssen wir etwas auf Treu und Glauben tun!«
»*Ihr* tut etwas auf Treu und Glauben?!«
»Glaubst du, etwas anderes wäre möglich? Sirius, diese Galaxis ist gigantisch, unendlich vielfältig, sie verändert sich ständig, umfaßt immer mehr, als wir von ihr sehen, gleichgültig in welcher kleinen Ecke wir auch beheimatet sind.«
»Es fällt mir schwer zu glauben, daß du Canopus als eine kleine Ecke bezeichnest. Sollte es möglich sein, daß so, wie ich den Blick auf dich richte, Canopus, während ich um Erkenntnis ringe und ringe... das muß ich gestehen, obwohl du es natürlich längst weißt... wenn dies also meine Beziehung zu dir ist, wäre es dann möglich, daß du in der gleichen Beziehung stehst zu... zu...«, mein Verstand versagte, und ich verlor den Boden unter den Füßen.
Und ich wiederholte meine Frage: »Du hast mir nie gesagt *warum*! Weißt du wirklich nicht im geringsten, weshalb die ganze Mühe für diese... diese...«

»Diese mörderischen Halbaffen?«
»Oder noch Schlimmeres.« Ich spürte, wie sich mein Mund vor Abscheu und Widerwillen verzog.
Er wirkte verlegen und sah nicht mich an, sondern an mir vorbei.
»Oh, schon gut, schon gut! Aber du kannst doch unmöglich behaupten, Canopus, daß die Bewohner von Sirius oder zumindest manche von uns, die niedrigeren Arten unseres Reiches auf einen Außenstehenden, auf einen objektiven Betrachter, auf dich, Canopus, so abstoßend wirken wie die Rohandaner auf mich?« Und als er nicht antwortete, schrie ich auf: »Das kann nicht sein! Du berücksichtigst die Mühen nicht, die in unser Reich geflossen sind! Wir haben uns bemüht, wir haben es immer wieder versucht, und wenn wir versagten, haben wir es von neuem versucht! Du scheinst die hervorragenden Leistungen unseres Kolonialdienstes nicht zu sehen, wie sehr wir uns zum Besten aller bemühen und wie die einzelnen Beamten sich für ihre Schützlinge aufopfern! Wenn wir Fehler gemacht haben... natürlich haben wir das... versuchten wir immer, sie wiedergutzumachen, sie zu berichtigen. Zählen für dich die langen Perioden von Frieden und Wohlstand unter unserer Herrschaft nicht, die es zumindest auf manchen Planeten oder eine Zeitlang gab? Ja, ich weiß, irgend etwas scheint tief im Wesen der Dinge verwurzelt zu sein, das darauf hin wirkt, alles zu zerstören – sei es gut oder schlecht. Deshalb kann man nicht darauf vertrauen, daß etwas, das wir aufbauen, von Dauer ist. Aber liegt die Schuld dafür bei denen, die versuchen und versuchen zu... zu...«
»Zu *was*, Sirius?«
»Wir sind nicht so schlecht«, erklärte ich hartnäckig, »nein, das sind wir nicht.«
»Wie...?«
»Wie *sie*, die Rohandaner oder Shammat.«
»Habe ich das behauptet?«
»Aber als ich dich ansah und redete, hatte ich diese Vorstellung von uns, von Sirius, von unserer Größe, und plötzlich kam es mir vor, als sei das alles nichts anderes als... eine Täuschung...

nur der Schatten von Größe... und nicht sehr verschieden von dem, was ich sehe, wenn ich... nein, ich werde uns *nicht* mit Shammat gleichsetzen. Ich kann es nicht ertragen. Ich kann nicht ertragen... was wir sind«, schloß ich mühsam.
»Aber so werdet ihr nie sein.«
»Das sagst du, Canopus.«
»Ich möchte dir etwas zeigen.« Er wies mit einer Geste auf ein niedriges Polster neben sich. Ich sollte mich neben ihn setzen. Ich zögerte. Ein zu enger Körperkontakt zwischen den Wesen verschiedener Planeten ist immer riskant. Ich habe oft erlebt, daß meine Nähe schlimme Auswirkungen auf andere hatte. Manchmal starben sie sogar. Es gehört zu den ersten Lektionen, die man im Kolonialdienst lernt: »Nähere dich niemals den Bewohnern eines anderen Planeten, ohne genau zu wissen, wie die unterschiedlichen Eigenschaften sich auswirken.« Ich hatte mich nie zuvor in Reichweite von Klorathy aufgehalten, hatte es immer sorgsam vermieden.

Das Reitervolk

Ich saß neben ihm und empfand auf körperlicher Ebene die gleiche Anspannung, die ich auf geistiger Ebene spürte, wenn ich mich bemühte, ihm über meine natürlichen Grenzen hinaus zu folgen. Doch Klorathy griff nach meiner Hand, hielt sie fest in der seinen und sagte: »Blick auf die Wand, aber schließ nicht die Augen!« Ich tat es und sah dort ganz deutlich, als spiele es sich vor meinen Augen ab – aber entfernt und beschleunigt, wodurch ich zwar eine genaue und richtige Darstellung der Ereignisse sah (die allerdings verkapselt und vereinfacht waren) – eine Folge von Bildern oder Visionen, in die ich hineingezogen wurde. So beobachtete ich das Geschehen, das sich vor meinen Augen abspielte, eigentlich nicht. Ich nahm gewissermaßen daran teil.
Ich blickte auf Rohanda hinunter, auf den eher nördlichen Teil im Osten der zentralen Landmasse. Nicht weit davon entfernt

hatte ich bei meinem Besuch in Koshi Nasar getroffen, und während der »Ereignisse« war ich dort am Himmel umhergewirbelt worden. Das Gebiet war jahrtausendelang eine Wüste gewesen; dann veränderte sich das Klima, es wurde zunächst fruchtbar und danach wieder zur Wüste, die all die alten, übereinanderliegenden Städte tief unter dem Sand begrub. Jetzt erstreckte sich hier endloses Grasland. Ich sah ein Grasmeer unter mir, aus dem nur Berge und Hügel ragten, auf denen ein paar Bäume wuchsen. Trotz der großen Flüsse, die es durchzogen, war es ein trockenes und karges Land, in dem nur wenige Nomaden mit ihren Pferden lebten.

In den Gebieten der großen Inlandseen, überall auf den Hochebenen des südlichen Teils der zentralen Landmasse, um das große Gebirge und im Osten gab es viele unterschiedliche Kulturen und unendlich vielschichtige, verschiedenartige und reiche soziale Gruppen auf allen denkbaren Stufen der Zivilisation.

Vor meinen Augen vermehrten sich die kleinen verstreuten Nomadenstämme und breiteten sich überall in der endlosen Steppe aus. Es kam zu einer klimatischen Veränderung; hier und da wich das Gras dem Sand und der Dürre. Das Reitervolk stürmte aus seinem Heimatland nach Osten, nach Süden, nach Westen und in alle dazwischenliegenden Richtungen und bedrohte die angrenzenden reichen Kulturen. Schwer mit Beute beladen zogen die Räuber sich wieder zurück; die Winde drehten sich und bliesen aus einer anderen Richtung; auf der Ebene wuchs wieder Gras, und deshalb blieben die Reiter, wo sie geboren worden waren. Außerdem hatten ihre Eroberungszüge sie verweichlicht und geschwächt. Die Zivilisationen an den Rändern des unermeßlichen Graslandes erblühten von neuem, wurden reich und vermehrten sich und – wie es (ich wollte sagen auf Rohanda) in unserer Galaxis immer geschieht – zerfielen sie, wurden von Eroberern aus ihren eigenen Reihen zerstört und erneuerten sich... die Horden in der Steppe vermehrten sich von neuem und zogen über das Grasland – aus der Ferne, aus der ich sie beobachtete oder zu beobachten schien, wirkten sie wie Insektenschwärme, die alles verdunkelten...

Wieder bliesen die Winde den Sand vor sich her und brachten keinen Regen; das Reitervolk versammelte sich und schwärmte nach Osten, Süden und Westen. Diesmal drangen sie noch weiter vor, bedrohten und zerstörten mehr Reiche – und wie schon einmal kehrten sie beladen mit Gold, Juwelen und prächtigen Gewändern, mit Schwertern, Schilden und Waffen aller Art in die Heimat zurück. Und als das Gras wieder wuchs und die endlose Weite mit sanftem Grün und einem goldenen Schimmer überzog, blieben sie dort. Sie erfreuten sich an ihrer Kriegsbeute, kämpften sogar untereinander darum, blieben aber trotzdem, was sie waren, ein Reitervolk. Sie konnten von ihren Pferdeherden leben und brauchten monatelang nichts anderes: ihr Geschick und ihr Können im Umgang mit Pferden wurde niemals zuvor oder danach übertroffen. Und der Ruf der schrecklichen Reiter, die plötzlich und unvermutet in einem Tal mit reichen Landgütern oder vor den Mauern einer Stadt auftauchen konnten, verbreitete sich über die ganze zentrale Landmasse. Selbst in dem Gebiet, das Canopus den Nordwestgürtel nennt (wo barbarische Völker hausten, die sich so weit von ihren großen Vorfahren, den Adalantanern, entfernt hatten, daß sie sich nicht einmal mehr an sie erinnerten) und das sich als eine Zone der Barbarei um die Zivilisationen weiter im Süden legte – selbst dort, in den schwarzen Wäldern und Sümpfen, und auf den nebelverhangenen Inseln des äußersten Nordwestens ließen Geschichten des gefürchteten Reitervolks die Kinder nicht einschlafen, und schon beim Gerücht ihres Herannahens ergriffen ganze Völker die Flucht.
In dem Gebiet östlich des Südlichen Kontinents I – früher einmal waldreiches und sehr fruchtbares Land, inzwischen aber wie so viele Zonen Rohandas zur Wüste oder Halbwüste geworden – war eine Religion entstanden, die dritte, die sich vom Gebiet der großen Inlandseen ausbreitete. Diese Religionen ähnelten sich alle, und die nachfolgende bestätigte jeweils die vorausgegangenen – obwohl ihre Repräsentanten natürlich um die Vorherrschaft kämpften und ihre Überlegenheit proklamierten. Diese dritte Variante der lokalen Religion hatte reiche, wunderbare und vielschichtige Zivilisationen hervorgebracht,

die – zumindest im Rahmen dessen, was den Rohandanern möglich ist – vorausgegangene Religionen und alle möglichen anderen Sekten, Kulte und Glaubensgemeinschaften tolerierten. Es gab Reichtum; das Wissen um kosmische Zusammenhänge entwickelte sich; und es herrschte ein sorgsam gehüteter Friede. Ich konnte mich nicht sattsehen an den Bildern dieser erstaunlich verfeinerten und wohlhabenden Kultur. Und dann stürmte das nomadische Reitervolk aus seiner Steppenheimat hervor und überrannte alles, was ich sah, aber auch alles; nichts blieb übrig als rauchende Städte, verwüstete Felder und Berge von Toten. Die Reiter verfolgten jedes fliehende Wesen; sie erschlugen selbst die Haustiere. Von der nördlichen Hälfte des Südlichen Kontinents I bis zu den östlichen Rändern der großen Landmasse blieb nur ein einziges Trümmerfeld hinter ihnen zurück. Ich schrie auf und kam wieder zu mir. Ich saß auf Rohandas Mond neben Klorathy; ich sah ihn vorwurfsvoll und leidenschaftlich flehend an.
»Alles!« sagte ich zu ihm, »nichts ist übriggeblieben. Ist es möglich, daß solche Größe einfach ausgelöscht werden kann?«
»Ja, das ist möglich, und beinahe wäre es geschehen.«
»Also habe ich nicht die Wirklichkeit gesehen?«
»Es wird geschehen... wenn...«
»Wenn ich dir nicht helfe?«
»Ich brauche deine Hilfe. Das sage ich dir immer wieder. Es ist merkwürdig, trifft aber auf die ganze Galaxis zu: Wenn der Schwächere auf den Stärkeren und Mächtigeren blickt, sieht er nur Unabhängigkeit, müheloses Können und große Leistungsfähigkeit. Aber er bemerkt nur sehr selten etwas, das wirklich stärker ist, und auch nur dann, wenn es Hilfe und Unterstützung findet, ständige und unermüdliche Zuwendung einer bestimmten Art, die es der Kraft ermöglicht, sich zu entfalten.«
Ich schwieg lange Zeit.
»Gut«, erklärte ich endlich, »mir steht ein langer Urlaub zu. Ich werde ihn jetzt nehmen. Und es ist höchst ungewöhnlich, wie ich ihn verbringen möchte. Wie werde ich ihn übrigens verbringen? Was erwartest du von mir?«

»Du sollst die Herrscherin eines kleinen Reiches an der Westflanke des großen Gebirges sein. Du wirst dich dem Reitervolk aus der Ebene entgegenstellen.«
»Und du?«
»Ich werde der General sein, der das Reitervolk befehligt, das alles überrennt und nichts als Tod hinter sich läßt... Sie werden vor den Toren der Stadt erscheinen, bereit, dich und dein Volk zu töten und dein Reich zu vernichten.«
»Und Nasar?«
»Er und andere werden ebenfalls dasein.»
»Also gut.«
Ich schickte entsprechende Nachrichten nach Hause und überließ mich Klorathy.
Es gehörte nicht zu meinen leichtesten Aufgaben, mich freiwillig in die Geschichte von Mord und Zerstörung hineinzubegeben, die ich in allen Einzelheiten gesehen hatte. In einem Moment schwebte ich noch als Zuschauer neben Klorathy über allem und im nächsten schien mich die leuchtend bunte Vielfalt dieses Reiches im Gebirge, über das Königin Sha'zvin immer noch herrschte, verschlungen zu haben. Sie hielt Ausschau und wartete, während die grausamen Reiter sich näherten und auf ihrem Weg alles zerstörten.
Es war nicht uninteressant, die canopäische Technik zu erlernen, für kurze Zeit und zu einem genau bestimmten Zweck Besitz vom Geist eines Menschen zu ergreifen. Die Königin war eine lebhafte, gutaussehende Frau in den mittleren Jahren. Sie hatte den heißgeliebten Ehemann in ihrer Jugend bei einem früheren Feldzug gegen das Reitervolk verloren. Nun stand sie hoch oben im Palast am Fenster und blickte über die Stadtmauern hinweg, hinunter in eine enge Schlucht, durch die die Reiter kommen mußten. Sie war wachsam, aber besorgt und beschäftigte sich in Gedanken mit unzähligen administrativen Aufgaben. Sich in ihren Geist hineinzubegeben, bedeutete nicht, den ihren zu überwältigen oder ihr meine Intelligenz aufzuzwingen – ich blieb vielmehr eine Zuschauerin am Rande, um im entscheidenden Moment zur Stelle zu sein. Das tat auch Klorathy mit Ghonkez, dem General, etwa hundert Meilen weiter.

Königin Sha'zvin bemerkte nicht, wie ich mir Eingang in ihr Wesen verschaffte, allerdings wuchs ihre Besorgnis. Ich hatte nicht damit gerechnet, daß es eine so überwältigende Erfahrung sein würde. Ich verlor meine sirianische Perspektive, die sirianischen Zeit- und Raumbegriffe nicht. Doch ich befand mich auch im Bewußtsein dieser Zivilisation und der ihr bekannten Welt – vom Norden näherten sich die schrecklichen Reiter; weit entfernt im Nordwesten erstreckten sich die dunklen Wälder der Barbaren, die dieses Volk kaum zu den Menschen zählte, in denen es kaum mehr als Tiere sah – von ihrem Standpunkt aus war das auch richtig –, und soweit man wußte, lebten jenseits der Grenzen der bekannten Welt im südlichen Kontinent ebenfalls Barbaren, mit denen man Handel treiben und die man als Sklaven benutzen konnte. Vom Isolierten Nördlichen Kontinent und dem Isolierten Südlichen Kontinent ahnte man nichts. Für diese große und mächtige Königin erstreckte sich die Welt von einem Ende der großen Landmasse zum anderen. Von den Sternen, die sich darüber wölbten, wußte sie – in sehr bescheidenem Ausmaß –, daß sie Einfluß auf ihr Tun... auf *unser* Tun besaßen. – Das merkwürdige, erregende und beunruhigende Aufeinanderprallen von Standpunkten und Perspektiven überflutete mich. – Von der Vergangenheit kannte die Königin nur die Geschichte ihrer eigenen Zivilisation und einige, meist ungenaue Legenden aus »ferner« Zeit, die für mich und in meiner Vorstellung praktisch Gegenwart waren.

Während sie dort stand – ein Ausschnitt der Landschaft lag in Sonnenlicht getaucht und leuchtete in den bunten Farben von Rohanda –, spürte sie den herannahenden Tod – nicht nur ihren, sondern den ihres ganzen Volkes. Der Tod hatte bereits so vielem, was sie kannte, ein Ende gesetzt. Ihr Reich lag inmitten der Pässe und Straßen, die in die Gebiete im Süden, im Osten und im Westen führten. Im Westen hatte das Reitervolk schon alles zerstört. Viele hundert Meilen weit gab es nichts außer Ruinen, Leichen und den Gestank des Todes. Sie blickte über ihr Land mit all seinen Reichtümern, in dem noch Frieden herrschte; der Wind trug ihr die Nachricht von Zerstörung und

Untergang zu; das Reitervolk umzingelte sie auch im Süden – dort lagen bereits Fürstentümer und Königreiche in Trümmern. Im Osten, hoch oben in den Bergen gab es noch ein paar sichere Täler – wie lange? Dahinter, auf der anderen Seite des Gebirges raubten, plünderten und töteten die wilden Horden. Königin Sha'zvins Reich hatte sich wegen seiner Lage auf einer kleinen Hochebene inmitten steiler und unzugänglicher Berge halten können. Die Reiter der Ebene liebten das Hochland und die Felsen mit den Bergfestungen nicht, denn wenn sie von dort hinunterblickten, verschwamm ihnen alles vor den Augen, und ihnen wurde schwindlig. Deshalb hatten die Reiter sie und ihr Volk bis zuletzt verschont.

Im Land der Königin lebten fünfhunderttausend Menschen. Hier herrschten Zufriedenheit, Ordnung und Harmonie – selbst jetzt. Die Königin hatte immer geglaubt, sie sei von Gott gesegnet – das waren ihre eigenen Worte –, denn unter ihrer Herrschaft war kein Unheil hereingebrochen, wie es früher oder später – das wußte sie sehr wohl – jedes Reich heimsuchte. Jetzt hatte sich die Bevölkerungszahl verdreifacht: Männer, Frauen und Kinder hatten bei ihr vor den Reitern Zuflucht gesucht. Die Königin nahm alle auf. In einem Haushalt, in dem früher zehn Menschen lebten, gab es jetzt dreißig. Auch in der kleinsten Hütte oder Unterkunft drängten sich die Flüchtlinge, die im Umkreis von vielen hundert Meilen das zerstörte Land verlassen hatten. Es gab nur sehr wenig Nahrung. Die Brunnen waren beinahe leer, und es blieben für jeden nur wenige Schluck Wasser täglich. Über der schönen Stadt mit ihren Märkten, den heiteren Gebäuden und belebten Straßen lag Schweigen. Wie oft hatte sie hier gestanden, um den Anblick ihres Volkes zu genießen – nun regte sich dort unten kaum etwas, kein Lärmen und Rufen von Händlern und Käufern, keine Begrüßungen, kein Singen oder Lachen drang zu ihr herauf. Schweigen. Alle warteten wie sie auf den Tod.

Diese Szene hatte ich beobachtet, als Klorathy mir die schreckliche Invasion zeigte, die sich wie eine Flut über das Land ergoß, doch nun bemerkte ich eine Abweichung. Von den Westtoren der Stadt drangen Lärm und Getöse herüber. Die

Königin wandte sich um, weil sie glaubte, das Reitervolk im nächsten Moment auf den hohen Mauern auftauchen zu sehen. Aber nichts geschah. Ein Bote kam bleich und atemlos herbeigelaufen. »Noch mehr Flüchtlinge aus dem Westen... ungefähr zehntausend... haben sich hierher durchgeschlagen und bitten um Eure Hilfe.«
Die Königin blieb schweigend stehen. Sie dachte, daß sie mit der Entscheidung, die sie jetzt treffen mußte, für all die Jahre der Freude, die ihr die friedliche Herrschaft beschert hatte, bezahlen würde. Bis zu diesem Moment war sie noch nie unter solch hartem Druck zu einer Entscheidung gezwungen worden. Sie wollte bereits sagen, man solle die Tore nicht öffnen, denn die Zehntausend würden die Stadt schon am nächsten Tag in den Hungertod treiben, der sich vielleicht noch eine Woche hinauszögern ließ, und ihre Pflicht als Hüterin der Stadt zwinge sie... Aber ich brachte sie dazu, statt dessen zu sagen: »Laßt den Anführer der Leute herein. Für die anderen bleiben die Tore noch geschlossen.«
»Sie sterben vor Hunger und Durst«, erklärte der Bote.
»Bringt gerade so viel Wasser und Nahrungsmittel hinaus, daß sie überleben, nicht mehr.«
Der Bote lief eilig davon, und bald betrat ein junger Mann das Gemach. Unter normalen Umständen wäre er ein gutaussehender, starker und lebhafter Mensch gewesen, doch der Hunger hatte ihn geschwächt, und er wirkte völlig ausgezehrt. Er streckte die Hand aus, um sich an dem bemalten Türbogen zu stützen. Angesichts seiner Schwäche füllte die Königin Sha'zvin einen Becher mit Wasser, brachte ihn herüber und setzte ihn an seine Lippen. Er trank einen Schluck von der kostbaren Flüssigkeit, blickte ihr in die Augen und sagte: »Wir erflehen Euer Mitleid, große Königin.«
Ich sagte bei mir: »Nasar, Nasar, Nasar«, denn ich wußte, er war es, obwohl nichts in seiner *Erscheinung* darauf hinwies. Und nun lenkte ich den Geist der Königin und ihre Entscheidungen: Sirius und Canopus befahlen; Canopus galoppierte an der Spitze unzähliger Barbaren auf die Stadt zu, bereit, alles zu zerstören, was seinen Reitern unter die Augen kam.

»Unter uns befinden sich Gelehrte, weise Männer und Frauen, Dichter und Geographen... Allah hat sie um künftiger Aufgaben willen vor dem Untergang bewahrt. Laßt sie ein, aber schnell, denn bald werden die Mongolen auftauchen.«
Die Königin erwiderte lächelnd: »Diese wertvollen Menschen werden in unseren Mauern beinahe ebenso schnell den Tod finden wie vor den Toren!« *Ich* sagte oder veranlaßte sie zu sagen: »Bringt sie trotzdem herein. Ich werde den Befehl geben, sie in die Stadt zu lassen.« Sie klatschte in die Hände und gab einem Diener entsprechende Anweisungen, der sofort davoneilte.
Wir drei standen in der schweigenden Stadt, hoch oben in den Gemächern des schönen Palastes; der nach Tod riechende Wind bewegte die bestickten Wandbehänge, haftete als unsichtbares Miasma an Wänden, Säulen und an den leuchtenden Mosaiken der Decken.
»Ihr könnt Zeit gewinnen«, erklärte Nasar, »wenn ihr Euch zur nördlichen Stadtmauer begebt und sie dort allein erwartet, wenn sie die Schlucht heraufreiten.«
»Auf ihrem Weg von China bis zu den dunklen Wäldern im Nordwesten und hinunter zu dem südlichen Meer haben sie unzählige Frauen ermordet.«
»Ah, aber uns, große Königin, wird eine Illusion helfen. Nur kurz, aber lange genug.«
»Es wird eine große Illusion sein müssen«, erwiderte sie lächelnd, und ich zog mich in den Hintergrund ihres Bewußtseins zurück. Denn die Ereignisse, die Klorathy mir gezeigt hatte, nahmen einen anderen Verlauf: Nichts von alldem hatte ich gesehen. Was jetzt geschah, bewirkte unser Eingreifen.
Das Wasser hatte Nasar etwas erfrischt, doch er schwankte immer noch, als er die Treppe des schönen Gebäudes hinunterstieg, das so bald in Trümmern liegen sollte. Er erreichte den großen Platz vor dem Palast, als die Menschen, die er durch die Wüste im Westen geführt hatte, gerade ankamen. Auch sie konnten sich kaum aufrecht halten; es war ein Heer von Geistern und Phantomen, und doch sollten viele von ihnen überleben.
Die Königin legte ihren Dolch und ihren Schmuck ab, hüllte

sich in einen dunklen Mantel. Sie stand allein auf der nördlichen Mauer ihres Reiches, als der erste Reiter aus der Schlucht auftauchte.
Ein Hagel von Pfeilen schwirrte bereits durch die Luft, als der Anführer einen Befehl schrie. Und die Männer, die in vollem Galopp ihr Ziel ebenso genau trafen wie vom festen Boden aus, ließen die Bogen auf die Pferdehälse sinken. In der engen, dunklen Felsenschlucht fanden nicht mehr als ein paar Hundert Reiter Platz. Sie starrten zu den sonnenüberfluteten Mauern der berühmten Stadt hinauf, wo ganz allein und reglos eine Frau stand.
Und während sie hinaufblickten, schien ein schimmernder Strahlenkranz die Gestalt zu umgeben. Doch zu ihren Vorstellungen von Göttlichkeit gehörte keine leuchtende Frauengestalt, und sie ließen sich nicht lange beeindrucken. Unaufhaltsam ritten sie näher, höher hinauf, und bald, als sich auf ein Zeichen der Königin die Stadttore öffneten, sahen sie die Stadt in all ihrer wunderbaren Vielfalt, mit ihren Gärten und Obstbäumen, vor sich liegen. Es war eine Szene von Überfluß und Erlesenheit, die diese Männer immer wieder in Raserei versetzte (denn ihre Wertvorstellungen basierten auf der Härte und den Entbehrungen ihrer symbiotischen Beziehung zu ihren Herden), in eine blinde, zerstörerische und alles vernichtende Wut. Doch plötzlich schien alles, jeder Baum, jede Pflanze und jede Blume, vor ihren Augen in einem Licht zu erstrahlen, das wie eine Million winziger Regenbogen leuchtete. Die Frau auf der Mauer, die Gärten, die Gebäude, alles glänzte und schimmerte, und den Kehlen der staunenden Reiter entrang sich ein tiefes gequältes Stöhnen. Ihr Anführer rief ihnen zu, dies sei eine Stadt der Dämonen, und die dichtgedrängten Reiter in engsitzenden Lederwämsen, Hosen und Kappen, denen ein starker Schweißgeruch entströmte – ihr eigener und der ihrer Tiere –, verbreiteten jetzt auch den Geruch der Angst, während sie den Paß zurück nach unten jagten und in den Schatten des Abends verschwanden. Wenn sie ängstliche Blicke zurückwarfen, sahen sie hoch über sich die roten Sandsteinmauern und die reglose Frau im schimmernden Strahlenkranz.

Am Fuße des Berges schlugen sie ihr Lager auf, und ihre Feuer schienen in einem geisterhaften Licht zu brennen. Doch ihre Angst verwandelte sich in Zorn und dann in Hohn. Diese Männer waren keine Feiglinge. Sie konnten sich nicht daran erinnern, je von etwas aufgehalten worden zu sein. Außerdem hatten nicht alle die verzauberte Stadt in ihrem Strahlenkranz gesehen. Und selbst jene, die es erlebt hatten, zweifelten nun daran. Ihr General Ghonkez versicherte immer wieder – während seine Truppen, denen blinder Gehorsam und Ergebenheit fremd waren, die nur Befehle befolgten, die sie verstehen konnten, immer lauter Kritik äußerten –, sie hätten richtig gehandelt, die Nacht hier zu verbringen. Am nächsten Morgen könnten sie wieder hinaufreiten und die Stadt im klaren Licht des Tages einnehmen.
In wildem Zorn auf ihren General stürmten die Reiter am nächsten Tag den Paß zur Stadt hinauf. Die Tore standen noch immer offen. Wie rachsüchtige Dämonen stürmten sie durch die Straßen und fanden nur, was sie in hundert anderen Orten auch gesehen hatten: ein verschlungenes Gewirr von Märkten, Straßen und Gärten einer reichen Stadt, die sie, wie sie glaubten, dem Erdboden gleichmachen mußten. Kein schimmernder Strahlenkranz umgab, was sie sahen; und sie zerstörten und verbrannten alles auf ihrem Weg. Doch sie entdeckten kaum ein lebendes Wesen. Auf der Schwelle eines verlassenen Hauses saß ein Hund; Katzen sonnten sich auf Fenstersimsen von Gebäuden, die die Menschen verlassen hatten. Ein alter Mann oder eine alte Frau hatten erklärt, ihr Leben sei ohnehin vorüber und sie wollten zurückbleiben. Die Reiter töteten sie.
Als sie in den Palast eindrangen, fanden sie Königin Sha'zvin, die ihnen allein in ihren Gemächern entgegentrat, und die Reiter töteten auch sie. Dann erhoben sie sich gegen ihren General Ghonkez und erschlugen ihn. Während der Palast um uns herum in Flammen aufging, lagen wir beide tot Seite an Seite.
Nasar hatte inzwischen das Volk durch die östlichen Tore aus der Stadt herausgeführt. Nicht allen gelang die Flucht, und einige wurden umgebracht. Plötzlich erhob sich aus heiterem Himmel ein Schneesturm und hielt die Reiter auf. Sie kannten

Schneestürme und Kälte von den schrecklichen Wintern der Steppe im Norden. Aber sie ahnten nichts von den tückischen Schneewehen, den Eismassen und den mörderischen Winden im Gebirge. Deshalb ritten sie schließlich wieder hinunter in die Ebene, um besseres Wetter abzuwarten, ehe sie den Flüchtlingen zu ihren hochgelegenen Schlupfwinkeln folgen und sie töten würden. Denn sie hatten geschworen, nicht einen einzigen Menschen in all den Ländern, die sie raubend und plündernd durchzogen, am Leben zu lassen. Doch der Winter setzte ein und versperrte ihnen den Weg. Tausende der Flüchtlinge starben vor Kälte und Hunger, doch die meisten erreichten die geschützten Täler hoch oben im Gebirge. Als es Frühling wurde, als der Schnee auf den Pässen schmolz und den Reitern wieder der Weg offenstand, kamen sie nicht. Denn es kursierten Gerüchte von einem Zauber und von gefährlichen Dämonen. Durch den Mord an ihrem General hatten sie einen Fluch auf sich geladen – so erzählte man. Außerdem hatten sie gehört, keiner der Flüchtlinge habe den harten Winter im Schnee überlebt.

Doch unter den Überlebenden gab es genug, die das Können und Wissen ihrer zerstörten Zivilisation an andere weitergaben. Und die Nachfahren der Reiter kamen als Schüler zu ihnen.

So spielten ich, Ambien II, Klorathy und Nasar zusammen mit anderen, die ich nicht erwähnt habe, unsere Rollen in diesem Drama. Und dabei blieb es nicht. In der Zeit des grausamen Reitervolkes gab es noch zwei andere Ereignisse, die wir drei weit genug änderten, um hier ein paar Menschen zu retten, dort eine Stadt vor dem Untergang zu bewahren und das Leben von Männern und Frauen zu schützen, die das Wissen besaßen, wie man die Ebbe und Fluten der Lebensströme in Einklang mit unsichtbaren Bedürfnissen und Notwendigkeiten bringt. Es waren Wissenschaftler, echte Wissenschaftler, die ihr besonderes Wissen gegen alle Ränke und Machenschaften Shammats immun machte.

Klorathy und ich saßen zusammen im sirianischen Stützpunkt auf dem Mond. Ich hatte ihn gerade vor dem langsamen Tod in einem Gefängnis bewahrt. Nasar hatte mich gefangengenommen, um mich vor einer Hinrichtung zu retten, und mich dann insgeheim freigelassen. Ich war einer der plündernden Reiter gewesen, Klorathy ein seines Amtes enthobener Richter und Nasar eine Sklavin aus dem Innern des Südlichen Kontinents I, der es gelungen war, Aufseherin über den großen Haushalt eines verweichlichten, tyrannischen, unbedeutenden Fürsten zu werden.

Ein Bildschirm über uns zeigte die kalte nächtliche Mondoberfläche; Rohanda konnten wir nicht sehen; der Planet stand zwischen uns und der Sonne.

Klorathy klatschte in die Hände, und auf der leeren Wand erschien eine Karte von Rohanda – Kontinente und Meere. Klorathy stellte sich davor. Mit dem Finger umfuhr er den Teil der zentralen Landmasse, der unter dem Reitervolk gelitten hatte. Er sah mich an und fuhr noch einmal, sehr langsam, die Umrisse nach. Ich wußte, ich sollte verstehen, all die jahrhundertelangen Invasionen und Zerstörungen waren auf das Gebiet beschränkt, das er mit dem Finger nachzeichnete. Er erwartete auch, daß ich Vergleiche mit Sirius, unserem gewaltigen Reich, zog.

»Sehr gut«, sagte ich.

»Das Reitervolk hat diesen Teil Rohandas jahrhundertelang terrorisiert, und die Angst vor ihm hat sich in das innerste Wesen aller Völker dieser Region eingeprägt. Aber bald werden sie in den Überresten der von ihnen unterworfenen Völker aufgegangen sein. Zivilisationen werden aufsteigen und untergehen, aufsteigen und untergehen, bis bald eine Rasse entstehen wird... und zwar hier.« Sein Finger fuhr am Rand der großen Landmasse entlang. »Hier auf den Inseln im äußersten Nordwesten, auf diesem kleinen Raum entsteht diese Rasse bereits. Sie wird die ganze Welt erobern... die ganze Welt, nicht nur den mittleren Teil wie die Reiter der Steppe. Und diese Rasse wird alles zerstören; die weiße Rasse wird nur von dem einen Glauben beherrscht sein: Alles gehört uns! Wenn ich etwas will, muß ich es haben. Wenn ich etwas sehe, das sich von mir unterscheidet, muß es bestraft oder ausgerottet werden. Alles,

was nicht ist wie ich, ist primitiv und schlecht... und diesen Glauben werden sie ganz Shikasta lehren.«
»Der ganzen Welt?«
»Beinahe der ganzen.«
»Und Shammat ist ihr Lehrmeister?«
»Shammat ist ihr Wesen. Möchtest du sehen, was geschehen wird?« Er streckte die Hand aus um mit einer Geste den Strom der Bilder, die lebendige Vision zu beschwören, die mir Welle um Welle um Welle der mongolischen Gefahr gezeigt hatten.
»Nein, nein, nein... oder noch nicht.« Ich bedeckte meine Augen.
Ruhig kehrte er zu seinem Platz neben mir zurück.
»Du möchtest unsere Hilfe?« fragte ich.
»Ja. Und *ihr* braucht unsere Hilfe.«
»Ich weiß«, sagte ich.
Durch die Wände des unterirdischen Gebäudes hörte ich deutlich das Knirschen und Mahlen von Maschinen: Shammat arbeitete in einem nahe gelegenen Krater.
»Wenn ich jetzt nach Hause zurückkehre, werde ich nur sagen, daß ich beschlossen habe, meinen Urlaub hier zu verbringen. Niemand wird von mir eine Erklärung verlangen, doch es wird zu meinem Ruf als Exzentrikerin beitragen. Ich, Sirius, werde mit keinem Wort Sirius etwas von meinen Erfahrungen mit dir berichten können...«
»Von der *Arbeit*, die du mit Canopus vollbracht hast...«
»Also gut, der Arbeit, die wir gemeinsam geleistet haben. Denn Sirius wäre nicht in der Lage, auch nur ein Wort von dem zu verstehen, was ich sage. Jetzt kann mich nur noch Canopus verstehen.«
»Du bist einsam, Ambien!«
»Sehr.«
Er nickte. »Bitte tu, was in deinen Kräften steht, Sirius.«
Ehe ich den Mond verließ, wies ich das Raumschiff an, seine Tagseite in geringer Höhe zu überfliegen. Überall waren Anzeichen von Shammats Minenanlagen zu sehen. Ihre Siedlungen lagen meist unter der Erde, aber an einigen Stellen entdeckten wir ihre Beobachtungsposten und Laboratorien. In den

Kratern, von denen manche einen Durchmesser von vielen R-Meilen hatten, waren ihre Maschinen am Werk. Es handelte sich um technisch hochentwickelte Geräte, doch ich kannte sie alle. Shammat, der Dieb, erfand und entwickelte nichts; Shammat schickte Spione in fremde Reiche und kopierte das Gesehene.

Am häufigsten setzten sie eine Maschine ein, die wie ein langer Wurm aussah. Ihre Segmente konnte man auf unterschiedlichste Weise aneinanderfügen. Ein solcher Wurm konnte eine Meile oder noch länger sein. In seinem Inneren befanden sich Arbeitsplätze; zeitweilige Unterkünfte für Arbeiter und Techniker; an den Enden der Segmente konnte man Grabvorrichtungen anbringen. Manche schluckten die Erde und spien sie wieder aus. Einer dieser Würmer, über dem ich ziemlich tief schwebte, wirkte mit den Staubwolken, die er aus seinem »Maul« hervorstieß, ganz wie ein Drache aus der Mythologie von Rohanda. Andere erinnerten an Seesterne. Es waren höchst einfallsreiche Konstruktionen; sie konnten klettern und steigen, ohne umzustürzen; entsprechend der Zahl ihrer Segmente erreichten sie jede gewünschte Länge und überspannten so schwieriges Terrain, wurden je nach Bedarf zu Brücken oder Tunnels. Man konnte sie leicht instand halten, denn jedes Segment ließ sich mühelos durch ein anderes ersetzen. Wir hatten diese »Kriecher« entwickelt, um sie auf unwirtlichen Planeten für den Abbau von Mineralien einzusetzen. Doch sie erwiesen sich als so anpassungsfähig und vielseitig verwendbar, daß man inzwischen Aufgaben damit bewältigte, die weit über die Ausbeutung von Bodenschätzen hinausgingen.

Als ich davonflog, eskortierten mich ein Dutzend der wespenartigen Aufklärer von Shammat. Dies war ein Akt der Provokation, der mir sehr gelegen kam. Er würde mir den Rücken bei den Aufgaben stärken, die mich jetzt zu Hause erwarteten: Ich mußte unseren Kolonialdienst davon überzeugen, daß unsere aktive Präsenz auf Rohanda erforderlich war.

Wie man das so tut, überlegte ich mir alle möglichen Wege, um das Problem anzugehen. Ich begriff aber bald, daß keiner geeignet war. Wenn ich mich einer Situation oder Person mit dem Gerüst von Worten und Gedanken stellte, die ich bereits im Geist formuliert hatte, fiel es immer wieder in sich zusammen und löste sich auf wie Nebel in der Sonne.
Da erkannte ich, etwas an meiner Einschätzung der Situation mußte falsch sein. Ich überlegte sogar, ob mein Geist durch die Ausflüge in die Realität von Rohanda Schaden genommen hatte. Ich hielt mich beinahe für mehr Canopäerin als Sirianerin. Mich überfielen alle möglichen Zweifel und Ängste.
Inzwischen sprachen Kollegen über meinen »Urlaub« betont neutral. Ich wußte, sie konnten nicht einmal ahnen, was ich wirklich getan hatte; aber ich kam auch nicht dahinter, was sie vermuteten, denn sie behandelten mich wie… nun ja, ich mußte es akzeptieren: Man behandelte mich wie jemanden, der in Kürze vor einen Untersuchungsausschuß zitiert oder sogar festgenommen wird. Ich führte wieder Gespräche über die Wiederaufnahme meiner lange unterbrochenen Arbeit an unseren Grenzen. Ich kam zu dem Schluß, daß etwas die Situation beeinflußte, was ich völlig falsch interpretierte.
Die Zeit verging. Ich hatte das Thema Rohanda noch nicht zur Sprache gebracht. Ich fühlte mich versucht, es einfach auf sich beruhen zu lassen. Doch ich rief mir das Versprechen in Erinnerung, das ich Klorathy gegeben hatte. Da ich nicht wußte, was ich sonst hätte tun sollen, berief ich schließlich eine Konferenz der Fünf ein.
Die Fünf, zu denen ich gehöre, leiten den Kolonialdienst. Jeder im Reich weiß das. Es ist bekannt, daß wir die Politik durchführen, die unsere Gesetzgebung beschließt. Es ist auch bekannt, daß wir diese Politik beeinflussen. Nicht bekannt ist, in welchem Ausmaß wir sie beeinflussen. Ich will hier etwas feststellen, eine Tatsache, ohne sie in irgendeiner Weise abzuschwächen, etwas, das dem sirianischen Selbstbild widerspricht – dem Bild, das wir von uns selbst haben. Wir Fünf

regieren das Reich, wir herrschen über alles. Eine Ausnahme bildet das Leben unserer Eliteklasse, in dessen Einzelheiten wir uns nicht einmischen. Darum kümmern wir uns nicht im geringsten! Unsere Elite tut, was ihr gefällt.... in Grenzen... in unseren Grenzen. Ich habe bereits gesagt, daß es eine Elite geben muß. Keine Gesetzgebung wird ihr Entstehen verhindern oder sie abschaffen. Ebensowenig wie wir, die Herrscher von Sirius, uns für die Angelegenheiten dieser Reichen und Schönen interessieren, interessiert sie, was wir tun. Es gibt ein Gesetz, an dem kein Organisations- oder Gesellschaftssystem etwas ändern kann... oder zumindest nicht lange. Diejenigen, die die Arbeit tun, sind die wahren Herrscher, ganz gleichgültig, wie man sie bezeichnet.

Wir Fünf verkörpern die Regierungsgewalt unseres Reiches. Ja, wir *sind* sie und waren es seit dem Ende unseres Krieges mit Canopus.

Ich ging ein Risiko ein, als ich nur die Zusammenkunft der Fünf einberief und nicht den erweiterten Rat der Abgeordneten der Planeten. Jede Entscheidung der Fünf würde unumstößlich sein. Bei einer Konferenz der Dreißig hätte ich beim Rat der Fünfundzwanzig Berufung einlegen können, die sich unsere Ausführungen anhören, ohne an der Diskussion teilzunehmen. Ihre Funktion besteht darin, unsere Entscheidungen, entsprechend ihrer Wichtigkeit und Bedeutung, unterschiedlich lange auszusetzen, während wir Fünf aufgefordert werden, den Fall noch einmal zu überdenken.

Die Zusammenkunft fand wie üblich statt. Wir Fünf sind jedem Sirianer von früher Kindheit an vertraut, und deshalb muß ich über unser Aussehen nichts sagen. Ich will nur bemerken, daß die außergewöhnlichen Umstände mir den dramatischen Aspekt der Situation deutlich bewußtmachten. Als wir unsere Plätze einnahmen, blickte ich in die Gesichter meiner Kollegen, denen ich so nahe war und bin, mit denen ich Jahrtausende hindurch zusammengearbeitet habe, und die mit mir ein Ganzes bilden, einen Organismus. Wir sind beinahe ein Organ des sirianischen Körpers. Ich spürte die Nähe zu ihnen und empfand gleichzeitig Angst, weil ich ihnen wegen Canopus so fern stand und mich ihnen mit einem Teil meines Wesens so entfremdet hatte. Ich betrachtete ein Gesicht nach dem anderen (wir sehen alle so verschieden aus, denn wir kommen aus Gründen der Politik von unterschiedlichen Planeten) und fragte mich, wie wir uns so nahe, wie wir *eins* sein konnten, und ich mich trotzdem von ihnen getrennt fühlte.

Das Zusammentreffen von Menschen, die sich so gut kennen wie wir, bedarf keiner Regeln und Geschäftsordnungen. Oft genug saßen wir schweigend beisammen, bis eine Übereinkunft erzielt wurde, und trennten uns, ohne daß ein Wort gefallen war.

Ich überlegte, ob es diesmal so sein würde.

Schließlich ergriff ich das Wort: »Ihr wißt, ich möchte, daß wir gemeinsam eine Änderung unserer Politik im Hinblick auf Rohanda beschließen.«

Vier Gesichter sagten mir, daß sie erwartet hatten, ich würde die Diskussion mit einer ausführlichen Darlegung eröffnen.

Ich sagte: »Ich habe Schwierigkeiten. Die Gründe, die *ich* für überzeugend halte... ich weiß nicht, wie ich sie euch erläutern soll.«

Schweigen.

Dann sprach Stagruk von Planet 2.

»Wie es scheint, haben dich Erfahrungen der letzten Zeit uns so weit entfremdet, daß wir nicht mehr wissen, was der andere denkt. Und deshalb will ich unsere Gedanken zusammenfassen.«

Das schmerzte mich – und auch sie litten.

»Erstens, Rohanda bietet Sirius keine Vorteile. Als Versuchsgebiet ist der Planet nutzlos. Er ist viel zu dicht bevölkert, und zwar von unterschiedlichsten Rassen und Arten...«

»Im wesentlichen als Ergebnis unseres Eingreifens.«

Pause. So schnell hatte ich einen Ton angeschlagen, der uns fremd war.

»Wir müssen hinnehmen, daß du die Dinge anders siehst. Wollen wir fortfahren? Da Rohanda uns keinen Vorteil bietet, muß er für Canopus von Nutzen sein.« Pause. »Canopus ist unser alter Feind.«

Die Art, in der es gesagt worden war, veranlaßte mich, sie schweigend und fragend zu mustern.
Überall im Reich spricht man von Canopus, wenn ich so sagen darf, auf ziemlich stereotype Weise – wie es immer geschieht, wenn man über die Starken und Bedrohlichen – die Überlegenen spricht. Es ist nicht so selbstverständlich wie Essen und Trinken, aber doch beinahe Teil unseres Lebens: Wenn wir Canopus erwähnen, geschieht es mit einem verächtlichen Lachen, mit Hohn, mit einer Grimasse oder zumindest mit starrem Gesicht und einer harten Stimme, und das verrät deutlich, jede ernsthafte Beschäftigung mit dem Thema ist verboten. Natürlich benutzten wir Fünf untereinander diesen Ton nicht. Es trifft die Sache genauer, wenn ich sage, wir sprachen von Canopus wie von einem ranghöheren Partner, der seine Position mit unfairen Mitteln erworben hat. Doch in dem Wort »Canopus« hatte keiner dieser Untertöne gelegen. Es hatte beinahe fragend geklungen. Das Wort fiel, und unsere Augen trafen sich.
»Canopus *war einmal* unser Feind«, stellte ich fest.
»Du hast gerade einen langen... einen sehr langen... Urlaub mit Klorathy verbracht.«
»Auf dem Mond von Rohanda.«
»Wir können nicht glauben, daß die Reize des Mondes für deine ungewöhnlich lange Abwesenheit verantwortlich waren.«
Ich blickte langsam von einem zum anderen, damit sie die Wahrheit in meinen Augen lesen konnten, wenn es ihnen möglich war.
Offensichtlich gelang es nicht, denn Stagruk erklärte: »Wenn wir uns wieder auf Rohanda engagieren, bedeutet das, die Debatte über unsere Funktion als Reich wieder zu eröffnen. Sollen wir unser derzeitiges Minimum an Aktivität beibehalten oder wieder expandieren? Es würde bedeuten, Techniker für die Arbeit auf beiden Südlichen Kontinenten auszubilden. Und infolge der erschreckenden Lage auf Rohanda wird es notwendigerweise eine schwierige und teure Ausbildung sein. Mit größter Sicherheit werden dabei Menschenleben aufs Spiel gesetzt. Und das wird wieder Fragen aufwerfen... wenn wir deinem

Rat folgen, müssen wir uns unbedingt darüber im klaren sein, daß sich zumindest die existentielle Frage von neuem daran entzünden wird, und zwar bis zu einem gefährlichen Punkt. Das ist unsere Ansicht, Ambien.«

Ich mußte die Tatsache verarbeiten, daß sie das bereits ausführlich untereinander diskutiert hatten. *Sie*, als vier, hatten über eine, über mich, Ambien, gesprochen. Meine Distanz und meine Entfremdung von ihnen, von meinen alten Freunden und Mitarbeitern war so groß, daß ich in diesem Moment beinahe aufgegeben hätte. Doch ich dachte an Klorathy.

Ich war mir bewußt, daß ich mich in Gedanken auf ihn stützte, und das schuf ein Gefühl – oder verlieh ihm Beständigkeit, oder erinnerte mich daran (ich wußte es nicht) –, das sich verstärkte, während ich dort saß. Denn während des Gesprächs hallte es schweigend durch den Raum: *Klorathy, Klorathy, Klorathy.*

Ich erwiderte: »Seit langem entsprach es der Politik, daß ich eine Verbindung zu Klorathy aufbauen sollte.«

Stagruk sagte schnell: »Zu *unserem* Nutzen.«

Das war eine Drohung. Und doch – es gibt Drohungen und Drohungen!

Eine Situation kann eine Drohung in sich bergen – und dann ist es gleichgültig, was gesagt wird. Wenn Menschen zusammenkommen und sich ewige Bruderschaft geloben, ist dieser Schwur nur Schall und Rauch, wenn sie sich in einer Situation befinden, die eine Bedrohung darstellt – und umgekehrt. Hier gab es keinen Zweifel, von außen gesehen lag eine Drohung vor. Ich kannte den ruhigen abschätzenden Ausdruck auf den Gesichtern meiner Kollegen sehr gut. Sie griffen zu diesem Blick, denn sie glaubten, die Situation erfordere es. Und doch...

Meine Gedanken überschlugen sich: Canopus hat noch nie etwas gewollt, was sich nicht verwirklicht hätte! Eine Bitte wird in die Tat umgesetzt, obwohl ich scheinbar nichts dazu getan habe. Alles, was sich in Sachen Rohanda zwischen Sirius und Canopus ereignet hat, zwischen Klorathy und mir in meiner Eigenschaft als Sirius und als Ambien, beharrt nun mit tausend Stimmen darauf, daß geschieht, was Canopus will.

Schlimmstenfalls werden meine lieben Kollegen mich in irgendeiner Form bestrafen, aber das wird ein sirianisches Engagement auf Rohanda nicht verhindern. Denn *wir sind bereits in das Geschehen dort verwickelt*, und zwar auf eine Weise, die Canopus braucht – zur Erziehung von Sirius. Eine Entscheidung ist bereits getroffen worden. Und deshalb: Die Drohung, die hier und jetzt in der Luft liegt, gilt nur mir... und da mein Schicksal nicht von Bedeutung ist, besteht keine echte Bedrohung.

Während ich über all dies nachdachte, herrschte wieder Schweigen. Und zwischen die anderen Gedanken drängte sich immer wieder der eine, es sei unmöglich, daß mein Denken keine Auswirkungen auf die hatte, denen ich so nahe stand, *mit denen ich eine Einheit bildete.*

Im Gefühl, daß diese Worte bereits gesagt oder gedacht worden waren oder irgendwie existierten, erklärte ich: »Nach meiner Überzeugung war diese Verbindung immer nur zu unserem Vorteil, und so war es auch beabsichtigt.«

Wenn man will, bedeutete das Verrat. Aber ich faßte etwas in Worte, das wir alle unausgesprochen schon lange wußten. In diesem Sinn war Ambien II, eine der Fünf, wenn man so will, »auf Abwege geraten«, und zwar schon vor langer Zeit.

Ich spürte eine große Erleichterung. Ich empfand große Erleichterung in mir und in uns allen. Ein erwarteter Höhepunkt war erreicht worden – und vorübergegangen.

Sie sahen mich alle an – und keineswegs feindselig... vielleicht neugierig, aber nicht drängend oder bedrängend.

»Du hast nicht ein einziges Mal Shammat erwähnt«, sagte Stagruk.

»Nein.«

»Shammat stellt deiner Ansicht nach also keine Bedrohung dar?«

»Shammat hat scheinbar die Kontrolle über Rohanda und seinen Mond. Shammat ist überall auf Rohanda Tag und Nacht am Werk, doch nur mit Erlaubnis oder zumindest mit Duldung von Canopus, das dem Treiben von einem Tag auf den anderen ein Ende setzen kann.«

»Du bist der Ansicht, wir müssen das auf Treu und Glauben hinnehmen?«

»Ja.«

Nun wußte ich, sie würden zustimmen. Canopus wirkte in mir, in meinem Wesen, und hatte auch ohne ihr Wissen in ihnen gewirkt. Sie hatten meine Beziehung zu Canopus beobachtet, hatten sich gefragt und Vermutungen angestellt – und ihr innerstes Wesen war dabei berührt worden. Als ich das begriff, fühlte ich mich ihnen auf eine noch nie dagewesene Weise nahe – wie auch jetzt.

»Es ist alles gut«, sagte ich, »glaubt mir, es ist zu unserem Besten... zum Besten...«, ich wollte sagen, zum Besten von Sirius, sagte aber statt dessen: »... der Galaxis.«

»Gut, gut«, erklärte Stagruk, »wir sind einverstanden. Du wirst die neue Politik aktiv vertreten. Du wirst die Verantwortung für die Ausbildung des Personals übernehmen und für die Zusammenarbeit mit Canopus. Außerdem wirst du die Politik verkünden und die sich daraus ergebenden Debatten lenken.« Mit einem Lächeln fügte sie hinzu: »Darf ich vorschlagen, daß zu den Gründen, mit denen du in unserem Namen den Kurswechsel vertrittst, die Bedrohung Shammats auf Rohanda gehört, und daß wir möglicherweise Minerale auf dem Mond von Rohanda abbauen müssen?«

»Ihr vier habt den Abbau von Mineralien auf diesem Mond beschlossen?«

»Schließlich wird ein Wechsel der Politik für das ganze Reich erhebliche Schwierigkeiten mit sich bringen. Ich hoffe, du nimmst uns nicht übel, wenn wir darauf hinweisen, daß dein neuer... Kurs... dich manchmal weit von unserer sirianischen Realität entfernt. Wir müssen irgendwie unser Gesicht wahren.«

Ich lachte natürlich... hauptsächlich vor Erleichterung. Doch wir blieben alle auf unseren Plätzen und sahen uns eindringlich an.

»Weshalb kannst du es uns nicht sagen, Ambien?« fragte Stagruk plötzlich mit vor Stolz und Vorwürfen harter Stimme, »du siehst doch, was wir empfinden?«

Ich antwortete gleichermaßen gequält und zerrissen: »Wie kann ich das? Versteht ihr nicht, es hat... so lange gedauert! Und auf meiner Seite waren so viele Widerstände zu überwinden. Ich habe von ihnen alles langsam, Stückchen für Stückchen gelernt und wußte nicht einmal, daß ich mich so sehr verändert habe, ehe ich heute mit euch zusammentraf...« Ich weinte. Meinen Augen waren schon lange keine Tränen mehr entströmt. Ich weinte, wie es nur bei den primitiven Völkern unseres Reichs üblich ist. Und auch sie, meine alten Gefährten, zeigten Anzeichen, in längst vergessene Gewohnheiten zurückzufallen.

Wir empfanden die Situation alle so ungewöhnlich, daß unsere Reaktionen uns weniger beunruhigten, als es sonst vielleicht der Fall gewesen wäre.

So verlief diese Ratssitzung, die später von jedem als Wendepunkt, als Beginn einer Neuorientierung von Sirius gewertet wurde. Daß es damals natürlich um nichts anderes ging, schwang in allem mit, was wir sagten und nicht sagten. Aber niemand wußte, wie weitreichend die Veränderungen sein würden. Selbst jetzt, während ich meinen Bericht schreibe, wird die Bedeutung dieser Sitzung noch einmal neu überdacht.

Ich möchte ohne weitere Ausführung zwei Dinge feststellen:

Erstens, ich habe Klorathy nicht noch einmal getroffen.

Zweitens, viel Energie und Anstrengungen flossen in den Wechsel der Politik, der stattfinden mußte, ehe ich aktiv und öffentlich meinen Platz einnehmen konnte, der mich in den Augen des ganzen Reichs zu »Rohanda-Ambien« machte. Während dieser Kampagne unterstützte mich Ambien I hinter den Kulissen.

Inzwischen dachte ich insgeheim eingehend darüber nach, was Canopus in Wirklichkeit von uns brauchte. Diese Gedanken konnte ich mit niemandem teilen, nicht einmal mit Ambien I.

Auch jetzt will ich den Bericht nicht mit zu vielen Einzelheiten befrachten. Ich bin sicher, der aufmerksame Leser wird meine Gründe für diese oder jene Entscheidung verstehen.

Ich traf keine Vorbereitungen für den Einsatz vieler Techniker auf den Südlichen Kontinenten I und II. Das wäre auf eine militärische Besetzung dieser Gebiete hinausgelaufen, denn beide Kontinente wurden bereits von den weißen Eindringlingen aus den nordwestlichen Randzonen heimgesucht. Klorathys Prophezeiungen erwiesen sich als richtig. Die beiden riesigen Territorien wurden auf grausamste und brutalste Weise erobert, die eingeborenen Völker und Rassen entweder ausgerottet oder versklavt. Überall herrschten Gewalt, Zwang und Tyrannei. Shammat oder sein Geist dominierte eindeutig. Ich mußte noch etwas berücksichtigen: Unsere Streitkräfte so aufzubauen, daß sie die Kontinente unterwerfen oder zumindest kontrollieren konnten, würde bedeuten, mehr zu unternehmen als Canopus in den nördlichen Gebieten. Es würde auch bedeuten, unsere Techniker Kriegsstrategien zu lehren, die wir vergaßen ... die wir entsprechend unserer wohlüberlegten und strikt eingehaltenen Politik zu vergessen lernten. Wir besaßen Streitkräfte, doch sie waren zahlenmäßig gering. Ihr Einsatz beschränkte sich auf besondere und spezielle Gelegenheiten und Aufgaben.

Ich ließ eine begrenzte Zahl sorgfältig ausgewählter Techniker von Planet 11 ausbilden. In Körperbau, Größe und mit ihrer dunklen Haut ähnelten sie den durchschnittlichen Bewohnern von Rohanda – das heißt, den Unterworfenen auf beiden Kontinenten. Als Individuen der unterjochten Rassen würden sie zwar schärfer überwacht und kontrolliert werden, doch trotzdem weniger auffallen als Angehörige unserer hellhäutigen Völker. Wir bildeten unsere Mannschaft in Überwachungstechniken aus und lehrten sie, soziale und politische Situationen genau und richtig einzuschätzen. Obwohl es nur so wenige waren, gelang es ihnen, alles im Auge zu behalten, was sich auf diesen Kontinenten abspielte. Ich behaupte, daß es niemals und nirgends so geschickte, erfahrene und feinfühlige Spione gegeben hat wie sie.

Und auch keine, die sich mehr aufgeopfert hätten. Ihre Abneigung gegen diese unangenehme und oft erschütternde Arbeit war so groß, daß man von niemandem erwartete, er würde seine Dienstzeit von zehn R-Jahren verlängern.

Doch ihre Erfahrungen, die sie nach Hause zurückbrachten,

hatten eine große Wirkung. Sie hatten Extreme von Leid, Grausamkeit und sozialer Zerrissenheit erlebt und vermittelten dies auf jede erdenkliche Weise unserer Bevölkerung. Es führte dazu, daß das Thema, wie ein Reich sich verhalten sollte und konnte – aber nicht notwendigerweise auch tat –, auf eine neue Weise debattiert wurde. Hier ist eine Entwicklung in Gang gesetzt worden – indem wir der Bitte von Canopus nachgekommen sind –, die noch keineswegs abgeschlossen ist. Ich erwähne das bewußt, denn mitunter wird vergessen, wo und weshalb die plötzlich wiedereinsetzende Selbstbefragung ihren Ursprung nahm. Und seit dieser Zeit besteht in gewissen Kreisen ein anhaltendes – und starkes – Interesse an Canopus, an seinem Tun, an seiner *Funktion*. Ja, dieses Wort, das so viele unserer jungen Leute in den Mund nehmen, geht auf jene Zeit zurück.
Der Versuch, diese neue ernstzunehmende Denkweise als »Verrat« oder sogar als moralischen Zerfall abzustempeln, beweist in meinen Augen mangelnde Einsicht in unsere *inneren* sozialen Prozesse; ich bin davon überzeugt, daß sie sich schließlich durchsetzen wird. Ich sage das in der Gewißheit, daß ich für sehr viel mehr ältere Bürger spreche als sich – bisher – zu Wort gemeldet haben.
Nachdem unsere Mannschaft sich auf beiden Kontinenten eingerichtet hatte, unternahm ich eine Erkundungsreise. Ich hielt immer nach Klorathy Ausschau, da ich glaubte, die auf dem Mond entstandene Beziehung würde auf dieser Ebene ihre Fortsetzung finden. Ich hatte mir keine präzisen Vorstellungen über meine mögliche Begegnung gemacht, vielmehr verlangte mein emotionales Ich eine Art Nahrung – infantiler Art. So sah ich es bald. Ich suchte auch Nasar. Doch nach einiger Überlegung sagte ich mir, die beiden canopäischen Beauftragten würden sehr wahrscheinlich im Norden arbeiten. Sobald sie sicher sein konnten, daß wir zumindest ein angemessenes, wenn auch minimales Maß an Verantwortung übernommen hatten. Eigentlich war klar, daß ich keinem von beiden begegnen würde – nach allem, was Klorathy mir über ihre Überlastung erzählt hatte. Offensichtlich hatte ich einmal nachgedacht!
Statt dessen sah ich Tafta.

Tafta

In dem Gebirge, das sich an der Westküste des Südlichen Kontinents II entlangzog, gab es seit langem – in den Begriffen von Rohanda – ein hochentwickeltes Königreich. Es stand in der Galaktischen Skala auf der Stabilisierten Stufe 4. Die vordringenden Weißen von den nordwestlichen Randzonen hatten diesen Staat durch Verrat erobert und um des Goldes willen, das seine Schatzkammern füllte, in Schutt und Asche gelegt. Von einem Ende des Reichs bis zum anderen sah man nur Leichen, verwüstete Felder und rauchende Städte.

Ich hatte mein Raumschiff angewiesen, auf einem sandigen Küstenstreifen zu landen und erwartete es dort. Von den Ausläufern des Gebirges näherte sich ein Trupp Männer mit Maultieren und Pferden, die mit Gold in allen Formen beladen waren – Barren, Säckchen mit Goldstaub, Schmuck, den abgerissenen Verzierungen von öffentlichen und religiösen Gebäuden. Sie wirkten wie berauscht, und es fiel mir nicht schwer, alle Anzeichen unersättlicher Gier zu erkennen. Dann beobachtete ich, wie alle – es waren etwa dreihundert – auf Befehl eines Anführers ihre Lasten ablegten und einen großen Kreis bildeten. Von meinem Platz auf den grasbewachsenen Dünen konnte ich das Geschehen unter mir gut sehen. Da entdeckte ich Tafta. Er war der Anführer der Plünderer und trug wie die anderen einen farbigen, gegürteten Rock über Kniebundhosen. Er war mit allen möglichen Messern und Waffen behängt, stolzierte im Kreis hin und her und lachte. Ich verglich dieses Tier mit dem Besucher von Shammat zur Zeit der Lombis und mit dem Tafta, der die Zerstörung des ersten Lelanos vollendete. Er wirkte in dem Sinn verfeinert, daß er körperlich weniger tierisch aussah; aber auf eine andere Art, die ich nicht so leicht definieren konnte, hatte er sich zu seinem Nachteil verändert. Impertinenz und Bosheit hatten schon immer zu seinem Wesen gehört: der Charakter eines Diebes war schon immer sein Erbe gewesen. Aber jetzt zeigte sich eine neue Art Brutalität, die sich deutlich von der physischen unterschied und seinem moralischen Zustand entsprang: Es wurde einem übel, wenn man ihn nur ansah! Die Diebesbande erfüllte mich mit Abscheu. Ihnen fehlte sogar diese natürliche tierische Attraktivität, die Tafta noch besessen hatte, als ich der Verführung leicht erreichbarer Macht erlag.

Ich sah, daß man drei Männer in die Mitte des Kreises stieß und zu Boden warf. Drei andere trugen Strafwerkzeuge: schwere Stöcke, an denen neun dünne, feste Schnüre befestigt waren. Man band die Männer, die bestraft werden sollten, mit den Rücken zu ihren Peinigern an Pfähle. Tafta stand breitbeinig und großspurig grinsend dabei und stemmte die Hände in die Hüfte.

Er hob die Hand, ließ sie sinken, und die Peitschen trafen zischend das nackte Fleisch. Schreie und Stöhnen, in denen Überraschung mitschwang, denn der Schmerz mußte unerwartet heftig sein.

Wieder hob Tafta die Hand, senkte sie, und die Peitschen sausten durch die Luft. Ich erwartete vielleicht zwei oder drei Hiebe. Solche kaltblütige Brutalität hatte ich noch nie erlebt. Die Luft erzitterte unter dem Schreien und Stöhnen. Der Blutgeruch gab der salzigen Luft eine neue Schärfe. Es war spät am Nachmittag, und die Sonne sank. Ein goldenes Wolkenband schmückte den Himmel, Gold säumte die Kämme der Wellen; der Sand und die Szene, die ich beobachtete, waren in Gold getaucht... Taftas Hand hob sich mit der Handfläche nach außen bis in Schulterhöhe – sank, die Peitschen gingen nieder, und die gellenden Schreie stiegen auf. Im Kreis der Männer herrschte Schweigen. Sie sahen voll Entsetzen zu; ihre Gesichter verrieten, daß sie wie ich jeden Hieb zählten, indem ihre Körper mitfühlend zusammenzuckten. Die pfeifenden Peitschenschnüre sausten durch die Luft, sausten immer wieder durch die Luft... die geprügelten Männer sanken wie Sträucher oder Grasbüschel in Flammen zusammen.

Dann verstummte das Stöhnen, aber die Peitschen ruhten nicht. Sie gingen nieder und nieder. An den Pfählen hingen drei schlaffe, blutende, zerfetzte Bündel.

Auf einen gebrüllten Befehl Taftas wandten die Piraten dem Schauspiel, das sie gezwungenermaßen angesehen hatten, den

Rücken. Die Männer luden sich das Gold auf die Schultern und machten sich auf den Weg zu den Booten am Strand. Ein Segelschiff erwartete sie. Die Lasttiere wurden am Ufer zurückgelassen – sie mochten sterben oder sich in Sicherheit bringen. Ich gab meinem Raumschiff das Signal, mit der Landung zu warten, ging an den hingeschlachteten Männern vorbei und hinunter zu den Dieben. Bei meinem Anblick erstarrten sie mit offenen Mündern. Die plötzlich eintretende Stille veranlaßte Tafta, sich umzudrehen. Ihm lagen schon Flüche auf den Lippen, noch ehe er den Grund für das Schweigen erkannte.
Als er mich sah, wußte er einen Moment lang nicht, was er tun sollte. Dann stolzierte er großspurig und mit grinsender Selbstsicherheit auf mich zu und machte eine tiefe Verbeugung. Dabei nahm er seinen großen, juwelenbesetzten Hut ab und wollte meine Hand ergreifen, um sie zu küssen. Mein Blick jagte ihm zwar Angst ein – die er verbarg –, aber er verlor seine Ungezwungenheit keineswegs.
Wir sahen uns über den schmalen Sandstreifen hinweg an, der uns trennte.
»Tafta«, sagte ich, »hast du diese Männer bestraft, weil sie dein barbarisches Verhalten in dem indianischen Königreich mißbilligten? Hast du es deshalb getan?«
Aus der Schar der Männer stieg ein tiefes, zustimmendes Stöhnen auf, das auf einen Blick von ihm augenblicklich verstummte. Im nächsten Moment hatten sie ihr gieriges, selbstsicheres Wesen wiedergewonnen.
»Eines Tages, Tafta«, erklärte ich, »wird dir die Rechnung präsentiert werden. Die Zeit wird kommen, in der du ebenso leidest, wie du jetzt andere leiden läßt.«
Wieder durchzuckte ihn kaum wahrnehmbare Unsicherheit. Dann wurde sie von seiner Großspurigkeit überdeckt. Er lächelte. Dieser hübsche, gefühllose Rohling lächelte und warf sich stolz in die Brust. Ich führte mir den Entwicklungsstand dieses Wesens vor Augen, dachte an die zurückliegenden Stufen und haderte in Gedanken mit Canopus: Warum, warum, *warum* laßt ihr das zu?
»Du mußt schon lange nicht mehr auf Rohanda gewesen sein«,

erklärte er, »der Planet gehört mir von einem Ende zum anderen.«
»Nein, Tafta, er gehört dir nicht. Du wirst sehen, daß er dir nicht gehört.«
Er brach in unbekümmertes, nachsichtiges Lachen aus, als sei ich ihm geistig unterlegen. *Das* war die Veränderung, die in ihm stattgefunden hatte. Ich blickte ihn an, entdeckte sie in ihm, betrachtete seine Gefährten und sah in ihnen nichts anderes: *Selbstüberschätzung*. Das machte sie aufgeblasen und blind. Ihre Verblendung hatte viele Wurzeln. Die Selbstüberschätzung war ebenso stark wie ihre Gier.
Ich verließ sie und ging zurück auf die kleine Anhöhe, auf der ich gestanden hatte. Von dort sah ich zu, wie sie ihre Beute in die Boote verstauten und dann zum Segelschiff hinausruderten. O ja, ihre Galeone bot einen ästhetischen Anblick. Ich hatte noch nie ein Segelschiff in diesem Stadium der Technologie gesehen. Die Szene war wunderschön: Das Licht verblaßte; nur das dunkle weite Meer blieb zurück; die schmale Mondsichel warf einen sanften silbernen Schein auf die sich kräuselnden Wellen. Der Mond von Rohanda… er war mein nächstes Ziel.
Ich überzeugte mich davon, daß die bedauernswerten Opfer an ihren Pfählen wirklich tot waren, rief die Maultiere und Pferde und führte sie vom Strand in die Wälder, wo sie Nahrung und Wasser finden konnten. Dann machte ich mich auf den Weg zum Mond des Planeten.
Seit meinem letzten Aufenthalt dort hatte sich vieles verändert. Shammat beanspruchte noch immer den größten Teil und hatte sich mit großer Geschwindigkeit ausgebreitet. Der Abbau der Bodenschätze war in vollem Gang. Überall sah man Kriecher bei ihrer Arbeit in den Kratern. Neue Krater waren entstanden. Dieses Bild bot die Oberfläche. Wir wußten, daß unterirdisch alle möglichen technischen Projekte durchgeführt wurden. Doch wir, Sirius, hatten entlang der Grenze ihres Gebietes in einem Halbkreis Stellung bezogen, und Canopus hatte auf der anderen Seite das gleiche getan. Auch zahlreiche unserer Kriecher waren im Einsatz, darunter die größten, die wir besaßen –

mit einer Länge von fünf oder sechs Meilen. Wir schürften ebenfalls und planten, die Rohstoffe zu verarbeiten, die wir zu Tage förderten. Doch ich will es so ausdrücken: Bei keiner unserer Operationen war der sichtbare Aufwand im Verhältnis zum tatsächlichen Ergebnis jemals so groß.

Canopus hatte riesige bemannte Kuppeln errichtet und mit Waffen bestückt. Shammat war also in seine Grenzen verwiesen und wußte es.

Ebenfalls sichtbar waren die Beobachtungstürme der drei Planeten und die Pylone des einen, an denen die Raumschiffe anlegten. Auf dem Mond herrschte hektische Geschäftigkeit; aber die Bewohner von Rohanda entwickelten gerade erst Instrumente, mit deren Hilfe sie ihn beobachten konnten.

Ich stellte sicher, daß unsere Politik der freundlichen Zusammenarbeit mit den drei Planeten beibehalten wurde, und stattete den drei Stützpunkten einen kurzen Besuch ab.

Nach Konsultation mit der Station von Canopus ordnete ich eine Demonstration erster Ordnung über der Oberfläche des gesamten Planeten an. Es war interessant festzustellen (und veranschaulichte gewisse Entwicklungen), daß wir schon so lange nicht mehr zu solchen Machtdemonstrationen gegriffen hatten; es fiel dem Mutterplaneten deshalb sehr schwer, genügend Raumschiffe und die erforderlichen Besatzungen zur Verfügung zu stellen. Doch schließlich tauchten siebenunddreißig Bataillone unserer größten und eindrucksvollsten Schiffe, die eigens zu diesem Zweck entwickelt worden waren, gleichzeitig aus dem Raum auf und schwebten über der Mondoberfläche. Sie umkreisten den Planeten mehrmals, schwebten wieder auf der Stelle und entschwanden in leuchtenden Wolken, die nur dazu dienten, dem Schauspiel eine nachhaltige Wirkung zu verleihen. Wenn ich jedoch an Tafta und sein neues unrealistisches Selbstvertrauen dachte, stiegen gewisse Zweifel in mir auf. Ich war mir auch nicht sicher, wie man über die Aktion zu Hause denken würde. Dorthin kehrte ich nämlich bald nach den Bataillonen zurück.

Die Vier baten mich zu einer Besprechung.

Inzwischen kehrten die Techniker nach Ablauf ihrer Dienstzeit auf den beiden Südlichen Kontinenten zurück; was sie über die Erlebnisse berichteten, erregte großes Aufsehen, wie meine erfahrenen Kollegen es vorausgesagt hatten. Niemals hatte man sich auf unserem Mutterplaneten auch nur annähernd etwas Ähnliches vorstellen können, wie die sinnlose, barbarische Behandlung der Völker dieser Kontinente durch die Eindringlinge von den nordwestlichen Randgebieten. Man hatte solche Grausamkeit nicht für möglich gehalten...

Ich nehme mir die Freiheit, eine kurze Beobachtung einzufügen: Ein bestimmtes Gesetz, das auf Rohanda deutlich sichtbar wird, ist auch andernorts nicht völlig unbekannt. Eine Nation oder eine geographisch umrissene Zone kritisiert andere für Fehler, die sie selbst begeht. Im Laufe der letzten Periode hatte sich diese Tendenz auf Rohanda so stark herausgebildet, daß der Planet für uns exemplarisch wurde, und in unserer technischen Literatur finden sich genügend ausführliche Berichte darüber. Ich für meinen Teil muß gestehen, wenn ich die großen, weltweiten Konferenzen auf Rohanda verfolgte, erstaunte mich nichts mehr als die Tatsache, daß alle Nationen sich gegenseitig höchst leidenschaftlich wegen Praktiken beschuldigten, die sie offensichtlich an sich selbst nicht wahrnahmen.

Meine Kollegen und ich sahen uns einer schweren Krise gegenüber – auf den ersten Blick stellte sie sich nicht so dar, doch sie barg die Möglichkeit gesellschaftlicher Unruhen in sich, die alles in Mitleidenschaft ziehen konnten.

Mein Einsatzbefehl für die siebenunddreißig Bataillone und die dadurch notwendige Reorganisation und die forcierte Ausbildung der Mannschaften war in unserer Bevölkerung nicht unbemerkt geblieben.

Was für ein Planet war Rohanda, weshalb besaß er für uns solche Bedeutung, daß man seinetwegen so großes Aufhebens machte?

Wir, die Fünf, nun vier und eine, saßen wie bei unserer letzten Begegnung zusammen, und sie wollten von mir wissen, ob ich Klorathy getroffen hatte. Ich verneinte und betonte, darum gehe es nicht. Aber wie konnte ich annehmen, sie würden etwas verstehen, zu dem ich so lange gebraucht hatte?

Sie warteten und sahen mich an; und in ihre Hoffnung auf Antwort mischte sich auch eine Spur Angst. Sie spürten, selbst wenn sie es nicht formulierten, daß ihr Schicksal, sirianisches Schicksal, in fremden Händen lag. Daß dies schon immer der Fall gewesen ist, ahnten sie nicht. Und auch ich konnte mich nicht so leicht an diesen Gedanken gewöhnen.
Sie erwarteten von mir eine ganz klare Aussage, etwa: »Ich glaube, das Band mit Canopus wird uns in dieser und jener Hinsicht Vorteile bringen.«
Ich berichtete ihnen von den Entwicklungen auf dem Mond von Rohanda, und schließlich wollten sie wissen, ob ich beabsichtige, einen Bericht an Klorathy zu schicken. Sie taten es in der Hoffnung, ihn lesen und danach meine Beziehung zu Klorathy einschätzen zu können. Ich erklärte, ein solcher Bericht sei meiner Ansicht nach noch nicht angebracht.
Damit endete die Konferenz. Ich sehe ihre Gesichter noch vor mir, die sich mir alle gleichzeitig zuwendeten, und ich spüre ihre Gereiztheit, ihr Mißtrauen. Ich mache ihnen deshalb keinen Vorwurf; das habe ich nie getan! An ihrer Stelle hätte ich mich genauso verhalten.

Shammat

Man rief mich auf den Mond von Rohanda zurück. Auf dem Gebiet von Shammat waren Kämpfe ausgebrochen: Ein Bürgerkrieg auf Shammat fand hier seinen Niederschlag. Es handelte sich um Bodenkämpfe. Überall auf ihrem Territorium kam es zu Explosionen, die neue Krater an den Stellen rissen, an denen sich ihre unterirdischen Siedlungen und Fabriken befunden hatten; und in den alten Kratern lagen die Trümmer zerstörter Kriecher verstreut. Die gegnerischen Parteien hatten bislang keine Luftangriffe gewagt, und wir deuteten dies als Zeichen, daß sie das Gefühl für ihre Position noch nicht völlig verloren hatten. Wir gingen kein Risiko ein; eine neue Demonstration unserer Stärke fand über ihren Schlachtfeldern statt, damit sie nicht in Versuchung gerieten, uns und die Präsenz von Canopus zu vergessen. Einzelheiten dieses Krieges sind für den Bericht nicht relevant.

Auf Rohanda herrschten ähnliche Zustände. Der Planet befand sich im Jahrhundert der Zerstörung, und der erste weltweite Krieg fand statt. Der Schwerpunkt der Kämpfe lag in den nordwestlichen Randzonen, deren Nationen versuchten, sich gegenseitig über der Frage zu vernichten, wer – in erster Linie – die Macht auf dem Südlichen Kontinent I ausüben sollte. Dieser Krieg verband das Maximum an Abscheulichkeiten mit einem Maximum an Rhetorik. Es war ein widerwärtiger Krieg. Hin und wieder sah ich Tafta. Seine Selbstgefälligkeit war im Vergleich zu unserer letzten Begegnung noch gewachsen; als »ein Mann Gottes« schürte er die nationalen Leidenschaften. (So nannte man dort Menschen, die als religiöse Vorbilder galten.) Zuerst stand er auf der einen Seite, dann auf der anderen und versprach Gottes Hilfe für die jeweilige Politik der Massenvernichtung. Sein widerliches, salbungsvolles Gehabe werde ich nicht so schnell vergessen, sein Gesicht, das vor Aufrichtigkeit strahlte, wenn er die armen Wichte anfeuerte, die scharenweise in den Tod rannten, verwundet oder verkrüppelt wurden.

Die Vier riefen mich zum Mutterplaneten zurück, denn sie wollten wissen, »was Canopus eigentlich vorhabe«, wenn er ein solches Blutbad auf Rohanda zuließ. Sie glaubten, ich sei mit Klorathy zusammengetroffen und wolle ihnen das aus irgendeinem Grund, der mit meiner Hinwendung zu Canopus zusammenhing, nicht sagen. Ich konnte nur wiederholen, daß ich Klorathy nicht gesehen und auch keine »Anweisungen« von ihm erhalten hatte. Allerdings sei ich geneigt, den langfristigen Plänen und Zielen von Canopus zu vertrauen. Es war kein glückliches Zusammentreffen, und ich war erleichtert, als ich eine dringende Botschaft von Rohanda erhielt. Shammats Krieg auf dem Planeten des Planeten war zu Ende; die siegreiche Partei hatte sich auch dort behauptet. Uns berührte das nicht – denn die beiden Parteien standen sich in Widerwärtigkeit und Niedertracht in nichts nach. Der Bürgerkrieg hatte

Tafta, den Repräsentanten von Shammat auf Rohanda, kompromittiert und seine persönliche Stellung auf Rohanda geschwächt. Uns war bekannt, daß er bei seiner Rückkehr nach Hause möglicherweise mit Verhaftung oder Ermordung rechnen mußte. Er wußte es vermutlich nicht.

Die destruktiven Prozesse auf Rohanda näherten sich mit großer Geschwindigkeit einem Ende. Der zweite weltweite Krieg war in Gang. Auch er nahm seinen Ursprung in den nordwestlichen Randgebieten und entzündete sich an nationalen Streitigkeiten. Doch er überzog den ganzen Planeten, und kein Flecken blieb davon unberührt. Dieser Krieg schwächte schließlich die Position der weißen Rassen; sie hatten den Planeten von einem Ende zum anderen beherrscht und jede andere Kultur und Zivilisation zerstört, wie ihre technologischen Bedürfnisse es diktierten.

Die Veränderung im Gleichgewicht der Kräfte, die der zweite Krieg hervorrief, sind ausführlich dokumentiert. Aber die Einzelheiten der lokalen Kämpfe – denn aus einer vernünftigen Perspektive betrachtet waren sie schließlich nichts anderes – beschäftigten mich nicht annähernd so sehr wie die Lektionen, die man ihnen entnehmen und auf unsere eigenen Probleme anwenden konnte.

Ich beobachtete die Veränderung der Denkweise im ganzen Reich – auf unserem Mutterplaneten ebenso wie in den Kolonien. Jeder Planet hatte unterschiedliche Einstellungen und Ideen, die hartnäckig, immer leidenschaftlich und oft sogar mit Gewalt verteidigt wurden. Und jeder nahm neue Fakten und Ideen in unterschiedlichem Maß auf. Anfangs erkannte ich nicht, daß darin meine Hauptbeschäftigung lag: Es war eine Sache, begriffen zu haben, daß es den langfristigen Zielen von Canopus entsprach, Veränderungen im sirianischen Reich zu bewirken, und daß ich dabei ihr Instrument war – ich habe alles darangesetzt, meinen langsamen und schwierigen Weg des Erkennens ausführlich zu beschreiben – doch um einen Prozeß völlig zu verstehen, ist es oft wichtig, die Ergebnisse zu sehen. Das trifft selbst auf so erfahrene Administratoren wie die Fünf zu.

In dieser Periode, die sich als sehr kurz erweisen sollte, blieb ich ruhig in meinen Räumen und dachte nach. Mir fiel auf, daß schon sehr viel Zeit verflossen war, seit ich etwas Derartiges zum letzten Mal getan hatte. Ich war praktisch ständig unterwegs oder auf anderen Planeten stationiert gewesen. Aber nicht nur mein Verweilen zu Hause war ungewöhnlich: Ich begriff, ich befand mich in einem neuen Bewußtseinszustand.

Und erst als die Vier mich einzeln und beinahe verstohlen besuchten – immer mit dem Anflug einer Entschuldigung, wie jemand, der selbst nicht völlig versteht, was er gerade tut – begriff ich allmählich. Ich habe nur allzuoft beobachtet, daß diese Art Entschuldigung rasch in Gereiztheit und dann sehr schnell in Schlimmeres umschlägt...

Wir hatten uns selten auf diese Weise besucht. Unsere offiziellen Zusammenkünfte waren für die Dokumentation wichtig; und unsere Arbeit im Ratszimmer wirkte beruhigend auf die Bevölkerung. *Wir hatten gewußt, was wir alle dachten, was wir wahrscheinlich denken würden, hatten so etwas wie ein kollektives Bewußtsein dargestellt...* Die Beklommenheit meiner Besucher rührte teilweise daher, daß ihnen die Notwendigkeit nicht gefiel, mich in meiner Wohnung aufzusuchen, um herauszufinden – *was* herauszufinden? Sie wußten es nicht!

Jeder zeigte bei seiner Ankunft dieses aggressive und verlegene Verhalten und erkundigte sich als erstes höchst besorgt nach meiner Gesundheit. Ich versicherte ihnen, es gehe mir wie immer ausgezeichnet. Die Besuche verliefen alle gleich. Wir stimmten darin überein, daß Sirius sich im Zustand der Gärung befand; Ansichten und Ideen, die seit Jahrtausenden Gültigkeit besessen hatten, wurden verworfen und durch neue ersetzt. Nach dieser Umwälzung – und wie üblich konnte man sich in einer Zeit der Unruhen kaum vorstellen, daß sie einmal ein Ende nahmen – würde unser Reich sich verwandelt haben, anders aussehen. Wie, das konnte jetzt keiner sagen.

Dann wendete sich das Gespräch Rohanda zu. »Paradoxe, Widersprüche, Anomalitäten treten immer auf, wenn ein Planet sich in einer Phase der Umwandlung befindet. Nun, Ambien, was ist nach deiner Überzeugung das Wichtigste daran? Wichtig im Hinblick auf die Veranschaulichung der Mechanismen sozialer Veränderung.«

»Erstens bin ich nicht in der Lage, über die wahren, tiefgreifenden, wirklich fundamentalen Veränderungen, die stattfinden, zu sprechen«, erklärte ich entschieden und wußte, ich würde mein Gegenüber damit verärgern. Aber ich blickte dem Besucher ruhig in die Augen und brachte damit zum Ausdruck, daß ich das sagen müsse. Und nachdem er es mit mehr oder weniger Haltung akzeptiert hatte, sprach ich weiter: »Aber im Hinblick auf die offensichtlichen und naheliegenden Widersprüche möchte ich folgendes feststellen. Rohanda besitzt vollkommene Kommunikationstechniken. Sie sind so mächtig, daß auch der einsamste Mensch im entlegensten Winkel des Planeten über alles und auf der Stelle informiert werden kann, was irgendwo auf Rohanda geschieht. Millionen sind in den Industrien beschäftigt, die mit Kommunikation zu tun haben. Durch Gehör, Gesichtssinn und auf andere Weise, von denen sie nichts ahnen, werden die Bewohner von Rohanda Tag und Nacht mit Informationen überschwemmt. Mit ›Nachrichten‹. Und doch war die Kluft zwischen dem, was dem einzelnen erzählt, ihm zu wissen erlaubt wird, und dem, was tatsächlich geschieht, nie größer als zur Zeit.«

»Aber Ambien, ist das nicht immer und überall so... zumindest in einem gewissen Maß?«

»Das stimmt. Wenn ich zum Beispiel einem Sirianer sagen würde, daß unser Reich von fünf Diktatoren beherrscht wird, würde er lachen oder mich zu einem Arzt schicken.«

»Davon spreche ich nicht, Ambien... und mir gefällt nicht, wie du das ausdrückst. Wenn wir Diktatoren sind, dann sage mir, wann es je so verantwortungsvolle Herrscher gegeben hat, die so aufgeschlossen für die Bedürfnisse ihrer Untertanen waren... so einfühlsam... und denen nur das Wohl der Allgemeinheit am Herzen liegt... Schon gut, du wirkst ungeduldig. Du siehst mich an, als sei ich lächerlich... wir wissen alle, daß wir Fünf nicht länger wie einer denken. Du hast eigene Ansichten... aber ich spreche nicht von einem speziellen Problem, vor dem wir möglicherweise stehen. Ich wollte andeuten, daß alles, was ein durchschnittliches Individuum aufnehmen *kann, immer* hinter den Tatsachen zurückbleibt.«

»Die Frage ist, wie weit. Aber helfen uns Verallgemeinerungen jetzt, an diesem gefährlichen und entscheidenden Punkt? Also gut, ich will es so ausdrücken. Wenn das, was die Bevölkerung glaubt, sich zu weit von dem entfernt, was wirklich geschieht, tun die Herrscher gut daran, sich zu fürchten. Und zwar deshalb, weil ein Bewußtsein, sei es individuell oder kollektiv, als eine Maschine angesehen werden kann. So betrachtet heißt das: Füttert man es zu schnell mit zu vielen Informationen, blokkiert es. Die Blockade manifestiert sich als Zorn... Aufstände, Unruhen und Rebellion.«

»Das erleben wir gerade im ganzen Reich. Alle möglichen neuen Ideen kämpfen darum, sich durchzusetzen.«

»Und wie viele gibt es daneben, von denen man noch nichts weiß? Aber du möchtest ja nicht über Einzelheiten sprechen. nun gut, obwohl wir... *du*... meiner Meinung nach einen Fehler begehen. Wir sollten über die Situation von Sirius sprechen. Und über *unsere* Situation. Wir sollten uns Gedanken darüber machen, wie wir der Bevölkerung erklären können: Ihr Sirianer, du, das sirianische Reich, wird von einer Oligarchie von fünf Personen regiert, und diese Tatsache stimmt nicht mit dem überein, was man dir beigebracht hat... schon gut, bleiben wir eben bei Rohanda. Ich will eine sehr allgemeine Feststellung treffen. Wir alle wissen, das Wesentliche einer Situation ist oft, in Wirklichkeit sogar üblicherweise, etwas, was man gar nicht sieht. Wir können sogar soweit gehen zu sagen, daß *immer* die Neigung besteht, komplizierte und abwegige Erklärungen für etwas sehr Einfaches oder Naheliegendes zu suchen. Nach Beobachtung der mentalen Prozesse auf Rohanda bin ich zu dem Schluß gekommen, daß sie eine äußerst einfache und elementare Tatsache nicht verstehen: Jeder Mensch auf diesem Planeten sieht sich und hält sich für ein einmaliges und außergewöhnliches Individuum, ohne je zu ahnen, welche winzige Einheit er darstellt, die nur als Teil eines Ganzen existieren kann.«

»Ist das wirklich etwas Neues für dich, Ambien, Ambien, eine der Fünf?«

»Ganzheiten, ein Ganzes. Ein Individuum kann unmöglich anders denken als das Ganze, dessen Teil es ist... nein, warte. Ich möchte dir ein Beispiel von Rohanda geben. Es gibt einen großen Ozeandampfer, ein neues und modernes Schiff. Es wird von einem treibenden Eisberg gerammt und sinkt auf der Stelle, obwohl man es als unsinkbar gepriesen hat. Ein Expertenausschuß wird gebildet... Persönlichkeiten, die in der Öffentlichkeit höchstes Ansehen genießen, die auf diesem Gebiet die größten Erfahrungen und das größtmögliche Wissen besitzen. Der Ausschuß legt einen Bericht vor, der alle Beteiligten reinwäscht. Wenige Jahre später studiert eine neue Generation diesen Bericht und betrachtet ihn entweder als verlogen oder als inkompetent... nun?«

»Du beschäftigst dich mit Details, und das erwarten wir eigentlich nicht von dir.«

»Mir scheint, das Detail, das Unbedeutende, das winzige Beispiel bietet uns die beste Möglichkeit, genau dieses Problem zu studieren. Was ist in der Zeit zwischen dem Bericht und seiner Neubewertung geschehen?«

»Der Standpunkt hat sich geändert.«

»Richtig. Eine Gruppe von Individuen, die alle dieselbe Ausbildung besaßen, alle Mitglieder einer Klasse waren, kamen zusammen, um sich mit einem Problem zu beschäftigen. Sie waren bereits Teile eines Gruppenbewußtseins... zusammen bildeten sie ein kleineres Bewußtsein derselben Art. Sie erstellten einen Bericht, der nicht anders hätte sein können, da sie *nicht* anders denken konnten. Nicht *damals*. Und so läßt sich erklären, daß eine Generation schwört, etwas sei schwarz und die nächste, es sei weiß.«

»Aber du, Ambien, bist doch der Beweis dafür, daß ein Gruppenbewußtsein weder unbeeinflußbar noch von Dauer ist!«

»Ah, das ist ein anderer Mechanismus... wir sehen nur Mechanismen, Maschinen, das ist alles... laß uns über den Gruppengeist nachdenken... über die kleinen Individuen, die ein Ganzes darstellen. Ideengebäude, die eine Gestalt bilden, können sehr groß sein, zum Beispiel, wenn sie das Gebiet einer ganzen Nation umfassen. Millionen ziehen für Überzeugungen in den Krieg, die sich ein Jahrzehnt später vielleicht verändert oder in ihr Gegenteil verkehrt haben... und sie sterben zu Millionen dafür. Alle sind sie Teil des gigantischen Gruppenbewußtseins und *können* nicht anders denken, ohne Wahnsinn oder Verbannung zu riskieren oder...«

Mein Besucher empfand einen Moment Unbehagen, Kummer, und ihm wurde etwas bewußt; ich zerstörte es sofort, indem ich weitersprach.

»Ja, du sagst, daß ich seit langem nicht mehr mit euch übereinstimme, und diese Tatsache beweise, daß ich mich irre. Aber was ist das für ein Mechanismus, für eine Maschinerie, die eine Gruppe, eine Ganzheit hervorbringt und dann ein andersdenkendes Mitglied... das Gedanken entwickelt, die sich von denen der Ganzheit unterscheiden?«

»Vielleicht ist dieses Individuum beeinflußt worden. Von einer fremden und keineswegs wohlmeinenden Macht.«

»Wenn wir uns solche Gedanken erlauben...«

»Dann *was*, Ambien? Sag es mir. Sag es *uns*. Wir sind bereit, es zu verstehen. Oder zweifelst du daran?«

»Es handelt sich um einen Mechanismus, der soziale Veränderungen bewirkt. Nach einer gewissen Zeit... es kann sehr lange dauern oder auch schon bald geschehen... wie wir es gerade auf Rohanda erleben, wo alles beschleunigt ist, und wo ganze Ideengebäude, die für unverrückbar galten, sich beinahe über Nacht in nichts auflösen... nach einer gewissen Zeit, sei sie nun kurz oder lang, in der das Gruppenbewußtsein diese heiligen und *richtigen* Ideen hochgehalten hat, werden sie in Frage gestellt. Und oft bedarf es dazu nur einer ganz geringfügig abweichenden Meinung. Es ist bezeichnend, daß dieses Gruppenbewußtsein, die Ganzheit individuellen Denkens, das auch nur im geringsten von dem ihren abweicht, als etwas höchst bemerkenswert und sogar gefährlich anderes ansieht. Doch dieser Unterschied kann sehr bald geradezu lächerlich unbedeutend erscheinen...«

»Das hoffen wir alle, Ambien.«

»Doch es gibt eine Frage, die mich quält, denn wir wissen nicht, wie wir sie beantworten sollen. Der Abweichler war zunächst zweifellos ein zufriedener und konformer Teil der Gruppe, und trotzdem drängen sich plötzlich diese neuen Ideen ein. *Woher kommen sie?*«

»Offensichtlich sind sie eine Folge neuer sozialer Entwicklungen.«

»Danke. Oh, vielen Dank! Das ist also geklärt und wir müssen uns nicht weiter damit beschäftigen! Darf ich fortfahren? Wenn ein Abweichler dem Gruppenbewußtsein so unbequem wird, daß man ihn nicht mehr toleriert, kann verschiedenes geschehen... im allgemeinen Ausschluß. Der Abweichler wird als Störenfried, Verrückter, jedenfalls Verblendeter ausgestoßen... ja, ja, wir sind uns alle darüber einig, daß dies in unserem Falle bedauerlich wäre. Allerdings kann dieses Individuum generell eine Gegengruppe bilden, nachdem es genügend andere mit ähnlichen Ideen um sich versammelt hat... nein, ich drohe euch *nicht*. Können wir darüber nicht sprechen, ohne ständig persönlich zu werden? Können wir das nicht? Ja, wirklich, unsere alte Verbindung ist mir keineswegs gleichgültig. Und ich bin um meine persönliche Sicherheit besorgt. Aber kannst du nicht glauben, daß ich immer noch Ambien II bin, die mit euch die Geschicke eines riesigen Reiches gelenkt hat, auch wenn ich über diese Fragen nachgrüble? Danke! Der Abweichler kann vielleicht andere Mitglieder der Gruppe dieses Bewußtseins so weit beeinflussen, daß sie anders denken. Dann wird sich die Einheit teilen... und ich erwarte nicht, daß dies in unserem Fall geschehen wird. Nein. Was mich dazu brachte, anders als ihr zu denken, hat, wie ich glaube, nicht nur mich beeinflußt... nein? Wir werden sehen! Nein, ich drohe nicht! Wie könnte es eine Drohung sein? *Wir steuern diese Prozesse nicht*. Wir stellen uns gerne vor, wir täten es. Doch sie steuern uns. Der Gedanke gefällt dir nicht! Wir, die Fünf, stellen uns höchst ungern vor, daß wir die ganze lange Zeit nicht mehr als Strohhalme gewesen sind, die in der Strömung dahintreiben... Aber darf ich vielleicht eine andere Möglichkeit andeuten, die für das abweichende und höchst irritierende Individuum besteht? Wenn er oder sie nicht ausgestoßen wird oder sich selbst ausschließt, sondern in der Gruppe bleibt und über seine/ihre Position nachdenkt, dann ist eine bestimmte Gedankenrichtung unvermeidlich. Sie war Teil eines Gruppenbewußtseins, hatte dieselben Gedanken wie ihre Kollegen. Aber jetzt beschäftigen sie andere Gedanken. *Teil welcher Ganzheit ist sie jetzt?* Teil welches unsichtbaren Ganzen? Sicher ist es von gewissem Interesse, sich zu isolieren, scheinbar allein zu fühlen, sich zu überlegen, wie die anderen kleinen Teile oder Atome aussehen, die zusammen mit einem dieses andere Ganze bilden... solche Gedankengänge interessieren dich nicht? Und doch habe ich unmißverständliche Anzeichen dafür bemerkt, daß es der Fall ist. Sie interessieren dich sehr... vielleicht haben *deine* Überlegungen in diese Richtung dich veranlaßt, mich zu besuchen, wie all die anderen... Du wußtest nicht, daß die anderen hier waren? Wie merkwürdig! Früher hätten wir es alle gewußt. Wir *wußten* alle, was die anderen dachten und taten. Was ist mit uns geschehen? Wir wissen es nicht. Das ist der springende Punkt! Sollen wir wie die Rohandaner werden, die zufrieden die soziale Maschinerie benutzen, ohne bereit zu sein, die Mechanismen zu untersuchen, die sie beherrschen? *Streiten* wir uns? *Muß* unsere Meinungsverschiedenheit als solche Drohung betrachtet werden?«

»Wir stehen dir nicht feindselig gegenüber, Ambien. Das darfst du nicht glauben. Nicht dir persönlich.«

»Wann haben wir unsere Beziehung jemals als persönlich angesehen? Natürlich freue ich mich darüber, daß du mir *persönlich* nur Gutes wünschst.«

»Ich muß gehen. Können wir dir irgend etwas schicken? Brauchst du etwas?«

»Ich bin nicht krank. Und soweit mir bekannt ist, stehe ich nicht unter Arrest. Aber vielen Dank. Nein, ich brauche nichts, und ich bin vollauf mit dem beschäftigt, worüber ich nachdenke. Ich denke Tag und Nacht über Gruppenbewußtsein und seine Funktionsweise nach. Ist dir bewußt, daß man eine Sache so klar, leuchtend und kostbar wie Allyrium, Individuen darstellen kann, die ein Gruppenbewußtsein bilden, ein

Bewußtsein, das bereits anders ausgerichtet ist, und sie können es nicht verstehen? *Buchstäblich nicht verstehen.* Begreifst du, was das bedeutet? *Wirklich?* Ich danke dir, daß du mich besucht hast. Vielen Dank. Vielen Dank.«

Während dieser Zeit hörte ich nichts von Klorathy, und es bestanden auch keine offiziellen Kontakte zwischen Canopus und Sirius. Nachdem die Vier mich alle besucht hatten, erreichte mich eine Botschaft, die an mich persönlich gerichtet war. »Vielleicht ziehst du einen Besuch des Isolierten Nördlichen Kontinents in Erwägung.«

Die Vier hatten sie gesehen und weitergeleitet. Normalerweise werden persönliche Nachrichten an einen der Fünf nicht abgefangen.

Ich teilte den Vier mit, ich wolle Rohanda wieder einen Besuch abstatten, doch sie äußerten sich nicht dazu. Da ich nicht wußte, was Canopus von mir erwartete, wies ich mein Raumschiff an, in einer Höhe über dem Isolierten Nördlichen Kontinent zu schweben, die gerade noch eine Beobachtung der Oberfläche zuließ. Ich war nicht allein. Am Himmel gab es nicht nur Flugkörper rohandanischen Ursprungs, sondern ich entdeckte auch Aufklärungsschiffe von Canopus, Shammat und den drei Nachbarplaneten: ein canopäischer Kristall, Shammatwespen und zehn der »Pfeile«, die von den drei Planeten gemeinsam entwickelt worden waren.

Ich ließ meine Blicke müßig und unbestimmt über den Kontinent gleiten und erinnerte mich an die anderen Zustände und Verwandlungen, in denen ich ihn gesehen hatte, als der canopäische Kristall herabschwebte und vor mir in der Luft lag. Er befand sich in der gebräuchlichsten Form; er sah wie ein Kegel aus. Eine Spitze deutete nach unten auf die bezaubernden, von der blauen Luft umgebenen Wolken dieser Atmosphäre.

Es war ein wundervoller Anblick, und ich genoß ihn, als der Kristall sich plötzlich langsam weiterbewegte; ich folgte ihm. Ich verstand die Lektion nicht – denn das vermutete ich darin –, sondern sah nur zu und erfreute mich wie immer an den ästhetischen Besonderheiten des Planeten. Der Kristall verwandelte sich in ein Tetraeder – in dessen drei Facetten sich die blauweiße Himmelslandschaft spiegelte – und dann in eine Kugel. Ein glänzender Ball rollte und tanzte durch die Wolken! Ich lachte vor Vergnügen, klatschte sogar in die Hände und applaudierte... jetzt zog er sich in die Länge und wurde ein Tropfen Flüssigkeit im Augenblick des Fallens. Doch er lag waagrecht, das spitze Ende wies nach vorne. Der vollkommene glitzernde Kristalltropfen glich sich dadurch dem Druck der Atmosphäre an, paßte sich der Luftströmung an, und wir wurden vom Luftstrom mit großer Geschwindigkeit dahingetragen; der Kristall wurde dabei zu einem langen durchsichtigen Streifen. Mein Raumschiff berührte beinahe das Ende des Streifens, und für ein paar Augenblicke schienen wir beinahe miteinander zu verschmelzen. Welch köstliche Gedanken erklangen in meinem Kopf, als ich die Flüsse, Berge und Wüsten der Landmasse wie durch flüssiges Licht sah. Mein Führer änderte seine Gestalt von neuem, zeigte, wie sie sich ändern, fließen und anpassen mußte, denn all die Bewegungen und Veränderungen der Atmosphäre, in der wir wie in einer Flüssigkeit schwammen, formten diese Kugel, diesen Stab, Streifen, dieses Band... Wie viele Formen nahm mein bezaubernder Führer an, während wir in den Strömungen der oberen Luftschichten von Rohanda dahinglitten – wie er sich entwickelte, anpaßte und glänzte, dann aber stumpf wurde, so daß ein matter Bleiklumpen abweisend in einem kalten, gelben Licht vor mir zu liegen schien. Doch das Grau schwand, und der Kristall funkelte und glänzte von neuem, schien übermütig zu spielen, wurde wieder ernst und streng und gewann einen Anflug von Härte. Die ganze Zeit über war er ein einziges Fließen, ein Antworten, ein Staunen. Ich verlor mich völlig in der Betrachtung des Kristalls, der nichts anderes zu sein schien als der sichtbare Ausdruck der Luftströmungen; und stellte plötzlich fest, daß er innehielt und die Form eines Tropfens angenommen hatte, dessen Spitze nach unten wies, um meine Aufmerksamkeit auf die Oberfläche des Planeten zu lenken. Was sollte ich dort entdecken?

Ich schwebte in der Nähe des wachsamen Kristalls und bemerkte wieder einmal, wie die Ränder des Kontinents zu hohen

Gebirgsfaltungen gepreßt und gedrückt worden waren; ich sah die weiten Wüsten und bemerkte, daß die endlosen Wälder früherer Zeiten verschwunden waren. Dann entdeckte ich, daß sich mir ein außergewöhnlicher Anblick bot: Über den ganzen Kontinent spannte sich ein Gitter, ein Netz aus völlig gleichmäßigen Rechtecken. Ich sah eine Karte, das Diagramm einer bestimmten Denkweise... eine Art des Denkens, ein Gedankensystem wurde sichtbar gemacht – das Bewußtsein der nordwestlichen Randzonen, das Bewußtsein der weißen Eroberer! Der Vielfalt, den Veränderungen und Unterschieden des Kontinents, dem Fließen, den Bewegungen, den Veränderungen der Erde – die so lebendig waren wie die Luft darüber, allerdings in einer anderen Zeitdimension – war der Stempel der Starrheit aufgedrückt. Städte, Dörfer, die großen Gebirge und Wüsten unterbrachen das Netz; doch über Flüssen, Hügeln, Sümpfen und Ebenen lag dieses unbewegliche Zeichen. Das Zeichen des Besitzes, die Multiplikation der Grundeinheit, die den Besitz des Landes auswies. Ich hatte es bisher nicht bemerkt; frühere Beobachtungsflüge in dieser Höhe hatten stattgefunden, ehe die neuen Eroberer allem ihre Denkweise aufzwangen. Ich hatte gesehen, wie das Wachstum und die Entfaltung der Materie, des Kontinents sich in den Konturen der Oberfläche und der Verteilung von Wasser und Vegetation ausdrückte. Doch jetzt stellte sich zwischen mich und die Sprache von Wachstum und Veränderung dieser gebieterische Stempel, das Zeichen, das Gitter, das Netz, die Prägung.
Nun wußte ich, was Canopus mir hatte zeigen wollen, und ich blickte in Erwartung einer Art Anweisung auf den Kristall. Ich wäre am liebsten weitergeflogen, um meine Aufmerksamkeit von dieser deprimierenden und bedrückenden Karte – dem Bewußtsein von Shammat – abwenden zu können. Doch der Kristall schwebte immer noch lautlos auf der Stelle, wechselte seine Form von einem Moment zum anderen, demonstrierte die Möglichkeiten fließender Kommunikation... dann stieg er auf und flog davon, wurde zu einem großen glitzernden Wassertropfen in den schwarzen Tiefen des Raums. Und dort stand dieses unendlich vielfältige, veränderbare fließende Ding, die

Schöpfung des canopäischen Bewußtseins; sprach zu mir, sang zu mir, schickte Botschaften der Hoffnung, der ewigen Erneuerung aller Dinge; dann streckte sich der Kristall wieder, sank tiefer, flog zurück zu seinem Standort hoch über Rohanda und war nur noch ein Falter im Sonnenlicht, eine Erinnerung an sich selbst.

Ich war wieder allein. Ich fragte mich, ob ich alles gesehen hatte, was ich sehen sollte und wieder nach Hause zurückkehren konnte. Ich überlegte, wie ich den Vier die Botschaften, die ich erhalten hatte, vermitteln und wie sie sie aufnehmen würden... aber dann fiel mir ein, daß ich die Westküste des Kontinents in der gegenwärtigen Phase noch nicht gesehen hatte, und gab meinem Raumschiff entsprechende Anweisungen.

Ich ließ mich auf der Spitze eines unglaublich hohen Gebäudes in einer großen Stadt absetzen. Von dort sah ich die Wüste und die Berge landeinwärts; auf der anderen Seite lag das Meer. Die Stadt unter mir war kaum sichtbar; sie verschwamm in giftigem Rauch; die Gebäude ragten aus den Dunstwolken auf wie Inseln aus dem Wasser.

Ich blickte mich nicht sehr lange um, denn mich bestürmten Gefühle, die ich seit meinem Aufentalt in Lelanos nicht mehr erlebt hatte. Es bestand ein so großer Gegensatz zwischen den technischen Leistungen dieser Tiere und dem, was sie tatsächlich taten. Aber leider ist das eine Geschichte, die in unseren Annalen immer wieder auftaucht, und ich will einfach festhalten, daß dies mein Zustand *war* – er gefährdete mein Gleichgewicht. Ich verließ meinen Platz und stieg hinunter in einen Raum im Zentrum des Gebäudes. Er war für die Öffentlichkeit bestimmt und so konstruiert, daß er die mentalen Prozesse nur nachteilig beeinflussen konnte. Dort stand eine Maschine für die Übertragung von »Nachrichten« – visuelle Übertragung; sie bestand ausschließlich aus Brutalitäten und Grausamkeiten unterschiedlichster Art.

Über die wahre Situation des Planeten wurde nichts Verständliches gesagt: Bruchstücke, Hinweise, alle möglichen Halbwahrheiten, aber nie das ganze Bild.

Dann sah ich Tafta. Auf dem Bildschirm des Gerätes erschien

Tafta; er befand sich auf einem Podium in einem Saal voller Menschen. Oberflächlich unterschied sich sein Aussehen vom letzten Mal, als er die Rolle des schwarzgekleideten, kriegshetzerischen Priesters gespielt hatte. Körperlich wirkte er kaum verändert; er sprühte und strahlte ruhige zufriedene Selbstgefälligkeit aus. Er trug jetzt, was man überall auf dem Planeten trug, als habe es ein Diktator angeordnet – aber diese Tiere konnten noch nie ohne Uniformen auskommen –, eine sehr enge Hose aus dickem Stoff, die sein Geschlecht betonte, und ein enganliegendes Hemd.

Er saß halb auf der Tischkante, baumelte mit einem Bein und lächelte gelöst und zuversichtlich auf sein Publikum hinab.

Tafta gehörte jetzt zu den höchsten Technikern des Kontinents, und seine Aufgabe bestand darin, die Fragen der beunruhigten, sogar deutlich verängstigten Versammmlung zu beantworten. Als Verfechter der augenblicklichen Technologie war er weltberühmt. Einige Jahre lang hatte er im Ruf gestanden, ein scharfer Kritiker der nationalen und globalen Politik im Hinblick auf die Anwendung der Technologie zu sein, und hatte mehrere Romane verfaßt, in denen die sozialen Möglichkeiten des Tages in populärer Form aufgezeigt wurden. Diese Art Romane waren gleichzeitig herausfordernd und nützlich, denn sie gaben der Bevölkerung die Möglichkeit, sich mit dem Potential technischer Erkenntnisse vertraut zu machen. Aber sie wirkten auch betäubend, denn bereits die Tatsache, daß mitunter abstoßende Entwicklungen in gedruckter Form vorlagen, schien die Bevölkerung in der falschen Sicherheit zu wiegen, etwas Ähnliches könne sich in Wirklichkeit nicht ereignen. Wie auch immer, Tafta erläuterte ein soziales Gesetz – das man so oft beobachtet, und das mich natürlich wegen meiner eigenen Position innerlich sehr alarmierte, da ich ihm möglicherweise zum Opfer fallen konnte. Er erklärte: In dem Maße, in dem ein Individuum von einer Gruppe, einem Ideengebäude, einer ›feststehenden Meinung‹ abgewichen ist und erlebt, daß seine eigenen abweichenden Meinungen ›gesellschaftsfähig‹ werden und frühere Wertvorstellungen verdrängen oder in Frage stellen... was bedeutet, daß dieser Mensch keine Bedrohung mehr darstellt, sondern ganz im Gegenteil einen festen Platz in der neuen Lehrmeinung einnimmt... kann man von ihm erwarten, daß er die neue aufbegehrende Generation von »Freaks«, »Exzentrikern«, »Nonkonformisten« verachtet, lächerlich macht und mißbraucht.

Ich werde nicht im einzelnen auf die Standpunkte eingehen, die er bei dieser Veranstaltung verteidigte. Doch sie bezogen sich alle auf den Raubbau an dem Planeten, auf die schädlichen Folgen der Technik, auf Vergiftung, Verschmutzung, Vergeudung und Tod. Er beruhigte die Fragensteller. Es gelang diesem leutseligen, lächelnden, heiteren, demokratischen Burschen, das Musterbeispiel erfolgreicher Anpassung, sie tatsächlich völlig zu beruhigen – zumindest die meisten. Und das war natürlich kein Zufall!

Er saß dort ungezwungen auf der Tischkante und ließ ein Bein genußvoll baumeln, als müsse er seine überschäumende Vitalität, die ununterdrückbare Freude am Leben auf diese Weise zum Ausdruck bringen. Die leuchtenden, offenen blauen Augen strahlten über seinem dichten, kräftigen Bart; und mir fiel auf, daß er sich nicht allzusehr von dem Piraten unterschied, den ich bei einem seiner Raubzüge auf dem Südlichen Kontinent gesehen hatte. Und er lächelte. Wie er lächelte! Sein Lächeln war ein mächtiges Instrument...

Wenn ihm von unten aus dem Saal eine Frage gestellt wurde, veränderte sich das Lächeln und drückte in feinsten Nuancen Verachtung, Spott und Hohn aus; doch er griff zur mildesten, beinahe unbekümmerten Form von Spott, um zu demonstrieren, wie dumm und töricht der Fragesteller war.

Auf ähnlich sanfte und beinahe sorglose Weise war er auch sarkastisch. Ein Zuhörer stand auf und verlangte auf dieses oder jenes Problem eine beruhigende Erklärung. Während er sprach, veränderte sich Taftas Lächeln, und er antwortete im genau richtigen Tonfall. Perfekt! Was für eine Vorstellung Tafta gab! Ob ich wollte oder nicht, ich mußte es bewundern. Tafta bediente sich geschickt eines sozialen Mechanismus. Das Gemeinschaftsbewußtsein machte es den meisten Rohandanern unerträglich, lächerliche Außenseiter zu sein. Sie empfanden es

als zu unangenehm, außerhalb des herrschenden Gruppengeistes zu stehen, und es gelang Tafta ohne Schwierigkeiten, sie in die Gruppe zurück zu manipulieren.
Vor zehn Jahren hatte man andere Fragen gestellt. Inzwischen waren viele der Möglichkeiten, die Tafta oder ein anderer Sprecher als absurd abgetan hatte, Wirklichkeit geworden. Zehn weitere Jahre, und die Fragen von heute, die auf so subtile Weise lächerlich gemacht wurden, würden durch die Ereignisse beantwortet sein...
Am Ende der »Tagung« und der sich anschließenden »Diskussion« war es Taftas sanfter und höflicher Verachtung gelungen, seine Zuhörer als unbedeutende, einfältige Dummköpfe darzustellen, und die meisten wirkten niedergeschlagen. Aber ein paar wenige hatten sich hartnäckig ihre Selbstachtung bewahrt.
Ich verließ den Raum und ging auf die Straße hinunter; ich wollte der zermürbenden Wirkung dieses unangenehmen Gebäudes entgehen und mich auch von Taftas Anblick befreien. Das gelang nur Shammat – dachte ich –, aus guter Laune etwas zu machen, dem man mißtrauen und mit Vorsicht begegnen mußte.
Ich fiel auf der Straße nicht auf, denn ich trug die Uniform: die dicke, enge Hose und das Hemd; mein Gesicht verschwand völlig unter Schminke.
Es dauerte nicht lange, und Tafta schlenderte lächelnd auf mich zu.
»Hast du zugesehen?« Er lachte schallend, und das erinnerte mich an den Strand und die drei unglückseligen ausgepeitschten Freibeuter.
»O ja.«
»Nun, Sirius?« Ich hatte noch nie ein solch triumphierendes Grinsen gesehen. Verschwunden war der kultivierte Wissenschaftler der »Tagung« und zurück blieben nur Vulgarität und unverhüllte Verachtung.
»Nicht Sirius«, erwiderte ich ganz ruhig wie schon früher, »ist Herr dieses Planeten.«
Er sah mich zwar an, aber nicht mit ungeteilter Aufmerksam-

keit. Er war völlig in seiner Eitelkeit und der Freude über seine Gerissenheit gefangen. Und doch, während ich dieses großspurige, lachende Tier beobachtete, wußte ich, was ich sah: die Niederlage.

»Tafta«, sagte ich, »du bist deiner Sache sehr sicher.«

»Wir haben gerade neue Anweisungen von zu Hause bekommen«, erklärte er, »von Shammat. Shammat von Puttiora...« Er lachte und lachte, denn der Planet Shammat herrschte jetzt über das Reich von Puttiora, und er identifizierte sich mit dieser Herrschaft. »Wir erhielten die Anweisung festzustellen, in welchem Ausmaß die Rohandaner unempfänglich für die Wahrheit ihrer Lage sind. Das habe ich gerade überprüft. Glaube mir, Sirius, sie sind völlig unempfänglich dafür.«

»Du irrst. Es scheint nur so.«

»Weißt du, was geschehen würde, wenn der Führer irgendeiner Nation auf Rohanda ihnen die Wahrheit, die volle Wahrheit über ihre Lage erläutern würde? Sie würden ihm nicht glauben. Sie würden ihn töten oder als Verrückten einsperren.«

»So sieht es im Augenblick aus.«

Er neigte sich prahlerisch, lächelnd und überlegen vor, trunken vor Macht und Selbstvertrauen. Und wie schon so oft streckte er die großen, braunen, behaarten Hände nach meinen Allyriumohrringen aus. Mit glitzernden Augen und gierigen Fingern strich er darüber. Aber er hatte ihren Zweck vergessen... und als ich daran dachte, wieviel er vergessen hatte, wie weit er von jedem echten Verstehen entfernt war, gewann ich wieder etwas von meiner Kraft zurück. Das bremste seine Zudringlichkeit und seine Versuche, sich bei mir anzubiedern. Er ließ die Hände sinken.

»Was für hübsche Ohrringe«, sagte er mit veränderter Stimme. Er murmelte fast, es klang belegt und wie im Traum. In seine Augen trat ein ängstlicher Ausdruck.

»Ja, Shammat, das sind sie.«

Jetzt standen wir nicht mehr so dicht zusammen. Er schien vor meinen Augen zu schrumpfen und kleiner zu werden. Er war nur noch das arme, dem Untergang geweihte Tier Shammat. Er tat mir leid.

»Tafta«, sagte ich, »es war dumm von dir, dieser Anweisung deines Heimatplaneten Folge zu leisten. Sehr dumm.«
»Weshalb? Was weißt du...« Ich drehte mich um und ging. Ich hörte, wie er mir nachlief. Dann spürte ich seinen heißen Raubtieratem an meiner Wange.
Ohne mich umzudrehen, sagte ich: »Leb wohl, Tafta.«
Ich hörte ihn fluchen, während er machtlos am Straßenrand stand. Dann hustete, keuchte und würgte er in den giftigen Abgasen der Fahrzeuge. So verließ ich ihn.
Ich kaufte mir eine Maske, wie diese unglücklichen Wesen sie auf der Straße trugen, um sich vor den giftigen Dünsten ihrer Fahrzeuge zu schützen, denn davon wurden sie oft krank, blind, oder sie verloren den Verstand. Ich wanderte durch die Stadt und konnte es nicht über mich bringen, mein Raumschiff zu rufen. Ich dachte an Klorathy, an Canopus. Ich suchte – ich fürchte, das ist die Wahrheit – eine Art Beruhigung und Sicherheit. Tafta gegenüber hatte ich Entschlossenheit und Selbstvertrauen gezeigt, doch ich konnte mich nicht gegen den vertrauten, stechenden Schmerz wehren, den ich angesichts dieser Verschwendung, dieser maßlosen Verschwendung empfand. Ich erinnerte mich an Nasar und daran, wie er gelernt hatte, seinen Schmerz über diesen traurigen Ort zu zügeln. Ich dachte an die Dinge, die er gesagt und wieviel ich gelernt hatte. Ich wünschte, ich würde ihn wiedersehen. Wie beruhigend wäre es, ihn einfach zu sehen und ein paar Worte mit ihm zu wechseln. Was würde er jetzt denken, mein alter Freund Nasar... mein alter Freund Canopus?

Canopus

Ich stand vor einem Gebäude am Stadtrand und stellte fest, daß es mir gefiel. Es war ein einfaches Wohnhaus, aus dem Stein dieser Gegend gebaut. Es war in keiner Hinsicht bemerkenswert, doch es zog mich an. Es stand an einem kleinen Felsenhü-

gel, der sich über dem giftigen Dunstschleier der Stadt erhob. Auf den Stufen stand ein junger Mann in der üblichen Uniform – enge Hose und ein Hemd –, aber obwohl er mir das Gesicht zuwendete, konnte ich es nicht erkennen, denn er trug eine Maske. *Nasar, Nasar* klang es in mir, und laut sagte ich: »Nasar, ich bin sicher, du bist es.«
Wir standen uns wie zwei Rüsseltiere gegenüber. Dann nahm er seine Maske ab und ich meine. Wir stiegen den Hügel hinauf, um den Dunstschwaden zu entgehen, denn unsere Augen röteten sich sofort und tränten.
»Nun, Sirius?«
»Hast du dieses Haus gebaut? Bist du ein Architekt?«
»Unter anderem bin ich Architekt.«
Wir standen nebeneinander und betrachteten das Gebäude. Es war wirklich sehr hübsch. Die entsetzlichen Dissonanzen der Stadt schienen zu schwinden; nur dieses Haus blieb zurück.
»Wer hier lebt, bleibt gesund?«
»*Ich* lebe hier. Ich nehme an, ich bin eine Spur gesünder als die meisten«, erwiderte er in dem vertrauten Ton und lachte.
»Oh, Canopus, aber warum, warum, *warum*?«
»Du fragst immer noch warum, Ambien?«
»Du nicht?«
Er zögerte, und dann erkannte ich eine vertraute Situation: Es war ihm nicht möglich, mir, Sirius, seine Gedanken mitzuteilen. Ich konnte sie nicht verstehen. Er sagte: »Ambien, hast du nicht begriffen, daß es Fragen gibt, die nützlich und andere, die es nicht sind? Überhaupt nicht nützlich! Keine Spur!«
»Das zu akzeptieren, fällt schwer.«
»Kannst du es nicht von Nasar akzeptieren... der alles über nutzlose Auflehnung weiß?« Er lachte wieder und sah mir in die Augen, und wir erinnerten uns an die gemeinsame Zeit in Koshi.
»Vielleicht bin ich nicht stark genug für diese Wahrheit.«
»Um so schlimmer für dich. Wir haben alle keine Wahl... oder möchtest du eine von denen bleiben, die sich eine Art Lösung oder Antwort selbst zurechtlegen und sich dahin flüchten, weil sie zu schwach sind, um Geduld aufzubringen?«

Als ich an die langen Zeitalter seiner Geduld dachte, mußte ich unwillkürlich lachen.
Doch beim Lachen begann ich zu husten, und auch er hustete.
Er setzte die Maske wieder auf, und ich folgte seinem Beispiel.
Wieder standen wir uns als zwei Monster mit Rüsseln gegenüber: Nasar und ich.
»Ambien, hör mir zu.«
»Wann hätte ich je etwas anderes getan?«
»Gut, du hast in deiner Beziehung mit uns, in all der langen Zeit unsere Arbeit beobachtet und kannst immer noch glauben, daß wir Niederlagen entgegensteuern?«
»Nein.«
»Dann vergiß es nicht. Vergiß es nicht.«
Mit einer fröhlichen kleinen Abschiedsgeste ging er die Stufen zurück ins Haus.
Ich verließ Rohanda, ohne noch einmal zu seinem Mond zurückzukehren.
Die Vier warteten auf mich.
Diesmal war es nicht möglich, sie zu vertrösten. Sie mußten irgendeine Information erhalten.
Nach langem Nachdenken schickte ich Klorathy folgende Botschaft. (In solchen Fällen benutzen wir immer ihren Namen Shikasta für Rohanda.)

Persönlicher Brief durch diplomatischen Kurier
AMBIEN II *von* SIRIUS *an* KLORATHY, CANOPUS

In Eile: Habe gerade unsere Berichte von Shikasta durchgesehen. Für den Fall, daß du nicht im Besitz dieser Information bist – ich weiß, das ist unwahrscheinlich. Shammat hat alle seine Agenten zu einer Besprechung an einen bestimmten Ort zusammengerufen. Diese Tatsache erscheint uns als symptomatisch für etwas, das wir schon lange vermuten – ich weiß, ihr ebenfalls. Die Zustände auf Shikasta beeinträchtigen die Sham-

mataner mehr als die Bewohner von Shikasta, oder zumindest schneller. Ihr allgemeiner Geisteszustand scheint sich mit großer Geschwindigkeit zu verschlechtern. Sie leiden unter Reizbarkeit, Rastlosigkeit und Unausgeglichenheit. Sie diagnostizieren die Situation richtig in den Grenzen ihrer Spezies und soweit sie dazu fähig sind... richtig in bezug auf bestimmte spezifische Situationen und Bedingungen. Die Schlußfolgerungen, die sie aus den Analysen ziehen, werden zunehmend phantastischer. Daß Shammat dieses Treffen einberuft und seine Agenten solcher Gefahr aussetzt, zeigt, daß der Mutterplanet selbst betroffen ist, und zwar ebenso sehr wie die Agenten, die einem offensichtlich leichtfertigen Befehl folgen.
Uns erscheint es deshalb wahrscheinlich, daß der Zustand von Shammat und seiner Agenten die willkürliche und blinde Zerstörungswut, die man zur Zeit auf Shikasta beobachtet, noch verstärkt.
Als sei alles nicht schon schlimm genug!
Nach unseren Informationen übersteht ihr die Shikastakrise ziemlich gut – natürlich erwartet man von euch nichts anderes. Wann dürfen wir mit einem Besuch von dir rechnen, wenn weiterhin alles gutgeht? Wie immer freuen wir uns darauf.

Kurze Zeit später riefen mich die Vier zu sich, die den Brief natürlich gelesen und darüber gesprochen hatten.
»Weshalb erzählst du nicht, was zwischen dir und Klorathy sich wirklich ereignet hat?«
»Zwischen Sirius und Canopus.«
Über diese Antwort waren sie weniger verärgert als beunruhigt.
Ich hatte eine Vision von unserem Bewußtsein, vom Bewußtsein der Fünf: Fünf Kügelchen oder Zellen drängten sich in einem Ganzen zusammen, eine Zelle pulsierte in einem anderen Rhythmus. Die Vier drängten sich enger aneinander, während die eine – ich – noch heftiger vibrierte, weil ein freier Raum um sie entstanden war.
»Du sagst uns nichts. Nichts!«
»Ich sage euch alles, was ich sagen kann.«

»Ambien, du wirst es uns sagen müssen, denn wir müssen ein Ganzes sein... wir, die Fünf... müssen tragfähige und überzeugende Gründe für unser Vorgehen auf Rohanda haben, sonst sind wir alle bedroht.«
»Ihr habt das Mittel dazu in der Hand«, erwiderte ich und sah sie einen nach dem anderen eindringlich an.
»Aber offensichtlich wollen wir es nicht benutzen.«
»Glaubt ihr wirklich, ich müßte nur eine Formel finden, ein paar Worte, ein paar zusammenhängende Sätze... und dann würdet ihr mit den Köpfen nicken und sagen: Natürlich, das ist es! Und dann würdet ihr sie dem Reich verkünden, und alle wären glücklich?«
Ich muß betonen, diese Zusammenkunft fand auf dem Höhepunkt der Debatte statt, die immer noch geführt wird und droht, unsere Grundfesten zu erschüttern.
Welche Grundfesten?
Welcher Sinn und welcher Zweck?
Welcher Dienst und welche Funktion?
Schließlich sagte ich den Vier, um alles so zu erklären, wie sie es wünschten, müsse ich entweder ein Jahr lang reden oder ein Buch schreiben.
»Weshalb schreibst du kein Buch?«
Ich erkannte, daß dies vielen Zwecken dienen würde.
»Einer alten Bürokratin fällt es schwer, eine Geschichte des Herzens zu schreiben, anstatt über Ereignisse zu berichten«, erklärte ich.
Scherze unter Menschen, die sich einmal sehr nahegestanden haben und es nicht mehr tun, sind wahrhaftig schmerzlich.
Sie gaben mir unbegrenzten Urlaub... in anderen Worten, ich befinde mich auf dem Kolonisierten Planeten 13 unter Arrest.
An ihrer Stelle würde ich genauso handeln. Nach meiner Ansicht ist die Institution der Fünf – jetzt, wie ich hoffe, vorübergehend, der Vier – das wertvollste Regulativ unseres Reichs. Sie sollte nicht aufgehoben werden. Ich betone das und hoffe, daß man auf meine jahrtausendelangen Dienste und Erfahrungen nicht völlig verzichtet.

Es fällt mir schwer, auf diesem einen Planeten bleiben zu müssen, nachdem ich daran gewöhnt war, nach eigenem Ermessen durch die ganze Galaxis zu reisen. Doch ich beklage mich nicht. Ich empfinde es als Privileg, daß man mir erlaubt, den Bericht über eine – wie ich weiß – einmalige Erfahrung zu schreiben.
Der Gedanke an Rohanda schmerzt mich, doch ich versuche, mich mit Nasars letzten Worten zu trösten.
Ich habe so vieles gelernt, was ich nie erwartet hätte. Und wieviel mehr kann ich hoffen zu lernen und zu verstehen, wenn ich geduldig bleibe und mir nutzlose Fragen verbiete?

Rohanda Ambien, Ambien II, Eine der Fünf,
auf dem Planeten 13 des sirianischen Reiches.

ANWEISUNG DER VIER
AN DEN SIRIANISCHEN MUTTERPLANETEN
UND ALLE KOLONISIERTEN PLANETEN DES SIRIANISCHEN
REICHES:

Achtung! Eine Schrift ist im Umlauf, die angeblich das Werk von Ambien II, früher eine der Fünf, ist. Dieser sogenannte Bericht wurde nie gedruckt und freigegeben. Das allein beweist jedem mit einigem Urteilsvermögen, daß er nicht authentisch ist. Wir weisen jedoch darauf hin, daß dieses Machwerk von Verblendeten stammt, die versuchen, die gute Regierung unseres Reichs zu stürzen. Ambien II befindet sich nach langer und wertvoller Arbeit im Dienst unseres Reichs infolge einer überlangen Verwicklung in die Angelegenheit des Planeten Rohanda in einem geistig labilen Zustand. Sie befindet sich in Behandlung, und wir, ihre Kollegen, hoffen zuversichtlich, daß sie nach entsprechender Zeit in der Lage sein wird, ihren Dienst wiederaufzunehmen, und sei es auch nur in einem begrenzteren und weniger belastenden Umfang.

BRIEF VON AMBIEN II AN STAGRUK:

Ich habe eure Anweisung gelesen. Ich verstehe, daß ihr infolge der Wendung der Dinge und der Gefahr einer Revolution in allen Teilen unseres Reiches einen solchen Schritt unternehmen mußtet. Ich habe eure freundlichen Erkundigungen nach meiner Gesundheit erhalten. Ja, es geht mir gut, und ich brauche nichts. Natürlich würde ich sehr gern wie üblich an den Regierungsgeschäften teilnehmen. Alte Gewohnheiten sind hartnäkkig! Inzwischen ist es mir ein Trost, daß ihr – nicht zum ersten Mal, wie du weißt! – mich alle einzeln besucht. Das ist mir jedesmal eine große Freude. Ich stelle mir gern vor, daß meine Erfahrung selbst jetzt auf diese indirekte Weise genutzt wird. Ich denke daran, daß ihr mir alle euer persönliches Wohlwollen entgegenbringt und auch Verständnis für die Schritte habt, die ich unternahm, um sicherzustellen, daß mein Manuskript in dieser etwas altmodischen Form in den allgemeinen Umlauf geriet. Ich stimme mit euch darin überein, daß unverdauliche Tatsachen der Bevölkerung in abgemessener und oft vieldeutiger Form unterbreitet werden müssen. Habe ich diesen Standpunkt nicht als erste vertreten? Ich denke auch daran, daß unsere gute Beziehung untereinander uns allen wohltun wird, wenn – ich bin sicher, du stimmst mir zu, es sieht immer mehr so aus, als käme es dahin – wir uns alle »zur Umerziehung« im Exil auf diesem hübschen, wenn auch langweiligen Planeten 13 wiederbegegnen.

Doris Lessing

Das goldene Notizbuch
Roman. Fischer Sonderausgabe. 634 Seiten. Broschur und Fischer Taschenbuch Band 5396

Afrikanische Tragödie
Roman. 240 Seiten. Geb. und Fischer Taschenbuch Band 5747

Anweisung für einen Abstieg zur Hölle
Roman. 287 Seiten. Leinen und Fischer Taschenbuch Band 5397

Die Memoiren einer Überlebenden
Roman. 227 Seiten. Leinen und Fischer Taschenbuch Band 5202

Die Terroristin
Roman. 460 Seiten. Leinen

Shikasta
Canopus im Argos: Archive
Betr.: Kolonisierter Planet 5
Roman. 519 Seiten. Leinen und Fischer Taschenbuch Band 9146

Die Ehen zwischen den Zonen Drei, Vier und Fünf
Canopus im Argos: Archive II
Roman. 302 Seiten. Leinen und Fischer Taschenbuch Band 9147

Die sirianischen Versuche
Canopus im Argos: Archive III
Roman. 367 Seiten. Leinen und Fischer Taschenbuch Band 9148

Die Entstehung des Repräsentanten für Planet 8
Canopus im Argos: Archive IV
Roman. 181 Seiten. Leinen und Fischer Taschenbuch Band 9149

Die sentimentalen Agenten im Reich der Volyen
Canopus im Argos: Archive V
Roman. 230 Seiten. Leinen und Fischer Taschenbuch Band 9150

S. Fischer

fi 148/6